Die Safranhändlerin
Safran für Venedig

Das Buch

Die Safranhändlerin: Als man der Trierer Gewürzhändlerin Marcella Bonifaz toskanischen Safran zu einem unschlagbaren Preis anbietet, erkennt sie sofort ihre große Chance – im Jahr 1327 ist dieses Gewürz wertvoller als Gold. Doch der Handelszug mit der kostbaren Ware wird überfallen und ausgeraubt. Marcella startet ein waghalsiges Unternehmen, um ihren Schatz zurückzuerobern ...

Safran für Venedig: Ein Jahr später ist Marcella mit ihrem Verlobten Damian auf dem Weg nach Venedig, um zu heiraten und in der Lagunenstadt einen neuen Gewürzhandel aufzubauen. Doch unterwegs erreicht die beiden eine alarmierende Nachricht, die sie zwingt, nach Frankreich zu reisen. So gelangt Marcella in das Dorf ihrer Kindheit, in dem ihre Schwester Jeanne vor Jahren ums Leben kam – kann sie nun die mysteriösen Umstände von Jeannes Tod aufklären?

Die Autorin

Helga Glaesener, 1955 geboren, hat Mathematik studiert, ist Mutter von fünf Kindern und lebt mit ihrer Familie in Aurich, Ostfriesland. Bereits ihr erster Roman *Die Safranhändlerin* wurde ein großer Bestseller und fand seine Fortsetzung in *Safran für Venedig*.

Von Helga Glaesener sind in unserem Hause bereits erschienen:
Du süße sanfte Mörderin
Der falsche Schwur
Im Kreis des Mael Duin
Der indische Baum
Die Rechenkünstlerin
Der singende Stein
Der Stein des Luzifer
Der Weihnachtswolf
Wer Asche hütet

Helga Glaesener

Die Safranhändlerin
Safran für Venedig

Zwei Bestseller in einem Band

List Taschenbuch

Besuchen Sie uns im Internet:
www.list-taschenbuch.de

Dieses Taschenbuch wurde auf FSC-zertifiziertem Papier gedruckt.
FSC (Forest Stewardship Council) ist eine nichtstaatliche, gemeinnützige
Organisation, die sich für eine ökologische und sozialverantwortliche
Nutzung der Wälder unserer Erde einsetzt.

Ungekürzte Ausgabe im List Taschenbuch
List ist ein Verlag der Ullstein Buchverlage GmbH, Berlin.
Oktober 2006
Die Safranhändlerin:
© Ullstein Buchverlage GmbH, Berlin 2004
© 2002 by Econ Ullstein List Verlag GmbH & Co. KG, München
© 1997 Paul List Verlag, München
Safran für Venedig:
© Ullstein Buchverlage GmbH, Berlin 2004/List Verlag
Umschlaggestaltung und Konzeption:
RME Roland Eschlbeck und Kornelia Bunkofer
Titelabbildung: Venedig, Canale Grande:
W. Callow/Sotheby's/akg-images; Blumen: Corbis
Papier: Munkenprint von Arctic Paper Munkedals AB, Schweden
Druck und Bindearbeiten: Clausen & Bosse, Leck
Printed in Germany
ISBN-13: 978-3-548-60682-8
ISBN-10: 3-548-60682-2

Die Safranhändlerin

PROLOG

Genua, im Oktober 1327

Misstrauen trieb Benedetto Marzini in die Lagerhalle im Erdgeschoss seines Genueser Palazzo. Misstrauen gegen seinen Sohn. Lorenzo war ein Schwachkopf.

Der alte Mann tappte mit einer trüben Öllampe in der Hand zwischen Kisten, Säcken und Stoffballen und bemühte sich, in der dunklen, von Säulen getragenen Halle einen Weg zu erkennen. Lorenzo hatte kein System. Die Waren für die Alpenpässe lagen in buntem Durcheinander mit den Seegütern. Trennen musste man so was. Ordnung halten. Er hatte Lorenzo hundertmal erklärt, wie man eine Halle bepackte. Aber mittlerweile schrieb man das Jahr 1327, Lorenzo hatte graue Haare bekommen, und sein Vater war für ihn ein nörgelnder Greis geworden, der die Welt nicht mehr verstand.

Benedetto stieß mit dem Pantoffel an einen Sack. Er beugte sich vor und hielt die Öllampe über die Warenaufschrift: Alaun aus Phokäa. Sein zerknittertes Gesicht verzog sich zu einem Grinsen. Der Junge führte den Alaunhandel also weiter. Zumindest das hatte er gelernt. Alaun würden die Leute kaufen, solange sie buntgefärbte Stoffe trugen. Wer eine Hand im Alaungeschäft hatte, konnte mit der anderen etwas riskieren.

Aber wo steckte der Safran?

Der alte Mann hielt die Lampe hoch und sah sich um. Die Lagerhalle hatte zwei Ausgänge. Ein großes, gewölbtes Tor zum Hafen, wo die beiden familieneigenen Galeeren beladen wurden, und eine kleinere mit Fresken geschmückte Tür, die zum

Arkadengang an der Straße führte. Die Waren für Koblenz sollten auf dem Landweg transportiert werden, über Mailand den Sankt Gotthard hinauf und dann weiter nach Basel. Wenn Lorenzo also ein Fünkchen Verstand besaß, hatte er den Safran in der Nähe des Arkadentores verstaut.

Benedetto durchquerte die Halle. Er schämte sich, dass er durch sein eigenes Haus schleichen musste wie ein Dieb. Aber er wusste, dass sein Sohn sich über den Vertrag mit der hübschen Gewürzhändlerin geärgert hatte, und er traute ihm zu, den Safran einfach »vergessen« zu haben. Das würde er aber nicht dulden.

Direkt neben dem Arkadentor hatte man, etwas getrennt von den anderen Sachen, Kisten gestapelt. Benedetto las die Aufschriften. Mit Gold versponnene Seide für einen Kölner Tuchhändler. Scharlachfarbe für denselben Mann. Alaun, gelbes Sandelholz, Indigo aus Bagdad, das ging nach Straßburg. Seide aus … aus Lucca? – Nein, davon hielt Benedetto nichts. Die Luccesen spannen ihre Seide auf merkwürdigen mechanischen Konstruktionen. Das hatte keine Qualität. Aber hier …

Auf der Spitze des Warenberges fand er eine kleine, besonders stabil gezimmerte Holzkiste. *Toskanischer Safran, Marcella Bonifaz, Trier.* Sein grimmiges Gesicht begann zu strahlen. Also hielt Lorenzo das Wort seines Vaters doch noch in Ehren!

Er stellte seine Lampe beiseite und stemmte die Kiste zu Boden. Das Öffnen gestaltete sich mühsam, denn er musste stramm sitzende Eisenriegel verschieben, und seine Finger waren steif von der Gicht. Schließlich schlug er den Deckel zurück und fand zwei in Stroh gebettete Holzkrüge, jeder so groß wie ein Schweinskopf.

Er drehte die Holzpfropfen heraus, fuhr mit der Hand in die mürben, roten Safranfäden, zerrieb sie und hielt sie gegen das Licht der Öllampe. Schnüffelnd drückte er ein paar Krümel an seine Nase, dann leckte er daran. Er grunzte zufrieden. Der Safran war rein, keine Beimischungen von Färbersaflor. Die hübsche Frau Bonifaz würde erstklassige Ware bekommen. Und das sollte auch so sein.

Sein zahnloser Mund verschob sich vor Vergnügen, als er an die Trierer Händlerin dachte, die in Koblenz an seinen Stand gekommen war. Marcella Bonifaz. Er hatte sie beobachtet, als sie über die Wendeltreppe in das Obergeschoss des Kaufhauses gestiegen war. Sie hatte einen saphirblauen, sternenbestickten Surcot getragen, darüber einen pelzgefütterten Mantel mit weit fallenden Ärmeln und – ach, was Weiber eben so anziehen. Nur dass bei ihr alles zuammengepasst hatte, Kleid, Unterkleid, Gürtel, Spitzen, als hätte der Herrgott selbst mit seiner Lust an Formen und Farben sie gekleidet. Aber eingefangen hatte sie ihn mit ihren Haaren. Dunkelbraun, von der Farbe nasser Walderde, gekringelt in winzige und winzigste Löckchen, die um ihr schmales Gesichtchen spritzten wie Wassertropfen. Übermütig und selbstbewusst. Ihr Mund war für seinen Geschmack zu groß geraten. Auch ihre Nase ragte ihm zu kampfeslustig in die Welt. Aber, Allmächtiger, dafür hatte sie ein Lachen! Einmal tief und halb verschluckt, wie das Glucksen einer Quelle, dann wieder strahlend und von umwerfender Heiterkeit. Oh, Marcella Bonifaz liebte den Handel! Sie liebte es zu feilschen und zu rechnen und Preise zu überschlagen und um Prozente zu schachern.

Sie hatte Safran kaufen wollen, und wegen ihrer Haare und ihres Lachens hatte er ihr seinen Safran angeboten. Toskanischen Safran, den besten des Marktes. Zum Einkaufspreis. Mochte Lorenzo darüber schäumen.

Sie hatte gezögert, als er ihr die Menge genannt hatte, die zu liefern er bereit war. Fünfhundert Lot. Das Zögern verriet ihm, was sie lieber für sich behalten hätte: dass sie mit diesem Einkauf an die Grenzen ihrer Mittel stieß. Er hatte ihr angeboten, die Hälfte des Zolls zu übernehmen. Und da hatte sie zugeschlagen. Mit *sechshundert* Lot! Was für ein Weib! Was für ein Wagemut! Und gewiss würde sie ihn nicht bereuen, denn

Benedetto Marzinis Saumtierkarawanen waren die bestbewachten Warenzüge, die über die Alpen gingen. Wenn das Wetter sich hielt, würde sie ihren Safran in drei, spätestens vier Wochen in Koblenz in Empfang nehmen können. Und wenn – was der heilige Michael verhüten mochte – der Winter früher als erwartet hereinbrach, wenn der Zug also in Airolo oder Schwyz überwintern musste, dann würde sie auch im Frühjahr noch ein glänzendes Geschäft machen.

Benedetto war dabei, den Holzkrug wieder zu verschließen, als ihm etwas einfiel. Mit einem stillen Lächeln enthakte er die kleine, silberne Rose, die seinen Hausmantel zusammenhielt, küsste sie und warf sie zwischen den Safran.

I

Du bist erledigt, meine Liebe.«

Jacob Wolff sagte es freundlich, und Marcella fand keinen Grund, ihm deswegen zu grollen. Außerdem war es möglich, dass er recht hatte.

Sie saß in ihrem Kontor, einem winzigen Raum hinter der Krämerei mit niedriger, verrußter Balkendecke, in dem sich Regale und Tongefäße an den Wänden drängten und mit einem zierlichen Scrittoio um die Luft zum Atmen stritten. Jacob lehnte ihr gegenüber an der Tür, die Arme über der mächtigen Brust gekreuzt, als wäre er ein Cherub, dazu abgestellt, das Tor zum Paradies zu bewachen. Er trug einen kostbaren Seidensurcot in blaurotem Schachbrettmuster, der ihn mit Unmengen von Stoff umwallte, dazu einen ebenfalls blauen, mit Perlen bestickten Hut und natürlich die unvermeidlichen Schellenschuhe, die jede seiner Bewegungen mit fröhlichem Gebimmel untermalten.

Marcella seufzte. Ihr Zimmer lag im Trüben. Richtig hell wurde es hier sowieso nie, aber draußen regnete es, und was an Licht zu dem kleinen Fensterchen hineinfiel, reichte gerade, um den Bottich mit den Wurstgaffelspitzen zu erhellen.

Voller Abneigung musterte sie die Gaffelspitzen. Abscheuliche Bastarde eines Pfannenschmiedes waren das, hastig aus schlechtem Eisen zusammengehämmert, ungeliebt und mit keiner anderen Daseinsberechtigung, als dass sie nützlich waren. »Wurstgaffeln werden von Leuten gekauft, die in der Küche schwitzen«, hatte Elsa gesagt. »Und denen ist es egal, wie die Dinger aussehen, wenn sie sie nur bezahlen können.« Damit hatte sie recht, und Marcella hatte zweihundert Gaffelspitzen gekauft, den halben Pfennig das Stück. Und jetzt lagen die hässlichen Dinger im einzigen Lichtfleck des Kontors und beleidigten ihr Auge und kränkten ihren Sinn für Ästhetik.

»Zweiundfünfzig Pfund Heller!« Jacob kratzte sich stöhnend den fetten Nacken. »Mädchen, ich hab keine Ahnung, was du an dem Kram hier verdienst. Schön, es muss einiges sein, sonst könntest du den Zins für den Laden nicht zahlen. Aber jetzt, durch diesen verfluchten Überfall, sind dir zweiundfünfzig Pfund verloren, und niemand, nicht einmal der Judenhund Muskin, würde dir noch Kredit geben. Brauchst mich nicht so anzusehen, ich sag nur, wie es ist.«

Er zwängte die Hand unter den Gürtel und massierte seinen Wanst. Marcella betrachtete ihn voll Mitgefühl. Jacob hatte es mit dem Magen. Jeder Ärger, den er litt, schuf an seinen Schleimhäuten ein Geschwür oder nährte ein vorhandenes, und da er sich immer über irgendetwas aufregte, war ihm das Magenweh ein ständiger Begleiter.

»Verdammter Pfau!«, ächzte Jacob. »Kann gar nicht verstehen, was die Leute dran finden. Ist zäh und liegt einem für Stunden ... Kannst du nicht mal das Messer in Ruhe lassen? Du schneidest dir noch die Finger wund.«

Gehorsam hängte Marcella das Federmesserchen in seinen silbernen Ständer zurück. Der Ständer war auch eins von diesen Nutzdingern. Er barg das Tintenhörnchen mit der Rußtinte und die Schreibfedern und das Messerchen zum Spitzen der Federn und wurde täglich gebraucht. Aber im Gegensatz zu den Gaffelspitzen war der Ständer ein Wunder an Schönheit. Gerundete Silberstäbe bogen sich in symmetrischer Form gegeneinander, eine ovale, gelochte Platte deckte sie ab, und alles war mit feinster Ätzung durch ein Rankenmuster zum Funkeln gebracht worden. Ribaldo di Sauro hatte ihr den Ständer geschenkt. In einem Augenblick der Sentimentalität, die ihn übermannt haben musste, als er in seinem Bett den wundgeschlagenen Rücken auskuriert hatte. Marcella liebkoste das kalte Silber. Der Genuese war ein durchs Ohr gebrannter Spitzbube, von dessen Geschäften man besser nichts wusste, und wahrscheinlich hätte sie von ihm gar nichts annehmen dürfen, aber wenigstens verstieg er sich nicht zu Hässlichkeit.

Jacob ließ sich auf dem Stuhl auf der anderen Seite des Scrittoio nieder. »Hilft überhaupt nichts, wenn du die Augen davor verschließt«, brummelte er und stopfte die Daumen hinter den Gürtel. »Du bist erledigt und du weißt es auch.«

»Ich bin erledigt, mein lieber Jacob«, erwiderte Marcella freundlich, »wenn vorn im Laden keine Pfennige mehr über den Tisch geschoben werden.«

Jacob befreite die Daumen wieder, langte nach einem ledernen Büchlein, das neben dem Silberständer lag, und hielt es hoch, als wäre es Beweisstück einer Anklage. »Du hast für zweiundfünfzig Pfund Heller Auripigment gekauft, Marcella. Der Teufel mag wissen, wie du das Geld zusammengekratzt hast. Vielleicht war's sogar eine gescheite Idee. Aber nun ist der alte Scholer überfallen worden, und mit ihm und seinen Wagen ist dein Auripigment zum Teufel. Und damit bist du erledigt!«

Das war deutlich gesprochen, wie es sich für einen Kaufmann und Freund gehörte.

Marcella nahm Jacob das Handelsbuch ab, blätterte darin und tat, als ob sie läse. Nötig war das nicht, denn sie hatte die Zahlen im Kopf, und außerdem ... Tja, aber das war auch etwas, was sie Jacob lieber nicht auf die Nase binden wollte. Ihr Handelsbuch war nämlich genau genommen gar kein Handelsbuch, sondern ein Sortiment hübscher, kleiner Lügen, das in Form von Rußtintenzahlen Geschichtchen für Onkel Bonifaz erzählte.

Sie bezweifelte, dass Jacob – auch wenn er ein gescheiter Mann war und nicht halb so borniert wie der Rest des Schöffenrates – jemals die Notwendigkeit dieser Lügengeschichten würde begreifen können. Natürlich wusste er von Onkel Bonifaz' Ängstlichkeit – schließlich führte er mit ihm zusammen den Weinhandel am St. Katharinenkloster. Was er aber nicht wusste und auch nicht wissen sollte war, dass der Onkel Nacht für Nacht in seinem zerschlissenen Hemd durch das Kontor im Erdgeschoss des Wohnturmes geisterte und im Licht einer billigen Kerze Rechnungen überprüfte, die schon Wochen zuvor abgelegt worden waren, und Weinfässer zählte, deren Anzahl er im Traum hätte hersagen können, und hundertmal an denselben Fenstergittern rüttelte und allerlei anderen Unfug trieb, der aus Ängsten geboren wurde, von denen ein Mann wie Jacob nichts verstand und für die er allein Abscheu empfinden würde.

Aber Marcella kannte sich aus mit Furcht und deshalb hatte sie das Lügengeschichtenbuch geschrieben. Denn musste es den Onkel nicht aufregen, wenn er erfuhr, dass seine Nichte sich bei den lombardischen Wechslern Geld borgte? Und Geschäfte mit Männern tätigte, die er nicht einmal dem Namen nach kannte? Und dabei so viel Geld verdiente, dass allein der Gedanke, sie könnte es durch weibliche Kurzsicht wieder verlieren, ihm Herzrasen bescheren würde? Also führte sie ein Handelsbuch, das in reinlicher Schrift Kunde vom Kauf und Verkauf einiger Ellen Spitze gab und alles verschwieg, was dem Onkel den Frieden rauben konnte.

Marcella strich sachte mit dem Finger über die letzte Zahl.

Den Kauf des Auripigments für zweiundfünfzig Pfund Heller hatte sie auch erst nach dem Überfall eingetragen, als Scholers Warenliste dem Schöffenrat vorgelegt worden war und sowieso jeder wusste, dass auf seinen Frachtwagen Güter für Marcella Bonifaz transportiert worden waren. Was das Buch aber noch immer verschwieg und was sie auch weiterhin für sich behalten wollte war, dass sich außer dem Auripigment auch noch Safran auf dem Wagen befunden hatte. Echter, ungemischter Safran, zehnmal so teuer wie Pfeffer, aus den Blütennarben der besten toskanischen Krokusse. Und nicht etwa fünfzig oder hundert Lot. Nein, wenn Marcella Bonifaz sich ruinieren wollte, dann tat sie es gründlich! Sie hatte ihr gesamtes Geld – etwa achtmal so viel, wie Jacob vermutete – zusammengekratzt, um dem alten Marzini seinen Safran abzukaufen. Das Lot achtundsechzig Heller billiger als auf dem Baseler Markt. Sie hatte insgesamt sechshundert Lot gekauft. Und somit waren nicht zweiundfünfzig, sondern, wenn man ihren Anteil des Zolles dazurechnete, dreihundertachtzig Pfund Heller zum Teufel.

»Mädchen«, Jacob hüstelte in seine Faust, mit einer Geste, so zart und verlegen, dass Marcella überrascht die Augenbrauen hob. »Mir scheint, ich muss jetzt mal was sagen, was mir schon lange auf der Zunge liegt. Du bist inzwischen dreiundzwanzig … nein? … vierundzwanzig Jahre also alt. Und die Hälfte der Zeit kennen wir uns schon. Und solange ich zurückdenken kann, hast du eigentlich immer nur eines im Kopf gehabt – nämlich Krämerin zu werden. Das hast du auch geschafft, und ich will gar nicht tun, als ob mir das missfiele. Im Gegenteil. Ich hab Respekt davor. Du hast ein Köpfchen für Zahlen und Qualität und kannst Leute einschätzen und weißt, was du willst und …« Seine Gesichtshaut bekam plötzlich bis in die Speckfalten hinein eine zartrosa Färbung, was ihm eine gewisse Ähnlichkeit mit einem Ferkelchen verlieh. »Ich wäre jedenfalls nicht der Mann«, schnaufte Jacob, »der ein Weib wie dich – ich meine, wenn er eines hätte – aus seinem Kontor jagen würde …«

»Das ist anständig von dir, Jacob, und wundert mich auch nicht, denn es beweist, dass du einen guten Geschäftssinn hast, wovon ich immer überzeugt gewesen bin. Kann es sein, dass Elsa da eben gerufen hat?«

Elsa hatte ein lautes Organ. Man hörte ihre Stimme bis ins Kontor, wenn sie sich mit den Kunden unterhielt. Im Augenblick schien es keine Kunden zu geben.

»Was ich mit all dem sagen will, liebe Marcella ...«

»... gereicht dir zweifellos zur Ehre. Ob Elsa zur Gasse hinaus ...«

»Verflucht, ich will ...«

»Jacob – nein.« Marcella stand auf, stellte sich auf die Zehenspitzen und küsste den bulligen Mann sacht auf die Stirn. Armer Jacob. Da stand er vor ihr, einer der reichsten Trierer Weinhändler, Mitglied des Schöffenrates, anständig, großzügig, rücksichtsvoll. Und geriet mit seinem Heiratsantrag ausgerechnet an jemanden wie sie, die darüber nichts als einen üblen Druck im Magen verspürte. Sie legte ihm die Handflächen auf die Brust. »Du bist ein Ehrenmann, Jacob, glaub mir, ich weiß deine Fürsorge zu schätzen. Aber es wäre nicht das Richtige. Außerdem will ich diese Krämerei behalten. Darin steckt ... mein Leben. Ich will sie behalten – und das schaff ich auch.«

Der Entschluss war mutig. Jacob missbilligte ihn, aber Elsa, Marcellas Freundin und Beistand gegen säumige Lieferanten, keifende Kunden und die Willkür des Marktbeschauers – Elsa stemmte die Hände in die Hüften und forderte das Schicksal auf, sich ihnen zu stellen.

Das Schicksal nahm die Herausforderung auch an. Nur agierte es mit enttäuschender Hinterlist. Zuerst ließ Ernst Frosche, der Marcella die heimischen Pflanzen für ihre Salben, Parfüms und Farben lieferte, sie wissen, dass er Schwierigkeiten mit seinen Sammelweibern bekommen hatte. Er bedauerte zutiefst. Aber sicher gab es für das werte Fräulein andere Möglichkeiten ...

»Bla, bla, bla ... Zur Hölle mit dem Hundsfott«, fluchte Elsa.

Der Nächste, der sie aufsitzen ließ, war der Apotheker, der offen sagte, er fürchte um die Qualität der von ihnen gelieferte ten Salben und Tinkturen. Wo kein Geld ist, wird gepanscht, und die Kunden begannen bereits zu reden.

Bis zu den Klöstern hatte sich ihr Missgeschick noch nicht herumgesprochen, aber man fragte nach dem Auripigment und dem Safran, und aus Himmerod, wo die Cistercienser ein Evangeliar für Johann von Böhmen illustrierten, kam ein ungeduldiger Brief.

»Es gibt Auripigment. Auf dem Koblenzer Markt. Ein Händler aus Speyer bietet ihn feil«, sagte Marcella, nachdem sie abends die Tür hinter dem letzten Kunden geschlossen hatte und mit Elsa allein war. »Aber leider nicht gegen Kredit.«

Sie ging zum Tisch und öffnete mit dem Schlüsselchen, das sie um den Hals trug, das zierliche Schloss der Geldkassette.

»Wir haben noch ...« Ihre Finger fuhren über die Münzen. »... fünf Florins, sechzehn Turnosen, zweiundzwanzig Heller aus Kupfer, drei aus Silber und ...« Mit gerunzelter Stirn zählte sie das letzte Häuflein Münzen auf dem Scrittoio. »... siebenundachtzig Pfennige, wobei ich von diesen hier fürchte, dass sie bereits verrufen sind.«

Fast drei Wochen waren seit ihrem heroischen Entschluss vergangen, ihr Guthaben war inzwischen zusammengeschrumpft, das Lager hatte sich geleert.

»Warum leihen dir die Mistkerle in den Wechselstuben kein Geld mehr? Du hast doch bewiesen, dass du's vermehren kannst.« Elsa sah mit aufgestützten Ellbogen zu, wie Marcella die Münzen mit der Hand zusammenschob und sie in das Metallkästchen zurückfüllte. Jemand wie Elsa war nicht leicht zu schrecken. Sie hatte die Kindheit im Dienst eines zudringlichen Lakenkrämers verbracht, einen unangenehmen und einen sanften, aber leidenden Mann überlebt, den Verlust ihrer Korbflechterei verwunden und die Dummheiten ihres Sohnes, der sie um ihre Ersparnisse gebracht hatte. Wenn Elsa den Kopf hängen ließ, war die Lage ernst.

»Männer denken mit dem Hintern, wenn sie es mit Frauen

zu tun kriegen«, grollte sie. »Furzkerle!« Sie beugte sich über den Tisch und versenkte ihren Mund im Schaum eines Kruges mit Honigbier. Nachdem sie die Tropfen am Ärmel abgewischt hatte, faltete sie die Hände. Und mit einem Mal sah sie feierlich und gewichtig drein.

»Du kennst mich, Marcellakind. Und du weißt, aufgeben ist nicht mein Fall. Hab ich mein Lebtag nicht getan, nicht mal damals, als mein Junge aus der Lehre ist, und ich die Schulden ... ach was. Zähne zusammen und durch, das steht auf meiner Fahne. Aber nun ...«

»Ja?«, fragte Marcella.

Und dann hörte sie zu, wie Elsa mit all ihrem Zartgefühl auf Jacob zu sprechen kam. Jacob, der so ganz anders war als andere Männer. Seinen beiden ersten Weibern hatte er die Sahne ins Maul gestopft, das wusste jeder in Trier. Kaum, dass er sie mal verprügelt hatte. Im Gegenteil – er fand's gut, wenn Frauen ihren eigenen Kopf hatten, und ließ ihnen ihre Freiheit. Durfte man das verachten? Gewiss, es gab schönere Männer. Jacob hatte Fett angesetzt, und niemand konnte bestreiten, dass seinen Augen ein gewisses Froschglotzen anhaftete. Nur, wie der Volksmund so schön sagt: Kornblumen sind hübsch, aber Ähren sind besser. Und die Jungen haben Flausen im Kopf, sind herrisch und eifersüchtig, da weiß man nie, woran man ist ...

Marcella hörte aufmerksam zu, das Kinn auf die Hände gestützt, ohne ein einziges Mal zu unterbrechen. Als der Lampendocht niedergebrannt war und Elsa den Qualitäten des Jacob Wolff und der Unerbittlichkeit des Schicksals rein gar nichts mehr hinzuzufügen wusste, sagte sie:

»Morgen früh gehe ich zu Ribaldo di Sauro.«

II

Marcella verließ ihr Haus mit dem Glockengeläut, das die Öffnung der Stadttore ankündete. Sie ging nicht durch die Obstgärten, sondern nahm den Weg an der Moselmauer entlang, und als sie die Römerbrücke erreichte, trat sie nach kurzem Zögern vor das Tor hinaus, um die Lastkähne zu beobachten, die über die Dreharme des hölzernen Ladekranes mit Salzfässern bepackt wurden.

Sie hatte Zeit. Elsa musste noch Lorbeeröl in die Metzgergasse tragen. Die Metzger brauchten das Öl zwar erst im Sommer, wenn die Fliegen ihnen wieder zu schaffen machten, aber wegen des günstigen Preises waren sie bereit, auch jetzt schon zu kaufen. Das Ganze war ein schlechtes Geschäft. Alles war ein schlechtes Geschäft, wenn man unter dem Druck stand, verkaufen zu müssen.

Vielleicht, dachte Marcella, hätte ich den Safran mit dem Schiff hierher transportieren lassen sollen. Aber der Weg über Land hatte als sicher gegolten. Und Scholer war ihn mit seinen Frachtwagen schon so oft gefahren. Als er ihr angeboten hatte, die Kisten aus Koblenz mit nach Trier zu bringen ... Wie hätte sie ahnen können ...

Ach, Blödsinn! Sie war leichtsinnig gewesen. Und nun musste sie zu Ribaldo gehen und versuchen, ihm einen Kredit abzuschmeicheln.

Ein völlig verdreckter, bis auf die Hose nackter Junge trieb eine Schar Ziegen auf die Brücke zu. Marcella flüchtete zum Torturm und kehrte in die Stadt zurück.

Elsa wartete vor dem Laden. Sie hatte ihre blonden Zöpfe streng nach hinten geflochten und bis auf das letzte Härchen unter der Haube verschwinden lassen. Die Kette mit dem Vogel aus Bergkristall, die Marcella ihr zum Osterfest geschenkt hatte, war durch ein eisernes Kreuz ersetzt worden, das schwer über ihrem Wolltuch baumelte.

»Es schickt sich nicht und du hast es nicht nötig«, sagte sie zur Begrüßung.

Marcella gab ihr einen Kuss, hakte sich bei ihr unter und zog sie mit sich.

Der Weg zur Rahnengasse, wo Ribaldo di Sauro wohnte, war kurz, kaum mehr als ein Spaziergang, aber die Gasse bildete den Zugang zu einem der ärmeren Viertel, und als Marcella sie betrat, kam sie sich vor wie in eine andere Welt versetzt. Es roch nach faulendem Fleisch, nach saurer Suppe, nach Vieh und Exkrementen. Als stünde man inmitten einer Abfallgrube. Der Grund war offensichtlich: In den engen Spalten zwischen den Häusern türmte sich, was die Bewohner an Unrat aus den Fenstern kippten, und offenbar gab es niemanden, der sich zuständig fühlte, ihn abzutransportieren. Die Häuser selbst waren verfallen. Mit Lehm verbackener Mist stopfte notdürftig die Löcher in den Dächern und Wänden.

Ein Mädchen mit einer wässrigen Wunde am Bein kauerte im Gossendreck und lutschte versunken an einem Knochenstück, während sie auf eine Schar kleiner Jungen achtete. Mit angewiderter Miene fragte Elsa sie nach der Wohnung des Genuesen.

Di Sauros Haus befand sich am Ende der Gasse, in einem Winkel, wo es ein wenig sauberer war. Seine Zimmer lagen über einer Taverne und die Holzläden vor den Fenstern waren noch geschlossen.

Marcella blickte an sich herab und betrachtete den Saum ihres Kleides. Es war ein Fehler gewesen, so früh zu kommen, aber vor allen Dingen war es ein Fehler gewesen, auf die Sänfte zu verzichten. Der Regen der vergangenen Tage hatte eine Menge Schmutz in die Mitte der Straße gespült, der nun am Blumenstoff ihres Kleides klebte. Nur, wenn sie die Sänftenträger bestellt hätte, dann hätte – der Himmel verhüte – womöglich Onkel Bonifaz von ihrem Ausflug erfahren, und der Onkel durfte auf keinen Fall beunruhigt werden. Gerade jetzt nicht. In den letzten Tagen schlich er durchs Haus wie ein Gespenst.

»Lass es bleiben«, sagte Elsa und wiederholte, was sie Marcella bereits am Abend zuvor gepredigt hatte. »Jeder weiß, dass der Italiener ein Spitzbube ist. Ein Gauner, dem sie vergessen haben, das Ohr zu schlitzen! Außerdem ist es unwürdig!«

Und zum hundertsten Mal hielt Marcella ihr eigenes Argument dagegen: »Di Sauro ist mit mir bekannt, und er hat das Geld, das uns helfen könnte.«

Es war ein schwaches Argument. Ribaldo di Sauro gehörte zu den Menschen, die nicht einmal das Schwarze unter dem Fingernagel verschenkten. Und ihre Bekanntschaft beruhte auf einem hässlichen Erlebnis, das er womöglich längst aus seiner Erinnerung verbannt hatte. Angesichts der von Rissen durchzogenen Hausfront und der schiefen Tür mit der abgeblätterten, grünen Farbe schien es sogar fraglich, ob er überhaupt genügend Geld besaß, um ihnen etwas borgen zu können.

Aber *wissen* werde ich das erst, wenn ich drinnen gewesen bin, sagte sich Marcella und pochte energisch mit dem Klöppel gegen den schwarz angelaufenen Metallring.

»Am besten, du wartest hier«, beschied sie Elsa, als nach einer Ewigkeit der Riegel über das Türholz schrammte.

Di Sauro hockte in einem mit Armstützen versehenen, lederbezogenen Stuhl, der seinem Sinn für Schönheit entsprach, sein hässliches Äußeres aber nur noch schärfer kontrastierte. Das eckige Gesicht war von Fältchen durchzogen, scharfen Einschnitten im mageren Fleisch, die ihm besonders zwischen den Augen das Aussehen eines misstrauischen und habgierigen Äffchens verliehen.

»Ihr wollt Geld und ich werde Euch keins geben«, sagte er zur Begrüßung.

Marcella ließ sich auf dem Schemel nieder, den di Sauros Bursche ihr gewiesen hatte, und wartete, bis die Tür hinter ihr ins Schloss gefallen war. Sie lächelte. »Wie schön, Euch wieder zu sehen, Ribaldo, und wie schön, dass Ihr Euch nicht verändert habt. Es gibt so wenig Beständiges auf der Welt.«

»Amen!« Di Sauro lehnte sich zurück und krallte die Finger um die Armlehnen. »Selbst wenn ich genug Bares hätte, Euch einen Kredit anzubieten, würde ich es nicht tun. Ihr neigt zu Unvernünftigkeiten. Geschäfte werden mit dem Kopf gemacht. Und in Eurem Kopf geht alles durcheinander. Ich wünschte, ich hätte Euch nie getroffen.«

»Das glaube ich gern, denn dann wäret Ihr nicht nur meiner Gegenwart enthoben, sondern hättet vermutlich auch sonst keine Sorgen mehr. Wenigstens nicht in dieser Welt.«

Der Genuese verzog das Gesicht, als hätte er auf Saures gebissen. »Wir hatten ein gemeinsames unangenehmes Erlebnis, Gnädigste. Das ist alles. Versucht bitte nicht, darauf herumzureiten.«

»Ich brauche zehn Pfund Heller, um Auripigment und Safran zu kaufen. Ihr würdet es zu zwölf Prozent Zins zurückbekommen.«

»Ich habe keine zehn Pfund Heller, und wenn ich sie hätte, dann würde ich sie Euch nicht geben, und wenn ich sie Euch gäbe, dann würdet Ihr davon keinen Safran kaufen können, weil der Markt Safran im Moment nicht liefert.«

»Aber er liefert Auripigment.«

»Ich …«

»Und in Koblenz wird noch vor dem Johannistag ein Schiff aus Basel eintreffen, das Safran mit sich führt. Zwölf Prozent, Ribaldo.«

Der Genuese starrte sie an. »Himmelkreuz ... Als der Schöpfer den Starrsinn erschuf, da stattete er ihn mit quellendem Busen und breitem Hintern aus!«

Marcella musste lachen. »Ich komme, um zu bitten, nicht um zu zanken, Ribaldo. Euer Geld und auch der Zins wären bei dem Geschäft sicher. Ich habe Kunden für das Auripigment, die bei Anlieferung zahlen. Könntet Ihr risikoloser verdienen?«

»Es heißt, verehrte Schwätzerin, Ihr habt bei dem Überfall auf Scholer fünfzig Pfund Heller verloren. Aber Eure Krämerei ist wesentlich mehr wert. Oder war es wenigstens bis vor einigen Monaten. Wie kommt es, dass Euch der Verlust in solche Schwierigkeiten bringt, dass Ihr bei mir anklopfen müsst? Habt Ihr schlecht gewirtschaftet?«

Er war so höflich, es als Frage zu kleiden. In Wahrheit traf er eine Feststellung.

»Wer versieht Euch mit so genauen Zahlen, lieber Herr?«

»Die Vöglein singen in jedem Garten. Man muss ihnen nur zuhören.« Der Genuese lächelte breit und kompromisslos.

»Ich habe nicht fünfzig, sondern ... fast vierhundert Pfund verloren.«

»Vier ...« Di Sauro pfiff durch die Zähne, zum ersten Mal mischte sich etwas wie Mitgefühl in seine Äffchenmimik. Er musste wirklich gut unterrichtet sein, denn er glaubte ihr aufs Wort.

»Aber das wird mich nicht ruinieren«, sagte Marcella, »denn ich habe feste Kunden. Schön, mir sind nicht alle geblieben, aber die wichtigsten warten noch ab. Und wenn ich bis Johanni liefern kann, ist alles gut. Ich brauche nicht mehr als zehn Pfund Heller.«

»Hat Tristand Euch nicht entschädigt?«

Marcella hasste es, wenn man sie unwissend fand. Und gerade jetzt hatte sie das Gefühl, dass der Genuese ihr diesen Tritt absichtlich gegen das Schienbein gelenkt hatte.

»Wieso Tristand?«

Di Sauro lächelte schadenfroh. »Mir scheint, Ihr solltet Euch ebenfalls gelegentlich in den Garten setzen, Herrin. Dann hätten Euch die Vögel vielleicht geflüstert, was ganz Trier schon weiß und was Ihr eigentlich mit den Ersten hättet erfahren sollen.«

»Was hat Tristand mit meinem Geld zu tun?«

»Er hat es gestohlen.«

Marcella begann zu lachen. »Arnold Tristand? Kann es sein, dass Eure Vögel miauen oder bellen?«

»Im Gegenteil. Sie zwitschern, dass einem der Kopf summt. Tristand hat einen von Scholers gestohlenen Frachtwagen in seinem Heuschober zu verstecken versucht, das ist belegt.«

»Unsinn. Der Mann ist reich durch seinen Wein. Er ist ... Mitglied im Schöffenrat. Und außerdem viel zu alt für solche Dummheiten. Und ...«

Und er ist ein Ehrenmann, hatte sie sagen wollen. Ein gütiger alter Herr, der sein Gesinde sauber kleidet und Kindstaufen ausrichtet und sie zu Feiertagen mit einem Heller extra belohnt. Aber Männern, und besonders Kaufleuten wie di Sauro, bedeuteten diese Dinge nichts. Ein Ehrenmann ist ein Lump, den sie noch nicht erwischt haben, war Jacobs Redensart.

»Euer Onkel selbst hat ihn ertappt«, fuhr der Genuese fort. »Es wundert mich, dass er Euch nichts davon erzählt hat. Er und Jacob Wolff und noch ein paar andere vom Schöffenrat. Sie sind hinausgeritten auf Tristands Landgut, um mit ihm über die Sache mit dem Sestergeld zu beraten. Und da haben sie ihn erwischt, wie er den Frachtwagen unter Heuballen zu verstecken versucht hat.«

Marcellas Augen weiteten sich ungläubig. »Arnold Tristand soll den alten Scholer umgebracht haben?«

»Den Wagen versteckt, sagte ich. Für den Mord scheint man seinen Spross im Verdacht zu haben.«

»Martin?« Das klang noch dümmer. Martin war ... ein Ausbund an langweiliger, phantasieloser Rechtschaffenheit. Gescheit, aber so umständlich, dass es einem auf der Haut kribbelte, wenn man mit ihm sprach. Er schnäuzte nicht einmal die Nase, ohne das Für und Wider auf der Schiefertafel zu erwägen.

»Wenn Ihr den Vögeln im Garten schon nicht lauschen mögt«, sagte der Genuese vorwurfsvoll, »dann solltet Ihr wenigstens auf die Spatzen in der Gasse hören. Dort heißt es nämlich, dass Martin noch einen jüngeren Bruder hat. Einen Taugenichts, der sich mit Judenwucherern rumtrieb und vor zehn Jahren nach Italien verschwand. Damian Tristand. Dem geben sie die Schuld.«

»Ich wusste gar nicht, dass Arnold zwei Söhne ...«

»Ein guter Kaufmann ist mit den Vögeln auf du und du.«

»Schlimm für den alten Mann.«

»Aber Glück für Euch. Martin Tristand, heißt es, ersetzt jeden Schaden, den sein Bruder angerichtet hat.« Di Sauros schlauer Vogelblick geriet plötzlich ins Nachdenkliche. »Beschenkt Euch das nun eigentlich ... mit fünfzig oder mit knapp vierhundert Pfund Heller, meine Liebe?«

Marcella beugte sich weit über den Schreibtisch. Sie begann zu lächeln. »Ich bin sicher, das werden Euch die Spatzen pfeifen.«

»Gewiss, gewiss.« Di Sauro griff nach ihren Händen. »Habt Ihr Euch eigentlich schon einmal mit Alaun befasst?«

»Ich handle nicht mit Tuchfärbern, sondern mit Skriptorien.«

»Ihr bräuchtet auch nicht zu handeln, sondern nur einen Teil Eures Geldes ...«

»Ich handle gern, und im Moment mit Safran und Auripigment.«

»Wie unendlich schade.« Di Sauro stand auf und geleitete sie zur Tür. Sein mageres Gesicht blickte jetzt, da es ihm nicht mehr an den Geldbeutel gehen sollte, durchaus wohlwollend. »Möchtet Ihr nicht doch ein paar Pfund ...? Nein? Auch gut. Aber falls Ihr Eure Meinung ändern und mich doch noch mit Eurer Aufmerksamkeit zu beglücken wünschen solltet ...« Er küsste ihr galant die Hand. »... würdet Ihr dann vielleicht so aufmerksam sein zu bedenken, dass die Vögel auch über dieses Haus hier schwatzen? Für liebe *Freunde* ...« Es war nicht ganz klar, ob er mit dem letzten Wort spottete oder seine Gefühle den rasanten Gesinnungswandel seines Hirns bereits nachvollzogen hatten. »... bin ich alle Fest- und Feiertage auf meinem kleinen Landgut zu sprechen. Zur Musilpforte hinaus und dann immer östlich der Straße nach, zwei Meilen weit. Ein roter Wohnturm aus Sandstein mit einigen Stallungen. Etwas älter schon. Ihr könnt es gar nicht verfehlen ...« Mit einer Verbeugung hielt er ihr die Tür auf. »Und solltet Ihr eventuell doch ...«

»Im Leben nicht«, sagte Marcella und warf ihm einen strahlenden Blick zu.

III

Die Arme unterm Nacken verschränkt lag Marcella auf ihrem Bett und starrte den durchhängenden Betthimmel an. Motten hatten sich über den roten Stoff hergemacht und Löcher hineingefressen. Als Marcella das Zimmer bezogen hatte, hatte sie die Motten mit Lavendelbüscheln verscheucht und die Löcher mit Blumen aus gelbem und dunkelblauem Seidenstoff zugenäht. Damals musste sie ... ja, knapp acht Jahre alt gewesen sein. Sie wusste nichts mehr aus dieser Zeit, außer dass in ihrem neuen Zuhause alles sehr staubig gewesen war, und am staubigsten Onkel Bonifaz, der sie am Ende der Treppe zur Halle begrüßt hatte. Sie musste Nadeln in ihrem Gepäck gehabt haben, denn noch in der ersten Nacht hatte sie die Löcher im Betthimmel zugenäht. Mit Blumen, die sie aus ihrem Seidenmantel geschnitten hatte. Himmel, Onkel Bonifaz hatte fast der Schlag getroffen, als man ihm von dem zerschnittenen Mantel berichtete. Es hatte ihr auch leidgetan. Nicht wegen des Mantels, den hatte sie gehasst. Aber wegen der Blumen, die sie seitdem immer an den Mantel erinnerten.

Marcella schloss die Augen und lauschte den Geräuschen unten im Hof. Onkel Bonifaz ließ die alten Weinfässer reinigen. Holz rollte über das Pflaster, gelegentlich knallte ein Deckel zu Boden, Wasser platschte, und die Männer riefen sich ihre ordinären Späße zu. Lange würde der Lärm nicht mehr anhalten, denn es ging auf den Abend zu ...

Die Krämerei war verloren.

Und was das Schlimmste daran war: Es hätte gar nicht sein müssen.

Martin Tristand hatte ihre Forderung anerkannt, das Auripigment im Wert von zweiundfünfzig Pfund Heller hatte auf der Frachtliste gestanden. Aber dann hatte der Schöffenrat sich eingemischt. Es gab eine Menge Leute, die Ansprüche zu stellen hatten. Allen voran Scholers Witwe, die ihren Mann verloren hatte und deren Schaden noch gar nicht abzuschätzen war. Dann die Witwen der ermordeten Frachtbegleiter. Außerdem musste man die Waren, die auf Tristands Hof gefunden worden waren, ihren Besitzern zuführen und sie von der Schadenssumme wieder abziehen. All das erforderte Zeit. Das Tristand'sche Vermögen war groß, aber ob es ausreichen würde, alle Geschädigten zu befriedigen, stand in den Sternen, und da wollte man eben nichts überstürzen.

Marcella sah das ein. Helfen tat es ihr nicht.

Drei der fünf Skriptorien – die aus den städtischen Klöstern – hatten ihr bereits die Kundschaft aufgekündigt. Zinnober, Waid, Folium und Bleiweiß waren leicht von anderen Händlern zu bekommen. Und wenn man ihnen kein Auripigment lieferte, dann benutzten sie eben Grünspan mit Schwertelsaft oder Kohl.

Marcella dachte an Jacob. Er hatte ihr die Hand geboten und – jedenfalls hatte sie es so aufgefasst – die Mitarbeit in seinem Weinhandel. Wahrscheinlich hätte er auch nichts dagegen, wenn sie ihre Krämerei weiterführen wollte. Jacob war ein großzügiger Mann.

Einen Moment lang versuchte sie sich vorzustellen, wie es wäre, unter dem Baldachin von Jacobs düsterem, mit steifen Kissen ausgelegtem Bett zu liegen. Ihre Phantasie reichte hin, sich seine Beine mit den mächtigen Schenkeln vorzustellen, die Wülste um seine Hüften, den vorgewölbten Bauch, der sich über sie beugen würde, und natürlich auch die behaarten Arme, die sich wie Krakententakel um sie schlingen und sie auf die muffige Matratze drücken würden.

Bei dieser letzten Vorstellung begann es in ihrem Magen zu schwimmen. Ein ungemütliches Gefühl war das – als würde sie aus großer Höhe hinunterfallen. Nicht, dass ihr so etwas je passiert wäre. Sie war einmal vom Trittbrett eines Reisewagens gestolpert, aber das war so schnell gegangen, dass mit einem kleinen Schreck alles vorüber gewesen war. Wenn sie an Jacobs Schenkel dachte, dann fiel sie von der Spitze eines Berges, und der Inhalt ihres Magens löste sich und flatterte hinauf zur Kehle.

Das kommt, weil Jacob so hässlich ist, dachte Marcella und versuchte, die fette Gestalt durch ein wohlgeformtes männliches Neutrum zu ersetzen, ähnlich den gemeißelten Apollostatuen bei den Kaiserthermen. Aber das flattrige Gefühl blieb. Und je störrischer sie sich zwang, die imaginäre Mannsgestalt in ihrer Nacktheit zu betrachten und angenehm zu finden, umso schlimmer wurde es.

Sie drehte sich auf den Bauch und presste die Handballen gegen die Augäpfel. Rote Kringel begannen die Apollogestalt zu umschwimmen. Marcella drückte stärker, um die Kringel zu vertreiben. Aber sie leuchteten nur noch intensiver, und schließlich verwandelten sie sich in Blitze, bis der ganze Apolloleib von blutigen Flammen umzuckt wurde. Apollo brannte. Und sein Rauch stank nach Bergamotte und wurde vom Rübenacker zum Haus hinüber getrieben …

Marcella begann zu würgen. Sie presste die Hände vor den Mund und lief zu dem Waschzuber, der neben der Fensternische stand. Sie brauchte sich nicht zu übergeben. Das Wasser, das sie aus der Schale direkt in ihr Gesicht spritzte, vertrieb die Übelkeit und schaffte ihr wieder Luft. Schwer atmend hielt sie sich an dem Schüsselgestell fest und krallte die Hände darum. Das Wasser rann in ihren Ausschnitt.

Es ... verdammt ... es war also so ... *verkehrt*.

Sie fuhr sich mit der Hand über den Mund. Irgendwo, fiel ihr ein, musste noch eine Schüssel mit Zimtschnecken stehen. Sie tastete sich um das Bett herum, fand das Gebäck auf der Kleidertruhe und begann, es sich in den Mund zu stopfen. Essen beruhigte den Magen. Süßes am meisten. Schon der Geschmack des Honigs im Mund ließ sie ruhiger werden. Sie schluckte, so schnell sie das Zeug hinunterbekam, und warf sich dann mit Tränen in den Augen auf ihr Bett.

Sie musste geschlafen haben, denn als sie das nächste Mal horchte, hatte der Lärm im Freien eine andere Färbung bekommen. Das Poltern der Fässer war leiser geworden, und die Stimmen lauter. Wahrscheinlich war sie davon erwacht. Ein Fremder musste in den Hof gekomen sein, denn sie hörte die Hunde in dem Zwinger neben dem Tor bellen und die barsche Stimme des Wachknechtes, der sie zur Ordnung rief.

Marcella wischte sich die Krümel vom Mund und trat zum Fenster. Die Sonne stand tief, rotes Licht bedeckte die stockbewehrten Weinberge im Hinterland der Stadt. Der Innenhof des Bonifaz'schen Besitzes, umgeben von einer zwei Klafter hohen Mauer, war bereits zur Hälfte von Abendschatten verdunkelt. Vor dem Ziehbrunnen, genau abgegrenzt wie mit dem Lineal gezogen, begann der hellere Teil, in dem die umgestülpten Weinfässer zum Trocknen abgestellt worden waren.

Gerade auf der Linie zwischen Licht und Schatten tänzelte ein graugefleckter Schimmel – das Pferd des Stadtzenders. Hoch aufgerichtet, steif von der Würde, die sein mächtiges Amt ihm verlieh, thronte der Mann im Sattel. Der Schatten, den die Mauer warf, verdunkelte sein Gesicht, aber sein Rücken mit dem blutroten Mantel glänzte in der Abendsonne, und das, und vielleicht auch der Ruf der Grausamkeit, der ihm vorauseilte, betonte das Unheimliche seiner Erscheinung. Der Zender hatte Gefangene abzuliefern. Zwei Männer, die an Stricken gebunden hinter seinem Pferd standen. Offenbar fand der rote Mann, dass die Bonifaz'schen Knechte den beiden zu dicht aufs Fell gerückt waren, denn er brüllte einen Befehl, und seine Gehilfen, die die gefesselten Männer eskortierten, hoben ihre Knüppel. Murrend wichen die Knechte zurück.

Marcella konnte nun die Köpfe der Gefangenen erkennen, einer war lockig und gelb, wie Weizen in der Augustsonne, der andere schwarz mit silbergrauen Strähnen, kürzer als es Mode war und von rauer Behandlung zerzaust. Der Schwarzhaarige sagte etwas. Was, konnte Marcella nicht verstehen, denn er sprach leise, und ihr Fenster lag hoch. Aber sie hörte das unwillige Antwortgemurmel der Knechte. Der Schwarze hob noch einmal die Stimme, diesmal deutlicher und spürbar erbost.

Wie dumm von ihm, sagte Marcella halblaut. Und richtig, die Knechte ballten die Fäuste. Der Zender war der Zender und sollte sein Amt tun, aber niemand hatte das Recht, freie Bürger zu beleidigen, schon gar nicht, wenn er in Fesseln stand und zur Armsünderbank geführt werden sollte.

Marcella fand ein Kuchenrestchen in der Beuge ihres Ellbogens und schnipste es gedankenverloren vom Stoff. Zieh den Kopf ein und übe dich in Demut, dachte sie. Sonst beziehst du Prügel, bevor der Schöffenrat einen Blick auf dich werfen kann. Und mit zerschlagenem Gesicht werden sie dich nicht milder beurteilen.

Den Fremden schien das nicht zu kümmern. Er suchte weder Schutz beim Pferd des Zenders, noch wich er zurück. Er hob nicht einmal die Hände, um sich vor den Püffen zu schützen. Trotzig schaute er in die Gesichter der Knechte. Marcella wandte sich ab. Sie verabscheute Gewalt. Und Dummheit machte sie ungeduldig. Mochte man sich prügeln.

Wahrscheinlich wäre es auch so gekommen, wenn der Zender nicht mit einem scharfen, alles übertönenden Satz zwischen die Knechte gefahren wäre. Einem Satz, der ihr wütendes Gebrumm auf der Stelle verstummen und ihren Zorn innehalten ließ. Wieder waren nur Silbenbruchstücke an Marcellas Fenster gedrungen, aber das eine, das entscheidende Wort hatte auch sie verstanden:

Tristand.

Der Schöffenrat tagte *non coram publico*. Niemand hatte bei ihrer Sitzung etwas zu suchen, schon gar nicht eine Frau. Dass Marcella sich trotzdem zu den Männern schleichen konnte, lag daran, dass es in Trier noch kein Rathaus gab und die Sitzungen notgedrungen im Haus des Schöffenmeisters stattfinden mussten. Und was lag da näher, als dass die Nichte des Schöffenmeisters – in Ermangelung einer Hausfrau – sich um den Durst der Gäste kümmerte. Sie hatte das schon früher getan. Einige Schöffen hatten sich darüber mokiert, den meisten war es egal gewesen. Mochte sie ihnen zuhören. Der Handel mit Buchfarben und Spezereien hatte unter den Trierer Fernhändlern keine Konkurrenz. Aber dieses Mal hätte Marcella den Weinkrug auch in der Küche stehenlassen können. Niemand achtete auf sie, als sie durch die kleine Tür vom Gesindetrakt in den Beratungssaal schlüpfte.

Der Raum, den der Schöffenmeister für die Ratssitzungen bestimmt hatte, war groß, kalt und düster. Auf Dornen gespießte Wachslichter standen auf dem Tisch und unter der Eichenbalkendecke baumelte ein eiserner Radleuchter mit tropfenden, gelben Kerzen. Aber Onkel Bonifaz war ein sparsamer Mann, und die wenigen Lichter, die er für die Sitzung zu opfern bereit war, brachten nicht mehr als ein Zwielicht hervor, das die Augen anstrengte und die Nerven reizte. Nur durch die Bogenfenster an der Breitseite des Raumes fiel noch Helligkeit in den Raum, eine Parade von Lichtrhomboiden auf dem Dielenboden, die aber zusehends zusammenschmolzen, um der Nacht das Feld zu überlassen.

Behutsam schloss Marcella mit dem Ellbogen die Tür.

Die Schöffen, vierzehn Mann, verteilt um einen langen Tisch mit grauleinenem Tischtuch, verhielten sich schweigsam. Flammenschatten tanzten auf ihren Gesichtern. Ihre Blicke hingen an den Zinnkrügen und wanderten gelegentlich zur Eichenbohlentür, hinter der eine Treppe in den Hof hinabführte. Der Zender schien sie über seine Gefangenen bereits informiert zu haben. Einige blickten verstohlen zu Martin Tristand.

Marcella bedachte Martin mit einem mitfühlenden Blick. Der Arme war seit anderthalb Jahren Schöffe und einer der jüngsten hier im Kreis. Es hatte Stimmen gegeben, die seinen Ausschluss vom Schöffenrat gefordert hatten, als die Sache mit den gestohlenen Frachtwagen bekannt geworden war. Aber die Bedachtsamen, die meinten, man solle den gerechten Bruder nicht für die Untaten des missratenen büßen lassen, hatten sich durchgesetzt. Besonders weil Friedrich Scholer, der Neffe des ermordeten Kaufmanns, sich ebenfalls für Martins Verbleib im Schöffenrat ausgesprochen hatte. Arnold Tristand mochte sich dem Rat gegenüber der Treulosigkeit schuldig gemacht haben, sein Sohn nicht.

Tatsächlich hatte Martin noch am Tag der Verhaftung seines Vaters Boten losgeschickt, um nach dem Bruder zu forschen, und ihm verdankte man die Nachricht, dass Damian Tristand wirklich in Koblenz im Haus der Tuchhändler gesichtet worden war. Wenig später erfuhren die Schöffen, dass er dort mit dem alten Scholer in Kontakt getreten war. Der Mann, von dem Martin das hatte, glaubte sich sogar zu erinnern, dass Damian sich Scholers Wagenzug angeschlossen hatte. In jedem Fall aber hatte er Koblenz zeitgleich mit Scholer verlassen und war seitdem nicht mehr dort aufgetaucht. Martin hatte all das getreulich an den Schöffenrat weitergegeben und mit geradezu selbstquälerischer Genauigkeit nach weiteren belastenden Details geforscht.

Aber was gab es noch herauszufinden? Die Frachtwagen, die dem ermordeten Scholer gehört hatten, waren gestohlen worden, und einer von ihnen war auf dem Landgut der Tristands wieder aufgetaucht. Erstaunen konnte nur die Dreistigkeit des Diebes und die Torheit seines Vaters. Aber – wie Jacob Marcella an einem stillen Abend im Hinterstübchen der Krämerei auseinandergesetzt hatte – Arnold, der Schwachkopf, besaß eben keinen Mumm. Sein Lebtag hatte er hinter seinem Jüngsten hergewinselt, sogar dann noch, als der Strolch in das Wuchergeschäft dieses vermaledeiten Brügger Juden eingestiegen war. Wo die Peitsche vonnöten gewesen wäre, hatte Arnold gebettelt und gefleht. Und so bekam er in gewisser Weise, was er verdiente. Oder nicht?

Vielleicht, dachte Marcella, setzte ihren Krug auf einer Truhe ab und zog einen Schemel heran, auf dem sie sich niederließ.

Sie mochte Martin nicht. Sie wusste, dass er ihr Krämertum missbilligte, ihre Anwesenheit im Schöffenrat, ihr Ledigsein, ihre Reisen übers Land und wahrscheinlich ihre ganze Existenz. Trotzdem konnte sie sich jetzt an seinem Elend nicht freuen. Er trug noch immer die dunklen Kleider mit dem Pelzbesatz, die seine Seriosität betonten, und die schlichten Schnabelschuhe und hatte die Haare streng aus dem Gesicht gebürstet. Aber sein Kinn war dunkel von Bartstoppeln und seine Augen starrten brütend ins Leere. In seine Stirn hing ein Haarwirbel, widerspenstig und steif, den anderen Locken entschlüpft, als wollte er verkünden, was sowieso nicht verheimlicht werden konnte: dass nämlich sein Träger aus den Bahnen der Ehrbarkeit hinausgeschleudert worden war in eine ungewisse Zukunft.

»Wenigstens haben wir das Schwein jetzt«, sagte Jacob. Er saß oben an der Tafel, direkt neben Onkel Bonifaz, wie es seinem Reichtum und seinem Rang gebührte. Sein Blick ging in die Runde. »Martin hat allen Schaden, der durch seinen Bruder entstanden ist, ersetzt, was ich, nebenbei bemerkt, für sehr anständig halte, denn wir wissen alle, dass er sich dem liederlichen Treiben seines Bruders immer entgegengestellt hat. Wenn jetzt Blut durch Blut gesühnt wird – und der Teufel soll mich holen, wenn er billiger davonkommen soll, der verfluchte Halsabschneider –, ich meine, dann könnte man wohl darüber nachdenken, ob Arnold Tristand …«

»Arnold hat versucht, den Mörder zu schützen«, sagte Hans Britte schroff. Die meisten Männer nickten dazu, einige blickten betreten. Das Haus Tristand hatte viele gutzahlende Kunden und fast die Hälfte der Schöffen handelte mit Moselweinen. Wenn hier von Gerechtigkeit gesprochen wurde, klang das Echo immer bedenklich nach Habgier.

Marcella sah, wie Martin aufstand und zum Fenster ging. Die Lichtrhomboiden waren zu winzigen Flecken zusammengeschmolzen. Sie konnte im Schatten der Fenster sein Gesicht nicht mehr erkennen, nur der Haarwirbel stach wie ein Dorn gegen das Zwielicht ab.

Dann polterte eine Faust gegen die Tür und sie vergaß die düstere Gestalt.

Der Zender war der Erste, der den Raum betrat. In der Hand hielt er ein Papier, wohl das Dokument, das ihn befugt hatte, die beiden Gefangenen festzunehmen. Er verbeugte sich und begann wichtigtuerisch sein Begehren zu erklären, nämlich die Gefangenen vorzuführen, die er den werten Herren ja bereits angekündigt hatte, wobei sein Befehl, wie er noch einmal umständlich erläuterte, zwar nur dem älteren der beiden Gefangenen gegolten hatte, er sich aber gestattet habe, den anderen Menschen gleich mitzubringen, weil zwischen ihm und dem Gesuchten eine Kumpanei geherrscht hatte, die zu untersuchen dem Schöffenrat womöglich angelegen sein könnte.

»Ja, ja!«, knurrte Jacob. »Und nun herein mit den Kerlen.«

Die Kerle blickten grimmig. Wenigstens einer von ihnen. Der Schwarze, der sich unten schon so erbost gezeigt hatte. Tristand. Oder waren es vielleicht nur die zerzausten Haare, die ihm ein so wüstes Aussehen gaben? Nein, entschied Marcella. Seine Haltung, der Blick, mit dem er die höchste Autorität auszumachen suchte, die Ungeduld, mit der er sich bewegte ... es war das Bild eines Mannes, der von Zorn geschüttelt wurde.

»Mit welchem Recht geschieht das hier?«, fauchte er. Seine Stimme war scharf und kalt. Und durch einen leichten italienischen Akzent aufgeraut – eine Tatsache, die die Schöffen vielleicht übler als alles andere vermerkten.

Der Zender forschte in den Mienen seiner Herren. Er fand darin nichts als Unwillen und entschied – ihren Befehlen vorauseilend –, dass die Frechheit des Gefangenen zu ahnden sei. Ein Kopfnicken in Richtung seines Gehilfen – im nächsten Moment sauste dem Gefangenen ein daumendicker Knüppel zwischen Ohr und Schulter. So ging man hier um mit aufsässigen Strolchen – fertig! Und wenn dieser Tristand auch nur eine Spur Verstand besäße, dachte Marcella, dann hätte er sich das denken können.

Der Zender wartete einen Moment, bis der Geschlagene wieder auf die Füße kam, und blickte dann zum Schöffenmeister, um zu erfahren, ob noch weitere Maßnahmen gewünscht wurden.

Bonifaz war vom Sitz aufgesprungen. Sichtlich betroffen starrte er auf den Delinquenten. Es hätte nicht viel gefehlt, und er hätte selbst den Schrei ausgestoßen, den Tristand sich störrisch verbiss.

Marcella seufzte, halb aus Sympathie mit dem Onkel, halb aus Kummer über sein Benehmen. Sie wusste, dass die Schöffen auf ihren Führer nicht eben stolz waren. Das Recht, den Schöffenmeister zu ernennen, lag beim Erzbischof, und natürlich hatte Balduin den Mann ausgesucht, von dem er sich die wenigsten Schwierigkeiten erhoffte. Bonifaz machte niemals Schwierigkeiten. Er tat, was man ihm sagte, und wer ihn am meisten bedrängte, errang gewöhnlich den Sieg. Für den Schöffenrat hatte das auch Vorteile. Bonifaz spielte sich nicht auf und fügte sich ihren Beschlüssen, ohne zu versuchen, mit

Hilfe seiner Stellung zu intrigieren. Aber nun stand ein dreister, hochfahrender Mordbube vor ihnen, und da hätten sie wohl doch gewünscht, ihr Meister würde die Macht und Strenge ihrer Institution deutlicher demonstrieren.

Jacob hüstelte und Bonifaz besann sich seiner Pflichten. »Ihr seid ... der Sohn von Arnold Tristand? Ich ... man wirft Euch vor ...« Er verhaspelte sich. Seine Finger krochen nervös zu den silbernen Haaren, die seinen Kopf bedeckten.

Hans Britte, schon in guten Stunden von hitzigem Temperament, verlor die Geduld. »Verflucht, Bartholomäus! Dieser Kerl – der ist nichts als eine schmierige, widerwärtige Drecksau. Seh' keinen Grund, Höflichkeiten zu verschwenden. Sag ihm, was er wissen muss, dass er nämlich aufgeknüpft wird. Oder besser noch – ausgepeitscht und dann gepfählt oder aufs Rad geflochten. Sollen sich die Raben an ihm vergnü...«

»Warum?«, fragte der Gefangene. Diesmal sprach er leise, mit kühler, schwach vibrierender Stimme. Aber aus irgendeinem Grund klang sein Geflüster ebenso provozierend wie vorher das Gefluche. Er senkte auch nicht den Blick, um seine Fügsamkeit zu zeigen. Seine Lippen waren schmal, seine Augen blickten vorsichtig – aber er war zum Platzen stolz.

Und das werden sie ihm nicht nachsehen, dachte Marcella. Sie werden ihn demütigen, bis er winselt. Dummheit ist das. Unheilige Einfalt. Sie merkte, wie ihr Magen sich wieder zu regen begann.

»Warum?«, echote Jacob. Er stand auf. Eine blitzschnelle Bewegung und er hatte Tristands Handgelenk zwischen seine Pranken geklemmt. »Wär das hier nicht ein hübscher Grund, Freundchen?« Er winkte eine Kerze heran und drehte Tristands gefesseltes Gelenk, bis das Licht auf die Finger des Angeklagten fiel. Ein zufriedenes Lächeln verschob seine Wülste. »Hab ich's doch recht gesehen. Trägt der Kerl den Ring des alten Scholer. Nicht besonders schlau von dir, wo Scholer hundertmal damit bei uns zu Tisch gesessen hat.«

Der Mann neben Jacob, Friedrich Scholer, stand auf, streckte mit ernster Miene die verkrampften Finger des Gefangenen, kniff die Augen zusammen und nickte dann denen zu, die es nicht hatten sehen können.

Tristand riss sich los. »Natürlich ist das Scholers Ring. Ich habe ihn mitgenommen, um ihn seiner Familie zu übergeben. Er ... Scholer ist tot.«

Eben, das war es ja gerade. Und sein Wagen hatte auf dem Landgut der Tristands gestanden. Und Arnold hatte ihn zu verbergen versucht.

»Nimm den Ring an dich und übergib ihn Agnese«, empfahl Hans Britte dem jungen Scholer. »Auch wenn deine Tante wahrscheinlich drauf spucken wird, wenn sie erfährt, wer ihn zuletzt getragen hat.«

Diesmal brauchte Friedrich die Finger nicht zu biegen. Mit steifer Ruhe wartete Damian Tristand, dass er ihn vom Finger zog.

Seinem Kumpan, einem jungen Mann von hübschem Aussehen und hellen blonden Haaren, dem bisher niemand Beachtung geschenkt hatte, schien zu dämmern, dass sich hier Schlimmes zusammenbraute. Er drängte sich vor.

»Liebe Herren«, begann er mit einer Stimme, die so sanft und heiter war, als wäre sie als Gegensatz zum Organ seines Freundes geschaffen worden. »Kann es sein, dass hier ein Missverständnis vorliegt? Ich war nämlich selbst beim Überfall auf die Frachtwagen anwesend, und ich habe mit eigenen Augen gesehen ...« Er ächzte auf.

Der Zender war ein harter Mann. Keiner von den Schöffen hatte den Jungen gefragt, also sollte er auch nicht das Maul aufreißen. Auf sein Nicken ging der Knüppel erneut hernieder, und diesmal schien der Schlag noch böser ausgefallen zu sein, denn der Blonde ging gurgelnd in die Knie.

Entsetzt starrte Tristand auf den verkrümmten Jungen. Er schien etwas sagen zu wollen, brachte aber nichts mehr heraus.

Er schluckte an den ungesagten Worten wie an trockenem Brot – und schließlich beugte er den Nacken.

Die Schöffen vermerkten es in stillem Triumph.

»Ich ...«, begann der Gefangene nach einer Weile mühsam, »war bei Scholer, als er überfallen wurde, das stimmt. Er hatte mir Platz auf seinem Frachtwagen angeboten und wir wollten gemeinsam nach Trier fahren. Aber ich hätte doch niemals im Leben ...«

Erneut verschlug es ihm die Sprache.

Jacob hatte mit einer Gebärde der Verachtung vor seine Füße gespuckt.

Schweigen erfüllte den Raum.

Marcella beugte sich vor und begann, im Ärmel ihres Surcots nach Lakritzplättchen zu suchen. Sie fand das fürchterlich – diese Art zu schweigen. So etwas war ... schlimmer als prügeln.

»Wo ist mein Vater? Und mein Bruder?«, fragte Tristand.

Martin hatte bisher zusammengesunken in seinem Winkel gestanden und den Gewalttätigkeiten zugesehen. Als sein Name fiel, ging er mit steifen Schritten auf den Gefangenen zu, bis er auf Armeslänge vor ihm stand. »Vater ist da, wo du jetzt sein müsstest«, sagte er rau.

Sein Bruder starrte ihn an. »Martin! Was ...?«

»Sie haben Scholers Wagen gefunden, den du zu uns in die Scheune geschafft hast. Vater hatte versucht, ihn zu verbergen. Er hat versucht ... Er wollte ...«

Martin führte die Hand zum Mund. Sein Haarwirbel glich einem Gnom beim Tanz ums Feuer. Gequält drehte er sich zu den Männern am Tisch. »Mein Vater hat ein weiches Herz. Das ist doch ... sein ganzes Vergehen. Er hat ihn immer zu schützen versucht. All seine ... Dummheiten ... sein ...« Ihm brach die Stimme. Wasser stieg in seine Augen.

Die Schöffen schwiegen betreten.

Marcella wandte die Augen ab und fingerte erneut nach den

Lakritzen. Martin war ein Esel, aber das hier hatte er nicht verdient. Warum machte man dem kein Ende?

Damian Tristand wollte vortreten, aber der Henkersknecht packte ihn am Arm und riss ihn, vielleicht aus Argwohn, von dem Bruder fort. »Martin!«, brüllte Damian. »Du kannst doch nicht im Ernst glauben, dass ich ...«

Sein Bruder fuhr herum. Er hob die Hand und schlug zu, und zwar so heftig, dass dem Gefesselten Blut aus Mund und Nase schoss.

»Martin ...« Das Blut lief über das Kinn. »Du ... bist verrückt ...«

Marcella dachte, dass Martin wieder zuschlagen würde. Aber er schüttelte nur den Kopf, fuhr sich mit den Fingern durch die Haare und tappte rückwärts. Dann kehrte er sich plötzlich ab und lief in Richtung Treppe.

Wieder war es still in dem düsteren Raum.

Es war Jacob, der das Schweigen mit einem Räuspern brach. »Ihr seid ein Schwein, Damian Tristand«, stellte er fest. »Und ein blödes dazu. Lasst uns die Sache zum Abschluss bringen, bevor mir das Kotzen kommt.«

»Man sollte den Mann zur Palastaula schaffen«, schlug Bonifaz vor. »Der Erzbischof könnte dann ...«

»Uns zum Beispiel den Hintern lecken!«, schnauzte Hans Britte. »Seit wann brauchen wir Balduin, um über unsereins Gericht zu halten.«

»Aber dieser ... er ist doch kein Schöffe. Er untersteht dem Schultheißen des Erzbischofs und ...«

»Sein Bruder ist Schöffe, das reicht.«

»Aber ...« Bonifaz wand sich. Hilfesuchend blickte er in die Runde. »Was ist dann mit dem anderen, dem Jungen hier?«

Jacob fasste den Schöffenmeister am Ärmel und begann sanft auf ihn einzureden, wofür Marcella dankbar war. Der Onkel war so rot im Gesicht, als wolle ihn jeden Moment der Schlag treffen.

»Hör zu! Erzbischof Balduin ist noch immer erzürnt über die Sache mit dem Sestergeld. Glaubst du wirklich, er würde sich freuen, wenn wir ihm jetzt einen Bengel anschleppten, von dem niemand weiß, wie er heißt und was er ist? Er müsste Erkundigungen anstellen und sich, so wie der Junge gekleidet ist, womöglich mit einer Adelsfamilie rumschlagen, die ihren räuberischen Sprössling freibekommen will. Balduin hätte nichts als Ärger. Der Kerl hat zugegeben, dass er bei dem Überfall dabei gewesen ist, das reicht. Sperr ihn mit seinem Kumpan in deinen Weinkeller und bewahr sie auf, bis wir beschlossen haben, was mit ihnen geschehen soll. Dafür brauchen wir weder den Erzbischof noch seinen Schultheißen zu beunruhigen.«

Bonifaz nickte nicht, aber er widersprach auch nicht. Und irgendwie schien das als Antwort zu genügen.

IV

Es wäre – ich meine, aus unserer Sicht gesehen – sogar ein Vorteil, wenn er ein Strolch wäre«, sagte Marcella. »Denn das könnte bedeuten, dass er den armen Scholer wirklich umgebracht hat, und dann weiß er auch, wo meine Kiste mit dem Safran ist.«

Elsa schaute sie grimmig über die schmutzigen Töpfe hinweg an. »Er ist ein Lump, egal, ob er an Scholers Unglück teilhatte oder nicht. Wer sich vom Elend armer Christenmenschen nährt, hat das Herz eines Schweines. Wucherei! Und dazu mit einem Juden. Was er dir auch verspräche, er tät's nicht halten!«

Sie war aufgebracht. Wirklich böse. Ihr Busen wogte unter der Seidenspitze, als würde er mit einem Blasebalg bewegt. Der Topf, an dem sie gerade scheuerte, knallte mehrfach gegen die Tischkante.

»Ich will doch nur mit ihm sprechen«, meinte Marcella.

»Sprechen, ja! So hat König David auch gesagt. Und dann hat ihm Urias Weib die Seligkeit gestohlen!« Der Putzlappen fiel zu Boden, der Topf flog aus ihren Händen. Elsa kam um den Tisch herum, sank vor Marcellas Stuhl auf die Knie, umfasste ihre Finger und presste sie zusammen. »Marcella! Kindchen! Du bist mein Herzblatt, das weißt du. Du hast mich aus dem Elend geholt, und ich hab's bei dir so gut wie nirgends sonst, aber damit hat das nichts zu tun. Ich hab dich lieb, wie keiner dich liebhaben kann. Gerad deshalb weiß ich aber auch von dieser ... dieser grässlichen Unrast, die dich verzehrt. Diesem Starrsinn! Und es reißt mir das Herz entzwei, dir zuzuschaun, wie du dich in etwas verbohrst. Mädchen, es hilft doch nichts. Und wenn du nun gar anfängst, dich mit Wucherern und Straßenpack einzulassen ...« Sie hatte Tränen in den Augen, schniefte und rieb unwillig mit dem Handrücken über die Nase. »Ins Unglück stürzt du dich!«

Marcella streichelte besänftigend die schlaffen Wangen.

»Elsa, Liebes«, sagte sie. »Was soll denn schon passieren? Der Onkel hat sie bis zu den Zähnen gebunden. Und ich will ihnen nur ein paar Fragen stellen.«

Genau genommen wurde ihr die Entscheidung dann aufgedrängt. Jacob sagte nämlich später am Nachmittag – nicht zu ihr, aber zu Onkel Bonifaz: »Zeit, uns den Mist vom Hals zu schaffen, Bartholomäus.«

Die Schöffen hatten über ihre Entscheidung geschlafen. Nun waren einige von ihnen unruhig geworden. Tristands Verhaftung war illegal gewesen, das konnte man drehen, wie man wollte. Der Mann gehörte nicht zum Schöffenrat und somit hätte er vor den Schultheißen des Bischofs gebracht werden müssen.

»Sicher würde kein Hahn nach ihm krähen, wenn man ihn still und sauber zu Tode brächte«, sagte Jacob. »Aber das müsste schnell geschehen, bevor eine große Sache daraus wird. Und dir kann's ja auch nicht angenehm sein, wenn die beiden dir den Keller vollstinken.«

»Aber was soll dann mit dem Jungen geschehen, der bei ihm ist?«, fragte Onkel Bonifaz.

Jacob verkniff sich ungeduldig ein Stöhnen.

Kurz nach diesem Gespräch setzte das Vespergeläut ein. Marcella holte ihren Mantel und machte sich auf den Weg zum Dom. Dort war es friedlich, und die Gleichförmigkeit der lateinischen Worte und Gesänge verhalf ihr zu einer Art von Konzentration, die vielleicht nicht beabsichtigt war, aber oft genug zur Lösung ihrer Probleme beitrug.

Sie kam spät. Als sie in den Kirchenraum schlüpfte, hatte der Gottesdienst bereits begonnen, und sie fand nur noch Platz in der Nähe des Portals. Eng war es außerdem, denn der Erzbischof selbst zelebrierte die Messe, und da hatte es so manchen in den Dom gezogen, der seinen Kirchgang normalerweise in der Jesuitenkirche oder bei den Mönchen von St. Matthias versah.

Marcella lauschte dem Pax vobiscum und dem Läuten der Glöckchen und gab sich ihren Gedanken hin.

Dass sie mit Damian Tristand sprechen musste – zumindest sprechen! –, davon war sie inzwischen überzeugt. Und jetzt sah es aus, als müsste dieses Gespräch noch am selben Tag oder, besser, in derselben Nacht stattfinden. Das wäre auch eine günstige Zeit. Der Onkel fühlte sich nämlich nicht wohl und hatte die nächtlichen Wanderungen durchs Haus eingeschränkt. Dadurch wurde alles einfacher. Sie würde sich den Schlüssel zum Weinkeller besorgen, hinabschleichen und Tristand nach dem Safran fragen.

Die Zelebranten stimmten einen Gesang an und Marcella horchte auf. Die Musik war ihr das liebste am Gottesdienst. Früher, als die Mehrstimmigkeit in den Messegesängen noch nicht verboten war, hatte es geklungen, als würden sich Bänder aus Tönen umeinanderwinden und in die Gewölbe der Kirchenschiffe steigen. Jetzt war der Gesang schlichter geworden. Aber die Trierer Domsänger hatten schöne Stimmen und ihre klaren, von Gottesfurcht getragenen Melodien gingen ihr ans Herz. Eingehüllt in die Gesänge spann Marcella ihre Gedanken weiter.

Ob es beispielsweise klug wäre, Elsa einzuweihen. Ihre Freundin hatte einen gescheiten Kopf und mit ihr an der Seite würde alles einfacher sein. Aber Elsa zu überzeugen würde Kraft kosten. Und Zeit. Und vielleicht würde sie nicht einmal einwilligen. Marcella kämpfte mit ihren Zweifeln. Als die Chorsänger das Te Deum anstimmten und damit das Ende der Messe ankündigten, war sie noch immer nicht mit sich im Reinen.

Sie reckte sich und bewegte die Zehen in den bestickten Lederschuhen. Der Gottesdienst hatte sich in die Länge gezogen, Erzbischof Balduin nahm es mit der Würde der Messe genau. Die Beine taten ihr weh. Der Mann neben ihr, ein nach Schweiß riechender Kerl im Kettenhemd, hatte die Bewegung bemerkt, er grinste unverschämt und drückte sich an ihre Hüfte. Es gab keinen Platz zum Ausweichen. Marcella presste die Arme um die Brust und hielt den Atem an. Sie sehnte sich nach frischer Luft und war heilfroh, als der Bischof mit seinen Ministranten endlich dem Mittelgang zustrebte.

Ich werde Elsa bitten mitzukommen, sagte sie sich. Und bestimmt wird sie einsehen, dass an unserem Tun nichts Gefährliches oder Unrechtes ist.

Der Bursche mit dem Kettenhemd versuchte, ihr den Arm um die Taille zu legen, wütend versetzte sie ihm einen Knuff.

Und wenn Elsa nicht will, dachte sie, dann gehe ich allein. Ohne den Safran bin ich jedenfalls in einem Monat mit Jacob verheiratet.

Die Leute begannen zu schieben. Der aufdringliche Kerl wurde von ihr abgedrängt. Spöttisch warf er ihr über die Menge eine Kusshand zu. Marcella verzog das Gesicht und ließ sich zum Ausgangsportal schieben. Die Sonne warf ihr Licht durch den massigen Türrahmen. Und Luft und Licht waren genau das, was sie jetzt brauchte.

Die Nacht war ungewöhnlich warm, deshalb standen die Fensterläden noch offen. Von der lauen Luft getragen wehten die Gesänge der Mönche von St. Paulin herüber. Gelegentlich mischte sich das Gelächter der Angetrunkenen darunter, die sich in der Taverne an der Römerbrücke vergnügten.

Marcella tunkte ihren Brotkanten in die Gemüsesoße und rührte darin herum. Elsa wartete bereits oben in der Schlafkammer, und sie wäre lieber auch dort gewesen, aber der Onkel legte Wert auf diese gemeinsame Nachtmahlzeit, und sie wollte ihn nicht misstrauisch machen. Außerdem mochte Onkel Bonifaz Elsa nicht.

Geistesabwesend führte sie das Stück Brot zum Mund.

Der Raum, in dem sie aßen, war kleiner als der Saal der Schöffen, aber genauso düster. Das neue Küchenmädchen hatte eine dicke, honiggelbe Wachskerze in die Mitte des Tisches gestellt, deren Licht über die Platte mit dem Fleisch flackerte. Normalerweise hätte Onkel Bonifaz das sicher als Verschwendung gerügt, denn Tranlampen waren billiger und spendeten genauso Licht, aber heute war er in Grübelei versunken.

Vorsichtig schaute Marcella zu ihm hinüber. Der Onkel hielt die Hände gefaltet und starrte auf sein Weinglas. Vor ihm auf dem Teller gelierte der Rindersaft. Die Soße dampfte kaum noch. Und auf der Hühnerbouillon bildete sich eine Haut. Marcella hatte noch nie erlebt, dass Onkel Bonifaz sein Essen missachtete, und es bereitete ihr Unbehagen. Bonifaz hatte bei dem Aufstand der Zünfte das Pech gehabt, als Geisel in die Hände der Handwerker zu geraten. Er war damals noch jung gewesen und so hatte er die raue Behandlung überstanden. Aber als sie ihn gehen ließen, war er halb verhungert gewesen. Und seitdem nahm er es mit dem Essen genau. Keine Brotkrume wurde bei Bonifazens fortgeworfen, und mehr als ein Küchenmeister hatte das Haus verlassen müssen, weil sich im Abfallhaufen hinter dem Holzschuppen Essensreste gefunden hatten.

Marcella tunkte das Brot erneut ins Gemüse, stellte fest, dass ihr eigener Appetit kaum größer war als der des Onkels, und griff nach dem Mundtuch, um sich die Hände abzuwischen.

»Das mit dem Jungen ist nicht recht«, sagte Onkel Bonifaz.

Marcella starrte ihn über den Rand des Stoffes an. »Wen meint Ihr? Den Blonden, der bei Tristand ist?« Sie fuhr mit dem Tuch über den Mund und faltete es dann sorgfältig wieder zusammen. »Er hat zugegeben, dass er bei dem Überfall dabei gewesen ist.«

Bonifaz antwortete darauf nicht. Mit leicht gespitztem Mund, den Blick noch immer auf das Weinglas gerichtet, hockte er auf seinem Stuhl.

»Ihr seid der Schöffenmeister«, sagte Marcella. »Wenn es Euch bedrückt, dann solltet Ihr vielleicht doch zum Bischof gehen.«

Mit einem heftigen Ruck richtete der Onkel sich auf. »Und dann?«, fragte er.

Es klang hoffnungslos und so ernst und bitter, dass es Marcella ans Herz ging. Schlimm, dachte sie, wenn man einen Mann wie Bonifaz mit Verantwortung quält. Schmerzlicher Zweifel sprang ihm aus den Augen. Der blonde Junge hatte aber auch wirklich nicht wie ein Straßenräuber ausgesehen. Seine Stimme war weich und freundlich gewesen. Zumindest hätte man ihm das Recht zugestehen müssen, sich zu verteidigen. Jacob und die anderen waren so schnell mit ihrem Urteil zur Hand ...

»Du hättest heiraten sollen«, sagte der Onkel.

»Bitte, was?«, fragte Marcella. Und nickte dann pflichtschuldigst.

Das Haus war still, und plötzlich knarrten alle Stufen, als wollten sie ihre Last bis zum Erzengel Gabriel hinaufstöhnen.

»Ich tu's nur deinetwegen«, sagte Elsa. Grimmig langte sie nach dem Treppengeländer. Sie bildete sich ein zu flüstern, aber jemand wie Elsa konnte gar nicht leise sprechen. Marcella legte beschwörend den Finger auf die Lippen.

Sie mussten über den Hof. Der Weinkeller befand sich zwar direkt unter dem Wohnturm, aber nach dem Zünfteaufstand war Onkel Bonifaz der Verbindungsgang zwischen Keller und Haus als zu gefährlich erschienen, und er hatte ihn mit Schutt auffüllen und seine Enden zumauern lassen. So konnte man nur noch vom Hof aus in das Gewölbe hinabsteigen.

Am Nachthimmel glänzte der Vollmond. Sie schlichen durch fahles Zwielicht an der weißgekalkten Hauswand entlang. Es war unwahrscheinlich, dass ihnen zu dieser Stunde jemand ins Gehege kam, aber immerhin mochte es Knechte geben, die es zum Küchenbau zog, wo die Hausmägde neben dem Herd ihre Strohsäcke ausgebreitet hatten.

»Warte!« Elsa huschte mit eingezogenem Kopf zum Unterstand mit dem Brennholz. Sie zog ein Scheit heraus, wog es in der Hand und nickte Marcella düster zu.

Die Tür zum Weinkeller war mit einem Vorhängeschloss versehen. Marcella hob das Lederband mit den Schlüsseln von ihrem Hals, suchte nach den Steckschlüsseln und hatte schon mit dem zweiten Glück. Leise löste sie den Verschlussbolzen und öffnete die Tür.

Im Treppengewölbe war es völlig dunkel, sie atmete auf, als sie in einem Halter an der Wand einen Kienspan fand, der ihnen zusätzlich Licht geben konnte.

Elsa drängte sich neben sie und zog mit einem Ruck die Tür in den Rahmen zurück. »Das fehlt gerade noch, dass wir ertappt werden«, zischte sie. »Obwohl – vielleicht wär's ja ein Segen. Wer kann schon wissen, ob uns das Gesindel da unten nicht – schwupps – eins über den Schädel zieht.«

Aber da sorgte sie sich umsonst. Das Gesindel war zu solcher Schandtat überhaupt nicht fähig. Als sie die Steinstufen hinabstiegen, die Innentür des Weinkellers öffneten und in das

Gewölbe hineinleuchteten, da bot sich ihnen ein Jammerbild, dass sogar Elsa beschämt den Knüppel sinken ließ.

Die Knechte des Zenders hatten die Delinquenten mit den Armen nach hinten an die beiden Granitsäulen gebunden, die die Gewölbedecke stützten. Die Säulen waren fast zwei Fuß dick und die Muskeln der Gefangenen entsprechend überdehnt.

»Es ist eben so, dass sich das Übeltun nicht lohnt«, sagte Elsa streng.

Der blonde Junge blinzelte zu ihr hinüber. Wahrscheinlich tat das Licht seinen Augen weh, denn er kniff sie zu schmalen Schlitzen zusammen. Seine Zunge klang schwer, als er sprach. »Siehst du, Damian«, murmelte er, »erst prügeln sie uns, dann hängen sie uns an den Stein – und als wär das nicht genug, schinden sie uns auch noch mit tugendreicher Belehrung. Bald hab ich keine Sünden mehr, für die ich büßen könnte.«

Marcella hängte den Kienspan in eine Halterung und trat mit der Lampe zu dem Jungen. Sein Haar hing ihm wirr über die Augen, es kostete ihn Mühe, den Kopf hochzuhalten. Trotzdem brachte er es fertig zu grinsen. »Immerhin haben sie uns keine hässlichen Vetteln geschickt. Habt Ihr einen Namen, Herrin? Ich diene nämlich der Minne, und wenn ich Euch so anschau – auf Eure Locken würd' sich's lohnen, einen Reim zu machen.«

»Hör man sich das an. Galant in jedem Moment.« Marcella hauchte ihm lächelnd einen Kuss zu. »Aber Ihr solltet überlegen, ob die Mühe sich lohnt. Vielleicht wäre es lohnender, eine Schmeichelei für Meister Hans zu ersinnen. Der wird Euch nämlich als Nächstes liebkosen.«

Der Blonde verzog den Mund zu einer Grimasse. »Vergebung, Herrin, aber es hört sich ganz abscheulich an, wie Ihr das sagt. Wann ...« Er zögerte. »Wann soll es denn so weit sein, falls die Frage Euch nicht langweilt?«

»Morgen, denke ich. Spätestens übermorgen.«

»Teufel aber auch!« Diesmal schien der Junge ehrlich betroffen. »Viel Zeit lasst Ihr hier nicht vergehen.«

»Marcella«, mahnte Elsa.

Und natürlich hatte sie recht. Sie waren nicht gekommen, sich vom flinken Mundwerk eines Jungen unterhalten zu lassen, sondern um nach dem Safran zu forschen.

Damian Tristand hielt die Augen geschlossen. Er hatte den Kopf nach hinten gelehnt, so dass er mit dem oberen Teil des Schädels gegen die Säule stieß. Sein Kinn war dunkel von Bartstoppeln – und merkwürdig rund und weich. Jedenfalls völlig anders als bei Martin, dachte Marcella. Martins Kinnspitze wirkte immer, als wolle er damit die Luft anbohren.

»Der Safran«, drängte Elsa.

Ja. Es war nur ein wenig schwierig, mit einem Kinn zu sprechen.

»Mein Name ist Marcella Bonifaz«, stellte sie sich vor. »Ich bin Krämerin, und ... brächtet Ihr es fertig, mir einen winzigen Teil Eurer Aufmerksamkeit zu schenken?«

Tristand rührte sich nicht. Über sein Schlüsselbein, dort wo der Knüppel des Zenderknechts zugeschlagen hatte, lief ein dicker, schwarzblauer Striemen, der sich zum Ohr hin fortsetzte, bis er unter dem Haaransatz verschwand. Die Wunde war nicht aufgeplatzt, aber unter der Haut hatten sich mehrere dunkel verfärbte Blutflecken gebildet. Wie dumm auch, sich vor den Schöffen so herrisch aufzuführen.

»Ich hatte Ware auf dem Wagen von Scholer«, erklärte Marcella. »Auripigment und eine Kiste mit Safran. Aus Genua.«

Tristand schwieg.

»Der Safran hatte einen Wert von über dreihundert Pfund Heller.«

Nichts.

»Sie werden Euch«, sagte Marcella freundlich, »morgen, wenn die Sonne aufgeht, hinaus vor die Stadt führen und Euch vom Schinderknecht die Rippen zertrümmern lassen. Und dann werden sie Euch aufs Rad binden, wo Ihr hängen bleibt, bis Ihr sterbt. Und weder Euer Reichtum noch die Stellung Eures Vaters werden daran etwas ändern.«

Jetzt endlich öffneten die Augen sich doch. Sie waren dunkelbraun, soweit man es in dem dürftigen Licht ausmachen konnte. Und blickten erstaunlich klar. »Was, bitte, habe ich mit Eurem Safran zu schaffen?«

»Ich dachte, Ihr könntet vielleicht dafür sorgen, dass ich ihn wiederbekomme.«

Tristand schwieg eine Weile, als müsse er ihre Worte überdenken. Dann sagte er leise und akzentuiert: »Schert Euch bitte zur Hölle.«

Marcella starrte ihn an. Ihr Gehirn brauchte einen Moment, um die Frechheit zu verdauen. Elsa war schneller.

»Komm, wir gehen!«, fauchte die dicke Frau, sprang von der Stufe auf und fasste nach dem Türgriff.

»O Herrin, liebste!« Der blonde Junge – und er war wirklich noch ein Junge, sicher nicht älter als achtzehn – blickte mit einem Mal bestürzt. »Bitte nehmt meinem Freund die Grobheit nicht übel. Ihr müsst wissen, ihn plagt ein Familienweh – und ich fürchte, da kennt er sich selbst nicht mehr. Im Vertrauen ...« Er senkte die Stimme und schaute Marcella niedergeschlagen an. »Seit gestern Abend redet Damian nichts als blanken Unsinn. Und führt sich grober auf als ein Abdecker. Wahrscheinlich freut er sich geradezu aufs Rädern. Seid gütig, Herrin, macht Eurem Geschlecht Ehre und vergebt ihm sein Benehmen.«

»Aber Ihr freut Euch nicht?«

»Worauf?«

»Aufs Rädern.«

Der Junge verzog den Mund und lächelte schief. »Ich fürchte, in meiner Familie fände man es blamabel.«

»Dann seid Ihr tatsächlich aus edlem Haus?«

»Ich heiße Richwin von Mielen. Und wenn das auch nicht Habsburg ist – unsere Empfindlichkeiten haben wir doch.«

»Habt ihr Scholers Wagen gestohlen?«

»Herr im Himmel, nein!« Richwins Empörung schien aufrichtig. »Weder den Wagen gestohlen noch den armen, alten Mann umgebracht. Ich kann das sagen, denn ich bin dabei gewesen, und das hab ich ja auch versucht, oben zu erklären. Damian hatte Scholer begleitet, und als ich dazukam, lag der Alte in seinem Blut, und sie waren gerade dabei, ihm ebenfalls den Hals zu schlitzen. Seht ihn Euch doch an, die Wunde ist noch immer nicht verheilt.«

Tatsächlich?

Es war kein Beweis. Wenn Tristand an dem Überfall auf die Wagen beteiligt gewesen war, dann hätte er auch von einem der Überfallenen einen Hieb empfangen haben können. Andererseits – er war ein Mann, der es mit Wucherern hielt. Und für dieses Geschäft musste man hinterhältig, raffgierig, sitten- und ehrlos sein. Und Marcella glaubte nicht, dass ein solches Mannsstück sich persönlicher Gefahr aussetzen würde.

Sie winkte Elsa heran, gab ihr den Kienspan, stellte sich vor Tristand auf die Zehenspitzen und schob dem Gefesselten erst den Surcot und dann den Kragensaum seines Unterkleides beiseite. Es behagte ihm nicht – aber, Himmel, wann bekam man schon, was man sich wünschte.

Das Licht war zu trübe, um die Haut unter Tristands Hals genau erkennen zu können. Marcella benutzte ihre Finger zum Tasten. Und richtig, als sie ans Schlüsselbein kam, fühlte sie eine gewölbte Kurve.

Sie zerrte an dem Stoff.

»Schau hier, Elsa. Wie lange ist das her?«

Elsa hob das Licht an und betrachtete die Wunde, als sei sie ein giftiges Insekt. »Mag wohl drei Wochen her sein, dass man's ihm geschlagen hat«, brummte sie. »Aber was sagt das schon!«

Marcella nickte.

Tristand war wütend. Seine Halsmuskeln zogen sich steif wie Eisenstränge zum Kinn hinauf und die Lippen glichen einer sauber gezogenen Linie. Aber nun waren sie einmal dabei und da konnte die Untersuchung auch gründlich ausfallen.

Mit spitzen Fingern legte Marcella dem Gefangenen Schulter und Arm frei. Die Wunde verlief vom Ende des rechten Schlüsselbeins schräg hinunter bis knapp über das Herz. Und dort bei der Brust war sie am tiefsten und am wenigsten verheilt. Marcella verstand nicht viel von Waffenkunst und Verletzungen, aber es kam ihr unmöglich vor, dass ein stehender Mann einem anderen stehenden Mann eine solche Wunde geschlagen haben könnte. Er hätte das Handgelenk verdrehen müssen. Wenn man aber davon ausging, dass der Wegelagerer zu Pferde gewesen war und sich hinter Tristand befunden hatte, und wenn man davon ausging, dass da ein Messer oder Schwert an der Kehle angesetzt worden und dann abgerutscht war ...

»Wäre es Euch möglich, zum Ende zu kommen?«, murmelte Tristand durch die Zähne.

»Gewiss doch. Nicht auszudenken, wenn Ihr Euch auch noch verkühltet.« Sorgfältig schob sie die Stoffe wieder zusammen und knüpfte das Band, das den Ausschnitt des Surcots raffte, zu einer ordentlichen Schleife.

Und nun kam der schlimmste Teil, weil er nämlich einen Betrug enthielt. Und wenn der Betrug auch aus lauterster Absicht geschah, so war es doch ein Betrug. Aber sollte man ihr tatsächlich auf die Schliche kommen, dann wollte Marcella auf die Heilige Schrift schwören können, dass sie, und nur sie allein, den Gefangenen geholfen hatte.

Also ließ sie Elsa vorausgehen, und während ihre Freundin auf der Treppe stand und schimpfte, dass sie sich beeilen solle, stopfte Marcella dem hübschen Richwin ein Messerchen in die

Hände und flüsterte ihm eine Frage ins Ohr, auf die sie eine eilige Antwort bekam. Und dann blieb die untere Tür unverriegelt, und dann blieb die obere Tür unverriegelt ...

Jacobs Wanst war ein Graus. Man konnte nicht jedem Skrupel nachgeben.

V

»Es bringt mich um«, sagte Elsa. »Wahrscheinlich kümmert es keinen, aber mit jedem verfluchten Loch, über das wir holpern, stößt mir der Steiß gegen die Zähne.«

Ruben, der drahtige, kleine Ritter, der neben ihrem Reisewagen ritt, begann zu grinsen. »Kann man kaum glauben, Herrin. Wo Ihr dazwischen doch so gut gepolstert seid!« Er lachte lauthals und machte sich daran, seinem Kameraden, den die Natur mit weniger Pfiffigkeit ausgestattet hatte, den Witz seiner Worte zu erklären.

Ich sollte sie zur Ordnung rufen, dachte Marcella. Aber irgendwie war der Augenblick nicht danach. Sie ritten über weichen, mit mürben Blättern bedeckten Waldboden, die Frühlingssonne heizte die Luft, ihre Strahlen flirrten durch das Blätterdach. Es roch nach Veilchen und Frühling, und in den Baumkronen näselte ein Wendehals sein kjä-kjä. Sie hatte keine Lust auf Zank. Außerdem war Elsa flink mit dem Mundwerk und würde sich zur Wehr setzen, wenn Ruben es zu arg trieb.

Aber Elsa hatte kein Ohr für den Spott des Bewaffneten. »Ich bin noch nie aus Trier weggegangen«, verkündete sie düster. »Nur das eine Mal, als meine Schwester sich nach Konz verheiratet hat.«

»Ja, und wie eigensüchtig von mir, dich hier hinaufzuschleppen.« Marcella lächelte ihr zu. In dem Karren zu reisen musste schrecklich sein. Ein angenageltes Brett bot Elsa die Möglichkeit zu sitzen, und die mit Sand ausgepolsterten Kisten mit den Duftölen und Kräuterdosen gaben dem Gefährt Bodenhaftung, trotzdem wurde die Arme von jeder Unebenheit durcheinandergeschüttelt. Sie hätte es mit Reiten versuchen sollen, wie Marcella ihr angeboten hatte. Aber Elsa misstraute jedem Vieh, das ihr über den Bauchnabel reichte.

Immerhin, der Hörige, der ihnen Weg und Richtung gewiesen hatte, hatte gemeint, dass sie zur Mittagszeit ihr Ziel erreichen würden. Und obwohl der Pfad, den sie benutzten, noch immer himmelwärts kroch, kam es Marcella vor, als würde der Wald sich lichten. Vielleicht begann ja hinter der Hügelkuppe bereits das Plateau, auf dem die Sponheimer ihre Starkenburg errichtet hatten.

»Wenn sie einem wie diesem Tristand in der Burg Obdach angeboten haben«, sagte Elsa, »dann müssen es jedenfalls merkwürdige Leute sein – Gräfin hin, Gräfin her.«

Möglich. Aber vielleicht hatte man dort auch Grund, Damian Tristand zu vertrauen. Der hübsche Richwin hatte beteuert, dass Tristand zu den Überfallenen gehört hatte und selber fast getötet worden wäre. Und da die sponheimische Gräfin, der er ja diente, den Kaufmann bei sich aufgenommen hatte – und genau das war es, was Richwin ihr im Weinkeller noch zugeflüstert hatte –, wenn Loretta also so viel Zutrauen in Tristand setzte, dass sie ihm ihr Heim als Zuflucht bot …

»Sie werden deine Ölfläschchen und Würzdöschen nehmen und sagen: Wie hübsch, Krämerin, genau, was unser Herz begehrt, und dann werden sie dich über die Klippe hinab in die Mosel stürzen«, murmelte Elsa bitter.

Damit war sie zu weit gegangen. Ruben gehörte zwar nur einem unbedeutenden Reiler Geschlecht an, aber er war von Adel und nicht gewillt, die Ehre seines Standes besudeln zu lassen.

»Ihr plappert, wie Ihr's versteht, Frau Elsa«, verkündete er von oben herab. »Gräfin Loretta ist eine geborene von Salm, und das ist eine äußerst ruhmreiche Sippe, die Verbindungen bis zu den Luxemburgern haben. Und die Sponheimer, zu denen sie hingeheiratet hat ...«

»Pack allesamt!«, murmelte Elsa, allerdings mit gedämpfter Stimme, wahrscheinlich weil sie fürchtete, Ruben könne ihnen, im Stolz gekränkt, kurzerhand den Rücken kehren. Ihre Angst vor dem Wald und seinem Gesindel grenzte an Hysterie.

»... die Sponheimer«, wiederholte Ruben streng, »sind genau genommen mit mir verwandt, denn der Mann meiner Tante Brunhilde hatte eine Cousine des Grafen Eberhard geheiratet – wobei Eberhard natürlich nach Kastellaun gehörte, und das ist Vordersponheim, nicht Hintersponheim. Aber die Linie kreuzt sich schon im vierten Glied rückwärts ...«

Seine Ausführungen nahmen ein abruptes Ende. Nicht wegen Elsa, die mit zum Himmel gekehrten Augen der Ruben'schen Genealogie lauschte, sondern durch ein plötzliches, unerhört alarmierendes Geräusch seitwärts des Weges. Alarmierend deshalb, weil es von Menschen kam und sich blitzartig und ungestüm auf den Pfad zubewegte, und zwar genau auf die Stelle, wo ihre kleine Reisegruppe sich den Weg hinauf bemühte. Jemand brach dort mit Pferden durchs Unterholz, wenigstens zwei oder drei Personen.

Ruben zog das Schwert. Seine Augen begannen zu blitzen, die derben Wangen färbten sich rot. Ein eigentümliches Lächeln öffnete seine Lippen. Maria, steh uns bei, dachte Marcella beunruhigt, die Welt ist voller Narren.

Aber erst einmal war es nur ein Hirsch, der ihnen aus dem Dickicht entgegenstürzte. Entsetzt prallte er vor dem neuen Feind zur Seite – und preschte den Weg hinunter.

Seine Verfolger ließen nicht auf sich warten. Ein Reiter, nein, ein Reiterlein, ein Junge von vielleicht zehn Jahren, folgte durch die Büsche. Verwirrt zog er an den Zügeln. Der Weg zwischen ihm und seinem Wild wurde durch die Reisegruppe versperrt. Begehrlich und gleichzeitig bedauernd blickte er dem Flüchtigen nach.

Der zweite Reiter, diesmal ein Erwachsener, hätte fast den Reisewagen gerammt. Der Jäger schwang einen Bogen in der Rechten, in der Linken lag der dazugehörige Pfeil. Sein Pferd lenkte er mit den Schenkeln. Trotzdem brachte er es fertig, den Karren – wenn auch haarscharf – zu umrunden. Er handelte still, schnell und elegant. Ruben stieß einen bewundernden Pfiff aus.

Nach ihm kam, mit einigem Abstand, noch ein dritter Jäger, wieder ein Knabe, aber etwas älter als der erste. Mäßig begeistert trabte er auf den Weg, blinzelte kurzsichtig in die Runde und sagte:

»Dann ist er also fort?«

»Hölle, ja!«, seufzte sein Begleiter.

Der Erwachsene war ein Ritter. Ein sehniger, flinker Mann von ungewöhnlich dunkler Hautfarbe, der aussah, als käme er aus dem Süden. Aber das konnte nicht sein, denn sein samtener Rock und auch die Satteldecke seines Pferdes waren mit dem rotweißen Schachbrettmuster des sponheimschen Wappens übersät. Er musste über beträchtliche Kräfte verfügen, denn er hielt seinen Bogen, als sei er aus Federn gefügt, und dachte nicht einen Moment daran, ihn am Widerrist des Pferdes abzustützen. Seine Augen, mit denen er Marcella musterte, waren lebhaft und forschend und ebenso schwarz wie das Haar und der Ziegenbart an seinem Kinn. Er sieht aus, dachte Marcella, wie ein menschliches Wiesel. Wenn es überhaupt etwas gab, was den Eindruck von Kraft und Geschicklichkeit geschmälert hätte, dann war es der kreisrunde kahle Platz auf seinem Kopf. Der Jäger hatte sein Haar tonsuriert. Er gehörte zur Geistlichkeit.

»Das ist nun aber Pech«, stellte Marcella fest. Mit einem Blick auf den leeren Weg fügte sie hinzu: »Zumindest, wenn man es nicht aus der Sicht des Hirsches betrachtet.«

Das Gesicht des Ritters öffnete sich zu einem Lächeln, das alle Schärfe daraus vertrieb. »Jedes Unglück hat sein Glück, Herrin. Und diesmal, will mir scheinen, könnte es dem Unglück fast den Rang ablaufen«, konterte er charmant.

Die Art, wie er sie dabei ansah, ließ Marcella zu dem Schluss kommen, dass der Ritter seinen klerikalen Platz keinesfalls aus Neigung eingenommen haben dürfte. Ein unverschämtes kleines Zwinkern saß in seinen Augenwinkeln, das sich ungeniert auf die Vorzüge ihrer Erscheinung bezog. Na und?, dachte sie. Nicht vor der Hitze in den Lenden der Priester hatte man sich zu hüten, sondern vor der Glut des himmlischen Zorns in ihren Herzen. Die Scheiterhaufen wurden von den Frommen errichtet. Dieser Geistliche hatte ein klares, erdgewandtes Gemüt. Und Elsa mit ihrem vorwurfsvollen Hüsteln schien gar nicht zu begreifen, was für ein Segen das war.

»Wenn Ihr erlaubt – mein Name ist Pantaleon«, erklärte der geistliche Ritter. »Ich bin der Bruder von ... ach Teufel, was soll ich ein hübsches Weibsbild wie Euch mit meiner Familie langweilen. Jedenfalls sind die Kerlchen hier die Söhne der Gräfin Loretta. Und da mich das Schicksal verdammt hat, ihr Onkel zu sein, streune ich mit ihnen durch die Wälder. Na los, Johann, Heinrich, wo bleibt euer Benimm? Habt ihr eure Erziehung im Schweinekoben genossen?«

Marcella lächelte den Jungen in die glutroten Gesichter und wandte sich wieder dem Onkel zu. Sie war sich ihrer Erscheinung bewusst. Ihr Unterkleid bestand aus kostbarer, nachtblau gefärbter Seide und war mit brabantinischen Spitzen besetzt, darüber trug sie einen elegant gerafften Surcot. Um ihre Taille spannte sich ein mit Goldfäden durchwebter Gürtel, und ihr Haar war in ein Netz aus Seidenfäden eingebunden, das mit milchigweißen Perlen bestickt war. Wer sie nicht kannte, mochte leicht auf den Gedanken kommen, ein reisendes Edelfräulein vor sich zu haben. Aber daran war ihr nicht gelegen. Und je früher sie das klarstellte, umso besser.

»Ihr seid sehr höflich zu jemandem, der Euch die Abendmahlzeit verscheucht hat, Herr Pantaleon. Darf ich ...« Verflixt, es war schwierig, ernst zu bleiben, wenn man so unbekümmert angestrahlt wurde. »Darf ich mich auch selber vorstellen? Ich heiße Marcella Bonifaz. Mein Gewerbe ist der Handel mit Würzwaren, und ich bin in der Hoffnung unterwegs, Eure Gräfin mit orientalischen Duftstoffen erfreuen zu können.« So, damit war es heraus. Und wenn der Herr jetzt die Miene verzog ...

Aber Pantaleon behielt sein Lächeln bei. Er schaute höchstens ein wenig überrascht. Und das erklärte er sogleich. »Ich kenne einen Mann in Trier, der Euren Namen trägt. Bartholomäus Bonifaz. Er liefert mir meinen Wein. Einen ausgezeichneten übrigens. Sollte er vielleicht ...?«

Ja, gewiss, das war ihr Onkel Bonifaz. Sein Wein war neben dem Tristand'schen der beste zwischen Konstanz und Trier. Wenn Pantaleon ihn sich leisten konnte, dann musste er so reich sein, wie sein kostbares Kleid vermuten ließ. Der Ritter äußerte sich anerkennend über Onkels Weine. Und natürlich war es ihm eine Ehre, die Nichte des Herrn Bonifaz auf die Burg zu geleiten. Seine Schwägerin würde zweifellos begeistert sein. Welcher Krämer kam denn schon zur Burg hinauf. Mutig von der jungen Dame, sich hierher zu wagen. Besonders wo ihre Ware – hatte sie nicht von Würzkrämereien gesprochen? – doch sicher als begehrte Beute galt bei dem Gesindel, das sich in den Wäldern herumtrieb ...

Hinter den letzten Bemerkungen schien eine Frage zu stecken. War es tatsächlich so auffällig, dass eine Händlerin sich in die starkenburgschen Wälder traute? Unsinn. Loretta war eine reiche Frau. Das Risiko lohnte sich allemal. Sicher kamen ständig Kaufleute zur Burg. Sie wollte der Gräfin Würzwaren verkaufen – und damit sollte der neugierige Ritter sich begnügen.

Marcella wies auf die Jungen, die bereits die Hügelkuppe erreicht hatten, und trieb ihr Pferd an. Sie hoffte, dass Tristand sich noch immer auf Starkenburg aufhielt. Und dass er etwas über den Überfall herausgefunden hatte. Aber vor allen Dingen wollte sie ihm die Neuigkeit berichten, die di Sauro ihr gesteckt hatte. Bei den Cisterciensern im Kloster Himmerod waren nämlich größere Mengen Safran aufgetaucht. Und Indigo und Folium und Bolus armeniacos und Lazur. Das Letztere hätten die Mönche aus Koblenz bezogen haben können. Aber nicht den Safran. Ribaldo hatte sich für sie erkundigt. In Hunsrück und Eifel hatte es seit Mariä Verkündigung keinen Krümel Safran mehr gegeben. Möglicherweise, wenn die Mönche nämlich ein gutes Gewissen hatten, würden sie ihr den Lieferanten nennen. Aber wenn sie ihren Safran zu verdächtigen Preisen aus dubioser Quelle bezogen hatten, dann würden sie Ausflüchte machen oder alles abstreiten oder womöglich gar zu drohen beginnen. Und das war der Grund, der Marcella zur Starkenburg trieb. Normalerweise hatte sie keine Angst vor Auseinandersetzungen. Sie waren ihr tägliches Brot. Aber die Mönche von Himmerod …

Es sind die widerlichen schwarzen Bänder, die über ihren Bäuchen hängen, dachte sie beklommen. Sie wunderte sich selbst und ärgerte sich, dass die Vorstellung der schwarzgefärbten Skapuliere auf den weißen Mönchskutten ihr feuchte Hände bescherte. Unsinn, Unsinn, Unsinn …

Marcella verdrängte den Gedanken an die Cistercienser.

Tristand war der Mann, der neben ihr am meisten Interesse haben musste, die Raubmörder zu entlarven. Und ob Wucherer oder nicht – wenn es darum ging, mit den Cisterciensern um ihr Recht zu streiten, dann würde es gut sein, jemanden wie ihn an ihrer Seite zu haben. Jemanden, der intelligent war und berechnend und kalt bis ins Herz.

Die Starkenburg klebte am äußersten Zipfel eines Hochplateaus. Ihre Gründung war ein schroffer, dreieckiger Fels aus schwarzgrauem Schieferstein, der in schwindelerregender Steilheit zum Himmel strebte. Da die Blöcke für die Burgmauern aus dem Schiefer des Berges gebrochen worden waren, hatte es den Anschein, als sei die Starkenburg ein monströser Auswuchs des Felsens. Eine aus dem Stein gewachsene Faust, drohend erhoben gegen jeden, der es wagen sollte, den Sponheimern Fehde anzukünden. Schwarze, lichtschluckende Schindeln deckten die Wehrgänge über den Mauern. Auch der Bergfried war schwarz bis hinauf zu den steinernen Zinnen. Freundlichkeit strahlte nur die Fahne aus, die rot-weiß und unbekümmert auf seiner Spitze flatterte.

»Wahrscheinlich ist sie nicht leicht einzunehmen«, sagte Marcella.

»Was? Die Burg?« Pantaleon war den letzten Teil des Weges schweigsam gewesen. Jetzt blickte er zu den Mauern und Türmen hinüber. »Starkenburg ist überhaupt nicht einzunehmen. Es sei denn durch Hunger.«

»Aber wir haben viele Vorräte«, ergänzte der ältere der beiden Jungen, Johann. »Letztes Jahr hatten wir den Wildgrafen hier gefangen. Er wollte unser Land stehlen, und da haben Richwin und Claus und Colin ihn sich geschnappt, und wir haben ihn in den Turm geworfen. In Ketten und mit Hunger und Durst musste er aushalten, bis er uns Frieden geschworen hat. Und jetzt ist er mein Lehnsmann.« Sein Gesicht glänzte vor Stolz und Zufriedenheit. Johanns Welt war in Ordnung.

»Dann müssen Richwin und … wie hießen die anderen gleich?«

»Claus war das. Und Colin von der Neuerburg. Und Heiderinc war auch dabei, aber der hat bloß aufgepasst, dass niemand den Weg hinabkam.«

»Jedenfalls müssen sie ganz schön tapfer sein. Und deine

Mutter auch, wenn sie sich traut, einen Mann wie den Wildgrafen einzusperren.«

»Wir haben vor nichts Angst«, bestätigte Johann stolz.

Sein Bruder nickte. »Richwin kann mit zwei Schwertern gleichzeitig kämpfen.« Er nahm sein Messer und das Holzschwert aus dem Gürtel und fuchtelte damit über die Mähne seines Pferdes, um die Kunst seines Helden zu demonstrieren.

»Richwin würd' aber nie so blöd sein und mit verdrehtem Handgelenk schlagen. Da hat man ja gar keine Kraft. Richwin ...«

»... wird euch die Ohren langziehen, wenn ihr der Dame weiter mit eurem Gestreite lästig fallt.« Pantaleon wies mit gerunzelter Stirn die Straße hinauf, wo in der Ferne die Mauern der Vorburg auftauchten. »Wer als Erster an der Schmiede ist. Los! Braucht ihr Feuer unterm Hintern?«

Die Jungen stoben davon.

»Starkenburg ist uneinnehmbar, das ist wahr«, sagte er düster, als die Grafensöhne fort waren. »Aber seine Herrin ist eine Frau. Und, Teufel noch mal, wer respektiert ein Weib? Der Wildgraf hat seine schmutzigen Finger nach Sponheim ausgestreckt, und nun, nachdem er eins draufbekommen hat, versucht es der Erzbischof. Das Aas zieht Geier an. Und wir können nicht jeden Flecken Erde verteidigen. Es wäre gut gewesen, der Altgraf hätte einen Mann als Vormund ... Aber was falle ich Euch lästig. Verzeiht, meine Dame.«

»Balduin von Trier stiehlt der Gräfin Land?«

Das konnte so nicht stimmen. Balduin war Erzbischof und Kurfürst und damit einer der mächtigsten Männer des Reiches, aber keiner, der sich zu Unrecht hinreißen ließ. Er führte seine Züge gegen das Raubrittertum mit unnachsichtiger Härte, sogar den eigenen Halbbruder hatte er hinrichten lassen.

»Wenn man etwas wirklich haben will, dann findet man auch einen Dreh, es zu kriegen«, knurrte Pantaleon. »Unrecht zu Recht zu machen braucht weniger Zeit als ...«

Der Vergleich schien für eine Dame nicht passend, denn er verschluckte ihn. Danach war er still und brach sein Schweigen auch nicht mehr, bis sie die Vorburg erreichten.

Die Leute von Starkenburg wohnten in sauberen Häusern. Das war Marcellas erster Eindruck, als sie den Torbogen durchritten hatte, der den Weg zur Burg freigab. Häuschen, Ställe und Werkstätten der Hörigen hatte man aus demselben schmutziggrauen Schiefer errichtet wie die Burg, aber die tristen Fassaden waren bis an die Dächer von Ranken bewachsen, die Haustüren gestrichen und mit Schnitzereien verziert, es gab sauber geharkte Gärtchen und eingezäunte Plätze für Federvieh.

Den Starkenburger Knechten ging es also gut, sie hatten eine Herrin, die ihnen Kraft und Zeit für Dinge ließ, die über das Notwendige hinausgingen, und Marcella freute sich darüber. Dass die Grafenwitwe den habgierigen Wildgrafen hatte gefangen nehmen lassen, gefiel ihr, und dass sie zudem auch noch ein gutes Herz zu haben schien, machte sie ihr doppelt angenehm.

Sie ritt an einer Schmiede vorbei, in der ein gedrungener Mann mit einem Eulengesicht Feuer in der Esse schürte, dann an einer Käserei, einigen Wohnhäusern und an einem Bienengarten, und schließlich endete der Weg vor einem Wehrgraben mit einer Fallbrücke und zwei mächtigen Türmen.

»Hinter der Brücke wird es eng«, erklärte der kleine Johann, der sich wieder zu ihnen gesellt hatte. »Da kann immer nur einer zur Zeit rauf. Und das ist auch gut so, wenn wir nämlich angegriffen werden.«

Der Wächter grüßte ehrerbietig und machte ihnen den Weg frei. Hinter dem Tor wurde es so eng und steil, dass Marcella begriff, wie sinnlos es war, sich über diesen Weg Einlass in die Burg erkämpfen zu wollen. Sie hörte Elsas Protest und wartete, bis die Freundin den Wagen verlassen hatte, ehe es weiterging. Ein zweiter Graben, diesmal mit einem gewaltigen Torhaus und einem Fallgatter, schützte die Hauptburg. Sie ritten durch ein weißgekalktes Gewölbe, bogen um eine Ecke, und schließlich standen sie im Burghof.

Marcella ließ sich von Ruben aus dem Sattel helfen. Der galante Pantaleon hatte es mit einem Male eilig. Er verschwand in einem steingemauerten Haus neben den Stallungen, das wohl die Edelknechte beherbergen mochte.

Elsa reckte ihr wehes Kreuz. »Na, sauber haben sie es. Aber ...«, schränkte sie ein, »bei König David war es auch fein und ordentlich, und trotzdem hat er ...«

»... sich mit Urias Weib im Bett gewälzt. Sei friedlich, Elsa. Hier wohnt eine Gräfin mit zwei reizenden Kindern. Schau mal, dort drüben ist ein Kräutergarten.«

Auch der Garten mit den sauber geharkten Beeten konnte Elsa nicht aufheitern. Wehmütig blickte sie zum Tor, wo ein Junge die Kette des Fallgitters schmierte.

Ruben und sein Kumpan hatten sich an einen der Stallknechte herangemacht und ließen sich von ihm helfen, die Pferde abzuspannen und zur Tränke zu führen. Hinter dem Trog auf einer Steinbank saß ein krummes, hühnerrupfendes Weiblein, das ihnen gutmütige Scherzworte zurief. Ein Kind krabbelte zwischen den Federn zu ihren Füßen ...

»Was treibt Ihr hier?«

Die Stimme, die plötzlich und unangenehm dicht und laut hinter Marcellas Rücken ertönte, passte so wenig zum Frieden des Burghofes wie ein Schauer in einen Sonnentag. Marcella drehte sich um. Das Weib, das auf der untersten Stufe der Palastreppe stand, war – grau. Grau das Wollkleid, das ordentlich bis in die letzte Falte von ihren dürren Schultern hing. Grau das Unterkleid. Grau das Haar, dessen Ansätze straff unter ihr Gebinde liefen. Ihre Augen waren nicht grau, aber dafür die Gesichtshaut. Mit einem silbernen Schimmer wie ein Fisch ...

Marcella lächelte. »Ich wünsche Euch einen gesegneten Tag, Herrin. Ihr seid ... die Gräfin Loretta?«

Nein, das war sie nicht. Obwohl sie kein Wort dagegen sagte. Die Kleider der Frau waren aus teurer flämischer Wolle, sie gehörte also einem hohen Stand an. Aber als der Name Loretta ertönte, verengten sich ihre Augen. Vor Abneigung, entschied Marcella. Sie war nicht die Gräfin Loretta und sie mochte die Gräfin auch nicht leiden. Aber trotzdem musste sie hier Einfluss haben. Denn sonst würde sie es nicht wagen, Fremde anzuherrschen, die ihrer Herrin womöglich willkommen sein könnten.

»Ihr führt ein heiteres Haus – wunderschön, der Garten. Ich hätte nicht gedacht, dass man auf so kargem Boden Thymian zum Blühen bekommt.«

Entweder war die Dame an der Pracht des Kräutergartens nicht beteiligt oder aber für Freundlichkeit unzugänglich. »Wir brauchen keinen Trödelkram. Packt Eure Sachen und verschwindet.«

Elsa, die einige vorwitzige Gaffer vom Wagen verscheucht hatte, kam über die Deichselstöcke geklettert. »Dass Ihr keinen Trödelkram braucht, werte Dame, trifft sich gut, denn so etwas führen wir nicht. Weil wir das nämlich nicht nötig haben. Ansonsten ...«

Marcella drückte ihren Arm. »Es wäre uns lieb, wenn Ihr der Gräfin von unserer Ankunft berichtet.«

»Wir wollen hier keine ...«

»... und Ihr sagt, dass wir Duftöle und Seidenborten mit uns führen. Und getrocknete Heilkräuter. Ich sehe, Eure Herrin gibt sich viel Mühe mit dem Garten. Sie scheint sich dafür zu interessieren.« Und wenn das Weib jetzt noch widerspricht, dachte sie, dann werde ich auch unangenehm.

Aber die grässliche Frau bekam keine Möglichkeit, sie weiter aufzuhalten. Ein Mann stieg die Palastreppe hinab und eilte auf den Wagen zu. Er war schon älter, sicher über vierzig, auf seiner Stirn standen Sorgenfalten, und das Haar war dünn und an den Ecken gelichtet. Augenscheinlich genoss er Autorität, denn die Mägde mit den schweren Wassereimern wichen ihm aus und knicksten leicht.

»Mechthilde.« Seine Stimme klang leise und überraschend müde. »Graf Pantaleon hat die Händlerin bereits angekündigt, und Loretta ist in den Rittersaal gegangen und wünscht, ihre Waren zu sehen.«

Marcella hatte Widerspruch erwartet, doch die trockenen Lippen des Weibes kräuselten sich nur leicht. Ohne Antwort zu geben, drehte sie sich fort. Sie ging ein paar Schritte, aber dann schien sie es sich plötzlich anders überlegt zu haben. Ihr kantiges Vogelgesicht blickte über die Schulter.

»Nehmt Euren … Kram, Weib, und kommt mit! Ich bringe Euch zur Gräfin hinauf.«

VI

Damian Tristand lehnte an einem der blankpolierten Tische, die die Fensternischen in der Außenmauer des Rittersaales füllten. Das rote Holz der Deckenvertäfelung gab seinem Gesicht einen warmen Schein. Er hatte die Arme über der Brust gekreuzt, den Kopf ein wenig zur Seite geneigt und schaute ihnen zu. Niemand hätte behaupten können, dass er störe.

Marcella zog mit spitzen Fingern das Fläschchen Zitronellöl aus der Kiste, die Ruben ihr hochgetragen hatte, und blies den Sand davon ab. Sie wünschte, Elsa wäre bei ihr. Aber Elsa hatte die Spitzenborten vergessen und war in den Burghof zurückgekehrt. Und letztlich – was tat Tristand schon, außer zu schauen? Er hatte sie noch mit keinem Wort unterbrochen. Nicht einmal begrüßt hatte er sie.

»Meist benutze ich Rosenduft«, erklärte die Gräfin. »Neben unserem Bergfried ist eine sonnige Stelle, dort wachsen wunderschöne, dunkelrote Kletterrosen. Ich trockne die Blätter, zerstoße sie und lege die Krümel in Öl ein. Aber es duftet bei weitem nicht so intensiv wie dies hier.«

Marcella lächelte. Natürlich nicht. Das Rosenöl aus ihren Fläschchen brauchte drei Monate zur Herstellung – die gesamte Zeit der Rosenernte. Und Unmengen von Blüten. Und einen komplizierten Prozess des Mischens und Auswaschens.

»Ihr solltet hiervon versuchen, Gräfin.« Vorsichtig entstöpselte sie ihr Fläschchen. »Zitronellöl. Das – vielleicht zusammen mit Rosenholz und Jasmin und eventuell auch etwas Vanille. Es ist schwierig vorauszusehen, wie es riechen wird. Die Haut verändert den Duft. Aber ich denke, Zitrusartiges würde Euch stehen.«

Es war schon seltsam. Bei vielen Frauen hatte Marcella Stunden herumexperimentiert und doch nicht herausfinden können, welcher Duft zu ihnen passte. Die meisten hatten auch gar nicht begriffen, warum sie sich so abmühte. Am Ende liefen zänkische Hennen mit Rosengerüchen herum, die ihnen anhafteten wie eine Maskerade, oder verbitterte, alte Weiber dufteten nach Veilchen, was sie unweigerlich der Lächerlichkeit preisgab.

Aber für Loretta existierte ein Duft. Und er musste hell sein und blumig. Strahlend wie das goldgelbe Haar, das sich aus ihrer Haube stahl, erfrischend wie ihr Lachen, und so intensiv wie die Freude, mit der sie sich über die kleinen Fläschchen beugte. Vielleicht doch kein Jasmin, sondern Sandelholz, dachte Marcella.

»Öle sind teuer!« Die Stimme des grauen Weibes schnappte durch die Stille des Raumes und schnitt durch seine Wohlgerüche, als wolle sie sie mit dem Messer zerfetzen. »Es ist hoffärtiger, sündhafter Prunk. Und das Land darbt!«

Ich hasse sie, dachte Marcella. Und zwar nicht, weil sie unrecht hätte, sondern weil sie es allein nur deshalb sagt, um Jeanne die Freude zu verderben. Nein – nicht Jeanne. Loretta.

»Man könnte Berge von Wolle dafür verspinnen lassen«, sagte das graue Weib.

Loretta, noch immer über das Fläschchen mit dem Zitronellöl gebeugt, blinzelte Marcella verstohlen zu. »Liebste Mechthilde«, murmelte sie so gleichmütig wie die Sonne, die auf jedes Unrecht strahlt, »wenn der Herrgott nicht wollte, dass wir uns an diesen Düften erfreuen, warum hätte er dann die Blumen erschaffen?«

»Zur Linderung von Krankheiten. Und zum Würzen der Speisen. – Herrin!«, stieß das Weib mit Verspätung hervor.

»Ihr meint, man sollte dies hier mit Rosenduft vermengen?« Nachdenklich senkte Loretta das kleine Fläschchen. Ein Tropfen Öl perlte über ihren weißen Finger. Sie hatte wunderschöne Hände. Lang und schmal mit blassrosa Nägeln. Jeanne hatte mit solchen Händen immer das Psalterium gezupft.

»Könnte ich es mit meinen eigenen Rosenölen vermischen?«

»Das würde die Reinheit mindern und den Duft beeinträchtigen«, sagte Marcella. Es war nicht gut, an Jeanne zu denken. Sie brauchte ihre Konzentration. Und außerdem war das alles lange vorbei.

»Was wissen wir, ob das Öl der Krämerin nicht auch gepanscht ist?«, grollte das grässliche Weib.

»Das kann man einfach nachprüfen.« Marcella nahm Lorettas Finger, auf dem sich noch immer der Öltropfen blähte, und rieb mit ihrem eigenen Finger dagegen. »Wenn ätherische Essenzen mit Olivenöl verlängert worden sind, dann fühlt es sich schmierig an. Und wenn Ihr ganz sichergehen wollt, könnt Ihr den Tropfen in eine Schale Wasser fallen lassen. Reine ätherische Öle schwimmen auf der Oberfläche, statt sich aufzulösen.«

»Tatsächlich?« Loretta lachte auf. »Mechthilde, geh und hole mein Fläschchen mit dem Rosenöl. Das blaue. Links unten in der Truhe neben dem rosa Samtstoff. Ich will es ausprobieren. Habt Ihr das mit dem Wasser gewusst, Herr Tristand? Wirklich? Ich dachte, Ihr handelt nur mit Stoffen. Oh …« Sie hielt inne. »Ich glaube, ich habe Euch noch gar nicht vorgestellt. Verzeiht, liebe Dame. Aber mitunter ist Herr Tristand so still, dass man ihn reinweg vergisst. Er stammt übrigens auch aus Trier. Eigentlich müsstet Ihr seinen Vater kennen. Herrn Arnold. Man hat ihn leider kürzlich …«

»Ja, ich weiß. Ich … habe ihn besucht.«

Es war eine törichte, eine hirn- und herzlose Bemerkung. Und es tat Marcella von Herzen leid zu sehen, wie sie das Lächeln aus Tristands Gesicht wischte. Das hatte sie nicht beabsichtigt. Verfluchtes Mundwerk! Immer schneller als der Verstand.

Die Gräfin war ernst geworden. »Und wie geht es dem armen, alten Herrn?«

Arnold Tristand ging es schlecht. Sein Kerker war trocken, er bekam genug zu essen, hatte einen Strohsack und eine warme Decke in der Zelle, und die Wachen waren angewiesen, ihn ordentlich zu behandeln. Aber er war ein alter Mann, dem das Lebenswerk unter den Händen zerbrochen war. Als Marcella ihn besucht hatte, hatte er mit eingerolltem Körper wie ein kleines Kind unter seiner Decke gelegen, die Faust vor den Mund gepresst. Sie hatte ihm erzählt, dass sein Sohn den Schergen entkommen war, und das hatte etwas Leben in die ausgemergelte Gestalt gebracht. Aber nur für wenige Augenblicke.

»Man kümmert sich gut um ihn«, sagte sie.

Tristands Augen blickten keineswegs klar, wie Marcella unten in dem Keller ihres Onkels angenommen hatte. Sie waren verhangen, als läge ein Schleier über ihnen, hinter dem er seine Gedanken verbarg.

»*Wer* kümmert sich? Martin?«, fragte er.

Beim heiligen Matthias – wer denn sonst!

Und wenn's auch keine Freude war, vom eigenen Bruder gezüchtigt und der Mordbüberei geziehen zu werden, so sollte er doch froh sein, dass es überhaupt jemanden gab, der für seinen Vater sorgte. Außerdem war es genau genommen Martin, der sich zu beklagen hatte. Martin rang mit den Schöffen um die Freilassung seines Vaters. Er gab alles Geld und alle Kraft, um seinem Vater beizustehen, und setzte die eigene Sicherheit aufs Spiel, indem er ständig vor dem Rat auf die Lauterkeit des alten Mannes pochte. Und alles, was er dafür zurückbekam, waren die Klagen seines Vaters um das Unglück des Bruders.

»Gut«, sagte Tristand.

Draußen vom Treppenturm ertönte die Stimme Elsas, die wohl auf Mechthilde gestoßen war. Es klang wie Gekeife. Etwas polterte über die Holzstufen.

»Martin hat einen klugen Kopf ...«

Hoffentlich befand sich kein Glas in dem Kistchen, das Elsa hatte fallen lassen.

»... und weiß am besten, was man tun kann.«

Ja, gewiss. Beispielsweise hatte er vierzig Pfund Turnosen dafür ausgesetzt, dass man seinen Bruder ergreifen und dem Henker übergeben solle. Aber helfen würde das alles nichts, weil Arnold Tristand sich nämlich auf seiner Strohmatte zum Sterben hingelegt hatte.

»Ich wünschte, dass ich nicht gerade jetzt mit Bischof Balduin zerstritten wäre«, sagte Loretta bedrückt. »Wenn er sich für Euch einsetzte, dann wäre Eurem Vater bald geholfen.«

Tristand war gegangen, und Loretta hatte mit gespieltem Interesse die Spitzen betrachtet, die Elsa gebracht hatte. Doch die Stimmung war verdorben. Mechthilde stand hinter ihnen und prüfte jedes Wort auf der Waage der Missbilligung. Elsa schmollte. Keine gute Zeit, die Schönheit der Welt zu verkaufen.

Aber Loretta schien an Marcella Gefallen gefunden zu haben. Wenigstens für ein paar Tage sollte die Krämerin bei ihr bleiben. Es gab Gästeräume in der Burg, zum Beispiel das blaue Zimmer mit den Blumenmalereien an der Decke. Wäre das nicht ein schönes Plätzchen für jemanden, der Düfte in Fläschchen einfing?

Ja, es war ein großartiger Raum. Marcella rekelte sich auf dem Bett und spähte am Baldachin vorbei zu der hellblauen Zimmerdecke mit den goldfarbenen Adonisranken. Das Zimmer war warm. Es grenzte an die Gräfinnenkemenate und teilte wohl mit ihr denselben Kamin. Hell war es außerdem, denn es gab zwei Bogenfenster, durch die das Nachmittagslicht flutete. Elsa saß auf einer der halbrunden Bänke, die die Fensternischen füllten, und nutzte die Helligkeit, um einen Riss an ihrem Kleidersaum zu stopfen. Ihr Gebinde war in den Nacken gerutscht und der dicke, blonde Zopf schmiegte sich um ihr Kinn. Sie hatte die Schuhe ausgezogen und die Füße mit den groben Schafswollbeinlingen auf die gegenüberliegende Sitzfläche gelegt.

»Na schön, es hätte schlimmer kommen können«, gab sie widerwillig zu.

Marcella rollte sich vom Bett. Es ging zum Abend hin. Sie stieg über Elsas Füße und kauerte sich mit angezogenen Beinen in die Bankecke. Ihr Fenster lag an der Westseite des Palas. Sie konnte einen Teil des Hofes überblicken und, weil sie in so luftiger Höhe wohnte, auch die Mauer und die dahinterliegende Flussniederung. Die Mosel zog sich als grausilbernes, durch die Abendsonne glitzerndes Band durch die Auen, wand sich im weiten Bogen um die Burg herum und verschwand zwischen den Hügeln. Kurz vor der Biegung schob sich eine Landzunge in den Fluss hinein. In der Bucht, die sie schuf, spielten daumennagelgroße Kinder, die sich mit Wasser bespritzten. Hinter ihnen am Ufer duckte sich ein Lehmhäuschen in den Schutz eines Weinberges. Die Kinder schienen zu dem Weinbauern zu gehören, denn sie horchten auf, als eine Gestalt in der Tür erschien und winkte und ihnen etwas zurief.

»Wenn es mir gehörte«, sagte Marcella, »würde ich es mit aller Macht verteidigen.«

»Wenn es dir gehörte und man wollte es dir stehlen und du würdest dich dagegen wehren«, gab Elsa schroff zurück, »dann würden als Erstes das Haus und die Kinder dort unten brennen. Wagemut ist eine feine Sache – solange man hinter sieben Fuß dicken Mauern wohnt.«

Marcella dachte darüber nach. »Aber wenn man sich nicht wehrt, Elsa, dann brennen die Häuser vielleicht trotzdem. Oder die Kinder verderben am Hunger. Wenn es mir gehörte, würde ich es beschützen. Ich würde einen zwanzig Klafter hohen Wall bauen, der mein ganzes Reich umzäunt, und würde auf jeden Fußbreit zehn Bogenschützen stellen ...«

»Wie das? Sollen sie einander auf den Schultern sitzen?«

»Und ein Meer von siedendem Pech würde meinen Wall umfließen ...«

»Nur ein Meer, Schätzchen? Du wirst gut zu tun haben, das Holz fürs Siedefeuer nachzulegen.«

»Und ich würde eine Maschine erfinden, die tausend Pfeile auf einmal ... Elsa – es ist schrecklich, wenn man sich nicht wehren kann.«

Elsa ließ die Hand mit dem Stopfgarn sinken.

»Ich will mich immer wehren und kämpfen«, sagte Marcella. »Solange man kämpft, schleicht einem nicht die Furcht ins Herz.«

»Was redest du für dummes Zeug.«

»Das Sterben ist nichts, Elsa. Aber sich zu verkriechen und zu warten ...«

»Ich weiß, dass du kein Feigling bist.«

»Nein, du verstehst gar nichts. Das Grässliche geschieht nicht da, wo man kämpft, sondern wo man sich nicht wehren kann ...«

Elsa starrte sie beunruhigt an. Sie mochte solche Gespräche nicht, und es tat Marcella schon leid, sie damit bedrängt zu haben.

»Diese Frau – Mechthilde –, weißt du, warum sie sich so schrecklich benimmt? Wer ist sie überhaupt?«

Ihre Freundin nahm den Rocksaum wieder auf. »Sie ist mit Volker verheiratet, dem Burgvogt, du weißt schon – der Mann, der uns den Einlass zur Gräfin verschafft hat. Und sie soll so liebreizend wie eine Scheuerbürste sein. Brauchst nicht zu schauen, das Wort kommt von dem Kerl, der Ruben bei den Pferden geholfen hat. Besonders die mit den hübschen Gesichtern kann sie nicht leiden. Und hat wohl auch ihren Grund dafür, denn es heißt ... Ach was. Jedenfalls – ich fänd's grässlich, mit so was zusammenleben zu müssen. *Besser in der Wüste hausen als Ärger mit einer zänkischen Frau.* Nach wem reckst du dir den Hals?«

»Da unten ist unser schöner Richwin. Kommt er nun gerade heim? Nein. Er will hinaus. Und der Herr Tristand mit ihm, wie es scheint. Das ist schade.«

Elsas Augenbrauen sprangen in die Höhe.

»Weil ...«, sagte Marcella vorsichtig. »Ich muss ihn doch noch fragen, ob er mit mir nach Himmerod reitet.«

Das Stopfzeug sank in Elsas Schoß. »Nach Himmerod? Kind! Der Kerl ...«

»Ja, ich weiß, er hat einen fürchterlichen Ruf. Aber immerhin ist er Kaufmann, und scheinbar ein erfolgreicher. Also müsste er doch auch ...«

»Er ist ein Taugenichts!«

»Gewiss. Und gerade deshalb ...«

»Ein Schlächter und Mörder!«

»Das wissen wir nicht ...«

»Und rüpelhaft mit einem Mundwerk, das zur Gosse gehört!«

»Elsa!« Marcella setzte die Füße auf den Boden. »Irgendjemand hat den Cisterciensern einen Teil des Safrans verkauft, den man uns gestohlen hat. Wir müssen herausfinden, wer das war, bevor er den Rest auch noch verkauft.«

»Wenn wir allein zur Starkenburg fahren konnten, dann können wir auch allein nach Himmerod. Wir haben Ruben und Wendelin dabei.«

Ja. Und die beiden würden ihnen auf den Straßen beistehen. Aber wenn sie dann zum Kloster kämen, zu den Mönchen mit den schwarzen Skapulieren, zu den Cisterciensern ...

»Weißt du, was wir tun werden?«, sagte Marcella. Sie beugte sich vor und flüsterte Elsa etwas ins Ohr.

Es war so einfach. Kein Grund für Elsa, die Hand vor den Mund zu pressen, als könne jeder Atemzug gleich eine Katastrophe auslösen.

»Er ist doch unten bei den Rittern!« Marcella verdrehte die Augen. Der Gang war leer. Sie schirmte das Kerzenlicht trotzdem weiter mit der Hand ab. Unvorsichtig wollte sie nicht werden. Aber die Musik scholl bis zu ihnen hinauf, und Tristand hatte bei Richwin gesessen und mit ihm und einigen anderen Männern über den Italienfeldzug gesprochen. Vermutlich würden sie sich bis tief in die Nacht die Köpfe darüber heißreden, ob die Krönung Ludwig nun zum Kaiser oder zum Ketzer gemacht hatte. Männer waren so.

Marcella schob die Tür zu der Kammer auf, die ihnen von dem Mädchen mit dem Waschkrug genannt worden war. Hatte die Kleine sich über ihr Interesse an Tristands Schlafkammer gewundert? Nun, es würde nichts gestohlen werden, und sie würde es bald vergessen haben.

»Komm schon!«, drängte Marcella.

Elsa schlich so furchtsam hinter ihr her, als kröchen sie auf Teufelspfaden. Marcella drückte der Freundin die Kerze in die Hand und zog die Tür ins Schloss zurück. Das Zimmer war aufgeräumt. Einige Kleider hingen über der Stuhllehne. Die Samtmütze lag auf der Sitzfläche. Herr Tristand liebte es akkurat. Am Wandhaken baumelte sein Mantel. Marcella war nicht sicher, was sie suchte, aber sie vermutete, dass sich alles Interessante in der Truhe neben dem Bett befand.

»Erschlagen wird uns der Kerl, wenn er uns erwischt«, flüsterte Elsa. »Und man könnt's ihm nicht mal vorwerfen. Wie die Diebe einzudringen! Wahrscheinlich werden sie uns an der Fahnenstange aufhängen ...«

»Und wenn schon. Einem Erschlagenen tut's nicht weh.« Die Truhe war verschlossen. Marcella trat zu den Kleidern am Stuhl und befingerte den Stoff. Wenn Tristand den Schlüssel bei sich trug, dann sah es schlecht für sie aus.

»Ich weiß noch immer nicht, was wir suchen«, krächzte Elsa.

An der Lehne des Stuhles baumelte eine Gürteltasche. Marcella nahm sie und trug sie zu Elsas Licht. Ihre Freundin zuckte gequält zusammen.

»Ich suche doch nur nach dem Schlüssel, Dummchen.« Aber die Tasche enthielt nichts als einen Klapplöffel im Lederetui, einen Probierstein für Münzen, ein viereckiges, gesäumtes Stück Tuch und eine gekritzelte Abschrift des jüngsten Koblenzer Zolltarifs. Sie hängte sie zurück. »Vielleicht im Mantel?«

Mit einer Gebärde der Resignation ließ Elsa sich auf das Bett fallen. Es war ein einfach gebautes Spannbett ohne Betthimmel, aber bequem mit einer gelben Federdecke und Kissen und Rollen ausgestattet. Elsa stellte die Lampe auf der Truhe ab, nahm eines der Kissen und umklammerte es mit ihren zitternden Händen.

»Was ist das?«, fragte Marcella.

Die Kerze warf einen armlangen Lichtkreis, der bis zum Boden reichte. Und neben Elsas Kleidersaum blinkte etwas. Marcella bückte sich. Da war Metall. Verschnörkelte Griffe. Unter der Matratze des Bettes befand sich eine Schublade.

»Zur Seite, Elsa, nun mach schon. Und halte das Licht.«

»*Gerechtigkeit behütet den Schuldlosen auf seinem Weg, aber den Frevler bringt die Sünde zu Fall*«, klagte ihre Freundin. Der Schein der Kerze erhellte eine nach oben offene Holzlade, in der, eingehüllt in ein Tuch, etwas lag. Marcella schlug den Stoff auseinander. Bücher. Ein gutes Dutzend. Sie nahm das oberste, ein in Schweinsleder gebundenes Heftchen, heraus.

Practica della mercatura. Ihr Italienisch war dürftig, ihr Latein etwas besser. Handelspraktiken. Von einem Italiener geschrieben. Francesco di Balduccio Pegolotti.

Schlecht für Euch, Tristand!

Das Buch wanderte zurück und wurde gegen ein anderes getauscht.

»*Tarifa zoé notica dy pexy* ... bla bla bla.« Das Innere des Buches führte Tarife, Maße und Gewichte auf, von denen sie einige kannte. Aber vieles war so exotisch, dass sie es nicht einmal aussprechen konnte. Unter der Überschrift Brussa waren Zahlen und völlig unverständliche Namen aufgeführt, und andere unter Kandia und Sinope und Trapezunt.

»Ob er es nun lesen kann oder nicht – es ist in seinem Besitz«, sagte Marcella.

»Na und?«

»Er war mit seiner Habe auf dem Weg nach Trier, wenn er die Wahrheit gesagt hat. Und dann ist er überfallen worden, und alles, was in den Frachtwagen lag, ist gestohlen worden. Wie kann er dann *Tarife zoé bla bla bla* unter seinem Bett liegen haben? Himmel, und Aristoteles. Der Herr hat feingeistige Ambitionen. Die *Göttliche Komödie*. Bebildert. Mit Blattgold. Und hier. *Liber abacci*. Meine Güte, das Buch ist alt. Das besitzt er aus Liebhaberei. Die Formeln hat man im Kopf oder auf der Tafel. Und ...«

Das letzte Buch war länger und breiter als die anderen. Es hatte einen schwarzen Ledereinband, die Blätter waren aus Pergament und mit beweglichen Klammern zusammengehalten.

Marcella drehte sich, so dass sie zu sitzen kam. »Halt das Licht still!«

Sie begann zu blättern. »*Compto nostro* und *compto vestro*. Was soll das heißen? Er schreibt mehrere Konten gleichzeitig. Bei allen Heiligen, und mit was für Beträgen! 20 000 Dukaten. Durch einen einzigen Wechsel. Und sieh mal die Namen darunter. Perruzi! Spinola! Mit wem verkehrt der Mensch alles!«

»Es ist Schnüffelei!«, zischte Elsa.

»15 000 Dukaten, 27 000 Florenen ... Das soll alles ihm ...? Nein, ausgeschlossen, dann wäre er reicher als der Papst, und der plündert die gesamte Christenheit. Außerdem – ich glaube, das hier sind Schiffsnamen. Da steht etwas von einer genuesischen Karake. Himmel, was sind *partes*? Schickt er seine Schiffe in Teilchen übers Meer? Und was ist eine *securitas*? Und eine *collegan* …?«

»Du solltest dich …« Elsa horchte auf. »Du solltest …« Wieder horchte sie. Im nächsten Moment schoss ihre Hand vor und Marcella direkt auf den Mund. Draußen gab es plötzlich Stimmen und Schritte. Jemand lachte, ein anderer versuchte zu singen. Tief und falsch. Ein Ritter vermutlich. Die Helden der Gräfin Loretta kehrten vom Gelage zurück. Sturzbetrunken, wie es schien.

Marcella schob Elsas Hand beiseite und blies behutsam das Licht aus.

Wenn sich Tristand unter den Säufern befand – dann wäre es wahrscheinlich klug, sein Bett freizuräumen. Mit fliegenden Fingern packte Marcella die Bücher in die Schublade zurück, schlug den Stoff darüber und schob die Lade über den Fußboden.

Draußen grölten sie weiter.

Marcella griff nach Elsas Hand und zog sie hinter sich her in den Schatten der Tür. Genau genommen hatten sie es gar nicht nötig, sich zu verbergen. Was hatten sie denn schon getan, außer nach einem Beweis für Herrn Tristands Unschuld zu suchen?

»Sie gehen vorbei«, wisperte Elsa.

Hoffentlich, hoffentlich. Manche Menschen mochten es nicht, wenn man sich um sie bemühte.

Eine Tür fiel ins Schloss und das Gegröle wurde leise. Marcella schlug hastig ein Kreuz, nahm Elsas Arm und schlüpfte mit ihr in den Gang hinaus und die Treppe hinunter.

»Und was haben wir nun erreicht?«, polterte Elsa, als sie schwer atmend die Tür des Blumenzimmers hinter sich geschlossen hatten.

»Wir wissen, dass er unschuldig ist.«

»Wir …? Habe ich etwas an den Ohren, meine Dame? *Sieh*

nur, Elsa, diese Bücher. Wenn er wirklich überfallen worden wäre, hätte man sie ihm ...«

»Psst, Elsa. Ich nehme an, dass er die Bücher nach dem Überfall gekauft hat.«

»O ja, einmal so und einmal so!«

»Wegen des Kontenbuches. Alle Eintragungen sind unter demselben Datum niedergeschrieben worden. Und mit derselben Tinte und derselben Feder. Er muss das nachgetragen haben. Aus dem Gedächtnis.«

»Ach ja! Weil Zahlen in einem Buch mit derselben Tinte geschrieben werden, wird aus einem Wucherer ein Unschuldslamm? Vielleicht hat ihm das alte nicht mehr gefallen und er hat es fortgeworfen.«

»Sein Kontenbuch?« Marcella lächelte. »Eher hätte er sich die Hand abgeschlagen.«

VII

»Er ist also in Koblenz«, sagte Marcella.

»Hmm.« Richwin hatte den Kopf über die Laute gebeugt und versuchte, die Saiten zu stimmen. Der Wind spielte in seinen Locken, die Sonne bewarf sie mit goldenen Strahlen. Er trug einen Kranz aus Mohnblumen im Haar, dessen Farbe sich in seinem rotsamtenen Rock wiederfand. Eine Lichtgestalt vor der Düsternis der Burgmauern. Als der Schöpfer Richwin erschuf, musste er die Menschen geliebt haben.

»Jedenfalls glaub ich das«, sagte er. »Damian ist nicht gerade gesprächig, wenn es um seine Geschäfte geht. Ist das zu hoch?« Er zupfte, horchte, drehte am Wirbel und zupfte noch einmal.

Der kleine Johann, den er in einen Ahorn geschickt hatte, um festzustellen, ob die Jagdgesellschaft der Gräfin schon die Vorburg hinabgeritten kam, brüllte seine Botschaft herab, dass sich nämlich noch nichts rührte und dass sie wahrscheinlich überhaupt nicht mehr loskämen, oder wenn, dann wenigstens viel zu spät.

»Herr Tristand ist in gar nichts gesprächig«, sagte Marcella. »Haltet Ihr es für möglich, dass er in seinem früheren Leben ein Fisch gewesen ist?«

»Ich halte es für möglich, dass er überhaupt nicht weiß, wie heiß Ihr ihn entbehrt, Herrin.« Richwin grinste, als er merkte, wie zwei steile Falten sich in ihre Stirn gruben. Seine Finger liefen über die Saiten, augenzwinkernd sang er:

»Ein Halm war es, der macht sie froh:
Er sprach, ihr solle Glück geschehn.
Sie maß sich dieses kleine Stroh,
wie sie's ...«

»Da kommen die Ersten über die Brücke!«, schrie Johann.

»... wie sie's bei Kindern hat gesehn.
Nun hört und merket, wie sie ihm gesinnt:
Sie liebt ihn, liebt ihn nicht, liebt ihn —«

»Hast du gehört, Richwin? Richwin! Sie kommen!«

Marcella legte die Hand über den Steg der Laute und sang mit ihrer weichen Altstimme weiter:

»Sooft sie probte — war das Ende fröhlich?
Was für ein Narrenlied, mein Herz!
Dich macht dein Glaube selig.«

»Ich hab gerufen, dass sie kommen, Richwin. Und jetzt sind sie schon fast hier«, sagte Johann, der zu ihnen herabgeklettert war, vorwurfsvoll.

»Na, dann ab in den Sattel. Wie steht's, Herrin? Soll ich Euch verraten, wann er zurückkehrt?«, fragte Richwin mit mildem Lächeln.

»Ihr könntet's ja gar nicht für Euch behalten — jetzt, wo Ihr wisst, wie mich die Sehnsucht zerreißt.«

»Eine Woche«, sagte Richwin. »Wenn er nicht aufgehalten wird.«

»Eine Woche«, wiederholte Marcella später am Abend zu Elsa.

Sie war den ganzen Tag über mit Lorettas Rittern und Damen durch die Wälder gestreift und spürte ihre Knochen, als hätte man jeden einzeln blau geschlagen. Eiskalt war es außerdem in der blumenbemalten Kammer, denn das Wetter war umgeschlagen und durch die Fenster pfiff feuchtkalter Wind. Sie zog den Surcot über den Kopf, faltete ihn zitternd zusammen und legte ihn zum Mantel auf die Fensterbank.

»Was ist, Kind? Willst du dich totfrieren?« Elsa schüttelte die Bettkissen auf. »Nein, lass das Hemd und die Beinlinge an. Selbst wenn sie nebenan heizen, wird dieser Steinkasten nicht warm. Dass sie hier nicht alle das Gliederreißen haben ...«

Marcella schlüpfte unter die Decke und machte ihrer Freundin Platz, damit sie neben sie kriechen konnte. Das Bettzeug war kalt und muffig. Sie zog die Füße an.

»Er ist noch vor der Morgenmesse davongeritten. Für Geschäfte«, murmelte sie bibbernd. »Wie kann man so etwas tun, wenn man die ganze Nacht hindurch gesoffen hat?«

»Einem fleißigen Eichhörnchen schadet der Winter nicht«, erwiderte Elsa tugendhaft.

»Aber diese – Unruhe ist grässlich. Was nutzt einem das ganze Geld, wenn es so ... kribblig macht.«

»Jedenfalls hat es keinen Sinn, länger hierzubleiben.« Elsa stützte sich auf den Ellbogen und beugte sich über Marcella. »Zum einen kann es nämlich sein, dass deinem Herrn Wucherer das Trierer Land einfach zu unsicher geworden ist und dass seine angeblichen Geschäfte nur ein Vorwand waren, um zu verschwinden. Zum anderen kann es sein, dass er bis in die Ewigkeit aufgehalten wird. Und zum dritten ...«

»Und zum dritten werden wir trotzdem auf ihn warten!« Marcella konnte sich selbst nicht leiden, wenn sie so scharf sprach. Es kränkte Elsa. Und war ungerecht. »Komm, Elschen«, sagte sie schmeichelnd. »Acht Tage werden wir ihm geben. Schon wegen Loretta. Die Gräfin war freundlich zu uns und möchte uns noch ein Weilchen hier haben. Sie will ihren Kräutergarten vergrößern. Unten am Fluss soll Knoblauchgamander wachsen ...«

»Dieses Weib, Mechthilde, versteht genug von Heilkräutern.«

»Dann sähe der Garten anders aus. Man könnte Hauswurz pflanzen. Und beim Dorf habe ich Benediktinerkraut gesehen. Und Knabenkraut. Und Mädesüß. Das könnte man trocknen ...«

»Ja, ja, ja, ja ... Und am Ende tut die Dame sowieso, was sie will!« Elsa zerwühlte ihr halb grob, halb zärtlich die Locken. »Also gut, Marcella, wenn es für die Gräfin ist, dann will ich es dulden, denn sie ist eine noble Frau mit einem guten Herzen. Aber vom Tristand lass die Hände. Er hat keinen ehrlichen Blick. Er sieht dich an und redet, aber du weißt nie, was er in Wahrheit denkt. Er lächelt, wenn's ihm bitter ist, und macht sich mit ernster Miene lustig. Das schickt sich nicht. Bei einem braven Menschen sieht man, wie's ihm ums Herz ist.«

Für den nächsten Tag war ein Gang zum Fluss geplant, um nach dem Knoblauchgamander zu sehen, aber zunächst einmal wurde nichts daraus. In der Nacht hatte ein hartnäckiger, kalter Nieselregen eingesetzt, und der hielt sich und verdichtete sich noch und fesselte die Starkenburger ans Haus. Im Rittersaal wurde der große Kamin angezündet. Jeder, der es sich leisten konnte, flüchtete aus den kalten Kammern an die Feuerstelle. Bertram, der starkenburgsche Schreiber, verzog sich mit den beiden älteren Grafensöhnen in eine Fensternische neben der Kaminmauer und ließ sie Zahlen auf Wachstafeln kratzen, die Edelknechte begannen ihre Rüstungen zu polieren, Loretta weihte ein sommersprossiges, zu Tränen neigendes Mädchen in die Geheimnisse des Webens ein.

Und Marcella spielte Schach. Sie spielte gut, besser als die Knappen, besser als die meisten Damen und Ritter. Und möglicherweise sogar besser als Volker, der Burgvogt. Volker war ein scharfsinniger Gegner. Er plante seine Züge weit im Voraus und besaß genügend Phantasie, ihre eigenen vorherzuahnen. Mit unendlicher Ruhe fuhr er sich über das Kinn und setzte seine Figuren. Marcella machte der Kampf Spaß. Sie verlor einen

Ritter, rettete ihre Dame, erbeutete Volkers Turm im Gegenzug, musste dafür einen eigenen opfern, und nach und nach begriff sie, welche Tugenden Volker zum Vogt der Starkenburg gemacht hatten. Munter plaudernd – das konnte er nicht haben, es lenkte ihn ab – zog sie ihren kleinen Bettler mit dem geschnitzten Lumpengewand an seinem zweiten Turm vorbei.

Und dann war das Spiel plötzlich zu Ende.

Die Tür hatte geklappt. Mechthilde war mit einem Korb gewaschener Wolle im Arm in den Rittersaal gekommen. Sie zog sich Spinnrad und Schemel heran und ließ sich so nieder, dass sie die beiden Spieler im Visier hatte. Unter ihrem Blick versickerte Volkers Konzentration. Verschämt, als sei es ihm peinlich, und gleichzeitig voller Sorge schielte er immer wieder zu seinem Weib. Seine Züge wurden ungeschickt, eine Tatsache, die keiner der Zuschauer kommentieren mochte, so offensichtlich war die Ursache. Nach wenigen Minuten reichte er Marcella den eingekesselten König.

»Könnt Ihr Trictrac spielen, Herrin?«, fragte Richwin.

Jawohl, das konnte Marcella. Und auch Hazard und das neue chinesische Kartenspiel. Aber nicht, wenn ein missgelauntes Weib sie dabei anstierte, als sei sie im Begriff, die gesamte starkenburgsche Männerwelt dem Spielteufel in den Rachen zu jagen.

Sie stand auf und ging zum Fenster. Es regnete immer noch, aber hinten am Horizont zeigte sich ein schüchterner blassblauer Streifen.

»Ich denke, morgen können wir hinaus«, sagte sie.

Das Kräutersammeln wurde als Ausflug geplant und mit allgemeiner Begeisterung aufgenommen. In der Burg herrschte Unruhe, die wohl nicht nur mit dem schlechten Wetter des vergangenen Tages zusammenhing, sondern auch damit, dass man auf die Rückkehr Propst Heinrichs wartete, eines Oheims des verstorbenen Grafen, der im Auftrag Lorettas mit dem Erzbischof über das strittige Birkenfelder Land verhandeln sollte. Niemand sprach darüber, denn Bemerkungen über Birkenfeld erfüllten die Gräfin mit Unmut, aber alle warteten und wurden zunehmend gereizter. Und so kam es, dass sich an dem freundlichen Maimorgen die halbe Burg der Kräutersuche anschloss.

Loretta bestimmte, dass sie einen steilen Schlängelweg hinabkletterten, eine Abkürzung, die westlich der Burg zur Mosel führte. Weit vor Mittag erreichten sie das Flussufer. Die Knechte schlugen ein Zelt für die Mahlzeit auf und richteten auf einer Decke die mitgebrachten Speisen, während sich Loretta mit ihren Damen auf Kräutersuche begab. Richwin hatte die beiden Grafensöhne ein Stück flussaufwärts aus ihren Kleidern gescheucht und ließ sie im eiskalten Flusswasser Schwimmversuche machen, eine Quälerei, für die sie ihn, den Rufen nach zu urteilen, aufs heftigste verehrten. Die Ritter vergnügten sich mit einem Ballspiel.

»Nein«, sagte Marcella zu Mechthilde, die mit einer Schaufel einen der kriechenden Knoblauchstängel abstechen wollte. »Es lohnt nicht, die ganze Pflanze mitzunehmen. Sie hält sich nur an feuchten, sumpfigen Stellen. Aber man kann die Blätter trocknen. Das hilft gegen Fieber.«

»Ihr kennt Euch gut aus«, brummte Mechthilde säuerlich. Sie war nicht mehr jung. Das Kreuz machte ihr zu schaffen. Ungeduldig streckte sie den Rücken. Ihre Blicke wanderten flussabwärts, wo die Gräfin zwischen den zottigen Gewächsen stand. Loretta hatte die Schuhe ausgezogen und die Röcke gerafft und war ein paar Schritt ins Wasser gegangen. Der Burgvogt stand hinter ihr. Besorgt streckte er seiner Herrin den Arm entgegen. Loretta sagte etwas, lachte, nahm seine Hand und beugte sich so gestützt zu den Knoblauchpflanzen.

Verstohlen schaute Marcella zu Mechthilde. »Soll ich Euch noch einen Korb holen?«

Das Weib gab keine Antwort, schien überhaupt nicht zu

hören. Erst als Marcella ihr den gefüllten Korb aus den Händen nahm, begann sie sich wieder zu regen. Mit steinerner Miene kehrte sie dem Fluss den Rücken und stieg den Uferhang hinauf.

Lorettas Küchenmeister hatte Pasteten aus Hirsch-, Zicklein- und Taubenfleisch vorbereitet, dazu in Milch gekochte Bohnen und mit Mandeln und Zimt gewürzten Reis, und als die Sonne im Zenit stand, machten die Ausflügler es sich unter den Zeltdächern bequem. Die Lust an der Kräutersuche begann abzuflauen, nach dem Essen waren nur noch Marcella, Mechthilde und zwei der jüngeren Edeldamen bereit, in den Wald hinaufzusteigen, um sich nach weiteren Pflanzen umzusehen. Volker und Pantaleon boten den Frauen ihren Schutz an.

Fast bis zum Sonnenuntergang pflückten sie Pestwurz, Fieberklee, Frauenmantel und Blätter, Wurzeln und Blüten der wilden Malve. Und dann ...

»Nein, das nicht!«, sagte Mechthilde heftig.

Marcella schaute verwundert auf. Sie hatte sich nach dem Bilsenkraut gebückt, einer drüsig behaarten Pflanze, die unter einem Stein hervorkroch und in deren Mitte verwaschengelbe Sterne mit violetter Äderung staken. Bilsenkraut stillte Schmerzen und löste Krämpfe. Magister Jacob, der Trierer Arzt, hatte es der Witwe de Ponte verabreicht, als Marcella ihrer Schwiegertochter gerade Bergamottenöl vorbeibrachte, und da er ein umgänglicher Mann war, ohne den Dünkel seiner Standesgenossen, hatte er ihr die Wirkungsweise und Dosierung erklärt.

»Es ist Hexenkraut!«

»Aber nein«, widersprach Marcella verwirrt. »Wenn man es in geringer Dosierung benutzt ...«

»Hexen nehmen so was. Zum Salbenkochen. Für ihren Zauberflug ...«

So eine ... Dummheit.

»Sie kochen das Fleisch ermordeter Kinder«, flüsterte Mechthilde. Sie flüsterte. Natürlich flüsterte sie. Solche Dinge wurden immer geflüstert.»... und fügen Mohn, Schierling und Nachtschatten dazu. Und *Bilsenkraut*.«

»Alles ist Hexenzeug, wenn man damit Schaden anrichten will.«

»Ihr scheint Euch da ja gut auszukennen.«

Der Streit war ... töricht. Und nach dem letzten Satz vielleicht sogar gefährlich. Die Männer schauten betreten. Marcella ließ das Kraut zurück ins Gras fallen.

»Wenn Loretta Verstand hätte«, brummte Pantaleon, als sie weitergingen und Mechthilde ein Stück voraus und außer Hörweite war, »dann würde sie reinen Tisch machen und die Furie zum Teufel jagen.«

Der Turm war der richtige Ort. Marcella öffnete die Tür vom Rittersaal und trat auf die hölzerne Hängebrücke, die Palas und Bergfried miteinander verband. Sie stand in luftiger Höhe. Die Eingangspforte des mächtigen Wehrturmes befand sich wenigstens dreißig Fuß über dem Burghof und war nur über diese Brücke zu erreichen. Zur rechten Hand konnte Marcella in den Abgrund spähen, der hinter dem Turm viele hundert Fuß in die Tiefe stürzte. Die Starkenburger hatten als Schutz vor Unglücksfällen einen Bruchsteinwall davor errichtet. Mehr war an Mauer nicht nötig. Ersteigen konnte man die Felswand sowieso nicht, und keine Leiter wäre lang genug, um bis aufs Plateau zu reichen.

»Wenn die Burg in Not gerät«, erklärte Johann, der ihr die Kräuterkörbe trug, »dann gehen wir von hier aus in den Turm und hauen die Brücke einfach ab. Dann kommt keiner an uns heran.«

»Was aber niemals geschehen wird, da Starkenburg ja nicht eingenommen werden kann.«

Oben auf der Spitze des Turmes würde sie das Klebkraut

trocknen, und in einem der fensterlosen unteren Räume die Pflanzen, die es schattig brauchten. Johann schleppte den Korb über die Brücke und dann quer durch den Wehrturm, wo eine Tür zu der Treppe führte, die sich in den Außenmauern des Turmes verbarg. Der Turm hatte nach oben hin vier Stockwerke, und da die Türen zu den meisten Zimmern offen standen, erkannte Marcella, dass die Gräfin zumindest zwei Räume zum Wohnen in Notzeiten hergerichtet hatte. Das oberste Stockwerk war verschlossen, dort wohnte der Turmwächter.

»Er darf nicht heiraten und auch keine Frauen bei sich haben, weil er wachsam sein soll«, erläuterte Johann, damit die Dame, die Richwin ihm aufgehalst hatte, auch alles richtig verstand.

Die letzte Tür brachte sie auf die Turmspitze. Der starkenburgsche Bergfried wurde nicht durch ein Ziegeldach, sondern durch eine ebene Plattform abgeschlossen. Zinnenmauern dienten zur Verteidigung. Marcella lehnte sich gegen die Steinquader. Die Mosel unter ihr war zu einem handbreiten Band zusammengeschmolzen. Dahinter wärmten sich lichtgrüne Felder in der Sonne, immer im Wechsel mit braunem Brachland und dunkleren Waldtupfern. Wo es Hänge gab, standen die Stöcke der Weinäcker.

»Es gehört alles uns, so weit wie man sehen kann«, sagte Johann.

Ja, wenn seine Mutter es fertigbrachte, ihm das Land zu bewahren. Marcella umwand das Klebkraut mit Bändern und hängte es an den Querbalken der Fahnenstange.

Johann hatte sich schon wieder auf den Weg nach unten gemacht und erwartete sie in dem Zimmer, das zur Brücke führte. »Wenn man tiefer will, kann man aber nicht mehr über eine Treppe. Weil dort die Mauern besonders stark sein müssen. Wegen dem Feind«, erläuterte er.

Er klappte eine Falltür auf, die sich in der Mitte des Raumes befand, dann mussten sie über eine Leiter abwärts steigen. Das

Untergeschoss war staubig und mit alten Waffen und Gerümpel vollgestellt und diente offensichtlich als Abstellkammer. Jedenfalls war es dunkel genug für die Heilpflanzen. Marcella nahm sich ein Bund verrosteter Lanzen, lehnte sie in einer Reihe an die Mauer und band die Kräuter in Büscheln an die Verzierungen der Lanzenklingen.

»Unter uns ist nur noch das Verlies«, sagte Johann. Er stellte die Leiter ein wenig steiler, schob mit dem Fuß einen Sauspeer beiseite und hievte eine weitere Falltür in die Höhe. »Dort hat der Wildgraf hausen müssen. Drei Wochen lang. Könnt Ihr es erkennen, Herrin?«

Die Falltür lag direkt unter der Deckenöffnung und wurde von dort mit Licht beschienen. Marcella blickte auf einen trübe schimmernden, steinernen Kerkerboden. Eisen zum Anketten gab es nicht, nur einen Holzeimer und dünnes, verklebtes Stroh. Die Wände waren im unteren Drittel mit Moos bewachsen.

»Ratten sind da auch«, flüsterte Johann mit dem wohligen Schauder des Zuschauers. Und fügte hinzu: »Als der Wildgraf hier wieder rauskam, war er seltsam geworden.«

Marcella nahm ihm die Tür aus der Hand und ließ sie auf den Boden zurückfallen.

»Er hat geweint«, sagte Johann.

Ja, so ging es den Bösen, die die Witwen berauben wollten. »Wollen wir wieder an die Luft?«

Der Boden des Rittersaales war mit Gras und Waldblumen bestreut, sicher hundertmal so viele, wie Loretta mit ihren Edeldamen während des gesamten Tages gepflückt hatte.

Marcella betrachtete die Füße der Tanzenden, die die Blütenköpfe zertraten, aber der zarte Frühlingsduft war schon lange nicht mehr wahrzunehmen. Es roch nach gepfeffertem Wein, nach Gebratenem, nach Fett und Rauch und Mist und vor allen Dingen nach Schweiß.

Loretta tanzte mit ihren Rittern und Damen einen Reigen. Sie trug einen rubingeschmückten Silberreif in den Haaren, ihr Hals war gebogen wie der eines Schwanes, ihr Körper wiegte sich anmutig im Rhythmus der Musik. Sie war die schönste Frau im Raum und die Blicke der Starkenburger hingen mit Zärtlichkeit an ihr. Marcella seufzte. Draußen war es dunkel geworden. Der Rittersaal lag im Schein von Fackeln und Kerzen, die die Finsternis ausschlossen und den Rest der Welt vergessen machten.

»Es wird wieder regnen«, sagte Mechthilde.

Sie versuchte, freundlich zu sein. Vielleicht tat ihr der Streit vom Nachmittag leid. Vielleicht hatte Volker ihr auch ins Gewissen geredet.

»Habt Ihr schon immer hier gelebt?«, fragte Marcella.

»Seit meiner Hochzeit.«

Froh klang das nicht. Marcella versuchte sich vorzustellen, wie es sein musste, wenn der eigene Gatte die Herrin liebte, der man diente. Sie hatte immer gedacht, das Schlimmste, was einem Weib passieren konnte, wäre ein prügelnder Ehemann. Und vielleicht stimmte das auch – solange man nicht mit dem Herzen an seinem Gatten hing. Mechthilde sah aus, als wären ihr sogar Prügel lieber als das gedrückte Pflichtbewusstsein, mit dem Volker sie behandelte. Das Thema war traurig. Marcella wechselte es.

»Ich muss das Klebkraut vom Turm holen, wenn es zu regnen beginnt«, sagte sie

»Ich benutze auch Klebkraut. Zum Verbinden von Geschwüren. Bertram – unser Schreiber – hat mir aus Köln ein Buch über Kräuter mitgebracht. Von der heiligen Hildegard aus Bingen. – Ihr könnt es einmal anschauen, falls Ihr Lust habt.«

War das ein Friedensangebot? Wenn, dann kam es höchst widerwillig. Marcella bedankte sich trotzdem.

Von der Bank neben dem Kamin scholl Gelächter herüber. Gottfried, der dritte und jüngste Sohn der Gräfin, war Richwin auf den Schoß geklettert und versuchte, ihm Datteln in den Mund zu stopfen. Richwin kam ins Würgen, aber das nutzte ihm nichts, denn zwei seiner Kumpane hatten sich an seine Arme gehängt, um dem eifrigen Gottfried Unterstützung angedeihen zu lassen.

»Das wird dem Kleinen aber einen Ruf verschaffen! Den prächtigen Richwin bezwungen.« Marcella lachte leise, fand aber bei ihrer Nachbarin keinen Widerhall. Mechthilde beobachtete Pantaleon, der sich auf der Fensterbank mit zwei Mägden vergnügte. Die eine saß ihm auf dem Schoß, die andere hielt er im Arm. Die Mädchen kreischten, während sie versuchten, sich ihm zu entwinden. Er zog der jüngeren den Ärmel herab und schmatzte ihr einen Kuss auf die nackte Schulter, während seine Hand nach ihren Brüsten tastete.

»Wenn der Herr noch lebte«, zischte Mechthilde, »würde er ihn zum Tor hinausprügeln.«

Das mochte sein. Andererseits hätte der Herr das Unglück vielleicht verhüten können, wenn er seinen Sohn nicht in den geistlichen Dienst gezwungen hätte. Marcella stand auf.

»Der Himmel wird ihn strafen!«, flüsterte Mechthilde.

Vielleicht. Jedenfalls musste das Klebkraut versorgt werden. Der Regen hatte bereits eingesetzt. Man hörte es rauschen.

Marcella drückte sich zwischen den Feiernden hindurch und ging zu der Eichentür, die auf die Brücke hinausführte. Augenblicke später stand sie im Freien. Erschauernd fuhr sie zurück. Das war kein Regen, sondern ein richtiges Unwetter. Der Wind blies in Böen um die Mauerecke und trieb ihr Wassertropfen ins Gesicht. Sie musste sich beeilen. Wahrscheinlich war das Klebkraut schon verloren. Der Burghof unter ihr lag im Finstern, ein einziger Kienspan unter dem Vordach des Pferdestalles spendete Licht. Ihr war schwindlig zumute. Nicht vom Wein, denn den vertrug sie nicht und hatte ihn deshalb stehenlassen, aber Müdigkeit und die schlechte Luft hatten ihre Sinne benebelt.

Marcella tastete sich an der Holzbrüstung entlang.

Die Tür zum Bergfried stand offen. Das Zimmer dahinter war ohne Feuer, aber von draußen kam genügend Licht, um den Weg zur Treppe erahnen zu können. Im Treppenschacht selbst war es stockfinster. Die kleinen Schießluken zeigten sich nur schwach als graue Risse im Gemäuer. Marcella umklammerte das Hanfseil, das als Geländerersatz diente. Sie kam an der ersten Kammer vorbei, dann an der zweiten und dritten. Oben aus der Stube des Turmwächters tönte leises Gelächter. Vermutlich war er doch nicht so unbeweibt, wie der brave Johann vermutete. Marcella seufzte erleichtert, als sie die Turmplattform erreichte. Der Boden war vom Regen glitschig. Das Klebkraut troff vor Nässe. Sie hätte Mechthilde lassen und sich um ihre Pflichten kümmern sollen.

Mit steifen Fingern nestelte sie an den Bändern und trat, die tropfnassen Sträuße weit von sich haltend, wieder den Rückweg an.

Elsa lag wahrscheinlich schon im tiefsten Schlaf. Und morgen würde sie mit ihr besprechen, ob es nicht doch besser wäre, allein nach Himmerod aufzubrechen. Womöglich war Tristand längst wieder auf dem Weg nach Italien.

Sie würde Richwin vermissen. Und Johann. Und die arme Loretta. Marcella umklammerte das Tau ein wenig fester. Sie hatte den Aufstieg zu schnell genommen. Ihr Herz pochte und in ihren Ohren rauschte das Blut. Die arme Loretta und die arme Mechthilde. Vielleicht war Mechthilde sogar die Ärmere. Niemand hatte sie gern. Nicht einmal Richwin, dem Mägde, Kinder und Katzen nachliefen, weil sie alle wussten, dass sie einen Platz in seinem Herzen hatten.

Etwas raschelte unten im Turm.

O verflucht, die Ratten!

Marcella zog eine Grimasse. An einem Zimmer musste sie noch vorbei, dann war sie wieder im Brückengeschoss. Sie tastete sich die Stufen hinab, die Hände rechts und links am Mauerwerk abgestützt. Gegen die absolute Dunkelheit des Treppenhauses wirkte das Brückenzimmer regelrecht hell. Erleichtert stieß sie die Luft aus und schritt auf das graue Rechteck der Tür zu. In einem Eckchen ihres Hirns wunderte sich etwas über eine Unregelmäßigkeit des Bodens. Sie schaute zerstreut ...

Und trat im nächsten Moment ins Leere.

Zu Tode erschrocken riss Marcella die Hände hoch, und wahrscheinlich war es diese Bewegung, die ihr das Leben rettete. Ihre Arme ratschten über Holz und fanden Halt am Rand des Loches, durch das sie stürzte. Sie hing an einer mit Splittern durchsetzten, rohen Holzbohle.

Ihre erste Erleichterung wich rasch. Marcella begriff, dass ihre Kräfte nicht reichen würden, sie wieder hinaufzuziehen. Und dass ihr jemand zu Hilfe kommen würde, war im höchsten Grade unwahrscheinlich. Der Eingang zum Rittersaal wurde durch die dicke Eichenbohlentür versperrt. Der Turmwächter vergnügte sich drei Stockwerke über ihr mit seinem Mädchen. Und draußen prasselte der Regen. Keine Menschenseele würde sie hören, wenn sie schrie.

Marcella senkte den Kopf. Mit pochendem Herzen sah sie zwischen ihren Armen hindurch zu Boden. Dort war nichts als Schwärze. Unter ihr musste sich der Raum mit den alten Waffen befinden. Sie versuchte sich zu besinnen. Das Zimmer konnte nicht hoch gewesen sein, denn die Spitzen der Lanzen, an denen ihre Kräuter trockneten, hatten höchstens vier Fuß unterhalb der Decke geendet. Wenn sie sich also fallen ließ ... Aber unter dem Loch, an dem sie hing, gab es ein weiteres Loch, den Zugang zum Verlies. Was, wenn dessen Tür jetzt auch hochgeklappt war?

Nur mit der Ruhe, dachte Marcella. Ich habe das Verlies selbst wieder abgedeckt, das weiß ich genau.

Ihr blieb nicht mehr viel Zeit. Beim heiligen Benedikt, wie konnte man so an seiner eigenen Masse leiden. Ihre Finger begannen zu rutschen ...

Das Gefühl des Fallens war so schrecklich, wie sie es aus ihren Träumen in Erinnerung hatte. Sie musste an Jacob denken, eine Tatsache, die in einem Winkel ihres Gehirns hysterische Heiterkeit auslöste. Dann prallte sie auf den Boden – und hatte andere Sorgen.

Sie war zuerst mit den Füßen aufgekommen und danach auf die Seite gestürzt. Aber irgendwann dazwischen musste sie mit dem Arm aufgeschlagen sein, denn ihr linkes Handgelenk schmerzte, dass es bis in den Ellbogen hinaufstrahlte.

»Dummkopf!«, sagte Marcella mit Elsas strenger Stimme, um den aufkommenden Tränen Einhalt zu gebieten.

Sie betastete ihr Handgelenk. Vorsichtig bog sie es in alle Richtungen und kam zu dem Schluss, dass es wohl geprellt, aber nicht ernsthaft verletzt sein konnte. Die Seite tat ihr weh, aber auch dort schien nichts gebrochen zu sein. Ihr Schutzengel hatte sich Mühe gegeben.

Vorsichtig stand sie auf, ging ein paar Schritte und stieß mit dem Schienbein an die Leiter, die schräg im Raum lag. Es war schwierig, das schwere Gerät aufzurichten. Marcella zog mit der gesunden Hand und nutzte den Ellbogen des anderen Armes zum Stützen. Dann kletterte sie mit wackligen Knien zum Licht hinauf.

Ich muss es selbst gewesen sein, dachte sie. Ich oder Johann. Einer von uns hat das Loch offen stehen lassen, als wir am Nachmittag die Pflanzen hinabgebracht hatten.

Wie leichtsinnig. Wie gefährlich. Und wie überflüssig, jetzt doch noch in Tränen auszubrechen.

Sie klappte die Luke über der Falltür zu und trat aus dem Zimmer hinaus ins Freie. Es goss noch immer in Strömen. Der Kienspan beim Pferdestall war erloschen, aber durch die Ritzen der Palastür schimmerte Licht. Gedämpftes Gelächter plätscherte in Wellen aus dem Festsaal.

Marcella schloss die Tür zum Turm und lehnte sich mit dem Rücken dagegen. Sie wickelte den Zipfel ihres Ärmels um das

Handgelenk, hielt es mit den Fingern, presste die Faust gegen den Mund und wartete, dass der erbärmliche Drang zu heulen ein Ende nahm.

VIII

Marcella schaute auf die weinende Mutter Gottes und fragte sich, warum es immer an den Frauen war, zu klagen. Ginevra hatte um Lanzelot geklagt, Elisabeth von Thüringen um Ludwig, Héloise um Abélard – Männer kämpften, Frauen klagten. Wenn es Krieg gäbe zwischen der Gräfin und dem Erzbischof, dann würden Richwin und Volker in die Schlacht ziehen, und Loretta würde zu Hause warten müssen. Und wenn sie Richwin an den Tod verlöre, oder, schlimmer noch, Volker, dann würde sie vor der armen Maria knien, das Herz kalt wie der Stein der Statue, und ebenfalls klagen. Es war ein Unrecht. Entweder musste das Lieben aufhören oder die Verdammung zur Untätigkeit.

»Jesus Domine nostrum«, intonierte der Pater und Marcella neigte schuldbewusst den Kopf.

Es war kalt in Lorettas Kapelle. Die bunten Glasfenster, an sonnigen Tagen Farb- und Lichtspender, harrten stumpf und grau und ohne eigene Kraft in ihren Bleirahmen. Das Holz der Bänke war kalt. Durch das Leder der Schuhe spürte man die Bodenfliesen wie Eisschollen. Da der Wein nachts zuvor reichlich geflossen war, hatte sich nur die erste Bank in dem kleinen Gottesraum gefüllt. Und das Eckchen der vierten, wohin Marcella sich verkrochen hatte.

Der Pater war erkältet. Seine Stimme krächzte, Hustenanfälle unterbrachen die Liturgie. Armes Mönchlein. Draußen goss es in Strömen. Wahrscheinlich war er bis auf die Knochen nass geworden auf seinem morgendlichen Weg von Trarbach zur Burg hinauf.

Die Tür zum Wendelgang knarrte. Hatte Elsa sich trotz ihrer schmerzenden Waden doch noch zum Besuch der Messe entschlossen?

Aber der sich neben ihr in die Bank fallen ließ, trug einen Mantel, war vom Haar bis zu den Schuhspitzen durchnässt und außerdem ein Mann.

Marcella lächelte sacht. »Tristand, wie schön. Ich hätte Euch in Genua vermutet«, murmelte sie in den Gesang des Priesters.

»Venedig, wenn schon Italien.« Tristand beugte sich vor, faltete die Hände und stützte die Unterarme auf die Knie. Er war nicht nur tropfnass, sein Gesicht spannte sich vor Anstrengung, und unter seinen Augen lagen Schatten wie graue Mondsicheln. Viel Schlaf konnte er nicht bekommen haben.

Der Mönch am Altar geriet ins Stottern. Unter seiner roten Nase hing ein Tropfen, vielleicht hatte er Fieber. Jedenfalls war er nicht in der Verfassung, sich auf die lateinischen Worte zu konzentrieren, die ihm schon bei gutem Befinden nur stolpernd von den Lippen kamen.

Marcella neigte sich zu Tristand. »Die Mönche von Himmerod haben meinen Safran.«

Vielleicht war der nasse Mann zu fromm, um in der Messe zu flüstern. Jedenfalls dauerte es eine ganze Weile, bis er den Kopf hob. Und dann bewegten sich nur seine Augenbrauen.

»Ja«, wisperte Marcella. »Den von Scholers Wagen.«

Ein Wassertropfen hing an Tristands Wimpern. Er versuchte ihn wegzublinzeln, bekam es nicht hin und rieb sich mit dem Handballen das Auge.

Wieder knarrte die Kapellentür. Einer von Richwins Freunden schlich zu ihrer Bank und ließ sich mit Bewegungen, die so umsichtig waren, dass sie auf einen ordentlichen Kater schließen ließen, neben ihnen nieder.

Tristands Lippen bewegten sich. »Gekauft?«, flüsterte er.

Marcella meinte, gerade das eben erklärt zu haben. Sie faltete die Hände und folgte murmelnd den Worten des Paternosters. Tristand hatte sich wieder über seine Knie gebeugt.

Der Priester war ein gewissenhafter Mann. Wenn ihm die Worte durcheinander gerieten, wiederholte er sie, bis er sicher sein konnte, dass jeder Satz wenigstens einmal gesprochen worden war. »Amen«, sagte Marcella inbrünstig, als er schließlich doch zum Ende fand. Sie stieß Tristand an.

Vielleicht hatte er geschlafen. Er lächelte verschwommen und murmelte: »Wart Ihr dort gewesen, um den Namen des Verkäufers zu erfahren?«

»Dann hätte ich nicht auf Euch gewartet.«

Das Gehirn ihres Nachbarn arbeitete langsam, sein Blick hing an Marcella, als bräuchte er sie als Quelle der Inspiration. Endlich sprach er wieder. »Der Name ist wichtig. Ich schlaf einen Moment, und dann werde ich ...«

»Treffen wir uns vor den Ställen?«

Wieder starrte er. »Ihr ... wollt mitkommen?«

»Ich dachte, es ginge mich auch etwas an.«

»O Hölle«, sagte Tristand, stand auf und schlurfte hinter dem verkaterten Ritter zur Tür hinaus.

Marcella kehrte zu Elsa zurück. Die Arme litt an Muskelschmerzen und zeigte sich unwillig, auch nur das Bett zu verlassen. Sie besorgte ihr einen Teller Grütze und machte sich auf den Weg zu Loretta.

Die Gräfin hatte es vorgezogen, ihr Morgenmahl in der Kemenate einzunehmen.

»Ihr wollt tatsächlich gehen?«, fragte sie bestürzt, als Marcella ihre Pläne vorgetragen hatte. Sie schien so schlecht geschlafen zu haben wie Tristand und der verkaterte Ritter. Ihr Gesicht war blass. Die blonden Haare quollen in ungeordneten Kaskaden über ihren Rücken, was sie um Jahre jünger aussehen ließ.

»Ich hatte so gehofft, dass Ihr bleiben könntet, Marcella. Wenigstens ...« Sie biss sich auf die Lippen. »Mein Oheim müsste bald zurückkehren mit Nachricht über den Erzbischof. Und ich glaube nicht, dass Balduin nachgegeben hat. Er ist – so stur. Wisst Ihr, warum er mir Birkenfeld nehmen will?«

»Balduin sammelt Burgen wie andere Bischöfe Reliquien, das weiß jeder.«

»Nein, nein. Er achtet schon darauf, dass alles nach dem Gesetz geschieht. Und auch, wenn er die Grafen bedrängt, ihm ihre Allode zu Lehen aufzutragen, zahlt er sie doch gut aus. – Er kann es nicht leiden, wenn ein Weib eine Grafschaft regiert, das ist der Grund.«

»Aber Ihr tut's doch nur, bis Johann volljährig ist.«

»Ja, und ich verwalte meinem Sohn das Land sicher nicht schlechter, als Pantaleon es getan hätte. Aber dem Bischof schmeckt es trotzdem nicht.« Loretta war aufgestanden. Unruhig wanderte sie zwischen Tür und Fenster hin und her. »Ich habe darüber nachgedacht, die Herrschaft über Hintersponheim an Pantaleon zu übergeben, bis Johann selbst regieren kann. Aber mein Schwager ist ...« Sie errötete, es war ihr peinlich, schlecht über ihn zu sprechen. »Er ist ein edler Mann mit einem tapferen und treuen Herzen und hat mir mehr als einmal beigestanden. Aber er kann nicht mit Geld umgehen.« Auch über Geld zu sprechen war peinlich. Loretta schüttelte trotzig den Kopf. »Was nutzt meinem Sohn die Herrschaft über Sponheim, wenn das Land in Schulden steckt, die er nicht mehr bezahlen kann? Man muss rechnen. Männer denken darüber nicht nach. Schlachten! Feste! Turniere! Die Frauen sind es, die das Geld zusammenhalten. Und wo es an solchen Frauen fehlt, da ist auch bald der Glanz der Geschlechter dahin.«

»Amen«, sagte Marcella.

»Ich möchte mir das Birkenfelder Land aber auch nicht fortnehmen lassen! Es gehört Johann und niemand sonst hat ein Recht darauf.«

»Nochmals Amen. Ihr habt doch so viele Ritter bei Euch. Wozu raten sie?«

»Ach.« Loretta ließ sich wieder auf der Bank nieder. »Das ist vielleicht das Schlimmste. Fast alle sponheimschen Ritter sind Bischof Balduin zum Lehnsdienst verpflichtet. So ist seine Politik. Er hat sie mit ihrer Ehre an sich gebunden, und wenn sie mir gegen ihn beistünden, so würde ihr Herz dabei zerrissen sein. Auch daran muss ich denken.«

»Das ist unsere Schwäche.«

»Bitte?«

»Wir Frauen denken zu viel.«

Loretta legte die Finger über die Lippen. Dann begann sie zu lachen. Wenn sie lachte, war es unmöglich, ihr zu widerstehen. Sie lachte auf Jeannes Art. Mit einer sonderbar herzlichen Heiterkeit, die das Herz wärmte. Nur dass Jeannes Lachen den Tod in sich getragen hatte …

»Eine Stärke«, sagte Loretta. »Es ist eine Stärke.« Sie umfasste Marcellas Hände. »Ihr müsst wiederkommen. Versprecht mir das! Erledigt, was Ihr in Himmerod zu tun habt, und dann kehrt hierher zurück. Ich vermisse Euch schon, bevor Ihr gegangen seid. Es gibt hier nicht viele, mit denen ich reden kann.«

IX

»Was ist an Venedig besser als an Genua?«, fragte Marcella.
 Es regnete. Schon seit Stunden. Eigentlich, seit sie die Starkenburg verlassen hatten. Der Regen war warm und strömte ihnen mit leidenschaftsloser Einförmigkeit über die Gesichter. Ihre Kleider waren an die Körper geklatscht, das Haar klebte in Stirn und Nacken. Es war müßig, sich gegen das Wasser schützen zu wollen. Selbst wenn sie durch Waldstücke ritten, tropfte der Regen weiter von den Blättern der Bäume auf sie herab.
 Tristand warf ihr einen vergrämten Blick zu. Er litt unter dem Wetter. Sie merkte es daran, dass er alle Augenblicke den Mantel enger zu ziehen versuchte. Wer müde war, fror schneller. Andererseits: Da man sich hier nun schon gemeinsam entlangquälte, konnte man auch miteinander plaudern. Das diente der Stimmung und vertrieb die Langeweile. »Ihr habt heute Morgen gesagt, dass Ihr lieber in Venedig wäret als in Genua«, erinnerte Marcella. »Warum?«
 »Die Stadt ist freundlicher«, knurrte Tristand.
 Marcella dachte darüber nach. Sie kannte Trier und sie war einige Male in Koblenz gewesen. Auch in Wittlich. Und in Konz. Aber sie hatte nicht den Eindruck gehabt, als würden die Städte sich voneinander unterscheiden.
 »Wie kann eine Stadt freundlich sein?«

Ruben, der dritte Reiter im Regen, trieb sein Pferd neben sie und bot ungefragt seine Meinung. »Genau. Die Wahrheit ist nämlich, dass Städte dreckig sind und Brutstätten von Krankheit und Hoffart und Unzufriedenheit. Alles war gut, bevor die Städte sich anmaßten, ihren eignen Stand gründen zu wollen.« Er hatte diese Worte von Pantaleon, und sie waren ihm ins Herz gegangen, wie das Messer in die Butter. Seine Leute litten ebenso wie die Sponheimer und der übrige Adel unter der Landflucht. Ihr Groll war verständlich. Gerade die tüchtigsten Hörigen zog es in die Städte, wo sie nach einem Jahr frei und Stadtbürger wurden, sofern ihr Herr sie nicht vorher aufspürte. Und natürlich fehlten sie dann in den Werkstätten der Burgherren.

Nur – das klärte noch immer nicht die Frage, was eine Stadt in Tristands Augen freundlich machte.

»Eine Stadt ist so freundlich wie die Gemüsefrau, die zum Kohl die Zwiebel schenkt, und so unfreundlich wie der Marktbeschauer, der die Waage rügt«, sagte Marcella.

Tristand schüttelte dumpf den Kopf. Er war müde. Er fror. Man durfte ihm die schlechte Laune nicht übel nehmen. »Wenn wir das nächste Waldstück hinter uns haben«, sagte Marcella, »erreichen wir Wittlich. Dort könnt Ihr heißen Wein trinken und Euch aufwärmen.«

Der Weg – falls man den wurzeldurchzogenen Trampelpfad mit seinen knöcheltiefen Pfützen so bezeichnen wollte – neigte sich abwärts. Sie drängte ihr Pferd zur Seite, wo Grasbüschel den Hufen Halt gaben, und pries sich für die Vernunft, einen Männersattel aufgelegt zu haben. Im Damensitz hätte sie ihr Tier niemals die rutschigen Hänge hinunterbekommen. Auch so war es noch schwierig genug. Und – tatsächlich, da stolperte es schon wieder. Marcella schnappte nach der Mähne. Zu allem Überfluss peitschte ihr in diesem Augenblick auch noch ein nasser Tannenzweig ins Gesicht. Sie stieß einen heftigen Fluch aus. Der Schlag mit dem Nadelzweig war halb so schlimm, aber irgendetwas stimmte mit ihrem Handgelenk nicht. Der Griff zur Mähne hatte erneut den Schmerz geweckt, der sie seit ihrem Sturz dort quälte. Sorgenvoll betastete sie das Fleisch. Es war geschwollen und extrem berührungsempfindlich. Seit dem Unfall war fast ein Tag vergangen, es hätte besser statt schlimmer werden sollen.

Tristand trieb sein Pferd an. Vor ihnen tat sich eine Lichtung auf, nein, mehr als eine Lichtung. Ein gerodeter Streifen Land, der wohl einmal bestellt und dann wieder aufgegeben worden war. Sie ließen das Feld zu ihrer Linken und ritten hügelaufwärts. Unter den Hufen ihrer Pferde wuchs jetzt hartes Kraut, der Boden wurde steinig. Es gab keinen erkennbaren Weg mehr. Nur eine lichte Stelle im Waldstück auf der Kuppe der Anhöhe deutete an, wo die Straße sich fortsetzte. Tristand hatte es plötzlich eilig. Er jagte sein Pferd bis zum höchsten Punkt des Buckels, hielt dort inne und starrte mit zusammengekniffenen Brauen auf die Baumwipfel des Waldes, den sie gerade durchquert hatten.

Marcella wandte sich ebenfalls um. Ein Schwarm Drosseln war aufgeflattert und stieg in den grauen Himmel. Sonst konnte sie nichts erkennen. Die schwarzgrüne Walddecke versteckte das Land.

»Es reiten Leute hinter uns«, sagte Tristand.

Ruben lenkte sein Pferd neben ihn und musterte mit der einfältigen Miene, die ihm immer dann zu eigen war, wenn er besonders scharf nachdachte, den Wald zu ihren Füßen. »Die Drosseln könnten auch durch einen Bären oder Fuchs aufgescheucht worden sein.«

»Es sind Reiter. Man kann ihren Weg verfolgen.« Tristand deutete auf zwei einsame Vögel, die gerade jetzt aus den Baumkronen stießen und aufgeregte Kreise flogen. »Das ist dort, wo die Straße eine Biegung gemacht hat. Und die anderen Vögel waren ein Stück weiter westlich. Davor habe ich auch schon welche gesehen. Bären folgen keiner Straße.«

Marcella wusste nichts über die Gewohnheiten der Bären. Sie hatte auch keine Ahnung, wo in dem Dickicht zu ihren Füßen die Straße verlief. Für sie gab es nichts als ein Meer aus Blättern, über dem sich die Wolken austropften.

»Dort drüben hin.« Tristand griff ungeduldig in ihre Zügel. Sekunden später hatten sie den höchsten Punkt des Hügels hinter sich gelassen, und er drängte sie und Ruben vom Weg ab und in das Dickicht hinein. »Herunter von den Pferden!«

»Ich denk, es war ein Bär«, murrte Ruben, ließ sich aber trotzdem aus dem Sattel gleiten. Tristand hatte, wenn er ungeduldig wurde, etwas ausgesprochen Unangenehmes an sich.

Der Platz, an dem sie sich versteckten, lag ein gutes Stück niedriger als der Weg. Er war zur einen Seite durch Felsen geschützt und nach vorn und zur anderen Seite durch Berberitzen und dicht wachsenden Günsel. Marcella nahm an, dass sie sich hier sicher befanden, wenn es tatsächlich Gesindel geben sollte, das ihnen folgte. Die Spuren der Pferdehufe hatten sich bereits am Hang des Hügels auf dem harten Untergrund verloren.

Sie führte ihr Pferd neben den Felsen und tätschelte ihm beruhigend den Hals.

»Dort«, sagte Tristand.

Er hatte also recht gehabt. Der Wald spie Reiter aus. Vier Kerle in so dunkler Kleidung, dass sie sich kaum vom Hintergrund der Bäume abhoben. Der vorderste hielt an und spähte um sich. Das mochte berechtigte Vorsicht sein, aber Marcella wollte es trotzdem nicht gefallen. In Trier hatten sie davon gesprochen, dass die Missernten der vergangenen Jahre viel Volk in die Wälder getrieben hatte, das sich jetzt mit Raub am Leben hielt. Außerdem trug der Reiter eine Brünne unter seinem Hemd und auf dem Kopf eine aus Kettenwerk geflochtene Haube, deren Vinteile die untere Partie seines Gesichtes umspannte. Bequem konnte das nicht sein – rechnete der Mann mit einem Kampf? Ihre Hand tastete nach den Lakritzstangen, die sich in einem Beutelchen in ihrer Ärmeltasche befanden.

Der Gepanzerte schien der Führer der kleinen Gruppe zu sein, denn er winkte und sie setzten sich in Bewegung. Zielstrebig ritten die Fremden den Hügel hinauf.

Es waren finster blickende Kerle. An ihren Gürteln hingen Schwerter, einer von ihnen trug eine Streitaxt in den Händen und ein anderer einen Morgenstern in einer Schlinge auf dem Rücken.

Marcella schob das Lakritzstückchen in den Mund und griff in den Mantelsack, der ihrem Pferd aufgeschnallt war. Sie hatte dort ein Messerchen verborgen. Nichts Gewaltiges. Eine schmale, mit einem springenden Widder verzierte Stahlklinge, die in einem von Goldfäden umwickelten Holzgriff endete. Elsa hatte ihr die Waffe geschenkt. Unentschlossen wog sie sie in der Hand. Dann nahm sie sie in die Linke und hielt mit der Rechten ihrem Pferd die Nüstern zu.

Die Reiter kamen heran. Stumm trotteten sie in einer Reihe hintereinander den Weg entlang. Ihre Gesichter waren hager und von Hunger geprägt. Verarmte Ritter, entschied Marcella. Leute, die ihr Land auf Turnieren verspielt oder in einer Fehde verloren hatten. Und damit gefährliche Männer. *Non militia, sed malitia* – wie der heilige Bernhard es ausgedrückt hatte.

Glatte, strähnige Haare hingen schulterlang von ihren Köpfen, und diese Haare hatten eine so ungewöhnlich sandfarbene Tönung, dass sie zweifellos zur selben Familie gehören mussten. Der letzte Reiter trug auch sandfarbenes Haar, war aber noch bartlos und sah auch nicht ganz so verhungert aus. Er musste im Alter zwischen Johann und Richwin stehen. Vermutlich der jüngere Bruder oder der Sohn eines der anderen Männer. Das Schwert an seinem Schenkel wirkte unförmig und viel zu groß für ihn.

Wenn er mein Kind wäre, dachte Marcella, während sie ihn durch die gelben Berberitzenblüten beobachtete, dann hätte ich ihn nicht gern auf diesem Weg und in dieser Gesellschaft. Sie sah ihn nur einen Augenblick, aber es kam ihr vor, als sei sein Gesicht von einem Elend überschattet, das nichts mit Hunger oder Entbehrung zu tun hatte. Dann war auch er vorüber.

Tristand wartete eine Weile, ehe er seinem Pferd den Kopf freigab. »Egal, ob sie nun zufällig oder mit bösen Absichten hinter uns waren – es sind unangenehme Kerle. Wir werden die Straße verlassen.«

»Wittlich muss schräg dort drüben liegen. Vielleicht können wir ein Stück quer durch den Wald abkürzen«, schlug Marcella vor.

»Wir wollen aber nicht nach Wittlich. Himmerod ist nur zwei Meilen weiter. Wenn wir heute noch zum Kloster durchreiten, spart uns das einen ganzen Tag.«

»Bis Himmerod zu reiten hieße, bei den Mönchen übernachten zu müssen.«

»Ganz recht. Und auch das ist ein Grund ...«

»Ich schlafe nicht in dem Kloster.«

»Aber ...«

»Unter keinen Umständen. Niemals.«

Tristand kniff die Augen zusammen, sie war nicht sicher, ob vor Müdigkeit oder vor Ärger. Er musterte sie. Von Kopf bis Fuß. Ihr Gesicht, das Messer in ihrer Hand, den Beutel mit den Lakritzen, den sie fest umklammerte ...

»Könnt Ihr«, fragte er, »Euch nicht ein einziges Mal in Eurem Leben einfach fügen?«

Sie übernachteten schließlich weder in Wittlich noch in Himmerod. Ihr Ritt durch den Wald, mit dem sie die Straße vermeiden wollten, führte sie an die Hütte eines Harzsieders, der vor seiner kümmerlichen Behausung unter einem Bretterdach stand und in einem Eisenkessel rührte, und dort fanden sie Unterkunft.

Die Kate des Harzsieders war halb in ein Sandloch hineingebaut und winzig klein, aber gut geheizt und, soweit es in den Kräften des Mannes stand, sogar reinlich. Sie aßen von seinem mit Nüssen gewürzten Getreidebrei und schliefen in einer Mulde, die ihrem Gastgeber sonst wohl als Schlafplatz diente, und die er mit den Händen verbreiterte, um ihnen Platz zu schaffen. Der Sand war weich und trocken, die Holzbohlendecke hielt den Regen fern. Sie lagen eng, aber das wärmte. Und da der Harzsieder wegen der vielen Gäste das Türchen nach draußen hatte offen stehen lassen, war auch die Luft angenehm frisch. Wenn Herr Tristand diese Unterkunft als Vergeltung ausgesucht haben sollte, dachte Marcella beim Einschlafen, dann hat er jedenfalls schlecht gewählt.

Sie brachen früh auf und brauchten dann doch noch einen halben Tag, um das Tal von Himmerod zu erreichen. Das Wetter war umgeschlagen. Strahlender Sonnenschein ließ den Himmel flirren und spiegelte sich feucht in den Grüntönen der Felder und Wiesen. Der Fluss hinter dem Kloster blitzte vor Helligkeit.

Marcella ließ die Zügel fahren und blickte auf das Cisterciensergut hinab. Die Kirche mit dem kleinen, hölzernen Dachreiter war frisch verputzt worden, ihr Weiß reflektierte die Sonnenstrahlen, dass es den Augen weh tat. Neben der Kirche breitete sich in demselben strahlenden Weiß das Konventsgebäude aus, ein stattliches Karree mit weiträumigem Innenhof, aus dem die Spitzen einiger Bäume lugten. Beide regierten mit ihrer Pracht über die verstreuten Nebengebäude: Armenkapelle, Siechenhaus, Küchen, Stallungen, Werkstätten und Gästehäuser. Eine beeindruckend hohe Mauer aus gelbem Sandstein umgab und schützte das Kloster. Himmerod war eine Institution mit Macht.

Behutsam klemmte Marcella ihre verletzte Hand zwischen Brust und Achsel. Sie fror trotz des Sonnenscheins. Jedenfalls zwischen Hals und Füßen. Ihr Kopf glühte vor Hitze. Und man brauchte nicht in Bologna studiert zu haben, um zu wissen, dass dies ein schlechtes Zeichen war. Das feuchte Leinen ihres Unterkleides klebte auf ihrer Haut. Sie hätte sich gern mit dem Gedanken getröstet, dass die nasse Wäsche ihr eine Erkältung eingetragen hatte, aber ihre Hand war dunkelblau angelaufen und schmerzte und war am Ballen zu einer dicken Beule geschwollen. Sie würde einen Arzt brauchen. Nur, wenn die Männer an ihrer Seite das erfuhren, würden sie wahrscheinlich darauf bestehen, dass die Mönche nach ihrer Verletzung sahen, und das wäre unerträglich.

»Geht es Euch immer so nah, wenn Ihr betrogen werdet?«, fragte Tristand.

Er war ein schlechter Beobachter. Der Besuch bei den Cisterciensern ging ihr nicht nahe, er brachte sie halb um. *Und warum, Fräulein Bonifaz? Warum fürchtet man sich vor den Cisterciensern? Sind sie etwa grausam?* Nein, sie bauten Siechenhäuser und führten Armenküchen und standen im Ruf selbstloser Barmherzigkeit. *Sind sie unehrlich?* Auch das nicht, die Abrechnungen aus Himmerod hatten immer gestimmt. Und den Kauf des gestohlenen Safrans musste man unter die lässlichen Sünden rechnen. Welches Skriptorium hätte solch einem Angebot widerstehen können? Die Wahrheit war ganz simpel. Das Fräulein fürchtete sich, weil die Cistercienser schwarze Bänder über den Bäuchen trugen. Und weil sie Finger haben, dachte Marcella verschwommen, an denen rotäugige Ringe stecken, die man küssen muss. Und weil ihre Köpfe aussehen wie mit Haut bespannte Schädel und ihre Augen wie milchige Glasperlen. Und wahrscheinlich ist es das Fieber, das mich so wirr im Kopf macht, und gleich werde ich Mäuse tanzen und Hunde fliegen sehen …

»Wenn Ihr wollt, kann ich auch allein mit den Mönchen reden«, bot Tristand an.

Was für eine Versuchung! Marcella atmete die Luft bis in den Bauch. Dann schüttelte sie den Kopf.

Ihr Eintritt durch das Tor verlief erstaunlich unspektakulär. Der Mönch an der Pforte betrachtete die Ankömmlinge durch eine Holzluke, schob den Riegel beiseite und winkte sie mit nachlässiger Geste in den Hof. Es war um die Mittagszeit. Aus einem kleinen Gebäude an der Mauer strömte der Duft von Speckbohnen. Damit war über Rubens Verbleib entschieden. Er vertraute die Pferde einem herbeieilenden Knecht an, versicherte sich seiner Entbehrlichkeit und folgte dem verführerischen Geruch.

Marcella schaute sich um. Viele Mönche gab es hier im Klosterhof glücklicherweise nicht. Einer wanderte mit einer abgedeckten Schüssel in Richtung des Torhauses, ein anderer unterhielt sich mit einem Pilger vor der Fremdenkapelle. Direkt an der Mauer, ein Stück unterhalb des Friedhofs, war ein Gemüsegarten angelegt, in dem sich ein weiterer Mönch mit Hacke und Eimer gegen das Unkraut mühte. Er stand in halbgebückter Stellung und starrte zu ihnen hinüber. Nein, nicht zu ihnen. Zu Marcella. Tristand war beim Pförtner zurückgeblieben, um sich nach dem Abt zu erkundigen. Der Mönch hielt die Fäuste um den Hackengriff geklammert, aber das Gerät stak unnütz in der Erde. Verlegen schaute Marcella fort.

Sie fuhr zusammen, als sich ihr plötzlich eine Hand auf die Schulter legte. Tristand! – Dieser Mann ... fürchterlich! *Musste* er so schleichen? Konnte er nicht Geräusche machen wie jeder andere auch? Aufgebracht drehte sie sich um.

Der Kaufmann hatte etwas sagen wollen. Als er ihr Gesicht sah, unterbrach er sich. Seine Augen glitten über das Klostergelände und kehrten ratlos zu ihr zurück. »Was ist los? Nein, im Ernst. Ihr solltet Euch einmal anschauen. Ihr glüht wie ...«

Marcella sorgte dafür, dass ihre Hand im Ärmel verschwand. »Hat der Pförtner gesagt, wo der Abt zu finden ist?«

Der Kaufmann sah sie zweifelnd an, drehte sie behutsam und wies über den Hof. »Seht Ihr das Lehmhäuschen? Mit den beiden runden Fensterchen? Das ist das Klosterspital. Wahrscheinlich habt Ihr Euch erkältet. Lasst Euch von den Mönchen Medizin geben. Das hält uns nicht auf, und ...«

»Der Abt ...« Marcella machte sich frei. »... wohnt sicher in dem großen ...«

»Lasst Ihr Euch nur von mir nicht raten oder seid Ihr gegen jeden so störrisch?«

»... im Konventsgebäude.« Sie ging auf den Torbogen zu, der die Konventsmauer durchbrach. Ihre Nackenhaare klebten an der verschwitzten Haut und juckten. Nur alles hinter sich bringen. Nur kein Gerede mehr ...

»Marcella?«

»Ja?«

»Der Abt ist verreist.«

Sie blieb stehen.

»Jedenfalls sagt das der Mönch, der das Tor hütet.« Tristand kam, nahm ihren Arm und führte sie weiter. »Der Leiter des Skriptoriums ist ebenfalls fort, leider. Und wenn der Bruder Pförtner nicht gerade, als ich mit ihm sprach, die Mitteilung bekommen hätte, dass das Knie des Cellerars einen neuen Breiumschlag braucht, dann wäre der Bruder Cellerar vermutlich auch unterwegs. Aber ...«

»Ja?«

»... ich weiß nicht, ob es uns Nutzen bringt, wenn Ihr den Patres ins Gesicht springt und ihnen die Augen auskratzt.«

»Ach, zur Hölle«, sagte sie schroff.

Der Cellerar saß mit einem Buch in der Hand im Kreuzgang vor dem Konventsgebäude auf einer Bank. Er hatte sein Bein auf einen Schemel gelegt, sein Zeigefinger diente als Lesezeichen zwischen zwei Seiten. Aufmerksam beobachtete er ein Knäuel junger Kätzchen, das sich zwischen den Kräutern in der Mitte des Innenhofes wälzte, ein Anblick, der ihm Vergnügen zu bereiten schien. Als er die Besucher kommen sah, verdüsterte sich seine Miene.

»*Integer vitae scelerisque purus.* Wäre er das Lügen gewohnt, dann hätte er weniger Mühe, sein schlechtes Gewissen zu verbergen«, flüsterte Tristand. Er zwickte Marcella in den Arm. »Seid brav und lächelt, Herrin.«

Sie war bereit zu lächeln, aber nicht, dem Mönch nahe zu kommen. Der Kreuzgang war vom Karree des Innenhofes durch eine niedrige Mauer abgetrennt. Marcella ließ sich mehrere Schritt von den Männern entfernt auf den Steinen nieder. Das Weib schweige in der Kirche. Wenn der Cellerar ihr Benehmen merkwürdig fand, dann mochte er es auf ihre Sittsamkeit zurückführen. Sie lehnte den Kopf gegen die Säule in ihrem Rücken. Die Sonne brannte heiß. Ihr ganzer Körper schien davon zu glühen. Eigenartig, wo sie gerade noch so gefroren hatte.

Der Pater mit dem kranken Knie belog sie. Von Anfang an. Er log, als er sagte, wie sehr ihn ihr Erscheinen freue, er log, als er sich sorgte, ob das Wetter nicht beschwerlich und der Weg anstrengend gewesen sei – er log mit jedem freundlichen Wort, das er sprach. Das war zu erwarten gewesen.

Marcella beugte sich vor, um mit dem Kopf aus der Sonne zu kommen. Der Mönch saß tief. Er musste zu Tristand hochschauen, da er ihm keinen Stuhl hatte anbieten können. Sein verfettetes Kinn wackelte, wenn er sprach, und sein Adamsapfel hüpfte aufgeregt gegen die Kehle. Er sah aus wie ein Hahn, der krähen wollte, aber vor lauter Verwirrtheit keinen richtigen Ton herausbrachte.

Und wo war nun das Grauen?

Marcella zwang sich, den Mönch mitsamt seiner Kutte und dem schwarzgefärbten Skapulier eingehend zu betrachten. Beim heiligen Benedikt, diesen Augenblick hatte sie seit Wochen erwartet und gefürchtet wie das Fegefeuer. Der Cistercienser im Nabel seiner Macht. Wo blieb denn nun die Angst?

Die arme Jeanne geisterte durch die versteckten Winkel ihrer Erinnerung – schön, ätherisch, unbeugsam, leidend. Jeanne

… und der Cistercienser mit dem Ring an der Hand, dem roten Ring, der funkelte, als wäre er aus versteinertem Feuer. Aber plötzlich schien es keine Verbindung mehr zu geben zwischen dem Cellerar und ihren Erinnerungen.

Marcella barg das Gesicht in den Händen.

Sie fühlte sich schuldig und dumm.

Der Mönch, der *andere*, hatte seine Worte wie Pfähle ins Fleisch gerammt. In seinen Augen hatte das Feuer der Gerechtigkeit gebrannt, und er hatte damit ihre Seele ausgeleuchtet und ihr Glück zu Asche verbrannt. Aber dieser Mann war fort. Und vielleicht hatte es ihn nie gegeben …

Auf einmal war sie müde bis ins Herz.

Sie hörte zu, wie Tristand mit dem fetten Mönch sprach. Ja, in der Tat, es war ein furchtbares Unglück gewesen. Und ein Jammer, dass nicht schärfer gegen das Räubertum vorgegangen wurde. Wie? Nein, man wusste noch nicht, wer für den Überfall verantwortlich war.

»Wir leben in einer schlimmen Zeit«, stellte der Cellerar fest. Er schwitzte. Das Wasser rann ihm in Bächen zwischen den Wangenfalten hinab.

»Für Euch muss das auch sehr lästig sein – ich meine, Ihr habt ja nun keinen Safran mehr für Eure Farben«, sagte Tristand. Er bückte sich und nahm das Buch auf, in dem der Cellerar gelesen hatte. »*Al cor gentil rempaira sempre amore?*« Seine Augenfältchen verzogen sich zu einem Lächeln. »Jetzt seht Ihr mich verblüfft, Pater. Ich hätte nie gedacht, dass Guinizelli zur Klosterlektüre gehört …«

Dem Mönch fehlte der Sinn für Humor. Nein, er las das Buch nur auf Bitten des Bibliothekars, um den Nutzen einer Abschrift zu erwägen, und wenn es in der Welt auch großen Beifall gefunden hatte, so erschien ihm der Inhalt doch gewichtslos, und er würde sich wohl dagegen aussprechen. Und was den Safran betraf – glücklicherweise verfügte man über einen kleinen Vorrat. Es musste ja auch nicht immer Safran sein.

Mit Ocker und Auripigment ließen sich ebenfalls hübsche Impressionen erzielen, nicht wahr?

Tristand nickte. Die Fähigkeiten der Himmeroder Illustratoren wurden bis nach Italien gerühmt. Außerdem – es gab neben Frau Bonifaz sicher auch andere Händler, die bereit waren, das Kloster mit den kostbaren Blütennarben zu beliefern?

Er lächelte, als er das fragte, und schaute dem Cellerar zum ersten Mal gerade ins Gesicht. Und Elsa hatte unrecht. Tristands Lächeln war ebenso eindeutig wie Jacobs Grobheiten. Der Mönch lief glutrot an.

»Natürlich muss das Kloster seine Interessen wahren.« Seine Stimme klang plötzlich schneidend scharf. Er merkte es selbst, tat aber nichts, den Ton zu mildern. Konnte er sonst noch etwas für die Herrschaften tun? Wollte die Dame vielleicht noch einen Becher Wein? Oder der Herr? Ansonsten – man würde verstehen ... er war ein Mann mit Pflichten ...

Marcella erhob sich. Das Kloster musste seine Interessen wahren. Deutlicher konnte es nicht gesagt werden. Es gab keinen Grund, weiter zu bleiben.

»Schade«, sagte Tristand, als sie den Kreuzgang hinter sich gelassen hatten und wieder im Hof vor dem Torbogen standen. »Er hatte ein leicht zu strapazierendes Gewissen. Wie bedauerlich, dass er es seinem Orden verpfändet hat. Nein, wartet. Ob die Bogenfenster dort drüben zum Skriptorium gehören?«

Vermutlich. Wo sonst hätte man so viel Licht brauchen sollen?

»Wir haben etwas Glück verdient, Herrin. Wer weiß – vielleicht finden wir einen Schreiber oder Illustrator, der etwas großzügiger mit seinem Wissen umgeht. Holt Ruben und die Pferde und wartet vor dem Klostertor auf mich. Oder – lieber doch nicht. Reitet ein Stück den Weg hinauf, bis dahin, wo es zur Gänseweide geht ...«

Marcella zog ihren Arm aus Tristands Ellenbeuge. Ihr Blick wanderte zu dem Gärtchen, in dem noch immer der Mönch stand. Er hatte sie erspäht und wieder ruhte seine Arbeit. Der Blick, mit dem er sich in ihre Gestalt verbohrte, war ihr vertraut. Manche Mönche schauten so. Besonders, wenn sie jung waren.

Vorsichtig hob sie den Kleidersaum und schritt über die festgetretenen Pfade zwischen den Beeten entlang zum Gärtner. Ihr Gruß bekam ein zutiefst verlegenes Stottern zur Antwort.

»Mein Name ist Marcella Bonifaz«, sagte sie. »Ich handle mit dem Kloster. Vielleicht habt Ihr von mir gehört?«

Der Mönch nickte weder, noch schüttelte er den Kopf. Es schien, dass er seine Arbeit nicht liebte. Die Erde war trotzig gefurcht, das Unkraut nur an der Oberfläche abgerissen. Und da seine Hände zart und von Blasen übersät waren, nahm sie an, dass die Gartenarbeit ihn als Strafe getroffen hatte.

»Ich verkaufe dem Skriptorium die Farbstoffe für die Illuminationen«, sagte Marcella.

Der Blick des Gärtners irrte über ihre Schulter und hielt sich an irgendetwas fest, vielleicht am Dachreiter auf der Kirche.

»Euer Kloster hat gestohlenen Safran gekauft, Frater. An diesem Safran klebt Blut und das Kloster hat sich damit die Hände beschmutzt. Aber niemand will es zugeben.«

»Ich weiß nichts von Safran.«

Marcella legte behutsam die Hand auf seinen mageren Arm. »Das glaube ich. Aber vielleicht kennt Ihr jemanden, der mir Auskunft geben könnte.«

Sie fühlte, wie die Muskeln unter der Kutte sich spannten, bis sie hart waren wie das Holz der Hacke.

»Und wenn nicht das«, sagte Tristand, der neben sie getreten war, »dann wisst Ihr möglicherweise von einem Mann, dem in letzter Zeit die Lippe gespalten worden ist.«

Die Lippe? Marcella forschte in Tristands Gesicht, fand dort aber nichts als verbindliche Freundlichkeit.

Der Mönch stand neben ihr wie ein Stock. Sein Arm war steif. Sie wusste, dass sie ihm dichter war als seine eigene Haut.

Er fuhr nervös mit der Zunge über den Mund. »Von ... so jemandem weiß ich wohl, Herr. Er ... war hier. Vor gar nicht langer Zeit.«

»Und Ihr kennt seinen Namen?«

»Ich ... weiß nicht ...« Der Mönch schluckte, dass sein Adamsapfel rollte. »Die Patres ...«

»Der Mann mit der Lippe ist ein übler Kerl. Er hat in der Nähe von Trarbach einen Kaufherrn ermordet. Und viele brave Männer, die bei ihm waren«, sagte Tristand. Behutsam zog er Marcellas Hand vom Arm des Mönches.

»Ja. Aber ... unser Abt weiß von diesen Dingen nichts. Das müsst Ihr mir glauben. Der Cellerar hat mit dem Mann gesprochen.«

»Kennt Ihr seinen Namen?«

»Nein. Aber er ... war nicht mehr jung. Schon auf die Vierzig zu. Und hatte diesen Hieb. Die Lippe bis zur Nase aufgerissen. Wohl ein Ritter, denn er trug einen Harnisch. Und es ... war von einem Mädchen die Rede. Meline. Das in einer Mühle lebt. Der Mann hat zu seinem Knecht von ihr gesprochen. In ... lästerlicher Weise.« Dem Mönch traten rote Flecken ins Gesicht. »Am selben Tag ist dann ein Wagen mit Wintergerste abgegangen. Zur Dillburg. Auf der anderen Seite der Mosel. Obwohl wir dorthin gewöhnlich keine Geschäfte haben.«

Marcella nickte. Der Mönch hatte eine helle Haut mit Sommersprossen und einen feinen, sensiblen Mund. Sie hatte ihn in Verlegenheit gebracht. Vielleicht würden ihn in Zukunft während seiner Gebete Gedanken an Wollust und Fleischesgier quälen. Er tat ihr leid. Sie schämte sich.

»Mehr weiß ich auch nicht«, murmelte der Mönch.

»Dann *Domine vobiscum*«, wünschte Tristand liebenswürdig.

X

Es ist ungünstig, dass Ihr gerade jetzt krank seid«, sagte Tristand.

Man hätte dem entgegenhalten können, dass es auch übermorgen und im nächsten Jahr ungünstig sein würde, krank zu sein, weil es nämlich mit Hitzewallungen, Schwindel, Magenkrämpfen und Übelkeit verbunden war. Aber Marcella bezweifelte, dass Tristand an einer Erörterung dieses Punktes gelegen war. Er hatte es eilig. Jede seiner Bewegungen war von Hast geprägt.

Sie ließ sich von Ruben aus dem Sattel helfen.

Das Gasthaus, das der Kaufmann ausgesucht hatte, war auf reiche Gäste eingerichtet. Es hatte einen überdachten Hinterhof, der über einen Weg neben dem Haus zu erreichen war und in dem Pferde, Sänften und Reisewagen abgestellt werden konnten, und dahinter einen Gemüsegarten, an dessen Ende sich eine Brauhütte und ein Stall zum Schlachten befanden. Das Haus selbst war aus solidem Stein gebaut, mit Tonziegeln gedeckt, verputzt und reich mit rot und ockerfarben bemalten Ornamenten verziert. Tristand hatte mit sicherem Griff die vornehmste Herberge Wittlichs gewählt.

Ein Knecht kam in den Hof, um die Pferde zu versorgen und nach dem Gepäck zu sehen. Ein zweiter geleitete die Gäste unter Bücklingen in die Gaststube und führte sie zu einem

Tisch neben dem Kamin, in dem überflüssigerweise ein gewaltiges Feuer prasselte.

Marcella sank auf die Bank und löste die Tasseln ihres Mantels. Die Kaminsteine strahlten eine ungeheuerliche Hitze aus. Sie kam sich vor wie ein Dörrfisch. Über ihrem Kopf befanden sich drei winzige Fenster, aber die Wirtsleute hatten sie mit Pergament abgedichtet, so dass kein Luftzug den Weg in die Gaststube fand. Zwar stand die Tür nach draußen halb offen, aber sie schien Meilen entfernt und war zudem durch eine Gruppe Kaufleute verstellt, die sich über das Wittlicher Einlager unterhielten. Wenn ich nicht am Fieber verbrenne, dachte Marcella, dann werde ich ersticken. Es ist zu laut, zu heiß, zu voll ...

Ruben hüstelte. »Ich geh und sorg dafür, dass mit unserem Gepäck nichts passiert«, gab er Auskunft. Städter setzten Gewinn anstelle von Ehre. Und auch, wenn es hier ordentlich aussah – man konnte nie wissen.

Ein pummeliges Mädchen ließ sich neben Marcella auf der Bank nieder und mühte sich, einen Säugling zum Schweigen zu bringen, der in ihrer Ellbeuge lag. Aus der Küche schwappte der Geruch von gebratenen Zwiebeln in den Raum. Ich sterbe, dachte Marcella. Aber vorher werde ich mich sicher noch übergeben müssen.

Tristand stand ein Stück beiseite und verhandelte mit dem Wirt. Sie konnte nicht hören, was die Männer sprachen, denn das Windelkind plärrte mit aller Kraft, aber sie sah ihn lächeln, und der Wirt lächelte ebenfalls. Die beiden sahen aus, als würden sie sich bald einig werden.

Vorsichtig bewegte Marcella ihre Hand. Die Bewegung schmerzte, aber nicht so stark, als wenn dort Knochen gebrochen wären. Was, bei allen Heiligen, war nur mit ihr los?

Eine Frau kam aus der Küchentür und gesellte sich zu Tristand und dem Wirt. Sie sah sauber aus, tüchtig und hübsch und war offenbar das Weib des Wirtes, denn er legte seinen Arm um ihre Hüfte. Tristand murmelte etwas und deutete auf ihren stark gewölbten Bauch. Die Frau begann zu lachen. Ihr Gatte tätschelte errötend ihre Taille. Wenn Jacob an Tristands Stelle gewesen wäre, dachte Marcella, dann hätte er streng und peinlich genau Art und Preis ihrer Unterkunft ausgehandelt. Jacob ließ sich von niemandem betrügen. Aber Tristand würde auch nicht betrogen werden. Die Frau hörte sich mit einem Lächeln in den Augen an, welche Wünsche ihr Gast hatte, und Marcella wusste, dass sie ihm jeden einzelnen erfüllen würde.

Er nutzt seine Liebenswürdigkeit als Ware, die er gegen bevorzugte Behandlung eintauscht, dachte sie und grollte ihm darüber. Der Frau grollte sie auch. Und Ruben, der sich um das Gepäck sorgte, statt nach dem Wohlergehen seiner Herrin zu sehen.

Tristand löste sich von der Gruppe, er kam, noch immer lächelnd, zu ihr herüber. »Tut mir leid, Marcella, aber ich fürchte, ich muss Euch hier allein lassen. In ein paar Tagen legt in Koblenz ein Schiff aus Basel an, und ich habe den Verdacht ... na, egal. Jedenfalls will ich dort sein, bevor sie es entladen.«

Daran war nichts auszusetzen. Es tat auch nicht not, dass der Kaufmann sich so wortreich erklärte. Sie waren einander nichts schuldig. Und krank war sie sowieso lieber allein.

»Ich habe ein Zimmer gemietet, und ich möchte, dass Ihr so lange hier bleibt, bis Ihr auskuriert seid.«

Schön.

Der Säugling hatte einen Schluckauf bekommen. Sein Gebrüll bekam etwas Fiepsiges. Das pummlige Mädchen klopfte ihm unglücklich den Rücken. Die Küchentür öffnete sich und die Wirtin trug eine irdene Schüssel heraus, aus der es dampfte.

»Bevor ich gehe, werde ich noch zusehen, dass ich einen Arzt auftreibe, und wenn es den nicht gibt ...« Tristand blickte gequält auf das schreiende Bündel. »Kann man es nicht irgendwie still bekommen?«

Offenbar nicht. Sonst hätte das Mädchen es sicher längst getan.

Die Wirtin trug die Schüssel an den Tisch und setzte sie vor Marcella ab. Hühnchenfetzen schwammen in einer dicklichen, gelben Brühe. Auf den Fettaugen dümpelten getrocknete Kräuter. Marcella merkte, wie ihr Magen sich zusammenzog.

Sie schüttelte den Kopf. »Nein, ich ...«

»Unsinn.« Tristand schob die Schüssel resolut vor sie hin. »Ihr werdet aufessen und danach wird es Euch besser gehen.«

»Aber ...«

»Wenn man erkältet ist, braucht man etwas Warmes.«

Nein. Was sie brauchte, war ein Bett. Und außerdem – war es eklig. Dieses Fleisch ... Fleisch war Sünde. Fleisch zu essen ... Alles Fleisch ...

Tristand ließ sich auf einen Stuhl fallen. »Marcella. Es tut mir leid, dass Ihr krank geworden seid. Es tut mir auch leid, sogar verflucht leid, dass ich Euch in dieses Waldloch geschleppt habe. Aber ich hatte wirklich nicht gedacht ...«

Sie legte die Hände auf die Ohren. Tristand sprach lauter. Ungeduldig zog er an ihren Armen. »Diavolo! Nun macht keinen Aufstand, sondern schluckt den Kram!«

Aber Fleisch war *Sünde*. Außerdem würde sie sich übergeben müssen. Ihr Magen verkrampfte sich schon beim Anblick des Tellers.

»Was ...?« Tristand starrte verblüfft auf ihr Handgelenk. »Was zur Hölle ...« Er nahm ihre Hand.

Mit einem Mal war es still geworden. Der Säugling hatte aufgehört zu schreien. Seine Amme hatte ihm den Daumen in den Mund gestopft, und er saugte daran, als hinge sein Leben davon ab.

»Mir ist schlecht«, sagte Marcella.

»Das ist ja ... na prächtig.« Tristand begutachtete die blau geschwollene Beule. »Erkältung, hm?«, murmelte er.

Die Wirtin, die ebenfalls zusah, sprang auf und rief etwas zur Küche. Gerade noch rechtzeitig riss sie den Eimer heran, den ein kleines Mädchen ihr zureichte.

Marcella musste geschlafen haben, denn als sie aufwachte, war der helle Schlitz zwischen den Fensterläden verschwunden.
 Sie setzte sich hoch. Es hatte geklopft. Die Wirtin trat ins Zimmer, gefolgt von Tristand, und dann kam ein fremder Mann in einem sauberen, kurzen Rock.
 »Der Bader«, erklärte der Kaufmann knapp. »Er wird Eure Hand anschauen.«
 Marcella zog den Ärmel des Hemdes zurück, das die Wirtin ihr geliehen hatte. Es ging ihr bei weitem nicht mehr so schlecht wie am Nachmittag. Sie war nassgeschwitzt, aber ihr Kopf war klar und auch die Übelkeit war verschwunden.
 »Warum seid Ihr überhaupt noch hier, Tristand?«
 Es tat weh, als der Bader die Knochen bog. Seine Finger fuhren über die Schwellung und tasteten dann die Knöchelchen an ihrem Handgelenk ab. Er ging schnell und zielbewusst dabei vor, wie jemand, der etwas von der Heilkunst versteht.
 »Was ist geschehen, Herrin?«, fragte er, ohne aufzusehen.
 »Ein Sturz. Ich bin durch eine Falltür gefallen.«
 Den Bader schien das nicht zu verwundern. »Versucht, den Daumen so weit es geht über die anderen Finger zu legen.«
 Er beobachtete ihre Anstrengungen und kam zu demselben Schluss wie Marcella, dass nämlich ein gebrochener Knochen, wenn man ihn so hart malträtierte, ihr sicher das Wasser in die Augen getrieben hätte.
 »Wie lange ist es her, dass Ihr gestürzt seid?«
 »Drei, nein, zwei Tage.«
 »Dann seid Ihr in Ordnung, soweit es Eure Hand betrifft.« Von anderen Dingen verstand der Mann nichts, und er gab auch nicht vor, dass es anders wäre.
 Es ist also nicht die Hand und es ist auch keine Erkältung,

dachte Marcella, sonst müsste ich ja Halsweh haben oder wenigstens eine laufende Nase. Ihr Onkel bekam Kopfweh, wenn sich die Weinlieferungen verzögerten. Und Jacob bei Ärger Magenschmerzen. Vielleicht hatte die Aufregung über den Besuch in Himmerod bei ihr das Fieber ausgelöst. Aber dieser Alptraum war jetzt zu Ende, und er hatte kein Unglück zurückgelassen, sondern im Gegenteil ein Zauberwort – Burg Dill. Und das bedeutete neue Hoffnung für ihren Safran. Endlich gab es einen Hinweis.

Der Bader verbeugte sich und folgte der Wirtin hinaus.

»Ich dachte, Ihr müsst so eilig nach Koblenz, Tristand«, sagte Marcella.

Der Kaufmann nahm die Lampe, die die Wirtin an einem Haken zurückgelassen hatte, und trug sie zu ihr hinüber. Er ging neben dem Bett in die Hocke. »Für mich sieht das merkwürdig aus, diese Beule. Aber ich verstehe davon auch nichts. Was war denn das für eine Tür, durch die Ihr gefallen seid?«

»Die Falltür im Bergfried. Die runter ins Verlies führt. Hat Johann Euch das auch gezeigt? Wenn man aus dem Palas in den Turm geht ...« Ach was. Es war nicht lustig, über die eigene Ungeschicklichkeit zu reden. »Ihr werdet Euren Termin in Koblenz verpassen.«

Tristand erhob sich. »Ich habe jemanden gefunden, der die Sache mit dem Schiff für mich erledigt. Schade, dass es hier keinen studierten Arzt gibt. Seid Ihr sicher, dass Ihr alles bewegen könnt?«

Marcella starrte ihn an. »Ihr wollt mir erzählen, dass Ihr ... irgendeinem wildfremden Menschen, den Ihr hier zufällig trefft, Eure Geschäfte anvertraut? Das glaub ich nicht.«

Brauchte sie auch nicht. Es ging sie nichts an, und wenn man's genau nahm, war die Frage unverschämt.

Der Kaufmann lehnte sich gegen die Strebe ihres Betthimmels. »Unten in der Stadt gibt es einen Juden, einen Geldverleiher. Ich war bei ihm, um Wechsel einzulösen. Wir sind ins

Gespräch gekommen – und fanden einander angenehm.« Er lächelte. Auf die Art, die Elsa nicht ausstehen konnte.

»Kennt Ihr die Geschichte von dem reichen Mann aus Carcassonne?«, fragte Marcella. »Der sich im Dom vermählte und dabei ein so trauriges Ende fand? Er war ein Wucherer. Und gerade, als er die Kirche verlassen wollte, fiel ihm ein steinerner Geldbeutel auf den Kopf. Von der Statue eines Wucherers, die über dem Westportal stand.«

»Ich weiß, Herrin. Nur dass sich dieser überaus lehrreiche Vorfall in Dijon zugetragen haben soll. Übrigens treibe ich keinen Wucher.«

»Dann muss ich mich verhört haben.«

»Ich habe es früher einmal getan, aber es hat sich herausgestellt, dass es lukrativere Arten gibt, Geld zu verdienen. Und weniger gefährliche.«

»Indem man *partes* übers Meer schickt?«

Einen Moment war er verblüfft. Dann fasste er sie ins Auge. »Ihr ... interessiert Euch für solche Dinge?«

»Für alles, was mit Geld zu tun hat.«

»Und wo habt Ihr ... Ich meine ...« Er schüttelte den Kopf. »Nein – das ist lächerlich. Wie kommt Ihr an Euer Wissen über *partes*?«

»Ich habe gar keines. Wie schickt man ein Schiff in Teilchen übers Meer?«

»Überhaupt nicht. Aber man kann *partes* oder *sortes* oder wie immer Ihr sie nennen wollt – man kann sie kaufen. Es sind Anteile an einem Schiff. Die Schiffe werden auf dem Papier aufgeteilt, und jeder, der Waren übers Meer transportieren will, kann sie erwerben.«

»Um das Risiko zu mindern, ein ganzes Schiff zu verlieren?«, fragte Marcella fasziniert.

»Nicht nur das. Man kann die *partes* auch weiterverkaufen oder sie vermieten oder mit einer Hypothek belasten ... Kann es sein, dass Ihr schon wieder munterer seid?«

»Und an dem Schiff, das übermorgen in Koblenz einläuft, gehören Euch auch *partes*?«

Es klopfte. Der Wirt steckte den Kopf durch die Tür. Seine Schürze war blutig, offenbar nutzte er die Nacht zum Schlachten. »Dieser Junge, den Ihr geschickt habt – er ist wieder zurück, Herr. Wollt Ihr ihn noch heute Abend sehen?«

Tristand nickte und der Wirt verschwand wieder.

»Dann seid Ihr in Sorge, dass sie Euch mit dem Schiff betrügen wollen?«, fragte Marcella. »Der Gewinn, den Ihr von Euren *partes* habt, hängt doch sicher mit der Art der Ladung zusammen, für die Ihr den Schiffsraum vermietet habt.«

»Ich habe nichts vermietet. Das Schiff gehört einem Baseler Gewürzhändler. Mein Interesse daran ... Warum erzähle ich das eigentlich? Wisst Ihr, was Ihr tun solltet? Unter der Decke verschwinden und zusehen, dass Ihr wieder gesund werdet.«

Hatte er *Gewürzhändler* gesagt?

»Marcella?«

Er hatte gesagt, das Schiff, das in Koblenz erwartet wurde, gehöre einem Gewürzhändler. Einem Gewürzhändler aus Basel.

»Schön. Wenn Ihr es wirklich wissen wollt – ich handle mit *securitates*. Ich verkaufe Sicherheit. An Fernhändler. Wenn ihre Schiffe gekapert werden oder sinken oder die Ladung sonst wie beschädigt wird, dann ersetze ich ihnen den Verlust. Und wenn alles gut geht ...«

Er hatte gesagt, ein Gewürzhändler aus Basel. Aber Ribaldo hatte geschworen, dass vor Johannis keine Schiffe mit Gewürzen mehr in Koblenz anlegen würden. Ribaldo war sich völlig sicher gewesen. Erst nach Johannis sollte das Schiff aus Basel kommen.

»Ihr fühlt Euch doch noch elend, nicht wahr? Ich habe doch gesagt, Ihr sollt unter der Decke verschwinden.«

»Dieses Schiff aus Basel«, fragte Marcella, »hat es Safran geladen?«

Tristand, der die Lampe aufgenommen hatte und bereits auf dem Weg zur Tür war, hielt inne. »Keine Ahnung. Ist aber möglich. Es soll einen staubtrockenen Laderaum haben. Und da der Besitzer selbst mit Gewürzen handelt ...«

»Dann ist alles vorbei.«

»Was ist vorbei?«

Marcella setzte sich auf, legte den Kopf auf ihre Knie und schlang die Arme darum. In ihren Ohren pochte das Blut. Ihr Magen fühlte sich an, als habe man einen Bleiklumpen hineingepackt.

»Macht Euch der Safran aus Basel Konkurrenz?«

Konkurrenz! Er würde sie ruinieren. Die Skriptorien warteten auf Safran wie die Hunde auf den Knochen. Und wenn der Baseler Safran nicht extrem teurer war als ihr eigener, dann hätte sie ihre Kunden für dieses Jahr verloren. Und vielleicht für immer.

Es klopfte erneut. Der Wirt schob einen mageren, mausgesichtigen Knaben durch den Türspalt und verzog sich mit einem entschuldigenden Grinsen. Der Kleine blickte verlegen auf seine nackten Füße.

Tristand ging zu ihm hinüber. »Hast du etwas über die Männer erfahren können?«

Nuschelnd und in abgehackten Sätzen begann der Junge zu erzählen. Ja, er hatte Männer mit sandfarbenen Haaren gefunden. Im Gasthaus zum Mohren. Drei. Und dazu noch einen Jungen. Und einer von ihnen hatte Waffen und Kleider wie ein Edelmann getragen.

Wenn die Klöster den Safran aus Basel kaufen sollten, dachte Marcella, dann hilft es mir nicht einmal, wenn ich meinen eigenen wiederbekomme. Die Mönche werden sich versorgt haben, und wenn sie neuen Safran brauchen, werden sie sich erinnern, wer ihnen ausgeholfen hat, als Marcella Bonifaz nicht liefern konnte. Falls sie nicht sowieso langfristige Verträge schließen.

»Hast du herausgebracht, wann die Männer Wittlich wieder verlassen wollen?«, fragte Tristand den Jungen.

Der Kleine schüttelte den Kopf. Tristand griff in seine Geldtasche, drückte ihm eine Münze in die Hand und brachte ihn zur Tür. Er sah besorgt aus. »Wenn es Euch nicht allzu schlecht geht, Marcella, dann sollten wir morgen früh mit dem Öffnen des Tores verschwinden. Vielleicht ist es Zufall, dass diese Kerle jetzt in der Stadt sind. Aber es könnte auch sein, dass es jemandem – vielleicht jemandem, der in Dill wohnt – Angst macht, dass wir nach dem Safran forschen. Was ist los mit Euch?«

»Ihr verkauft Sicherheit, Tristand? Habe ich das recht verstanden?«

Der Kaufmann sah sie verdutzt an. Dann kam er zu ihr ans Bett und setzte sich auf die Bettkante.

»Ich verkaufe Sicherheit, *bevor* das Unglück geschieht, Herrin. Alles andere wäre ein schlechtes Geschäft.«

Marcella nickte. Tristands Haut roch warm nach Sandelholz. Wahrscheinlich hatte der Bader ihn vor dem Krankenbesuch rasiert. Sein Kinn und seine Wangen waren glatt. Aber er gehörte zu den Menschen, bei denen der Bart schon unter der Klinge des Scherers nachzuwuchern begann. Damian Tristand würde immer aussehen, als bräuchte er eine Rasur. Irgendwie ... ungezähmt. Sie rückte ein wenig von ihm ab.

»Ihr wollt zu Eurer Familie zurück, nach Trier. Ist das richtig, Herr?«

Er zögerte. »Ja.«

»Und dort wohnen bleiben?«

»Vielleicht.«

»Sie werden Euch in der Stadt nicht aufnehmen.«

»Ich denke doch, wenn ich beweisen kann, dass ich mit dem Überfall auf Scholer nichts zu tun habe.«

»Nein, das ist nur die Hälfte Eures Problems. Die andere ist Euer Ruf. Für die Menschen in Trier seid Ihr Tristand, der

Wucherer. Der Lump, der es mit den Juden gegen die Christen hält. Vielleicht würden die Männer Euch aufnehmen, wenn Ihr so reich seid, wie es ausschaut. Für ein gutes Geschäft tun sie eine Menge. Aber wenn Ihr Euch in Trier niederlassen wollt – einen Hausstand gründen, Freunde haben, Feste besuchen, heiraten, was auch immer –, dann würden Euch die Trierer Frauen das verwehren. Frauen sind die Moralisten mit dem besseren Gedächtnis.«

Er sah sie nachdenklich an. »Was wollt Ihr von mir?«

»Ich möchte, dass Ihr den Safran aufkauft, den das Schiff aus Basel mit sich führt.«

»Und was sollte mir das nutzen?«

»Kauft den Safran und außerdem alle ätherischen Öle, die das Schiff geladen hat. Ich werde aus den Ölen Duftstoffe mixen und sie für Euch in Trier verkaufen. Denn so wie *Ihr* Tristand der Wucherer seid, so bin ich Marcella, die reizende Nichte des Schöffenmeisters, die jeder gern hat, weil sie so entzückend ihre hübschen Düfte verkauft.« Sie lächelte schwach. »Ich gehe in die Häuser und verkaufe Eure Öle, Tristand. Und nach und nach werde ich einfließen lassen, wer der eigentliche Besitzer der Düfte ist, und wie uneigennützig er der armen Marcella Bonifaz geholfen hat, als sie in Not geraten war, und wie anständig und ehrlich er dabei war. Frauen hören so etwas gern. Ich biete Euch für den Safran den guten Ruf an, den Ihr braucht, wenn Ihr tatsächlich in Trier leben wollt.«

»Das – ist unmoralisch.«

»Wahrscheinlich.«

»Und ... Ihr würdet mich hassen. Ihr müsstet Anweisungen von mir entgegennehmen. Ich weiß, dass Ihr das nicht ausstehen könnt.«

»Ich würde jeden Abend in Tränen vor meinem Bette knien und Euch einen leichten, aber raschen Tod wünschen. Lasst uns eine Zusatzklausel machen. Wenn ich genügend Geld zusammenhabe, um Euch den Safran abzukaufen, bin ich Euch wieder los.«

»Wir einander.«

»Auf immer und ewig. Und der Trierer Gewinn gehört in jedem Fall Euch.«

Tristand schüttelte mit einem Lächeln den Kopf. »Erzählt mir, was man mit Duftstoffen in dieser Gegend verdienen kann.«

XI

Marcella hatte geglaubt, die Gesichter zu kennen, in denen sich Grausamkeit äußerte. Sie hatte sie im Ekel der Frauen gefunden, die ihre Kleider rafften, um sich nicht an den Kindern zu beschmutzen, denen sie die Laken für das Waisenbett zumaßen. Im Gähnen des Schultheißen, der den Stadtverweis siegelte. In der Schaulust der Neugierigen, die das Abschneiden der Ohren auf dem Marktplatz bejohlten ...

Nun fand sie sie in einem Lächeln.

Es war ein Maientag von samtener Wärme. Man hatte die Fensterläden im Rittersaal zurückgestoßen und an die Eisenhaken gebunden, und Licht und weiche, nach Sommer duftende Luft strömten in den starkenburgschen Palas. Auf dem Steinfußboden tanzten Sonnenflecken. Auch die Tür zur Brücke war geöffnet worden. Unter dem Mauerbogen stand Mechthilde, von Licht umhüllt, wie von einem Heiligenschein. Ihr graues Gebinde hatte Silberglanz bekommen. Das hagere Gesicht war von Helligkeit umflort.

Sie lächelte mit der Zufriedenheit eines Kindes, das die Maus in der Falle zerquetscht sieht.

Loretta saß mit dem Rücken zu ihr auf einem Lehnstuhl. Ihr Haar war unter einem Schleier verschwunden. Die Hände lagen gefaltet im Schoß. Sie kämpfte um Fassung. Der Erzbischof wollte Birkenfeld nicht zurückgeben. Das war die Nachricht, die Propst Heinrich den Edlen der Starkenburg soeben verkündet hatte. Es gab da einen Vertrag von vor über dreißig Jahren. Niemand kannte ihn, niemand hatte sich je darum geschert. Birkenfeld gehörte den Sponheimern, solange man denken konnte. Aber nun hatte der Erzbischof den Vertrag ausgegraben, und er meinte daraus beweisen zu können, dass die birkenfeldsche Pflege Sponheim nur zu Lehen gegeben worden war, in Wirklichkeit aber zum Besitz des Trierer Erzbistums gehörte. Der Vertrag klang mehrdeutig. Man *konnte* ihn so interpretieren. Aber niemand hatte das jemals getan. Lorettas Schwiegervater war Erzbischof Balduin auf dem Feldzug nach Italien gefolgt, er hatte Balduin beigestanden und als dessen Vertrauter gegolten. Und nun, wo er tot war, sollte Birkenfeld plötzlich erzbischöfliches Allod sein?

Mechthilde lächelte immer noch ihr Kinderlächeln, ungeachtet der allgemeinen Bestürzung. Vielleicht war ihr nicht bewusst, dass sie auf dem Flecken vor der Tür wie auf einer Tribüne stand, im Blickfeld aller, die zu Loretta hinsahen. Vielleicht war es ihr auch egal ...

Tristand, der hinter Marcellas Faltstuhl am Rauchfang lehnte, beugte sich zu ihr herab. »Pfui, Herrin«, flüsterte er. »Ihr urteilt parteiisch. Der einen ist ein Stück Land gestohlen worden, das sie gar nicht braucht und auf das sie vielleicht nicht einmal Anspruch hat, der anderen der Gatte. Welche hat mehr Recht zu grollen?«

»Vielleicht besäße sie ihren Gatten noch, wenn sie ein wenig liebenswürdiger wäre«, zischte Marcella zurück. Es war ihr unangenehm, dass Tristand so dicht hinter ihr stand. Er hätte längst auf dem Weg nach Koblenz sein sollen. Als sie aus Wittlich gekommen waren, hatte unten in Trarbach ein Schiff gelegen, das ihn leicht hätte mitnehmen können. Warum dieser Unfug, dass er sie erst noch zur Burg hinaufbegleiten müsse? Es hatte nicht den geringsten Anhaltspunkt gegeben, dass ihnen tatsächlich jemand gefolgt war – mochte er nun sandfarbene oder rote oder blaue Haare haben. Außerdem war ja Ruben bei ihr gewesen.

Volker begann mit leiser, exakter Stimme die Lage der Starkenburger zu beschreiben. Er fasste zusammen und erklärte noch einmal für all die Ritter, denen die Sache mit dem Vertrag zu kompliziert war, unter welchem Vorwand der Bischof sie bestohlen hatte. Dann mischte Bertram sich ein, der gräfliche Schreiber. Vor ihm auf einem Schragentisch lag ein Stapel Dokumente, aus denen Bänder mit roten Siegeln hingen. Er zog eines hervor und begann mit seiner trockenen Stimme daraus zu lesen. Der Text war in Deutsch verfasst, jedoch in trockenem, juristischem Vokabular. Niemand außer ihm und vielleicht Volker verstand ihn. Die Ritter begannen unruhig zu werden und miteinander zu flüstern. Pantaleon trommelte auf der Lehne seines Stuhles. Er war es auch, der schließlich die Geduld verlor.

»Das Land gehört uns. Ist es so oder nicht?«, fuhr er den Schreiber an.

Bertram blickte über seine magere Nase zu ihm hoch. Er glättete die Ecken des Pergaments und die Siegelbänder und wollte zu offenbar umfangreichen Erklärungen ansetzen. Pantaleon stand auf und fegte die Papiere schroff beiseite. »Birkenfeld gehört uns. Ja oder nein?«

»Das kommt darauf an …«

»Es gehört also uns«, unterbrach der Graf ihn selbstbewusst. »Und wenn es uns gehört, dann müssen wir es auch verteidigen.« Das Echo auf seine Worte war schwach. Richwin blickte interessiert. Auch einige von den Knappen. Aber die älteren Ritter hielten sich bedeckt. Der Erzbischof war stark und ihr Recht zumindest juristisch umstritten. Und wenn es stimmte, was Loretta sagte, hatten die meisten der Anwesenden Balduin den Lehenseid geschworen.

Volker erhob sich von seinem Platz neben der Gräfin. »Es …«, er sprach sehr vorsichtig, als bewege er sich auf dünnem Eis, »es ist noch nicht lange her, da hat Simon von Kastellaun versucht, Balduin zu trotzen – und zwar mit sehr viel mehr Leuten, als uns zur Verfügung stehen. Er ist besiegt worden. Die Schmidtburger ebenso. Und die Wildgrafen. Sogar Boppard mit seinen Verbindungen zu anderen Städten ...«

»Volker – Mann! Hättest du zu meinem Vater auch so gesprochen?« Pantaleon stellte sich hinter Loretta und legte ihr die Hände auf die Schultern, eine Geste, die gekünstelt hätte wirken können, wenn sie nicht von so offensichtlicher Erregung getragen worden wäre. »Was seid Ihr eigentlich?«, presste er heraus. »Schafe, die losrennen, wenn sie den Wolf hören? Oder Hunde, die den Schwanz einkneifen, wenn der Knüppel droht? Hier sitzt Eure Herrin. Die Gräfin von Sponheim. Die Mutter Eures künftigen Grafen. Die Frau, der Ihr den Lehenseid geschworen habt. Sie hat unsere Grafschaft regiert, seit mein Bruder verstorben ist, und das hat sie gut gemacht, so gut wie jeder Mann, wir alle können das bezeugen. Nun aber steht sie einer Gewalt gegenüber, der eine Frau nicht gewachsen ist. Und da, in der Stunde der Not, wollt Ihr sie im Stich lassen? Euch verkriechen wie ...« Er hielt inne. Seine scharfen, dunklen Augen fixierten die starkenburgschen Ritter. Einige schauten fort, aber viele erwiderten den Blick wach und mit einer Art wildem, neu aufbrechendem Trotz.

»Seht Ihr ...«, murmelte Tristand in Marcellas Ohr. »Das ist der Wein, den unsre adeligen Freunde lieben. Noch einige Schluck davon, und sie werden sich besaufen, bis sie sturzbetrunken und glücklich wie die Lemminge in ihr Verderben rennen. Dieser Jungfrauenrettungstrieb hat etwas entschieden Verheerendes an sich ...«

Marcella ärgerte sich. Nicht über das, was er sagte, sondern wie er es sagte, über den Spott. Sie wäre am liebsten aufgestanden und von ihm fortgegangen. Aber neben ihr stand breit der Webstuhl, und in der Lücke zwischen dem Stuhl und dem

Kamin bemühte sich der dicke Heiderinc, dem sommersprossigen Edelfräulein die Tränen fortzutrösten. Vielleicht hatte Tristand es auch gar nicht so boshaft gemeint. Fröhlich wirkte er eigentlich nicht.

»Wir könnten die Kastellauner und die Kreuznacher und wahrscheinlich auch die Herren von Salm auf unsere Seite bringen«, meinte Volker. »Vielleicht auch Boppard, obwohl die Stadt noch an den Folgen ihrer Fehde trägt.« Er wand sich, und man sah ihm an, dass er gegen seine Überzeugung sprach. »Starkenburg selbst ist glücklicherweise nicht zu stürmen. Das heißt, dass unsere Herrin und ihre Söhne, im Falle, dass wir Fehde ansagen würden, geschützt wären.«

»Ja, vor den Kriegsknechten des Bischofs!« Mechthilde trat aus dem Licht in den Schatten des Raumes, dramatisch und düster wie ein Racheengel. »Wie aber«, rief sie, während ihr Finger wie eine Lanzenspitze vorschoss, »wie steht es mit der Rache des Herrn? Ihr sprecht davon, dass Ihr einen Geweihten angreifen wollt, einen Diener des Herrn. Ihr wollt die Heilige Kirche mit Krieg überziehen. Denkt Ihr denn, der Himmel wird das ungestraft lassen?«

Pantaleons Lachen schwankte zwischen Grimm und Verächtlichkeit. Er wollte etwas erwidern, doch Loretta hob die Hand.

»Genug, Freunde, aufhören, bevor wir uns erzürnen.« Sie machte eine kurze Pause, in der sie überlegte. »Wir danken Propst Heinrich für die Mühe, die er unseretwegen auf sich genommen hat. Er hat sich einmal mehr als Freund erwiesen und wir schulden ihm unsre Liebe und Achtung.« Sie lächelte den geistlichen Herrn an, was er mit einem Kopfnicken quittierte. »Wir haben auch Volker gehört und Graf Pantaleon, dem unser besonderer Dank gebührt, weil er bereit ist zu verteidigen, was er selbst seines geistlichen Standes wegen aufgegeben hat. Außerdem haben wir Mechthilde vernommen, die uns an unsere christliche Gehorsamspflicht erinnerte. Und jetzt möchte ich allein gelassen werden. Ich brauche Ruhe, um über alles nachzudenken.«

Gut gemacht, dachte Marcella. Damit hat sie Zeit gewonnen, ihren eigenen Weg zu planen. Und wenn sie will, kann sie ihre Ritter vor fertige Beschlüsse stellen.

Heiderinc hatte seinem Fräulein den Arm um die Schultern gelegt und bahnte ihr einen Weg zur Tür, und Marcella wollte sich ihnen anschließen. Aber Tristand hielt sie zurück.

»Bitte, Herrin. Ich weiß, Ihr seid müde, aber … heh, das ist ja schlimmer als auf dem Markt. Kommt … nein, nicht da, kommt hierher. Es dauert auch nicht lang.« Er zog sie gegen den Strom der Männer und Frauen bis zu dem Lichtbogen, unter dem Mechthilde ihre dramatische Szene gespielt hatte. »Es gibt nämlich etwas, das mich beschäftigt.« Sein Lächeln enthielt ein Quäntchen Verlegenheit, was ungewöhnlich war und Marcellas Interesse weckte. »Wisst Ihr«, sagte er, »ich frage mich … ich meine, diese Sache mit Eurem Sturz … Ich habe mir die Falltür im Turm angesehen. Das ist ein Riesending. Wie war es möglich, dass Ihr dort hineingefallen seid? Mit zwei gesunden Augen. Und wo Ihr Euch, wenn ich es recht gesehen habe, aus Wein nichts macht.«

Der Raum im Bergfried war leer. Niemand schien sich ohne Zwang dort aufzuhalten. Kein Wunder. Die Mauern waren so dick und die Fensterschlitze so eng, dass die Räume selbst im Sommer nicht durchwärmt wurden. Marcella legte fröstelnd die Arme um den Leib.

»In Ordnung«, sagte Tristand. »Es war Nacht, Ihr hattet kein Licht. Ihr wart mit Euren Gedanken beschäftigt.« Er hatte die Falltür zurückgeschlagen. Das offene Loch gähnte zu seinen Füßen. Scheinbar hatte der Schlaf in den beiden letzten Nächten ihm gutgetan, denn er wirkte lebhaft und interessiert. »Dankt den Heiligen, dass Ihr Euch nichts gebrochen habt. Das sind wenigstens zehn Fuß abwärts.«

Marcella nickte. Sie hatte keine Lust, über den Rand zu schauen. Der Raum, oder vielleicht nicht der Raum, sondern der modrige Geruch, der ihm entströmte, hatte die Erinnerungen zurückgeholt. Wahrscheinlich würde sie nie wieder zwischen feuchtem Mauerwerk stehen können, ohne sich an den Moment zu erinnern, als sie an den Rändern der Falltür hing.

»Aber was ich nicht begreife – sagt bitte, vielleicht hab' ich's auch falsch verstanden – Ihr wart doch auf dem Rückweg, als Ihr gestürzt seid?«

Diesmal nickte Marcella nicht. Ihr war klar, worauf Tristand hinauswollte. Jedem wäre es klar gewesen. Die Falltür befand sich genau in der Mitte des Brückenzimmers. Sie war fast zweieinhalb Ellen lang und mehr als eine Elle breit. Wenn jemand von der Brücke zur Turmtreppe gehen wollte, dann musste er entweder auf die Falltür treten oder aber einen weiten, einen wirklich weiten und bewussten Bogen darum machen.

Sie hatte aber keinen Bogen gemacht, sondern war auf geradem Weg durch das Zimmer geschritten. Und daraus folgte, dass die Falltür in dem kurzen Zeitraum geöffnet worden sein musste, als sie im Treppenschacht und oben auf dem Turm gewesen war.

»Ihr friert. Wollen wir wieder in die Wärme?« Tristand stemmte die Holztür hoch und ließ sie in den Rahmen zurückkrachen.

Die Brücke wurde von der Nachmittagssonne beschienen. Unten im Hof malte der kleine Gottfried mit anderen Kindern Kreidefiguren an die Wand des Pferdestalls. Eine Magd saß auf der Steinbank und schrappte Möhren. Sonst war niemand zu sehen. Marcella trat an das Geländer und stützte sich auf die warme Holzbrüstung. Ihr Handgelenk tat kaum noch weh, die Nacht in der Wittlicher Herberge hatte sie gesund gemacht. Aber es gab jemanden auf Starkenburg, der ihr den Tod gewünscht hatte – und das in den Kopf zu bekommen fiel schwer.

»Wer ist es denn, dem Ihr die Murmeln ausgeschüttet habt?«, fragte Tristand.

»Bitte – was?«

»Nun, ich hoffe, Ihr habt Euch nicht *sämtliche* Starkenburger zu Feinden gemacht.«

Nein. Sie hatte überhaupt keine Feinde hier. Außer ... Aber war das denn möglich? Beschimpfungen, Sticheleien – so etwas gab es. Aber hinzugehen und eine Falltür zu öffnen, mit der Absicht, jemand anderen in den Tod stürzen zu lassen ...

Ich bin noch nie gehasst worden, dachte Marcella. Ich brauche Zeit, mich daran zu gewöhnen.

»Was es so hässlich macht, ist, wenn es von hinten geschieht. Und unter Freunden«, sagte Tristand. »Aber wisst Ihr, was mich am meisten wundert?« Er stülpte die Lippen vor, was ihm das Aussehen einer nachdenklichen Dogge gab. »Am meisten wundert mich, dass Ihr nicht stutzig geworden seid. Jemand öffnet eine Falltür mit der Absicht, Euch etwas anzutun, und ... Ich will nicht ungerecht sein. Man stürzt, der Schreck sitzt einem in den Gliedern. Aber irgendwann später ... Hätte es Euch nicht auffallen sollen, dass die Tür für Euch geöffnet worden war?«

Wahrscheinlich.

Die Flaumfeder eines Vogels wurde vom Aufwind zur Brücke hinaufgetragen. Tristand fing sie und umschloss sie mit den Händen. Er hatte lange, feingliedrige, stark gebräunte Hände, deren einziger Schmuck ein Siegelring aus blaugrünem Aquamarin war. Als Siegelzeichen hatte er einen achteckigen Stern einritzen lassen. Wahrscheinlich würde Martin sich schwarz ärgern, wenn er wüsste, dass sein Bruder das Familiensiegel weiterverwendet hatte.

»Ihr seid gern hier auf der Burg, nicht wahr?« Die braunen Hände streckten sich, und Tristand blies die Feder von der Handfläche, so dass sie sacht in den Hof hinabsegelte, wo sie neben der möhrenschrappenden Magd zur Ruhe kam. »Verrückt, aber mir geht's genauso. *Sie hat mich innig eingebettet in türkenbund und rosmarei. ich hab die seele mir verwettet für aurikel und für* ... Nein, lacht nicht. Im Ernst. Ich liebe es, wenn die Ritter und ihre Damen sich abends am Kamin versammeln und den Geist der Minne beschwören, dass Honig von den Balken tropft. Ein Pflästerchen auf die Wunden der *ignobilis mercatura*. Aber Marcella, wenn unsre edlen Freunde sich entscheiden müssten – und mit entscheiden meine ich: zwischen uns und einem ihrer eigenen Leute, zwischen Adel und Bürgertum ...«

»Unsinn! Das ist vorbei. Die Zeiten sind anders geworden. Edelleute treiben Handel und Händler erhalten den Ritterschlag. Die Unterschiede haben sich verwischt und auch die Loyalitäten. In Trier vermählen Ritter- und Bürgertum einander ihre Kinder.«

»Wobei der Kaufmann mit dem Beutel klimpert und der Edelherr mit den Zähnen knirscht.« Er schüttelte den Kopf. »Ich möchte Euch nichts verderben, Marcella. Ich möchte nur, dass Ihr achtgebt. Man ist so verflucht verletzlich ...«

Im Siegelstein seines Ringes fing sich die Sonne. Es sah aus, als wäre in seinem Inneren ein blaurotes Feuer ausgebrochen. Marcella wandte ihr Gesicht davon.

Warum nur musste immer alles kaputtgeredet werden.

Loretta kam am späten Nachmittag und lud Marcella zu einem gemeinsamen Bad. Die Starkenburg hatte ein eigenes Badestübchen in einem Kämmerchen hinter der Küche mit Bänken und Laken und einem riesigen, auf Eisenfüßen ruhenden Holzbottich. Das Feuer unter dem Rauchfang, das das Wasser siedete, hatte auch die Luft aufgeheizt. Es war dämmrig und gemütlich, und bald saßen die Frauen von Rosenduft umnebelt und mit Dampf auf den Gesichtern im Zuber.

Die Magd, die ihnen beim Auskleiden geholfen hatte, setzte eine Karaffe auf das Brett, das zwischen ihnen befestigt war, und Loretta trank Johannisbeerwein aus einem grünen Glas.

Aber Marcella brauchte nichts als den Dampf und die Rosendüfte, um sich berauscht zu fühlen.

»Mein Vater hat mich geschlagen, weil ich auf Appulio geritten bin wie ein Mann. Aber man kommt schneller über die Hügel, wenn man wie ein Mann reitet«, murmelte Loretta. Sie war schon ein bisschen betrunken. Ihr nasses Haar schmiegte sich an die Schultern und die nackte Brust wie Blattgold. Über ihr Kinn rann ein roter Tropfen, der in das Grübchen zwischen ihren Schulterblättern sickerte. »Ich bin trotzdem wieder so geritten«, murmelte sie. »Wie soll man sonst die Sau erwischen?«

Marcella nickte zustimmend. Die Magd tropfte ihr flüssige Seife ins Haar und begann, ihren Kopf zu waschen. Jeanne hatte nichts vom Baden gehalten. Jedenfalls nichts vom gemeinsamen Bad. Wollust hatte sie das genannt, einen Winkelzug des Satans. Aber Jeanne war weit ...

»Ich verliere nicht gern«, murmelte Loretta und trank wieder von dem süßen Wein. »Nur fürchte ich, der Bischof ist wirklich zu stark.«

»Er ist nicht nur stark, er ist auch klug – das ist schlimmer«, sagte Marcella.

»Aber er denkt, dass Frauen dumm sind. Und wenn er das denkt, kann er *so* klug auch wieder nicht sein.« Loretta griff wieder nach ihrem Glas und Marcella ließ sich unter Wasser gleiten. Sie musste lächeln. Eine Schlacht war verloren worden, aber irgendwie kam es ihr nicht vor, als säße sie einer Besiegten gegenüber.

Sie stieg neben der Gräfin zum Palas hinunter. Gelächter klang zu ihnen hinauf. Essensduft füllte den Treppenturm. Marcella nahm die letzten Stufen und blieb im Türbogen stehen. Man hatte die Tische mit weißleinenen Tischtüchern bedeckt und die Mägde hatten Wildblumen darauf verteilt. Silbern blitzende Schüsseln, Platten und Salzgefäße thronten über dem Blütenmeer. Vor den Wänden standen Gestelle mit bunten Wandteppichen. Man hatte den Saal mit einem Überfluss an Fackeln und Kerzen erhellt, deren Licht sich im Geschirr widerspiegelte. Der Glanz war fürstlich, und Marcella wusste, dass sie ihm würdig gegenübertrat. Ihr Haar war duftig und leicht wie Löwenzahnsamen und mit lindgrünen Bändern durchflochten, die die Farbe ihres Kleides hatten. An ihren Armgelenken klingelten zarte Filigranreifen.

Loretta hakte sich bei ihr unter. »Ihr solltet Euren – wie heißt er? Jacob? – nicht heiraten, solange es Männer wie diese hier gibt«, flüsterte sie übermütig. »Seht Euch Claus von Smideburg an. Nein, das ist der dort drüben, in dem blauen Rock mit den weiten Ärmeln. Der mit dem Bart. Ist das kein Mannsbild?«

»Schon. Aber ich habe einmal zugehört, als er den Mund aufmachte.«

Loretta runzelte die Stirn, dann kicherte sie. »Ihr habt zu viel Verstand im Kopf, Liebste.« Sie war beschwipst. »Wollt Ihr Richwin? Aber der ist zu jung für Euch und so umworben, dass es Tote gibt, sollte er sich einmal entscheiden. Und Emmerich, *ach, mein arm blutend Herz*, ist leider schon vergeben. Arnold Vostkuwil? Nein, der ist so toll, dass er sich den Hals beim Jagen brechen wird, und dann wäret Ihr Witwe, und das ist gar nicht lustig. Colin ist zu alt. Was ist mit Eurem Damian? Ich habe ihn gern, obwohl ich denke, dass er sich manchmal über mich lustig macht. Aber dafür ist er gescheit. Er hilft Bertram, meine Verwaltung in Ordnung zu bringen. Damian, kommt hier herüber und setzt Euch zu uns. Macht Ihr einen Platz frei, Mechthilde? Es soll heute ein fröhlicher Abend werden. Ich will es so.«

Es wurde auch ein fröhlicher Abend. Tristan beugte sich vor und führte an Marcella vorbei ein tiefschürfendes Gespräch mit Mechthilde über die Qualität der italienischen Wolle (die geradezu jämmerlich und jedenfalls nicht mit der englischen zu vergleichen war – ob das nun am Futter oder am Klima lag, darüber vermochte er keine Auskunft zu geben). Aber er tröstete sie mit der Versicherung, dass die Preise für englische Wolle wieder fallen würden, sobald die flandrischen Städte ihren Streit mit den Franzosen begraben hätten. Nachdem das zur Zufriedenheit geklärt war, kümmerte er sich um die Dame zu seiner Linken, eine hübsche Witwe, die die Hungersnot von 1317 in Florenz erlebt hatte und allerlei Geistreiches über in Gelee eingelegte Fischaugen zu sagen wusste und sich anschließend schwärmerisch über die »wirklich, also wirklich geradezu himmlischen« Franziskusfresken von Santa Croce ausließ. Tristand lachte mit ihr. Er hätte sie auch gern in den Tanzreigen geführt. Aber die Witwe war leider bis in die Knochen unmusikalisch, und so zogen sie sich in die Vertraulichkeit einer Fensternische zurück und sie weihte ihn in die Kunst des Kartenlegens ein.

»Krieg ist Satanswerk, wenn er nicht zu Ehren Gottes geführt wird«, sagte Mechthilde scharf. Pantaleon hatte die Dummheit begangen, Loretta erneut auf die Möglichkeit einer Fehde anzusprechen. Die beiden maßen einander mit giftigen Blicken.

»Aber der Bischof hat mit dem Streit angefangen«, meinte ein angetrunkener Mann, der auf der anderen Seite des Tisches neben dem Propst saß und an einem Pfauenschenkel nagte.

»Und hinter dem Bischof steht der Papst und hinter dem Papst der Allmächtige!«, rief Mechthilde.

Der kleine Gottfried, der müde hinter der Gräfin stand und die Ärmchen nach ihr reckte, begann zu weinen. Marcella zog ihn zu sich heran und nahm ihn auf den Schoß. Loretta hatte die Ellbogen auf den Tisch gestützt und blickte ins Leere. Es war nicht auszumachen, ob sie betrunken war oder zuhörte und nachdachte.

»Jedenfalls«, wiederholte Claus Smideburg, »befiehlt Balduin über viel zu viele Männer!« Das hatte er begriffen, das hatte jeder begriffen. Worüber also redete man dann noch?

Marcella fuhr zusammen, als etwas ihren Arm streifte. Tristand. Schon wieder! Man sollte ihm Schellenschuhe schenken. Er nahm seinen Platz ein und zog den Wein heran. Fragend hielt er ihn ihr entgegen, aber sie schüttelte den Kopf.

»Morgen in aller Früh«, flüsterte er über den Rand des Kelches, »legt in Trarbach ein Schiff ab, das nach Koblenz fährt. Habt Ihr Lust, mich zu begleiten und selbst nach dem Baseler Safran zu sehen?«

»Was könnte ich dort tun, das Ihr nicht ebenso gut oder besser tätet?« Sie schloss die Arme um Gottfried.

Loretta war noch immer in sich versunken. Auch Pantaleon schwieg. Sein Kinn stand grimmig vor. Er verlor an Boden. Nicht wegen Mechthilde, aber wenn sogar Leute wie Claus Smideburg aufgeben wollten ...

»Die Hunolsteiner«, erklärte Colin von der Neuerburg mit der Ungeduld eines alten Mannes, dem die Dummheit der jungen auf die Nerven geht, »warten nur auf so was. Wenn wir dem Erzbischof einen Fehdebrief schickten, hätten wir sie zwei Tage später in unseren Dörfern zum Rauben und Brandschatzen. Balduin bräuchte nicht einmal zu bitten. Und der Wildgraf hätte auch einen Vorwand, uns wieder anzugreifen ...«

»Es sei denn ...« Marcella war sich nicht bewusst, laut gesprochen zu haben. Hatte sie auch nicht. Wahrscheinlich blickten die Männer sie an, weil Loretta es tat. Sie streichelte Gottfrieds Köpfchen. »Es sei denn«, wiederholte sie bedächtig, »der Bischof säße auf der Starkenburg gefangen.«

Das Gespräch am gräflichen Tisch brach ab. Und einer Welle gleich setzte sich das Schweigen fort, bis man auch an den hintersten Bänken aufmerksam wurde und die Köpfe drehte. Die ganze Burg schien mit einem Mal den Atem anzuhalten. Marcella schwieg erstaunt. War das so spektakulär, was sie gesagt hatte? Sie saß auf einer Burg. Der Adel hatte Grafen, Herzöge, ja Könige entführt. Sogar den Papst – das war noch nicht einmal dreißig Jahre her. Sie fühlte sich unbehaglich.

Aber auf seine Art hatte der Moment auch etwas Göttliches. *Nuda veritas.* Nackte Wahrheit. In diesem Augenblick des Schweigens dachte niemand mehr daran, sich zu verstellen. Pantaleons Habichtaugen brannten, als entzündeten sie sich an der Vision eines triumphalen Sieges, und viele Ritter glichen ihm. Volker schwankte und wog ab. Colin missbilligte.

Und Tristand wird die Augen zur Decke geschlagen haben, und Mechthilde wird versuchen, mich mit ihrer Wut aufzuspießen, dachte Marcella. Sie wandte den Kopf und schaute zur Gräfin.

Loretta hatte sich auf ihrem Stuhl mit den Löwenkopfarmlehnen zurückgelehnt. Ihre Hände umfassten den Stiel eines Weinkelches. Ihr Blick war sanft wie immer, die Wangen über dem Jochbogen gerötet, die Lippen zu einem kaum merklichen Lächeln verzogen. Sie schaute Marcella voller Zuneigung an, und vielleicht ...

Vielleicht, dachte Marcella, sind wir die einzigen Menschen hier im Raum, die einander völlig verstehen.

XII

Trier platzte aus den Nähten. Es war Markttag, der Markt vor Christi Himmelfahrt, und nicht nur die Bauern und Pfahlbürger aus dem Umland der Stadt boten ihre Waren an, sondern auch fremde Händler. Am schlimmsten war das Gedränge vor dem Stapelhaus, einem scheunenartigen, nach allen Seiten hin offenen Gebäude, in dem die Moselfahrer vor dem Passieren der Stadt ihre Waren feilzubieten hatten. Schlachtvieh kreischte in hölzernen Absperrungen. Kisten mit Heringen stapelten sich neben Getreidesäcken, Honigtöpfe, Salzfässer, Eisenwaren und Felle bedeckten die Holztische am Rande des Marktes, und überall drängten die Leute und wollten kaufen und mussten sich Beschimpfungen anhören wegen der vom Rat angeordneten niedrigen Preise.

»Wenigstens sind wir wieder zu Hause«, rief Elsa. Sie klammerte sich an die Seitenwände des Wagens und überließ es Ruben und Wendelin, das Gefährt sicher durch die Menge zu steuern.

Die kleine Gruppe war am Vortag von Starkenburg aufgebrochen, hatte in Drohn übernachtet und war mit dem ersten Dämmern weitergereist. Sie hatten sich beeilt. Trotzdem neigte sich der Tag bereits dem Ende zu. Einige Händler packten ihre Waren zusammen und der Fluss der Bauern in Richtung Martinstor verstärkte sich.

»Wir können durch die Neugasse abkürzen«, schrie Elsa, aber Marcella schüttelte den Kopf. Zum einen, weil nicht sicher war, ob sie mit dem schweren Wagen die von Regen und Abfall durchweichten Nebengassen überhaupt passieren konnten, zum anderen, weil sie noch einen Blick auf den Hauptmarkt werfen wollte. Sie war zwar nur zwei Wochen fort gewesen, aber in einer Stadt wie Trier war der Handel ständig in Bewegung.

Kurz vor dem Hauptmarkt verlor sie Elsa und den Wagen aus den Augen, weil eine Schar braungewandeter Bettelmönche die Straße überquerte. Die Mönche erinnerten Marcella an den geistlichen Herrn der Stadt, den Erzbischof, und als sie den Markt erreichte, galt ihr erster Blick nicht dem Haus der Kaufleute oder den Buden und den heruntergeklappten Warenfenstern der Handwerker, sondern dem Dom mit der Liebfrauenkirche. Die Liebfrauenkirche war erst im letzten Jahrhundert fertiggestellt worden, aber der Dom hatte seine ältesten Mauern aus der Römerzeit, und als sie jetzt an dem altersgrauen, von Fenstern, Lisenen und Arkadenbögen gegliederten und mit Türmen und Türmchen und Kreuzen gekrönten Gotteshaus emporblickte, beschlich sie ein Gefühl der Vermessenheit. *»Wer gegen den Erzbischof kämpft, kämpft gegen den Papst, und wer gegen den Papst kämpft, kämpft gegen Gott«*, hatte Mechthilde gesagt.

Andererseits – hatte nicht Balduin selbst den Erzbischof von Köln einen Mörder geschimpft? Und grollte der Papst nicht ihm und seinem Mainzer Amtsbruder, weil sie es mit dem Kaiser hielten? Und hatte der Kaiser nicht den Papst zum Ketzer erklärt? Und der Papst die Templer, die Jahrhunderte als Säulen des Christentums gegolten hatten?

Es ist nicht halb so heilig, wie es scheint, dachte Marcella. Und der Herr liebt die Witwen und Waisen. Und wenn wir es geschickt anfangen – wer weiß, vielleicht wird Bischof Balduin uns dann zu Birkenfeld auch noch die göttliche Vergebung schenken.

Onkel Bonifaz war zu Hause. Wie es schien, hatte er auf seine Nichte gewartet.

»Unser Herr ist sehr ungeduldig«, erklärte der alte Frenzlar, der Bonifaz aufwartete und als sein Vertrauter galt, und er schien darüber genauso erstaunt wie Marcella. Im Laufe der Jahre hatte sie mit ihrem Onkel ein unausgesprochenes Abkommen getroffen. Der Onkel mischte sich nicht in ihre Geschäfte, und Marcella wickelte ihre Angelegenheiten so diskret und schicklich ab, dass er in seiner Ruhe nicht gestört wurde. So waren sie gut miteinander ausgekommen, und es erschien ihr als schlechtes Omen, dass er gerade jetzt unruhig wurde, als sie sich zu einigen – ungewöhnlicheren Aktionen entschlossen hatte.

Stimmt ja, Tristand, dachte sie mit vagem Vorwurf. Ich habe viele Bälle gleichzeitig in die Luft geworfen, und vielleicht wird es schwierig, sie alle oben zu halten. Aber wenn man Ruhe und ein sicheres Augenmaß bewahrt – und ich bin ruhig, und mein Augenmaß ist ausgezeichnet, außer in einigen Dingen, die nur mich etwas angehen –, dann wird es auch ein gutes Ende nehmen. Und außerdem ... was hatte er in ihren Gedanken zu suchen! Als gäbe es nicht genügend andere Sorgen.

Marcella ging in ihr Zimmer hinauf und zog ihr dunkelblaues Wollkleid an, das von ernsthafter Seriosität war und das sie gewöhnlich trug, wenn sie der alten Frau Oeren ihre Ringelblumensalbe brachte. Nach kurzem Überlegen steckte sie auch noch ihr Haar zusammen und verbarg es unter einem Schleier.

Onkel Bonifaz wartete in seinem Kontor auf sie, einem Raum, der so schäbig eingerichtet war wie jedes seiner Zimmer, was ihn aber nicht kümmerte, da er geschäftlichen Besuch ausschließlich im Laden am Katharinenkloster empfing. Er stand hinter seinem wurmstichigen Stehpult, krumm und mager, und blätterte in einem Ordner. In seinem Mundwinkel klebte ein eingetrockneter roter Fleck. Marcellas Blick wanderte zu dem Regal in Onkels Rücken. Zwischen den Pergamentrollen und Kladden stand eine Flasche, über deren staubigen Bauch sich wie eine Träne ein schwarzrotes Rinnsal zog. Der Onkel hatte getrunken.

Sie trat zu dem Fenster und stieß die Klappläden zurück. Aber draußen dämmerte es bereits. Es wurde nur wenig heller im Raum.

»Ich muss mit dir reden«, sagte Onkel Bonifaz.

Einen Moment war Marcella unsicher. Der Onkel sprach deutlich und hielt sich auch nicht am Pult fest, vielleicht hatte sie die Flasche und den Fleck an seinem Kinn missdeutet?

»Ich will, dass du heiratest.« Er schaute ihr bei diesen Worten in die Augen. Das hatte er lange nicht getan – eigentlich niemals, soweit sie sich erinnern konnte. Seine Augen waren braun und von erstaunlich warmer Färbung. Rehaugen. »Du sollst Jacob Wolff heiraten«, sagte der Onkel.

Marcella ging zu dem Tischchen neben dem Regal und entzündete die Lampe, die darauf stand. Sie trug sie zum Pult und setzte sie auf die Querleiste über dem Buch. »Das kann ich nicht.«

»Es steht einem Mädchen nicht zu, darüber zu entscheiden, wen es heiraten soll.«

»Habt ... Ihr Schwierigkeiten in Eurem Geschäft, Onkel?«, fragte Marcella.

Bonifaz schwieg. Er war es nicht gewohnt zu reden, außer in den Wendungen, die im Handel oder bei Tisch gebräuchlich waren. Seine weißen Haare hingen in sein Gesicht wie Schnakenbeine, er sah so alt und abgenutzt aus wie das Pult, an dem er stand, und plötzlich tat er ihr so leid, dass es ihr die Kehle eng machte.

»Ich kann Jacob Wolff nicht heiraten«, versuchte sie zu erklären, »weil ich niemals heiraten werde.«

Onkels Hände umklammerten das Buch, in dem er geblättert hatte, und drückten Falten in die Seiten. Er wusste nicht, was er antworten sollte. Er war ihr nicht gewachsen, aber er schien auch nicht nachgeben zu wollen.

Marcella sehnte sich fort. Draußen in den Weingärten sangen die Vögel die Nacht herbei. Bald würde das Torgatter herabgelassen werden, und der Onkel würde seine Wanderungen durchs Haus aufnehmen, um zum millionsten Male die Gitter an den Fenstern zu überprüfen und die Weinfässer zu zählen und die alten Rechnungen nachzurechnen. Wie hatten sie es nur all die Jahre ausgehalten, ohne aneinander den Verstand zu verlieren?

»Wer ist eigentlich Jeanne?«, fragte sie.

Es gab doch noch Leben in Onkel Bonifaz. Sein Kopf ruckte in die Höhe und die schönen, braunen Augen begannen zu glotzen. Fassungslos stierte er seine Nichte an. Sein Erschrecken war so nachdrücklich, dass es wie ein Funke auf Marcella übersprang.

»Jeanne! Was ... warum ...« Er unterbrach sein Gestottere. Ein Speichelfaden löste sich aus seinem Mund und tropfte das Kinn herab. Wie ... konnte man sich nur so ängstigen? Über – einen Namen? Marcella wollte etwas sagen, brachte aber kein Wort heraus.

»Es gibt keine Jeanne«, rief der Onkel mit Nachdruck.

Nein.

»Und ich will auch nichts darüber hören!«

Nein. Niemand wollte das.

»Es ist nicht wichtig«, sagte Marcella. Sie wandte sich um und ging zur Tür.

»Du sollst Jacob Wolff heiraten«, schrie Bonifaz ihr nach.

Ja, Onkel, und dann gehe ich auf den Dachboden und hänge mich auf. Sie huschte durch den Türspalt und zog lautlos die Tür ins Schloss.

Die Sonne schien durch das Fenster und zauberte bunte Kringel auf das Seifenwasser in der Waschschüssel, das Marcella am Abend nicht mehr hatte fortbringen mögen. Der Morgen war warm, wie man es sonst nur im heißesten Sommer hatte, und die Hühner im Stall neben dem Küchenhaus gackerten vor Lebenslust.

Marcella streifte die Bettdecke ab, setzte sich auf und dachte nach. Sie hatte wenig Zeit. Einen, höchstens zwei Tage. Denn zu Christi Himmelfahrt wollte sie wieder auf Starkenburg sein, um mit Tristand, der dann hoffentlich aus Koblenz zurück war, nach Dill zu reiten.

Aber vorher gab es noch zwei wichtige Dinge, die sie zu erledigen hatte.

Sie sprang aus dem Bett und kniete sich vor ihre Kleidertruhe. Ihr Wäschevorrat war zusammengeschmolzen; bis sie abreiste, würde sie noch einmal waschen lassen müssen, auch daran war zu denken.

Sie entschloss sich, das blaue Kleid vom Vortag zu tragen, flocht ihr Haar zu einem dicken Zopf, zog Schuhe und die hölzernen Überschuhe an und machte sich, ohne zu frühstücken oder nach dem Onkel zu sehen, auf den Weg.

Es musste doch schon später sein, als sie gedacht hatte, denn in den Straßen waren die Mägde mit ihren Eimern zu den Brunnen unterwegs und die Handwerker hatten die Läden an ihren Werkstätten heruntergeklappt. Bauern mühten sich mit Ochsen und Karren durch den Gossendreck.

Die Rannengasse war seit dem letzten Besuch nicht sauberer geworden, aber wenigstens schien Ribaldo diesmal schon wach zu sein. Die Fenster seiner Wohnung standen offen und sie hörte jemanden fröhlich und ausgesprochen musikalisch pfeifen.

»Liebste Frau Bonifaz. Welche Überraschung, welches Vergnügen«, begrüßte der Genuese sie überschwänglich. Er war so aufgekratzt, wie sie ihn noch nie erlebt hatte, und ohne dass sie danach gefragt hätte, erzählte er ihr von seinem Großcousin aus Pisa – er hatte auch einen in Genua, aber der, den er meinte, wohnte in Pisa –, mit dem er das eine, das ganz große Geschäft aufziehen würde, und zwar ...

»... mit Alaun, meine Dame. Alaun! Hatte ich Euch nicht geraten, Euer Geld in Alaun zu stecken? Habe ich das nicht getan?«

Sein Großcousin – der aus Pisa – hatte eine Witwe aus Genua geheiratet, die wiederum eine Bekannte dieses anderen Cousins ...

»Ja, ich verstehe«, sagte Marcella hastig.

Die Familie der Witwe war mit den Spinolas befreundet und die hatten ihre Hände bis zu den Ellbogen im Alaunhandel. »Sie sind Teil der *maona* – das ist die Gesellschaft, die von Chios aus den Alaunhandel lenkt. Und Chios, meine Liebe, ist der Garten Eden in allem, was Alaun betrifft.« Ribaldo küsste ihr überwältigt die Hand.

»Und doch wäre es schön gewesen, wenn Ihr über Eurem Glück nicht vergessen hättet, mir zu sagen, dass das Baseler Gewürzschiff schon diese Woche nach Koblenz kommt«, meinte Marcella vorwurfsvoll.

»Bellezza mia, was soll der Safran. Vertraut mir an, was Ihr an Geldern habt, und ich werde Euch mit meinem Alaun reich machen.« Ribaldo streckte ihr strahlend die Hände entgegen und war betrübt festzustellen, dass das Fräulein noch immer kein Interesse hatte.

»Mein Gebiet sind die Gewürze und Buchfarben. Wovon ich nichts verstehe, damit handle ich nicht gern«, sagte Marcella. »Wenn Ihr mir allerdings einen Gefallen erweisen wollt ...«

»Aber jeden«, meinte der Genuese, schon vorsichtiger.

»Also, es wäre mir nützlich zu wissen, wann das nächste Mal ein Schiff, ein bewaffnetes Schiff, am besten ein bischöfliches, die Mosel hinabfährt ... oder ... nein ... reist nicht der Bischof selbst jetzt irgendwann nach Koblenz?«

Ribaldo atmete auf. »Wenn Ihr Briefe habt oder Ware, Herzchen, es fahren so viele Schiffe die Mosel hinab, dass man sie trockenen Fußes überqueren könnte – wie Mose weiland das Schilfmeer.«

Marcella lächelte. Nein, es wäre ihr doch lieber – also wenn der Bischof reiste, der Erzbischof selbst, dann konnte man sich doch verlassen, dass das Schiff auch ankam, richtig? Hatte er nicht sogar Begleitboote zu seinem Schutz dabei? Eines oder zwei? Und Bewaffnete?

Ribaldo verstand ihr Bedürfnis nach Sicherheit. An einem Tag wie diesem, den chiosischen Garten Eden vor Augen, hätte er alles verstanden. Nur schade, dass die junge Dame so wenig Instinkt für das große Geld besaß. Wenn sie einfach in den nächsten Tagen – wie bitte, heute Nachmittag schon? Wenn sie also am Nachmittag wiederkäme, dann würde er ihr die Information sicher geben können. Und natürlich, ganz diskret. Wer würde denn schon die Vöglein wecken wollen?

Das Gefängnis am Neutor war ein riesiger, hässlicher Kasten aus Buckelquadern, die durch gleichgültig dahingeklatschten und aus den Fugen quellenden Mörtel zusammengehalten wurden. Fenster gab es nicht, nur handbreite Spalten in den Mauern, die Luft und ein wenig Licht geben sollten, und obwohl die Spalten so eng waren, dass nicht einmal eine Katze hätte entweichen können, hatte man sie mit eisernen Querstreben vergittert.

Marcella stand unschlüssig auf der anderen Straßenseite und beobachtete den Eingang des Gefängnisses, eine aus Holzbohlen gezimmerte Tür mit einem quadratischen, durch eine Klappe verdeckten Guckloch. Sie legte die Arme um das Brot, das sie gekauft hatte, und überlegte, ob der Wächter es wagen würde, sie zu kontrollieren. Damian Tristand wurde noch immer gesucht – grimmiger denn je, wenn es stimmte, was sie gehört hatte. Seine unerklärbare Flucht aus dem Bonifaz'schen

Weinkeller hatte ihm den Ruf ausgekochter Gerissenheit beschert, und der Rat, besorgt um sein Ansehen, hatte ebenfalls ein Kopfgeld auf ihn ausgesetzt. Sicher standen die Besucher seines Vaters unter strenger Beobachtung. Andererseits war Marcella die Nichte des Schöffenmeisters. Nur, würde der Kerkermeister das wissen? Bei ihrem ersten Besuch hatte er sie erkannt, aber heute mochte jemand anderes Dienst tun.

Sie beschloss, sich auf ihre kostbare Kleidung und ihre Beredsamkeit zu verlassen. Der Brief, den Damian Tristand ihr für seinen Vater mitgegeben hatte, musste überbracht werden, und alles in allem war ihre Ärmeltasche ein sicherer Ort.

Sie wollte gerade die Sprungsteine betreten, die aus dem Straßenschmutz ragten, als in dem Gässchen neben dem Gefängnis ängstliches Geschrei laut wurde. Fluchtartig zog sie sich wieder in den Schatten des Hauses zurück. Das Geheul hörte sich an, als käme es von einer Frau, und sie hasste es, wenn Frauen Gewalt angetan wurde. Auch wenn es durch die Männer des Zenders und im Namen der Gerechtigkeit geschah. Am liebsten wäre sie fortgelaufen, aber die Gruppe, die die Frau mit sich führte, bog schon um die Ecke.

Die Gefangene war alt, ein runzliges Weiblein, dessen Arme und Hals in Eisenketten hingen, die durch eine Stange verbunden waren. Als würde das nicht genügen, hatte der Zendersknecht sie zusätzlich an den Haaren gepackt und drückte sie nieder, so dass sie sich beim Laufen bücken musste. Marcellas Fingernägel bohrten sich in das Brot. Vielleicht waren die Ketten notwendig, aber der Griff in die Haare – das war ... Grausamkeit. Und egal, was das Weiblein verbrochen hatte – es müsste verboten sein, dass Männer wie diese, dass Männer überhaupt Frauen anfassten.

»Ist heute die Erste.« Die Bewohnerin des Zinshäuschens, vor dem sie stand, war aus der Tür getreten und entleerte geruhsam einen Nachttopf in die Gosse. »Gestern hättet Ihr hier sein sollen, Herrin. An Markttagen bringen sie fast alle Stunde wen. Beutelschneider, Suffköpfe, Brotdiebe, Krämer mit falscher Waage und so was. Aber die meisten machen nicht solchen Lärm.«

Tatsächlich greinte die Gefangene in einem fort. Sie war schmutzig, barfüßig, in dünne, billige Wolle gekleidet und heulte sich die Seele aus dem Leib, während sie abwechselnd nach den Zendersknechten schlug und die Heiligen um Beistand anflehte. Die Gruppe wurde von einem blasshäutigen Burschen begleitet, der ein verendetes Ferkel auf dem Rücken schleppte. Jedem, der ihm nahe kam, erklärte er, was das Weib ihm angetan hatte, nämlich dem Ferkel einen Blähbauch angehext, an dem es just in der Stunde um Mitternacht eingegangen war.

Die Tür des Gefängnisses öffnete sich und der Kerkermeister – es war doch derselbe wie beim letzten Besuch, welches Glück! – trat auf die Straße. Seine Erscheinung verdoppelte das Wehgeheul des Weibleins.

»Sie kann sich ihr Jammern sparen«, meinte die Frau mit dem Nachttopf kundig. »Man sperrt sie ein, aber morgen ist sie wieder frei. Der Bischof hält nichts vom Hexenglauben.«

»In Frankreich lassen sie Leute brennen wegen der Zauberei«, hielt ihr ein Wasserträger entgegen, der im Gefolge des Trüppchens gekommen war. »Der Papst soll sogar seinen früheren Bischof auf den Scheiterhaufen gebracht haben. In Cahors. Und er soll ein Edikt geschrieben haben, dass seine Bischöfe jetzt auch hier bei uns auf Ketzer und Zauberer achten müssen. Und in Italien. Überall, wo das Kreuz steht.«

Die Frau zuckte gleichmütig die Achseln. »Heut wird sie eingesperrt, morgen ist sie wieder frei. Avignon ist weit und der Erzbischof hat einen harten Schädel. Da können die Schöffen festnehmen, wie sie wollen.« Sie klopfte den Nachttopf an der Mauer ab und kehrte zurück ins Haus.

Marcella wartete, bis die Gefangene im Gefängnis verschwunden war und die Menge sich zerstreut hatte. Dann fasste sie sich ein Herz.

Der Kerkermeister erinnerte sich an sie. Wenn er sich wunderte, dass die Nichte des Schöffenmeisters schon wieder nach dem alten Tristand fragte, so behielt er das für sich. Er nahm seinen Doppelpfennig entgegen und geleitete sie durch den Wachraum zu den Zellen. Das Gefängnis war neu, kaum zwei Jahre alt, trotzdem hing ein Mief nach Kot, Feuchtigkeit und Fäulnis in der Luft, als befänden sie sich klaftertief in einem uralten Verlies. Das Straßengeschoss war den ärmeren Gefangenen vorbehalten. Sie hockten in einer einzigen Zelle auf dem dünn mit Stroh belegten Boden und wärmten sich, indem sie die Arme um die Körper schlangen oder sich aneinander drängten. Aufstehen konnten sie nicht, da um ihre Hälse Ketten hingen, die so niedrig über dem Boden befestigt waren, dass die Häftlinge nur sitzen oder knien konnten. Die angebliche Hexe war nicht zu sehen. Man hörte nur ein Schluchzen aus einer der dunklen Ecken.

»Hier bitte, Herrin ...« Der Kerkermeister deutete zur Treppe. Tristand und alle, die es sich sonst leisten konnten, waren in den Zellen im oberen Stockwerk untergebracht.

Marcella kletterte die Holztreppe hoch, ließ sich vom Wächter die hinterste Tür aufschließen und trat in einen länglichen, düsteren Raum. Arnold Tristand lag bis zum Hals eingehüllt in wollene Decken auf einem Holzbett, und sie stellte mit Zufriedenheit fest, dass man ihm anstelle des Strohs eine solide Matratze und auch Kissen gegeben hatte. Auf dem Tischchen neben der Pritsche stand eine Schüssel mit Winteräpfeln. Sogar Licht hatte man ihm gestattet. Auf dem Steinsims unter der Fensterluke flackerte eine Tranlampe.

Marcella legte ihr Brot neben die Äpfel und beugte sich über die stille Gestalt. Arnold schlief, wenigstens hatte er die Augen geschlossen. Seine Wangen waren eingefallen, faltig und von einer fleckigen, silbrigen Farbe, die ihr krank vorkam. Sie wartete, bis die Tür ins Schloss gefallen war, und lauschte auf die leiser werdenden Schritte des Kerkermeisters. Dann setzte sie sich auf die Bettkante. Sacht streichelte sie das stachlige Kinn. Ja, Arnold sah wirklich schlecht aus, weit erbärmlicher als beim letzten Mal. Sterbenskrank.

»Ich habe Nachricht für Euch. Von Eurem Sohn. Von Damian«, flüsterte sie.

Der Gefangene schlief doch nicht. Er drehte sich auf den Rücken. Seine Augen ruhten auf der Besucherin, er kniff sie zusammen, als hätte er Schwierigkeiten sich zu erinnern, woher er die Frau an seiner Pritsche kannte.

»Mein Damian ist ein guter Junge«, sagte er mit lauernder Feindseligkeit.

»Das weiß ich. Und er macht sich Sorgen um Euch.«

Arnolds Lippen waren ausgetrocknet. Marcella sah unter dem Tischchen einen Krug stehen, nahm ihn auf und setzte ihn an seinen Mund. Gierig trank der Alte.

Im Krug war gepfefferter Wein. Das hatte Martin sicher gut gemeint, aber nach Marcellas Dafürhalten hätte sein Vater eher Kräuteraufguss gebraucht. Oder Milch. Jedenfalls etwas Mildes, um seine Gesundheit zu stärken. Sie nahm sich vor, dem Kerkermeister noch einige Pfennige extra zu geben und ihn zu bitten, für warme Getränke zu sorgen.

»Du kennst meinen Jungen?«, fragte Arnold.

Sie nickte.

»Dann ... musst du ihm etwas sagen. Dass er fort soll. Zurück nach Venedig. Sagst du ihm das?« Arnold umklammerte ihre Hände.

Sie schüttelte den Kopf. »Habt Ihr vergessen, was für ein Dickschädel er ist? Er wird nicht gehen, bevor Ihr wieder zu Hause seid.« Marcella hob Arnolds Nacken an und schob das Kissen darunter zurecht. »Ihr brecht ihm das Herz, wenn Ihr sterbt, wisst Ihr das? Ihr solltet besser auf Euch achtgeben.«

Der Alte verzog die rissigen Lippen. »Damian ist wie seine Mutter. Alles geht ihm gleich ans Herz. Schon früher. Er kann sich einfach nicht abfinden. Aber er ist ein braver Junge. Ein Vater weiß das. Damian ist nicht einer, der einem alten Mann das Leben nimmt. Glaubst du mir das, Mädchen?«

Marcella reichte ihm erneut den Krug und stützte seinen Kopf, damit er besser trinken konnte. Erschöpft sank Arnold in die Kissen zurück. »Als seine Mutter gestorben war«, ächzte er, »da hat er tagelang nicht essen wollen. Keinen Bissen. Er wäre verhungert, wenn Martin ihm nicht den Brei in den Mund gelöffelt hätte. Mit Engelszungen hat er ihm das Essen hinein- und den Kummer hinausreden müssen. Jemand, der so tief fühlt, bringt doch keinen Menschen um.«

Das Reden hatte den Alten angestrengt. Sie nahm einen Deckenzipfel und wischte den Schweiß von seiner Stirn. Seine Haut war nass und unangenehm kalt. Wenn Damian ihn noch einmal sehen will, bevor er stirbt, dachte Marcella, dann wird er sich beeilen müssen.

»Euer Sohn hat mir einen Brief für Euch gegeben.«

Die alten Augen bekamen Glanz. Und Marcella war froh, dass sie Damian doch noch hatte überzeugen können, den Brief aufzusetzen. Was lag auch schon für Risiko in ihrem Botengang! Seine Skrupel und Einwände und all die vernünftelnden Wenns und Abers ... Herr im Himmel, es gab Augenblicke, da war er noch umständlicher als Martin.

Sie stand auf und holte die Lampe vom Sims.

Der arme Arnold hatte Schwierigkeiten, den Kopf so weit zu heben, dass er in den Lichtkreis sehen konnte, der den Brief erhellte. Trotzdem bestand er darauf, selbst zu lesen. Mit krummem Hals stierte er auf das Papier.

Er kam über die ersten Worte nicht hinaus.

Marcella verfluchte sich selbst für ihren Mangel an Achtsamkeit. Der Kerkermeister war ein plumper Mann und hatte einen Gang wie ein Ochse. Sie hätte hören müssen, als er die

Treppe hinaufgetrampelt kam. Aber sie hatte nichts gehört, keinen Ton, und jetzt drehte sich plötzlich der Schlüssel in der Zellentür. Sie versuchte, Arnold zu warnen, aber der Alte rätselte an den Worten des Briefes, und sie konnte nur noch die Lampe absetzen und sich so vor ihn schieben, dass sie ihn verdeckte.

»Frau Bonifaz. Es stimmt also!«

Die Stimme gehörte nicht dem Wärter. Sie gehörte dem Mann, den Marcella als allerletzten hier zu sehen gewünscht hätte. Rasch nahm sie die Decke, zog sie über Arnolds Hände und den Brief und steckte sie fürsorglich unter seinen Schultern fest. Dann drehte sie sich um.

Martin war, genau wie sein Vater, magerer geworden, aber er hatte den unsteten Gesichtsausdruck verloren. Kühl, beherrscht und nicht im Geringsten erfreut trat er auf sie zu. Er wollte etwas sagen. Vermutlich, dass sein Vater keine Armenfürsorge nötig hätte oder solchen Unsinn. Aber die Worte blieben ungesprochen. Arnold zappelte unter seiner Decke und raschelte mit dem Papier, und Martin, erst irritiert, dann misstrauisch, beäugte seinen Vater. Sein Blick wanderte zur Lampe – und in zugegeben bewundernswert kurzer Zeit zog er seine Schlüsse.

»Lass uns einen Moment allein!«

Er schien den Wächter gut zu bezahlen, denn der Mann ließ sich ohne Widerspruch hinausweisen und mokierte sich nicht einmal über den Ton des Befehls.

Martin beugte sich zu seinem Vater. Arnold hielt den Brief wieder in den Händen und ärgerte sich, dass das Licht nicht zum Lesen reichte. Seinen Sohn beachtete er nicht. Er drehte das Papier, weil er nicht mehr entziffern konnte, wo oben und unten war.

Mit bleichen Lippen zog Martin ihm den Brief aus den Fingern. Er brauchte nur wenige Wimpernschläge, um den Inhalt zu erfassen. Und dann …

Eis, dachte Marcella. Die Mimik, die Gestik … alles an ihm

fängt an zu gefrieren. Sie wunderte sich nicht, als er das Papier in die Flamme der Lampe hielt.

Arnold stöhnte auf und begann vor Enttäuschung zu weinen, und dieses Geräusch brachte das Leben in Martins gefrorene Züge zurück. Er kniete neben dem Lager und versuchte ungeschickt, die Haare seines Vaters zu streicheln. Aber Arnold kehrte ihm böse den Rücken. Martin verharrte unschlüssig – dann stand er wieder auf.

Und jetzt, dachte Marcella, würde ich gern ganz weit fort sein.

Er nahm ihr Handgelenk und zog sie aus der Nähe des Alten. »Wo ist er?«

»Wer?«

Die Frage war lächerlich und bekam keine Antwort. Der Druck auf ihre Gelenke verstärkte sich.

»Ich weiß nicht, wo er ist«, sagte Marcella.

Martin Tristand war ein Rohling. Er merkte, dass er ihr weh tat – und nutzte das aus. Er presste ihre Gelenke zusammen, bis ihr die Tränen in die Augen traten.

»Wo?«

Sie schwiegen einander an.

Unten begann der Kerkermeister zu brüllen. Vielleicht war er das Geheul der Hexe leid. Vielleicht ärgerte er sich im Nachhinein, dass er sich in seinem eigenen Gefängnis hatte herumkommandieren lassen.

Martin begann Marcellas Handgelenke zu verdrehen, aber dann ließ er sie plötzlich und mit einer Geste des Abscheus los. »Mein Bruder«, flüsterte er, »ist das dreckigste Geschöpf auf Gottes Erden. Er hat gestohlen. Er hat seinen Lehrherrn in den Tod getrieben. Er hat gewuchert und mit Juden und Venezianern herumgehurt. Und nun, wo er nach Hause zurückgekehrt ist, hat er auch noch seinen Vater auf dem Gewissen.«

Und wer will das wissen?, dachte Marcella unglücklich.

Der alte Arnold schluchzte und hustete, weil seine Kehle

schon wieder viel zu trocken war. Sie drehte sich um und hob den Weinkrug auf.

»Ist Euch bekannt, wo er sich aufhält?«

»Nein.« Das war die Wahrheit. Damian konnte überall zwischen Koblenz und Starkenburg sein. Arnold krümmte sich unter einem Hustenanfall. Aber er wollte sich nicht helfen lassen. Er wollte überhaupt nichts mehr.

»Mein Bruder kann sehr ... einnehmend sein«, sagte Martin steif.

»Habt Ihr einen Arzt nach Eurem Vater sehen lassen?«

»Wenn er es darauf anlegt ...«

»Euer Vater ist krank, Tristand. Er braucht Medizin.«

»Das hat der Rat verboten.« Martin trat widerstrebend neben sie, unglücklich und unfähig zu einer liebevollen Geste, die sein Vater sicher auch nicht angenommen hätte.

»Ich werde Euch ein Gemisch aus Majoran, Immenblatt und den Blüten der Passionsblume schicken«, sagte Marcella. »Und eine Rezeptur, wie es zubereitet werden muss. Das ist keine Medizin, sondern Tee, und wenn es mein Vater wäre, würde ich mich sowieso den Teufel scheren, was der Rat befiehlt.«

Es war Nachmittag, als Marcella das Gefängnis verließ, und sie beschloss, erst zu Elsa zu gehen, bevor sie sich bei Ribaldo nach den Reiseplänen des Bischofs erkundigte. Ihre Freundin hatte den Vormittag genutzt, um den Laden zu scheuern und die Töpfe und Tiegel auf Hochglanz zu putzen.

»Ich weiß immer noch nicht, ob es richtig ist, mit dem Wucherer Geschäfte zu machen«, sagte sie seufzend, während sie Marcella beim Essen zusah. Aber zu diesem Thema war auf dem Ritt nach Hause bereits alles gesagt worden.

»Und es ist ja auch nur, bis ich ihm seinen Safran abkaufen kann«, beschwichtigte Marcella sie mit vollem Mund. Ihre Hände klebten von den gebackenen Apfelringen, die sie unterwegs erstanden hatte. »Wenn er sich an das hält, was wir abgemacht haben – und warum sollte er nicht, er schwimmt im Geld und hat unseres gar nicht nötig –, dann werden wir bald genügend zusammenhaben, um uns von ihm freizukaufen. Und übrigens ...«

»Du wirst noch fett, wenn du weiter so viel von diesem Zeug in dich hineinstopfst«, sagte Elsa missbilligend.

»... übrigens muss ich noch einmal zurück. Zur Starkenburg, meine ich.«

Elsa war klug. Die Gedanken schlugen in ihrem Kopf zwei Purzelbäume – und sie wusste Bescheid. Zornig stand sie auf und stellte sich vor die Tür, breitbeinig, als müsse sie die Freundin vor sofortigem Aufbruch bewahren. »Du lässt die Hände aus dieser Entführungsgeschichte, Marcella. Ich verbiete es. Ich lass' das nicht zu!«

Marcella schluckte an dem letzten Apfelstück. »Sie werden sowieso erfahren, wann der Bischof reist. Das ist kein Geheimnis.«

»Dann sollen sie sich selbst drum kümmern. Schließlich ist es *ihr* Land, um das es geht. Und *deine* Heimat, mein Herzchen, ist Trier. Was denkst du, was sie mit dir anstellen werden, wenn sie merken ...«

»Und trotzdem muss ich noch einmal hin. Tristand will nach Dill reiten. Vielleicht findet er heraus, wer Scholers Wagenzug überfallen hat. Vielleicht – wer kann das wissen – schafft er es sogar, an unseren Safran zu kommen. Und Elsa ...« Sie lächelte vorwurfsvoll. »Wir werden doch keinem Wucherer trauen.«

»Ah ja?« Die Freundin lachte grimmig, verließ ihren Posten und plumpste zurück auf ihren Stuhl. »Marcella Bonifaz – du bist nicht ehrlich mit mir! Und das weißt du auch. Und du weißt, dass ich es weiß, und deshalb mache ich dir keinen Vorwurf. Aber ...«, fügte sie hinzu, »... du bist auch zu dir selbst nicht ehrlich – und das ist schlimm!«

Elsa. Wenn man sie ansah, mit nichts als den Augen, dann hielt man sie für ein scharfzüngiges, dickes und nicht besonders kluges Marktweib. Aber Elsa war mehr als das, und als sie sich jetzt vorbeugte und vertraulich ihre Hände zu streicheln begann, hatte Marcella das unangenehme Gefühl, ihr würde gleich die Seele bloßgelegt.

»Dein Wucherer, dieser Damian«, flüsterte Elsa, »er hat Augen wie Seide, nicht wahr? Wie brauner, byzantinischer Samt.«

Ja, das hatte er. »Aber es bedeutet mir nichts«, sagte Marcella. »Ich will nur meinen Safran zurück. Und wenn nicht das, dann eine Möglichkeit, unser Geschäft zu retten.«

»Aber ich habe gesehen, wie er dich ansieht. Wenn er denkt, dass niemand es merkt.« Elsa senkte ihre Stimme zum Flüstern. »Er sieht dich an, als wäre er Parzival und du Repanse, die ihm den Heiligen Gral bringt ...«

»Repanse!« Marcella lachte nicht, weil sie es nicht komisch fand. »Weißt du eigentlich, Elsa, wie lange ich hab betteln müssen, ehe er bereit war, mir die Gewürze aus dem Baseler Schiff zu kaufen? Die halbe Nacht. Nicht einmal die Lombarden haben mich so gründlich über Gewinne und Verluste ausgefragt. Er wollte Zahlen, was ich woran verdient habe, und er hat mitgerechnet und nach dem Verbleib von ... von halben Pfennigen geforscht. Nichts hat er übersehen. Parzival! Wenn er meinen Mantel wollte, dann nur, weil ihm die Wolle gefällt!«

Elsa schwieg.

»Er hofft, dass ich ihm helfen kann, hier wieder Fuß zu fassen, darin liegt das Geheimnis seiner zärtlichen Blicke. Und ich will Geld für unseren Laden. Wir sind ein vollkommenes Paar. Auch ohne Samtaugen. So ist das.«

Elsa blieb ernst. »Hast du ihn geküsst?«

»Also hör mal!«

»Oder er dich?«

Marcella stieß die Luft aus. Sie begann, die Krümel auf dem Tisch zusammenzusuchen. Sorgfältig kehrte sie sie zu einem Häuflein zusammen und hob jeden einzeln auf einen Teller in der Mitte des Tisches.

»Ich werde niemals einen Mann küssen«, sagte sie. »Weder Tristand noch irgendeinen anderen. Ich dachte, das weißt du, Elsa.« Ihre Fingerkuppen klebten. Sie widerstand der Versuchung, sie abzulecken. »Ich brauche keinen Mann, ich bin mit mir selbst glücklich. Und mit dir natürlich. Ich hatte immer das Gefühl, dass ich – dass Frauen wie ich lieber ohne Mann sein sollten.«

War nun alles gut?

Elsa betrachtete die Krümel auf dem Teller. Sie dachte nach. Angestrengt. Das konnte man an der Art sehen, wie sie durch den Mund atmete. Aber besonders glücklich schien sie nicht zu sein.

Es war der Abend desselben Tages und Marcella lag wieder auf ihrem Bett. Sie dachte an Jeanne. Und sie wusste, dass sie nicht zur Starkenburg reiten konnte, ohne vorher in Onkel Bonifaz' Zimmer zu gehen. Der Onkel hatte gewusst, wer Jeanne war. Jemand aus Marcellas Vergangenheit, eine Frau, die auch er kannte und die so wichtig gewesen war, dass er Angst vor ihr hatte. Sollte es also Erinnerungen an Jeanne geben, Dinge, die man sehen und anfassen konnte, dann würden sie sicher in seinem Zimmer aufbewahrt sein, denn dies war der einzige Ort, den keiner jemals betreten durfte. Nicht einmal Frenzlar.

Ich habe auch Angst vor Jeanne, dachte Marcella und betrachtete die Flicken am Betthimmel, die sie aus dem bunten Mantel geschnitten hatte. Der Mantel war Jeanne feindlich gesonnen gewesen. Irgendwie hatte sie Jeanne mit diesem Mantel verraten. Das war eins dieser merkwürdigen Dinge, die sie wusste, ohne zu begreifen woher. Sie drehte sich auf den Bauch, so dass sie die bunten Flecken nicht mehr anschauen musste.

»Am meisten wundert es mich«, hatte Tristand an der Falltür gesagt, *»dass es Euch nicht aufgefallen ist.«* Und er hatte recht. Ich wollte nicht wissen, dass man mir nach dem Leben trachtet, und deshalb hab ich's von mir weggeschoben, dachte Marcella.

Genau wie mit Jeanne. Aber wenn sie nicht wusste, wer Jeanne war und womit sie sie bedrohte ...

Jedenfalls muss ich in Onkels Zimmer gehen, dachte sie unglücklich.

Sie lauschte dem fernen Gesang vom Kloster und wartete. Onkel Bonifaz nahm gerade seine Nachtmahlzeit ein, das wusste sie von Frenzlar. Wenn er damit fertig wäre, würde er in sein Kontor gehen und die Rechnungen prüfen. Das Kontor lag unter Marcellas Zimmer. Sie würde hören, wenn seine schlurfenden Schritte den Holzfußboden zum Knarren brachten. Und das wäre dann die Zeit, in der sie ungestört in seinem Zimmer ...

Ja, ja, die schönsten Dinge gewöhnte man sich an.

Es dauerte lange, ehe sie Onkels Schritte auf dem Holz hörte. Und dann ließ sie noch einmal Zeit verstreichen, bevor sie sich aufraffte, den Flur hinunter und über die Wandtreppe zu seiner Schlafkammer zu gehen. Halb hoffte sie, die Tür verschlossen zu finden, aber der Onkel schien seinen Argwohn auf das Kontor und die Keller beschränkt zu haben, oder vielleicht war er auch zu betrunken gewesen, um die Tür abzuschließen. Er war in letzter Zeit ständig betrunken.

Sie huschte lautlos in den Raum. Außer einer Kerze auf einem Messingdorn hatte sie kein Licht. Vorsichtig ließ sie den Flammenschein durchs Zimmer wandern. Ein Bett, alt, mit verschlissenen, weinroten Vorhängen, an denen Samttroddeln baumelten, dahinter eine Truhe, dann ein Lederstuhl, aus dessen Lehne das Futter quoll, und ein kleiner Flügelaltar. Und alles roch nach Staub. Noch viel intensiver als im Rest des Hauses.

Die karge Einrichtung machte die Suche leicht. Marcella löste die Bänder des Bettvorhanges, um – für alle Fälle – die Sicht von der Tür zur Truhe zu versperren. So verborgen kniete sie vor dem Möbel nieder. Sie versuchte, nicht an Jeanne zu denken, außer als an einen Namen, dessen Bedeutung sie möglichst schnell und geräuschlos herauszufinden hatte. Die Truhe war versperrt, aber das Schloss war alt und so locker, dass sie es mitsamt den Nägeln mühelos aus dem mürben Holz ziehen konnte.

Und wenn es nun gar nichts von Jeanne zu finden gab?

Ihre Knie schmerzten. Sie drehte sich und setzte sich zwischen Bett und Truhe auf den Boden, den Rücken an der Wand. An ihren Fingern und überall an ihrem Kleid hingen Staubflusen. Scheinbar hatte hier seit Jahren niemand mehr sauber gemacht. Sie lauschte. Aber Onkels Schritte waren von hier aus nicht zu hören. Noch kann ich gehen, dachte sie. Niemand weiß, dass ich hier bin. Und niemand interessiert sich für die Gespenster in meinem Kopf, außer mir selbst.

Aber war Jeanne dafür nicht schon zu lebendig geworden?

Sie hockte sich wieder vor die Kiste und hob den gewölbten Deckel. Kleider. Natürlich. Auch wenn man wie der Onkel immer denselben abgenutzten Rock trug, brauchte man Wäsche und Unterkleider zum Wechseln. Sie legte den Stapel mit den wollenen Beinlingen und den Bruochs und den Hemden neben sich auf den Boden. Damit war die Kiste fast leer. Sie fand noch einen Topf mit Salbe, die bereits sehr ungesund roch, ein paar geflickte Gürtel und einen von Motten angeknabberten Pelzmantel.

Aber keine Spur von Jeanne.

Mit spürbarer Erleichterung – für die sich ein Teil ihres Herzens schämte – räumte sie Onkels Habseligkeiten wieder ein. Es gab hier keine Jeanne. Und wenn sie sich zusammennahm und vor düsteren Gedanken hütete …

Die Schleifspur am Saum des Bettvorhangs fiel Marcella nur auf, weil sie sich etwas zurückbeugte, nachdem sie den Truhendeckel geschlossen hatte. Erst dachte sie, sie hätte mit ihren Kleidern den Staub auf den Holzbohlen verwischt. Aber als sie das Kerzenlicht direkt über die Stelle hielt, stand fest, dass jemand etwas unter das Bett geschoben hatte. Etwas Schweres, das imstande war, eine ellenbreite Spur zu hinterlassen. Und die Spur war frisch, sicher nicht älter als ein, zwei Tage, denn es hatte sich kaum neuer Staub über den Rillen gebildet.

Ach Onkel, dachte Marcella unglücklich.

Sie fasste unter das Bett und ertastete zwischen Schmutz und Staub etwas Metallenes. Was für ein törichtes, kindisches Versteck. Wenn er schon befürchtet hatte, dass sie sein Zimmer durchsuchen würde, dann hätte er den Kasten zumindest einfallsreicher verbergen können. Nicht einmal abgeschlossen hatte er ihn.

Marcella blies und wischte mit dem Ärmel den Schmutz von dem Kasten. Er war aus trübem, schwarz angelaufenem Silber und sicher kostbar, denn man hatte viel Mühe für seine Verzierungen aufgewandt. Im Verschluss saß ein buntfunkelnder Stein aus Pfauenerz. Marcella ließ sich wieder zwischen Bett und Truhe nieder und stellte die Kerze auf den gewölbten Truhendeckel.

Das Kästchen war schwer. Sie öffnete es mit einer Vorsicht, als könne ihr Jeanne direkt ins Gesicht springen.

Es enthielt Schmuck. Einfachen, dummen Schmuck. Marcella ließ Armbänder, Ringe, Fibeln, Tasseln und Ketten durch ihre Finger gleiten. Die Teile waren klobig und von ungewöhnlich schlechtem Geschmack. Sie legte sie neben sich auf den Saum ihres Kleides. Unter dem Schmuck lag ein Buch.

Biblia. Die Heilige Schrift. Vor Staub bewahrt, weil der Deckel des Metallkästchens gut geschlossen hatte. Marcella hielt den Atem an. Behutsam schlug sie den Lederdeckel zurück. Die Bibel musste ihrer Familie gehören, denn auf der ersten Seite war eine Stammtafel eingezeichnet, die den Namen Bonifaz trug. Die Tafel war bebildert. Fasane, Pfauen, Eisvögel, Bienenfresser – fliegende und pickende Tiere in leuchtenden Farben auf einem purpurroten Untergrund. Die Namen selbst waren mit Goldtinte geschrieben. Der Mann, der das Buch einmal in Auftrag gegeben hatte, musste viel Geld besessen haben.

Marcella fuhr mit dem Finger über das aufgelegte Gold.

Der erste Bonifaz war im Jahre 1228 nach Trier gekommen und mit einer Elisabetha verheiratet gewesen. Die Namen der Kinder standen unter dem Ehezeichen. Dann tauchte der älteste Sohn ein zweites Mal auf, diesmal als Familienoberhaupt mit eigener Gattin. Wie seltsam, dachte Marcella. Ich habe mich nie als Teil einer Familie gefühlt. Zögernd rutschte ihr Finger abwärts. Ihr Vater hieß Friedrich wie der Urahn. Ihre Mutter Marguerite. Eine geborene Caplet. Sicher eine Französin. Vielleicht hatte der Vater in Frankreich eine Filiale des Bonifaz'schen Weinhandels betreut. Marcella meinte sich plötzlich an ein efeubewachsenes Haus am Hang eines Berges zu erinnern. Jedenfalls habe ich eine Mutter, dachte sie. Und sie stammt aus Carcassonne. Und warum, verflucht, habe ich nie darüber nachgedacht, wer sie ist? Jeder Mensch hat eine Mutter. Und meine heißt Marguerite, und ich habe getan, als gäbe es sie nicht. Ich habe mich selbst um sie betrogen. Ihr stiegen Tränen in die Augen, die mit Selbstmitleid zu tun hatten und die sie wütend fortwischte.

Jeannes Name stand neben ihrem eigenen.

Geboren 1292. Im August. In Montaillou in Frankreich.

Also eine Schwester.

Es war, als habe Jeanne mit ihrem Eintrag in der Familienbibel das Nebelhafte verloren. Sie war geboren worden wie jeder Mensch, und irgendwann war sie gestorben, auch wenn ihr Tod hier im Buch nicht verzeichnet stand.

Zwölf Jahre älter als ich, rechnete Marcella aus. Also war sie zwanzig, als ich hierher gekommen bin. Also ist sie mit zwanzig gestorben. Aus irgendeinem Grund wusste sie, dass ihr Umzug nach Trier mit Jeannes Tod zusammengehangen hatte.

Mehr Auskunft gab die Bibel nicht. Sie wollte sie zurücklegen. Da fand sie am Boden des Metallkastens noch ein einzelnes Blatt. Marcella zögerte wie in Erwartung eines Schlages. Der Onkel hatte wenig aufgehoben, das Blatt musste also wichtig sein. Es bestand aus dickem, gelbstichigem Pergament und war an den Knickstellen eingerissen. Es sah amtlich aus, wie ein Dokument, am unteren Rand klebten die Überreste eines Siegels. Sie nahm es mit spitzen Fingern heraus.

Der Text war lateinisch. Kompliziert. Mit vielen altmodischen Floskeln und Worten, die sie nicht verstand. Eigentlich verstand sie gar nichts. Nur Jeannes Namen konnte sie lesen. Und zweimal den ihres Vaters und einmal den ihrer Mutter. Ihr Blick wanderte abwärts bis zu dem steilen, kräftigen Namenszug, der am Ende des Textes auftauchte.

Jacques Fournier. Pamiers.

Da war es also. Das war der Schlag. Sie starrte auf die Buchstaben und wunderte sich, dass ihr Herz so gleichmäßig weiterschlug.

Jacques Fournier.

Bischof von Pamiers.

Damals, als sie vor ihm gekniet und den Ring auf den knochigen Fingern geküsst hatte, hatte sie Abbé Jacques zu ihm sagen müssen, aber sie kannte den Namen trotzdem. Jeder hatte ihn damals benutzt. Hundertmal am Tag. Jacques Fournier. Das Unheil im Rock der Cistercienser. Vorsichtig, als hätte sie Angst, sich an der Tinte zu verbrennen, begann Marcella, das Pergament wieder zusammenzufalten. Schön ordentlich in den alten Knicken. Dann steckte sie es in ihren Ärmel.

Abbé Jacques.

Ein mit Haut bespannter Schädel und ein paar milchig trübe Glasperlenaugen hatten einen Namen bekommen.

XIII

Marcella hatte gehofft, Trarbach noch am Abend vor Christi Himmelfahrt zu erreichen, aber der Kahn, auf dem sie für sich und Ruben Plätze gemietet hatte, war bei Piesport auf eine Sandbank aufgelaufen, und es hatte einen halben Tag gedauert, bis er entladen, zu einer günstigen Ablegestelle getreidelt, dort von neuem mit der ebenfalls flussaufwärts geschleppten Ladung bepackt und wieder auf den Weg gebracht werden konnte. In der darauffolgenden Nacht schien der Mond und so hatten sie durchfahren können, und das war ein Glück, denn der Schiffer war ein frommer Mann und Trarbach der äußerste Ort, den anzusteuern er an diesem heiligen Tage bereit gewesen war.

Marcella stieg mit feuchten Kleidern und müden Knochen über den Schotterstreifen die Uferwiese hinauf. Es war früher Vormittag. Die Trarbacher schienen in der Kirche zu sein, denn der Treidelweg, der am Anlegeufer entlangführte, war leer. Auch die Fähre nach Traben dümpelte still und verlassen im Wasser. Nachdenklich schaute Marcella über den Fluss. War es überhaupt möglich, ein Schiff – oder vielleicht sogar zwei oder drei – an dieser Stelle abzufangen? Im Moment gab es hier keinen Verkehr, aber an normalen Tagen kam alle Augenblicke ein Boot vorbei. Wenn der Handstreich gelingen sollte, dann musste jedenfalls alles schnell vonstatten gehen, sonst würde der Erzbischof Unterstützung von anderen Moselfahrern bekommen.

»Wie lange braucht man von Trier bis hierher, wenn man nicht aufgehalten wird?«, fragte sie den Schiffer.

»Mit Glück und einem guten Boot schafft man's wohl an einem Tag. Jedenfalls im Sommer, wenn die Nächte kurz sind.« Der Mann kratzte sich am Kopf. »Wenn es Euch nichts ausmacht, Herrin – wir würden gern ins Dorf gehen, sehen, ob noch eine Messe gelesen wird ...«

Marcella löste die Geldbörse von ihrem Gürtel und entlohnte den Mann.

Einen Tag also. Balduin würde sicher frühmorgens aufbrechen, denn Trarbach lag knapp in der Mitte seines Reiseweges, und er würde gewiss nicht drei Tage verschwenden, wenn er sein Ziel auch an zweien erreichen konnte. Also würde er Traben-Trarbach am Abend passieren. Günstig.

»Was sagt Ihr, Herrin?«, fragte Ruben.

»Dass es günstig wäre, wenn wir uns beeilten.« Sie schaute zur Starkenburg hinauf, die schwarzgrau und geduckt wie eine Katze aus Stein über dem Dorf thronte. Auf der Spitze des Bergfrieds flatterte das rot-weiße Schachbrett der sponheimschen Fahne. Genauso fröhlich allerdings flatterten unten auf der Leine neben dem Bootsschuppen die Kittel, Strümpfchen, Bruochs und Röckchen der Fährmannskinder, und aus dem Fährhaus hörte man das Lachen und Zanken klarer Kinderstimmen ...

Wenn es schiefgeht, dachte Marcella, dann werde ich meines Lebens nicht mehr froh.

Loretta saß auf ihrem Stuhl mit den Löwenkopflehnen und thronte über der Versammlung. Der Morgengottesdienst war vorüber, die Beichten abgenommen, das Festmahl verzehrt, und nun hatten die Edlen der Starkenburg sich im Rittersaal zusammengefunden, um über die Entführung des Erzbischofs zu beraten.

Das Thema war heikel. Marcella stellte bald fest, dass durchaus nicht alle Burgbewohner mit den Plänen ihrer Gräfin einverstanden waren. Der Angriff auf die Kirche würde sozusagen per se die Gräfin und ihre Helfer exkommunizieren. Das bedeutete, dass auf Starkenburg keine Messen mehr gelesen würden, kein Abendmahl gereicht, dass die Sterbenden ohne kirchlichen Trost dahingehen müssten. Es würden überhaupt keine Sakramente mehr gespendet werden dürfen, außer der Taufe für die Neugeborenen.

»Wir werden jedenfalls eine schwierige Zeit vor uns haben«, stimmte Loretta zu.

Die Ritter begannen über ihre Möglichkeiten zu sprechen, die Mosel mit einer Kette abzusperren. Auf solche Art hatten die Rheinfürsten eine Zeit lang Zölle eingetrieben, bevor Kaiser Friedrich den Fluss und seine Treidelpfade zu königlichem Besitz erklärt hatte. Aber so eine Kette durfte natürlich nicht irgendwo gespannt werden, da sie ja möglichst lange unsichtbar bleiben musste. Man brauchte also einen Platz, der hinter einer Biegung lag.

»Wenn der Erzbischof am Morgen des Maximinstages in Trier aufbricht«, sagte Marcella, »dann wird sein Schiff Trarbach erst spätabends passieren, und dann liegt der Fluss im Zwielicht.«

Ihre Gedanken begannen abzuschweifen. Die Müdigkeit der durchwachten Nacht steckte ihr in den Knochen, und sie merkte, wie ihre Lider schwer wurden. Musste die Sache mit der Kette wirklich hundertmal durchgekaut werden? Claus Smideburg brauchte eine Zeichnung, um zu begreifen, was seine Freunde vorhatten. Sie hielt die Hand vor den Mund, um ein Gähnen zu verbergen. Zufällig kreuzte ihr Blick den Mechthildes, und sie sah, wie der Mund der Edeldame sich kräuselte und vorwurfsvoll zusammenschrumpfte. Wenn sich dies alles hier zu einem Unglück auswächst, dachte Marcella, dann werde ich jedenfalls nicht die Einzige sein, die mir das vorwirft.

Etwas rührte sich im Treppenturm. Gedämpfte Stimmen. Jemand kam die Stufen herauf. Sie blickte zur Tür, sah, wie sie sich öffnete, und ihr Herz machte einen Sprung.

Tristand. Na endlich.

Der Kaufmann schien vom Pferd direkt heraufgekommen zu sein. Seine Schuhe waren schmutz- und grasverkrustet und der Saum des Rockes voller Lehmspritzer. Er übergab seinen Mantel einem Knecht, lächelte kurz in die Runde und ließ sich neben Heiderinc auf der Bank am Ende des Tisches nieder. Der dicke Knappe quetschte sich gern, denn neben ihm saß Sophie, das Fräulein mit den Sommersprossen, um die er nun den Arm legen konnte. Und die schien es auch zu freuen.

Claus Smideburg wollte wissen, was das für ein Ding war, das Pantaleon da ans Ende der Kette gezeichnet hatte. Eine Winde also. Und wofür, zum Henker, brauchte man eine Winde?

Wenn sie es noch einmal erklären, dachte Marcella, dann fange ich an zu brüllen.

Es war grässlich, dass man aus Tristands Miene nie ablesen konnte, wie seine Geschäfte gelaufen waren.

»Doch, ich habe den Safran bekommen«, sagte der Kaufmann. Er reichte ihr die Hand und half ihr den Abhang hinab, der zu dem Wiesenstückchen über der Mosel führte. Sie hatten sich davongestohlen. Die offizielle Beratung im Palas war vorüber, aber in der Burg summte es wie in einem Wespennest. Wie sollte man da Ruhe finden?

Marcella breitete ihr Kleid aus und ließ sich in dem grüngelben Meer aus Gras und Hopfenklee nieder, das den Felshang bedeckte. Vorsichtshalber ein Stück vom Abgrund entfernt, denn sie war nicht schwindelfrei, und ihr Erlebnis im Turm steckte ihr doch noch in den Knochen. Tristand streckte sich gähnend neben ihr im Gras aus.

»Fünfzig Lot«, sagte er. »Das Schiff hatte wesentlich weniger Safran bei sich, als Ihr befürchtet habt.«

»War er gemahlen oder noch in Fäden?«

»Keine Ahnung.«

»Ihr ... bitte, was?« Marcella mühte sich um Fassung. »Ihr kauft fünfzig Lot Safran, mein Herr – und macht Euch nicht einmal die Mühe, nachzusehen ...«

»Ich war gar nicht auf dem Schiff.«

»Ach.«

Es hatte keinen Sinn, sich aufzuregen. Der Klee duftete, Hummeln summten, am Moselufer platzten die Kirschblüten – und sicher war Tristand nicht dumm genug, sich von einem Baseler Gewürzhändler übers Ohr hauen zu lassen.

»Koblenz und Trier liegen nur zwei Tagereisen voneinander entfernt«, sagte er. »Deshalb.«

Marcella starrte ihn erst fragend, dann ungläubig an. »Wollt Ihr etwa sagen, sie suchen auch außerhalb von Trier nach Euch?«

»*Furor Teutonicus.*« Er grinste und zwinkerte ihr zu, als gäb's etwas Komisches daran. »Jacob Daniels, das ist mein Partner aus Wittlich, hat herausgefunden, dass eine Beschreibung von mir in den Koblenzer Kaufhäusern und Wechselstuben ausliegt. Komplett mit allen schmeichelhaften und nicht so schmeichelhaften Details. Findet Ihr auch, dass meiner Gestalt etwas Finsteres innewohnt? Etwas Unruhiges? Sie tun jedenfalls, was sie können.«

Marcella schüttelte den Kopf. »Ihr lasst also Eure Geschäfte durch diesen ...« Nein, *Jude* würde sie nicht sagen. An der Stelle war er empfindlich. »... durch diesen Daniels führen? Ich versuche Euch zu verstehen, Tristand, wirklich. Ihr lernt einen Mann kennen und übergebt ihm wenige Tage später Unsummen Geldes, als sei er ein Freund. Und ... er weiß doch über Euch Bescheid, richtig?«

»Ja.«

»Und wenn er Euch nun anzeigt? Oder hintergeht?«
»Das tut er nicht.«
»Weil er ein so ehrliches Gesicht hat?«
»Weil es nicht in seinem Interesse liegt.«
»Das Ihr natürlich genau kennt.«
»Weil es nicht in seinem Interesse liegt und weil er ein ehrliches Gesicht hat. Vielleicht habe ich mir das Unruhige durch Eure Bekanntschaft zugezogen?«

Marcella seufzte. »Versteht er wenigstens etwas von Safran?«
»Daniels versteht, dass die Gewürze ursprünglich für einen Overstolz aus Köln bestimmt waren, der den Ruf genießt, sich ungern betrügen zu lassen.«

»Hat er nachgefragt, wo der Safran angebaut wurde?«
»In Katalonien.«
»Wenigstens das. Gut.« Und vielleicht auch vielen Dank. Aber der wollte ihr nicht über die Lippen. Der Safran musste um die dreißig Pfund gekostet haben. Das reichte, um in Trier in der besten Gegend einen Weinberg zu kaufen. Mit solchen Summen ging man gefälligst – umsichtig vor.

Tristand schloss die Augen. Seine Züge entspannten sich, seine Stimme wurde leiser. »Fünfzig Lot Indigo, Herrin, aus Bagdad. Je zweihundert Lot rotes, gelbes und weißes Sandelholz. Zehn Lot Karmin. Hundertzwanzig Rosmarin. Dann Lakritze ... Ist das in Ordnung? Dachte ich mir. Jede Menge Lakritze. Und Rosenholz, hundert Lot ...«

Marcella brauchte kein Papier. Ihr Gedächtnis funktionierte wie ein Abakus. Im Kopf sortierte sie die Stoffe in die dafür vorgesehenen Schalen und ihr ging kein Krümel verloren. »Ich kann das alles weiterverkaufen ... ja, das meiste binnen eines Jahres. Bis auf das Auripigment. Aber das hält sich. Und mit dem Safran gibt es auch keine Probleme, selbst wenn wir meinen gestohlenen zurückbekommen sollten. Was ich nicht an die Skriptorien loswerde, das kann ich auf den umliegenden Märkten verkaufen. Für die reichen Küchen. Jacob hat Beziehungen ...«

»Ist das der liebenswürdige Herr, der mich so gern aufs Rad flechten wollte?«

»Nein, das war Hans Britte. Jacob ist der liebenswürdige Herr, der Euch hängen lassen wollte. Morgens in aller Früh. Um Ärger zu vermeiden.«

»Ich glaube, mit Jacob könnte ich mich verstehen. Ich habe auch eine Abneigung gegen Ärger.« Der Kaufmann lächelte. Sein Gesicht lag in einem Flecken warmgelben Lichtes, und er hielt noch immer die Augen geschlossen, um nicht geblendet zu werden. Verstohlen musterte Marcella ihn. Die schwarzsilberne Locke, die sich in seine Ohrmuschel drehte, die winzigen Fältchen in den Augenwinkeln, das bartlose Kinn mit der empfindsamen Rundung, die Lippen, die kleine, blasse Zackennarbe am Mundwinkel ... Er hatte eine ungewöhnliche Art zu lächeln. Entspannt und weich und von einer ... einer vertraulichen Nachlässigkeit – so, als gäbe es keine Mauern zwischen ihnen, als hätte er nichts zu verbergen. Was natürlich nicht stimmte.

Abrupt wandte Marcella sich zum Fluss.

Das Panorama dort unten war mindestens ebenso beachtenswert. Sie konnte den größten Teil der Moselschleife einsehen, auch die Stelle, an der die Kette gespannt werden sollte, mit der die Starkenburger das Bischofsschiff anhalten wollten. Über eine Winde. Natürlich über eine Winde. Claus Smideburg war ein Esel. Man hielt ein Schiff schließlich nicht mit den Händen auf ...

»Hattet Ihr Gelegenheit, den Brief zu überbringen?«, fragte Tristand. Er hatte den Kopf gedreht und die Augen aufgeschlagen und blickte sie jetzt gerade an.

Der Brief. Marcella hatte gehofft, das unglückselige Geschehen im Kerker verschweigen zu können. Verkrampft suchte sie nach Worten. »Euer Vater ... hat sich über die Nachricht gefreut. Sehr sogar.«

Der Kaufmann forschte in ihren Zügen.

»Leider hat er sich erkältet«, fuhr sie hastig fort. »Er hustet ziemlich viel. Aber Martin hat ihm Decken bringen lassen. Er hat es warm und gutes, nahrhaftes Essen bekommt er auch. Und Medizin. Immenblatt und Majoran. Ich hoffe, das wird ihm helfen. Es tut gut, wenn der Husten festsitzt.«

Und damit war alles gesagt, was sie bereit war zu sagen. Es wurde auch langsam kalt. Die Sonne hatte ihren Bogen beendet und senkte sich auf die Spitze der Wälder am westlichen Horizont. Ihr blasses Licht begann zu glühen, der Himmel färbte sich violett und rosarot.

»Ich habe versucht, den Rat zu bestechen«, sagte Tristand.

Marcellas Herzschlag setzte einen Moment aus. »Die Trierer Schöffen?«

»Ja, ich dachte, wenn ich ihnen genügend Geld biete, würden sie meinem Vater erlauben, nach Hause zu gehen.« Er stand auf. Mit seiner Ruhe war es vorbei, mit der Stille des Augenblicks ebenfalls. »So ein Gefängnis ... Ihr wisst nicht, was einem das antut. Allein die ... Geräusche«, murmelte er, während er hastig ein paar Schritte ging. »Das kann man ein paar Stunden anhören. Aber wenn man damit geweckt wird und damit schlafen geht ... mit diesem Elend und Gejammer ...« Er unterbrach sich. War ihm eigentlich klar, was er da angedeutet hatte? Wenn, dann war es ihm egal. »Dabei hatte ich nicht einmal gebeten, dass sie ihn freisprechen«, sagte er. »Aber wem hätte es geschadet, ihn heimzuschicken? Er ist ein alter Mann. Gutmütig und so harmlos wie ein Kind. Das wissen sie doch auch. Sie haben Woche für Woche mit ihm im Rat gesessen. Was also hätte für Schaden entstehen sollen?«

»Habt Ihr Daniels für Euch bitten lassen?«

»Bin ich sein Feind?« Tristand lächelte ironisch. »Einer hier von den Burgleuten, Graf Pantaleon, hat Verbindungen zu den Trierer Patriziern und war bereit, mein Angebot zu überbringen.« Er zuckte die Achseln. »Vielleicht war er auch der falsche

Mann. Er kann verflucht hochmütig sein, wenn man ihm nicht zu Willen ist. Auf so etwas reagieren die Schöffen.«

»Wie viel hattet Ihr ihnen geboten?«

Die Summe, die Tristand nannte, war so gewaltig, dass es Marcella die Sprache verschlug.

»Jedenfalls wüsste ich gern«, sagte er leise, »wer von den Schöffen dabei war, als man den Wagen in der Scheune meines Vaters entdeckt hat.«

Warum? Sie überlegte – und schalt sich selbst ein Erbsenhirn. Natürlich. Wenn es stimmte, dass Tristand mit dem Überfall auf Scholer nichts zu tun hatte, dann musste auch der Wagen von jemand anderem ...

»Erklärt es mir langsam, ich habe noch nicht darüber nachgedacht wie Ihr«, sagte sie. »Ihr meint, dass der Besuch der Schöffen auf dem Hof Eures Vaters überhaupt kein Zufall gewesen ist? Dass einer der Schöffen gewusst hat, was er in der Scheune finden würde? Aber das würde bedeuten, dass der ganze Überfall ... Nein. Nein, das ist Unsinn. Daran glaub ich nicht.«

»Das Geschäft meines Vaters ist ruiniert oder wird es bald sein«, meinte er nüchtern. »Also frage ich mich, wer davon profitiert.«

»Mehr als die Hälfte der Schöffen. Fast alle haben mit Wein zu tun. Aber ... Nein, Ihr verrennt Euch. Wenn jemand über Euch den Weinhandel Eurer Familie treffen wollte, dann hätte er zumindest davon Kenntnis haben müssen, dass Ihr nach Hause kommt. Und ich glaube nicht, dass Euer Vater jemandem von Eurer Ankunft ...« Sie verstummte und schwieg verlegen. Im Übrigen: Möglich wäre es schon. Arnold hatte sich über die Rückkehr seines Sohnes halb irr gefreut. Vielleicht hatte er doch davon gesprochen. Und wer es wusste, hätte den Wagenzug überfallen und den gestohlenen Frachtwagen auf Tristands Landgut verstecken können.

»Es würde zumindest erklären, warum jemand im Rat dagegen war, dass Euer Vater freigelassen wird«, murmelte sie.

Und dann schlich ihr ein neuer, ein bitterböser, warziger Gedanke ins Herz. *Martin* hatte gewusst, dass Damian aus Italien zurückkehrte. *Martin* wäre es auch ein Leichtes gewesen, den gestohlenen Frachtwagen auf den väterlichen Hof zu schaffen. Und *Martin* hasste seinen Bruder. Was, wenn er ihn auf diese Art hatte loswerden wollen? Wenn er einfach nicht damit gerechnet hatte, dass sein Vater versuchen würde, den Wagen zu verbergen?

Die Sonne war zu einem blutroten Ball geworden, der sich an den Spitzen der Bäume stach. Wenn wir uns jetzt nicht auf die Füße machen, dachte Marcella, dann werden wir die Nacht vor dem Burgtor zubringen müssen. Sie erhob sich.

»Vielleicht wird es uns weiterhelfen, wenn wir uns in Dill umhören«, schlug sie vor.

»Dill.« Tristand lachte trocken, nahm ihre Hand und half ihr den Hang hinauf. »Wisst Ihr eigentlich, Marcella, wer der Besitzer von Burg Dill ist?«

»Nein?«

»Dann hört zu und wundert Euch. Unsere Gräfin Loretta.«

XIV

Den Namen des Dorfes, in dem sie zu Mittag gegessen hatten, kannte Tristand nicht, aber er wusste, dass Burg Dill etwa eine halbe Meile hinter dem Dorf südlich der Straße lag. Die zur Burg gehörige Mühle lag in derselben Richtung, nur etwas näher.

»Es ist ein Katzensprung«, sagte er zu Marcella. »Und wenn wir uns beeilen und der Müller daheim ist und willig, uns zu helfen, und wenn der Mönch nicht gelogen hat ... Liebt Ihr das auch so – diese Unternehmungen, die mit einem Bündel Wenns beginnen? Jedenfalls – vielleicht werden wir heute Nachmittag wissen, wer Euren Safran gestohlen hat. Auch wenn das unsere Probleme noch nicht löst.«

Sie standen beide am Zaun des kleinen, dörflichen Wirtshauses und blickten über die zartgrünen Äcker zu dem Wäldchen hinüber, das ihnen den Blick auf die Burg versperrte. Die Straße zog sich wie eine gelbe Schnur über die Hügel zu den Bäumen, wo sie verschwand. Jedenfalls existiert die Mühle, dachte Marcella. Und auch ein Mädchen namens Meline. Das hatte die Frau, die das Gasthaus führte, auf ihre Frage bestätigt. Es gab also Hoffnung, dass der Cisterciensermönch ihnen auch sonst die Wahrheit gesagt hatte. Meline war eine der Töchter des Müllers, die jüngste, hatte die Wirtin gesagt, ja, und ein hübsches Ding. An dieser Stelle schien ihr das

Gespräch unangenehm zu werden, denn sie wechselte das Thema. Marcella versuchte nachzuhaken, aber Tristand hatte sie warnend angeblickt und da hatte sie es aufgegeben. Der Kaufmann benahm sich manchmal, als schritte er auf rohen Eiern, fand sie. Übervorsichtig. Vielleicht wurde man so, wenn man sein Geld mit Sicherheiten verdiente.

Tristand war zu dem Schragentisch im Garten zurückgekehrt und sprach mit den dreien, die sie auf ihrem Ritt begleiteten: mit Ruben, Heiderinc und der sommersprossigen Sophie – die übrigens kaum noch weinte, seit der dicke Knappe sich ihrer angenommen hatte.

»Aber ja, mein Herr, sicher kann ich auf Sophie achtgeben«, posaunte Heiderinc erfreut. »Reitet nur. Wir werden es uns hier schon schön machen, wir beide.« Er strahlte Tristand an, als fände in seinem Gesicht ein kleiner, persönlicher Sonnenaufgang statt. Sophie saß derweil niedlich auf ihrem Kissen und tat, als höre sie nichts, während sie die Blumen, die er ihr gepflückt hatte, an sich drückte und ihre Ohren vor Vergnügen glühten.

Die Wirtin kam und räumte geräuschvoll die schmutzigen Tiegel zusammen. Ihr mütterlicher Blick ruhte auf dem Mädchen, und ihr Lächeln verriet, wie herzlich sie das Glück freute, das dem reizenden Edelfräulein widerfuhr. Nicht, dass Heiderincs Schmerbauch etwa zu Jubelausbrüchen Anlass gegeben hätte, aber die Kleine schien sich daran nicht zu stören, und der Blick des jungen Mannes hing an ihr mit Verzückung, und alles in allem – es hatte schon unglücklichere Verbindungen gegeben.

Nur, dass in Wirklichkeit gar keine Verbindung stattgefunden hatte. Jedenfalls bis jetzt. Und nach Marcellas Wissen war auch keine geplant. Loretta hatte ihr das Mädchen anvertraut, und deshalb ging es eigentlich nicht an, Dinge zu fördern, die sich aus Schmetterlingsgefühlen in den Bäuchen eines verliebten Esels und eines Kindes zusammenbrauten. Überhaupt, es war eine blödsinnige Idee gewesen, die beiden mit auf den Ritt nach Dill zu nehmen.

»Nein, Sophie«, sagte sie, »ich bin sicher, es würde Euch bitter leidtun, wenn Ihr diesen Ritt durch den Nachmittagswald verpasstet. Man kann dabei Einsichten gewinnen, die fast so schön sind wie die Aussicht. Heiderinc«, sie blickte streng, damit es half, »wollt Ihr nicht zusammen mit Ruben die Pferde holen? Vielleicht bräuchten wir auch noch frisches Wasser. Kommt, Sophie, seid brav und helft mir, die Flaschen aufzufüllen.«

Gekränkt folgte die kleine Edeldame ihr zum Brunnen. Was tat's. Ihren süßen vierzehn Jahren mangelte es an Erfahrung, und der Himmel, oder vielmehr der Teufel, mochte wissen, wie lange Heiderincs Anbetung sich auf die Seele seiner Schönen beschränken würde.

»Ihr habt so recht«, sagte Tristand zerknirscht, als sie ihm später auf dem Weiterritt Vorhaltungen machte. »*Omnis amans amens.* Und seht, da reiten sie schon wieder voraus und schwatzen wer weiß wie gefährliches Zeug. Dabei hatte ich gehofft – scheltet mich einen Narren, ich bin erpicht auf Einsichten –, die beiden würden unserem Ritt das Lästerliche nehmen. Oh, aber nein, Herrin ...« Vorwurfsvoll hielt er sie ab, ihn zu unterbrechen. »Ich weiß, Ihr seid die Tugend und ich ein braves Lamm. Aber sollten wir nicht die bösen Zungen am Munkeln hindern?«

»Die munkeln wollten, haben es schon getan, als wir nach Himmerod geritten sind.«

»Wie wahr. Und wie bedauerlich. Denn – verzeiht, wenn ich von Banalem spreche – Ihr werdet Schwierigkeiten haben, meinen ruinierten Ruf zu retten, wenn Ihr auf Euren eigenen nicht achtgebt.«

Es verschlug Marcella die Sprache. Buchstäblich.

»Ganz zu schweigen von der Tatsache«, fuhr Tristand heiter fort, »dass wir dabei sind, die vertraulichen Angelegenheiten unserer Gastgeberin zu durchleuchten. Burg Dill gehört Loretta. Und ich fürchte, sie würde es nicht mögen, wenn wir auf ihren Gütern nach Raubrittern schnüffeln. Da erschien mir ein kleiner, harmloser Ausflug ...«

»Ich hatte noch niemals Schwierigkeiten mit meinem Ruf!«

Tristand warf ihr einen seiner seltsamen Blicke zu, die sie ärgerten, weil sie den Verdacht hegte, dass er sich über sie lustig machte.

Aber er antwortete nicht. Vor ihnen lichtete sich der Wald, und rechts, auf einer Wiese, erschien ein merkwürdiges altes Gemäuer, eine Art Turm mit den Resten einer hölzernen Galerie im Obergeschoss, der einsam und ohne sichtbare Funktion aus dem Gras ragte. Tristand beugte sich im Sattel vor und begann zu rufen. »Ruben! Heiderinc!« Heftig deutete er erst auf den Turm und dann auf den Pfad, der auf der anderen Seite der Straße hinter dem Wald abbog.

»Habt Ihr Interesse an den Römern, Herrin? Wenn die Wirtin den Weg richtig beschrieben hat, dann ist das dort einer von ihren Wachtürmen, mit denen sie früher den *limes* verteidigt haben. Nein, wir werden den beiden Täubchen nicht erlauben, dort auf uns zu warten. Noch ein paar hundert Fuß links den Weg hinab müsste die Mühle sein. Mitgegangen, mitgefangen. Wenn sie brav sind, dürfen sie sich an den Mühlbach setzen und einander Unsinn ins Ohr flüstern.«

Heiderinc hatte sich im Sattel umgedreht und Tristand deutete noch einmal streng in den Wald hinein.

Die Mühle lag an einem schnellen Flüsschen – ein gut instand gehaltener Bau aus festen, hellen Hölzern mit einem großen Tor an der Vorderfront für die Getreidewagen. Das Tor stand offen. Marcella konnte die Tenne mit der Getreideschütte sehen, aus der es weißbräunlich staubte, und im Hintergrund die Mehlsäcke und darüber die mächtige Achse des Wasserrades, die durch eine Reihe hölzerner Verzahnungen mit der Achse des Mühlsteins im Obergeschoss verbunden war. Der Müller stand mit einem Bauern vor der Waage und überprüfte das Gewicht der Maltersäcke. Er konnte die Reiter sehen, aber er schien sie für reiche Nichtstuer zu halten. Jedenfalls rührte er sich von der Waage nicht fort.

»Wollt Ihr Sophie helfen, am Bach zu trinken?«, fragte Marcella und gewann damit etwas von Heiderincs Wohlwollen zurück. Ruben gähnte nachdrücklich, auch er wurde entlassen, nachdem er den Auftrag bekommen hatte, die Pferde zu tränken.

»Ich bin mir nicht mehr sicher, ob ich Lust habe, mit dem Müller zu sprechen«, sagte Tristand. »Seht Euch die Visage an. Er trägt die Freundlichkeit, als hätte er sie aufs Gesicht gemalt. Außerdem stören wir beim Geschäft. Lasst uns dort hinauf spazieren gehen und die Gegend anschauen. Dann machen wir einen Bogen, und auf dem Rückweg sollten wir eigentlich auf die Straße und mit etwas Glück auf den Bauern treffen, der dort auf seine Säcke wartet. Falls wirklich etwas zwischen der Müllerstochter und dem Herrn von Dill gewesen ist, dann wird er davon wissen. Auf jeden Fall können wir ihn ohne Aufsehen fragen, wer die Burg verwaltet.«

Marcella versprach sich nicht viel davon. Sie hatte während der Nacht und auch den ganzen Ritt über Zeit gehabt nachzudenken. Damian Tristand war überfallen worden und anschließend hatte man Scholers gestohlenen Wagen zum Haus seines Vaters gebracht. Das war zu eigenartig, um an einen Zufall zu glauben. Ein Raubritter hätte keinen Grund gehabt, so etwas zu tun. Aber Martin ... Martin hatte grausig ausgesehen, als er den Brief seines Bruders verbrannt hatte. Als hätte ihn der Teufel selbst am Nacken. Andererseits – und das war der Punkt, wo Marcella wieder Zweifel kamen –, hätte Martin einen Unschuldigen wie den alten Scholer umgebracht?

Sie folgte Tristand über einige in die Erde gegrabene Baumstämme hinauf zu einer Blumenwiese, auf der ein halbes Dutzend schwarzgescheckter Ziegen grasten. Dort blieb sie stehen, denn sie hatten von der Wiese aus freie Sicht zum Bach. Heiderinc saß neben Sophie und hielt etwas in den Fingern, wahrscheinlich Blüten, die sie zum Kranz verflochten hatte. Ruben lag ein Stück weiter fort im Gras. Die Pferde waren an einen Strauch gebunden.

»Dort quer durch die Bäume geht es zur Straße. Meint Ihr, Herrin«, flüsterte Tristand, »wir können sie einen Augenblick allein lassen? Soweit ich sehe, hat er die Hände an den Blumen, und es liegt eine sittsame Handbreit Luft zwischen den beiden. Oder bin ich wieder zu vertrauensselig?«

Marcella hätte ihm gern die passende Antwort gegeben. Aber ein plötzliches Geräusch hielt sie zurück. Es kam aus Richtung der Ziegen und klang ... unangenehm. Erstickt. Wie ein Würgen. Und richtig, dort hockte jemand im Gras. Ein Mädchen, das sich den Magen hielt und sich in kurzen, heftigen Stößen übergab.

Marcella hob den Rock und drängte die Ziegen auseinander. Die Hirtin war älter, als sie gedacht hatte, sicher schon zwölf oder dreizehn, mit dem schmalen Gesicht eines Kindes, das zu rasch in die Höhe geschossen ist. Sie wischte mit dem Ärmel über den beschmutzten Mund und blickte Marcella aus großen, saphirblauen Augen an.

Es schien ihr wieder besserzugehen, und Marcella ließ sich neben ihr, dort wo das Gras sauber war, auf die Knie nieder. »Alles in Ordnung?«

Die Kleine antwortete nicht. Und Marcella fiel auf, dass ihre Augen nicht nur groß, sondern auch seltsam leer waren.

»Tut dir etwas weh? Hast du Schmerzen?«

Wieder nichts. Oder doch. Die leeren Augen blickten an Marcella vorbei – und füllten sich plötzlich mit Furcht. Marcella hatte dergleichen noch nie gesehen. Es kam jäh. Blasse, sprachlose Angst, die den dünnen Körper versteinerte, bis die Finger wie Katzenkrallen in der Luft staken.

Sie fuhr herum.

Aber dort stand nur Tristan, der hilflos und ein bisschen erschrocken blickte, sonst niemand.

Das Mädchen begann mit kleinen verschluckten Glucksern zu weinen, kläglich wie ein Säugling, und Marcella nahm sie in die Arme. Ihr ekelte vor dem Geruch nach Erbrochenem, aber irgendetwas musste man tun, um diese grässliche Furcht zu mildern. Sie flüsterte leise, streichelte den mageren Rücken und stellte dabei fest, dass das Mieder des Mädchens aus erstaunlich weichem Stoff bestand. Das Kleid, das sie trug, war aus feinem, mit Sonnenblumen besticktem Zindel. Kein Hörigenrock. Eine Robe für ein Edelfräulein. An dem schmutzigen Geschöpf wirkte sie wie eine Verkleidung. Aber sie schien genau passend für den schmalen Körper zugeschnitten zu sein, vielleicht sogar ein wenig eng, denn ihre zarten Brüste wölbten sich gegen den Stoff.

Marcella blickte von dem Stoff fort auf die Lache mit dem Erbrochenen. Und dann dämmerte es ihr. Plötzlich hatte sie selber das Gefühl, stückchenweise abzusterben.

Tristand beugte sich zu ihnen herab. Er sagte etwas, aber allein seine Bewegung ließ die Kleine sich krümmen wie einen Wurm. Marcella hob den Kopf und fauchte ihn an: »Verschwindet!«

Das Mädchen versteckte ihr Gesicht in Marcellas Schoß, das silberblonde Haar zerwühlt, und schluchzte dort weiter, völlig außer sich aus Angst vor dem Mann, und Marcella hätte mitheulen mögen vor Mitleid. »Nun geht schon!«, zischte sie aufgebracht.

Aber das war nicht mehr möglich, selbst wenn er gewollt hätte. Wie aus dem Boden gewachsen und ohne dass ein Geräusch sie gewarnt hätte, stand plötzlich der Müller da.

Von der falschen Freundlichkeit, die Tristand an ihm bemängelt hatte, war nichts mehr zu sehen. Er trug quer zwischen beiden Händen einen daumendicken Stab, der aussah wie ein abgebrochenes Mühleisen. Und schien vorzuhaben, ihn zu benutzen.

Marcella hatte wissentlich nie die Waffe bemerkt, die Tristand am Gürtel trug. Sie war erstaunt, plötzlich ein Schwert in seiner Hand zu sehen. Sie war auch erstaunt, mit welcher Leichtigkeit er es hielt, ohne Angabe oder Drohgebärden, als wäre es eine Fortsetzung seines Armes. Vielleicht wirkte er auch gerade deshalb so gefährlich. Der Müller schien jedenfalls so zu denken, denn er senkte die Stange zu Boden.

»Die Kleine gehört mir«, erklärte er schroff.

»Die Kleine«, sagte Marcella, »ist schwanger.«

Und? Interessierte das jemanden? Der Müller blickte verstockt, als hätte man ihn zu Unrecht gekränkt. Tristand beobachtete die Eisenstange.

Das Mädchen war wieder still geworden.

»Sie hat keinen Grund zu klagen«, sagte der Müller mürrisch. »Is angezogen wie 'ne feine Dame und kriegt Essen und manchmal sogar Geld dafür. Wenn sie zu blöd is, was draus zu machen, is das nich meine Schuld.«

Ah ja!

»Und außerdem«, sagte er böse, »hat unsereins sowieso keine Wahl.«

»Vor wem?«, fragte Marcella.

Der Müller schwieg. Seine Mühle gehörte zu Burg Dill. Ohne Erlaubnis von dort durfte er kein Körnchen mahlen. Wenn es seinem Herrn gefiel, konnte er ihn davonjagen oder durchprügeln oder in andere Arbeit stecken oder auch alles miteinander tun. Wahrscheinlich kam ihm die Frage dumm vor.

Marcella fühlte, wie das Mädchen in ihren Armen sich regte. Es machte sich frei und stand auf, überlegte einen Moment und ging dann zum Bach hinab. Auf dem Weg begann sie zu singen. Ein unmelodiöses Lied in viel zu hohen Tönen, dem jede Schönheit fehlte.

Der Himmel hatte sich inzwischen verdunkelt, Regenwolken trieben über die Felder auf die Straße zu. Sie würden nass werden, wenn sie zu Fuß gingen. »Ist mir egal«, sagte Marcella und das stimmte auch.

»Wie Ihr wollt«, meinte Tristand und winkte Heiderinc und den anderen, an ihnen vorbeizureiten. Ruben zögerte. Er führte ihre beiden Pferde am Zügel und wahrscheinlich fand er das Benehmen seiner Herrin ebenso seltsam wie leichtfertig. Ist mir auch egal, dachte Marcella.

Am liebsten wäre sie ganz allein gewesen. Aber sie war eine Frau, und nach den verfluchten Regeln der Welt, in der sie lebte, wanderten Frauen nicht ohne Begleitung übers Land. Und da Tristand sich unter dem verfluchten Zwang zu fühlen schien, diese verfluchten Regeln einzuhalten, musste er eben, verflucht noch mal, auch nass werden.

Heiderinc kehrte mit seinem Pferd noch einmal zurück. »Also ich weiß nicht, ich denk, es wird hier bald ganz schön runterkommen.«

Marcella, die die ganze Zeit verbissen ausgeschritten war, blieb stehen. »Irgendwo in der Nähe gibt es doch eine Burg. Dill. Wer wohnt da?«

»Sie gehört uns«, erwiderte Heiderinc. »Ich mein', der Gräfin. Loretta.«

»Schon. Aber wer lebt dort? Wer verwaltet die Burg?«

»Wenn ich nicht irre – also, das ist ein bisschen kompliziert. Sie ist verpachtet.« Heiderinc äußerte keine Verwunderung über die unschickliche Neugierde. »Nicht die ganze Burg, sondern die halbe«, erklärte er höflich weiter. »Die Niederburg. An Graf Walram von Sponheim. Aber«, er grinste etwas verlegen, »ich hoff' nicht, dass Ihr vorhabt, dort raufzugehen.«

Nein?

»Weil der Graf nämlich …«

»… er ist ein Rauf- und Saufsack«, unterbrach Ruben den

dicken Knappen grob. »Und wenn Ihr zu ihm wollt, Herrin, dann denk ich nicht, dass ich das dulden würde.«

»Wenn er besoffen ist, vergisst er alle Manieren. Sogar Damen gegenüber«, erläuterte Heiderinc beschämt. Man sprach so nicht gern von den eigenen Leuten.

»Und was hält Loretta davon?«

»Ich denk, ich verrat kein Geheimnis, wenn ich sage, dass unsre Gräfin ihn nicht ausstehen kann. Aber rauswerfen kann sie ihn auch nicht. Sein Vater ist Simon von Sponheim-Kastellaun, und der hat uns beigestanden, als wir die Sühne für den Wildgrafen aushandeln mussten, und war uns auch sonst immer ein Freund. Pantaleon schaut Walram ein wenig auf die Finger, damit er sich nicht an unseren Bauern vergreift. Das ist alles, was wir tun können. Ist schon ein verfluchter Kerl!«

»Danke«, sagte Marcella. Sie gab Heiderincs Pferd einen Klaps auf die Hinterbacke. Ich bin aufdringlich, geradeheraus, ungeschickt, wütend – ich bin alles, was Tristand nicht ausstehen kann, dachte sie. Aber auch das war ihr egal.

Die drei jungen Leute stoben in einer Staubwolke davon und bald war sie mit Tristand allein auf dem räderdurchfurchten Weg. Sie steckte die Hände in die Ärmel ihres Kleides und stapfte weiter. Der Regen würde bald kommen und das war gut so. Sie fühlte sich wie besudelt und hoffte, dass das Wasser etwas von dem Schmutz fortwaschen würde, der mit der armen Meline über sie gekommen war. Jedenfalls tat es gut, sich den Zorn abzulaufen.

Tristand schloss mit langen Beinen zu ihr auf. Er sagte nichts, aber seine Unterlippe war nach innen gezogen, und man sah ihm an, dass er wütend war.

»Ich will, dass der Kerl bezahlt«, sagte Marcella. »Für Meline, für Scholer, für ...« *Arnold* hatte sie sagen wollen, aber das verschluckte sie. »Für alles.«

»Wie sehr wollt Ihr's denn?«

»Bitte?« Sie verstand nicht.

»Ihr habt doch gehört: Sein Vater ist Simon von Kastellaun. Und Walram hat seine Verbrechen auf Lorettas Land begangen. Die Gräfin wäre seine Gerichtsherrin und müsste ihn aburteilen. Aber wenn Loretta den Erzbischof entführen will, dann wird sie sich nicht für Euch und schon gar nicht für irgendeine Müllerstochter oder einen toten Kaufmann mit ihrem einflussreichsten Verbündeten überwerfen.«

Das stimmte. »Vielleicht wird sie es tun, wenn die Sache mit dem Erzbischof vorüber ist.«

Nein, das war auch dummes Zeug. Loretta würde immer auf den Beistand mächtiger Freunde angewiesen sein. Vielleicht würde sie Walram von ihrer Burg verweisen, aber sie würde ihn niemals bestrafen.

Marcellas Haut kräuselte sich. Von Westen her kam Wind auf, ein Vorbote des Regens, und schnitt durch den Stoff ihres Kleides. Sie hatte keinen Mantel bei sich, der Tag war heiß gewesen. Die Haare wehten aus ihrem Gesicht und über die Schultern kroch ihr die Kälte in den Nacken.

»Durch ein offizielles Gericht wird man ihn niemals belangen können«, grübelte Tristand. Die Art, wie er das sagte, bescherte Marcella die unangenehme Vision einer Gestalt, die in eine Burg schleicht und durch Bettdecken auf einen schlafenden Körper einsticht.

»Etwas, das nicht offiziell ist, wird Eurem Vater nicht helfen. Und auch sonst keinem.« Außer vielleicht der armen Meline.

Der Wind blies kräftiger, dann kam der Regen. Kleine, harte Tropfen, die von Westen her übers Land getrieben wurden. Marcella schlang die Arme um den Leib. »Er müsste vor den Schöffenrat. Friedrich Scholer war Bürger von Trier. Wenn wir Walram den Überfall nachweisen könnten ... wenn wir nachweisen könnten, dass er Scholer umgebracht hat, und ihn außerdem nach Trier locken könnten ...« Aber wie sollte man so ein Wunder vollbringen?

Tristand ging schneller, sie musste laufen, um mit ihm

Schritt halten zu können. Der Regen machte ihr nun doch etwas aus.

»Er hat meinen Safran«, sagte sie zitternd. »Wenn wir ihm *das* nachweisen könnten, wenn wir den Safran bei ihm fänden, und vielleicht andere Dinge, die er gestohlen hat, vielleicht Eure Bücher – dann hätten wir auch den Beweis, dass er Scholer umgebracht hat.«

Tristand blieb stehen und Marcella tat es ihm gleich. Sie presste die klappernden Zähne aufeinander. Der Regen lief ihr ins Gesicht, und sie musste blinzeln, um etwas zu sehen. Das Ende des Waldes lag vor ihnen, aber sie würden noch ein Weilchen übers freie Land laufen müssen, ehe sie zur Herberge gelangten. Sie bekam Gewissensbisse, als sie an Sophie dachte, die nun doch allein mit Heiderinc in der Herberge saß. Natürlich war Ruben bei den beiden. Aber Ruben, oder vielmehr alle Männer, und auch einige Frauen, wie das Beispiel der Wirtin bewies ...

»Wusstet Ihr«, sagte Tristand, »dass sich mit Euren Stimmungen die Farbe Eurer Augen ändert?«

XV

Marcella fror so sehr, dass sie Kieferschmerzen vom Zähneklappern hatte, als sie beim Wirtshaus ankamen. Wenn das, was Tristand über ihre Augenfarbe gesagt hatte, stimmte, dann würden sie jetzt wahrscheinlich schwarz sein. So wie die Müdigkeit oder das trübe Gefühl von Schuld, das sie gegenüber Meline empfand. Vielleicht hätte man das Mädchen einfach mitnehmen müssen oder Geld hingeben oder irgendetwas anderes tun ...

Die Wirtsstube war dämmrig und leer bis auf zwei ältere Männer, bei denen es sich, der festen und zweckmäßigen Kleidung nach zu urteilen, um Kaufleute handelte. Zweifellos gab es noch andere Gäste, denn in dem überdachten Teil des Hofes neben der Eingangstür hatten mehrere Fuhrwerke gestanden. Wahrscheinlich hatten die Händler den Regenguss genutzt, um früh schlafen zu gehen. Die Zeit war bei diesem Wetter schwer zu schätzen, aber Marcella nahm an, dass es auf den Abend zuging. Sie überlegte, ob die Wirtin wohl ein separates Zimmer für sie und Sophie hätte. Vielleicht würde sie ihnen ihre eigene Schlafkammer überlassen. Tristand allerdings würde Pech haben. Das Haus war so klein, dass ihm seine beredte Liebenswürdigkeit wahrscheinlich nicht einmal ein eigenes Bett verschaffen würde.

»Wisst Ihr, wo die Wirtin ist?«, fragte er einen der Händler.

Der Mann wusste es nicht, aber das war egal, denn in dem Augenblick öffnete sich die Tür und die Gewünschte trat herein. Mit einem Ausdruck im Gesicht, der in Marcellas Hirn einen kurzen, heftigen Schmerz auslöste. Ruben bückte sich hinter ihr durch den Türrahmen, triefend nass und so geknickt, als habe er gerade höchstpersönlich das Abendland an die Sarazenen verloren. Marcella spähte und hoffte sehnsüchtig, hinter seinem Rücken einen Zipfel von Sophie oder Heiderinc zu erwischen. Aber die Tür, die auf den Hof führte, gab nichts frei als den Blick auf einen in Regen gehüllten zweirädrigen Ochsenkarren.

»Wo sind die beiden?«

»Ich hatte gedacht, im Garten«, erwiderte Ruben kläglich.

Die Wirtin schaute, als trüge sie Schuld an dem, was sich möglicherweise als Unglück entpuppen würde, und als ihr das bewusst wurde, versuchte sie sich in einer Miene der Entrüstung, die ebenso missglückte.

»Sie sind in keinem der Schlafräume?«, fragte Tristand.

Wie sich herausstellte, gab es nur einen einzigen, und dort schnarchten die männlichen Gäste, und Sophie hätte sowieso ein anderes Bett bekommen, in ihrer eigenen Kammer, versicherte die Wirtin.

»Und gibt es eine Scheune?«, wollte Marcella wissen.

Ja, das wohl. Aber, erklärte Ruben, dort hatte er sich selbst zum Schlafen hingelegt, und außerdem hatte er gerade vorhin trotzdem noch einmal nachgeschaut und auf dem Rückweg auch im Garten und dabei festgestellt, dass zwei Pferde fehlten. Unglücklicherweise die von Sophie und Heiderinc. »Es hatte ja noch nicht so tüchtig geregnet, als wir zurückkamen. Vielleicht sind sie einfach noch eine Runde geritten und haben sich dann untergestellt«, meinte er hoffnungsfroh.

»Was wir ja wohl herausfinden werden müssen.« Tristand trat unter den Türsturz und schaute grimmig auf die Straße hinaus. Es goss in Strömen. Es goss, als stünde jemand auf dem

Dach und kippte aus einem riesigen Eimer Wasser auf die Erde.

Marcella drückte sich neben ihn. Der Lehm mit den eingefahrenen Rillen der Fuhrwerke hatte sich in einen modrigglitschigen Morast verwandelt, der selbst mit Pferden unangenehm zu durchreiten sein würde.

»Wenn sie bei einem Bauern untergekrochen sind, dann ist es gut«, murmelte sie. »Aber wenn sie in einer Scheune gelandet sind, oder an irgendeinem einsamen Platz, und miteinander ...« Wie drückte man das aus? Alles würde ernst klingen und sie meinte es auch ernst. Die arme, dicke ... wie hieß sie gleich ... die mit dem Muttermal am Nasenflügel – sie war in die Milchstube gegangen, nachdem ihre Schande offenbar geworden war, und hatte sich an einem der Dachbalken erhängt. Jeanne hatte das erzählt. Und Marcella hatte das Gefühl gehabt, dass sie diesen Entschluss billigte. Obwohl sie darüber geweint hatte.

Tristands Stimme grollte. »Wenn ich die zwei erwische, wie sie sich miteinander im Stroh wälzen ...«

»... dann seid barmherzig zu ihnen. Wenigstens zu Heiderinc.« Marcella tätschelte seinen Arm. »Denkt dran, wenn er nicht mehr da wäre, die Ehre der armen Sophie zu retten – und ich kann's ja leider auch nicht –, dann wäre es wahrscheinlich an Euch ... ich meine, zumindest würden einige es so auffassen ...«

Er stürmte hinaus. Direkt in den Regen. Ohne den einzigen komischen Aspekt zu würdigen, den die ganze Angelegenheit hatte.

Marcella ließ sich nicht abhalten, selbst bei der Suche nach den Verschollenen zu helfen. Sie ging, die Pferde zu holen, weil Tristand noch einmal umgekehrt war, um die Wirtin auszuhorchen. Als sie in den Garten trat und im Unterstand an dem Leder nestelte, mit dem die Tiere an die Eisenringe gebunden waren, meinte sie etwas zu hören. Sie trat zurück, halb hoffend, dass die beiden Übeltäter durch die Büsche geschlichen kämen, aber es rührte sich nichts, nur der Regen plätscherte weiter auf das runde Dach des Backhauses. Wäre ja auch zu einfach gewesen, dachte sie trübe. Tristand rief und sie führte die Pferde über die Steinplatten zur Straße hinaus.

»Die beiden wussten, dass es regnen würde. Wenn wir also annehmen, dass sich in ihren idiotischen Köpfen noch Platz für einen Gedanken fand … Wohin würden sie reiten, Marcella?«

»Zum Zauberberg? Ans Ende des Regenbogens? Keine Ahnung. Ich wäre ins Bett gegangen.«

Sie beschlossen, sich zu teilen, wobei Marcella, da sie ja nicht allein hinausdurfte, als Anhängsel bei Ruben blieb. Tristand ritt die Straße westwärts, Marcella und Ruben in die entgegengesetzte Richtung, denselben Weg entlang, den sie schon am Nachmittag zur Mühle genommen hatten. Wenn Heiderinc mit Sophie einfach über die Felder galoppiert war, würde er hoffentlich irgendwann zur Straße eingeschwenkt sein und einem von ihnen begegnen. Falls die beiden nicht doch in einer Scheune untergekrochen waren.

Oder in dem Römerturm.

Dieser Gedanke kam Marcella, als sie schon den halben Weg zur Mühle zurückgelegt hatten, und sie teilte ihn Ruben aufgeregt mit. Warum nicht der Turm? Den Turm hatten sie alle am Nachmittag gesehen. Er lag einsam, er bot, soweit man das auf die Entfernung beurteilen konnte, Schutz, wahrscheinlich fände ein verliebtes Paar ihn sogar romantisch.

Sie wickelte den Wollumhang, den die Wirtin ihr geliehen hatte, fester um den Leib und begann, den schwarzen Wald zu ihrer Rechten durch den strömenden Regen nach einer Öffnung und dem hohen, finsteren Turm abzusuchen.

Es wurde leichter, als sie erwartet hatte. Plötzlich schien Licht zwischen den Bäumen auf. Licht konnte es bei diesem Wetter aber nur in überdachten Räumen geben. Und da die Bauern alle im Schutz ihrer eingezäunten Dörfer lebten, musste der Schein wohl von dem Turm kommen.

»Ich reit' voraus, und wenn sie da sind, dann hol' ich sie«, sagte Ruben. Er war nicht der Mann, ein Wort über das Wetter zu verlieren, aber natürlich fror er ebenfalls wie ein Hund. Und wahrscheinlich war es gut, wenn er vorausritt, ohne auf Marcella, die ihr Pferd vom Damensattel aus nur mühsam durch den Matsch dirigierte, Rücksicht nehmen zu müssen. Sie winkte ihm und ritt allein weiter, schwankend zwischen Zorn und Erleichterung.

Mit Ruben an der Seite war es kalt und ungemütlich gewesen, jetzt, als er fort war, erschien es ihr mit einem Mal noch viel finsterer als zuvor. Marcella ging auf, dass sie noch nie in ihrem Leben allein durch einen Wald geritten war. Schon gar nicht nachts. Sie suchte nach Sternen, konnte aber nur die schwarzgrauen Regenwolken erkennen und gelegentlich den eingedrückten Mond. Frierend zog sie die Hände unter den Umhang und überließ es dem Pferd, seinen Weg durch den Matsch zu finden, was sie noch langsamer machte, aber schließlich würde Ruben ihr mit den Ausreißern sowieso entgegenkommen.

Plötzlich gab es Geräusche um sie herum, die sie vorher nicht gehört hatte, und sie machte sich klein auf dem Pferd. Blätter raschelten, Zweige knackten, und sie musste an Elben denken und an Feen und Druden. Auch an menschliches Gesindel. An Hexen.

»Angsthase«, murmelte sie. Aber sogar ihre eigene Stimme hatte in der Dunkelheit etwas Furchteinflößendes. Sie verkroch sich unter ihrer Wolle und spähte angestrengt nach Ruben aus. Die Bäume traten zurück, zu ihrer rechten Hand breitete sich das Feld aus. Sie sah jetzt wieder das Licht und es war erfreulich nahe gekommen. Vielleicht warteten die Männer und Sophie drinnen im Turm auf sie, um ihr Gelegenheit zu geben, sich aufzuwärmen.

Gerade als sie das dachte – und möglicherweise hatte die Erleichterung sie unaufmerksam gemacht –, glitt ihr Pferd aus. Ein Fuchsloch, eine Bodenspalte, ein ungeschicktes Auftreten ... Marcella rutschte mehr, als dass sie fiel, aber es gelang ihr nicht, mit den Füßen aufzukommen, sie stürzte auf die Knie und konnte sich gerade noch mit den Händen abstützen, sonst wäre sie bäuchlings im Schlamm gelandet.

Der Boden war weich, sie hatte sich nicht wehgetan. Es gab also keinen Grund für den Schrei, der ihr entschlüpfte und für den sie sich schämte und den sie auch für gefährlich hielt – schließlich wollte sie nicht auf sich aufmerksam machen. Es gab auch keinen Grund mit den Zähnen aufeinander zu klappern. Keinen Grund!, dachte sie wütend – und schrie im nächsten Moment schon wieder. Ein schwarzer Schatten glitt aus der Dunkelheit auf sie zu. Halb erstickt, die Faust am Mund und fast irr vor Schreck, taumelte sie zurück.

Sie musste mehrere Male hinhören, bis sie begriff, dass der Schatten zu ihr sprach und was er sagte. Und sie tat es auch erst, als er sie an den Schultern schüttelte.

Tristand! Also wirklich.

»*Müsst* Ihr so schleichen!«, zischte sie. »Ihr ... erschreckt einen ja ... zu Tode. Ihr ...« Allmächtiger, es tat gut, sich an ihm festzuhalten. Es tat gut, seine Hände zu spüren und die Nähe seines warmen Körpers, der ihren eigenen um Kopfeshöhe überragte und sie tröstlich vor dem Wald abschirmte. »Ihr bringt mich noch um mit Eurer Schleicherei! Ihr verdammter ...«

Sie ließ ihn los. Er lachte. Wahrscheinlich war es auch komisch. In hundert Jahren würde sie ebenfalls lachen.

»Sie sind im Turm«, sagte Marcella. »Ruben ist sie holen gegangen.« Sie stieg nicht mehr in den Sattel. Ihre Knie wackelten, aber der Turm lag dicht vor ihnen, sie würden über die aufgeweichte Wiese gehen müssen und das tat sie sowieso lieber auf den eigenen Beinen. »Was hat Euch hierhergetrieben? Ich dachte, Ihr sucht in der anderen Richtung?«

»Habe ich auch. Bis hinunter zur Brücke. Und dann ist mir der Turm eingefallen. Wisst Ihr, wo ich mein erstes Stelldichein hatte?«

»Im Kontor eines Geldwechslers?«

»Was macht Euch so boshaft? Auch in einem Turm. Vor den Mauern von Brüssel gibt es ein Wäldchen, in dem eine verfallene Motte steht – so eine Art Bergfried ohne Burg.«

»War's nett gewesen?«

Er schwieg kurz. »Nicht ganz. Der Vater meiner Angebeteten hat uns erwischt. Und er war dummerweise mein Lehrherr.«

Marcella sah die Turmmauer vor sich aufragen und fühlte die Zweige eines Busches an ihrer Hand, an den sie die Zügel ihres Pferdes knotete. Sie erinnerte sich an das, was Martin über die Lehrzeit seines Bruders gesagt hatte. Über den Lehrherrn, der ja offenbar zu Tode gekommen war, und Tristand hatte damit zu tun gehabt. Sie schob den Gedanken beiseite. Es ging sie nichts an, sie wollte damit nichts zu tun haben. Ihre Hände ertasteten bröckliges Gemäuer. Das Licht, das sie gesehen hatten, musste auf der anderen Seite des Turmes leuchten, denn hier war es stockdunkel.

Sie fühlte Tristands Ärmel gegen ihren eigenen streifen. »Der Eingang liegt über uns«, flüsterte er. »In Kopfhöhe. Wartet. Ich glaube ... ja, das ist eine Leiter. Verfl... Nein, nichts. Nur ein Splitter. Sprecht Ihr mit den beiden? Wenn ich es müsste, würde ich sie erschlagen. Bitte, geht zuerst. Ich werde hinter Euch bleiben und aufpassen.«

Marcella kletterte die Sprossen hoch und krabbelte über die Schwelle der Eingangstür. Sie wusste, dass sie sich in einem Zimmer befand, aber nur, weil sie nicht mehr nass wurde. Es war hier genauso kalt und dunkel wie draußen. Nein, doch nicht, in der Ecke gab es Licht. Einen klitzekleinen Schimmer, der von oben aus den Ritzen einer Bodenluke kam. Sie sah undeutlich Strohballen, die sich an den Wänden stapelten.

Wahrscheinlich hatten die Bauern von Dill das feste Gebäude zur Lagerung des Viehfutters benutzt. Unter der Bodenluke ragte eine weitere Leiter. Seufzend tastete sie sich hin und machte sich daran, ins Obergeschoss des Turmes zu klettern.

Irgendwo auf den Leitersprossen verlor sie plötzlich die Zuversicht, die sie draußen vor dem Turm noch empfunden hatte. Es fiel ihr auf, wie still es war. Warum, warum nur redete dort oben niemand? Sie rief leise, und ihre Unruhe wuchs, als keine Antwort kam.

Vorsichtig hob sie die Luke an, die sich als Brett entpuppte, das man bequem beiseite schieben konnte. Sie steckte ihren Kopf durch die Öffnung. Der Raum war leer. An einem Eisenring hing eine Pechfackel, die warm flackerte – das Licht, das sie von außen gesehen hatte. Marcella kletterte hinein. Hier oben lagerten ebenfalls Ballen, wenn auch nicht so viele wie in dem Untergeschoss. Jemand hatte einen davon auseinandergerissen und sich ein gemütliches Eckchen neben der ehemaligen Tür zur Außengalerie geschaffen. Marcella sah einen Weidenkorb mit bunten Stoffresten. Sie ging und beugte sich darüber. Ein umnähtes Strohknäuel, das mit Nadeln gespickt war, Garn, eine spitze, angerostete Bogenschere, darunter eine Stickerei … Wahrscheinlich hatten sich ein paar Mädchen hier ihr Nest gebaut. Vielleicht die Töchter eines reichen Bauern, des Bauern, der hier sein Stroh einlagerte.

Aber wo waren Heiderinc und Sophie? Und wenn nicht sie – wo steckte Ruben?

Marcella blieb vor dem Nähkörbchen knien. Mit einem Mal wusste sie, dass sie einen Fehler gemacht hatte. In diesem Turm brannte Licht, aber niemand sprach. Niemand war da. Scheinbar. Wenigstens Ruben hätte hier warten sollen. Und was, wenn er schon wieder fort war? Mit den beiden jungen Leuten? Wenn sie gegangen waren und einfach vergessen hatten, die Fackel zu löschen?

Marcella wusste, dass es nicht so war. Jemand befand sich im

Turm, außer ihr und Tristand. Das spürte sie ganz deutlich. Und plötzlich überfiel sie eine so grässliche Angst, dass sie nicht einmal fähig war aufzustehen. Ihre Hand glitt in den Weidenkorb und schloss sich um die Bogenschere. Die andere Hand legte sich darüber, und sie begann, das eiserne Werkzeug in ihren Ärmel zu schieben, sachte, als könne jede hastige Bewegung ein Erdbeben auslösen.

Im Geschoss unter ihr gab es plötzlich Geräusche. Ein heftiges Rumpeln und einen gewaltsam erstickten Laut.

Marcella blieb wie festgefroren hocken. Sie rührte sich nicht, als sie Schritte hinter sich hörte, und sie wehrte sich auch nicht, als sich Arme um sie legten und zwei Hände grob an ihren Busen fassten.

Der Mann war größer als sie. Er stank nach Schweiß und Schnaps, und seine Fingernägel bohrten sich in ihr Fleisch, als er sie hochzog und quer durch den Raum schleifte und gegen die Strohballen an der Wand warf. Sie blickte auf ein eckiges, mit Bartstoppeln übersätes Kinn, sah kalte, blöd blickende Augen und strähniges Haar, das die Farbe grauen Sandes hatte. Die Haare machten ihr noch mehr Angst als die Augen. Der Mann gehörte zu denen, die ihnen nach Himmerod gefolgt waren. Tristand hatte also recht gehabt. Er hatte recht gehabt und nun war er vielleicht schon tot. Panik stieg Marcella in die Kehle wie ein Schwarm aufgescheuchter Wespen.

Im unteren Raum begann es zu rumoren, die Leiter kratzte über den Boden, und wenig später wurde jemand durch die Luke gedrängt. Tristand. Er war also doch nicht tot. Aber seine Lippe und sein Zahnfleisch bluteten, und er taumelte benommen, als hätte er einen Schlag auf den Kopf bekommen. Der Mann mit dem eckigen Kinn packte ihn und warf ihn gegen den Ballen auf der anderen Seite des Raumes neben dem Weidenkörbchen. Tristand blutete nicht nur aus dem Mund, sondern auch aus einer Wunde am Bein. Im Licht der Fackel, das über seinem Kopf tanzte, sah man einen hässlichen, nassdunklen Fleck, der sich über den Stoff seines Surcots ausbreitete.

Ein zweiter sandfarbener Kopf schob sich durch die Luke. Der Mann, der kam, war älter, und die Lippen seines Mundes waren dünn und hässlich blau. Ihm folgte eine dritte Gestalt – der Junge.

Er blickte hellwach und entsetzt.

Der Mann mit den blauen Lippen schien der Vater der beiden anderen zu sein. Jedenfalls gab er die Befehle. »Los, verteil das Stroh«, fuhr er den Jungen an. »Nein, hier! Ich will es überall auf dem Boden. Da auch. Und vor der Tür. Ja doch! Und du, Bart, du gehst und holst den anderen.«

Bart begann zu grinsen. Er tat nichts. Weder gehorchte noch widersprach er. Er stand vor Marcella, und mit einem widerwärtigen Grinsen, bei dem sich sein Kinn bewegte, als ob er kaute, schob er die Spitze seines Schuhs unter ihren Rocksaum. Marcella hörte auf zu atmen. Sie spürte, wie Angst ihre Züge versteinerte, und sie sah, dass der Mann es bemerkte und sich daran freute. Sein Grinsen erweiterte sich, bis eine Reihe angefaulter Zähne die Lippen auseinanderdrängte.

»Bart, ich sag, du sollst den Kerl holen!«, fluchte der Alte.

Barts Schuh streichelte über Marcellas Knöchel und wanderte die Wade und ihren Schenkel hinauf.

Sein Körper verdeckte die anderen Männer, und so sah Marcella nicht, was hinter seinem Rücken geschah. Sie hörte nur Poltern und dann einen lauten Schrei, und im nächsten Moment wurde Bart zurückgerissen und bekam von seinem Vater eine schallende Ohrfeige.

»Hol den Kerl rauf, sag ich!«, knirschte der Alte.

Tristand krümmte sich neben dem Weidenkorb. Seine Hände waren über den Fleck an seinem Bein gepresst und er rang um Luft. Durch seine Finger quoll helles, rotes Blut.

Stumm warteten sie auf Bart, der im Untergeschoss rumorte und gotteslästerliche Flüche ausstieß.

»Was hat die Frau damit zu tun?«, mühte sich Tristand zu sagen. Man konnte ihn kaum verstehen. Seine Lippen waren angeschwollen. Er hielt noch immer die Wunde. »Wenn ihr Geld wollt ...«

Der Alte beachtete ihn nicht. Er trat zur Luke und half seinem Sohn, einen schlenkernden, schweren Körper durch die Öffnung zu wuchten.

Ruben.

Es war keine Zeit für Tränen. Der Hals des kleinen Ritters klaffte, sein Kopf baumelte im Nacken. Sie hatten ihm die Kehle durchschnitten. Bart zog den Toten an den Beinen quer durch den Raum und versetzte ihm einen Tritt. Der Junge häufelte ängstlich Stroh über den Leichnam.

»Lasst sie gehen«, flüsterte Tristand. »Sie ist nicht gefährlich. Sie ...« Er duckte sich und rollte zur Seite, um sich vor Bart zu schützen, aber zu spät. Bart trat zu und eine Zeit lang war das scharfe Atmen des Geschundenen das einzige Geräusch.

Der Alte begann, Strohballen neben die Einstiegsluke zu zerren und andere vor die Türöffnung, die nach draußen auf die Balustrade führte. Dann suchte er mit den Augen die Decke ab.

Der Bauer, der den Turm für sein Futter nutzte, hatte rohe Baumstämme anstelle des alten Daches eingezogen. Einzelne Wassertropfen plätscherten durch die Spalten. Aber der Fußboden war größtenteils trocken. Und außerdem lag ja überall Stroh.

»Wir lassen sie brennen?«, fragte Bart, wobei sein Blick genüsslich an Marcella hing.

Der Alte schüttelte den Kopf. Er begann erneut, über die Leiter abwärts zu steigen. Als er zurückkehrte, trug er ein brusthohes, zweischneidiges Schwert in der Hand. »Peter hat gesagt, sie müssen sicher tot sein. Erst dann machen wir Feuer.«

Marcella rutschte mit dem Rücken gegen die Wand. Ihr tat die Brust weh, so hart hämmerte das Herz gegen die Rippen.

Die Bogenschere drückte auf ihr Fleisch und sie legte die Hand darüber. Der Alte kam mit dem Schwert auf sie zu ...

Aber dann stand plötzlich der Junge da. Sein Vater musste ihn gerufen haben, denn sie sah, wie er ihm den Griff der viel zu wuchtigen Waffe in die Hände drückte. Der Junge wollte nicht. Gequält blickte er auf die Frau herab. Seine Kinderaugen tränten, das Schwert schlenkerte über dem Boden. Die scharfe Stimme des Alten stauchte den Jungen zusammen. Er nahm ihm die Waffe aus der Hand und drückte ihm mit einem abfälligen Murmeln ein kleines, auf beiden Seiten geschliffenes Jagdmesser zwischen die Finger. Er murrte weiter, aber das war nur noch ein Geräusch in der Ferne.

Der Junge hockte sich vor Marcella. Er schluckte an seiner Angst. Sein Gesicht war dreckig von den Tränenspuren, und er vermied es, sie anzusehen – aber er war jetzt entschlossen.

Marcella zog die Knie an, um ihren Arm zu verbergen. Der Bogengriff der Schere lag schwer in ihrer Hand. Eine böse Waffe gegen Kinderhaut. Ihr Herz wurde so leer wie ihr Kopf. Sie sah, dass Bart seinen Fuß auf Tristands Hals gesetzt hatte.

Wirr irrlichterte der Gedanke durch ihr Hirn, dass es tödliche Wunden gab und Stellen, an denen die Menschen litten, statt zu sterben. Sie zog die Schere aus dem Ärmel und versenkte sich in die gehetzten Kinderaugen. Als sie sie flackern sah, hob sie den Arm und stieß das Eisen mit aller Kraft in das braune Tuch, das den dünnen Leib bedeckte.

Der Junge brach über ihr zusammen. Er war tatsächlich nicht sofort tot, denn er kreischte. Marcella sah, wie die beiden sandhaarigen Männer auf sie zustürzten. Sie wollte nach dem Jagdmesser tasten, aber sie wusste bereits, dass sie nicht die Kraft haben würde, ein zweites Mal zuzustechen. Das Kind rollte qualvoll über ihren Bauch.

Undeutlich merkte sie, wie Tristand auf die Füße kam und sich gegen die Wand aus Strohballen stützte. Er hatte etwas in der Hand, eine Art Latte, die er schwang und vorwärts stolpernd dem Alten gegen den Schädel donnerte. Der Mann ging zu Boden, aber auch Tristand wurde von der Wucht mitgerissen und stürzte. Im Fallen riss er an Barts Beinen. Marcella wusste nicht, wie es zuging, aber als Bart wieder auf den Beinen war und sich auf den Angreifer werfen wollte, steckte plötzlich das Schwert zwischen Tristands Fäusten.

Bart hielt inne. Eben war er noch vor Wut wie benebelt gewesen, jetzt wurde sein Blick lauernd und still. Tristand hatte das Schwert, aber er lag am Boden, und es sah nicht aus, als wäre er fähig, auf die Beine zu kommen. Jedenfalls nicht schnell genug, um gefährlich werden zu können. Der Sandhaarige schielte nach dem Messer in der Hand des Jungen, entschied sich dagegen und bückte sich nach der Latte.

Es wurde ein kurzer Kampf. Bart sprang los, die Latte sauste auf Tristands Kopf zu – und im selben Moment beschrieb das Schwert einen aufblitzenden Bogen. Wie durch Zaubermacht fegte es die Latte beiseite und drang dann, noch mit demselben Schwung, leicht abgebremst, dem Mann mit dem Sandhaar seitlich in den Hals.

Marcella schloss die Augen.

Ihre Nerven flogen. Der Junge auf ihrem Bauch war erschlafft. Sie wusste, dass sie ihn beiseite schieben musste. Sie musste auch nachsehen, ob Bart außer Gefecht war. Sie musste Tristand helfen. Fliehen. Und das wollte sie auch alles, aber ...

Undeutlich nahm sie wahr, wie die Last auf ihrem Leib sich verschob.

»Bitte«, hörte sie Tristand flüstern, »Ihr müsst aufstehen ...«

Sie fühlte seine Hände in ihrem Haar und schlug die Augen auf.

»Wir müssen fort«, wisperte er. »Und zwar schnell.«

Ungeschickt richtete sie sich auf. Der Junge lag mit angezogenen Beinen neben ihr. Seine Augen stierten zu den Deckenbalken. Der Mund stand offen, als hätte er Luftnot.

»Marcella ...« Tristand fasste sie, und als er sie von dem Jungen fortdrehte, kam ihre Hand an seinen nassen Rock. Er blutete, fiel ihr ein. Und zwar heftig. Wie viel Blut konnte ein Mensch entbehren, bevor er starb?

»Legt Euch hin«, sagte sie. »Nein ... Ihr könnt so nicht laufen ... Legt Euch ...«

»Wenn uns jemand sieht, zusammen mit den Toten, von denen wir nicht beweisen können, dass sie uns angegriffen haben ...«

»Still!«

Marcella zog ihren blutigen Surcot über den Kopf. Sie riss aus dem Rücken einen Stofffetzen heraus, schob Tristands Kleider hoch und den Beinling herab. Die Wunde saß am Oberschenkel. Ein Halbmond, schräg ins Fleisch geschnitten. Man konnte nicht erkennen, ob der Schnitt tief ging, aber jedenfalls blutete er stark. Eilig faltete sie den Stoff und presste ihn gegen das klaffende Fleisch.

Tristand stöhnte durch die Zähne und presste die Faust gegen den Mund.

»Ihr müsst es selbst halten. Stramm, damit ich es verbinden kann.« Marcellas Finger zitterten so sehr, dass sie mehrmals zufassen musste, um weitere Streifen aus dem Surcot reißen zu können. Sie knotete sie aneinander und wickelte sie in mehreren Lagen als Verband um das Bein.

»Der Graf von Dill ist hier Gerichtsherr«, flüsterte Tristand. »Wenn er uns erwischt ... wenn er klug genug war, die ganze Sauerei überwachen zu lassen ...«

»Wir tun das, was seine Männer tun wollten. Wir zünden alles an. Und dann gehen wir fort.« Sie wollte aufstehen, aber Tristand hielt sie zurück und zog sie zu sich.

»Es ... tut mir so leid, Marcella.« Die Schmerzen machten seine Stimme heiser. »Ich wollte nicht ... Ich wusste nicht, was ich machen sollte ...«

Seine Augen glänzten wie von Tränen, was aber nicht sein konnte, da Männer wie er nicht weinten. Aber es berührte sie eigentümlich, dass jemand ihretwegen aussah, als würde er Tränen vergießen. Sacht strich sie mit dem Finger über seinen wunden Mundwinkel.

»Ich hätte Euch niemals ...«, flüsterte er. Er war ganz durcheinander von dem Schmerz. Er redete weiter, während sie ihn unter der Achsel fasste und ihm aufhalf. Er knickte bei jedem Schritt ein, und es war ein schweres Stück Arbeit, ihn die Leiter hinab- und durch die Tür und dann die zweite Leiter herunterzubekommen. Und am Ende war es Marcella, die noch einmal zu den Toten hinaufstieg und ihren Leibern mit der Fackel ein Ende machte.

Sie fanden Sophie und Heiderinc auf der Bank vor der Herberge. Die beiden saßen im immer noch strömenden Regen, mit sichtlich schlechtem Gewissen, und warteten auf ihre Freunde. Es stellte sich heraus, dass sie mit ihren Pferden nur ein Stück weit die Straße hinaufgeritten waren und dann unter Bäumen Schutz gesucht – aber nicht gefunden – hatten. Leider, sagte Heiderinc. Aber dann waren sie sowieso schon nass gewesen und hatten sich deshalb mit dem Heimkommen nicht mehr beeilt. Es tat ihnen leid, falls sie damit Ungelegenheiten bereitet haben sollten. Sophie trug einen Ring aus Gänseblümchen an der Hand und bemühte sich, nicht allzu glücklich auszusehen. Ihr Gesichtchen leuchtete im Licht der Laterne, die im Fenster brannte. Wenn sie so ausschaut, dachte Marcella und tastete nach ihrer Brust, in der sie immer noch die Fingernägel spürte, dann wird ihr ja wohl nichts Schändliches widerfahren sein.

Sie ritten noch in derselben Nacht die vier Meilen zur Starkenburg zurück. Es war ein eigentümlicher, stummer Ritt unter einem schwarzen Himmel und es regnete die ganze Zeit. Sophie und ihr Liebster schienen die Strapaze als Sühne zu begreifen und ertrugen sie ohne Protest. Für Tristands gebeugte

Gestalt waren sie blind, an Ruben dachten sie nicht. Mit wirrer Müdigkeit überlegte Marcella, was die Gräfin zu ihrer Art, Sophie zu hüten, wohl sagen würde. Sie schämte sich. Nicht nur wegen Sophie. Auch wegen des Fußes, der unter ihren Rock gekrochen war. Auch wegen des Jungen. Und sie schämte sich wegen ihrer Niedergeschlagenheit, die sie wie ein Kokon einhüllte und es Tristand überließ, Gründe für Rubens Fehlen zu erfinden und später, am Tor, dem Wächter den nächtlichen Einlass abzuschmeicheln.

Kurz bevor der Morgen graute, lag Marcella wieder in ihrem Bett unter den Adonisranken. Sie hatte sich unter allen Decken vergraben, die sie finden konnte, und träumte wilde Träume, in denen Jeanne ihr ihren bunten Mantel fortnehmen wollte.

XVI

Es sind noch sechzehn Tage, bis der Erzbischof kommt«, sagte Marcella. »Wenn Ihr Euch heraushalten wollt – die Wunde heilt gut, Ihr könnt die Burg vorher verlassen.«

Dass die Wunde gut heilte, wusste sie von Mechthilde, die ohne Vergnügen, aber mit grimmigem Pflichtbewusstsein die Aufgaben der Pflegerin übernommen hatte. Mechthilde stellte keine Fragen. Männer handelten sich Wunden ein wie Mückenstiche. Bald würde sie womöglich ein ganzes Spital zu betreuen haben. Sie hatte Wichtigeres im Kopf als ein lädiertes Bein.

Tristand war ein ungeduldiger Kranker. Auf seiner Decke lagen Bücher, die Lade seines Bettes stand vor und war von einer Schicht leerer Pergamentbögen und einem aufgeschlagenen Wachstafelbuch bedeckt, hinter ihm, auf dem Kopfteil des Bettes balancierte ein Ständer mit einem Tintenhörnchen.

»Ich bleibe«, sagte er. »Weil …« Er suchte etwas, wo er die Feder, mit der er gerade geschrieben hatte, unterbringen konnte, und reichte sie erleichtert an Marcella weiter, die sie in das Tintenhörnchen steckte. »Wisst Ihr, wie ich hierhergekommen bin?«

»Richwin hatte mir gesagt, dass Ihr bei den Starkenburgern wohnt, mehr nicht.« Sie sah sein verdutztes Gesicht und erläuterte: »Damals, im Weinkeller von Onkel Bonifaz. Das war es, was er mir zuflüsterte, bevor ich gehen musste.«

»Ah ja.« *Ah ja* bedeutete keine Begeisterung. Wie ungerecht. Wo Richwin doch alles so gut gemacht hatte.

»Jedenfalls«, meinte Tristand gedehnt, »verdanke ich ihm und Johann, wie man so schön sagt, das Leben. Sie kreuzten zufällig auf, als die Frachtwagen überfallen wurden, und haben mir beigestanden.«

»Die beiden allein?«

Er zuckte die Achseln. »Merkwürdig war das schon. Die meisten Frachtbegleiter lagen tot am Boden. Außerdem waren die Strauchdiebe mit einer ganzen Bande da. Es muss daran gelegen haben, dass der Kerl, der die Spitzbuben führte, mit Johann verwandt ist. Wahrscheinlich hatte er Skrupel ...«

»Habt *Ihr* ihm die Lippe gespalten?«

»Wem? Walram?« Tristand grinste trocken. »Der Kerl hatte seinen Spaß dran zuzusehen, wie seine Leute um die Wagendeichsel tanzten und versuchten, an mich heranzukommen. So was gibt's. Alles ein Spiel. Am Ende hat er sie zurückgepfiffen, um ihnen zu zeigen, wie man's richtig macht – und das hat er auch getan. Ich war mein Schwert schneller los, als ich zusehen konnte. Der Mann war ... unglaublich.«

»Ich bin parteiisch. Sagt mir, dass er seine Lippe doch durch Euch einbüßte. Es würde mich kränken, wenn nur eine Wirtshausrauferei dahintersteckte.«

»Er büßte, Herrin. Er hatte mich zu sich ans Pferd gezogen und mir die Schwertklinge unters Kinn gesetzt, und da hab ich ihm das Messer – es war sein eigenes, gefällt Euch das ... die Symbolik? –, ich bin jedenfalls an seinen Gürtel rangekommen und habe ihm das Messer über die Schulter an den Mund gejagt. Ins Herz wäre ruhmreicher und sicher wirkungsvoller gewesen, aber da trug er leider fingerdick Eisen.«

»Es ist die Absicht, die zählt«, erklärte Marcella großmütig.

»Wie kommt es, dass Richwin und Johann ihn nicht erkannt haben?«

»Weil er eine Kettenhaube trug. Sein Mund war auch nur deshalb frei, weil er gerade die Vinteile geöffnet hatte, um mir seine Meinung über meine Fechtkünste nahezubringen. Und als die Jungen kamen, hat er sie wieder übergeschnallt.« Tristand verstummte und geriet ins Grübeln. »Aber es ergibt keinen Sinn«, murmelte er. Und wiederholte noch einmal verdrossen: »Es ergibt einfach keinen Sinn! Ich könnte mir vorstellen, dass der Kerl ... Ich meine, er war ziemlich wütend über die Sache mit der Lippe. Wenn er aus meinen Büchern gesehen hat, wer ich bin, vielleicht hat er da den gestohlenen Wagen zum Hof meines Vaters gebracht. Um irgendwie Unheil zu stiften. Aber zur Katastrophe wurde doch alles erst, als die Ratsmitglieder kamen. Was denkt Ihr, Marcella? Wenn der Rat erst am nächsten Tag oder auch nur ein paar Stunden später zum Hof geritten wäre ...« Er schaute sie hilfesuchend an.

Ja, was wäre dann passiert? Arnold hätte den Wagen versteckt und später heimlich entladen, und niemand wäre ihm draufgekommen. Wenn er Zeit zum Nachdenken gehabt hätte, hätte er vielleicht sogar den Zender geholt, statt sich in das dumme Spiel einzulassen. Aber die Schöffen kamen, als hätte Luzifer selbst ihnen die Uhr gestellt. Oder eben vielleicht auch Martin.

Marcella setzte sich mangels eines Schemels auf die Bettkante. »Lasst uns etwas ausdenken, Tristand. Wir müssen einen Weg finden, wie wir Walram den Diebstahl des Safrans nachweisen können. Irgendwo muss er ihn schließlich verkaufen. Und vielleicht gibt es Leute, die ehrlicher sind als die Himmeroder.«

Der Kaufmann nickte und schüttelte gleichzeitig den Kopf. »Der Schlüssel liegt in Trier, Marcella. Nennt es Instinkt oder sonst was. Dort laufen die Fäden zusammen. Beim Schöffenrat. Ich glaube ...« Er sah sie an, und es gefiel ihr nicht, wie das geschah, weil sein Blick wieder so unendlich vertraut war, als wären sie Verbündete gegen des Rest der Welt. Er war in Gedanken vertieft. Wahrscheinlich war ihm gar nicht bewusst, wie nah er ihr rückte. Er hatte sogar ihre Hand umfasst, und sie hätte schwören können, dass er es selbst nicht bemerkte.

»Ich muss mit Martin sprechen.«

»Mit … *was* wollt Ihr?« Marcella zog die Hand fort. »Seid Ihr noch bei Verstand?« Heftig biss sie sich auf die Lippe. »O Tristand, verflucht! Wenn das die beste Idee ist, die Euch einfällt, dann solltet Ihr uns allen Müh ersparen und Euch selbst den Strick um den Hals legen!«

»Nein. So ist Martin nicht. Er ist mein Bruder. Ich weiß, dass er mich gern hat. Damals im Ratssaal … er war einfach aufgeregt. Wenn ich mit ihm hätte sprechen können, in aller Ruhe, ohne dass uns jemand gestört hätte …«

»Er hat Eurem Vater den Brief fortgenommen, den Ihr geschickt hattet. Und ihn verbrannt.«

»Tatsächlich.« Er war nun doch ein bisschen betroffen. »Das liegt an seinem Temperament. Und er sagt immer, mit *mir* geht es zu schnell durch. Aber wenn Martin wütend wird … Himmel, hat er mich verdroschen – damals, als ich aus meiner Lehrstelle fort und zu dem Juden gegangen bin.«

»Er wird Euch umbringen«, sagte Marcella. »Mit seinen eigenen Händen. Und es wird ihm Freude machen.«

Tristand schwieg und sah sie an. »Marcella, zwischen Martin und mir, das ist etwas Besonderes. Ihr würdet das verstehen, wenn Ihr selbst einen Bruder oder eine Schwester hättet. Er hat mich noch nie im Stich gelassen. Nicht einmal damals in Brügge und da hätte er wirklich Grund gehabt. Er hat mir Geld geboten, als ich aus Brügge fort musste. Er war sogar bereit, mich wieder nach Hause zu holen. Und damals gingen die bösen Zungen in Trier so schnell, als wären sie der Chor des Jüngsten Gerichts. Als ich im letzten Herbst Nachricht schickte, dass ich nach Hause kommen wollte, ich meine, von Venedig aus ...«

Es hatte keinen Zweck. Tristand glaubte jedes Wort, das er sprach. Marcella hielt sich die Ohren zu, stand auf und wusste nicht, ob sie heulen oder toben sollte. Aufgewühlt lief sie zum Fenster und presste ihre Handballen gegen den Sims. »Wenn Ihr zu Martin geht«, sagte sie deutlich und laut, »dann seid Ihr ein toter Mann.«

Pantaleon war der Herr der Stunde. Volker grübelte über die juristischen Möglichkeiten, die sie hätten, Bischof Balduin nach seiner Freilassung zum Einhalten seiner Zugeständnisse zu zwingen, und das war sicher nötig. Aber der Held war Pantaleon: Er machte aus der Starkenburg eine Festung.

Zwei Wochen lang ließ er Vorräte aus den umliegenden Gehöften und Dörfern zusammenkaufen. Gleichzeitig verstärkte er das Eingangstor der Vorburg, indem er es mit einander überlappenden Stahlplatten beschlagen ließ. Hinter dem Tor mussten die Knechte eine Fallgrube ausheben, in deren Boden Eisendorne eingegraben wurden. Er ließ die Gegengewichte an der Zugbrücke ersetzen und den Graben um die Hauptburg ausmisten. Der Brunnen im Burghof bekam eine Abdeckung, für den Fall, dass sie mit Kadavern beschossen würden, und die Zisterne und die Pferdetränke wurden gereinigt und mit Wasser aufgefüllt. Natürlich wurden auch die Waffen überprüft und neue dazu geschmiedet. Und von morgens bis zum Dunkelwerden fanden auf dem Burghof Scheinkämpfe zwischen den Rittern und Reisigen statt.

»Sicher ist das nötig«, sagte Richwin, der neben Marcella auf der Palastreppe saß und kritisch seine Mitstreiter beäugte. »Wenn aus keinem anderen Grund, dann weil es Spaß macht.«

»Wie sie sich die Köpfe blutig schlagen?«

»Nur ein ganz klein wenig blutig. Hast du hingesehen, Johann? Heiderinc ist zu fett. Vielleicht sollten wir ihn nach der

Entführung aussperren, damit er ein paar Wochen in Trier bei Wasser und Brot zubringt. Erklärt mir, Herrin, warum jetzt bei Sophie die Tränen plätschern. Es ist ihm doch gar nichts passiert.«

»Aber es sah so aus, als hätte es können«, sagte Marcella nachsichtig. »Und außerdem muss sie morgen zu ihren Eltern zurück.«

Tristand kam die Hoftreppe herab. Er humpelte noch etwas, aber er hatte das Unglück vom Römerturm ohne Wundfieber und Komplikationen hinter sich gebracht. Und das war ein großes Glück, mehr als man hatte erwarten können. Richwin rückte, um ihm Platz zu machen.

»Pantaleon ist der Beste«, sagte er. »Heiderinc will ich nicht zählen, aber Colin und Claus Smideburg hat er sauber ausgerundet. Und hier ... Emmerich ... Schau dir genau an, Johann, wie Emmerich die Klinge hält. Den Abstand von seinem Daumen zur Abwehrstange ...«

Johann zog gehorsam die Augenbrauen kraus.

»Aber er ist kurzatmig geworden! Pfui! Und wenn er's dreimal leugnet – das kommt vom Wein. Alter Saufkopp!« Richwin streckte die langen Beine aus und genoss. Kein Wunder, er war an diesem Morgen noch nicht einmal besiegt worden.

Den Säufer Emmerich ereilte das Schicksal. Man kämpfte mit scharfen Schwertern, und nur der Umsicht Pantaleons war es zu verdanken, dass er ohne Schramme davonkam. Der Graf grinste in bester Laune über seinem schwarzen Spitzbart.

»Was ist los, Damian, Ihr auch?«, brüllte er.

Tristand schüttelte den Kopf.

»Du würdest es auch nicht schaffen«, stimmte Richwin gemütlich zu. Und erklärte seinem Schüler: »Unser Freund Damian ficht nämlich wie die Italiener, von denen er herkommt. Schnell und gar nicht so dumm. Aber wenn der Schlag von oben kommt, dann hat er beim Parieren so eine ganz unglückliche, kleine Drehung, und wenn man das weiß ...«

»Warum nicht?« Pantaleon hatte das Schwert unter den Arm geklemmt und kam zu ihnen herüber, die anderen Ritter im Schlepptau. »Richwin hat gesagt, Ihr seid gut. Oder habt Ihr noch mit Eurer Humpelei ...«

»Die Italiener können nicht kämpfen«, unterbrach ihn Emmerich. »Fechten lernt man von Franzosen. Oder meinetwegen auch von Engländern, obwohl die sich mehr auf Ringen verstehen, abgesehen von einem, den ich mal in Straßburg ... Na, egal. Die Italiener jedenfalls, die können nichts als Latein brabbeln ...«

»Und Handel treiben«, sagte Pantaleon. Es war eine Provokation. Er unterstützte sie mit einem Augenzwinkern. Seine Schwertspitze wippte verführerisch.

Tristand grinste. Er wollte nicht. Marcella wusste das. Jeder wusste das.

»Lasst ihn«, sagte Richwin. »Er ist huflahm. Und außerdem hat er ein gesegnetes Köpfchen, das man nicht demolieren sollte.«

»Aber ich habe gesehen, wie er sich damals gegen die Männer gewehrt hat, die seine Wagen überfallen hatten. Und da war er so schnell ... fast so schnell wie Richwin. Jedenfalls so gut wie jeder hier«, platzte Johann heraus. Er redete nicht gern vor den Erwachsenen. Seine Wangen röteten sich und verfärbten sich noch dunkler, als Pantaleon ihn neckend mit der Schwertspitze anstupste.

»Hölle, jetzt sieht's böse aus«, sagte Richwin. »Sponheims Hoffnung blickt zu dir auf, Damian. Aber überleg dir's gut. Wenn du nachgibst, wirst du nämlich Prügel beziehen. So sicher wie ...«

»Halt schon das Maul. Es ist nicht recht, einen Kaufmann zum Tjost zu drängen. Das ist nicht sein Handwerk«, fuhr der alte Colin ihm schroff ins Wort.

Tristand blickte von einem zum anderen, er sah sie feixen und Johann auf die Steine blicken und streckte schließlich resigniert die Hand aus. »Aber mit deinem Schwert, Richwin.«

Der blonde Ritter nahm es, küsste es theatralisch und reichte es an ihn weiter.

»Der Graf wird ihn in Häppchen schneiden, Marcella«, sagte er gut gelaunt. »Aber ich wüsste bei allem Nachdenken nicht, wie man ehrenvoller ... O bitte, was macht Ihr für ein Gesicht? Nun los, meine Herren, trollt Euch. Die Damen zu trösten ist mein Dienst. Ihr dürft auf das Geplapper nicht hören. Damian hat zwar bei den Italienern gelernt, aber er hat Augen wie eine Fliege. Sieht in jede Richtung gleichzeitig. Und *so* schlecht sind die Italiener auch nicht. Wenn er nur auf die Hiebe von oben achtgibt ...«

Die Stallknechte hatten die Unruhe mitbekommen. Sie ließen das Heu fallen, sammelten sich neben dem Stalltor und sperrten die Augen auf. Die Edlen untereinander, das kannten sie. Da gewann mal dieser und mal jener. Aber jetzt wollte sich scheinbar der Kaufmann versuchen, dieser Mann aus dem fremden Venedig. Und dazu noch mit ihrem besten Fechter ...

Der Kampf hatte eine andere Qualität, von Anfang an. Das sah selbst Marcella. Die Klingen pfiffen durch die Luft, und es gab einige heftige Hiebe, gleich in den ersten Sekunden. »Es macht ihm nicht wirklich Spaß«, sagte Richwin bedauernd. »Ein Jammer. Aber ... Nein, schaut hin, Marcella. Er ist wirklich nicht übel. Damian kämpft mit dem Kopf. Er hängt an Pantaleons Augen. Nur ist der leider ein gewaltiger Blender.«

Die Knechte fingen an zu pfeifen. Niemand arbeitete mehr. Sogar Heiderinc hatte sich aus Sophies Umklammerung gelöst und begann zu grölen.

Es ist widerlich, dachte Marcella mit plötzlicher, heftiger Abneigung. Nicht nur der Kampf, sondern ... Es schien mit einem Male etwas in der Luft zu liegen. Eine unterschwellige Feindseligkeit, die sicher nicht Damian persönlich galt – sie wusste, dass er wegen seiner Freundlichkeit bei den Rittern wie auch beim Gesinde beliebt war. Trotzdem meinte sie, dass sich die Stimmung gegen ihn gewandt hatte. Weil er ein Außenseiter war? Einer aus der Stadt? Einer, der sich mit Geld statt Ehre abgab?

Die Geschwindigkeit des Kampfes ließ nach und schließlich schien er gar zum Stillstand zu kommen. Tristand und Pantaleon belauerten und umschlichen einander. Beide lächelten, beide waren konzentriert.

»Ich mag es nicht«, sagte Marcella. Sie stand auf. Und eigentlich wollte sie fortgehen. Aber Richwin saß da und starrte, und – sie konnte einfach nicht.

Tristands Klinge fuhr zuerst vor. Es war blitzschnell, ein Blinken in der Sonne, so knapp, dass man es kaum mit dem Bewusstsein aufnahm. Der Graf kreuzte dagegen. Noch einmal kamen schnelle Hiebe, deren Echo über den Hof klirrte. Dann zischte Pantaleons Schwert auf Tristand herab. Aus einem unmöglichen Winkel. Irgendwie von oben. Und er zielte auch nicht auf die andere Waffe – oder doch? Jedenfalls war Tristand ihm plötzlich unter der Klinge, und … alles geschah im selben Augenblick. Tristand stürzte und wälzte sich zur Seite … ein allgemeiner Aufschrei ging über den Hof … und Pantaleon warf betroffen das Schwert von sich. Im nächsten Moment waren sie von den herbeieilenden Männern eingekreist.

»Hab ich's gesagt?«, fluchte Richwin. »Verdammte italienische Art. Konnte niemand vorhersehen!« Er drängte sich durch die Umstehenden und winkte Marcella Augenblicke später erleichtert zu.

»Schön«, sagte Marcella. »Mir reicht's!«

Johann stand neben ihr. Der Junge sah bleich wie Käse aus.

»Komm«, sagte sie zu ihm. »Wir gehen … egal, wohin! So ein … blödsinniger Unfug!«

»Es ist ihm doch nichts passiert?«, fragte Johann ängstlich, während er ihr durch die Beete und unter die Brücke des Bergfrieds folgte. »Damian ... er bringt mir nämlich bei, wie man rechnet. So wie die Kaufleute.«

Marcella hatte die Ecke des Bergfrieds erreicht und wandte sich nach rechts, wo nichts als Geröll und karges Kraut den Boden bedeckten. Der Platz direkt hinter dem Turm war nur durch einen niedrigen Steinwall zum Abgrund abgegrenzt, aber nach einigen Metern begann wieder die Burgmauer. Sie war hier noch nie gewesen. Ein kleines, stilles Eckchen, eigentlich schade, dass sie es erst jetzt entdeckte.

»Ich hätte nicht gewollt, dass ihm etwas passiert«, schnaufte Johann, »weil er mir nämlich beibringt, wie ich die Schulden meiner Pächter und Leibeigenen aufrechnen kann, so dass ich immer weiß, was ich bekommen muss.« Er nahm mehrere Schritte auf einmal, weil sie ihm zu schnell ging. »Ich werd nie gut kämpfen können. Weil ich schlechte Augen hab. Aber Damian sagt, wenn man klug rechnen kann, dann macht das nichts.«

»Stimmt.« Marcella ließ sich auf einen abgeplatteten Stein sinken. »Willst du nicht nachschauen, ob er heil geblieben ist?«

»Das geht nicht, weil Richwin gesagt hat ...« Johann schwieg verlegen, er schien sich, ohne es zu wollen, auf heiklen Boden begeben zu haben.

»Was hat Richwin gesagt?«

»Er ... eigentlich war's gar nicht Richwin.« Johann grinste schief. »Damian hat gesagt, er will nicht, dass Ihr hier so viel allein herumlauft, weil ...«

»Weil?«, fragte Marcella interessiert.

»Weil es Euch nicht guttut. Weil Ihr ... so viel grübelt oder so«, platzte Johann heraus. »Jedenfalls soll Richwin Euch Gesellschaft leisten. Und Richwin hat gesagt, wenn er nicht kann, dann soll ich ...« Er wurde glühendrot. »Ihr sagt's doch nicht weiter?«

»Na, so was!«

»Dann geht's mir nämlich schlecht«, meinte Johann kläglich. Er setzte sich neben sie auf die Erde.

Wegen der Sache mit der Falltür – deshalb will er mich in Gesellschaft, dachte Marcella und wurde aufgebrachter, je länger sie darüber nachsann. Wie kam er dazu, wer gab ihm das Recht, ihr Aufpasser zu bestellen?

»Soll ich Euch zeigen, was da drüben hinter dem Bretterverschlag ist?«, versuchte Johann abzulenken.

Er krabbelte an ihr vorbei. Quer zwischen Zwingmauer und der Rückwand des Gesindehauses befand sich eine kaum fußbreite zugenagelte Bretterfläche, die aussah, als solle sie den Weg beenden und vor dem Abgrund schützen. Johann kniete sich davor und drückte von unten dagegen. Wie durch Zauberhand wichen die Bretter oben zurück und gaben den Blick auf einen blühenden Ginsterbusch frei.

»Von hier kommt man aus der Burg heraus, wenn alles am Ende ist«, sagte Johann. »Aber das ist ein Geheimnis. Ihr dürft es niemandem verraten. Und es ist auch schrecklich gefährlich, weil es so steil hinunter geht. Aber wenn man nur noch fliehen kann, hat Volker gesagt, dann ist das hier wenigstens eine Möglichkeit.«

Marcella lugte durch den Spalt. Hinter dem Ginster war nichts als blaue Luft.

»Wer nicht wirklich gut klettern kann«, meinte Johann mit Schauder in der Stimme, »der stürzt ganz sicher ab. Ich hoff' jedenfalls, dass die Leute vom Bischof uns nicht belagern werden. Wenigstens nicht so lange, dass wir hier runter müssen. Obwohl Pantaleon sagt, sie werden das gar nicht erst versuchen. Und eigentlich ist mein Onkel ziemlich schlau ...« Der Junge seufzte tief.

»Ein Brief von Elsa?«, fragte Tristand. »Ich wusste gar nicht, dass Elsa schreiben kann.« Er humpelte wieder stärker – eine Folge seines Sturzes. Zum Glück war das die einzige Verletzung, die der blödsinnige Kampf ihm eingetragen hatte. Vorsichtig schlurfte er über den Burghof zur Steinbank, wo Marcella in der Sonne saß.

Marcella rückte, um ihm Platz zu machen. »Kann sie auch nicht. Wahrscheinlich hat Bruder Randulf von St. Maximin den Brief aufgesetzt. Elsa sagt ... o Himmel!« Auf dem Burghof ging es zu wie auf dem Marktplatz. Am Abend sollte das Schiff des Bischofs Trarbach passieren. Und Loretta hatte in einem plötzlichen Entschluss alle Kranken und Alten, deren Ableben in den nächsten Wochen zu befürchten stand, auf Fuhrwerke betten lassen, um sie hinunter ins Dorf zu transportieren. Niemand sollte in die schreckliche Lage kommen, ohne geistlichen Beistand und die Vergebung der Kirche sterben zu müssen.

Die alte Frederika, die immer das Geflügel rupfte, wehrte sich mit lautem Geheul. Ihr Geist war zu stumpf, um die Notwendigkeit des Umzuges einzusehen, sie argwöhnte, dass man sie wegen ihrer Schwäche verstieß, und entsprechend war ihr Wehgeschrei. Die Knechte drückten und schoben sie fluchend auf den Wagen.

»Elsa schreibt ...«

»Wäre es nicht besser, in eines der Zimmer zu gehen?«, fragte Tristand. Wahrscheinlich meinte er damit seinen oder ihren Gastraum. Aber das wollte Marcella auf keinen Fall. Sie wollte auch nicht, dass man sie bewachte wie eine unmündige Ehefrau. Sie wollte überhaupt nicht, dass sich jemand in ihre Dinge mischte. Der Kaufmann war ihr zu nahe gekommen. Das war ihr in den letzten Nächten, als sie grübelnd wach gelegen hatte, schmerzhaft klargeworden. Sie war gereizt. Von Frederikas Gebrüll. Von der Unmöglichkeit, sich auf der Burg zurückzuziehen. Der Gedanke, bei einer Belagerung Wochen hier zubringen zu müssen, machte sie kribbelig bis unter die Haut. Und es war unerträglich, dass Tristand seinen Arm auf die Lehne der Bank in ihrem Rücken legte. Wenn er nicht wollte, dass man über sie klatschte ...

»Kann ich es selbst lesen?«, fragte er.

»Nicht nötig.« Die Knechte schlossen die Klappe hinter Frederika und setzten sich mit dem Karren in Bewegung. »Elsa schreibt, dass sie ein Gutteil des gelben Sandelholzes losgeworden ist. Eigentlich sogar mehr, als sie wollte, denn Sandelholz ist im Moment knapp, und sie hätte gern verschiedene Kunden beliefert. Aber die Bottoms planen die Heirat ihres Ältesten, und dafür wollen sie … Ich langweile Euch!«

»Überhaupt nicht.« Tristand hatte seinen Arm zurückgenommen. »Zu welchem Preis?«

»Marktpreis. Die Bottoms sind eine reiche und vor allem verschwenderische Familie. Es lohnt, sie als Kunden zu halten. Vor allem die alte Frau Bottom. Wenn sie sich entschlösse, Euch die Tür zu ihrem Haus zu öffnen, seid Ihr eine Menge Schwierigkeiten los. Sie hat allerdings ein starkes Moralempfinden. Aber dafür eine Enkeltochter mit einem Hang zum Schwärmerischen …«

Das war gemein. Marcella schloss die Augen. Sie hätte sich gern vor sich selbst entschuldigt, indem sie vorgab, dass jedermanns Nerven im Moment blank lagen. Aber es war ja nicht der Erzbischof, der ihr die Ruhe raubte. Es war … es hing mit Tristand zusammen. Er sollte ihr nicht so nahe kommen.

»Was machen die Klöster?«, fragte er.

Elsa hatte über St. Maximin geschrieben. Dort hatten sie Myrrhe gebraucht, und durch einen glücklichen Zufall war es ihr gelungen, einen Teil des Rosmarins auf dem Stapelmarkt gegen das Räucherwerk einzutauschen. Sonst war sie den Klöstern ferngeblieben. Die meisten Verkäufe gingen an Hausfrauen. Ich muss zurück, dachte Marcella. Elsa ist nicht klar, was uns die Klöster bedeuten. Ohne die Skriptorien bekommen wir unsere alte Stellung nicht wieder.

»Für Euch«, sagte sie zu Tristand, »sind die Klöster nicht wichtig. Ihr braucht Verbindungen zu Leuten wie den Bottoms.«

»Sicherlich. Und wie umsichtig von Euch, darauf zu achten.«

Frederikas Protestgeschrei verhallte zwischen den Häusern der Vorburg. Zwei Knechte kamen durchs Tor und schleppten eine hölzerne Bettstatt die Palastreppe hinauf. Loretta ließ das oberste Zimmer des Bergfrieds für den unfreiwilligen Gast herrichten. Sie hatte schon kehren lassen und Teppiche auf Wänden und Böden drapiert. Sogar gekocht wurde. Aber wahrscheinlich würde Balduin heute Abend sowieso keinen Bissen hinunterbekommen.

»Schreibt sie sonst noch etwas?«

»Elsa?« O ja. Elsa schrieb, dass Onkel Bonifaz in die kleine Krämerei gekommen war und nach Marcellas Aufenthaltsort gefragt hatte. Elsa hatte getan, als wüsste sie nichts Genaues, aber natürlich hatte der Onkel ihr nicht geglaubt, und am Ende hatte er sie mit einer Nachricht betraut. »Ich soll dir sagen«, schrieb Elsa, »dass dein Herr Onkel wünscht, dass die Sache mit Jacob Wolff vonstatten geht.« Vielleicht bin ich jetzt eine richtige Waise, dachte Marcella. Zur Heirat zwingen würde der Onkel sie kaum können, aber ihr graute davor, zu ihm zurückzukehren und womöglich mit ihm streiten zu müssen. Und war man nicht Waise, wenn man kein Heim mehr und den letzten Rest der Familie verloren hatte?

»Nichts Wichtiges«, sagte sie knapp. Mit einem Mal hatte sie entsetzliches Heimweh nach Elsa und dem dunklen, kleinen Laden mit dem *scrittoio* und den Krügen und den herben und süßen Düften der Gewürze.

Sie verbrachte den Nachmittag damit, Loretta beim Herrichten des komfortablen Kerkers zu helfen. »Aber keine Blumen«, sagte Loretta. »Balduin ist ein strenger Mann, der keinen Sinn für hübsche Dummheiten hat, und außerdem soll er merken, dass wir ihn nicht fürchten.« Loretta war von stiller Heiterkeit, die mit ihrer vornehmen Herkunft zusammenhängen musste, denn jeder andere Mensch wäre vor Aufregung wahrscheinlich verrückt geworden.

Der Türmer hielt den Fluss im Auge, für den Fall, dass das Bischofsschiff früher als geplant käme. Die Ritter waren bereits an der vorgesehenen Stelle am Ufer, begafft von den Dorfbewohnern, die sich auf das ungewohnte Treiben keinen Reim machen konnten und entsprechend spekulierten.

Mechthilde hatte in der Küche Tücher zum Verbinden und Kräuter und Wein und Salben bereitgelegt. Marcella hatte ihre Hilfe angeboten, aber sie hatte brüsk abgelehnt. Natürlich.

»Seinen Tragaltar wird er selbst mitbringen«, sagte Loretta. »Und ich habe angeordnet, dass ein Knecht und einer seiner geistlichen Begleiter mit ihm hinaufgebracht werden sollen, falls das möglich ist. Ich hoffe, dass er einlenken wird. Ich glaube es. Er ist ein kluger Mann.«

Sie lud Marcella ein, mit ihr ein Bad zu teilen.

»Nicht jetzt. Auf keinen Fall jetzt«, sagte Marcella und floh.

Die Sonne hatte den Zenit schon lange überschritten und war zur Mosel hinübergewandert. Es ging auf den Abend zu. Und da die Nächte inzwischen kurz geworden waren, nahm Marcella an, dass das Bischofsschiff bald kommen müsste. Sie ging in ihr Zimmer hinauf, versuchte, Elsas Angaben mit ihren Aufzeichnungen über Tristands Einkäufe zu vergleichen, verrechnete sich ständig und beschloss schließlich, die Burg zu verlassen. Es gab da doch diesen kleinen Hang, wo sie mit Tristand über die Gewürze gesprochen hatte. Von dort aus konnte man die Mosel einsehen. Und alles war besser als zu warten.

Ihr kleiner Aussichtsplatz war leer. Die Sonne schien wie beim letzten Mal, es war sogar noch wärmer. Marcella setzte sich ins Gras und beobachtete aus ihrer Vogelperspektive, was sich unten am Fluss tat. Die Ritter der Starkenburg standen am Moselufer und unterhielten sich oder warfen Kiesel übers Wasser. Gelegentlich, aber nicht sehr oft, glitt ein Schiff vorüber. Sie hatten keinen Grund zur Unruhe. Der Türmer würde sein Horn blasen, wenn er auf den Wellen das rote Trierer Kreuz erblickte. Die Kette war auch gezogen und die Winde geölt.

Tristand, auffällig, weil er keine Rüstung zum Schutz trug, saß neben Pantaleon unter einer Weide. Er schien etwas auf den Knien zu haben, das blitzte, und wahrscheinlich handelte es sich um sein Schwert. Aber sie wusste, dass er es nicht benutzen wollte. Was für ein Unsinn, dass er überhaupt am Fluss war. Vielleicht versuchte er Pantaleon ein letztes Mal nahezubringen, dass es keine Toten unter den Männern des Bischofs geben durfte. Und wahrscheinlich würde der Graf ihn wieder nicht verstehen. Sie dachten in verschiedenen Bahnen. Aber Erzbischof Balduin entstammte ebenfalls einem Adelsgeschlecht, sogar einem berühmten, dem luxemburgischen. Es hieß, er habe auf seinem Italienfeldzug einem Orsini persönlich den Schädel samt Helm gespalten. Mit einem einzigen Schlag. Vielleicht würde der Bischof sich mit dem Grafen viel besser verstehen. Vielleicht würde er die eigenen Toten sogar ohne Zucken verwinden, wenn alles im Rahmen der Ehre stattfand.

»Es wundert mich nicht, dass Ihr Euch hierhin verkrochen habt«, sagte eine Stimme.

Marcella schrak zusammen. So heftig, dass ihr die Blütenköpfchen, die sie gepflückt hatte, aus der Hand fielen.

»Gefällt es Euch?«, fragte Mechthilde.

Marcella drehte sich um. Diesmal stand Volkers Weib nicht im Licht, das Grau ihrer Kleider war noch strenger und ihre Züge waren noch kantiger geworden. Sie hatte die Haare so resolut aus der Stirn gekämmt, dass jedes einzelne starr wie Draht zur Haube lief.

»Nein«, sagte Marcella, »es gefällt mir überhaupt nicht.« Ihr Herz klopfte. Die graue Mechthilde stand kaum drei Fuß hinter ihr. Zum ersten Mal wurde ihr bewusst, wie groß die knochige Frau war. Und wie kräftig in den Schultern, trotz ihrer Magerkeit.

Mechthilde blickte über sie hinweg und beobachtete das Wasser. »Dort kommt das Schiff.«

Widerstrebend schaute Marcella zum Fluss und auf das Spielzeugboot hinab, das langsam um die Flussbiegung dümpelte. Sie saß direkt am Abhang, weil sie sonst die Mosel nicht weit genug flussaufwärts hätte einsehen können. Zwischen ihr und dem Abgrund waren vielleicht zwei Fuß Wiese. Es ging zwar nicht sofort steil hinab, aber wenn man gestoßen wurde ...

»Der Türmer«, sagte Mechthilde.

Ja. Das Signalhorn sandte sein verabredetes Zeichen, ein dreimaliges Blasen. Marcella sah, wie die glitzernden Gestalten am Moselufer in Bewegung kamen. Die Männer konnten das Schiff selbst nicht sehen, da sie hinter der Biegung standen. Aber das brauchten sie ja auch nicht. Pantaleon sandte den kräftigen Emmerich – oder war es Colin? – an die Winde. Auf der anderen Seite der Mosel stand ebenfalls eine Gestalt.

»Wie ich sehe, ist Euer Buhle auch dabei«, sagte Mechthilde sanft.

Die Worte krochen eklig wie Insekten in Marcellas Bewusstsein. Ungläubig starrte sie die Frau an.

Aber Mechthildes Aufmerksamkeit war schon wieder beim Fluss. Still und auf unheimliche Art ruhig erwartete sie den Überfall. Als würde dort das Jüngste Gericht stattfinden – schrecklich, aber zugleich unabwendbar und deshalb keiner Emotionen bedürftig.

»Ihr habt kein Recht, so etwas zu sagen!«, flüsterte Marcella.

»Nein?« Ein kleines, boshaftes Blinzeln verriet das Weib. Das Spektakel am Fluss war interessant, aber nicht so sehr wie das Spiel, das sie mit der Krämerin auf der Klippe trieb. »Vergebung, Herrin«, murmelte sie mit seidenweicher Schmeichelstimme. »Wahrscheinlich habt Ihr recht. Denn Frauen wie Ihr ...«

Sie unterbrach sich, denn plötzlich bog ein zweites Schiff um die Moselkrümmung. Eines, das mit Bewaffneten besetzt zu sein schien, denn sie sahen Metall blinken. Der Bischof kam also mit zwei Schiffen. Und wenn die Kette gehoben wurde, würden die Starkenburger es mit zwei Besatzungen zu tun haben ...

»Frauen wie Ihr«, sagte Mechthilde und trat eine Winzigkeit näher an Marcella heran, »bekennen sich nämlich zu keinerlei Pflichten. Nicht einmal zu denen einer – Hure. Auch wenn sie deren Amt ausüben.« Ihre Augen glitzerten.

»Das ist nicht wahr.«

»Herzchen ... Ihr reist ihm nach wie die Marketenderin dem Söldner, umgarnt ihn und bringt ihm das Blut zum Kochen, bis er vor Geilheit fast von Sinnen ist. Und dann, wenn er kommt, um sich Erleichterung zu verschaffen ...«

Marcella schüttelte den Kopf.

»... weist Ihr ihm die Tür. Eine feine Art, sich lustig zu machen. Und er ist auch noch dumm genug, Euch dafür zu Füßen zu kriechen.« Mechthilde trat so dicht an Marcella heran, dass ihr Kleid ihren Rücken berührte. Ihr Arm wies zum Fluss. »Dort unten wird Blut fließen«, sagte sie ohne Übergang. »*Das Volk hat seinen Herrn verlassen, den Heiligen Israels hat es geschmäht.* Aber dieses Blut wird auf Euer Haupt kommen, Herrin. Denn Ihr habt den Plan ausgeheckt. *Und Gott hasst die Bösen und den Frevlern vergilt er mit Strafe.*«

»Ihr seid ... niederträchtig.« Mit brennenden Augen starrte Marcella zu den Booten hinab.

Das Bischofsschiff hatte ein Segel gesetzt, um die Fahrt zu beschleunigen. Aber es schien eine Bö aufgekommen zu sein, denn es wurde aus dem Kurs gedrückt und begann, sich im Heck zu drehen. Der Steuerer auf dem Wachboot rief Befehle, die bis zur Klippe hinaufdrangen, um sein Schiff aus der Gefahrenzone des kreiselnden Bootes zu bringen. Die Männer des Bischofs versuchten mit Staken, Abstand vom Ufer zu halten. Sie stemmten sich gegen die Fahrt und ließen das Begleitboot passieren, um es nicht zu rammen.

»Es wird also doch kein Blut fließen!«, sagte Marcella erleichtert. Mochte es nun Zufall oder Gottes Fügung sein – jedenfalls würde das Boot mit den Bewaffneten die Kette zuerst passieren. Langsam trieb es darauf zu, während das Schiff, auf dem die Bischofsflagge wehte, sich immer noch mühte, wieder in den Fahrstrom zu gelangen.

Ein Windstoß blies den Stoff von Mechthildes Kleid auf und trieb ihn gegen Marcellas Wange.

Wieder erstarrte sie. Wenn sie mich jetzt stößt, dachte Marcella ... Es ist nicht schwieriger, als eine Falltür zu öffnen. Wahrscheinlich würde ein kräftiger Tritt reichen. Und niemand würde es merken. Man würde einen Unfall vermuten. Vielleicht auch wirklich die Strafe Gottes für diejenige, die den Gedanken an die Entführung aufgebracht hatte. Ihre Hände umklammerten Grasbüschel. Jede Bewegung, alles was sie tat, um sich zu wehren, würde zu spät kommen. Oder vielleicht sogar beschleunigen, was beabsichtigt war.

Ihr Bewusstsein hatte sich in zwei Hälften geteilt. Die eine verkroch sich vor dem wehenden Kleid, die andere nahm zur Kenntnis, dass das Wachboot die Sperre hinter sich gelassen hatte. Das Schiff des Bischofs hatte wieder seine Richtung gefunden. Marcella konnte die Rüstungen der Starkenburger hinter den Büschen blinken sehen. Einer davon war Pantaleon. Er wartete ab. Mit den kühlen Nerven eines Ritters. Das Bischofsschiff nahm in weitem Bogen die Moselschleife. Marcella konnte nicht beobachten, wie sich die Kette hob, denn das Wasser glitzerte zu stark. Aber sie sah den heftigen Ruck, als das Schiff das Hindernis rammte, und dann die winzigen Boote der Starkenburger, die wie ein Fischschwarm aus dem Uferkraut schossen und Richtung auf die schaukelnde Beute nahmen.

Die Männer des Bischofs riefen Alarm, aber ein von der Strömung und zusätzlichen Segeln getriebenes Schiff lässt sich nicht so leicht aufhalten. Das Wachschiff kämpfte verzweifelt gegen Wasser und Wind.

Die kleinen Boote versuchten nicht, das Schiff des Erzbischofs zu entern. Sie befestigen nur ein Tau an seinem Bug und zogen es an der Kette entlang bis zum Ufer. Richwin, unbekümmert um Hiebe und Gefahren, stand breitbeinig in einem der Boote und sorgte dafür, dass niemand in die Nähe des Taus gelangte, um es zu kappen.

Pantaleon hatte minuziös geplant. Als das Bischofsschiff angelandet war, gab es ein kurzes Kampfgetümmel, aber ehe die Leute vom Wachschiff ihrem Bischof zu Hilfe kommen konnten, war der Handstreich schon vorbei.

Die Starkenburger Ritter zerrten eine sich heftig wehrende Gestalt den steilen Bergweg hinauf. Drohungen, die sie brüllten, hielten die klerikalen Krieger ab, ihnen zu folgen. Die Entführung war gelungen.

»Einige sind verletzt«, sagte Mechthilde. Sie trat zurück und ging mit raschen Schritten zum Hang und die Böschung hinauf. Ihr Kleid wehte hinter ihr wie eine Flagge.

Marcella drehte sich zitternd vom Abgrund fort und hockte sich auf die Knie.

Einer von denen, die beim Rückzug gestützt werden mussten, war Richwin gewesen. Er musste in dem Handgemenge, als sie den Bischof vom Schiff geholt hatten, verletzt worden sein. Und in Marcellas Kopf, der schwer vor Scham war, begann sich der Gedanke zu kristallisieren, dass sie hier vielleicht eine besondere Art von Bestrafung traf. Warum sonst hätte gerade Richwin verletzt werden sollen?

Von all den Männern ausgerechnet Richwin.

XVII

Marcella wartete mit den anderen Frauen im Palas, als der Erzbischof gebracht wurde. Der Marsch der Männer zur Burg hatte einige Zeit beansprucht und es war darüber Nacht geworden. Im Rittersaal war es trotzdem hell, denn Loretta hatte sämtliche Kerzen in den schmiedeeisernen Deckenleuchtern und Tischständern und auch alle Wandfackeln entzünden lassen. Ihr Palas war ein Ort der Wärme. Das Kaminfeuer flackerte bis in den Rauchfang und erleuchtete einen Halbkreis, in dem die beiden Zwerghunde der Gräfin auf einem Strohhaufen dösten. Vor den Wänden, dort, wo sie nicht bemalt waren, standen Gestelle mit Teppichen. Der hintere Teil des Raumes wurde von Spindeln, Wollkörben und einem hölzernen Webstuhl ausgefüllt. Über dem Kamin, wo in ausgeblichener Farbe das sponheimsche Wappen auf dem Putz prangte, hatte Loretta Fahnen aufhängen lassen, deren Bedeutung wohl in der Familiengeschichte lag, denn sie waren allesamt zerfranst und fleckig, als wären sie durch Schlachten geführt worden.

Die Gräfin selbst saß auf ihrem Stuhl mit den Löwenkopflehnen, und obwohl sie nur ein schlichtes, wollweißes Kleid ohne jeden Schmuck trug, und dazu einen Spitzenschleier, der ihr schönes Haar vollständig bedeckte, sah sie aus wie eine Königin. Wie die edelmütigste und strahlendste Königin aller Reiche.

Es war nicht auszumachen, ob der Erzbischof vom Saal oder seiner Herrin beeindruckt war. Er kochte vor Zorn, als man ihn durch die Tür die Stufen hinab in den Raum drängte. Sein rotes Käppchen, Zeichen der Bischofswürde, hing ihm über den blonden Locken wie die Kappe eines Vagabunden, der Bischofsmantel war zerrissen und mit Erde befleckt, und das diamantenbesetzte Kreuz, das eigentlich die Brust hätte schmücken sollen, baumelte verdreht an seiner Schulter, wo es sich am Handgelenk des Ritters verfangen hatte, der ihn hielt. Trotzdem wirkte er nicht lächerlich. Nicht im Geringsten. Er war der Mann, der dem Erzbistum Trier Dutzende von Burgen erbaut und erobert hatte. Er hatte die Schulden des Kirchenreiches getilgt. Er hatte mit eiserner Hand Korruption und Schluderei bekämpft, hatte Gesetze gegen den Aberglauben erlassen, hatte die Raubritter in ihre Burgen zurückgejagt. Er war der Mann, der Kaiser und Papst zugleich trotzte. Und jeder Zoll seiner gereizten Gestalt drückte das Selbstbewusstsein aus, mit dem er all das zustande gebracht hatte. Marcella konnte nicht umhin, ein klein wenig stolz auf ihren Bischof zu sein. Bangen Herzens blickte sie zu Loretta.

Die Gräfin erhob sich. Ihr zartes Gesicht schimmerte milde und friedlich, als umgäbe sie eine Aura, die die Spannung des Raumes von ihr fernhielt. Sie hätte warten können, bis man den Bischof vor ihre Füße schleppte, aber sie tat es nicht, und Marcella empfand das als Zeichen von Stärke. Gemessen, ohne Scheu, das Kleid umsichtig gerafft, ging sie ihrem Gefangenen quer durch den Saal entgegen.

»Ihr seid verärgert, Erzbischof Balduin«, stellte sie fest.

Der Bischof bekam schmale Wangen. Er hatte ein feines, lebendiges Gesicht. Und jeder Muskel darin drückte Wut aus. Er schien etwas sagen zu wollen, wurde aber von einem Laut zurückgehalten, der schrill und widernatürlich hoch plötzlich aus dem Burghof durch die Fenster des Palas drang.

Loretta hob den Kopf. Sie wurde steif, und zwar auf eine

sehr nachdrückliche Weise, die die Aufmerksamkeit stärker auf sie zog als jedes Wort. Sie horchte, als könne sie aus dem Echo des Schreis seine Bedeutung erfahren.

»Einer von den Bischofssöldnern«, stieß Pantaleon hervor. »Er hat Richwin auf dem Gewissen.«

Es war nicht auszumachen, ob die Gräfin an Farbe verlor. Nur ihr Hals streckte sich ein wenig. »Wenn er Richwin umgebracht hat«, sagte sie leise, »dann soll er sterben.« Diese Worte waren in den Raum gesprochen, die nächsten gingen direkt an ihren Schwager. »Aber wenn der Mann gekämpft hat, um seinen Herrn zu verteidigen – dann hätte ich gern erklärt, warum ihm keine Ehre widerfährt.«

Die Fackeln an den Wänden qualmten. Durch die Schwaden ihres Rauches plätscherten das Gelächter und die rohen Zurufe der Knechte im Hof, und wieder gab es einen gepeinigten Schrei.

Pantaleon wartete, in seinem scharfgeschnittenen Gesicht kämpfte Erbitterung mit Fassung. Schließlich ging er zum Fenster, drängte sich am Tisch entlang, lehnte sich über den Sims und brüllte einen Befehl hinab.

Das Gelächter verstummte, es wurde noch gemurmelt, aber das interessierte im Palas niemanden mehr. Lorettas Schwager blieb, wo er war, und verschränkte die Arme über der Brust.

»Also, Weib. Was soll diese ... Posse? Was wollt Ihr? Birkenfeld?«, schnitt Balduins ungeduldige Stimme durch die Stille.

»Ich will das Wohl meiner Kinder schützen.«

»Oh!« Der bischöfliche Ton wurde sarkastisch. »Und Ihr hofft, dieses Ziel durch gotteslästerliches Treiben zu erreichen?«

»Ich hoffe auf Eure Einsicht.«

»Birkenfeld bleibt bei Trier!«, erklärte der Bischof knapp.

Pantaleon wollte auffahren, aber Loretta hob die Hand. Ihr zartes Gesicht blieb unverändert ruhig. »Wie ich schon sagte, Erzbischof, Ihr seid verärgert. Aber Ihr steht in dem Ruf, ein gerechter und großzügiger Mann zu sein. Meine Base Elisabeth, der Ihr den Gatten und das Heim wiedergegeben habt, singt das Lied Eurer Güte.« Sie lächelte und brachte es fertig, aus diesem Lächeln sowohl Spott als auch Demut herauszuhalten. »Ich habe Euch ein Zimmer bereitstellen lassen, in dem Ihr Euch, wie ich hoffe, wohl fühlen werdet, solange Ihr auf Starkenburg zu Gast seid. Ihr werdet Zeit haben, die ganze Angelegenheit in Ruhe zu bedenken.«

»Birkenfeld bleibt beim Erzbistum!«, wiederholte Balduin stur.

»Am besten erstellt Ihr eine Liste der Dinge, die Ihr aus Trier benötigt. Denn wenn Ihr längere Zeit hier wohnen solltet ...«

»Ihr wisst, dass Euch diese Schandtat exkommuniziert?«

Loretta schwieg. Sie dachte sorgfältig nach, während die hellen Flecken des Kerzenscheins über ihr Gesicht huschten und einen Wechsel von Licht und Schatten verursachten. »Ich weiß es, Vater«, sagte sie schließlich. »Und es bekümmert mich. Um meiner und um der Menschen willen, die mir anvertraut sind. Mir wäre jeder andere Weg lieber gewesen.«

Sie schaute Balduin offen und freimütig in die Augen. Und weiß der Himmel, dachte Marcella, irgendwie hat sie es geschafft, ihn doch noch ins Unrecht zu setzen.

»Richwin ist bewusstlos, aber für mich sah es nicht aus, als hätte er schlimme Verletzungen. Vielleicht ist er schon wieder bei sich«, sagte Tristand, als der Bischof fort und Loretta und die meisten Edlen zu den Verwundeten in die Küche hinabgegangen waren. »Nein, Herrin, wartet. An seinem Bett werdet Ihr jetzt sowieso keinen Platz finden und Mechthilde ist eine begabte Krankenwärterin.« Er fasste sie an den Schultern und drehte sie sanft, so dass ihr Gesicht vom Feuer des Kamins erleuchtet wurde. »Wollt Ihr mir sagen, womit ich Euch verärgert habe?«

»Ihr ... Aber nein!« Marcella leugnete so heftig, wie man es nur mit schlechtem Gewissen kann. Mechthildes Worte saßen wie mit Widerhaken in ihrem Herzen. Tristand hatte – um ihretwillen, auch um ihretwillen! – eine Wunde geschlagen bekommen. Und sie, Marcella, hatte ihn damit alleingelassen. Mechthilde hatte Kräuter über sein blutendes Fleisch gelegt, Sophie hatte Tränen des Mitgefühls vergossen, Loretta hatte ihm Wein und Fleisch zur Stärkung geschickt. Und ich habe mich nicht einmal nach seinem Befinden erkundigt, dachte sie. Kein einziges freundliches Wort. Für jeden Hund hätte ich eines gehabt ...

»Ist es wegen der Sache mit Johann?« Tristand forschte in ihrer Miene. Er verzog den Mund. »Oje, natürlich. Schwatzhaft wie eine Elster, der kleine Mann. Ich geb's auch zu, es war eine unglückliche Idee. Aber ... *fluch sanft, mein lieb, der ungerechten Pein, und lass die narren narren sein* ... Ich leide unter Träumen, Herrin. In letzter Zeit besonders unter solchen mit Falltüren. Die Nächte sind manchmal hart ...«

»Schlechte Träume kommen von zu fettem Essen«, sagte Marcella. »Und außerdem grolle ich Euch nicht. Es ehrt mich, dass Ihr Euch um mich sorgt. Genau genommen bin ich es, die sich schämen sollte.« Sie mochte es nicht, wenn er sie so ansah, so aufmerksam; sie kehrte ihm den Rücken und starrte in die Flammen. »Aber Ihr sorgt Euch umsonst, Tristand. Im Ernst. Die Person, von der ich dachte, dass sie die Falltür geöffnet hätte – sie kann es nicht gewesen sein. Das hat sich erwiesen.« Denn hätte Mechthilde sie sonst nicht von der Klippe gestoßen? Die Gelegenheit war günstig gewesen, vollkommen für eine Möchtegernmörderin. »Es muss sich ... um einen Zufall gehandelt haben bei der Falltür. So wie heute Abend, als das Wachschiff vor das Schiff des Bischofs geraten ist. Eine Windböe. Ein Wirbel im Wasser. Und schon war's passiert. An dem Abend, als ich gefallen bin, ist viel Wein geflossen. Betrunkene tun die merkwürdigsten Dinge. Und der Turmwächter hat ein Liebchen. Vielleicht wollte er ihr etwas zeigen ...«

»Ah ja.«

»Und – eigentlich hab ich immer gut selbst auf mich achten können.«

Er schwieg.

»Ich mag es auch nicht, wenn jemand über mich entscheiden will.«

Er schwieg. Die Flammen tanzten und prasselten über dem mürben Holz. Die ersten Scheite fielen zusammen. Funken stoben und verglühten im Rauchfang wie Miniaturkometen.

»Gibt es eigentlich einen Menschen, dem Ihr vertraut?«, fragte er.

»Ich ... vertraue Elsa.«

»Und wie hat sie dieses Wunder erreicht? Nein, lasst mich raten. Elsa ist kein Mann, ist es darum?«

Schweigen. Wieder dieses drückende Schweigen. Rußteilchen wurden über das Feuer gewirbelt und taumelten gegen die Wände des Kamins oder wurden in den Schornstein hinaufgetragen. Wie dumm von Elsa, vor den Augen des Wucherers zu warnen. Sein Kopf war gefährlich. Sein Verstand, der so rege beobachtete und Dinge bemerkte, über die andere hinwegsahen.

»Was hat man Euch angetan, Marcella?«, fragte er behutsam. »Ihr seid wie ein Igel, der verlernt hat, aus seinen Stacheln zu kriechen. Wer hat Euch etwas getan?«

Niemand. Und Onkel Bonifaz hatte recht gehabt, Jeannes Kiste zu verbergen. Er hätte auch den Brief verbrennen sollen. Er hätte den Schmuck einschmelzen, ihr davon einen neuen Mantel und einen neuen Himmel für ihr Bett kaufen und dafür sorgen sollen, dass nichts mehr blieb, was an Jeanne erinnerte.

Ein Funke sprang über die Ummauerung des Kamins, Marcella trat ihn mit dem Pantöffelchen aus.

»Und was ist aus Eurem Lehrherrn in Brügge geworden, Tristand?«, fragte sie. »Aus dem Vater Eurer Liebsten?«

Es war eine Gabe. Sie stand mit dem Rücken zu ihm, konnte

nichts von ihm sehen und wusste doch, dass sie ihn zutiefst verletzt hatte. Marcella drehte sich um.

»Tristand«, sagte sie leise. »Wir tun einander nicht gut. Ich tue Euch nicht gut und Ihr mir nicht. Lasst uns vorsichtig miteinander umgehen.«

Richwin war tatsächlich ohne äußere Verletzung, wenn man von einer Schramme an der Schläfe und einer Beule unter seinem Auge absah. Aber er lag ohne Bewusstsein auf dem Faltbett in der Küche und war nicht wach zu bekommen. Als Marcella zu ihm trat, machte Mechthilde gerade einen Breiumschlag aus roher Schafgarbe, der die Schwellung am Auge zurücktreiben sollte. Sicherheitshalber ließ sie ihn auch noch zur Ader, mehr wusste niemand zu tun.

Es wurde eine lange Nacht. Acht Männer hatten sich beim Sturm auf das Schiff verletzt. Keiner so schlimm wie Richwin, aber es gab etliche Wunden zu nähen und zu verbinden und eine, die sich durch merkwürdige Färbung und gezackte Wundränder hervortat, wurde mit Terpentin ausgegossen, um sie durch Eiterung zu heilen. Im Kessel auf dem Herd dampfte es von kochenden Kräutern. Mechthilde tupfte Blut und säuberte Wunden, und Loretta und Marcella und die Edelfrauen halfen ihr, Verbände anzulegen. Marcella hätte gern einen Bilsenkrautsaft gemischt, denn auch wenn die Verwundeten sich mit losen Bemerkungen überboten, litten einige starke Schmerzen. Aber sie hatte das Kraut ja nicht bei sich, und selbst wenn – Mechthilde würde den Gebrauch niemals gestatten.

Als alle versorgt waren, zogen die Frauen und die Verwundeten sich in ihre Schlafkammern zurück, aber Marcella fand keine Ruhe. Sie blieb noch ein Weilchen am Küchenkamin sitzen, bis das Feuer niedergebrannt war, dann verabschiedete sie sich von der Magd, die Richwin bewachte, und stieg den Turm hinauf. Der Bischof drüben im Bergfried mochte auch noch wach sein. Er lag nicht in Ketten, war aber von Reisigen umgeben, die in und vor seinem Schlafraum mit Schwertern standen. Kaum anzunehmen, dass dieser Anblick ihm zur Ruhe verhalf.

Marcella stieg mit der Kerze in der Hand die Wendeltreppe hinauf, die in die oberen Räume führte. In einem plötzlichen Entschluss ließ sie die Tür zu ihrem Stockwerk ungeöffnet und nahm noch einige weitere Stufen. Über ihrem Zimmer lag die Kapelle. Vorsichtig schlich sie hinein.

Der Gottesraum roch nach Kälte und Feuchtigkeit, und die bunten Scheiben waren schwarz und von den Mauern nicht zu unterscheiden. Marcella tastete sich an den Bänken entlang, bis sie vor der steinernen Madonna stand. Die Flamme ihrer Kerze beleuchtete das Gesicht der Gottesmutter und die durchstoßene Seite ihres Sohnes, den sie in den Armen hielt. Das Blut, das aus seinen Wundmalen floss, hatte die Form von Trauben und sollte wohl ans Abendmahl erinnern, aber der heilige Zweck, für den er gestorben war, schien die Trauer der Mutter nicht zu mildern.

Marcella hielt ihr Feuer an die Wachskerzen, die unterhalb der Madonna auf dem Altar standen. Das Licht reichte jetzt, die gesamte Statue zu erhellen. Das war ihr aber auch nicht recht. Mit gerunzelter Stirn verrückte sie die Flammen, bis nur noch das runde Gesicht der Madonna beschienen wurde. Dann kniete sie nieder. »Es ist nicht, weil es ein Geheimnis gibt«, flüsterte sie entschuldigend. »Aber Männer sind streng.«

Die Mutter Gottes schaute sie über den Leib ihres Sohnes hinweg nachdenklich an.

»Es ist wegen Mechthilde«, setze Marcella ihr auseinander. »An dem, was sie mir vorgeworfen hat, ist kein Funke Wahrheit, denn ich habe nie etwas gesagt oder getan, was sündig wäre. Mit Tristand«, fügte sie hinzu, obwohl sie annahm, dass Maria Bescheid wusste. »Ich war freundlich zu ihm und er zu mir, aber es ist nie etwas Ungehöriges geschehen.« Ernsthaft prüfte sie ihr Gedächtnis. »Nein«, wiederholte sie, »es gab nichts zwischen uns, nicht einmal einen Gedanken, der nicht auch in Lettern an der Wand des Bischofsdomes hätte stehen können.«

Die Erwähnung des Bischofs war unklug. Maria blickte strenger, soweit eine weinende Frau streng blicken konnte.

Marcella hob die Hand und hielt mit dem Finger eine Wachsträne auf, die die Kerze hinunterrann. Sie kniete noch immer und ihre Beine schmerzten, aber sie hatte nicht das Gefühl, dass alles ausgesprochen war.

»Ich habe mit der Hand seinen Mund berührt, als er im Römerturm lag und ihn das Bein schmerzte«, gab sie zu. War das sündig gewesen? Ihre Finger an seinem Mund? »Er hatte Angst«, versuchte sie zu erklären. »Und aus seiner Lippe floss das Blut, mit dem er *mich* hatte retten wollen.« Sie hatte mit ihrer Berührung seine Angst zu lindern versucht. Er hatte auch wirklich zu lächeln begonnen, und beim Lächeln waren diese feinen Kerben entstanden, die sich immer um seine Mundwinkel gruben. Sie liebte es, wenn er lächelte, besonders wenn es auf solche Art geschah. Unvermittelt, fast gegen seine Absicht. »Es gab niemanden außer mir, ihn zu trösten, und ich habe nichts getan, als seinen Mund zu berühren«, verteidigte sie sich zornig.

Die Mutter Gottes mochte es nicht, wenn man sie belog. Ihr gerader Mund schloss sich im Grimm.

Und Marcella musste an die Hände denken, die sie berührt hatten. Die schlanken, regen Finger auf ihren Schultern. Seine Berührungen waren ... fest gewesen. Aber auch behutsam. Die Erinnerung daran trieb ihr die Hitze in die Wangen. Seine Haut hatte nach Sauberkeit und syrischen Ölen geduftet. Und ... als er sie gehalten hatte, damals im Wald, als er sie geschützt hatte mit seinem Körper und ihr so nah gewesen war, dass es fast nichts mehr zwischen ihnen gab ...

Ja, das, all das. Und der Herr hasste die Heuchler!

»Ich will's ja gar nicht«, flüsterte Marcella.

Sie wagte einen Blick zur Madonna. Marias Trauerblick war

unerbittlich. So unerbittlich wie der von Jeanne, denn genau wie Jeanne verdammte sie die Fleischeslust. Jeanne war rein geblieben. Über alle Kräfte. Sie war so rein geblieben, dass ... dass sie ...

Ein Funke blitzte in Marcellas Erinnerung auf. Eine schemenhafte Erinnerung an einen Tisch, auf dem ein Krug stand. Der Krug war braun gewesen und hatte rote und blaue Kreise als Verzierung gehabt. Und eine Kerbe am Ausguss, einen kleinen, gesplitterten Riss ...

Marcella hasste den Krug. Sie wollte nicht daran denken. Auf keinen Fall. Heftig schlug sie die Stirn gegen die Kante des Altars. Und noch mal und noch mal ... Nicht dieser Krug. Sie schlug, bis ihr Sterne vor den Augen tanzten.

»Und woher kamen die Brüder Jesu?«, schrie sie die Gottesmutter an. »Und von wem hatte Eva das Gebot, die Erde zu füllen?«

Maria blieb stumm. Sie hatte sich in ihre Haut aus Stein verkrochen und weigerte sich zu sprechen, und die Kerzen beschienen nichts mehr als ein abgeplatztes Stück an einem steinernen Kinn.

Marcella fühlte Blut durch ihre Augenbraue rinnen. Heftig fuhr sie mit der Hand darüber und stand auf. »Ich bin feige«, sagte sie zur Mutter Gottes. »Das weiß ich. Und vielleicht ist das die Sünde, für die ich gestraft werde. Aber wenn es bei dir wäre wie bei mir, wenn du in deinem Herzen eine ... *Ratte* hättest ...«

Ja, das hatte sie. Und niemand konnte erwarten, dass sie die Ratte hinausließ. Ihr Vater hatte sie auf die Kleidertruhe gestellt und sie in einen Mantel mit bunten Seidenblumen gehüllt, um die Ratte einzusperren. Und wenn sie ihn dafür auch gehasst hatte, so hatte er doch recht getan.

Marcella hob die Hand und berührte mit der Fingerkuppe die steinernen Tränen des Statuengesichts. »Dein Kummer hat dich hart gemacht«, sagte sie zur Mutter Gottes.

Mit dem ersten Licht des nächsten Tages kamen die Männer des Bischofs über die Hügel zum Burgtor. Ihr Führer war der Dompropst Joffried von Rodemachern, der den Erzbischof auf seiner Schiffsreise begleitet hatte und nun mit seiner brüchigen Greisenstimme erzürnt Auskunft über seinen Herrn verlangte. Loretta ließ Balduin zum Tor schaffen und gab ihm Erlaubnis, vom Torturm aus mit seinen Leuten zu reden. Es gab einen Austausch von ätzenden Worten, in denen Balduin klarstellte, dass niemand das Recht habe, Eigentum der Diözese an ein sittenloses Weibsstück auszuhändigen. Selbst dann nicht, wenn es sich unterfing, heiliges Leben anzutasten.

»Courage hat er«, meinte Tristand anerkennend und Volker nickte dazu.

»Wenn es mein Gefangener wäre«, sagte Pantaleon bitter, »dann gäb's jetzt kein Geplauder am Tor, sondern eine Überredung nach italienischer Art. Verfluchte Duselei! Diese Luxemburger kriegt man nicht in die Furche, indem man sie am Kinn krault. Wenn er im Turm wäre und erst einmal im Streckeisen hinge ...«

»Pantaleon, Ihr seid ein Grobian«, stellte Tristand fest.

Balduin war kein Mann vieler Worte. In kürzester Zeit hatte er seine Aufträge erklärt, dann forderte er noch seinen Reisealtar und einige fromme Literatur und war mit seinen Leuten fertig.

Die Stimmung nach diesem Auftritt war trübe. Nur Loretta blieb heiter und lud ihre Damen in die Kemenate zu einer Partie Mühle ein. Der Bischof, so erzählten die Knechte, die ihn bewachten, abends, hatte seinen Tag auf Knien im Gebet verbracht.

Erstaunlicherweise wurden sie nicht belagert. Am vierten Tag nach der Gefangennahme kam ein Bote aus Wittlich, der zu Tristand wollte, und er gelangte unbehelligt zum Tor und hatte auch keine Bewaffneten in der Nähe der Burg erblickt. Von dieser Nachricht ermutigt erbat sich der Oberstallmeister die Erlaubnis, nach Trarbach hinabzugehen, um sich nach seiner verwitweten Schwester zu erkundigen, die von ihrem ersten Kind entbunden werden sollte.

»Eitle Narrheit«, murrte Mechthilde, die dabeistand, als er Loretta seine Bitte vortrug. »Der Herr gibt, der Herr nimmt. Und sündig ist beides – das Weib, das sich der Lust hingegeben, und der Wurm, der daraus entstand.«

»Geh und schau nach deiner Schwester und sei gesegnet für dein Mitgefühl«, antwortete Loretta dem Stallmeister mit scharfem Unterton. Sie wartete, aber Mechthilde blieb still. Und Marcella konnte sich des Eindrucks nicht erwehren, dass die Gräfin sich darüber ärgerte. Loretta trug immer noch ihre gleichmütige Miene zur Schau, doch darunter brodelte es. Der Bischof verbrachte Tag und Nacht in seinem Turmzimmer. Sie hatte ihn zum Essen geladen, aber er hatte schroff und mit kränkenden Worten abgelehnt.

»Kein Wunder«, kommentierte Volker den Affront. »Balduins Wille hat zwei Kaiser geschaffen – und zwar gegen den Wunsch des Papstes und den des französischen Königs. So jemand gibt nicht nach. Er hat einen Schädel aus Eisen, und er wird hier ausharren, bis uns die Geduld verlässt.«

»Oder bis wir andere Mittel anwenden«, warf Pantaleon ein.

Loretta schüttelte eigensinnig den Kopf.

Und der Bischof hielt sich weiter ans Gebet.

Das einzig Erfreuliche in dieser düsteren Zeit war, dass Richwin aus seinem Ohnmachtsschlaf erwachte. Aber selbst hier hielt das Schicksal einen Wermutstropfen bereit: Der junge Ritter konnte zwar Arme und Beine bewegen, sprach vernünftig und hatte an alles eine Erinnerung, aber aus irgendwelchen Gründen, die mit dem Schlag zusammenhängen mussten, konnte er nicht richtig sehen. Seine Augen gaben ihm dasselbe Bild zweimal wieder, etwa einen Fingerbreit gegeneinander verschoben, wie er ihnen erklärte. Das wird schon wieder, tröstete Heiderinc, doch die älteren Ritter, die Erfahrung mit Verletzungen hatten, schüttelten bedenklich die Köpfe.

Eine Woche nach der Entführung, inzwischen war es Juni geworden und ein ungewöhnlich warmer Sommer angebrochen, stand wiederum Besuch am Tor. Der Jude Jacob Daniels war mit einer Handvoll Bewaffneter aus Wittlich gekommen, diesmal persönlich, und wünschte den Kaufmann Tristand zu sprechen.

Marcella hörte davon und machte sich zu Tristands Zimmer auf, in der Hoffnung, etwas über den gestohlenen Safran zu erfahren. Irgendwann musste Walram ihn doch verkaufen! Wollte er ihn verschimmeln lassen?

Aber der Geldverleiher schüttelte den Kopf. Er mochte sich nicht festlegen, denn seit die Straßen trocken und der Handel wieder in Schwung gekommen war, ging es in den Kaufhäusern zu wie in einem Bienenstock. Aber seine Gewährsleute, über die er Kontakt zu den Händlern hielt, hatten gemeint, dass augenblicklich kein Safran angeboten wurde, nicht einmal drüben in den Rheinstädten. Erst um den Laurentiustag sollte eine Ladung über Utrecht nach Koblenz kommen, Tuschgan-Safran aus den Abruzzen, aber es gab bereits einen Tuchfärber als Abnehmer, und er würde erst gar nicht zum Markt gelangen. Sonst wurde nirgends über Safran gesprochen.

Daniels hatte den gelben Judenhut, den zu tragen das Gesetz ihn nötigte, neben sich auf einen Faltstuhl gelegt und strich nun müde durch das schüttere Haar. Er war ein Mann in mittleren Jahren mit nachdenklichen, tief eingesunkenen Augen, in denen nur selten ein Funke Ironie aufglühte. Mangels eines Tisches breitete er seine Papiere auf Tristands Bett aus und begann mit ruhiger Stimme die Transaktionen zu erklären, die er durchgeführt oder vorbereitet hatte. Der Gewürzhändler aus Basel hatte nicht betrogen, sein Schiff war auf einen unter Wasser liegenden Eisenanker aufgelaufen. Übertrieben hatte er allenfalls in der Summe seines Verlustes, aber darüber hatte Daniels sich mit ihm einigen können. Tristand nickte und siegelte einen Schuldschein.

»Ich war in Koblenz im Haus der Tuchhändler und habe den Goldbrokat aus Lucca weiterverkauft, den Ihr in Basel bestellt hattet. Es gab einen Gewinn – nicht so hoch wie wünschenswert, aber die Ausgaben wurden mehr als gedeckt. Nur ...«

»Ja?«, fragte Tristand.

»Der Mann, der den Stoff gekauft hat, hat den Wechsel auf seine Filiale in Trier ausgeschrieben – und dort will man nicht zahlen.«

»Und warum nicht?«

Daniels zögerte. »Die Gründe sind an den Haaren herbeigezogen und hielten vor keiner Schiedsstelle stand. Der Händler sagte, er sei aber gern bereit, sich mit dem Besitzer der Stoffe – nicht mit mir, sondern mit dem, in dessen Auftrag ich handle – vor einem Gericht zu einigen. Und zwar vor dem Gericht der Schöffen in Trier.«

»Er bestand auf Trier?«

»Ja. Und ich mache mir Vorwürfe, dass ich nicht bereits misstrauisch war, als er den Wechsel nach dorthin ausschrieb.« Der Jude zögerte. »Es muss sich jemand mit sehr viel Umsicht über die Stoffkäufe in unserer Region umgehorcht haben«, fuhr er fort. »Über alle Käufe, bei denen nennenswerte Summen geflossen sind. Ich habe mir erlaubt, mich umzuhorchen. Jemand scheint die Kaufhäuser der Tuchhändler aufgesucht und ihnen angeraten zu haben ...«

»Wer?«

»Martin«, sagte Marcella. Es war Unfug, drum herum zu reden. Wenn man den Zahn langsam zog, tat's auch nicht weniger weh.

Der Jude nickte betreten.

Tristand nahm die Kaufbelege auf, die Daniels über dem Bett verstreut hatte, und blätterte darin. »Nicht weiter schlimm. Wie Ihr sagtet – der Gewinn war gering, und der Verlust ist es auch, alles in allem. Ich hätte das Zeug gar nicht kaufen sollen, ist nicht mehr mein Geschäft. Ich hab's auch nur getan, weil sie so ungewöhnliche Farben hatten ...«

Daniels nickte. »Nach diesem ... Unglück zögerte ich, die anderen Wechsel einzutauschen, die noch offen stehen.«

»Das war richtig.«

Der Jude wartete. Er schien etwas auf dem Herzen zu haben, vielleicht eine Idee, aber Tristand schenkte ihm keine Aufmerksamkeit. Er starrte auf die Blätter, die er in der Hand hielt, und war mit seinen Gedanken ... Na, wo schon, bei Martin!, dachte Marcella und ärgerte sich über den Mangel an Zorn in seiner Miene. Und vor allem ärgerte sie sich über sich selbst, weil es ihr ins Herz schnitt, ihn so bedrückt zu sehen.

Daniels räusperte sich. »Verzeiht, wenn ich frage. Seid Ihr im Moment auf Bargeld angewiesen, Herr Tristand?«

»Bitte? Nein ... nein.«

»Dann würde ich empfehlen ... Angesichts der verfahrenen Situation hielte ich es für das Beste zu versuchen, die Wechsel im Bündel abzugeben. Unter Umständen gegen eine Rente. Ich kenne jemanden, einen der Trierer Hausgenossen, der mächtig genug wäre, die Auszahlung der Wechsel durchzusetzen, wobei er natürlich auf einer Minderung ...«

Herr Daniels hatte prächtige Ideen. Wie schade, dass Tristand sie nicht würdigte. Seine samtenen Augen hingen am Mechanismus des Klappstuhles, der den gelben Hut trug, während die Worte des Juden ungehört an seinem Ohr vorbeiplätscherten. Erst als Stille eintrat, begannen seine Lider zu flackern.

»Nein. Lasst die Wechsel ruhen, Daniels. Ich werde sie selbst eintauschen. Sobald diese leidige Überfallsgeschichte aus der Welt ist. Und ...«

»Ja?«, fragte der Jude zweifelnd.

»Vermeidet es, nach Trier zu gehen. Wer weiß, ob sie Euch dort nicht auch Vorwürfe machen. Vermeidet es überhaupt, mit mir in Verbindung gebracht zu werden.«

»Sicher, sicher«, murmelte Daniels unglücklich.

»Habt Ihr auch das andere erledigt? Ihr erinnert Euch – ich wollte Auskunft über Walram von Sponheim.«

Marcella horchte auf. Daniels war Geschäftsmann, und der Bericht, den er gab, gehörte zu seinem Auftrag, aber ihr entging nicht, dass in seinen trockenen Erklärungen ein Unterton schwang.

»Der junge Graf Sponheim kommt ... aus einer unruhigen Familie. Sein Onkel wurde vor acht Jahren von Balduin befehdet, weil er den Landfrieden gebrochen und Kaufleute geplündert hat. Sein Vater Simon lag ebenfalls mit dem Bischof im Krieg, aber das wisst Ihr vielleicht, der Wirbel schlug bis in die umliegenden Länder Kreise. Und Walram selbst ist ein junger Mann mit kostspieligen Neigungen. Waffen, Turniere, Frauen, arabische Pferde, Beize, Dienerschaft ... Er steckt in finanziellen Schwierigkeiten. Wobei er sich aus einigen davon im vergangenen Jahr befreien konnte.«

Tristand legte die Papiere, die er noch immer in den Fingern hielt, beiseite. »Wie?«

»Er hatte sich Geld geliehen. Bei einer jüdischen Bankiersgemeinschaft in Oberwesel. Am Tag vor Karfreitag brach dann im Judenviertel Feuer aus und dabei kamen seine Gläubiger um.«

»Hat er's gelegt?«

»Nicht offiziell. Aber sein Knappe Spede soll sich mit der Tat gebrüstet haben. Auch mit Einzelheiten, die nicht vielen bekannt waren.«

»Und er wurde trotzdem nicht belangt?«, wunderte sich Marcella. »Warum hat man ihn nicht verklagt?«

Daniels' Lächeln bekam einen Stich ins Bittere. »Für unsereins, Herrin, empfiehlt es sich nicht, um Recht zu bitten. Besonders während der Karwoche. Und darauf muss der Herr wohl spekuliert haben.« Er sprach wieder zu Tristand. »Walram steht auch bei anderen Juden in Schuld. Hauptgläubiger ist mein Vetter Muskin in Trier. Dort kann er sich keine Brandschatzung leisten, denn Trier achtet auf Gesetz und Recht, und außerdem verwaltet Muskin die Geldgeschäfte der Diözese, und der Erzbischof liebt es nicht, wenn man seine Unternehmungen stört. Aber weder Muskin noch sonst ein Jude hat den Mut, bei Walram Ausstände einzufordern. Irgendwann sind immer Reisen über Land nötig. Und dann ist man ungeschützt.«

»Wie hoch sind die Schulden, die Walram bei Eurem Vetter hat?«

»An die zweitausend Pfund.«

Marcella machte große Augen und pfiff durch die Lippen.

»Er ist der Sohn eines großen Herrn und große Herren haben große Bedürfnisse«, bemerkte Daniels spröde.

»Versucht er, sich bei Eurem Vetter noch weiteres Geld zu leihen?«, fragte Tristand.

»Muskin kann und will nicht mehr. Er hat den Erzbischof angesprochen, und Balduin war so gütig, dem Vater des jungen Grafen eine Nachricht, gewissermaßen eine Warnung zu senden.«

»Dann steckt Walram jetzt in Geldnot?«

»So lange, bis er einen anderen findet, den er pressen kann.«

»Wie angenehm.« Tristand stellte sich ans Fenster und blickte sinnend in den Hof hinab. »Könntet Ihr ihm stecken lassen, ganz unauffällig, über Leute, denen er vertraut, dass ein ... ein Tuchfärber aus Cochem meinetwegen, größere Mengen Färbesafran benötigt?«

Daniels' Augen blitzten auf. »Sagen wir, ein Tuchfärber aus Boppard. Dort hatten sie vergangenes Jahr Krieg und die Vorstadt ist in Flammen aufgegangen. Die Bopparder sind dabei, ihre Lager wieder zu füllen. Niemand würde sich wundern, wenn sie Safran anforderten. Falls Walram überhaupt Verstand genug besitzt, diese Zusammenhänge zu begreifen.«

»Also Boppard. Und Ihr, Marcella, würdet Ihr die Güte haben, nach Genua zu schreiben? Ich hätte gern erklärt und möglichst durch einen genuesischen Notar beurkundet, wie der Behälter aussah, in dem Euer Safran befördert wurde. Betet zu den Heiligen, dass Euer Lieferant sich erinnert. Und schreibt auf Italienisch, es wäre dumm, wenn man Euch missversteht. Bitte? Ja, natürlich kann ich's vorschreiben.«

Der Brief wurde aufgesetzt, Marcella holte ihr Siegel und drückte es in das Wachs, und Daniels steckte die Botschaft ein mit dem Versprechen, sich unverzüglich um die Beförderung zu kümmern. Er wurde unruhig, denn die Gräfin hatte ihn um einen Besuch gebeten, und er wollte noch am selben Tag zurück nach Wittlich. Marcella öffnete die Tür, um ihn hinauszulassen. Aber als Tristand hinterhereilen wollte, hielt sie ihn am Ärmel fest.

»Ihr … Ihr werdet Euch doch von Martin fernhalten?«

Er blieb stehen, und plötzlich schien er alle Zeit der Welt zu haben, denn er lehnte sich an den steinernen Türrahmen und verschränkte die Arme.

»Höre ich Sorge aus Euren Worten, Herrin?«

»Nein …«

»Aber Ihr macht Euch Gedanken, was aus mir wird?«

»Behüte! Mein Name ist Weib und mein Fluch die Neugierde. Ihr habt recht, Euch zu wundern, Herr, denn Euer Schicksal ist mir so gleichgültig wie …«

Er legte die Hand auf ihren Mund.

»Liegt Euch an mir, Marcella?«

»Nicht im Geringsten, nur an Eurem Geld.« Sie wollte fort, aber er hob das Bein und stemmte es an den gegenüberliegenden Türstock.

»Dann solltet Ihr bedenken … Es gibt über unsere Abmachungen keine schriftlichen Verträge. Wenn ich nicht mehr wäre, gehörte alles, was Elsa verkauft oder im Laden als Vorrat gestapelt hat, Euch.«

»Wie dumm von mir, das übersehen zu haben! Nun liegt mir Euer Schicksal doch am Herzen. Braucht Ihr Hilfe? Ich kenne die Trierer Torwächter. Wenn Ihr wollt, könnt Ihr Martin schon morgen in die Arme schließen.«

Er lachte. »Ihr seid besser im Austeilen als im Einstecken, Herrin. Wäret Ihr ein Mann, so würde man das unfein nennen.« Bei den letzten Worten machte er sich schon auf, dem wartenden Daniels zu folgen.

»Ich bin aber kein Mann«, rief Marcella ihm hinterher.

»Ist mir aufgefallen.« Er drehte sich um, grinste und winkte ihr fröhlich zu.

XVIII

Da Daniels' Vetter Muskin in der Kanzlei des Erzbischofs arbeitete, konnte der Jude den Starkenburgern einiges über die Pläne des Trierer Domkapitels berichten. Man hatte sich entschlossen, abzuwarten und Verhandlungen zu führen, denen naturgemäß eine Grenze gesetzt sein würde durch die Weigerung des Erzbischofs, Birkenfeld herauszugeben. Der Dompropst hatte einen Boten an den Neffen des Erzbischofs, König Johann von Böhmen, geschickt, in der Hoffnung, ihn als Vermittler herbeibitten zu können. So standen die Dinge.

»Nichts geht, wie es sollte«, meinte Loretta später am Tag bedrückt. Sie hatte sich mit Marcella in ihre Kemenate zurückgezogen und baute aus Schachfiguren ein Karree um einen Weinflecken, der die Leinendecke verunzierte. »Habt Ihr's mitbekommen? Das arme Weib, die Schwester des Stallmeisters, liegt im Kindbettfieber. Und ihr Kleines soll schwächlich sein und Kindspech erbrochen haben. Unglück überall. Und Balduin sitzt von früh bis spät in seinem Turm und schreibt Briefe und weigert sich, mit mir zu sprechen.«

»Ihr erlaubt ihm zu korrespondieren?«

»Damian hat das auch bemängelt«, sagte Loretta unsicher. »Aber er ist doch der Hirte der Diözese. Wie könnte ich ihm verwehren ...«

»Verwehrt! Das wird ihn wahnsinnig machen. Er ist ein Bischof, aber mit der Seele eines Kaufmanns. Solange Ihr ihn seine Geschäfte führen lasst, wird er gemütlich ausharren. Nehmt ihm die Möglichkeit zu schreiben, und Ihr werdet schon sehen, wie's ihn juckt.«

Loretta lachte. »Aber er hat vom Turm herab verkündet, dass Birkenfeld bei Trier bleiben soll. Wird es ihn nicht nur verstockter machen, wenn er keine Botschaften mehr versenden darf?«

Das Karree, das Loretta gebaut hatte, war schief. Marcella nahm die Türme und richtete sie zu einem exakten Viereck aus, das sie nach innen hin symmetrisch mit den anderen Figuren anfüllte. Die Gräfin hatte recht. Männer neigten dazu, in ihrem Eigensinn zu verharren, wenn sie sich einmal festgelegt hatten. Das Problem war, dass Balduin sich von allem abschloss. Er blieb mit seinen Gedanken den ganzen Tag über allein und zimmerte aus ihnen eisenharte Bastionen, die umzustürzen mit jedem Tag schwieriger werden würde. Er hatte reagiert, als die Gräfin seinem Söldner geholfen hatte, ihr Edelmut hatte ihm gefallen. Er war auch empfänglich für Lorettas Liebenswürdigkeit, davon war Marcella überzeugt. Und vielleicht war sogar das der Grund, warum er sich in seinem Kerker verkroch und jedes Zusammensein vermied? Der Gedanke gefiel ihr. Einen Moment gab sie sich der Vorstellung hin, wie es sein würde, den Koloss fallen zu sehen – sie hielt es für ein erhebendes Schauspiel. Und das brachte sie auf eine Idee.

»Was ist eigentlich mit dem Kind aus dem Dorf? Ist es schon getauft?«

Loretta war nicht sicher. Wohl eher nicht, denn der Mönch, der Trarbach geistlich versorgte, hatte sich aus Angst vor Schwierigkeiten in sein Mutterkloster zurückgezogen, und der Säugling war ja auch erst am Morgen geboren worden.

»Dann solltet Ihr den Bischof bitten, dem Kind das Taufsakrament zu spenden. Hier in der Kapelle. Und die Familie sollte dazugebeten werden und die Ritter – alle.«

»Hm«, machte Loretta. Sie nahm den König vom Tisch, wog ihn in der Hand, stellte ihn beiseite und rückte nachdenklich die Dame in die Mitte des Karrees.

Balduin beugte sich dem, was er für seine Pflicht hielt, und Marcella hatte es auch nicht anders erwartet. Das Herz des Bischofs mochte hart sein, aber es schlug im Gleichtakt der Gerechtigkeit. Einem Kindlein aus Trotz die Segnungen des Himmels zu verwehren, das war nicht seine Art.

Die Mutter des Säuglings hatte darauf bestanden, sich auf einem Fuhrwerk zur Burg hochkarren zu lassen. Nun saß sie, in Decken gehüllt, vor Schüttelfrost zitternd, auf der Kapellenbank und sah mit Tränen in den Augen zu, wie ihre Tochter in den Armen des Erzbischofs lag und vom mächtigsten Mann des Landes dem Schutz des Himmels und der Kirche anbefohlen wurde.

Balduin zelebrierte den Taufakt so umsichtig, als führe er ein Königskind ins Gottesreich ein, und seine Würde und Aufrichtigkeit ließen selbst altgedienten Recken das Wasser in die Augen steigen.

Der Oberstallmeister nahm das getaufte Kind aus den Armen des Bischofs entgegen und dankte erst ihm und dann Loretta, die mit ihren Söhnen in geziemendem Abstand vom Geschehen beim Kapellenausgang wartete. Die Gräfin hob das Mädchen hoch. Sanft drückte sie ihm einen Kuss auf die Stirn. Nachdem sie es in die Arme seines Onkels zurückgegeben hatte, öffnete sie den Verschluss ihres Kettchens, streifte das Bernsteinkreuz ab, das sie trug, und legte es dem Säugling zwischen die kleinen Fäuste.

»Patin darf ich nicht sein«, sagte sie. »Aber bei der heiligen Elisabeth – solange du lebst und solange ich lebe, sollst du an keinem Tag Mangel leiden.«

Die Mutter weinte laut auf und schluchzte in die Arme ihrer Schwägerin, verschiedene Edelfräulein brachen ebenfalls in

Tränen aus, die Männer schnäuzten sich und der Erzbischof schaute milde auf das Bild der Rührung.

Marcella mied den Blick Tristands, in dem sie Spott argwöhnte. Es war alles zum Guten, besonders für das Kind, und wenn es auch der Gräfin nutzte, so sollte das kein Grund zur Krittelei sein. Hätte das Kindchen denn ungetauft sterben sollen? War die fiebernde Mutter etwa nicht getröstet? Sich lustig zu machen ist einfach, dachte sie.

Bedrückt folgte sie den Starkenburgern die Treppe hinab. Der Weg von der Kapelle zum Bergfried führte durch den Palas, wo Loretta in der Zwischenzeit Tischplatten mit festlicher Speise hatte auflegen lassen. Und wie sie es erhofft hatten, blieb der Erzbischof stehen, und am Ende schien es sich von selbst zu ergeben, dass er am Tisch der Herrschaften Platz nahm, um dem Taufmahl vorzusitzen. Er tat es mit einer Miene verhaltener Ironie, die Marcella argwöhnen ließ, dass er den Grund des frommen Unternehmens ahnte. Aber das war gleichgültig. Ob er nun hier saß, weil Lorettas Fürsorge sein Herz erweicht hatte, oder ob er keine Lust mehr auf das langweilige Turmzimmer hatte – er befand sich unter dem Einfluss der Gräfin und war ihrer liebenswerten Schönheit ausgesetzt.

Und mich braucht man hier nicht mehr, dachte Marcella. Sie hatte darauf geachtet, dem Erzbischof nicht nahe zu kommen. Bei allen Anlässen, zu denen sie mit ihm in einem Raum gewesen war, hatte sie sich sorgfältig in dunkle Ecken verzogen. Nicht auszudenken, was Balduin seinem Schultheißen befehlen würde, wenn er entdeckte, dass eine seiner Trierer Töchter an der Entführung beteiligt war. Schon um den Diebstahl eines Brotes wurde einem in der Stadt die Hand abgehackt und um eine Lüge die Zunge durchbohrt.

Aber der Erzbischof war beschäftigt. Er plauderte mit der Mutter des Täuflings, oder vielmehr, er sprach sie gnädig an, denn sie war zu ehrfürchtig und krank, um einen Ton herauszubringen. Marcella warf noch rasch einen Blick in die gräfliche Wiege, wo das kranke Mädchen lag, hoffte, dass es leben würde, obwohl das Dreieck zwischen Mund und Näschen weißblau angelaufen war und es nur schwächlich schrie, und huschte dann in Richtung Tür. Einen Augenblick verharrte sie dort, weil sie Tristand, hell beleuchtet durch das Kaminfeuer, im Gespräch mit Pantaleon sah und sich wunderte, warum er nicht ebenfalls unauffällig zu bleiben versuchte. Und in diesem Augenblick, vielleicht, weil ein kalter Zug durch die offene Tür wehte oder weil sie ganz alleine stand, bemerkte Balduin sie. Er bemerkte sie nicht nur, er rief sie an. Bei ihrem Namen.

Heilige Maria, steh mir bei, dachte Marcella. Um einfach fortzugehen, hatte sie zu lange gezögert. Außerdem stand sie mittlerweile im Zentrum der Aufmerksamkeit. Mit weichen Knien ging sie die wenigen Schritte zum Stuhl des Bischofs, kniete nieder und küsste den Ring, den er ihr darbot.

Das Küssen von Ringen war ihr verhasst. Das Knien ebenfalls. Sie stand auf und trat einen Schritt zurück, gerade so weit, dass man es ihr nicht als Anmaßung auslegen konnte.

»Ihr seid es also wirklich. Frau Bonifaz. Die Nichte des Herrn Schöffenmeisters. Na, so was.«

Merkwürdigerweise schien ihre Anwesenheit den Erzbischof zu freuen. Vielleicht war sie das Problem, an dem sein gelangweilter Geist sich zu reiben hoffte. Vielleicht aber auch das Gefäß, das er brauchte, seinen Grimm aufzufangen. Doch der Bischof lächelte.

»Ich hatte angenommen, Ihr wäret damit beschäftigt, Eure Brautausstattung zu sticken«, meinte er leutselig.

Zu verblüfft, um zu antworten, starrte Marcella ihn an.

»Doch nicht? Ich bin fast sicher – ja gewiss, man hat mir gesagt, ich glaube, es war sogar Euer Onkel selbst, dass der brave Jacob Wolff sich zu einer vierten Ehe entschlossen hat.« Natürlich fiel ihm ihre Verwunderung auf. Neugierig betrachtete er sie.

»Ich … wusste nicht, dass Ihr dem Treiben Eurer Untertanen so viel Aufmerksamkeit schenkt.«

»Der gute Hirt kennt seine Schafe. Und er wundert sich ...« Jetzt kam's, jetzt wurde seine Stimme scharf. »... wenn er eines davon unter Wölfen wiederfindet.«

Marcellas Blicke wanderten. Sie sah Loretta, die angestrengt nach ablenkenden Worten suchte, den bestürzten Volker, Mechthilde mit ihrem boshaften Lächeln – wenn das Weib nur aufhören würde zu lächeln, sie konnte einen um den Verstand bringen mit ihrem Lächeln!

»Muss ich Eure Anwesenheit auf Starkenburg so deuten«, fragte der Erzbischof, »dass der Trierer Rat seine Ziele mit neuen Mitteln zu erreichen trachtet?«

Oh ... nein, nur das nicht! »Niemand weiß, dass ich hier bin«, erklärte Marcella hastig. »Ich ... reise über Land und treibe Handel. Ich habe der Gräfin Öle verkauft ...«

»Und dabei nicht bedacht, dass die Exkommunikation die Infamie einschließt, die Ächtung? Dass der Verkehr mit den Starkenburgern verboten ist? Ich wundere mich schon wieder über Euch.«

Ach ja? Und war Kaiser Ludwig etwa nicht geächtet? Und stand Balduin ihm nicht trotzdem bei? Sogar gegen den Papst? Marcella wusste, dass ihr Protest sich in der Steifheit ihrer Züge niederschlug, auch wenn sie kein Wort sprach und sich bemühte, schuldbewusst auszusehen. Balduin kräuselte die Stirn. Er wollte etwas sagen, wahrscheinlich sie mit knappen, ätzenden Worten zu einem jämmerlichen Nichts zusammenstutzen, aber er kam nicht dazu, weil Mechthilde sich plötzlich mit viel Geräusch von ihrem Stuhl erhob.

»Verzeiht, Vater, ich weiß, dass es einem Weib nicht gebührt zu reden, wenn Männer sich bedenken«, bekundete sie scheinheilig, »aber *lügnerische Lippen sind dem Herrn ein Gräuel, und wer Wahrheit spricht, sagt aus, was recht ist.* Erlaubt mir, zu erklären, dass es die Krämerin war, die den Vorschlag aufbrachte, Euer heiliges Leben anzutasten. Niemand sonst hier hätte sich zu solcher Ungeheuerlichkeit verstiegen. Die Krämerin stachelte unsere Gräfin auf, und ihrem Einfluss ist es zu verdanken ...«

Was für eine – Niedertracht! Loretta bekam rote Flecken auf den Wangenbögen, und Volker stierte sein Weib an, als hätte er die Decke zurückgeschlagen und in seinem Bett eine Ratte entdeckt.

Balduin stützte das Kinn auf den Arm. Er schien den Zwist als Einziger zu genießen. »Und womit, meine Tochter«, fragte er interessiert, »habe ich Euren Grimm verdient? Ich kann mich nicht entsinnen, mit Euch Streit gehabt zu haben. Nicht einmal mit Eurem Onkel, der ein braveres Schaf ist als die meisten meiner Herde, und sich sicher wunderte, wenn er wüsste, was Ihr treibt.«

Vorsicht, dachte Marcella fiebrig, mit jedem Wort. Bloß, dass ihr keines einfiel, kein dummes und schon gar kein kluges ...

»Der Frevler sinnt auf Ränke gegen den Gerechten«, zischelte Mechthilde. *»Er zückt das Schwert und will die Armen fällen und alle hinschlachten, die den rechten Weg gehen ...«*

»Tatsächlich?« Der Erzbischof hob die linke Braue, was ihn ungeheuer hochmütig erscheinen ließ. Er betrachtete das Weib und nickte dann Marcella zu. »Da habt Ihr Euch viel vorgenommen, meine Tochter, denn die Welt fließt über von Armen, und allen Befürchtungen unseres Heiligen Vaters zum Trotz will mir scheinen, dass auch der rechte Weg noch nicht gänzlich entvölkert ist.«

Marcella kämpfte mit einem überreizten Lachen. »Meine Wünsche sind bescheidener, Vater. *Verschafft den Waisen Recht, tretet ein für die Witwen, denn das gefällt mir wohl, spricht der Herr.*«

Mit einem Mal wurde es still.

Auf eine sehr ungemütliche Weise.

Bis jetzt hatte der Erzbischof gelächelt. Man hatte ihm anmerken können, dass er Mechthilde nicht mochte. Er hatte mit seinen Gefühlen auf Marcellas Seite gestanden. Aber nun hatte sie ihn angegriffen. Und Marcella las in seinen kühlen Augen, dass er ihr das übelnahm. Und zum ersten Mal begriff sie das Ausmaß der Katastrophe, dass der Erzbischof sich nämlich, was Birkenfeld anging, tatsächlich im Recht fühlte. Maria hilf!, betete sie lautlos. Und schlag mich mit Stummheit, bevor ich mich um den Hals rede.

Der Bischof befahl ihr näher zu treten. Er griff ihr unters Kinn und hob ihr Gesicht an. In seiner Art zu schauen glich er der Madonna der Burgkapelle. Prüfend, missbilligend versenkte er sich in ihre Züge. Ich hasse dich, dachte Marcella. Und wenn auch nur ein Funke von Jeanne in mir wäre, würde ich dir das sagen.

Der Bischof schien sich aufs Gedankenlesen nicht zu verstehen. Er begann zu lächeln. »Es gefällt mir, dass Ihr heiraten wollt«, entschied er. »Und da Ihr die Schrift so liebt, meine Tochter, möchte ich Paulus zitieren, der gesagt hat: *Still sei das Weib und lasse sich in aller Unterordnung belehren. Ich erlaube nicht, dass sie über ihren Mann herrscht; sie soll sich still verhalten.* Ganz sicher wird es Eurem Benehmen förderlich sein, wenn Ihr einen Gatten habt, der für Eure Erziehung sorgt.«

Zur Hölle, dachte Marcella. Fahr zur Hölle.

Der Bischof ließ sie los. Plötzlich wieder bester Laune wandte er sich an den Burgvogt. »Ihr solltet achtgeben, mit wem Eure Herrin Umgang pflegt, Volker. Schöne Weiber haben den Teufel im Leib.« Er lachte. »Evas Töchter sind sie alle, aber manche liebkosen die Schlange, als gäbe es keine Äpfel mehr, und ihre Männer sind arme Wichte, denn sie schlagen sich die Hände wund und ernten doch nur Eigensinn und Flausen ...«

Ich hasse dich, dachte Marcella.

Der Erzbischof beachtete sie nicht mehr. Er unterhielt sich mit Volker über Birkenfeld. Frauen waren wie Mücken, die man mit dem Leder zerklatschte und vergaß. Ich hasse dich, dachte Marcella, und ich werde dir diese Stunde nicht vergeben. Trotz deiner Großmut.

XIX

Richwin war Marcellas Trost. Die Burg verlassen konnte der junge Ritter nicht, denn das hatte Loretta den Teilnehmern an der Entführung verboten. Also war er hilflos dem Mitleid der Edelfräulein und seiner Mitstreiter ausgesetzt. Er trug es mit einem Lächeln, aber Marcella ahnte, wie hart ihn dieses Lächeln ankam. Und so nahm sie ihn zu ihrem geheimen Platz mit, dem Ginsterbusch hinter der Ausfallpforte, und dort brachten die beiden dicht aneinandergedrängt – es gab nur eine Elle Platz zwischen dem Brettertor und dem Busch – die Nachmittage zu.

Sie redeten viel – über den Erzbischof, der sich noch immer weigerte, Birkenfeld herzugeben, über den Brief, in dem Rubens Familie um eine Beihilfe für die Totenmessen bat, über die Steinchen im Mehl, über Sophie, die nach dem Willen ihrer Eltern dem betagten Amtmann von Daun angetraut werden sollte, über die Hörigen, die in die Städte flohen, um sich von ihren Grundherren freizumachen ...

Sie sprachen nicht über Richwins Augen und sie sprachen auch nicht über Damian.

Tristand hatte sich aufgeregt ... nein, er war völlig außer Fassung geraten, als er Marcella nach dem Gespräch mit dem Bischof aus dem Palas gefolgt war. Er hatte sie angebrüllt, ihr Vorwürfe gemacht, sie beschworen, sich zum Teufel noch mal nicht mit der Kirche anzulegen! Er hatte von den Feuern gesprochen, die in Italien brannten, von der Folter, die der Heilige Vater anzuwenden für richtig hielt, um die Rechtgläubigen von den Häretikern zu trennen, von seinen Versuchen, auch auf deutschem Boden die Inquisition zu etablieren ...

Sie hatte sich die Ohren zugehalten und zurückgeschrien, dass niemand ihre Rechtgläubigkeit in Frage gestellt habe, und wenn, dass es ihn, Tristand, jedenfalls einen Kehricht anging, und dass sie sich selbst einen Mann suchen würde, wenn sie den Wunsch hätte, sich anbrüllen zu lassen. Sie hatte geschrien, um nicht in Tränen auszubrechen, denn sie hatte die Reisighaufen selber brennen sehen. Nicht in Italien, aber ... wo auch immer. Und sie hatte eine grässliche, eine kaum zu ertragende Angst davor.

Dann war er fortgegangen. Und am nächsten Morgen hatte er mit seinem Pferd und einem Kleidersack die Starkenburg verlassen.

Von Mechthilde war in diesen Tagen nichts zu sehen. Man munkelte, dass Volker sein Weib in der Nacht nach dem Taufmahl mit einem Eisengürtel ausgeprügelt haben sollte. »Hätt' er's früher getan«, bemerkte der alte Colin unfreundlich, »dann wär's jetzt so hart nicht nötig gewesen. Weiber brauchen Schläge wie das Brot. Und ein kluger Mann handelt danach und erhält sich den Hausfrieden.«

Die anderen Männer nickten dazu. Sogar einige von den Weibern. Marcella verursachte es Übelkeit. Sie spürte, wie die Stimmung in der Burg sich änderte. Niemand hatte damit gerechnet, dass der Erzbischof sich ihren Forderungen widersetzen könnte. Nun waren die Edlen auf ungewisse Zeit in der Burg zusammengesperrt wie – wie Hühner im Käfig, und wie die Hühner begannen sie aufeinander einzuhacken. Ein Teil ihres Unmuts wandte sich auch gegen Marcella. Sicher hatte ihnen missfallen, dass Mechthilde den Gast verraten hatte, aber ihre Worte, dass nämlich der Vorschlag zur Entführung von der

Händlerin gekommen war, klebte in ihren Hirnen. Und jetzt, wo alles schiefzugehen drohte ...

Ich wünschte, ich wäre zu Hause in meinem Laden, dachte Marcella sehnsüchtig.

»Eigentlich hatte ich heiraten wollen, nicht sofort, aber in zwei oder drei Jahren«, erzählte Richwin, als sie wieder einmal hinter ihrem Ginster saßen und sich die Nachmittagssonne auf den Pelz brennen ließen. Er hatte seine Laute mitgebracht, was sie noch mehr einengte, aber das tat ja nichts. Marcella drückte sich mit dem Rücken an die Burgmauer, damit er Platz für den Lautensteg hatte, und wandte das Gesicht in die Sonne.

»Nicht irgendjemanden.« Richwin zupfte einige unsauber gegriffene Akkorde. »Ein Mädchen aus Bernkastel. Sie ist von bürgerlicher Geburt, aber ihr Vater steht im Dienst des Bischofs und ist aus so angesehener Familie, dass meine Familie die Heirat wohl gestattet hätte.«

Es war Marcella neu, dass Richwin irgendwo noch eine Familie besaß. Aber natürlich, die adligen Kinder wurden in befreundete Familien geschickt, wenn sie der Mutter entwachsen waren.

»Sie heißt Lucia, und sie hat sich – so ein Spiel ausgedacht. Für ihre Brüder. Davon hat sie nämlich einen ganzen Sack voll. Sie geht mit ihnen Tannenzapfen und Blätter und Rinde und Zweige sammeln, und daraus bauen sie eine Burg. So ein Riesending. Nimmt eine ganze Pferdebox ein. Lucia kann ziemlich gut mit dem Messer umgehen. Die Wände baut sie aus geschälten Ästen, und die kleine Dinge wie die Söller und Brunnen und Tränken, die schnitzt sie. Und immer hat sie ihre Brüder dabei. Die hängen an ihr wie Kletten. Aber man hört sie nie darüber jammern. Sie ist sowieso immer fröhlich. Ganz anders als andere Mädchen. Und wenn sie lacht – sie hat da so etwas, neben dem Mund, ein Grübchen ... keine Ahnung ...«

Die Saiten klirrten metallisch. Seine Stimme klang bedenklich nach Erkältung, und Marcella musste hart an sich halten, nicht den Arm um ihn zu legen.

Wenn ich Lucia wäre, dachte sie, ich würde ihn packen und mit ihm in den Wald ziehen und für den Rest meines Lebens mit ihm und meiner Kinderschar Söller und Brunnen schnitzen.

»*Puis fu il si chevaliers de grant pris ...*«, sang Richwin mit seiner weichen, unglücklichen Stimme. Sie bildeten wahrhaftig ein trauriges Paar.

Am folgenden Morgen kam Mechthilde aus ihrer Wohnung im Torhaus hinüber zum Palas, um ein großes Reinemachen zu beaufsichtigen. Loretta liebte keine Binsen auf dem Boden – jedenfalls nicht dort, wo sie sich aufhielt, weil sie Ungeziefer anzogen und, wenn sie nicht frisch ausgelegt waren, abscheulich rochen. So war der Boden des Rittersaales kahl oder nur von Blumen- und Grasresten bedeckt. Die Edlen, die den Palas nachts zum Schlafen nutzten, fanden das zwar verwunderlich, ließen sich aber nicht abhalten, trotzdem ihre Notdurft in die Ecken zu verrichten. Loretta hasste das und hatte deshalb im Treppenturm einen zusätzlichen Aborterker einbauen lassen, aber Männergewohnheiten waren schwer zu ändern, und so blieb ihr nichts übrig, als alle paar Tage gründlich fegen und aufwischen zu lassen.

»Natürlich muss Mechthilde das erledigen«, flüsterte sie Marcella unwillig zu. »Es ist ihre Aufgabe, sie hat es immer getan, und ich sehe nicht, warum ein anderer es ihr abnehmen sollte.«

Die beiden Frauen waren auf dem Weg in Lorettas Kemenate und hatten durch die Palastür geschaut, um zu sehen, wie weit die Mägde bei ihrer Arbeit gekommen waren.

Mechthildes Stimme hallte streng durch den Raum. Sie trug einen aus Bändern gelegten Kopfschmuck, der ihre Wangen überdeckte, aber nicht so weit, als dass er die Enden eines gelblila verfärbten Striemens verborgen hätte.

»Es ist nicht klug, sie zu kränken«, murmelte Marcella.

»Es war nicht klug, ihr ihre Grillen durchgehen zu lassen«, zischte Loretta zurück. »Habt keine Angst, sie ist kuriert. Sie wird nicht mehr den Mut haben, Euch Böses zu tun.«

Wenig überzeugt nickte Marcella. Sie zog rasch den Kopf zurück, als Mechthilde in ihre Richtung schaute, und dachte wieder an Elsa und den Laden.

Tristand kehrte vier Tage später von seiner Reise zurück. Es war abends, und die Starkenburger ließen sich gerade von einem reisenden Zwergwüchsigen unterhalten, der Feuer verschlang und Steine zerkaute. Der Gaukler hatte ein Murmeltier bei sich, das er tanzen und mit einer Holzpuppe im Pfaffengewand zotige Gespräche führen ließ. Die Ritter grölten, als er ihnen den Dümmling machte, und warfen mit Holzscheiten nach ihm, als er dem kleinen Gottfried Pfennige aus dem Ohr ziehen wollte.

Tristand hatte still zur Tür hineingeschaut und dann den Truchsess gebeten, ihm ein Bad herrichten zu lassen. Das war so eine Angewohnheit von ihm, vielleicht aus Venedig. Er hatte einen Hang zum Wasser, der so manchen Starkenburger besorgt den Kopf schütteln ließ. Aber es schien ihm nicht zu schaden und so beschränkten sie sich auf gutmütigen Spott. Nach dem Bad kehrte er in den Palas zurück, legte sich auf eine Matratze in der Ecke – sein Zimmer war an den Mann gegeben worden, dem sie die Wunde mit Terpentin gereinigt hatten, und der unter grässlichsten Schmerzen litt und deshalb einen ruhigen Ort brauchte –, verschränkte die Arme unter dem Kopf und schlief auf der Stelle ein.

Am nächsten Morgen, als Marcella in den Palas hinabstieg, war er bereits fort, und die Magd, die den Boden von Erbrochenem reinigte, erklärte, dass Herr Tristand sich mit Volker und der Gräfin zu einer Besprechung zurückgezogen hatte.

Marcella nahm sich ein geplättetes Leinentuch, Leisten und

Klammern aus einem Korb neben dem Webstuhl und versuchte sich an einem Stickbild. Aber es war wie verhext, die Fäden zogen sich zu Knötchen und rissen, die Nadeln brachen, und selbst für Marcellas Ansprüche – und die waren gering, denn sie hatte keine Freude am Sticken – wiesen die Stiche einen bedauerlichen Mangel an Zierlichkeit auf. Das Mädchen, das mit dem Aufwischen fertig war und über ihre Schulter sah, kicherte hinter vorgehaltener Hand.

Loretta ließ sich erst gegen Mittag im Palas blicken. Sie trat durch die Tür – und mit einem Male war es, als sei ein Wind aufgekommen, der die schlechte Laune fortblies. Die Männer, die sich mit Würfeln die Zeit vertrieben hatten, schauten auf und hielten in ihrer Betätigung inne. Loretta strahlte über ihr ganzes Gesicht. Obwohl sie nichts sagte, war klar, dass etwas geschehen sein musste.

Leichtfüßig lief sie zu Marcella. »Zeigt mir, was Ihr gestickt habt, Liebste«, bat sie und begann mit eiligen Fingern und nervöser, glücklicher Hast das Durcheinander der Fäden zu entwirren, während die Sonne Lichtflecken auf ihr Haar und den Silberreif ihres Gebindes zauberte. Aber sie weigerte sich hartnäckig, etwas zu verraten, und verwies auf Volker. Es dauerte noch einmal eine Stunde, ehe der Burgvogt gemeinsam mit Tristand zu den Wartenden im Palas stieß. Die beiden Männer kamen durch die Brückentür, sie waren also wohl beim Erzbischof gewesen.

»Hat er nachgegeben?« Loretta wurde so blass, wie sie vorher rosig gewesen war.

»Noch nicht, aber ich bin sicher, er wird«, meinte Volker. »Wir müssen nur sehen, dass es ihm nicht gelingt, ein Papier aus seinem Zimmer zu schmuggeln oder mit jemandem zu sprechen.«

Die Ritter kamen aus allen Ecken heran, und Emmerich, Harnisch und einen Putzlappen in der Hand, bat um Aufklärung, was zum Henker denn nun eigentlich los sei.

»Wenn die Sache gelungen ist«, sagte Volker, »dann, und keinen Augenblick früher, wird Loretta sie öffentlich machen, denn es betrifft nicht nur uns, sondern viele gute Christenleute. Und deshalb tragen wir Verantwortung. Nur so viel – bis der Erzbischof uns den Vertrag unterzeichnet hat, wird keiner seiner Leute ohne meine Aufsicht mit ihm zusammen sein dürfen.«

»Wollt Ihr's wissen?«, flüsterte Tristand in Marcellas Haar. Er war hinter ihr stehen geblieben, als Loretta mit Volker gegangen war, um sich den Gang der Verhandlung berichten zu lassen. Marcella atmete den Duft seiner Haut, die noch immer nach dem Bad roch, und ihr Herz geriet ins Stolpern. Ein Glück, dass Mechthilde nicht da war. Ein Glück, dass die meisten Ritter den Raum verlassen hatten oder miteinander debattierten. Sicher schlug sich die Hitze, die sie fühlte, als rote Farbe auf ihrer Haut nieder.

»Was denn, bitte?«, fragte sie.

Sie fühlte ihn lächeln. »Ich weiß, dass Ihr es wissen wollt. Sagt: Ich will es wissen – und Ihr bekommt alles zu hören. Aber Ihr müsst es sagen.«

»In Ordnung. Ich will es wissen. Und außerdem, was Ihr vergangene Woche getrieben habt. Jeden Schritt. Jedes Wort. Lasst mir ja nichts aus.«

Sein Lachen wehte in ihr Haar und schuf in ihrem Nacken Hitzewellen, prickelnd wie eine Gänsehaut, die über die Wirbelsäule den Rücken hinabglitt. Wo gerate ich hinein?, dachte Marcella, verwirrt von Unruhe und einem Glück, von dem sie fest vermutete, dass seine Ursache sündhafter Natur war.

»Aber nicht hier«, murmelte Tristand. »Gibt es einen Platz, wo man allein sein kann? Doch, oben auf dem Turm. Kommt, Herrin, Ihr seid, verzeiht, sowieso eine miserable Stickerin. Warum vergeudet Ihr Eure Zeit? Hat Euch schon jemand die Algebra des Alchwarismi erklärt? Bruchrechnung? Das Verhältnisrechnen? Die Zauberei mit der Null? Ich schwöre Euch, das ist lustiger, als sich mit Nadeln die Haut zu zerstechen.«

Sie begleitete ihn und stemmte sich vergeblich gegen die Flutwelle des Glücks, die durch ihre Ohren rauschte und sie so schwindlig machte, dass sie sich beim Treppensteigen am Hanfseil festhalten musste. Er nahm ihren Ellbogen und half ihr, und weil die Treppe eng war, streifte sein Haar ihre Wange. Sie hätte mit dem Finger sein dunkel schimmerndes Kinn berühren können. Und sie hätte es auch gern getan. Sie war wie verrückt vor Freude, dass er wieder da war ... Sündig, sündig, sündig, dachte sie vage und versuchte, Jeannes vorwurfsvollen Blick aus ihrem Kopf zu verbannen.

»Es geht um Matthias von Bucheck, den Erzbischof von Mainz«, erklärte Tristand, als sie die letzten Stufen genommen hatten und außer Atem an den steinernen Zinnen lehnten. »Der Mann liegt im Sterben.«

Er lag also im Sterben. Marcella hob das Gesicht in den Wind und presste die Handflächen gegen die Kante des kalten Zinnensteins. »Ich staune bereitwillig, Herr Tristand, nur weiß ich nicht, worüber.«

»Weil Ihr Euch nicht mit Politik befasst.« Er zwinkerte gut gelaunt. »Der Mainzer Erzstuhl besitzt eine der sieben Kurstimmen, die den deutschen König wählen. Balduin hat eine zweite und Heinrich von Virneburg, der Kölner Erzbischof, eine weitere. Wenn Matthias gestorben ist, wird der Mainzer Erzstuhl verwaist sein, und entweder Balduin oder Heinrich wird ihn besetzen. Papst Johannes, so heißt es, bevorzugt Heinrich, denn Balduin liebäugelt mit dem Kaiser, und den hasst Johannes mehr als alles andere. Aber das Mainzer Metropolitankapitel will den Bischof von Trier. Und sie haben recht«, bemerkte er kritisch, »denn Heinrich ist ein Lump und Balduin sorgt für seine Diözesen.«

»Woher wisst Ihr das alles?«

»Aus Mainz.« Er schwieg. Und erklärte nach kurzem Nachsinnen: »Offiziell aus Mainz, denn dort möchte ich vergangene Woche für jedermann gewesen sein. In Wahrheit kommt die Nachricht von Daniels' Vetter Muskin aus Trier, aber das braucht niemand zu wissen. Politische Verhältnisse ändern sich rasch und Juden stehen dem Scheiterhaufen noch näher als vorwitzige Krämerinnen.«

»Wie freundlich von Euch, mich daran zu erinnern. Wenn die Trierer von all dem wissen, warum sagen sie nicht einfach an Balduins Stelle zu?«

»Oh!« Er lachte. »Die Mainzer riskieren massenhaft Ärger. Sie murren gegen den Heiligen Stuhl, gegen Johannes persönlich. Das trauen sie sich nicht auf das Wort der Trierer Kirchenleute hin. Balduin muss ihnen schon selbst sein Ja geben. Und ihnen eine Menge Mut machen. Bisher geht es lediglich um Neigungen und Wünsche. Deshalb ist er jetzt auch so wütend.«

»Er wird nachgeben!«, sagte Marcella.

Gehässigkeit war nicht ihre Art. Sie fand sich selber abstoßend, als sie den Klang ihrer Stimme hörte. Wie die von Mechthilde. Aber es freute sie, dass Balduin nachgeben musste, und sie würde sich genauso freuen, wenn er es ablehnte, das zu tun – weil beides ihn zutiefst ärgern würde.

Tristand lehnte sich mit dem Rücken an die Zinnenmauer, so dass ihre Gesichter einander zugewandt waren. Was jetzt? Sollten neue Vorwürfe kommen, den Erzbischof nicht zu reizen?

»Ich … war im vergangenen Sommer in Toulouse«, sagte er. Tatsächlich?

»Stammt Ihr aus Frankreich, Marcella?«

Sie machte eine Bewegung, die ein Kopfschütteln oder auch etwas anderes sein konnte.

»Ihr habt einen Akzent«, sagte Tristand. »Ich habe ein Ohr dafür. Und ich würde wetten, dass Ihr das Sprechen in Südfrankreich gelernt habt. Im Languedoc oder irgendwo um Toulouse.«

»Wenn, dann weiß ich nichts mehr davon. Solang ich denken kann, leb ich bei Onkel Bonifaz.«

»Und Eure Eltern?«

»Sind tot.«

Tristand nickte. Er redete nicht nur so dahin. Er wollte auf etwas hinaus.

»Eine schöne Gegend – das Languedoc«, sagte er. »Wenn sie auch viel Kummer dort hatten. Ein Jammer. Ich meine, die Sache mit den Ketzern, den Katharern. Ich kannte einen, der hatte in Perpignan eine Garküche. Ein netter Kerl. Sehr genau kann er's mit seinem Glauben aber nicht genommen haben, denn von den Kindern, die an seinem Stand spielten, hatte wenigstens die Hälfte sein rotes Haar ...«

Lass das!, dachte Marcella.

»Obwohl er mir das einmal sehr ernsthaft auseinandergesetzt hat. Die Sache mit der Fleischeslust. Habt Ihr davon gehört? Die Katharer glauben, dass die Körper der Menschen und Tiere Gefängnisse sind, die von Satan benutzt werden, um die Seelen einzukerkern, die beim Krieg im Himmel gefallen sind. Deshalb leben sie, wenn sie brav sind, enthaltsam.« Er beobachtete sie. »Aber das hätte den armen Leuten nicht das Genick gebrochen. Ihr Fehler war, dass sie außerdem predigten, dass die Heilige Kirche vom wahren Glauben abgefallen ist und dass die Menschen ein Leben in Armut führen sollen. Und da hat der Papst sie nicht mehr in sein väterliches Herz schließen mögen.«

»Tristand ...«

»Am Ende hat er einen Cistercienser – den Bischof von Pamiers, Fournier hieß er, glaube ich – in ihre Dörfer geschickt, und der hat als Inquisitor ...«

»Ich möchte das nicht hören, Tristand.«

Er schwieg still. Er wartete. Darauf, dass sie ihm eine fürchterliche Vergangenheit offenbarte?

»Es macht mich wütend, wenn jemand davon redet, dass ich heiraten soll und dass Frauen geschlagen werden müssten. Das ist alles. Der Erzbischof ist mir egal«, sagte Marcella.

Es war am selben Tag, nur sehr viel später. Loretta hatte für ihre Ritter und Damen ein Fest vorbereiten lassen, und durch die wolkenverhangene Nacht klangen die Melodien der Fiedler und Flötisten.

Marcella stand vor ihrer Kleiderkiste. Im Zimmer war es dunkel, sie trug nur eine einzige kleine Tranlampe bei sich, die ein schwaches Licht verströmte. Unschlüssig stellte sie die Lampe ab und schlang die Arme um die Brust. Es war eine schwere Entscheidung. Die Kiste sah in der Dunkelheit aus wie ein schlafendes Untier, das man besser nicht weckte.

Ich mach ein Ende, dachte Marcella. Aber leicht fiel es ihr nicht. Jemandem zu vertrauen, einem Mann zu vertrauen, zudem einem, der begehrenswert war wie Tristand – das war, als zöge man sich nackt aus, ohne zu wissen, ob man nicht Schläge empfing.

Sie musste an Mechthilde denken. Aber Tristand war nicht wie Volker. Weder so nachgiebig noch so hart.

Marcella hockte sich vor die Kiste und legte die Hände auf den Holzdeckel. Tristand die Urkunde zu zeigen, würde nicht nur bedeuten, ihre Vergangenheit in seine Hand zu geben – und auch das war gefährlich, denn wer wusste schon, was die Zukunft brachte. Ihm die Urkunde zu zeigen hieße, ihm Einlass in ihr Leben zu gewähren, ihn zu ihrem Vertrauten zu machen, ihm das Recht auf Fürsorge einzuräumen.

Er würde den Brief zweifellos übersetzen können. Er würde ihr sagen, welchen Vergehens Jeanne sich schuldig gemacht hatte. Und vielleicht würde sie sich dann erinnern, warum sie keine Eltern und keine Schwester mehr hatte und in einem bunten Seidenmantel zu Onkel Bonifaz gekommen war, und warum ein angeschlagener Krug mit roten und blauen Kringeln ...

Marcella rieb sich wütend den Schweiß von ihrer Oberlippe. Mit Händen, die vor Nervosität zitterten, öffnete sie die beiden Verschlussklappen, stemmte den Deckel hoch – und hielt inne. Sie sah auf den ersten Blick, dass jemand an ihren Sachen gewesen war. Es herrschte keine Unordnung, aber die Art, wie Kleider und Tücher und ihre Wäsche gefaltet waren – das war nicht ihre eigene. Marcella verwahrte alles sorgsam, aber niemals penibel. Nun waren die Kanten der Stoffe aneinander ausgerichtet, als wären sie mit dem Lineal gestapelt, alles war glattgestrichen und die Gürtel viel zu eng zusammengerollt.

Sie tastete mit der Hand am Seitenrand der Kiste entlang. Ganz unten in der Kiste befanden sich ihre weichen Kalbslederschuhe. Daneben in einem Tuch der Schmuck, den sie bei Onkel Bonifaz gefunden und eingesteckt hatte. Das Bündel war prall und vermutlich hatte man nichts gestohlen.

Aber die Urkunde, die darunter gelegen hatte, war fort.

Marcella nahm die Kleider, faltete sie Stück für Stück auseinander und wieder zusammen und sah in jedem Wäscheteil nach, bis sie die ganze Kiste entleert hatte.

Das Pergament, das Jeannes Tod beurkundete, war nicht mehr da.

So umsichtig, wie sie die Kleidung ausgepackt hatte, legte Marcella sie auch wieder zurück. Ihre Gedanken bewegten sich mühselig, als wateten sie durch Schlamm. Die Urkunde war fort – fort – fort – fort ...

Mechthilde.

Marcella ließ sich auf dem Boden nieder. Sie versuchte nachzudenken. Niemand würde eine Urkunde stehlen, außer er war fähig, sie zu lesen. Mechthilde *konnte* lesen. Und sie war die einzige Person in der Burg, die Interesse daran haben konnte, in ihren Kleidern zu wühlen. Vielleicht hatte sie etwas zerstören wollen. Oder stehlen. Nein, das nicht. Diebstahl passte nicht zu ihr. Außer es ging um ... Beweise ...

Tristand hatte ihr aus Wittlich, oder wo auch immer er sich

mit Daniels getroffen haben mochte, Lakritzplättchen mitgebracht. Marcella wühlte in den Decken ihres Bettes, wo sie sie achtlos hatte hinfallen lassen. Er hatte die Lakritzen in ein Metallkästchen getan, auf das ein Vogelmuster gestanzt war, eine Reihe stelzender Kraniche. Sie fand die Dose, öffnete sie, stopfte sich eine ganze Handvoll von den Süßigkeiten in den Mund und ließ sich auf das Bett fallen.

Was konnte Mechthilde mit der Urkunde anfangen? Der Name Bonifaz war darin erwähnt. Würde man ihr, Marcella, vorwerfen können, dass sie mit der Verurteilten verwandt gewesen war? Oder dass sie das Pergament bei sich trug? Würde man so etwas als Indiz für ... Ketzerei nehmen? Unsinn, dachte sie fiebernd. Wir sind hier nicht in Frankreich.

Tristand hatte sich allerlei zusammengereimt. Er war klug. Und wahrscheinlich würde er besser abschätzen können, wie weit es nötig war, sich Sorgen zu machen.

Ich werde ihn um Rat fragen, beschloss Marcella, während sie auf der Lakritze herumbiss, als würde sie Steine knacken, wie der Gaukler drüben im Palas. Aber erst morgen. Wenn ich über alles geschlafen habe.

XX

Sie schlief erst gegen Morgen ein, und dann war sie so müde, dass die Mittagssonne die Fensternischen mit Licht überflutete, ehe sie aufwachte.

Sie setzte sich auf die Bettkante, glättete mit den Zehen die Fransen des Flickenteppichs und fragte sich, ob ihr Gesicht so aufgedunsen und verschwollen aussah, wie es sich anfühlte. Sie hatte keine Lust sich anzuziehen. Am liebsten wäre sie unter ihre Decke zurückgekrochen. Die Vögel draußen machten Krach, ihr taten die Glieder weh.

Es wäre einfacher gewesen, Tristand die Urkunde zu zeigen und ihm zu sagen: »Ich habe etwas gefunden, bitte übersetzt mir das.« Aber die Urkunde war fort und nun müsste man über Seidenmäntel und Onkel Bonifaz sprechen. Vielleicht auch über Scheiterhaufen. Und über Cistercienser, die rote Ringe trugen ...

Marcella tastete nach dem Bettzeug, überwand sich und schlüpfte in ihre Kleider.

Sie war nicht die Einzige, die den Morgen verschlafen hatte. Müde Gesichter begegneten ihr überall. Im Palas räumte man noch an den Resten des Festes. »Habt Ihr Tristand gesehen?«, fragte sie Claus Smideburg, bekam aber nur ein Achselzucken zur Antwort und war froh, als sie im Burghof auf Richwin traf.

Der junge Ritter schaute einem Mann in braunen Hosen

zu, der die Spitzen am Fallgatter feilte, und zupfte dabei melancholisch auf seiner Laute. Ihr Kommen schien ihn auch nicht aufzumuntern. Im Gegenteil. Marcella meinte deutliche Anzeichen von Unbehagen zu entdecken.

»Damian ist fort«, sagte er und fügte, bevor sie etwas fragen konnte, hinzu: »Er hatte Euch Bescheid geben wollen, aber scheinbar wart Ihr nicht zu finden.«

»Mein Zimmer ist riesig. Er wird seine Suche bei der Tür angefangen und beim Teppich aufgegeben haben. Und ich lag dummerweise im Bett.«

»Blöder Hammel«, knurrte Richwin und ließ die Saite mit dem Fingernagel springen, was ein sehr hässliches Geräusch machte.

Etwas wie ein Eismantel, kalt wie Reif, legte sich um Marcellas Herz. »Wo ist er hin?«

»Er hat eine Nachricht bekommen. Einen Brief. Schon irgendwann die Tage. Aber Pantaleon, der das Ding aufbewahrte, hatte vergessen, es ihm zu geben. Wäre auch besser gewesen, er hätt' sich gar nicht mehr erinnert ...«

»Von wem?«

Richwin zuckte die Achseln. »Von seinem Bruder. Diesem Martin.«

Marcella bekam weiche Knie, und Richwin machte hastig Platz und zog sie neben sich auf die Bank. »Ich hab ihm gesagt, es ist ein Blödsinn, dem Kerl zu trauen. Hat man doch gesehen, wie der sich anstellt. Aber mit seinem Bruder ... Oh, Marcella, hört auf, so ein entsetztes Gesicht zu machen. Er ist doch nicht dumm. Und wer weiß, was in dem Brief gestanden hat ...«

»Wo?«

»Was?«

»Wo wollen sie sich treffen?«

Richwin starrte sie mit dem unbeholfenen Augenkneifen an, das ihm seit dem Schlag zu eigen war. »Nein, das kommt nicht in Frage. Ich will gar nicht von den Kerlen reden, die dort draußen in den Wäldern lungern und die Straßen unsicher machen – und die sind schon schlimm genug …«

»Wo?« Sie stampfte mit dem Fuß auf.

Richwin schwieg.

Aber da war ja immer noch der Mann mit der Feile, der die Torspitzen bearbeitete.

»Wann ist Tristand fort?«, rief Marcella zu ihm hinüber.

»Ähh – eine Weile schon, aber noch nich lange. Noch nich so lange, wie ich hier am Gatter steh'«, beschied er ihr.

»Und wo ist er hin?«

»Ich glaub, zum Dorf.«

Neugierig sah er zu, wie sie zum Stall hinüberlief.

Keine Dame ritt ein Pferd ohne Sattel, außer in einem Notfall. Hier war der Notfall gegeben. Marcella griff sich das nächste Tier, führte es zum Sprungstein und kletterte auf seinen Rücken. Es war ein Segen, dass das Fallgatter für die Reparatur hinaufgezogen worden war. Sie überhörte die Bemerkung des Torwächters und trabte über den Hof.

»Wartet! Marcella …« Richwin zerrte ein zweites Tier aus dem Stall. Der Oberstallmeister, durch den Lärm aufgestört, kam aus dem Futterhaus und wollte wissen, was los sei und ob der junge Herr und die Dame bei der Gräfin die Erlaubnis eingeholt hatten …

Richwin saß bereits auf dem Rücken des Pferdes. »Ohne mich werdet Ihr ihn nicht finden!« Er galoppierte hinter Marcella durch den Torbogen und den Zwingweg hinab. Vor dem zweiten Tor mussten sie erneut warten, bis der Wächter die Kette gelöst und mit Hilfe des Rades die Brücke herabgelassen hatte.

»Loretta wird mich im Turm verfaulen lassen, wenn Euch etwas geschieht«, sagte Richwin unglücklich.

Sie antwortete nicht.

»Die beiden haben sich beim Steinbruch verabredet, da wo

die Trabacher sich die Bausteine für ihre Häuser holen. Der schnellste Weg geht durch den Wald. Aber da müssten wir an der Köhlerhütte vorbei, und jeder weiß, dass sich dort das Lumpenpack des ganzen Hunsrück trifft, seit wir nicht mehr aus der Burg können.«

»Beschreibt mir den Weg und bleibt hier.«

Richwin stieß einen Seufzer aus und trieb sein Pferd über das Holz der Brücke.

Vielleicht hatte er sich geirrt, vielleicht hatte er Marcella auch absichtlich falsch geführt: Die Abkürzung, die sie genommen hatten, endete jedenfalls oberhalb des Steinbruchs an einer mit Buschwerk bewachsenen Stelle. Und weit und breit führte kein Weg abwärts.

»Sie sind schon da«, murmelte Richwin.

Er rutschte vom Pferderücken und Marcella tat es ihm nach.

Sie hatten eine Sicht wie der Allmächtige. Nichts blieb ihnen verborgen. Da war der Steinbruch, der aussah, als hätte ein Raubtier sein Gebiss in den Fels geschlagen, die Sträucher und Blumen, die sich an die kargen Steilwände klammerten, der gelbe Sand im Tal, der Bohlenweg, auf dem die Steine befördert wurden ... Sie sahen alles und waren doch hilflos wie die Würmer.

Damian schien allein gekommen zu sein, ohne Begleitung aus Starkenburg. Martin war vorsichtiger gewesen. In seinem Rücken warteten bullige, durch Kettenhemden geschützte Gestalten, die misstrauisch wie Keiler in jede Richtung witterten. Sie hielten Bögen in den Händen, in deren Sehnen Pfeile eingelegt waren, einer trug ein Beidhänderschwert. Damian stand bei seinem Bruder und versuchte offensichtlich, etwas zu erklären. Er hatte die Hände vorgestreckt, mit den Handflächen nach oben, als wolle er seine lauteren Absichten demonstrieren.

»Er wird ihm nicht glauben«, murmelte Marcella.

Wie zur Bestätigung fuhr Martin plötzlich vor und packte seinen Bruder am Rock. Er brüllte etwas, sein Kopf bewegte sich ruckartig, als er zornige Worte hervorstieß.

»Er wird ihm nicht glauben«, wiederholte Marcella, »und er wird ihn auch nicht ziehen lassen.«

»Ich kann nichts erkennen. Wie viele Leute hat der Kerl bei sich?«

»Fünf.«

»In den Farben des Zenders?«

»Nein.« Das wenigstens nicht. Martin ließ seinen Bruder los. Er gestikulierte und verwehte Laute wurden zum Rand des Talkessels getragen. Es war nicht zu erkennen, ob Damian irgendetwas gesagt oder getan hatte, was seinen Bruder gereizt hatte, aber unversehens schlug Martin ihm die Faust vor die Brust, so dass er strauchelte.

»Was blitzt da?«, fragte Richwin.

Martin schlug noch einmal zu, diesmal versuchte Damian, die Fäuste abzufangen. Er brüllte jetzt auch, aber er war noch immer am Zurückweichen.

Richwin stieß Marcella den Ellbogen in die Seite. »Dort drüben, rechts vom Talausgang, in halber Höhe – da blinkt etwas. Nun schaut doch schon.«

Er hatte recht. Zwischen den weißen Doldenrispen blitzte es wie Metall. Marcella richtete sich auf. »Männer«, flüsterte sie. Aber Martin führte seine Leute doch offen bei sich. Und wenn die Bewaffneten nicht zu ihm gehörten …

»Von da oben kann man die da unten abschießen wie Stechpuppen.« Richwin kaute an der Lippe. »Seht Ihr, zu wem die Kerle gehören? Vielleicht hat der Zender Martin verfolgen lassen.«

»Sie stehen auf«, sagte Marcella. »Ich glaube, sie haben Armbrüste.«

Es war wie in einem bösen Traum. Martins Männer standen mit dem Rücken zu den Armbrustschützen. Nur Damian hätte sie sehen können. Aber Damian war mit seinem Bruder beschäftigt. Oder war ihm doch etwas aufgefallen? Er riss Martin zur Seite und im nächsten Moment pfiff ein daumendicker Bolzen neben ihm in den Sand. Die beiden Männer stürzten übereinander.

»Wie viele?« Richwin kniff Marcella in den Arm.

Es waren nur zwei Armbrustschützen. Aber sie standen direkt unter der Nachmittagssonne. Das Licht musste die Männer im Tal blenden.

Martin blieb am Boden, während Damian blitzschnell wieder auf die Beine kam. Er bückte sich, und ein weiterer Bolzen surrte knapp an seinem Ohr vorbei und bohrte sich neben Martins Fuß in den spritzenden Sand. Martins Männer begannen hektisch gegen die Sonne zu schießen.

»Sie treffen nicht einmal in die Nähe«, flüsterte Marcella.

Plötzlich war auch Martin wieder oben. Er hob den Rock und riss etwas darunter hervor. Eine klobige, in der Sonne glänzende Waffe aus Metall – einen Streitkolben. Marcella presste die Faust vor den Mund und hörte auf zu atmen.

Martin hob die Waffe mit beiden Händen. Er schwang sie ungeschickt wie ein Mönch. Gegen keinen Kämpfer hätte er damit ankommen können. Aber sein Bruder kniete am Boden und suchte mit den Händen an den Augen das Buschwerk ab und war zu sehr auf die Felswand konzentriert, um auf das zu achten, was in seinem Rücken geschah. Und so traf er ihn ohne Gegenwehr – ein Schlag, seitlich zwischen die Rippen, unter die Achsel des erhobenen Armes. Der Hieb musste schrecklich gewesen sein, denn Damian sackte ohne einen Laut nach vorn aufs Gesicht.

»Wehren sie sich?« Richwin schüttelte Marcellas Handgelenk.

Ja, die Männer wehrten sich und verschossen einen Wirbel von Pfeilen. Aber umsonst. Die beiden Armbrustschützen hatten begonnen, sich zurückzuziehen. Die Pfeile, die Martins

Wächter gegen das blendende Sonnenlicht schossen, verfingen sich nutzlos im Blattwerk oder prallten auf den Fels.

Richwin stand auf. Er kehrte sein Gesicht direkt vor das Marcellas, um sie anschauen zu können. Betroffen hob er die Hand zu ihrer Wange. »Was ist los?«

Sie schob ihn fort.

Einer der Wächter war schon zu Beginn des Überfalls zu den Pferden gelaufen, die sie am Talausgang zurückgelassen hatten. Jetzt kehrte er zurück. Die Männer besprachen sich. Ihre Blicke hingen an den Wänden des Steinbruchs. Martin sagte etwas und wies brüsk auf die Gestalt, die mit dem Gesicht nach unten im Sand lag. Zwei seiner Männer legten die Bögen beiseite, packten den Reglosen und zerrten ihn zu den Pferden, wo sie ihn ungeschickt über einen der Sättel warfen.

Er musste tot sein. Oder ohnmächtig. Nein, nur ohnmächtig. Warum sonst hätten sie ihn mitnehmen sollen? Heilige Madonna, bitte lass ihn am Leben sein, betete Marcella still. Ein Streitkolben war fähig, Rüstungen zu durchschlagen. Aber Martin hatte auf den Leib seines Bruders gezielt, nicht auf den Kopf ...

»Nehmen sie ihn mit sich?«, fragte Richwin.

»Ja.«

»Ist er verletzt?«

Sie legte die Hand auf seinen Mund und konnte nicht verhindern, dass ihr Tränen in die Augen stiegen.

Die Männer bestiegen die Pferde und ritten, den Gefangenen in der Mitte, zum Talausgang. Damians Arme schlenkerten. Er trug unter seinem meerblauen Surcot ein weißes Unterkleid, und Marcella sah, dass der eine Ärmel rot von Blut war.

Richwin räusperte sich. »Ein Wunder, dass sie nicht alle umgebracht worden sind«, murmelte er. »Find' ich sonderbar. Sie hätten sie alle abschießen können.«

Ich muss Richwin das Pferd geben, damit er es zurückbringen kann, überlegte Marcella. Aber das schadete nichts. Bis Trarbach konnte es nicht weit sein. Vielleicht begleitete er sie auch noch hinab. Und unten am Hafen würden Schiffe ablegen. Sie hatte einige Tournosen in ihren Gürtel eingenäht ...

»Marcella?«

»Ja.«

Richwin nahm ihr Gesicht zwischen die Hände, als wäre er viele Jahre älter als sie. »Wenn er tot ist, Marcella, dann werden sie ihn beim Neutor aufs Rad flechten und zur Schau stellen, und das wird Euch keine Freude machen. Und wenn er lebt ...« Er befeuchtete die trockene Zunge mit den Lippen. »Ihr müsst bedenken, dass er für die Leute von Trier ein Raubmörder ist. Wenn er lebt, wird es ihm nicht gut ergehen.«

»Ja.«

»Und ... ich glaube, er würde nicht wünschen, dass Ihr dort wärt ...« Er schwieg verlegen. »Ihr könntet aber von der Burg aus versuchen, an Euren Onkel zu schreiben. Er ist doch Schöffenmeister. Vielleicht erweicht es sein Herz.«

»Richwin«, sagte Marcella. »Das einzige Herz in Trier, das sich für Damian Tristand erweichen lässt, gehört seinem Vater, und der liegt selbst gefangen und ist womöglich schon tot. Zeigt Ihr mir den Weg zum Hafen, Richwin?«

XXI

Sie ließ es zu, dass Richwin sie begleitete, und zwar wegen seiner kranken Augen. Marcella hätte ihn lieber auf Starkenburg zurückgelassen, denn ihr war klar, wie gefährdet der junge Ritter in Trier sein würde. Wenn man ihn erkannte, würde man ihn festnehmen und aus ihm herauspressen wollen, was er und Tristand zu dem Überfall beigetragen hatten. Und nach dem Geständnis – das zweifellos erfolgen würde – würde man ihm einen grässlichen Tod auf dem Richtplatz bereiten. Und falls der Schultheiß des Erzbischofs erfahren sollte, woher der Mann kam, den die Schöffen gefangengenommen hatten ...

Wenn er gesund wäre, dachte Marcella, dann hätte ich ihm schon klargemacht, dass er in Trier nichts zu suchen hat. Aber Richwin litt an seiner Nutzlosigkeit wie an einer Wunde. Wie hätte sie Salz darauf streuen können, indem sie ihm bedeutete, dass er eine Last war?

Aber wenn sie ihn gefangennehmen – dann wird er's bereuen, dachte sie. Und ich werde es auch bereuen. *Er wird's bereuen und ich werd's bereuen,* hämmerte es in ihrem Kopf.

Sie hatten in Trarbach Sättel für ihre Pferde geliehen und eine Botschaft zur Burg geschickt, dann waren sie nach Bernkastel geritten und hatten bei Freunden von Richwin übernachtet. Aber Marcella hatte keinen Schlaf gefunden, und nun, am zweiten Tag ihrer Reise, bewegte sie sich in einem Dämmerzustand aus Müdigkeit und Ängsten, der ihren Verstand umnebelte, so dass sie kaum einen Gedanken zu Ende brachte. Sie hatte keine Ahnung, was sie in Trier unternehmen wollte. Sie sorgte sich, weil niemand in den Moseldörfern etwas von den Tristandbrüdern gesehen zu haben schien. Vielleicht war Damian schon tot. Vielleicht hatte man ihn irgendwo im Wald verscharrt. Ihr Pferd trottete über den Treidelweg neben der Mosel, nervös, weil ihm keine Führung zuteil wurde, und die Männer, die die Schiffe flussaufwärts zogen, schimpften über ihre Ungeschicklichkeit.

Sie erreichten Trier am Nachmittag.

Richwin fasste in Marcellas Zügel und drängte sie an den Wegrand, um eine von Pferden getragene Sänfte durchzulassen, die dem Martinstor zustrebte. »Es wäre gut, wenn wir uns überlegten, wie wir vorgehen wollen.«

Vor ihnen erhoben sich die Mauern der Stadt. Sie waren aus grauem, trotzig starrendem Stein, vom schwarzen Wasser des Stadtgrabens umspült, von Zinnen gekrönt, die wie Stacheln staken, und von Wachtürmen durchbrochen, deren Ziegeldächer kräftigrot in der Sonne blitzten. Auf den Wehrgängen patrouillierten Männer in Waffenhemden. Das Trierer Kreuz wehte auf den Fahnenstangen und prangte in lebhaftem Rot über dem Tor. Die Stadt hatte ihren Bischof verloren, aber nicht die Schöffen, die sie regierten. Und die Schöffen waren mächtig und ihre Macht drückte sich in der Wehrhaftigkeit der Stadtmauer aus.

»Es hat keinen Zweck, Richwin«, sagte Marcella müde. »Niemand bekommt ihn frei. Ich bin in dem Gefängnis gewesen. Die Mauern sind so dick wie die Stadtmauern hier.«

»Nun redet keinen Blödsinn«, erwiderte Richwin freundlich.

Hoch erhobenen Hauptes ritt er vor ihr über die Brücke in das Torgewölbe ein und niemand hielt ihn auf. Er war ein gut gekleideter, anständig aussehender junger Mann, der von einer

gut gekleideten, anständig aussehenden Dame begleitet wurde
– damit waren sie so bemerkenswert wie das Wasser, das im
Graben stand, denn Trier war eine reiche Stadt, in der es von
wohlhabenden Menschen wimmelte. Der Wächter schenkte
ihnen kaum ein Gähnen.

Marcella wählte, ohne darüber nachzudenken, die verwinkelten Seitenwege, in denen knöcheltief der Schmutz stand und das Vieh aus den Fenstern der Zinshäuschen brüllte, die es gemeinsam mit seinen Herren bewohnte. Ihre Pferde liefen durch stinkenden Abfall, aber sie waren wenigstens sicher vor bekannten Gesichtern. Hinter dem Armenviertel breiteten sich die Weingärten aus, in deren Mitte völlig frei die Johannisgasse lag, das war eine gefährliche Strecke. Sie ritten ein Stück hinauf, bogen dann aber schnell in die Straße der Weber ab. Die Gefahr, erkannt zu werden, war immer noch groß. Tatsächlich sah Marcella unter dem Schatten eines vorkragenden Obergeschosses einen Tuchhändler stehen, der mit ihrem Onkel bekannt war und mit einer Dame auf einem Zelter schwätzte, die er allerdings besser stehengelassen hätte, denn sie stand in dem Ruf ... Aber das ging sie nichts an. Über die Verkaufslade des Leinenwebers beugte sich der Marktbeschauer und prüfte unter den Klagen des Webers die Breite eines billigen Wollstoffes. Er war so beschäftigt wie der Tuchhändler, und Marcella und Richwin erreichten unbehelligt die Engelsgasse, in deren Mitte, angelehnt an einen Torbogen, sich Marcellas kleines Geschäft mit der sauberen, blauweiß gestrichenen Tür befand. Die Fensterläden standen offen – der eine nach oben zum Schutz gegen Sonne und Regen, der andere als Verkaufsfläche nach unten. Elsa hatte eine Schale mit Borten und verschiedene Krüge und Holzkistchen aufgebaut und feilschte gerade mit zwei hageren, einander ähnlich sehenden Weibern um den Preis für ein Büschel Rosmarin.

Marcella winkte Richwin in den Schlupf, der ihren Laden vom Nachbarhaus trennte, führte die Pferde durch die niedrige

Nebentür in das Kontor – das schien ihr sicherer, als sie für jedermann sichtbar auf der Straße stehenzulassen – und ließ sich mit einem Seufzer auf dem Stuhl vor ihrem Scrittoio nieder.

Der Lärm der Straße war verebbt. Es war kühl und dunkel, und nur Elsas schmeichelnde Stimme, die Teuerung und Einfuhrzölle beklagte, drang noch ins Kontor.

»Ist dies hier Eure Wohnung?«, wollte Richwin wissen.

Eine gute Frage. Zu Onkel Bonifaz würde Marcella nicht gehen können. Und Elsa lebte in einer Dachkammer im Haus einer wohlhabenden Witwe, die kaum Platz für ein Bett bot. Außerdem war die Witwe neugierig. Sie würden heute zwischen Pferden und Fässern schlafen müssen.

Die Kundinnen waren weitergezogen und die Tür flog auf. Elsa, mit einem eisernen Ellenmaß bewaffnet und zu allem bereit, lugte durch den Rahmen. Das Licht war spärlich. Einen Moment lang sah es aus, als wolle sie um Hilfe schreien. Dann fiel die Stange scheppernd zu Boden, sie stürzte auf Marcella zu und drückte sie in stummer Glückseligkeit an die Brust.

Geborgen in den Bergen wallenden Fleisches, den Duft von Rosmarin in der Nase, Elsas Hände im Haar und ihr fürsorgliches »aber, aber« im Ohr, gelang Marcella dann endlich, wonach sie sich die ganze Zeit gesehnt hatte: Sie brach in entsetzliches Weinen aus.

Elsa hatte nichts von Damian Tristand gehört. »Und wenn ich nichts gehört hab, dann gibt es auch nichts zu hören«, erklärte sie bestimmt.

Vielleicht war Martin aber mit seinem verwundeten Bruder langsamer geritten als Marcella und Richwin. Vielleicht hatte er ihn in einem Gasthaus einquartiert, um ihm Ruhe zu gönnen ...

»Wenn es so ist, wie du sagst, wenn sein Rock voller Blut war und sein Bruder ihn nicht einmal verbunden hat, dann hat er sich ausgeblutet, noch eh sie aus dem Wald waren«, meinte Elsa und machte keinen Hehl daraus, dass ihr diese Vorstellung am liebsten war. Sie hüllte Marcella in warme Decken, schickte Richwin, um aus einer benachbarten Garküche Rosenkohlsuppe zu besorgen, zwang ihre Freundin, die Schüssel auszulöffeln, und ruhte nicht, bis Marcella auf einem Strohsack vor den Regalen lag und die Augen schloss.

Als Marcella aus dumpfem Traum erwachte, war es hell, und da die Sonne den Staub auf dem kleinen Scrittoio beschien und das einzige Fenster des Kontors nach Südosten ging, musste es Vormittag sein.

Elsa schien den Tag wie jeden anderen verlaufen lassen zu wollen. Aus dem Verkaufsraum drang die plärrende Stimme einer Kundin, die sich beschwerte, weil sie Beimischungen im Koriander gefunden hatte. Elsa beschwichtigte. Richwin lag auf den blanken Bohlenbrettern, den Kopf auf dem Arm gebettet, und lächelte über seinen Träumen und sah so jung aus, dass Marcella sich von neuem Vorwürfe machte, ihn mit nach Trier genommen zu haben.

Wenn er lebt, dachte sie, wenn Damian lebt ... Auf dem Scrittoio stand ein Teller mit Schmalzkringeln, den die fürsorgliche Elsa dort hingestellt hatte. Sie setzte sich und hob ihn in ihren Schoß. Ihre Hände zitterten, aber sie hatte ausgeschlafen, und sie war in ihrem Kontor – dort wo sie schon tausendundein Problem gelöst hatte. Sie biss kräftig in den Kringel.

Wenn er also lebte – würde Martin ihn dann dem Rat ausliefern?

Ja, entschied sie und kaute und freute sich, weil sie so bitter und scharf denken konnte. Martin würde sich nicht durch einen geheimen Mord Befriedigung verschaffen. Wenn das sein Plan gewesen wäre, dann hätte er Damian im Steinbruch umgebracht. Er würde seinen Bruder dem Henker übergeben.

Und das passte auch viel besser zu ihm, weil er ein Mann war, der sich lieber an seinen eigenen Grundsätzen aufspießte, als einen von ihnen zu umgehen.

Wenn Damian aber im städtischen Gefängnis lag, dann musste Onkel Bonifaz davon wissen. Und den kann ich nicht fragen, dachte Marcella, denn der Onkel wollte, dass sie heiratete. Und da er in letzter Zeit so viel Anteilnahme für ihr Tun zeigte, würde er sie vielleicht sogar einsperren, wenn er erfuhr, weshalb sie in Trier war. Und Jacob? Jacob war ein Freund. Aber einer, dem sie zur Ehe versprochen war. Sogar der Erzbischof wusste schon davon. Und er war kein Mann, der sich gern lächerlich gemacht sah. Was mochte Onkel Bonifaz ihm nur gesagt haben, dass er dachte, sie wolle ihn heiraten? Marcella kaute an den Schmalzkringeln.

Irgendwann würde Nachricht von Damian an die Öffentlichkeit dringen. Entweder würde man seinen Tod verkünden oder seine Verhaftung. Aber darauf konnte sie nicht warten. Sie stieß Richwin mit dem Fuß an.

»Ich gehe ins Gefängnis«, sagte sie. »Zu seinem Vater. Zu Arnold.«

»Bitte?«, fragte Richwin mit einem seligen, schlaftrunkenen Lächeln.

Elsa schimpfte. Sie warnte, sie drohte, sie fluchte, dass es den Ohren weh tat. Aber ins Gefängnis zu gehen war nicht verboten und Marcella hatte Arnold schließlich schon öfter dort besucht. Der Wächter würde sich nicht über Gebühr verwundern. Elsa kündigte an, zu Onkel Bonifaz zu gehen. »Das wirst du nicht«, sagte Marcella und drückte ihr einen Kuss auf die Wange.

Sie wanderte durch den Sonnenschein die Engelsgasse hinab. Das Kleid, das sie trug, war von Elsa geliehen, aus reizloser brauner Wolle, und verwandelte sie, wie sie hoffte, in eine unscheinbare Bürgersfrau. Ihr Haar war unter einer Haube verschwunden. Sogar einen Bastkorb hatte sie sich an den Arm gehängt.

Auf den Fensterbänken der Häuser standen Drahtkäfige mit gefangenen Vögeln – das war im Jahr zuvor in Mode gekommen. Die Vögel zwitscherten in die laue Luft und flatterten und sehnten sich nach ihrer Freiheit, und Marcella hatte Mitleid mit ihnen und fand es immer schwieriger, fröhlich zu schauen, obwohl das nötig war, denn die Menschen genossen den warmen Tag und schwatzten und schienen an allem interessiert.

Vor dem Gefängnis war es stiller als beim letzten Mal. Eine Magd zog mit einem Säugling auf dem Arm und Kindern im Gefolge den Weg hinab, sonst war keine Menschenseele zu sehen. Marcella suchte Schutz unter dem Dach des Hauses, vor dem sie auch das letzte Mal gewartet hatte. Der Bau auf der Seite gegenüber warf einen langen Schatten, der die halbe Straße verdunkelte.

Sie versuchte, einen der Schlitze Arnolds Zelle zuzuordnen, aber sie hatte keinen guten Orientierungssinn, und es nutzte ja auch nichts, es vor sich herzuschieben.

Vorsichtig umging sie den Straßendreck und pochte an die Tür.

Der Wächter, der öffnete, war ihr unbekannt. Ein Mann mit bleichem Gesicht und kalten Fischaugen, die sie rasch einzuschätzen versuchten.

»Ich möchte zu Arnold Tristand«, sagte Marcella.

Die Fischaugen signalisierten Enttäuschung. Warum? War sie nicht teuer genug gekleidet? Marcella schob die Hand in den Ärmel und holte einen Doppelpfennig hervor.

Der Bleiche bedachte sich – und trat zögernd beiseite. Er nahm den Pfennig, während sie an ihm vorüberging, und deutete in den hinteren Teil des Geschosses, wo ein billiges, stark rauchendes Tranlicht auf einem Tischchen stand. Zu dem Tisch gehörte ein Schemel, den er ihr zum Sitzen anbot. So viel war ihm der Doppelpfennig immerhin wert.

Dem Tisch gegenüber gab es ein Türchen, klein wie das Loch zu einer Höhle. Die Tür stand offen, und da sie genau in Marcellas Blickfeld lag, bot sich ihr ein Anblick, den sie sich lieber erspart hätte: eine abwärts führende Treppe, an deren Ende, beleuchtet durch eine Pechfackel, eine Holzleiste mit Nägeln hing, über die merkwürdige Geräte gestülpt waren. Eisenzangen, Metallspangen, armlange Spieße und zuvorderst ein Paar gebogene Metallbügel, die durch Lederschnüre aneinandergehalten wurden. Marcella wandte schnell den Blick. Trotzdem sah sie noch die Nägel, die in den Innenseiten der Bügel staken, und die Flecken zwischen den Nägeln. Der Wächter grunzte und stieß mit dem Absatz die Tür ins Schloss, so dass der Keller aus ihrem Blickfeld verschwand. Aber das Wimmern, das aus den dreckigen Zellen drang, hatte eine neue Bedeutung bekommen. Am liebsten wäre Marcella davongelaufen.

»Herr Arnold ist tot«, sagte der Wächter.

»Was?«

»Gestorben. Heut Nacht«, erklärte er barsch, während er sie musterte, ob ihr Interesse erlosch.

Marcella stand auf. Der Hals war ihr eng.

»Wenn Ihr wollt, könnt Ihr ihn aber noch anschaun ... er liegt droben in der Kammer.«

Nein. Oder vielleicht doch. Vielleicht war sie ihm das schuldig. Marcella wandte sich zur Treppe.

»Die anderen Herrschaften«, sagte der Wächter, halb grob, halb schmeichelnd und sichtlich ungeduldig, weil sie nicht von selbst drauf kam, »haben mir für die Müh' noch etwas dazu gegeben. Es ist schließlich nicht meine Arbeit, Leute hier rumzuführen.«

Die anderen? Marcella kehrte auf dem Absatz um. Sie griff noch einmal in den Ärmel, holte einen weiteren Pfennig hervor und warf ihn hart auf den Tisch. »Wer ist hier gewesen?«

In dem bleichen Gesicht arbeitete die Neugier. »Sein Sohn, der junge Herr Tristand.«

»Und noch jemand?«

»Einer von den Schöffen. Jacob Wolff.«

»Das muss ja wohl so sein. Herr Tristand war ein wichtiger Mann.« Ihr Herz klopfte.

»Sie hatten noch einen mit sich, noch einen Mann.« Die Fischaugen lauerten. Ein Schatten des Triumphes durchzuckte sie, als der Wächter sah, dass Marcella die Silberfibel löste, die den Ausschnitt ihres Kleides schmückte. Sie behielt sie in der geschlossenen Hand und wartete.

»Er war krank. Sie haben ihn mit einer Sänfte gebracht und die Treppe hochschleppen müssen ...«

»Trug er blauen Samt?«

»Und darunter einen weißen Rock. Der war blutig. Bis rauf zum Halssaum.«

Also wirklich Damian. »Was haben sie mit ihm gemacht?«

»Ihn zu dem Toten gebracht. Und dann wieder mitgenommen.« Ein Seufzer bekannte, dass der Wächter nichts weiter wusste, was man zu Geld hätte machen können.

Marcella gab ihm die Fibel und stieg die Treppe hoch.

Die Zelle lag im Halbdunkel. Zwei Kerzen spendeten schwaches Licht. Der Kerkermeister hatte die Tür offen stehen lassen, da es ja nun niemanden mehr gab, der an der Flucht hätte gehindert werden müssen.

Ein hohläugiger, fast kahler Greis in schlichtem, kurzem Knechtsrock stand mit einem Lappen in der Hand über Arnolds Leichnam gebeugt und schaute verwundert zu Marcella auf.

»Seid Ihr nicht von unserem gnädigen Herrn Schöffenmeister die Nichte?« Er lispelte und hatte eine schwache Stimme, die durch die Tränen, die er weinte, zusätzlich getrübt wurde. Er war klein gewachsen und seine Wirbelsäule vom Alter krumm, und Marcella kniete neben ihm nieder, um mit seinem Kopf auf gleicher Höhe zu sein. Es tröstete sie, dass noch jemand um den Tod des armen Arnold weinte.

Der Alte tauchte seinen Lappen in die Schüssel und fuhr fort, den Leichnam abzuwaschen. »Martin hat gesagt, dass sie ihn nicht in geweihter Erde bestatten werden«, klagte er mit seiner Lispelstimme. »Verscharrt wie ein Hund. Vor den Toren. Das hat mein Herr nicht verdient. Er war ein gottesfürchtiger Mann.«

»Ja.« Marcella umschloss die kalte, wächserne Hand mit ihren eigenen. Der Raum roch nach Krankheit. Der Geruch kam aus den Decken, und ihr wurde bewusst, dass ihr Handgelenk auf etwas Feuchtem ruhte. Rasch hob sie es an. Sie sah, dass dort, wo sie kniete, an der Kante der Pritsche, die Decke von einem dunklen Flecken besudelt war.

»Wart Ihr hier, als Martin seinen Bruder zu seinem Vater brachte?«, fragte sie.

Der alte Mann hob das steife Haupt und musterte sie argwöhnisch. Vielleicht besänftigten ihn ihre roten, geschwollenen Augen. Vielleicht war sein Bedürfnis, den Kummer zu teilen, auch übergroß. »Der arme Junge hat gekniet, wo Ihr jetzt kniet, Herrin, und seinen Vater tot zu sehen hat ihm fast das Herz gebrochen. Ich hoffte ja in dem Moment, dass der gemeinsame Schmerz helfen würde, ihre Gefühle zu besänftigen«, vertraute er ihr an. »Sie sind doch Brüder. Von derselben Mutter geboren.« Er schob die Decke vom Unterleib des Toten und bat sie fortzusehen, da er die empfindlichen Regionen des Körpers zu reinigen hatte. »Aber sie stritten über seinen leeren Augen«, redete er weiter. »Unversöhnlich wie Kain und Abel. Und ... Damian lästerte Gott.«

Es klang nicht streng, nicht nach Anklage. Deshalb traute Marcella sich nachzufragen.

»Damian sagte«, meinte der Alte bedrückt, »wenn der Herrgott einem Mann wie seinem Vater den Einlass ins Himmelreich verweigert, weil eine Horde ... er nannte sie Scheinheilige, die Schöffen nannte er so ... wenn sein Vater also nicht ins Himmelreich käme, weil die Schöffen ihm ein christliches Begräbnis verwehrten, dann würde sein Vater sowieso nicht dort sein wollen, weil sein Herz zu gütig wäre für so einen Gott. Der Junge ... war nicht bei Sinnen. Er wusste gar nicht, was er sagte. Und Martin hätte ihm nicht drohen sollen. Sie sind doch Brüder. Es ist noch nicht lange her, da haben sie einander geliebt.«

Marcella reichte dem Mann die Totenkleider und half ihm, den schweren Leichnam anzuheben, um sie ihm über den Kopf zu streifen, was nicht einfach war, weil der Körper in Totenstarre lag.

»Warum hat Martin Damian nicht gleich hier einsperren lassen?«

»Selbst das kann man ihm nicht zum Guten rechnen«, meinte der alte Mann müde. »Martin hat seinem Bruder einen Kerker daheim bereitet. In der Kammer unterm Dach. Er sorgte sich, dass Damian im Gefängnis sterben könnte, bevor ... an ihm Gerechtigkeit geübt wurde. Er hat's ihm hier vor seinem toten Vater geschworen. Dass er ihn gesund pflegen und dann dem Rat ausliefern wird. Er ... ist verbohrt.«

»Aber Jacob Wolff ...«

»Den Herrn Schöffen hat er einweihen müssen, um mit seinem Bruder hier hineingelangen zu können, denn der Wächter ist ein unverschämter und misstrauischer Mann. Aber auf Herrn Wolff kann man sich verlassen. Er hat versprochen zu schweigen, bis Damian wieder beisammen ist, und das wird er auch tun, mag's ihm auch noch so übel aufstoßen, wie alles gerät.« Der Alte seufzte. »Ich kenne die Jungen seit ihrer Geburt«, sagte er unglücklich. »Und fast bin ich froh, dass mein Herr diesen Kummer nicht bis zum Ende erleben muss.« Umständlich zog er einen Kamm aus dem Kleid und machte sich daran, die grauen, strähnigen Haare zu glätten.

»Vielleicht irrt Martin sich. Vielleicht begraben sie Herrn Arnold ja doch auf dem Friedhof«, sagte Marcella.

»Nein.« Der Diener hob die Ärmel des weißen Rockes und faltete sie, da er die starren Arme nicht biegen konnte, auf der Brust des Toten.

Er lebt. Als Marcella aus dem Dunkel des Stadtgefängnisses in die helle Gasse trat, explodierte diese Erkenntnis in ihr wie ein Sternenregen. Damian lebte. Und so sehr sie sich auch mühte, Arnolds Tod zu betrauern – und es tat ihr wirklich leid um ihn, denn er war ein herzensguter Mann gewesen –, wurde ihr das Herz plötzlich federleicht und in ihren Ohren summten himmlische Chöre. Ihre Lebensgeister erwachten. Damian lebte. Und damit stand alles offen. Langsam – versuchte sie sich zu mäßigen. Martin wollte seinen Bruder ans Schöffengericht ausliefern, und selbst wenn er sich anders besänne, könnte er nicht mehr zurück, denn inzwischen hatte er in Jacob einen Mitwisser. Und die Schöffen ... Aufgewühlt machte Marcella sich auf den Weg zum Markt.

Ob ihre Gedanken ihre Füße bewegten oder ihre Füße sie zu Orten trugen, die die Gedanken auslösten, war im Nachhinein schwer festzustellen. Es gab einen kleinen Laden in der Nähe des Marktes, einen Kellerraum in einem heruntergekommenen Haus, das einem Fischhändler gehörte, und in diesem Laden wurden merkwürdige Utensilien verkauft. Marcella wusste davon, denn die Besitzerin des Ladens, eine Frau, von der man munkelte, sie sei mit einem Henker verheiratet gewesen, hatte sie einmal aufgesucht und um eine Galangawurzel gebeten. Marcella hatte die Wurzel nicht vorrätig gehabt und war auch froh darüber gewesen, denn die Frau war ihr unheimlich vorgekommen. Aber nun trugen ihre Füße sie geradewegs zu dem kleinen Laden und sie stieg beherzt die abgetretenen Stufen hinab.

Ein Glockenspiel klingelte, als sie die Tür nach innen

drückte. Der Raum war dämmrig wegen seiner Kellerlage, es gab nur ein einziges kleines Fenster, das zu niedrig lag, um viel Licht hineinfluten zu lassen. Marcella erkannte zwei Stühle vor einem Holztischchen und einen braunen Vorhang, der den hinteren Teil des Raumes abtrennte. Das Läuten musste die Ladeninhaberin alarmiert haben, denn kaum dass Marcella Zeit gefunden hatte, sich umzusehen, teilte sich auch schon der Vorhang.

Sie erkennt mich wieder, dachte Marcella, und das war dumm, denn der Abschied damals war frostig gewesen, und sie spürte, dass die Frau sie nicht leiden konnte. Ihr Lächeln wirkte unangenehm, weil es sich auf den rechten Mundwinkel beschränkte. Spott und Überheblichkeit drückten sich darin aus.

»Ich brauche Bilsenkraut«, erklärte Marcella knapp.

Das Weib deutete auf den Stuhl. Ihr Haar steckte unter einer riesigen, schwarzen, zweizipfligen Haube, mit der sie den Vorhang streifte, als sie sich ebenfalls niederließ.

»Wie schade, wie schade«, murmelte sie. »Gerade das habe ich nicht vorrätig.« Ihr Mundwinkel, der eine, der bewegliche, verzog sich. »Bilsenkraut ist eine nützliche Medizin, das weiß ich, denn ich kannte einen Bader, der es oft verwandte. Es heißt aber auch ...« Lauernd schielte sie über den Tisch. »Das Kraut soll einige ... seltsame Eigenschaften besitzen.«

»Es stillt den Schmerz.«

»Unter den Händen eines gelehrten und verständigen Menschen wird selbst Gift zur barmherzigen Arznei«, erklärte die Frau fromm. »Aber wie das Licht den Schatten mit sich trägt, so haben auch Pflanzen unterschiedliche Wirkungen. Man sagt zum Beispiel, Bilsenkraut könne als Aphrodisiakum dienen – um Liebhaber geneigt zu machen.« Ihre Augen glitzerten verschwörerisch und Marcella kam sich wie beschmutzt vor. Sah sie aus, als hätte sie die Absicht, Männer durch Zauberei zu nötigen? »Außerdem«, fuhr die Frau seidenweich fort, »soll es

Bestandteil der Hexensalben sein, mit denen die Weiber sich einreiben, die nachts zum Tanz mit den Böcken reiten.«

Marcella stand auf.

»Aber das sind schlimme Dinge, an die man besser nicht einmal denkt.« Rasch griff die Frau nach ihrer Hand und zog sie auf den Stuhl zurück. »Ihr braucht etwas gegen Schmerzen. Ich habe andere Arzneien. Kräuter, die allerdings nicht dieselbe starke Wirkung haben ...«

»Nein ...«

»Und dann noch etwas. Eine Wurzel, die dem Bilsenkraut in seiner Wirkung ungemein ähnlich ist, so ähnlich, dass man sie beinahe austauschen könnte. Wenn Ihr Erfahrung im Umgang mit Bilsenkraut habt, wäre Euch das vielleicht angenehm.«

Marcella dachte an den Flecken in Arnolds Decke, dort wo Tristand sich auf das Bett seines Vaters gestützt hatte. Sicher war die Wunde bereits entzündet. Und hatte der Wächter nicht gesagt, sie hätten ihn die Treppe hochschleppen müssen? Sie wartete.

Die Frau stand auf und huschte hinter den Vorhang. Man hörte das Knarren eines schlecht geölten Schlosses. Nach wenigen Augenblicken, als hätte sie Angst, ihre Kundin könne davonlaufen, schlüpfte sie wieder durch den Vorhang und hielt etwas in den Händen.

Marcella schluckte. Unwillkürlich fuhr sie zusammen. Ein Alraunenmännchen. Sie hatte dergleichen noch nie gesehen, es aber so oft beschrieben gehört, dass sie augenblicklich sicher war.

Das Weib liebkoste das merkwürdige Wurzelstück mit den Fingerspitzen. »Man kann den Alraun nur ein einziges Mal im Jahr ausgraben«, raunte sie. »In der Mitternachtsstunde der Johannisnacht. Er wächst unter den Galgen vor der Stadt und entsteht aus dem Harn und dem Samen der Gehängten.«

Und er lindert Schmerzen, dachte Marcella.

»Beim Ausgraben stößt der Alraun einen Schrei aus«, murmelte das Weib. »Dieser Schrei ist so entsetzlich, dass, wer ihn hört, daran zugrunde geht.«

»Wie ist er dann in Eure Hände gelangt?«

Die Frau beachtete Marcella nicht, nur ihr Mundwinkel zuckte ein klein wenig. »Um den Alraun zu erlangen, muss man sich die Ohren mit Baumwolle oder Pech oder Wachs verstopfen und dann mit einem schwarzen Hund hinausgehen, drei Kreuze über der Wurzel machen und den Hund mit dem Schwanze daran festbinden. Dann wirft man ihm ein Stück Fleisch vor und läuft davon. Der Hund schnappt nach dem Bissen und zieht so die Wurzel aus dem Boden. Auf den Schrei des Alrauns fällt er tot nieder, aber selbst kann man die Wurzel dann unbeschadet aufnehmen. Natürlich ist das gefährlich. Und umständlich. Und es braucht viel Glück, überhaupt einen Alraun zu finden.«

Und deshalb ist er teuer ... Heilige Elisabeth, ich sitze hier und höre mir an, wie eine Hexe ihren Zauber erklärt! Marcella nahm die Wurzel zögernd in die Hand. Der Alraun sah tatsächlich wie das Galgenmännchen aus, nach dem er seinen Namen hatte. Beine, Rumpf und Kopf staken in bizarrer Verzerrung, wie ein Mensch, der Schmerzen hatte. Seine Augen – in dem Teil seines Körpers, der das Gesicht darstellen sollte, gab es zwei schwarze Wölbungen, und die sahen tatsächlich wie Augen aus – stierten Marcella starr und boshaft an. Aber ob Zauber oder nicht, der Alraun wirkte wie Bilsenkraut, er stillte den Schmerz. Sagte die Hexe. Marcella warf das zauberkräftige Holz auf den Tisch und stand auf. »Was ich brauche ist Bilsenkraut. Und wenn ich es hier nicht bekommen kann ...«

»Ihr könntet den Alraun zu einem besonderen Preis haben.«

»Nein ...«

»Und ... Ich habe zwar kein Bilsenkraut, das sagte ich schon, aber Bilsenkrautsamen könnte ich Euch wohl anbieten.«

Marcella starrte die Frau an, besonders ihren Mundwinkel,

der sich ärgerlich verzog, und wusste nicht, ob sie erleichtert oder zornig sein sollte. »Samen würde mir recht sein.«

Die Hexe verschwand und kam mit einer hölzernen Schüssel wieder. Massenweise winzige, graue, platte Bilsenkrautsamen. »Es ist Hexerei – das eine wie das andere«, erklärte sie ruhig. Das Geschäft wurde nun, da alles klar war, rasch vollzogen.

Marcella stieg an die Sonne, das kleine, ausgehöhlte Holzstäbchen mit dem Korken, das ihre Samen barg, in der Hand verborgen. Benommen wanderte sie die Gasse hinab und ging den Weg zurück, den sie gekommen war.

XXII

Sie ging zum Haus der Tristands, was, wie sie wusste, ein großes Risiko war. Vor dem hellen Gebäude blieb sie stehen und schaute zum Dach hinauf, als könne ihr das eine Idee bescheren.

Die Tristands lebten prächtig. Ihr Haus war von Arnold erbaut worden, auf einem der teuersten Grundstücke in der Simeonstraße. Reihen von Bogenfenstern zogen sich in mehreren Etagen über die Fassade, unterbrochen von steinernen Säulen, wodurch der Bau einen luftigen Zug bekam. Die oberen Fensteröffnungen waren mit bunten Glasfenstern gefüllt, in denen sich die Sonne spiegelte. Drinnen in den Räumen musste es schimmern und leuchten wie in einer Kirche. Und in der Dachkammer des leuchtenden Hauses sollte Damian liegen, hatte der Diener gesagt. Marcellas Augen wanderten wieder in die Höhe. Die Fassade des Hauses verjüngte sich nach oben hin treppenförmig, und an ihrem höchsten Punkt, dort, wo die beiden Treppen aufeinander trafen, prangte ein rundes Fensterchen. Vielleicht gehörte das zu dieser Kammer.

Marcella wollte gehen und wäre auch gegangen, wenn sich nicht gerade in diesem Augenblick eine Tür im Erdgeschoss des Hauses geöffnet hätte. Hastig zog sie sich in den Eingang eines Weinladens zurück. Martin trat in die Sonne. Er kam nicht aus seinem Kontor, das zur Straße lag, sondern aus einer Seitentür. Und Jacob war bei ihm.

Marcella drehte sich zu der Auslage mit den Weinen und verfolgte mit abgewandtem Kopf, wie die beiden Männer warteten, wie von Dienern eine Sänfte herbeigetragen wurde und wie sie hinter den Vorhängen der Sänfte verschwanden und sich in Richtung Hauptmarkt entfernten.

Der kleine, gepflasterte Weg, der die Straße mit dem Seiteneingang verband, war leer, die Diener wieder an ihre Arbeit geeilt.

Marcella setzte ihren Strohkorb ab. Martin war fort. Ein Wink des Himmels? Vielleicht auch der Hölle, wenn man bedachte, dass sie mit Hexen verkehrte und mit dem Schmuck ihrer Mutter Gefängniswärter bestach.

Sie ließ den Korb vor dem Weinladen stehen und schritt so unbefangen wie möglich den Weg hinauf. Die Tür führte in ein Treppenhaus. Rechts ging es abwärts zum Weinkeller, durch einen Türspalt konnte sie Knechte sehen, die Eisenbänder um Fässer wanden. Links drehte sich eine schmale Treppe in enger Windung zum nächsten Stockwerk hinauf – sicherlich in die Wohnräume.

Was tu ich?, dachte Marcella, hob den Kleidersaum und erklomm die Stufen. Ihr Herz schlug bis zum Hals, während sie überlegte, was sie erzählen sollte, wenn einer der Dienstboten sie ertappte. Auf jedem Treppenabsatz hielt sie kurz inne und betrachtete die Tür, die in die Räume dahinter führte. Sie hörte gedämpfte Stimmen und einmal ein Schaben, als würde ein Kamin gereinigt, aber niemand kam in das Treppenhaus.

Vielleicht konnte Damian gehen, wenn er sich auf sie stützte. Vielleicht konnte man ihn aus der Stadt schaffen, noch ehe Martin zurückkam. Aber was, wenn seine Tür verschlossen war? Arnolds alter Diener hatte von einem Kerker gesprochen.

Wie in einem Traum, der jeden Moment zum Alptraum werden konnte, stieg Marcella die Stufen empor. Die Treppe endete in einem mit Flickteppichen ausgelegten Korridor, von dem einige niedrige Türen abzweigten, die wohl in die Dienstbotenkammern führten. Auf leisen Sohlen schlich sie über die Wolle. In der Mitte des Korridors, auf der rechten Seite, zwischen zwei Zimmern, gab es eine weitere Treppe, eng, mit wenigen, steilen Stufen. Sie endete vor einer Tür, und diese Tür war nicht nur geschlossen, sondern zusätzlich mit einem Riegel versperrt. Einem blanken, nagelneuen Eisenriegel, der offensichtlich erst vor kurzem in das Holz geschraubt worden war. Die Stufen knarrten, als Marcella sie erstieg, und als sie den Riegel zurückzog, schabte das Metall quietschend gegeneinander. Vorsichtig drückte sie sich in den Raum.

Die Kammer war klein. Staub tänzelte im Lichtkreis des runden, offenen Fensters. Spinnweben hingen in den Ecken und an den Wänden schälte sich kalkgraue Farbe. Unterm Fenster stand ein Spannbett, davor ein wackliger Stuhl. Mehr Mobiliar gab es nicht. Marcella zog die Tür ins Schloss.

Tristand lag unter einem sauberen, weißen Laken, die Augen geschlossen, den Kopf auf die Seite geneigt. Sein Haar klebte klitschnass an den Schläfen, seine Haut war von einem Schweißfilm überzogen, der im Licht des Fensters silbern glänzte, über seiner Oberlippe perlten die Tropfen. Er schien zu schlafen.

Auf dem Stuhl neben seinem Bett stand ein Zinnbecher, in dem eine rote Flüssigkeit schimmerte, dicht genug, dass der Kranke ihn bequem erreichen konnte, daneben ein Schüsselchen mit gekochter Hirse und bräunlich verfärbten Apfelspalten, in dem ein Löffel stak. Tücher über der Stuhllehne und eine mit sauberem Wasser gefüllte Schale zeugten von dem Versuch, den Kranken rein zu halten. Martin gab sich wirklich Mühe. Das Einzige, was das Bild der Fürsorge trübte, war der Eisenring, der Tristands rechtes Handgelenk umschloss. Bläulich schimmernd hing er an einer Kette, deren Ende sich in einer Schlaufe um den Stützbalken neben dem Fenster wand.

Marcella sah die Fessel und ihre Hoffnungen erloschen. Wie sprengte man ein Schloss? Sie wusste nicht einmal, was für Werkzeug man dazu benötigte. Einen Hammer? Hammer und Meißel vielleicht. Oder eine Zange ...

Tristand bewegte sich und sie vergaß das Schloss. Er hatte offensichtlich Schmerzen. Sein Gesicht war hochrot, und er schwitzte so erbärmlich, dass das Kissen unter seinem Kopf einen dicken, feuchten Ring aufwies. Marcella beugte sich über ihn. Seine Schultern, der Arm, der in dem Eisenring hing, der knappe Teil der Brust, den das Laken nicht bedeckte – alles war nackt. Sie hatten ihn wohl entkleidet. Egal. Marcella hob das Tuch an. Die Wunde beschränkte sich auf die eine Seite. Sie war mit einem Stück Leinen abgedeckt, damit sie nicht am Laken verklebte, und mit gelber und roter Flüssigkeit durchtränkt.

Es tat ihm weh, als sie den Lappen davon abzog. Er begann zu tasten, und Marcella musste seine Hand halten, um das Unglück in Ruhe betrachten zu können. Eine handbreite Fläche aufgerissenen Fleisches, die von der Achsel bis knapp in Höhe des Bauchnabels reichte, alles gefüllt mit Blut und einer eitrigen Flüssigkeit, von der ein unangenehmer Geruch aufstieg.

»Pscht ...«, murmelte sie und presste Tristands Hand gegen ihre Brust.

Die Wunde schien flach zu sein, aber sie saß gerade auf den Rippen. Bei der Kraft, mit der Martin den Streitkolben geführt hatte, mochten auch Knochen gebrochen sein. Das konnte sie nicht beurteilen.

Ich schaff's nicht, dachte sie verzagt. Selbst wenn ich ihn wach bekäme, selbst wenn er laufen könnte – er hängt ja an der Kette fest. Und er hatte nicht einmal Kleider ...

Sie fühlte Tränen aufsteigen und kämpfte um Fassung, besonders weil Tristand plötzlich die Augen aufschlug.

Der Kranke schaute sie mit einem glasigen, ratlosen Blick an, als wäre er zu verwirrt, um zu erkennen, wer sie war und wo er sich befand. Er tastete nach dem Bettlaken. Mit einem flüchtigen Erröten legte Marcella einen frischen Lappen über die Wunde und deckte ihn wieder zu.

»Ihr seid ... hier.«

Sie tauchte ein Leinenstück ins Wasser und begann, das Gesicht und den Hals zu kühlen. Selbst durch das Tuch fühlte seine Haut sich heiß an, als würde er von innen brennen.

»Was ... wie seid Ihr ...?« Tristand wollte ihre Hand fortschieben. Aber sein Arm hing an der Kette, und die war gerade so lang, dass die Hand auf dem Kissen ruhen konnte. Mit verdrehtem Hals starrte er auf seine Fessel.

»Wisst Ihr, wo sich der Schlüssel befindet?«, flüsterte Marcella.

Sein Kopf arbeitete langsam. »Hat er ... hat Martin Euch ... nein ...« Ungeduldig bewegte er sich. »Wer hat Euch ... gebracht?«

»Ich bin von allein gekommen.« Sie lächelte ihn an. »Ich wollte hören, wie leid es Euch tut, nicht auf den Rat der klugen Marcella geachtet zu haben.«

»Den ...« Er grinste verzerrt. »Es tut mir leid ...« Der Schmerz kam in Wellen. Eine Weile atmete er stumm und heftig, während der Schweiß ihm erneut aus den Poren brach. Nicht einmal das feuchte Tuch auf der Stirn konnte er ertragen. »Geht«, flüsterte er. »Martin ...«

»Ist fort.«

»Er holt ... den Arzt ...« Seine Augen öffneten sich einen Spaltbreit. »Marcella, er ... schlägt überall hin, wo er denkt ... es könnte mir weh tun. Geht ... bitte!«

Sie hörte zu, was er sagte, aber schwach, ganz schwach, meinte sie, etwas zu vernehmen. Geräusche aus dem Treppenhaus.

Tristand berührte ihre Hand. »Der Ring ... nehmt ihn. Siegelt ... bei Daniels ...« Er wälzte den Kopf, er hatte Schmerzen, die er kaum für sich behalten konnte. Seine Finger tasteten zu der Kette hinauf.

Sie zog ihm den blauen Siegelring ab, damit er still war. Die Stimmen wurden lauter. Es kam jemand die Treppe herauf.

»... müsst fort ... Marcella. Daniels ... wird helfen ...«

Sie legte ihre Fingerspitzen auf seinen Mund. Die Schritte waren lauter und langsamer geworden. Die Stimmen verstummten und erhoben sich erneut zu verwundertem Gemurmel. Wahrscheinlich hatte man den geöffneten Riegel entdeckt.

Marcella schob den Ring auf ihren Finger und stand auf.

Martin trat als Erster ins Zimmer. Sein mageres Gesicht blickte entgeistert auf die Frau am Bett. Jacob war gleich hinter ihm. Dann kam ein älterer Mann im Gewand und mit dem rechteckigen Hut eines Arztes, der geduldig wartete, dass man ihm Platz machte.

Martin umfasste Marcella mit einem langen Blick. Dann trat er an das Bett seines Bruders. Mit sprödem Lächeln blickte er auf ihn herab, und in seinen dunklen Augen, die denen des Bruders plötzlich frappant glichen, glomm böser Spott. »Donnerwetter«, murmelte er gedämpft, »eine treue Hure. Wie schaffst du das, Bruder? Kann man das kaufen? Nein ... nein – du zahlst sicher im Bett so kolossal wie über den Tisch ...«

Damian verlor während der Rede an Farbe. Seine Schläfen glühten weiter fiebrig rot, aber das Dreieck zwischen Mund und Wangen wurde weiß. Martin registrierte es mit Genugtuung. »Willst du sie zu dir ins Bett haben, Bruder?«, flüsterte er. »Das ließe sich einrichten. Mir kommt's auf eine Stunde nicht an. Verflucht – ein toller Hund bist du. Kein Wunder, dass man über dich redet. Lohnt sich's um sie?« Er verzeichnete alles, selbst das kleinste Flattern der Wimpern über den trüben Augen, mit wildem, bösem Triumph.

»Und was«, fragte Marcella leise, »macht Ihr, wenn er stirbt? Beißt Ihr in seine Knochen? Stopft Ihr ihn aus und stellt ihn in Eure Kammer, um ihm täglich das Messer ein Stückchen weiter umzudrehen?«

Martin fuhr zu ihr herum. Er schlug so hart, dass sie meinte, der Kopf würde ihr vom Hals gerissen. Sie stolperte rückwärts. Einige Momente verschwamm alles vor ihren Augen und in ihren Ohren brauste ein heller, schriller Ton.

»Nun aber ...!«, hörte sie Jacob grollen.

Der helle Ton blieb.

Jacob hatte sie aufgefangen und wartete, bis sie fest stand. Dann ließ er sie los, fasste Martin mit dem Griff eines kräftigen Mannes an den Schultern und begann von dem Verstand zu sprechen, den man tunlichst zu bewahren habe. Der Kerl da im Bett hatte ein verteufelt hübsches Drumherum, richtig? Und die Frauen – verdammt noch mal, die hatten ihre Flausen. Man konnte sie totschlagen und trotzdem würden sie weiter auf ihren wirren Wegen laufen. Das war ihr Naturell. Der Herrgott hatte nicht umsonst bestimmt, dass sie der Zucht der Männer unterständen ...

Martin zitterte an allen Gliedern. Er war so außer sich, dass selbst der Arzt verlegen auf seine Tasche blickte.

»Ich bringe das Mädchen fort«, schlug Jacob in väterlichem Ton vor. »Zu Bonifaz. Der ist für sie zuständig und soll sich kümmern. Ihr kennt sie doch. Im Grunde ist sie ein liebes Ding. Ihr Onkel wird ihr die Pflicht blasen und dann wird sie schon ...«

Jacob hat Angst, dachte Marcella verwirrt. Wovor? Er sprach, als müsse er einen tollen Hund besänftigen. Er war ganz durcheinander vor Sorge ...

»Und wenn sie seine Komplizin ist?«, fragte Martin kalt.

Der Satz stand im Raum.

»Was ist«, sagte Martin, »wenn sie gar keine Waren in Scholers Fracht hatte? Wenn sie einen Verlust ersetzt bekommen wollte, den es gar nicht gibt? Oder wenn ... wenn sie meines Bruders Hure geworden ist, ihm hörig und Mitwisserin und Helferin seiner Verbrechen?«

»Also wirklich ...«, meinte Jacob betroffen. Hatte er deshalb

Angst? Weil er ihm glaubte? Nein. Aber vielleicht fürchtete er, dass andere Martin glauben könnten. Hans Britte zum Beispiel. Leute, die dem Schöffenmeister gern eins auswischen würden.

»Man könnte das herausbekommen«, sagte Martin. »Der Zender hat die Mittel dazu. Und es gibt ein Gesetz ... das für alle gilt ...«

Jetzt verstummte auch das letzte Geräusch. Jacobs Zunge hing an seiner Lippe. Der Arzt stierte entgeistert.

»Martin ...« Damian quälte sich hoch und stützte sich auf den freien Arm. Sein Laken verrutschte, die Wunde wurde freigelegt, er versuchte zu lächeln und keuchte gleichzeitig vor Schmerzen. »Das ... würdest du dir nie verzeihen ...«

»Wahrheit muss ans Licht kommen.«

»Wahrheit? *Welche*, Martin? *Welche* denn ...?«

»Alles soll ans Licht«, beharrte Martin. Er trat zum Bett und drückte seinen Bruder in die Kissen zurück.

Damian umschloss sein Handgelenk. »Du willst ... Warte ... warte doch! Du wolltest ... den Marktplatz ...«

Martin hielt plötzlich still und sein Bruder begann zu lächeln. »Das, ja?« In einer neuen Welle des Schmerzes schloss er die Augen, aber er hielt die Hand fest. »Wenn es das ist ... kannst du es haben.«

»Nicht nur den Markt. Ich will den Stall ausgekehrt. Alles soll raus. Auch Brügge ... Der Jude ...«

»Das wird eine lange Geschichte.«

»Und du sollst vor den Menschen knien und sie um Verzeihung bitten.«

Die Wimpern hoben sich. Das Lächeln wurde ironisch. »Bei einem solchen Programm hättest du etwas umsichtiger zuschlagen sollen ... Nein ...« Er atmete hart. »Ich hab's doch schon versprochen ... Lässt du sie gehen?«

Martin zögerte, kränkte sich an der Unmöglichkeit, in beide Richtungen Rache nehmen zu können. Widerwillig raffte er sich zu einem Nicken auf.

Der Griff um sein Gelenk erschlaffte, die Hand fiel auf das Laken zurück. »Martin – was für ein Esel bist du doch«, sagte Damian erschöpft.

»Ich versteh das nicht«, erklärte Jacob und fuhr fort, zwischen Fenster und Tisch auf und ab zu wandern. Eigentlich hatte er schon längst wieder im Laden sein wollen. Aber Bonifaz war nicht daheim gewesen, und Marcella ...
»Du hattest immer so einen besonnenen, blitzgescheiten Verstand«, sagte er. »Aber jetzt trau ich mich nicht, dich auch nur einen Augenblick allein zu lassen. Was hast du dir vorgestellt? Der eine ist ein Schlitzohr, den anderen haben die Furien am Wickel. Teufel – er wollte dich tatsächlich dem Zender ausliefern, dieser widerwärtige Pharisäer. Nicht, dass ich glaube, dass der Rat ihm dafür sein Einverständnis gegeben hätte, aber ... verflucht, es fängt schon wieder an.« Jacob ließ sich auf Onkel Bonifaz' Stuhl am Tischende nieder und knetete mit schmerzlichen Grimassen seinen Wanst. »Wobei mir sein Bruder noch besser gefällt, wenn ich entscheiden müsste. Hat wenigstens Schneid, der Bursche ...«
Marcella nahm die Glocke zur Hand und läutete.
»Du kommst mir nicht weg, bis dein Onkel da ist«, sagte Jacob misstrauisch.
Nein, aber Marcella wollte, dass man ihm einen Becher Melissentee brühte. Wegen des Magens. Sie gab der Dienerin, die neugierig durch den Türspalt lugte, entsprechende Anweisungen.
»Braves Mädchen«, seufzte Jacob. Sein mächtiger Schädel war ins Schwitzen geraten und er wischte sich mit einem zierlich umhäkelten Stofftuch die Stirn. »Ich will gar nicht wissen, wie du mit dem Kerl zusammengeraten bist«, brummte er. »War es wegen Geld?«
Marcella nickte.
»Er ist reich, hm?«

»Ich glaube.«

»Hab davon läuten hören. Soll groß raus sein in seinem Venedig. Sichert die Leute gegen Schiffsunglücke. Eigenartige Idee. Hat anscheinend überall an der Mittelmeerküste und bis hinauf nach Portugal seine Niederlassungen. Gemeinsam mit einem namens Falier, den der Glashandel reich gemacht hat.«

»Und da überfällt er, reich wie er ist, einen alten Mann aus seiner Heimatstadt, um ein paar Stoffe und Gewürze zu stehlen.«

»Ähh«, machte Jacob. Er stand auf. Sein Magen quälte ihn mehr als sonst. »Für dich ist das egal, Mädchen. In dieser Stadt ist das Urteil über ihn schon vor Jahren gesprochen worden, und ob er Scholer nun ermordet hat oder nicht – wenn du mit ihm zusammengebracht wirst, bist du erledigt.«

Er beäugte sie misstrauisch und schien zu finden, dass seine Worte nicht genügend Eindruck gemacht hatten.

»Das mit dem Zender, Marcella ... Du verstehst davon nichts, denn du bist eine Frau, wenn auch eine gescheite. Aber es gibt eine Gruppe um Hans Britte, die darauf brennt, den Schöffenmeisterstuhl neu zu besetzen. Britte tut alles, um seinen Hintern darauf zu kriegen, und er ist sich nicht zu schade, dafür ein anständiges Mädchen ins Unglück zu stürzen. Es ist ihm auch völlig gleich, ob dieser Tristandbruder was am Stecken hat.«

Die Magd klopfte und brachte eine dampfende Kanne und dazu Zinnbecher mit vergoldetem Rand, die sie, der Himmel mochte wissen wo, aufgetrieben hatte. Onkel Bonifaz schien das Regiment schleifen zu lassen, wenn die Dienerschaft sich traute, den Tee in solchem Luxus zu servieren.

Marcella nahm ihr das Tablett ab. In ihrem Ärmel hing das Holzröhrchen mit den Bilsenkrautsamen.

»Außerdem ist er wirklich ein Mistkerl. Damian Tristand, mein' ich. Du weißt das nicht, Marcella, weil du damals noch ein Kind warst. Aber dass er Wucher getrieben hat, in Brügge, das stimmt. Und irgendeine Riesensauerei muss es dabei gegeben haben, denn den Juden, mit dem er sich zusammengetan hatte, haben sie in einer Güllegrube ertränkt, und er selbst ist gerade noch davongekommen.«

Marcella goss den Tee ein. Schwacher Zimtduft stieg ihr in die Nase.

»Das Leben zur Hölle machen werden sie dir sowieso, denn unser guter Magister ist ein Schwatzmaul. Der würde nicht einmal die Klappe halten, wenn man sie ihm zunähte. Verfluchtes Pech, dass er dabei war, als Martin den Hanswurst spielte. Hat keine Manieren. Martin, mein' ich. Hab ihn noch nie gemocht, aber früher wusste er wenigstens, wie man sich einer Dame gegenüber benimmt. Marcella?«

»Ja?«

Sie ließ vorsichtig einige Samen in den Tee fallen und langte nach dem Honigkännchen, in der Hoffnung, etwaigen Beigeschmack überdecken zu können.

»Das mit Minne und dieser Kram – das liegt mir nicht, Mädchen. War noch nie mein Teil, Süßholz zu raspeln.«

Sie drehte sich um und lächelte ihm zu.

»Aber ich hab was für dich übrig. Und ... wenn du wolltest ... mich tät's nicht scheren, was die Leute über dich schwatzen. Ich bin reich genug, um meinen Weg zu gehen. Und dein Onkel erzählt sowieso schon überall herum ...«

»Du bist sehr lieb, Jacob«, sagte Marcella.

Sie reichte ihm den Becher. Es war nur wenig Samen in dem Tee. Sie glaubte nicht, dass er ihm mehr als eine leichte Betäubung bescheren würde. Vielleicht half er sogar gegen die Magenkrämpfe.

»Und dieser Mist – ich mein', was Martin da erzählt hat –, ich glaub da sowieso nichts von«, sagte Jacob. Hoffnungsvoll wie ein Hündchen schaute er sie an.

Marcella setzte sich auf die Stuhllehne und streichelte seine

Mähne und sah zu, wie er den Tee in einem Zug hinunterstürzte.

»Ich würd mit dir fortgehen, wenn es sein müsste«, sagte Jacob. Er fing an, von den Rheinstädten zu erzählen. Warum keine Filiale des Geschäftes in Köln? Bartholomäus könnte die Weine flussaufwärts liefern. Man könnte sie ins Hinterland verkaufen. Moselweine hatten ihren Ruf. Sein Arm wanderte ihren Rücken hinab und legte sich unsicher um ihre Taille. »Du könntest dort auch mit Buchfarben handeln. Ist kein Geschäft für Frauen, seh aber nicht, wer uns hindern wollte ...«

Seine Sprache begann breiig zu werden und Marcella nahm den breiten Kopf an ihren Busen. »Wie geht es deinem Magen?«

»Besser«, murmelte Jacob. »Und die Wahrheit ist – die Gurgel hätt' ich ihm umdrehn können, diesem Gauner, krank oder nicht. Er hat dich eingeseift, Mädchen ... ist nichts für dich ... Frauen sehn das nich ...«

Jacob bekam die Dinge durcheinander. Während er sich den Kummer von der Seele redete, wurde der arme Tristand zum Mädchenschänder, und er sollte in der Hölle schmoren, gemeinsam mit Hans Britte, der ein ebensolches Schwein war und aus dem Mund roch, als käm's ihm aus dem Hintern, und man würde aufpassen müssen, dass er in seinem Suff nicht ins Fegefeuer pinkelte, denn die ganze Bande sollte braten bis zum Jüngsten Gericht ...

Marcella gab acht, dass Jacob sich nicht weh tat, als er aus dem Lehnstuhl rutschte.

Sie überwachte seinen Schlaf, nahm erleichtert die friedlichen, gleichmäßigen Atemzüge zur Kenntnis, küsste ihn auf die Stirn für seine Güte und als Bitte um Verzeihung, die er ihr, wenn er wieder wach war, sicher nicht gewähren würde, und bettete seinen Kopf auf dem zur Rolle gedrehten Tischtuch.

Er schnarchte wie ein rosiger Säugling. Und wenigstens plagte ihn das Magenweh nicht mehr.

»Einfach hineinzugehen ist Irrsinn«, sagte Richwin und Marcella musste ihm recht geben. Sie stand neben dem kleinen, mit einer Plane bedeckten Reisewagen, in dem sie sonst ihre Waren transportierte, und schaute zu dem runden Dachfenster empor. Richwin saß auf dem Zugpferd und nagte am Daumen.

Dass sie schnell handeln mussten, war klar. Marcella hatte den Ratsraum von außen versperrt, damit Jacob nicht von der Dienerschaft gefunden wurde. Aber niemand wusste, wie lange sein Schlaf anhalten würde. Und dann würde er vermutlich randalieren und sich ausrechnen, wohin sie verschwunden sein würde, und Onkel Bonifaz alarmieren …

»Manchmal hat Irrsinn allerdings auch seinen Vorteil«, philosophierte Richwin. »Weil ihn nämlich niemand einkalkuliert.«

Er schwang sich vom Pferd und Marcella bedachte ihn mit einem warmen Blick.

Richwin war wundervoll. Elsa hatte gezetert und Himmel und Hölle beschworen, als Marcella sie mit der Geldkassette und den kostbarsten Gewürzen auf den Weg nach Konz zu ihrer Schwester geschickt hatte. Richwin hatte nur genickt, sich ein Stück Draht gesucht, die Pferde vor den kleinen Reisewagen gespannt und sich mit ihr auf den Weg gemacht. Wenn Lucia doch nur Courage hätte, dachte Marcella. Warum brannte sie nicht einfach mit ihm durch …

»Warten nützt jedenfalls nichts.« Richwin führte ihr Gefährt quer durch das Getümmel von Reitern, Ochsengespannen, Handkarren und Fußgängern auf den Weg seitlich des Tristand'schen Hauses. »Die Zeit ist günstig«, meinte er. »Alle wollen raus aus der Stadt, keiner achtet auf den anderen. Wenn, dann jetzt.« Er band die Zügel des Pferdes an die Zweige eines mit grünen Äpfelchen behangenen Baumes.

Ein Mann kam um die Hausecke gebogen. Ein mürrischer, übelgelaunter Kerl, der einen Rotschimmel am Halfter führte und so sauber gekleidet war, als hätte er im Tristand'schen Haushalt was zu sagen. Er wollte an dem Apfelbaum vorbei. Sie standen ihm im Weg. Er regte sich auf.

»Dort vorn geht's ins Kontor«, schnauzte er, und Marcella ärgerte sich, weil sie immer noch Elsas braunes Kleid trug, das billig und an mehreren Stellen geflickt war. Vielleicht war es aber auch ihre geschwollene Wange, die den Kerl so herablassend machte, oder der notgedrungen dicke Bauch, der aussah, als wolle sie im nächsten Moment entbinden.

Der Mann wartete. Sie standen auf privatem Boden. Es gab Gesindel genug, und er fing an, darüber nachzudenken, ob sie ein Recht hatten, zu sein, wo sie waren. Richwins Rock sah ordentlich und adrett aus, aber wahrscheinlich missfielen ihm die sponheimschen Wappen am Halsausschnitt. Waren Adel und Gesindel nicht zwei Worte für denselben Begriff in der Stadt? Er grübelte und wurde zusehends misstrauisch.

»Wir suchen jemanden«, erklärte Marcella hastig. »Einen kleinen, alten Mann, den, der sich immer um Herrn Arnold gekümmert hat.«

»Josiah?«

»Josiah.«

Josiah war im Garten. Oder im Kontor. Normalerweise war er um diese Zeit im Kontor, aber heute wahrscheinlich nicht.

Heute wahrscheinlich nicht hieß: alles war durcheinandergeraten. Der mürrische Mann sah mit einem Male nicht mehr mürrisch, sondern traurig aus. Vielleicht hatte er Sorgen, was aus ihm werden sollte, wenn seine Herrschaft nicht einmal mehr für ein anständiges Begräbnis taugte.

Er führte seinen Schimmel die paar Schritte zur Hausecke zurück und brüllte nach Josiah. Die weibliche Stimme, die antwortete, hatte Josiah gesehen, aber das war schon einige Zeit her ... Richwin schlug die Augen zum Himmel.

Und Josiah kam die Stufen herab.

Er trat aus dem Treppenhaus, das in das Dachgeschoss führte, und sein Greisenblick war umwölkt. Bei Marcellas Anblick hellte er sich auf. Natürlich erinnerte er sich an die junge Dame und wie freundlich, dass sie vorbeikam, und womit konnte er ihr denn dienen? Mit Herrn Tristand wollte sie sprechen?

Marcella trat innerlich von einem Fuß auf den anderen, während sie wartete, dass der Knecht endlich sein Pferd in den Stall führte.

»Ich fürchte, Herr Tristand ist unpässlich«, sagte Josiah.

»Nicht Martin«, erklärte Marcella, als der Mann mit dem Schimmel außer Hörweite war. »Damian.«

Das Lächeln verschwand. »Mein Herr, und damit meine ich *Martin*«, sagte Josiah, »hat sich in seine Kammer gelegt und betrinkt sich. Und mein *anderer* Herr ...« Er betonte das auf eine Art, für die Marcella ihn ins Herz schloss. »... wartet auf den Arzt, der seine Wunde mit kochendem Öl behandeln möchte.«

»Lausige Behandlung«, brummte Richwin. »Hab ich schon viele dran sterben sehen.«

Josiah trat in den Hauseingang zurück. Seine flinken Augen hatten den Reisewagen bemerkt. Mit einem Mal gewann sein zitteriges Kinn an Energie. Den Finger auf den Lippen winkte er sie ins Treppenhaus hinein.

Damian lag im Schlaf oder war bewusstlos. Er reagierte nicht auf ihr Sprechen und atmete so flach, dass Richwin ihm sorgenvoll die Finger auf die Stelle am Hals legte, wo der Puls schlug.

»Man weiß nicht, was man ihm wünschen soll«, murmelte Josiah. »Sterben oder leben.«

Richwin nickte und begann das Schloss an Damians Handgelenk zu untersuchen.

»Ob der Arzt ihn nun gesund machen kann oder nicht – wenn er hier bleibt ist er in jedem Fall tot«, sagte Marcella. War das deutlich genug? Sie hielt den Atem an.

Josiah begann zu lächeln, die Falten krochen seine Stirn hoch bis an den Rand der Glatze. »Ich bin ein alter Mann. Was sollte ich tun, wenn man ihn fortbrächte?«

Richwin zog den Draht aus dem Rock und machte sich daran, im Schloss zu fummeln. Es war schwierig. Wahrscheinlich sah er wieder alles doppelt. Er schloss die Augen.

»Der Mann mit dem Pferd hat Euch und uns zusammen gesehen«, sagte Marcella. »Man wird sich denken, wer Damian fortgeschafft hat, und Euch dafür verantwortlich machen. Kommt lieber mit uns.«

Josiah schüttelte den Kopf. Sein Herr, der andere, Martin, soff sich ein Loch in den Magen. Wer würde ihn zu Bett bringen und sich um sein Kopfweh kümmern?

Marcella drehte sich zur Wand und holte den Mantel hervor, den sie mit einem Gürtel unter ihrem Rock festgeschnallt hatte. Elsas Mantel. Wenn es so weiterging, stand die Arme bald ohne Garderobe da.

Das Schloss rutschte auseinander, die Kette fiel mit metallenem Klirren vor das Bett auf den Boden. Richwin grinste.

Sittsam sah Marcella zur Seite, als er die Decke zurückschlug und gemeinsam mit Josiah den Kranken aufrichtete. Sie befestigten den Verband mit einer Stoffbahn und wickelten ihn in den Mantel. Die Prozedur brachte Tristand ins Bewusstsein zurück.

Stotternd begann er zu fluchen.

Als sie ihm die Arme unterlegten und ihn aufrichteten, öffnete er die Augen. Er biss sich die Lippen wund, als sie ihn die Treppe hinabtrugen. Ein Blutrinnsal floss über seine Lippe. Als sie die Außentür erreichten, war er kaum noch bei Besinnung. Sie schleiften ihn zum Wagen und zerrten ihn vereint über den seitlichen Bretterrand.

»Zwei Tage bis zur Starkenburg«, brummte Richwin, als er die Pferde antrieb. Er warf einen skeptischen Blick ins Wageninnere, wo Marcella dem Kranken Decken unter den Leib stopfte, um die Stöße zu dämpfen.

»Nein. Eine Stunde.« Sie hob den Kopf. »Haltet Euch links, zum Hauptmarkt. Fahrt zum Neutor. Und dahinter immer geradeaus.« Sie hatte eine Idee. Keine besonders gute. Eine von der Sorte, wie man sie bekommt, wenn einem der Strang schon den Hals zuschnürt. Aber die Reise zur Starkenburg würde Damian Tristand niemals lebend überstehen.

»Wo wollt Ihr hin?«, fragte Richwin, während er ihr Gefährt am Tristand'schen Apfelbaum vorbeizusteuern versuchte.

»Ich weiß jemanden, der mir etwas schuldet.«

XXIII

Maledetto!«, schrie Ribaldo, als er in den Wagen blickte.

Sein Wohnturm war ein uraltes Gemäuer aus schmutzigrotem Stein, das sich einsam aus den Feldern und Viehweiden hob. Durch schmale, schießschartenähnliche Fensterchen, drei pro Stockwerk, alle übereinandergebaut, pfiff der Wind. Im Mauerwerk zogen sich Spalten wie Blitze, manche daumenbreit, einer über die ganze Höhe des Turmes. Eine Mauer, so altersschwach wie das Gebäude selbst, umgab den Turm, in ihrem Schatten lag ein Pferdestall mit eingestürztem Dach und daneben etwas, das wohl einmal ein Backhaus gewesen sein mochte. Günsel und anderes Unkraut hatte das Grundstück erobert bis auf einen Trampelpfad zwischen Straße und Haustür.

»Maledetto!«, schrie Ribaldo. »Was soll das heißen – er braucht ein Bett?«

Marcella war zu müde, um zu diskutieren.

Sie nahm den Genuesen beiseite und erklärte ihm, bis zu den Knien im Günsel stehend, in welcher Art er ihr verpflichtet war, und was für grässliche Dinge zu tun sie imstande wäre, wenn er ihr nicht ein trockenes Zimmer verschaffte. Und zwar geheizt. Und zwar mit Bett. Und zwar augenblicklich.

Die Haustür quietschte in den Angeln. Eine umfangreiche Dame mit gebleichten Locken, denen gelbe Seidenfäden zur Fülle verhalfen, beschwerte sich lautstark auf Italienisch und stampfte mit dem nackten Fuß auf die Steinschwelle. Sie trug nichts als ein seidig glänzendes rosa Hemd.

Ribaldo rollte mit den Augen und begann unter vielen *maledetto* und *maledizione* Richwin zu helfen, Tristand in den Turm zu schaffen. Sie benutzten dazu eine der Decken, denn er war unfähig zu gehen und rührte sich auch nicht, so dass man annehmen musste, dass er wieder das Bewusstsein verloren hatte.

»Madonna!«, bemerkte Ribaldo denn auch hoffnungsfroh. »Er schnauft ja kaum noch.«

Sie trugen ihn ins erste Stockwerk hinauf und legten ihn auf ein mit Schnitzereien verziertes Bett, das auf vier Holzkugeln thronte. Es war das einzige Bett des Hauses. Ein Bett, das mit Seidenlaken bezogen war, von Seidendecken und -kissen überquoll und Wolken von Lavendel ausduftete. Die italienische Dame starrte vorwurfsvoll auf Tristands nackte Beine.

»Wir brauchen einen Arzt«, sagte Marcella.

Richwin schüttelte den Kopf. Er saß auf einem Schemel, das rosaseidige Überkleid der Dame auf dem Schoß, und hatte die Augen geschlossen. Die Pferde durch den Abendverkehr aus der Stadt zu lenken, war anstrengend gewesen. Außerdem hatte er sich beim Herauftragen an einer Steinstrebe gestoßen. Sicher hatte er wieder Kopfweh. »Keinen Arzt«, sagte er. »Zu gefährlich.«

»Gefährlich!«, echote Ribaldo. Was für ein Segen, dass seine Liebste nur Italienisch verstand. Marcella lüftete die Seidendecken und hob den Mantel an, in den sie Tristand gehüllt hatten. Auf dem Verband prangte ein dunkelroter Fleck. Die Wunde hatte wieder zu bluten begonnen.

»Damian Tristand, hm? Man sagt, er soll so reich sein, dass er halb Venedig kaufen könnte«, dachte Ribaldo laut, während er den Kranken über Marcellas Schulter in Augenschein nahm. »Er soll mit einem von den Falierbrüdern in den Schiffshandel eingestiegen sein. Erzählen sie wenigstens bei den Lombarden. Soll Kontore in Konstantinopel und Foglia und Valencia bis nach England hinauf haben.« Der Genuese ging um das Bett herum, klopfte ein Seidenkissen glatt und schob es dem Kranken unter den Hals. Seine Äffchenaugen blickten nachdenklich.

»Reich genug jedenfalls, um für alles zu zahlen, was man ihm Gutes tut«, sagte Marcella.

Ribaldo studierte das bleiche Gesicht des Kranken, auf dem die schwarzen Wimpern wie Schatten lagen. »*Povero diavolo*«, bemerkte er mitleidig. »Und was für ein Jammer, dass man nicht an seine Konten kommt. Weil …« Er blickte vorwurfsvoll in Marcellas kalt glitzernde Augen. »… weil ich jemanden wüsste, der ihm helfen könnte, aber leider nur gegen Bezahlung. Schließlich ist nicht jeder mit so zarten Gefühlen gesegnet wie ich. Oder soll ich sagen – verflucht? Was Ihr nämlich wissen solltet, Gnädigste, aber natürlich wieder nicht wisst, ist, dass mein Cousin aus Pisa …«

»*Wer* könnte helfen, Ribaldo?«

Er sagte es ihr.

Es musste schon weit nach Mitternacht sein, als Richwin mit dem Mann zurückkehrte, den er so ungern und nur auf Marcellas inständiges Bitten geholt hatte. Ribaldo schob den Riegel zurück und führte die beiden die steinerne Wandtreppe hinauf. Unten hörte man die italienische Dame quietschen.

»Hier ist er also«, sagte Ribaldo. Er trat mit elegantem Schwung zur Seite und machte Platz für einen Mann in einem weinroten, wallenden, bis zu den Füßen reichenden Mantel.

Der Henker von Konz war groß, breitnackig, kahl wie ein Ei und hatte das Gesicht und die Hängebacken eines Schweines. Das Erste, was er tat, war, die Hand aufzuhalten.

Marcella legte einen ihrer Ringe hinein. Sie hätte den Ring lieber auf den Fenstersims gelegt, aber damit hätte sie den Mann möglicherweise verärgert, und das durfte nicht sein, konnte doch niemand beurteilen, ob er mit dem, was er tat, dem Kranken half oder schadete.

Der Henker begutachtete den Ring, biss ins Gold, steckte ihn knurrend ein und schlug die Seidendecken zurück.

Tristand war noch immer ohne Bewusstsein und diesmal hielt Marcella das für ein Glück. Sie hoffte, dass er nie erfuhr, wen sie ihm ans Bett geschickt hatte. Der rote Mann löste den Verband und betrachtete die Wunde, wobei die Öllampe, die Ribaldo ihm gereicht hatte, dicht über das schwärende Gewebe glitt. Tristand rührte sich immer noch nicht.

»Man sollte es zum Eitern bringen«, schlug Ribaldo vor. Dass Wunden auseitern mussten, wenn sie heilen sollten, wusste jeder. Er sprach wohl auch nur, weil die Stille so drückend war. Wenn kein Arzt zur Verfügung stand, hielten sich viele an den Henker, aber wenn man erwischt wurde, geriet man in Schande und wurde aus der Gilde ausgeschlossen oder gar der Stadt verwiesen, von den Gefahren für das Seelenheil ganz zu schweigen ...

Der Mann in dem roten Mantel beachtete ihn nicht. Seine Hände – sie waren im Gegensatz zum Kopf wollig schwarz behaart, und man konnte sich gut vorstellen, dass sie Zungen abschnitten und Augäpfel einstachen und erwürgten, ertränkten, aufschlitzten und verbrannten –, seine Hände griffen mit allen Fingern gleichzeitig in die Wunde hinein. Marcella fühlte, wie sich ihr Magen zusammenzog, und blickte fort. Sie hörte Tristand stöhnen.

»Die Rippen werden zusammenheilen«, stellte der Henker fest und wischte seine Hände an der Seidendecke sauber.

»Soll ich Öl bringen?« Ribaldo hatte seine italienische Freundin in einem Eisentopf Öl sieden lassen. Die Reste des kostbaren Olivenöls, in dem sie gewöhnlich die Wachteln für ihn briet. Es sollte nicht an ihm liegen, wenn die Sache schiefging.

Aber die Schweinebacken des Henkers blieben schlaff. Zu

seinen Füßen lag ein Lederbeutel. Den öffnete er jetzt. Er holte verkorkte Glasfläschchen hervor und Tücher und Binden und verharrte in kurzer Nachdenklichkeit.

»Heißen Wein«, verlangte er knapp.

»Kein Öl?« Nein, scheinbar nicht. Ribaldo rief der italienischen Dame etwas herab und nahm wenig später eine Metallschale in Empfang, an der er sich die Fingerspitzen verbrannte, was ihn verstummen ließ, weil er sie in den Mund schob.

Der Henker entstöpselte eines der Fläschchen. Er hielt es ans Licht und die Flüssigkeit begann gespenstisch zu glimmen. Nicht wie etwas, das beschienen wird, sondern als wäre sie selbst eine Leuchtquelle, flüssiges Feuer, das aus der Flasche strahlte.

»Was ist das?« Marcella umfasste das behaarte Handgelenk des Henkers, als er nicht antwortete. Sie wollte wissen, was der Kerl vorhatte.

Und diesmal gerieten die Schweinebacken in Bewegung. Der Henker begann zu lächeln. »Johanniskraut«, grunzte er. Und das Lächeln sollte wohl ein Zeichen der Freundlichkeit sein, denn er holte zu einer Erklärung aus. »Gegorenes Johanniskraut. Damit kann man Wunden austrocknen. Die mit nassen Wunden sterben, die mit trockenen leben – so ist das.«

»Die Ärzte nehmen aber alle Öl.«

»Arnika und Johanniskraut«, beharrte der unheimliche Mann. »Und dann einen Lappen mit Wein darauf, so heiß, wie der Mensch es erträgt.«

Und kein Armsünderfett? Keinen gemahlenen Staub aus den Knochen der Gehenkten oder Salbe aus ihren Hirnhäuten oder Splitter des Armsünderstäbchens? Marcella blickte auf die rote Flüssigkeit und die Schale mit dem trübe schillernden Wein. Keine Zauberei. Nur ehrliche Medizin. Sie ließ den Henker los und war erleichtert. »Ich habe ihm Bilsenkrautsamen gegeben.«

»Na, dann wird es ihm ja Freude machen«, grinste der Mann.

Es machte ihm aber überhaupt keine Freude. Richwin hielt Tristands Schultern und Ribaldo setzte sich auf seine Beine, als der Henker die nach Alkohol stinkenden Tinkturen auf der Wunde verteilte. Sie schwitzten mit nassen Gesichtern, und als der Henker den heißen Lappen auflegte, konnten sie ihn kaum noch halten. Marcella nahm seinen Kopf in die Arme, hielt ihn an ihrer Wange und heulte sich dabei die Augen rot. Weil er so litt und weil sie ihm nicht helfen konnte, und wahrscheinlich auch, weil sie müde war und wegen Jacob und … allem …

Sie erwachte mit dem ersten Dämmern und reckte sich unbeholfen in dem Armlehnenstuhl, den Ribaldo ihr hinaufgetragen hatte. Mehr als ein paar Stunden konnte sie nicht geschlafen haben. Richwin stand am Fenster und schaute in den schwachrosa glühenden Himmel, der dieselbe Farbe wie die Seidendecken hatte, unter denen Tristand schlief. Sie waren allein in dem Zimmer. Ribaldo hatte sich mit seiner Dame ins Erdgeschoss verzogen, wo sie sich unter heftigem italienischem Gezänk vor dem Kamin gebettet hatten und wo sie auch jetzt schon wieder am Streiten waren.

Richwin hatte das Scharren der Stuhlbeine gehört und drehte sich um. Sein blonder Schopf war ein goldener Kranz vor dem rosigen Himmel, sein Lächeln trug den Gesang der Vögel ins Zimmer. Er kam zu ihr und kniete vor ihrem Schoß nieder. Seine Augen leuchteten, als er das Gesicht zu ihr hob.

»Ich kann wieder sehen, Marcella«, sagte er.

Sie beugte sich über ihn und küsste sanft seine Stirn. Die kleine Beule unter seinem Auge war verschwunden. Nur noch ein paar schillernde Pastelltöne erinnerten an die alte Wunde.

»Dann nimm dein Pferd«, sagte sie, »und sieh zu, dass du zu Lucia kommst, bevor sie an einen warzennasigen Dorfvorsteher verheiratet wird, der nichts von hölzernen Brünnchen versteht und über ihre Burg seine Esel trampeln lässt.«

Richwins Lächeln wurde breit und dann sorgenvoll. Unten schimpfte die italienische Dame, Ribaldo suchte vergeblich, sie zu besänftigen, und aus dem, was er sagte, klangen hässlich die Worte *moneta* und *denaro*.

»Was, wenn sie Euch zu hintergehen versuchen?«, fragte er.

Marcella schüttelte den Kopf. »Ribaldo tut es nicht ums Geld.«

»Warum dann?« Das Lächeln kehrte auf Richwins Gesicht zurück. »Was habt Ihr ihm zugeflüstert, als wir gestern angekommen sind?«

Sie hatte ihm zugeflüstert, ob er sich noch an den Morgen erinnere, als er, nackt bis auf den Bruoch, mit blutig geschlagenem Rücken, in Koblenz in den Hof der Eisernen Ziege geflitzt gekommen war, die Büttel des Blutvogts auf den Fersen, ob er noch wüsste, wie er sie um Erbarmen angefleht hatte, weil ihm nach der Stäubung das Schlimmste bevorstand, wie er in ihren Reisewagen gesprungen war und wie sie kurzerhand die Decken über ihn geworfen und ihn mit aus der Stadt genommen hatte.

Im Überfluss seiner Dankbarkeit hatte er ihr damals anvertraut, weswegen man ihn bestrafen wollte: Er hatte verrufenes Geld aufgekauft und eingeschmolzen, um es an einen illegalen Münzpräger weiterzuverkaufen, ein Verbrechen, für das man die Henker mit Eifer an die Arbeit schickte. Und da Trier demselben Münzherrn unterstand wie Koblenz, nämlich dem Erzbischof, war es nicht schwierig gewesen, Ribaldo zur Mithilfe zu bewegen.

Aber das konnte sie Richwin natürlich nicht sagen. Sie küsste noch einmal seinen Kopf. »Versprecht mir, einen Bogen um Trier zu machen, wenn Ihr heimreitet. Möglich, dass sie nach uns suchen. Martin wird wütend sein wie Satan.«

Die Tage schlichen dahin. Die Heilpflanzen und der Wein und wahrscheinlich auch die Ruhe schafften, was Marcella kaum zu hoffen gewagt hatte: Der Kranke wurde ruhiger, sein Fieber ging zurück, er begann die Brühe zu schlucken, die sie ihm einflößte, und am Ende öffnete er gar die Augen.

»*Tesoro* ... bist du schön ...«, murmelte er.

Marcella lächelte auf ihn herab. Sie sah die Zärtlichkeit in seinen Augen, bevor die Lider sie wieder bedeckten. Sie sah auch das Lächeln, das in seinen Mundwinkeln schwamm, und die Hand, die sich nach ihr ausstreckte und auf halbem Wege liegen blieb.

Umständlich strich sie die Seidendecken glatt und kniete vor dem Bett nieder.

Tristand hatte das Lächeln in den Schlaf mitgenommen. Er war schwach wie ein Kind, er weckte ihre Zärtlichkeit wie ein Kind. Aber seine Schultermuskeln, die sich beim Atmen hoben und senkten, waren die Muskeln eines erwachsenen Mannes, der wusste, was er wollte, und erwartete, dass andere Menschen sich danach richteten.

Sie legte ihre Stirn an seinen Arm. Welche Erleichterung, wenn jemand sie festhalten und ihr sagen würde, was sie tun müsste, damit endlich alles gut würde. Welche Erleichterung, wenn Tristand das täte. Sie spürte seine warme, glatte Haut, die sich mit den Atemzügen bewegte. Welche Erleichterung, wenn er sie damit umschlösse und sie nie wieder losließe. Mit einem Mal hatte sie das Gefühl, an ihren eigenen Sehnsüchten zu sterben.

Ach Jeanne ...

Marcella stand auf, holte aus der Nische neben der Eingangstür einen Besen und begann, vom Erdgeschoss bis hinauf zur Plattform den Boden auszufegen. Danach schrubbte sie sämtliche Töpfe auf dem Regal und füllte den ältesten davon mit wilden Malven, die sie im Garten sammelte.

Als am Nachmittag zum ersten Mal der Verband gewechselt werden musste, sorgte Marcella dafür, dass Ribaldo und seine Italienerin ihr zur Hand gingen.

Tristand erwachte, aber diesmal redete er zum Glück Vernünftiges. Wo war er ... und Martin ... und wer waren die Leute ... und so weiter. Ribaldo besorgte das Sprechen. Leichtzüngig schwätzte er vom sonnigen Italien – Signora Conspirelli, hier, an seiner Seite, kam aus Pisa. Kannte er Pisa? Eine herrliche Stadt, besonders, seit Genua ihr den Hochmut gedämpft hatte. Er selbst war nämlich Genuese, wobei er natürlich nichts gegen Venezianer hatte – herrje, die ewigen Kriege ...

Marcella konnte sich, als der Verband befestigt war, ohne Schwierigkeiten zurückziehen.

Sie stieg in den Garten hinab. Das starkenburgsche Pferd stand neben ihrem Reisewagen, rieb sich das Hinterteil an der Mauer und kaute Günsel und buttergelben Hahnenfuß. Marcella zog Tristands Siegelring vom Finger. Sie atmete die frische Luft und schaute die Straße hinab, die sich bucklig zwischen den Wiesen verlor. Tristand war zum ersten Mal richtig wach gewesen. Er würde gewiss noch eine Weile liegen, aber sie glaubte nicht, dass noch Gefahr für ihn bestand. War es da nicht vernünftig, sie überließ ihn den Italienern und machte sich auf den Weg nach Wittlich, um mit Daniels zu sprechen?

»Marcella Bonifaz!« Der Jude schien ehrlich erfreut, als er sie in dem hellen, sonnigen Zimmer begrüßte, das ihm für seine Geschäfte diente. Die Wände waren über und über mit Blumen bemalt, noch üppiger als in Marcellas Zimmer auf Starkenburg, und auf ihre Frage erklärte er, dass seine Frau mit einem Talent zur Malerei gesegnet war. Sie hatten auch zwei Kinder, Töchter, vier und sechs Jahre alt ...

Möge der Himmel sie schützen, dachte Marcella. Seit sie mit dem schweigsamen Ritter, den Ribaldo ihr besorgt hatte, vom Turm aufgebrochen war, grübelte sie über ihre Schwester. Jeanne hatte sie im Stich gelassen, damals, in Montaillou, und der Gedanke daran nagte an ihr wie eine Krankheit. Er versetzte ihr Stiche, die unangenehm an Hass erinnerten. Aber der Hass war aus Liebe entstanden und vielleicht war er sogar Teil ihrer Liebe. Und vielleicht war alle Liebe mit Hass verbunden ... Und Gott schütze die Kinder, dachte sie, weil Kinder sich nicht wehren können.

Daniels hörte teilnahmsvoll die Geschichte von Tristands Unglück – von seiner Einfältigkeit!, dachte Marcella – und nahm dann den Siegelring zur Hand. Ja, es war günstig, wenn man einige Entscheidungen traf und Urkunden siegelte. Zu dumm, dass Tristand verhindert war. Wirklich dumm. Er sprach, als würde er ihn am liebsten selbst aufsuchen, aber Marcella gab sich schwerhörig. Tristand war im Steinbruch verraten worden – niemand wusste, von wem. Sie mochte Daniels, aber sie hatte beschlossen, Tristands Aufenthaltsort geheim zu halten, bis er wieder auf zwei Beinen stehen konnte. Und dann würde er hoffentlich abreisen ...

»Er hat einen Brief von seinem Compagnon bekommen, dem Herrn aus Venedig, Donato Falier«, meinte Daniels.

»Ich nehme ihn mit.«

Dann war da noch eine Anfrage zu einem Versicherungsauftrag aus seinem Kontor in Narbonne. Es ging um hundert Goldflorins, der Faktor empfahl das Geschäft ...

»Wir siegeln«, entschied Marcella.

Vor Syrakus war ein Salzschiff gestrandet ... das hatte Zeit. Die *Santa Theresa* war heil in Plymouth angekommen. Die *Clara* ebenfalls. Und Barcelona bot Zusammenarbeit mit einem spanischen Handelsflottenbesitzer.

»Wir siegeln.«

»Es geht um eine Summe von umgerechnet sechzehntausend Pfund Heller«, erklärte Daniels mit hochgezogenen Augenbrauen. »Das ist der geschätzte Wert der Fracht, die die Spanier jährlich verschiffen.«

»Wir siegeln nicht. Allmächtiger, wie kann man um so viel

Geld spielen. Gebt es mir mit. In dieses Unglück soll er sich selbst stürzen.«

Gewiss. Und – ach ja, der Herr, der die Filiale in Narbonne leitete, hatte noch eine Frage bezüglich Madame Trintignant – offenbar die Dame, von der man die Räumlichkeiten gemietet hatte. Madame wollte den Mietzins erhöhen und drohte mit Lösung des Vertrages. Ihr Schwager – nein, der Schwager ihrer Schwester arbeitete beim Hafenzoll und daher schien es nicht günstig ...

»Was bekommt sie?«

Die Angabe war in *masse d'or*, Daniels übernahm liebenswürdigerweise die Umrechnung.

»So viel gibt Tristand für ein einziges Mittagessen aus.«

»Dann wird er nicht lange leben«, scherzte Daniels.

»Gestatten wir die Mietzinserhöhung. Es wird ihn nicht umbringen, und die arme Frau ...« Gewiss war es eine arme Frau. Wahrscheinlich eine Witwe. Wahrscheinlich hatte sie ein Dutzend Kinder zu versorgen und musste sich durchschlagen, und sich gegen die rüden Methoden der Männer zur Wehr setzen. »Erhöhen wir auf fünfzig Turnosen und sagt dem Herrn – wie hieß er gleich? –, sagt ihm, er soll in Zukunft solche Dinge selber regeln und dabei auf die Einflüsterungen seines christlichen Gewissens achten. Und ich hoffe sehr, dass er eines hat.«

Daniels schrieb eilig und mit einem Lächeln, und Marcella drückte den Stern in das flüssige Wachs. Sie wartete, bis er eine Aufstellung der Sieglungen für Tristand erstellt hatte. Dann kam sie zu dem Punkt, der ihr am Herzen lag.

»Habt Ihr etwas von Walram gehört?«

Der Jude griff in sein dünnes Haar. Mit einem Mal sah er gar nicht mehr fröhlich aus. »Ich denke, er wimmelt ab«, fasste er zusammen und ging dann in die Einzelheiten. Sein Gewährsmann hatte Walram von Sponheim »in fröhlicher Runde«, wie er es nannte, auf ein glänzendes Geschäft mit den Boppardern angesprochen und war vorsichtig – ganz vorsichtig! – auf Gewürze und auf Safran gekommen. »Nichts. Kein Funken Interesse!«, bekundete Daniels traurig. »Entweder, Walram riecht den Braten – oder er hat mit der ganzen Sache nichts zu tun.«

Marcella dachte an den Römerturm bei Walrams Burg und an die sandfarbenen Männer ... und überlegte, wie Walram herausbekommen haben mochte, wer hinter dem Safrangeschäft steckte. Es musste etwas geben, eine undichte Stelle, jemanden, dem man unbedacht vertraute ... Aber in die Safranfalle war nur Daniels eingeweiht worden, und der saß aufrichtig und bekümmert vor ihr und – nein, das wollte sie nicht glauben. Obwohl sie nun froh war, ihm den Ort von Tristands Krankenlager nicht verraten zu haben. Vielleicht hatte Tristand aber auch mit seinem Bruder über den Safran gesprochen? Martin ...

»Eine gute Nachricht habe ich noch«, tröstete Daniels und angelte eine Mappe von der Ecke seines Schreibtisches. »Der Brief von Eurem genuesischen Safranlieferanten ist angekommen.«

Was ja nun mächtig weiterhalf! Marcella nahm das Papier von Daniels entgegen und erbrach Benedetto Marzinis Siegel. Der Brief war in Lateinisch abgefasst und bestand aus nichts weiter als der Anrede, dem Datum und vier Zeilen, die in merkwürdiger Versform gehalten waren.

»Es ist ein lateinisches Gedicht«, sagte sie.

Daniels nahm ihr Benedettos Zeilen ab. Seine Übersetzung war fließend.

>»*Sie ist eine Blume auf den Wiesen des Scharon,*
> *eine Rose der Täler.*
> *Eine Rose unter Dornen*
> *ist meine Freundin unter den Töchtern.*«

»Ach du meine Güte.«

»Euer Freund scheint ein Verehrer des großen Salomo zu sein«, bemerkte der Jude taktvoll.

»Ich wünschte, er wäre ein Verehrer des gesunden Menschenverstandes. Verzeihung. Ich sollte das nicht sagen. Er ist alt und sehr freundlich zu mir gewesen ...«

Außerdem hatte der Brief sowieso keine Bedeutung mehr, denn Walram hatte Verdacht geschöpft und wollte nicht verkaufen. Man konnte ihm so oder so nichts beweisen.

Marcella stand auf und griff nach dem Brief und den anderen Unterlagen.

Als sie gehen wollte, stand plötzlich Daniels' Frau im Zimmer. Sie war sehr zart und ging mit Hilfe eines Krückstocks. Jetzt beugte sie sich zu ihrem Mann und flüsterte ihm hastig etwas zu. Daniels erhob sich, ging zum Fenster, stellte sich seitlich und blickte auf die Gasse hinaus. »Kennt Ihr den Herrn dort in dem grünen Reitkleid?«

Marcella kannte den Herrn nicht. Er sah aus wie ein gewöhnlicher Knecht – vielleicht ein wenig besser gekleidet als üblich, jedenfalls gut bewaffnet.

»Wahrscheinlich hat es nichts zu bedeuten«, sagte Daniels so leicht, als hätte es nichts zu bedeuten. »Aber dort drüben wohnt ein kranker Witwer, der nur noch von der Unterstützung seiner Söhne lebt. Und eigentlich hat niemand Grund, vor seinem Haus zu lungern. Wäre es Euch recht, einen anderen Ausgang zu benutzen, Herrin?«

Marcella verabschiedete sich von Daniels' Frau und ließ sich durch eine Tür neben dem Kamin, die so geschickt in die Wandbemalung einbezogen war, dass sie kaum auffiel, in einen finsteren Gang hinabführen, der nach mancherlei Windungen und Treppenstufen plötzlich in einem schmalen Schlupf zwischen zwei Häusern endete. Dort wartete wie durch Zauberhand schon ihr Begleiter, der Ritter, und hinter ihm, unruhig wegen der Enge, die gesattelten Pferde. Nachdem Daniels sich versichert hatte, dass Marcella Wittlich unverzüglich verlassen würde, gab es einen hastigen Abschied.

Gott schütze seine Kinder, dachte Marcella und war zutiefst niedergeschlagen über Häuser, in denen die Wände bemalt wurden, um Türen zu verbergen, und in denen die Hausfrauen die Menschen auf den Gassen beobachteten. Dagegen war ihr eigenes Unglück jämmerlich.

Sie übernachtete in einem Dorf in der Nähe von Wittlich, stand früh auf und erreichte Ribaldos Turm nach einem scharfen Ritt gegen Abend. Die beiden Tage ihrer Abwesenheit hatten Tristand gutgetan. Vollständig bekleidet saß er mit einem Kissen im Rücken auf seinem Bett und blickte ihr entgegen, und auch seine Stimme hatte an Kraft gewonnen.

»Wo seid Ihr gewesen?«, brüllte er sie an.

Er hatte sich den Bart rasiert. Vielleicht verlieh ihm das die Stimmgewalt. Wenn Männer sich rasiert hatten, fühlten sie sich immer stark.

Marcella warf den Ring und die in Leder eingewickelten Papiere von Daniels auf seine Decke und stieg die Treppe ins nächste Stockwerk hinauf. Es gab noch zwei Zimmer über der Kammer, die Tristand bewohnte. Das erste diente als eine Art Arbeitsraum, in dem obersten waren Vorräte eingelagert für den Fall, dass man sich verteidigen musste. Das Vorratslager war auf zwei Sack Mehl, einen Krug mit billigem Öl, verschrumpelte Äpfel, einen Bund Kienspanfackeln und Stroh fürs Vieh zusammengeschrumpft, und es wimmelte von Mäusen. Marcella beschloss, das Arbeitszimmer in Besitz zu nehmen. Sie warf einen der gebündelten Strohballen die Treppe hinab, knüpfte den Faden auf und verstreute das Stroh zu einem Notlager.

Hinter ihr gab es ein Geräusch. Tristand stand auf den Stufen.

»Ich habe mir Sorgen gemacht«, sagte er.

Es war dumm von ihm, die steile Treppe zu erklimmen. Sie

hatte nicht einmal ein Geländer. Wie würde Martin toben, wenn er sich in seinem Leichtsinn einfach das Genick bräche. Er lehnte an der Wand, weiß wie Kreide, und war gezwungen, sich – rasiert oder nicht – auf den Stufen niederzulassen.

»Ich wusste nicht, wo Ihr wart, Marcella.«

»Bei Daniels.«

»Aber das hättet Ihr jemandem sagen können.«

»Wozu?«

»Weil ...«

Es war Ende Juni und die Tage waren lang, aber es wurde Abend, und da die Fenster nach Osten gingen, lag das Zimmer im Zwielicht.

Ich bin müde, dachte Marcella, und wie. Zu müde, um zu sprechen.

Ihre Decke lag unten auf dem Lehnstuhl. Der Weg dorthin führte an dem Mann auf der Treppe vorbei, und sie hatte keine Lust, sich mit ihm zu befassen. Also legte sie sich auf das Stroh.

»Es ... bringt mich um den Verstand, zu denken, dass Euch etwas geschehen könnte«, sagte Tristand leise.

Marcella drehte sich zur Wand. Sie wollte nicht reden. Sie wollte auch nicht, dass es jemanden um den Verstand brachte, zu denken, dass ihr etwas geschähe. Sie wollte einfach nur schlafen.

»Ihr solltet Eure Briefe durchschauen«, sagte sie, als sie am nächsten Morgen hinab in Tristands Zimmer stieg.

»Habe ich.« Er lag unter den rosa Seidendecken wie in Rosenwasser. Im Erdgeschoss wütete die italienische Dame. Töpfe knallten zu Boden. Tristand lächelte schwach. »Findet Ihr fünfzig Turnosen nicht übertrieben?«, fragte er. »Das Haus in Narbonne ist ein Loch.«

Tretet ein für die Witwen, denn das gefällt mir wohl, spricht der Herr«, zitierte Marcella fromm.

»Sie ist keine Witwe. Sie war eine, aber seit letztem Sommer ist sie mit einem Heringshändler aus Perpignan verheiratet. Wenn er sich umdreht, tritt sie ihn in den Hintern, und wenn er den Mund auftut, schlägt sie ihm den Besen über den Kopf. Er sieht schon aus wie seine Heringe. Außerdem kocht sie grauenhaftes Frikassee.«

»Der Heringsverkäufer ist selbst schuld«, urteilte Marcella, »aber wegen des Frikassees tut mir das Siegeln leid, denn an der Küste dort kann man Gewürze aus dem ganzen Orient bekommen. Was schreibt der Herr aus Venedig?«

»Geschäfte. Nichts Wichtiges. Und dass seine Frau ein Mädchen zur Welt gebracht hat.«

»Klagt er?«

»Behüte. Er betet die Frauen an. Es ist sein sechstes Mädchen. Wahrscheinlich wird er ihr Windeln aus Gold gießen lassen.«

Marcella lachte.

»Und was«, fragte Tristand, »sagt Daniels über unseren Freund Walram?« Er hatte abgenommen. Sein Gesicht war schmaler geworden, aber die Augen blickten scharf wie früher, mit der besonderen Unruhe eines Mannes, dem der Karren des Lebens ins Stocken geraten ist.

»Walram hat abgewunken.«

»Das versteh ich nicht.«

»Er ist misstrauisch.«

»Er kann nicht ewig misstrauisch sein. Irgendwann wird Safran auf den Markt kommen. Er muss zusehen, dass er sein Zeug vorher loswird.«

»Vielleicht ist er gewarnt worden.«

Tristand fasste sie ins Auge. Sie blickte harmlos zurück. Sollte er es selbst sagen.

»Ich vertraue Daniels.«

»Ich auch.«

»Dann ...?«

»Daniels, Ihr und ich – sonst wusste niemand von dem Plan.

Habt Ihr mit jemandem über Walram und den Safran gesprochen?«, fragte Marcella.

Unten hob Ribaldo die Stimme. Es geschah nicht oft, aber doch gelegentlich, dass er seine Liebste anbrüllte. Vielleicht hatte sie ihm das Essen vor die Füße geworfen. Ein Schwall mannhafter Flüche donnerte durch den Turm.

»Ihr meint Martin«, sagte Tristand. »Ja. Ich habe mit ihm darüber gesprochen. Aber mein Bruder ...«

»... würde niemals etwas tun, was Euch schadet.«

»Jedenfalls nichts in der Art, nicht so.«

Und gesegnet, die reinen Herzens sind, dachte Marcella bitter. Sie setzte sich ans Fußende des Bettes und barg das Gesicht in den Händen. Die italienische Dame hatte zu weinen begonnen, mit den gackernden Lauten eines kranken Huhns, ein Geräusch, das einem den Magen umdrehen konnte.

»Marcella. Es ... tut mir leid, dass Martin Euch geschlagen hat«, sagte Tristand.

»Und mir erst. Nein – ist nicht wahr. Er hat mit kleinerer Münze zurückgezahlt, als er bekommen hat. Ich bin rachsüchtig, Tristand. Ich hatte *gehofft,* einen Punkt zu erwischen, an dem es ihm weh tut. Und dass es so war, ist meine einzige freundliche Erinnerung an ihn!«

Tristand fand zu seinem Lächeln zurück. »Sonst nichts zu seinen Gunsten?«

»Er hat Euch zu einem Treffen geladen – und Euch niedergeschlagen.«

»Weil er dachte, *ich* hätte die Mörder mit den Armbrüsten bestellt. Außerdem war der Brief gar nicht von ihm.«

»Sagt Martin.«

»Wir haben beide einen bekommen. Und irgendjemand – aber nicht Martin – hat diese beiden Briefe geschrieben. Der Mann, der die Armbrustschützen bestellt hat. Als geschossen wurde, stand ich genau neben Martin. Wir haben uns bewegt. Wir hätten beide getroffen werden können ...«

Die italienische Dame unter ihnen schluchzte sich die Seele aus dem Leib. Ihr *angelo mio* tat den Ohren weh. Sie bekam einen Schluckauf vor lauter Seelenschmerz und Ribaldos Flüche wurden sanfter.

»Aber wer auch immer die Briefe geschrieben hat – er muss zum Schöffenrat gehören«, sagte Tristand. »Denn *meinen* Brief habe ich über Pantaleon bekommen, und nur die Schöffen wussten, dass Pantaleon mit mir in Verbindung steht, weil ich über ihn zu verhandeln versucht habe.«

»Die Schöffen – und alle, zu denen sie darüber gesprochen haben«, stellte Marcella präzise fest. Wie konnte man nur so dickschädelig sein. Martin hatte Bekannte im Rat, Leute, mit denen er Geschäfte machte. Warum sollte ihn nicht einer unterrichtet haben?

»Was mich wundert ...« Tristand warf einen wilden Blick zur Treppe. »Was mich wundert, Marcella«, fuhr er leiser fort, »ist, warum Euer Freund Jacob zugestimmt hat, den Schöffen meine Gefangennahme zu verschweigen.«

»Weil er ein gutes Herz hat?«

»Ich habe ihn längst in meines geschlossen. Marcella! Habt Ihr nicht gesehen, wie er Martin angeschaut hat? Als hätte er eine ... Wanze vor sich. Was soll das? Warum tut er ihm einen Gefallen, der ihm selbst den Kopf kosten kann, wenn er ihn nicht ausstehen kann?«

»So etwas geschieht bei Leuten mit gutem Herzen.«

»Und dem Bettler schenkt er die Hälfte seines Mantels? Unfug!«

Marcella stand auf.

»Wird etwas aus der Hochzeit?«, fragte Tristand.

»Warum nicht ... wo er doch so reich ist ...«

»Und so leicht zu gängeln. Und gutgläubig. Nein ... nein, bitte, Marcella. Lauft nicht fort. Die Treppe bringt mich um. Und ich muss mit Euch sprechen.«

»Nicht über Jacob.«

»Doch über Jacob. Gerechtigkeit ist Eure Stärke. Ihr habt mich auf dem Streckbrett, sobald Ihr Martins Namen nur aussprecht. Gönnt mir also drei Sätze zu Jacob. Das fände ich anständig.«

Marcella setzte sich in den Lehnstuhl und faltete zögernd die Hände.

»*Cui bono?*, hat Cicero gefragt. *Wem nützt es?* Gehen wir's mit der Vernunft an. Hättet Ihr Jacob geheiratet, solange Ihr Euren Laden habt? Nein. Nicht einmal ohne Laden. Aber das wissen nur wir beide. Ich glaube nicht, dass Jacob die Gründe oder das Ausmaß Eures Widerwillens begreift. Was, wenn er dem Schicksal auf die Sprünge helfen wollte? Verliebte Männer sind die größten Esel. Und es war Zufall, dass ich mit Scholer zusammentraf, aber es war keiner, dass Euer Safran auf Scholers Wagen lag. Vielleicht galt der Überfall gar nicht Scholer oder mir, sondern Euch.«

Lächerlich.

»Lächerlich!«, sagte Marcella. »Für jeden, der Jacob kennt.«

»Verzeiht, Liebste, aber Ihr kennt nicht einmal Euch selbst.«

Ach ja? Marcella widerstand dem Drang, aus dem Zimmer zu stürmen. Der Lärm im Erdgeschoss war verstummt und wahrscheinlich fände sie die Streithähne auf dem Fußboden.

»Schön«, sagte sie. »Da wir so gerecht sind ... Martins Herz haben wir auf milde Regungen abgeklopft – und das hat uns nichts als blutige Nasen eingetragen. Ich finde, dann wäre es jetzt an der Zeit, Jacob um Hilfe zu bitten.« Sie wartete, aber nur die intensive Aufmerksamkeit in den dunklen Augen zeigte Tristands Anspannung. »Jacob hat Möglichkeiten, die uns beiden abgehen. Und ... Ach ja ...« Sie erzählte von dem Grünberockten vor Daniels' Haus. »Womöglich hat man Daniels schon lange mit Euch in Verbindung gebracht. Wenn sein Haus beobachtet wurde, könnte das erklären, warum Walram den Safran nicht verkaufen wollte. Aber Jacob ist außer Verdacht. Wenn *er* den Safran aufkaufte ...«

»Ein Weinhändler? Der Weinhändler, der mit Marcella Bonifaz verlobt ist? In der Tat, sehr diskret ...«

»Oder jemand anderes«, sagte Marcella ungeduldig. »Aber Jacob müsste es sein, der alles in die Wege leitet. Und überwacht. Wenn Jacob Walrams Schuld feststellte, dann würde er für Euch zeugen. Und vielleicht könnte er den Rat sogar überreden, Walram zur Rechenschaft zu ziehen. Oder ihn wenigstens öffentlich schuldig zu sprechen. Die Stadt ist den Grafen ebenbürtig. Jacob wäre eine Hoffnung.«

»Ihr habt Euren Freund mit Bilsenkraut gefüttert. Und trotzdem glaubt Ihr, ihn um Hilfe bitten zu können?«

Marcella nickte und fragte sich, warum ihn das so erbitterte. Aber er lehnte ihren Vorschlag nicht ab. Er bedachte ihn gründlich, mit schmalen Lippen und gesenkten Lidern.

»Bitte ...«, sagte Marcella. *Bitte,* dachte sie. Um unser aller willen, und damit diese entsetzliche Geschichte endlich ein Ende nimmt.

Schließlich blickte Tristand auf. Er vertraute Jacob nicht. Marcella sah es an seinem Lächeln und las es in den Augen, die sie verzweifelt, kämpferisch, zärtlich und wild zugleich anblickten. Einen Moment lang schwankte sie. Wenn sie nicht so felsenfest von Jacobs Redlichkeit überzeugt gewesen wäre, hätte sie ihren Wunsch zurückgenommen. Aber Jacob war ohne Falsch und der Einzige, von dem sie sich Hilfe erhoffen konnten.

»Er wird Euch nichts Böses tun, ich schwör es Euch«, sagte Marcella.

XXIV

Jacob bekam Marcellas Nachricht am Vormittag des nächsten Tages und zwei Stunden später stand er in Ribaldos Turm. Er hatte, wie in dem Brief gebeten, keine Männer mitgebracht, außer zwei Bewaffneten, die die Sänftenpferde ritten.

Schniefend kam er in seinen Glöckchenschuhen die Steintreppe herauf, durchschritt das Zimmer und blieb vor Tristands Bett stehen. Hatte er Martin wirklich angeschaut, als sei er eine Wanze? Nun, jetzt machte er ein Gesicht, als blicke er auf den Mist einer Wanze.

Das Lächeln, das Tristand ihm als Antwort gab, war dünn und unergründlich, und Marcella beeilte sich, zu den beiden zu treten und sich wortreich für das Bilsenkraut zu entschuldigen und nach Jacobs Befinden zu fragen.

Sie freute sich, dass er gekommen war, und lauschte demütig seiner Versicherung, dass er sich ebenfalls freue, wenn auch nicht über die Gesellschaft, in der er sie antraf, und dass es besser wäre, wenn Mädchen sich – zumindest gelegentlich – der Leitung von erfahrenen Männern anvertrauten, selbst wenn sie so gescheit waren wie die liebe Marcella, weil es eben Dinge gab, von denen Männer mehr verstanden als Frauen und – was zur Hölle hatte sie damit gemeint, dass er ihren Safran aufkaufen solle?

Marcella erklärte es. Sie erzählte, was sich bei den Himmeroder Mönchen und im Römerturm und in dem Steinbruch zugetragen hatte, wie das alles ihrer Meinung nach zusammenhing und worum sich ihr jüdischer Freund – sie nannte keinen Namen, das meinte sie Daniels schuldig zu sein – bemüht hatte. Sie sagte wenig von Loretta und nichts von Mechthilde und Jeanne. Und Tristand erwähnte sie nur, wenn ihre Geschichte ohne ihn keinen Sinn mehr ergeben hätte.

»Hast du die Beschreibung deiner Kiste und die Beglaubigung des Notars aus Genua bekommen?«, wollte Jacob wissen.

Marcella erzählte von dem Rosengedicht.

Jacob verzog das Gesicht und begann, in seinen Schellenschuhen im Zimmer auf und ab zu stiefeln. Das Gebimmel machte Marcella nervös, auch wenn es in Mode war und die meisten eleganten Herren sich so schmückten. Aber wer tadelt einen Mann, der ohne Umstände einen Giftanschlag verzeiht. Und schließlich überdachte Jacob ihre Probleme. Sie vertraute seinem Geist, der vielleicht nicht so flink wie Tristands war, aber gewiss gründlich.

Verstohlen warf sie einen Blick zum Fenster hinaus, wo Ribaldo bei Jacobs Reitern stand und mit großen Gesten Ungezwungenheit demonstrierte. Ribaldo hatte ihren Brief nach Trier gebracht und Jacob zum Turm geführt und ihm sicher den ganzen Ritt von seinem weichen Herzen vorgejammert, das ihn ständig in Schwierigkeiten brachte. Die blonde Dame stand neben ihm und schäkerte mit einem der Reiter.

Marcella fuhr zusammen, als Jacob sich räusperte. Er war am Fußende des Bettes stehen geblieben. Sein Wanzenmistblick streifte Tristand und wanderte zu ihr ans Fenster. »Ist alles ein Dreck!«, stellte er fest.

Marcella nickte.

»Und den Stall auszumisten wird ein hartes Stück Arbeit. Wird viel Schererein geben. Und niemandem Freude machen.«

Zweifellos.

»Ich will mal ehrlich sein ...«

»Was für ein wunderbarer Vorsatz. Man erspart einander damit so viele Missverständnisse.« Es war das erste Mal, dass Tristand sich äußerte, und nicht einmal Marcella gelang es, einen Unterton von Aggressivität in seinen freundlichen Worten zu hören.

»Wenn es nicht um dich ginge, Marcella«, sagte Jacob, die Unterbrechung ignorierend, »dann würde ich keinen Finger krumm machen. Es gibt nämlich Leute auf Gottes Erde – das ist meine Meinung –, denen kannst du antun, was du willst, du dienst immer der Gerechtigkeit!«

»Richtig.« Tristand nickte. »*Et inter arma silent leges* ... Marcella erwähnte schon, dass Ihr ein Feind aller Umständlichkeit seid, Wolff. Auf diese Art wurde Rom groß ...«

»Und Leute wie Ihr haben es kaputtgemacht!« Jacob ließ sich nicht gern ins Wort fallen. Schon gar nicht auf Lateinisch. Schon gar nicht von einem Wucherer. »Ich sage Euch, wie es laufen wird, Mann. Ich werde meine Leimruten auslegen, und wenn der verfluchte Safran noch irgendwo existiert, dann werde ich ihn aufkaufen und sehen, wer am anderen Ende des Handels steht. Und sollte ich dabei herausfinden, dass Ihr etwas mit dem Dreck zu tun habt ...«

»Walram von Sponheim hat den Safran gestohlen«, erinnerte Marcella.

Jacob knurrte. »Unmöglich wär's jedenfalls nicht«, gab er zu. »Ist ein kleiner Mistkäfer, und sein ganzer verdammter Adel hat ihm keinen Tropfen Ehre ins Blut gebracht. Liefere ihm seit Ewigkeiten Wein und bekomme kaum jede vierte Ladung bezahlt. Ist allerdings gut für unseren Ruf, die Sponheimer zu beliefern ...«

»Und schlecht für den Ruf, sie aufzuhängen«, bemerkte Tristand.

»Hängen kann man solche Leute nicht!«

»Weil Justitia ja irgendwann auch mal schlafen will. Wie wollt

Ihr Ruten auslegen, ohne mit Marcella in Verbindung gebracht zu werden?«

»Da gibt's tausend Möglichkeiten.« Jacob nahm seine Wanderung wieder auf, begleitet vom Gebimmel der Schuhe. »Sollten allerdings so wenig Leute wie möglich davon erfahren. Skandale sind immer schlecht ...«

»Kommt drauf an, wie man sie nutzt.«

»Schlecht für einen ehrlichen Kaufmann!«, sagte Jacob schroff. »Und ein ehrlicher Kaufmann macht seine Pläne auch nicht im Finstern ...«

»... *und Tugend ist sich selbst der schönste Lohn.* Wie wollt Ihr im Dreck stochern, verehrter Herr, ohne schmutzige Hände zu bekommen?«

»Indem ich gar nicht stochere, sondern den Rat einschalte.«

»Schlecht. Ganz schlecht. Ist es nicht offensichtlich, dass zumindest *ein* Mitglied des Rates ...«

»Herr! Einem wie Euch mag das schwer in den Kopf gehen, aber wir sprechen von den Schöffen der Stadt Trier! Und wenn Euch das auch nichts bedeutet ...«

»Da habt Ihr mich erwischt. *Si non caste, caute tamen.* Ich würde an meiner Einfalt krepieren, hat mir schon mein Lehrherr prophezeit. Wenigstens einer der Schöffen muss in den Überfall verwickelt sein. Einer, der mit Wein handelt ...«

»Wie zum Beispiel der Schöffe Wolff?«, knirschte Jacob. Seine Hände wanderten wieder zum Magen und massierten sacht das Fett. Und nirgends Tee ...

»Zum Beispiel«, lächelte Tristand.

Marcella schaute zum Fenster hinaus. Draußen am Ende der Straße tauchte mit fröhlich flatterndem Umhang ein Reiter auf, dessen blonder Schopf an Richwin erinnerte. Ja, es war Richwin. Was für eine dumme Zeit, zurückzukehren.

»Also gut«, presste Jacob hervor. »Wenn Marcella recht hat und Ihr seid wirklich nicht das Schwein, für das Ihr geltet – und erwiesen ist das noch lange nicht, und wenn, dann auch nur für diesen Fall –, jedenfalls, dann habt Ihr Grund, mir zu misstrauen. Euer Haus war unsre größte Konkurrenz.«

Welch ein Segen, dachte Marcella erleichtert, dass wir uns wenigstens einig sind, was logisch ist.

»Aber gerade darum solltet Ihr froh sein, wenn ich noch andere an der Aufklärung der Geschichte beteilige«, fuhr Jacob fort. »Und wenn's nicht so ist, ist mir das auch egal, weil ich es für meine Sicherheit brauch. Auf jeden Fall muss der Schöffenmeister davon wissen.«

Oh, dachte Marcella.

»Und … Friedrich Scholer vielleicht. Dann weiß jeder, dass alles seine Richtigkeit hat, weil er mit dem Toten verwandt war.«

»Und vielleicht noch ein Schöffe, der nichts mit Wein zu tun hat?«, schlug Tristand sanft vor.

»Da gibt's drei oder vier Leute. Heinrich Bottom, Ordulf von Oeren …«

»Ja, der bitte«, warf Marcella ein. Von Oeren war ein besonnener und gewissenhafter älterer Mann, einer der wenigen, die während der Ratssitzungen über den Tellerrand ihrer eigenen Interessen hinauszusehen verstanden. Von Oeren würde unparteiisch richten.

»Meinetwegen. Er handelt vorwiegend mit Salz, aber er hat auch mit Gewürzen zu tun und könnte uns vielleicht sogar raten.«

»Gut. Und außerdem will ich, dass Martin dabei ist.« Tristand mied Marcellas Blick, aber er konnte nicht verhindern, sie zu hören.

»Ihr seid ja … krank!«, schrie sie los. »Nimm ihn, Jacob, nimm ihn und sperr ihn ein! Und wenn du denkst, dass es nutzt, dann versuch, ihm die Unvernunft herauszuprügeln.«

Jacobs Hand kreiste über dem Magen. »Mädchen … Martin sitzt bei sich zu Haus und säuft sich zu Tode, und ob man ihm was sagt oder nicht, ist gleich, weil er zu besoffen ist, um was zu kapieren. Ist alles egal. Komm, lass uns aufbrechen.«

»Wohin?«

»Was? Nach Trier natürlich. Denkst du, ich kann einen von euch jetzt noch allein lassen? Jedes Komplott könntet ihr aushecken und nichts – kein Beweis – hätte mehr Wert. Eingesperrt und bewacht werdet ihr, bis ich die verdammte Sache geregelt habe. Verflucht, ich geh noch ein. Ich geh noch kaputt an diesem Magen ...«

Richwin leistete Marcella Gesellschaft auf dem Ritt nach Trier.

»Ja, wir heiraten«, sagte er glücklich. »Während der Weinlese. Unten in Bernkastel.« Es machte ihm nichts aus, dass er sie nach Trier begleiten sollte, denn nun hatte er jemanden, dem er von Lucia erzählen konnte, und dafür wäre er wahrscheinlich bis in den Hades geritten.

»Lucia überlegt noch, aber wahrscheinlich werden wir vorerst auf Starkenburg wohnen«, erzählte er, blind und taub für die gereizte Stimmung. »Wir könnten auch zu mir nach Hause, aber Lucia hat noch nie in einer Burg gewohnt, und vieles wird ihr fremd sein, und meine Mutter ...«

Seine Mutter schien ein Drachen besonders schrecklicher Prägung zu sein, auch wenn Richwin ihre Eigenschaften mit dem Takt eines braven Sohnes beschrieb.

»Bring sie zur Starkenburg«, riet Marcella. Lucia sollte glücklich sein. Kein Schatten sollte auf ihre Liebe fallen. Ihre Kinder sollten Burgen aus Zweigen bauen und in dem Glauben aufwachsen, dass die Menschen es gut miteinander meinten. Sie sollten niemals in die Geheimnisse bemalter Türen eingeweiht werden müssen, und niemals – niemals! – sollten sie Seidenmäntel mit blauen und gelben Blumen tragen.

»Ihr dürft nicht so geduldig mit mir sein, Marcella«, mahnte Richwin vorwurfsvoll. »Ich schwatz Euch die Ohren voll, dabei habt Ihr tausend andere Sorgen. Ist Damian ...?« Er warf einen bedeutungsvollen Blick in Richtung Sänfte.

»Gesund genug, um zu streiten. Gesund genug, um sich nach seinem Bruder zu sehnen«, sagte Marcella bitter.

Trier kam viel zu schnell näher. Und sie hatte noch nichts erfahren. »Was ist mit dem Erzbischof? Hat er schon unterschrieben?«

»Er windet sich wie ein Wurm, aber er wird«, grinste Richwin. »Sein Neffe, König Johann von Böhmen, ist aus Paris angereist und überredet ihn, unsere Forderungen zu akzeptieren. Loretta hat bereits die Grafen von Katzenellenbogen, Virneburg und Veldenz und die Raugrafen und Simon aus Vordersponheim zum Zeugen und Siegeln geladen, und sobald die Bedingungen und vor allem das Sühnegeld festgesetzt sind, wird der Vertrag geschlossen. Johannes von Brunshorn und Konrad von Kerpen bürgen dafür, dass der Gräfin im Falle eines Eidbruchs die Burgen von Cochem, Bernkastel und Manderscheid übergeben werden. Und Balduin wird sich beeilen, weil ... aber das hab ich ja noch gar nicht erzählt. Er hat nämlich Besuch bekommen. Ratet woher!«

»Keine Ahnung?«

»Aus Avignon. Einen widerlichen Mönch, der in seiner weißen Kutte hinter ihm herschleicht und ihm mit seinem *lieber Bruder im Herrn* in den Ohren liegt und will, dass er Stellung gegen den Kaiser bezieht. Aber das tut Balduin natürlich nicht, weil er damit dem Papst recht geben würde, dass die Kaiserwahl von der Kurie gebilligt werden muss. Und damit würde er die Rechte der Kurfürsten beschneiden ...«

»Und das will er nicht, weil er selber einer ist.«

Richwin nickte. »Er soll schon seit Monaten den Bann gegen den Kaiser von der Kanzel verkünden und windet sich drum herum und flüchtet sich in Zweideutigkeiten und hofft, dass sich das Problem von selber löst. Und nun kommt dieser Cistercienser ...«

»Und Ärger und Ärger. Armer Balduin.«

Sie hatten eine Kuppe erreicht und sahen die Türme von St. Matthias auftauchen. Die Straße wurde belebter. Marcella zog die Kapuze ihres Mantels über den Kopf und mahnte Richwin, dasselbe zu tun.

Jacobs Haus lag im Westen der Stadt an einem See, der eigentlich gar kein See war, sondern ein künstlich ausgehobenes Loch, das sich malerisch um die Mauern seines Heimes schmiegte. Über das Wasser führte eine gewölbte Steinbrücke zu einem Verteidigungstor, das ebenfalls keines war, da es sich nur um eine Ausbuchtung der Mauer handelte, hinter der sich nichts verbarg. Und dann ritt man in einen Innenhof und stand vor einer Burg. Und auch die Burg war keine Burg, denn die Zinnen, die Wehrgänge vortäuschen sollten, konnten nicht begangen werden, und die Schießscharten dienten allein dem Schmuck und waren, um Zugluft zu vermeiden, von innen zugemauert.

Marcella stand am Fenster des Zimmerchens, in das Jacob sie gesperrt hatte, und wartete auf die Ankunft der Schöffen. Sie blickte zum Tor, wo Rufe laut wurden und eine Sänfte mit zerschrammtem Tragholz und unansehnlichen Vorhängen hineingetragen wurde. Onkel Bonifaz.

Er kam vor den anderen Schöffen, und Jacob nahm ihn mit sich und schien ein längeres Gespräch mit ihm zu führen, das vermutlich der Überredung diente. Schließlich brachte er ihn hinauf zum Zimmer seiner Nichte. Alarmiert durch die Ankunft weiterer Gäste ließ er sie allein.

Marcella hatte ein schlechtes Gewissen, als sie den Onkel betrachtete. Der Arme sah noch elender aus als sonst. Sein Haar war verfilzt, als hätte es seit Tagen keinen Kamm mehr gesehen, und um das knochige Kinn spross ein silberner Stoppelbart.

Sie küsste ihn auf die Wange und der Onkel betrachtete sie

mit niedergeschlagenem Blick. »Ich hätte dich verheiraten sollen, als du noch ein Kind warst, so wie es die von Adel tun«, murmelte er mit vom Wein schwerer Zunge.

Marcella streichelte sein eingefallenes Gesicht. »Ich bin Euch dankbar, dass Ihr es gelassen habt«, sagte sie, und Bonifaz nickte traurig, als sprächen sie über den Tod. »Es wird ein böses Ende nehmen«, murmelte er.

Marcella hakte sich bei ihm unter und ging mit ihm zur Tür hinaus. Ein sonderbares Gefühl der Zärtlichkeit überkam sie. Der Onkel wurde alt. Es war höchste Zeit, dass sich jemand um ihn kümmerte.

Jacob runzelte die Stirn, als sie neben Onkel Bonifaz den kleinen Raum im Erdgeschoss betrat. Vor den anderen Schöffen mochte er sie und vor allen Dingen den Schöffenmeister nicht zurechtweisen, aber er ärgerte sich, dass Marcella nicht in ihrem Zimmer geblieben war.

Und wahrscheinlich wird es ihm wieder auf den Magen schlagen, dachte Marcella und fragte sich, wann er sich endlich gebührend davor fürchten würde, mit einer Frau wie ihr verheiratet zu sein.

Tristand saß am Fenster in einem Lehnstuhl. Über seiner Wunde trug er einen blauen Rock, den Ribaldo ihm besorgt hatte, und die Narbe am Hals wurde von einem weich fallenden Kragen aus weinrotem Samt verdeckt. Er hatte sich rasiert, und als er jetzt dasaß, mit aufgestütztem Kinn, und die Schöffen beobachtete, hätte niemand ihn für etwas anderes als einen achtbaren Kaufmann halten können. Sein Blick war abwesend. Möglicherweise dachte er an seinen Bruder, denn der war als Einziger noch nicht erschienen.

Friedrich Scholer lehnte an der Wand und hatte die Arme über der Brust verschränkt. Ordulf von Oeren, aufrecht, mit silberklarem Blick, besetzte den zweiten Lehnstuhl, und Richwin hatte es sich auf der Kaminbank bequem gemacht. Er war der Einzige, dem man die Spannung anmerkte, die im Raum herrschte. Erleichtert sprang er auf und rückte Marcella und ihrem Onkel Stühle zurecht, als sie eintraten.

»Martin war zu besoffen, um zu kommen«, brummelte Jacob, als er die Tür schloss. »Und um es vorweg zu sagen – es ist mir klar, dass die meisten hier sich wundern, warum ich sie hergebeten habe und wie Tristands Bruder in mein Haus kommt ...«

Von Oeren fiel ihm ins Wort. »Ganz recht«, sagte er frostig.

Ganz recht enthielt die Frage, warum man nicht in Bonifaz' Saal tagte, wie man es sonst tat, wo die anderen Schöffen steckten und warum der Zender nicht anwesend war, obwohl hier offensichtlich ein entflohener Delinquent saß. Und zum ersten Mal begann Marcella, an der Klugheit ihrer Entscheidung zu zweifeln. *Ganz recht* hatte den Klang des Marktplatzes, auf dem sich die Menge um das Blutgerüst drängt. Ihr sank das Herz.

»Wenn es hier um Recht gegen Geld gehen sollte ...«, begann Friedrich Scholer.

»Ich bin nicht gekommen, Euch zu beleidigen, mein Herr.« Tristand lächelte. Aber das Lächeln fiel ihm schwer. Entweder weil er es leid war, für ein finanzkräftiges Monstrum gehalten zu werden, oder weil ihn seine Wunde quälte. Er hatte sich schwer auf die linke Lehne gestützt. Wie kurzsichtig von Jacob, ihm keinen Schlaf zu gönnen, bevor er die Schöffen lud. Oder wie hinterhältig. »Wenn ich Euren Onkel recht verstanden habe, Scholer«, sagte Tristand, »dann wart Ihr für ihn das, was normalerweise für einen Vater der Sohn ist. Ich ...« Er unterbrach sich angesichts der eisigen Kälte, die das liebenswerte Gesicht des jungen Friedrich verströmte, und stand auf. Behutsam lehnte er sich gegen den Fenstersims. »Ich bitte um nichts als um einen Moment Eurer Aufmerksamkeit, damit ich Euch schildern kann, was geschehen ist, seit ich mit Eurem Oheim Koblenz verlassen habe. Und dann«, meinte er, »könnt Ihr mir ja immer noch die Hände um die Gurgel legen.«

»Warum sollte ich auf Eure Geschichte neugierig sein? Nicht einmal Euer eigener Bruder glaubt an Eure Unschuld.«

»Ein Argument, das mich selbst überzeugen könnte, wenn ich es nicht besser wüsste ...«

Sie wurden unterbrochen, denn in diesem Moment erklangen schwere Schritte im Flur, und gleich darauf lugte einer von Jacobs Dienern herein. Er wurde beiseite geschoben, und Martin Tristand schwankte in den Raum, von Bartstoppeln übersät und mit dem Geruch einer Weinschenke behaftet. Marcella zog eilig die Füße an, sonst wäre er darüber gestolpert.

Martin sagte nichts, aber der Blick, mit dem er seinen Bruder bedachte, war zornig, und als Erstes begann er mit der verbissenen Sturheit eines Betrunkenen, den Lehnstuhl vom Fenster in die entgegengesetzte Ecke zu schieben, um sich so weit wie möglich entfernt von seinem Bruder niederzulassen. Von Oeren beobachtete das Gerücke und Gepolter mit hochgezogenen Brauen.

»Ich bin in der Woche vor Mariä Verkündigung aus Basel abgereist«, sagte Tristand und tat, als sei es normal, wie sein Bruder sich aufführte. »Ich wollte über Koblenz ...«

»Warum Basel?«, unterbrach von Oeren. »Ich dachte, Ihr wohnt in Venedig.«

»Dort habe ich mein Kontor und eine Wohn...«

»Im Fondacco dei Tedeschi?«

»Auf der anderen Seite, in der Nähe der Börse.«

»Ein Kontor? Als Deutscher?«

»Als Geschäftspartner eines Venezianers. Es sind nette Leute dort, mein Herr. Sie fressen nur die Genuesen und manchmal ihre Dogen.«

Von Oeren knurrte und winkte ihm mit der Hand, fortzufahren.

Tristand erzählte sachlich, knapp und anschaulich. Marcella

kam in seinem Bericht nicht vor, außer am Anfang, als es um ihren Safran ging, und Jacob seufzte und entspannte sich und begann interessiert, der zweiten Version der Geschehnisse zu lauschen.

Da war der Überfall auf Scholers Wagen, der Hinweis des Himmeroder Mönches, das unglückliche Erlebnis in Dill, die Briefe, mit denen er und Martin in den Steinbruch gelockt worden waren ...

»Er kam von dir. Der Brief war mit *deinem* Siegel gezeichnet ...«, nuschelte sein Bruder böse.

»Um ein Siegel zu fälschen, braucht man nichts als eine alte Urkunde, ein Rasiermesser und ein paar Rosshaare. Sei bitte kein Idiot, Martin.«

»Dann läuft der Mann, der Scholer getötet haben soll, also mit einem gespaltenen Mund herum?« Von Oeren hatte sich vorgebeugt.

Er glaubt's, dachte Marcella. Oder wenigstens hält er es für möglich. Friedrich Scholer hing an den Lippen des Schöffen. Er war jung, er fand sich nicht zurecht und wahrscheinlich würde er von Oerens Urteil übernehmen.

»Ja.«

»Und da Ihr so rührig seid – habt Ihr ihm inzwischen einen Namen geben können?«

»Ja.«

Es war an der Zeit, dass Tristand sich wieder setzte. Die Hände, mit denen er sich am Fenstersims abstützte, waren verkrampft, und auf seiner Stirn stand Schweiß. Warum sah das keiner der Männer?

»Ich denke, es ist Walram von Sponheim«, sagte er.

Er hätte sich auf die Schöffen konzentrieren sollen. Stattdessen schweifte sein Blick und mit einem Mal blieb er an Richwin hängen. Der junge Ritter starrte mit vorgezogener Unterlippe auf seine Schuhe und machte ein Gesicht, als hätte man ihn gerade dabei ertappt, wie er das Reichszepter stahl.

Da Tristand ihn so angespannt betrachtete, wurden auch die Schöffen aufmerksam, und als Richwin das merkte, verdoppelte sich seine Verlegenheit.

»Und was, mein lieber Junge, ist es, das du uns so gern verschweigen würdest?«, erkundigte Tristand sich sanft. Richwin errötete mit der Heftigkeit eines Kindes und Tristand lächelte flüchtig. »Heraus damit. Nichts kann schlimmer sein als das, was Herr von Oeren sich gerade vorzustellen versucht.«

»Du hättest mir das von Walram vorher erzählen sollen«, meinte Richwin vorwurfsvoll.

»Und alle Treu und Schwüre zur Hölle hinab? Du bist Sponheimer. Wenn es nach mir ginge, wärest du nicht einmal in diesem Zimmer, Herr Ritter.«

»Oh ...! Manchmal bist du wirklich ein Esel, Damian!«

»Und nun – nach dieser Erkenntnis?«

»Irgendwo, an irgendeiner Stelle, musst du dich geirrt haben. Du weißt doch, was ich gesagt habe – dass Simon von Sponheim, Walrams Vater, auf Starkenburg zum Siegeln ist. Walram hat ihn begleitet.«

»Und?«

»Er ist ein gemeiner Kerl. Er hat sich mit Heiderinc geschlagen und ihm die Hand gebrochen. Aber seine Lippe ist heil«, sagte Richwin.

Tristand sah von ihm fort. Er brauchte seinen Stuhl dringender denn je, aber das schien er nicht einmal selbst zu merken. Mit der Hand auf der Wunde blickte er zum Fenster hinaus.

Man muss es vernünftig betrachten, dachte Marcella. Ich habe den Himmeroder Mönch selbst von einem Mann mit gespaltener Lippe erzählen hören. Es gibt den Mann.

»Vielleicht ist die Wunde ja schon wieder verheilt?«, schlug Jacob vor.

Dankbar blickte sie ihn an.

»Nein«, murmelte Tristand. »Ich weiß, was ich getan habe. Seine Lippe war bis zur Nase hinauf geteilt.«

»Und wenn er den Überfall gar nicht selbst durchgeführt hat? Einer seiner Kumpane vielleicht ...«

Jacob mühte sich umsonst.

»Walram hat all seine Gefolgschaft – und das sind vielleicht vier oder fünf Mann – mit zur Starkenburg gebracht«, sagte Richwin, das Kind der Ehrlichkeit. Er wollte noch etwas hinzufügen. Marcella sah, wie er den Mund öffnete. Ihm schien ein Gedanke durch den Kopf zu schießen. Aber der Funke erlosch, ehe er etwas äußern konnte, denn plötzlich rappelte Martin sich aus seinem Stuhl hoch.

»Ich hab's nachgesehen.« Er torkelte zum Fenster und fiel seinem Bruder schwer um den Hals. »Ich hab dir glauben wollen, Damian. Hab ich. Wirklich. Ich hab ...« Er rülpste und rang mit zuckenden Lippen um Fassung. »... hab die Tinte verglichen ... aus Basel .... dem andern Brief. Ist *deine* Tinte ... auf *beiden* Briefen ...«

»Teufel!«, sagte Jacob angewidert, beförderte den jungen Mann auf seinen Stuhl zurück und bot Tristand den eigenen an.

Marcella dachte, dass es gut wäre, Richwin zu fragen, was ihm durch den Sinn geschossen war. Aber da sprach von Oeren sie an.

»Um wie viel Safran geht es, Herrin?«

»Sechshundert Lot ... nein.« Marcella verbesserte sich rasch. »Sechshundert hatte ich gekauft. Aber etwa achtzig müssen in Himmerod geblieben sein. Also noch gut fünfhundert ...«

Von Oeren begann zu lächeln. Er lehnte sich zurück und verschränkte die Hände auf dem mageren Bauch. »Welche Qualität?«

»Aus der Toskana.«

»Weiblicher Safran?«

Sie schüttelte den Kopf. »Ungemischt. Auf das Wort des genuesischen Händlers hin, und er ist ein vertrauenswürdiger Mann.«

»Safran aus der Toskana.« Von Oeren sann vor sich hin. Er war, wie Marcella ihn gesehen hatte – gerecht und unabhängig. »Tristand?«

Damian hob den Kopf.

»Ihr wollt den Kerl durch den Kauf des Safrans fangen?«

»Was schwierig sein dürfte – da Walram ja offenbar unschuldig ist und es keinen Anhaltspunkt mehr gibt, wer nun in Wahrheit ...«

»Mir ist Safran angeboten worden.« Von Oerens klare Augen glitzerten. »Vor drei Wochen. Safran aus der Toskana. Vierhundertneunzig Lot. Ungemischt. Zu einem Preis, der so lächerlich war, dass ich das Angebot zur Seite gelegt hätte, selbst wenn die Umstände weniger verdächtig gewesen wären.«

»Von wem?«

»Von einem Jemand, der im übelsten Viertel des Koblenzer Hafens zwei Beutel gegeneinander austauschen wollte. Gold gegen Safran.«

»Von einem Jemand, der unbekannt bleiben wollte?«

Von Oeren nickte.

»Und ich dachte schon«, sagte Tristand aus einem zutiefst erleichterten Herzen, »mein Name wäre Hiob.«

Marcella hörte wie betäubt zu, als die Männer ihren Plan schmiedeten. Von Oeren war ein heller Kopf und der junge Scholer ging ihm mit grimmigem Eifer zur Hand. Sie wollten dem Safranverkäufer ein Angebot machen. Sie wollten ihn oder seine Helfershelfer bei der Übergabe dingfest machen. »Fünfhundert Lot Safran vertraut man nicht irgendjemandem an«, konstatierte von Oeren. »Wenn wir den Boten haben, haben wir auch den Herrn.«

Unauffällig blickte Marcella zu ihrem Oheim. Onkel Bonifaz saß auf seinem Stuhl und hatte die Augen geschlossen, als wenn er schliefe. Er hatte die ganze Zeit kein einziges Wort gesprochen. Wie hatte er so schnell dahinwelken können? Er ist meine Familie, dachte Marcella. Alles, was ich habe.

Scholers Mörder hatte den Safran über einen lombardischen Wechsler anbieten lassen. »Vielleicht brauchen wir nicht einmal auf den Kauf des Safrans zu warten. Die Lombarden sind gezwungen, uns gefällig zu sein«, meinte von Oeren voller Zuversicht.

Damian schaute zu seinem Bruder. Martin lehnte mit glasigen Augen im Stuhl. Und als die Schöffen gingen, schloss er sich ihnen ohne ein Wort an.

»Eines noch«, sagte Damian, als Onkel Bonifaz ebenfalls und als Letzter aus seinem Stuhl hochkroch. Er wartete, bis die Tür sich hinter den anderen Schöffen geschlossen hatte. »Könnt Ihr mir sagen, wer aus dem Rat den Vorschlag gemacht hat, auf das Gut meines Vaters zu reiten, an dem Tag, als dort der gestohlene Wagen gefunden wurde?«

Onkels Gesicht war krank und grau. Er schlurfte zur Tür.

»Und wer dagegen gestimmt hat, dass mein Vater aus dem Gefängnis entlassen wurde?«

»Onkel«, mahnte Marcella.

Bonifaz blieb unter dem Türbogen stehen. Traurig blickte er von seiner Nichte zu Tristand. »Und wenn Ihr es wüsstet, junger Mann, denkt Ihr, es würde Euch glücklicher machen?«, sagte er erstaunlich klar. »Denkt Ihr das wirklich?«

XXV

Tristand saß im Innenhof des Hauses im Sonnenschein und studierte den Münzenberg, der vor ihm auf dem wackligen Holztisch lag. Die Hauswände waren mit violettfarbenen Rosen bewachsen. Ein betäubender Duft hing in der Hitze.

Marcella trat durch die Tür und ging über das kleine Stück Rasen zu ihm hinüber. Die Regeln, die Jacob für seine Gäste aufgestellt hatte, waren klar: Tut, was ihr wollt, hatte er gesagt, aber wenn jemand mein Haus verlässt oder mit jemandem von draußen spricht, dann kenn ich euch nicht mehr. Entsprechende Anweisungen hatte sein Torwächter bekommen. Daran konnte man sich halten.

»Warum Trierer Münzen?«, fragte Marcella. Jacob hatte bei den Hausgenossen Tristands Wechsel eingetauscht. Aber er hätte Turnosen nehmen sollen anstatt der Halbschillinge des Erzbischofs. Der Münzenberg wäre um die Hälfte kleiner gewesen. Sie nahm eines der Geldstücke in die Hand. Der Avers war mit einem Brustbild des Erzbischofs geprägt, auf der Kehrseite befanden sich zwei gekreuzte Schlüssel.

»Warum solch ein Berg?«

Tristand hatte sich zurückgelehnt und sie beobachtet. Sein Haar schillerte schwarz und silbern in der Sonne. Es ging ihm besser. Er bewegte sich wieder mit der alten Energie.

»Warum also?«

Er lächelte knapp. »Weil ich Befürchtungen habe.« Seine Aufmerksamkeit wandte sich wieder den Münzen zu, und jetzt sah sie, dass er einen Nagel in der Hand hielt und ein winziges Hämmerchen in der anderen. Er setzte den Nagel an eine der Münzen an und trieb ihn mit dem Hämmerchen vorsichtig in das Stirnband der bischöflichen Mitra. Dasselbe machte er mit der nächsten und mit der übernächsten Münze. »Wenn sie ihn nämlich nicht kriegen …«

»Wen?«, fragte Marcella. »Den Mann, von dem wir dachten, dass es Walram wäre?«

»Wenn sie ihn nicht kriegen – wenn er ihnen durch irgendeinen dummen Zufall entwischt …«

»Nein. Diesmal ist er ahnungslos.«

»Ich möchte dann jedenfalls wissen, wo die Münzen geblieben sind.«

»Und das erfahrt Ihr, indem Ihr Dellen in die erzbischöflichen Geldstücke treibt?«

»Mit der Hilfe des Himmels – ja.«

Tristand hatte noch ein gutes Stück Arbeit vor sich. Marcella sah ein Säckchen im Gras, entdeckte weitere Nägel, suchte sich einen Stein und machte sich daran, ihm zu helfen. Es war die dümmste Arbeit ihres Lebens, aber sie fand im Zauber eines rosenduftenden kleinen Gartens statt.

»Ich habe übrigens wirklich Wucher getrieben«, sagte Tristand. »In Brügge. Mit einem Juden. Ephraim Süßkind.«

»Ach.« Marcella stach ihr erstes Loch. Das Silber war weich. Es ging einfach.

»Er war nicht so anständig wie Daniels. Ihr hättet ihn nicht gemocht. Aber er wusste mehr über die Gesetze des Kaufens und Verkaufens als irgendjemand, den ich bis dahin oder seither kennengelernt hatte.«

»Und ich dachte, Ihr wäret bei einem braven Tuchhändler in die Lehre gegangen.«

»Pieter Cronstaat, ja.«

»Aber Ihr fandet keinen Gefallen an den Prügeln einer sittsamen Lehrzeit?«

»Schlimmer. Ich kam mit seiner Dummheit nicht zurecht.«

»Oh! Das ist geistige Hoffart. Die Königin der Sünden. Dafür brennt Ihr bis zum Jüngsten Gericht, mein armer Herr. Wie seid Ihr vom dummen Pieter zum bösen Süßkind gekommen?«

Tristand passte nicht auf. Mit dem nächsten Schlag hieb er den Nagel gegen den Münzenrand und ein Metallsplitter sprang vom Geldstück.

»Ist das jetzt Falschmünzerei?« Marcella nahm den Splitter mit der Fingerspitze auf. »In Konz haben sie einen gehängt, der hat einen Sack mit Goldmünzen gegen den Boden geschlagen und aus dem abgesprungenen Staub neue Münzen gegossen. Aber ich glaube, auf diese Art würd's schneller gehen. Welch ein Segen, dass wir brave Leute sind. Wie seid Ihr zu Süßkind gekommen?«

»Wieder durch Eure Königin der Sünden.« Der nächste Schlag gelang präzise. »In der Jaanstraat – da handeln die Türken – wurde Färberröte angeboten. Sie wollten das Zeug loswerden. Sie mussten es loswerden, weil es Währungsschwankungen ... egal. Pieter Cronstaat wollte jedenfalls nichts kaufen. Das war einer seiner Grundsätze. Heiden betrogen Christen und nur aus diesem Grund kamen sie nach Brügge. Ich habe Geld aus seiner Kasse genommen – nicht viel, aber genug, um zu beweisen, dass er sich irrte und ich recht hatte – und wollte damit Färberröte kaufen.«

»Ihr müsst ein schreckliches Kind gewesen sein!«

»Mit Sicherheit. Und gerade deshalb wäre ich dankbar, wenn Ihr Euer Auge jetzt auf den einzigen grauen Fleck in dieser schwarzen Geschichte lenken könntet. Wenn Cronstaat mich nämlich nicht erwischt hätte, wäre er durch mich ein Stückchen reicher geworden. Ich hatte wirklich vor, ihm Geld und Gewinn zurückzugeben.«

»Stattdessen gab's dann Schläge für den Helden?«

»Den Rausschmiss. Die Sünder konnte er genauso wenig leiden wie die Heiden. *Und lasst das Übel nicht Raum finden im dem Volk des Herrn ...* und so weiter.«

»Und Euer Vater?«

»Martin ist gekommen. Aber da war ich schon bei Süßkind.«

»Und das hat Martin nicht gefreut. Und da hat Euch die Sünde der Hoffart ein weiteres Mal ereilt. Wollt Ihr nicht eine kleine Kathedrale stiften?«

»Ich wäre vielleicht mit ihm gegangen. Aber er hatte eine ... nachdrückliche Art, seinen Unwillen kundzutun – und so viel älter als ich ist er nicht. Ich war beleidigt ...«

»Und Süßkind hat Euch getröstet.«

»Er brauchte mich, um Handel zu treiben, was er ja als Jude nicht durfte. Unter meinem Namen und mit meinem Siegel hat er ein Tuchgeschäft aufgebaut. Wir waren ein prächtiges Gespann. Bis mir Mijnheer Cronstaat wieder über den Weg gekommen ist.«

»Wollte er es Euch heimzahlen?«

»Nein, ich ihm.« Der Ton war leicht, aber das täuschte. »Er hat etwas Dummes gemacht. Und ich hab's gemerkt und es ausgenutzt. Er hat an einem einzigen Vormittag ... er hat Geld verloren. Nicht viel, nach den Maßstäben, in denen ich damals dachte, aber offenbar mehr, als er sich leisten konnte. Es muss schlecht um ihn gestanden haben. Und ...«

Und dann? Marcella mochte nicht fragen.

»Jedenfalls hat es einen Riesenwirbel gegeben. Cronstaat war beliebt gewesen. Als sie ihn an seiner Lastenwinde fanden, haben die Leute sich zusammengerottet und wollten den Juden und seinen verfluchten Bengel büßen lassen. Süßkind haben sie erwischt. Ich war gerade außerhalb. Das war das zweite Unrecht, wenn man's recht betrachtet. Süßkind hatte mit der ganzen Sache nämlich nichts zu tun ...«

Tja. – Und dann kam wahrscheinlich Venedig und das alles. Marcella seufzte. Sie begann das Geld zu sortieren. Der Haufen mit den markierten Geldstücken war gewachsen und bedrohlich nahe an den anderen Haufen gerutscht. Sie hatte noch immer keine Ahnung, was Tristand mit dieser riskanten Münzveränderung erreichen wollte.

Er fasste sie bei der Hand, nahm ihr die Geldstücke fort und hob ihr Kinn. »Wisst Ihr eigentlich, wie eigenartig Ihr seid, Marcella?«

»Warum?«

»Weil es jetzt an Euch wäre, etwas zu sagen. *Stroh sein sollen die Verächter und Gottlosen, und der kommende Tag soll sie anzünden ...!* Irgend so was. Ich habe Cronstaat umgebracht. Als wär's mit den eigenen Händen gewesen. Damit hat Martin recht. Ehrlichkeit ist Eure Stärke, Herrin. Zumindest könntet Ihr mich auffordern, meine Seele zu retten, indem ich auf den Knien von Brügge nach Compostela rutsche, einmal für jeden Gulden, mit dem ich den armen Cronstaat ins Verderben geführt habe.«

»Waren es viele? Gulden, mein' ich?«

»Zweiundvierzig. Ihr seid nicht bei der Sache, Herrin.«

»Doch, schon. Es macht mich nur so ... ratlos.«

»Ratlos.«

»Und der Weg nach Compostela ist mit den Muschelsplittern der Pilger übersät. Was täte das Euren armen Knien. Wahrscheinlich wärt Ihr auch ständig jemandem im Weg ...«

Tristand ließ sie los. »Nein, Marcella. Ihr wisst, dass ich Euch gerade ein Angebot gemacht habe. Und wenn Ihr es überhört haben solltet, wiederhole ich es. Eine einzige, eine winzige Geste des Abscheus – und Ihr seid mich los. Auf immer. Ohne ein Wort der Erklärung. Ich meine das im Ernst.«

»Aber ohne den Preis zu bedenken, den Ihr vielleicht zahlen müsstet, wenn ich ablehne. Was wisst *Ihr* denn von *mir*? Von den Kathedralen, die *ich* zu errichten hätte?«

»Ich will nichts wissen. Und der Preis ist mir egal.«

»Und da seid Ihr ertappt, mein Herr! Das Herz ist freigelegt

– und da ist nicht ein bisschen von einem Wucherer. Sanft wie ein Lamm und gütig wie der Sonnenschein. Die Sünden sind vergeben. Es gibt nichts mehr davonzujagen und auch nichts mehr zu reden und nichts zu entschuldigen und zu erklären und zu verzeihen.«

»*Ma diavo...*« Er fluchte italienisch. Und es regte ihn auf, dass sie lachte. Es tat ihr selber leid. Aber es war immer noch besser zu lachen, als sich ...

War es denn unumgänglich, dass sie einander das Herz brachen? Konnte es nicht doch möglich sein, Jeanne unter einer ausreichenden Menge von Glück zu begraben?

Von Oeren kam zwei Stunden später, um das Kaufgeld für den Safran in Empfang zu nehmen. Er hatte dem Lombarden Interesse am Geschäft signalisiert. »Und nun liegt alles in Gottes Hand«, sagte er.

Sie standen in Jacobs Rosengarten vor dem Holztischchen, Marcella, Tristand und von Oeren. Tristand zögerte, als er die Münzen in den Sack warf. Dann zeigte er von Oeren die Markierungen auf dem Avers. »Der Mann, der Kerl, zu dem Ihr geht – er ist eine Ratte«, sagte er. »Ich trau ihm zu, dass er unseren Plan unterläuft.«

»Und was sollen die Markierungen dann nutzen?«, fragte von Oeren.

Tristand legte die letzten Münzen zu den anderen und zog behutsam das Band in der Schlaufe fest. »Seid einfach vorsichtig«, sagte er. »Ich meine ... mit Euch selbst. Es sind Leute gestorben, dem Burschen gilt ein Menschenleben nichts ...«

»Ach was«, meinte von Oeren bedächtig.

Dann begann die Zeit des Wartens.

Richwin saß im Rosengarten und dichtete Minnelieder für seine Liebste, Marcella schrieb an Elsa, dass sie sich bereitmachen solle, nach Trier zurückzukehren, aber nicht, bevor sie

Nachricht bekam, und Tristand las ein Buch. Etwas Arabisches. Er hatte es zwischen den Kuriositäten gefunden, die Jacob manchmal von edlen Kunden anstelle einer Bezahlung erhielt, wenn ihnen das Geld fehlte. Jacob besaß eine Abschrift der berühmten Falknerhandschrift Kaiser Friedrichs, einen Splitter des Kieferknochens, der Bischof Konrad zerschlagen worden war, als ihn Theoderich von seinem zitternden Schergen ermorden lassen wollte, eine Quecksilberuhr aus Kastilien, einen Fixsternkatalog aus Bagdad ... Das Buch, in dem Tristand las, enthielt die Erinnerungen eines Herrn Usama Ibn Munqid, der ein islamischer Ritter gewesen war, und seine Aufzeichnungen mussten sehr lustig sein, denn er lachte darüber, was Jacob mit Unmut erfüllte.

»So ein Ding zu *besitzen* ist eine Sache«, meinte er. »Aber es lesen zu können – noch dazu von der rechten Seite zur linken – und sich dann auch noch zu belustigen ...«

»Du misstraust ihm noch immer«, sagte Marcella vorwurfsvoll.

Aber Jacob schüttelte den Kopf. »Ich war bei den Wechslern, Mädchen. Womit ich meine: Ich war bei einem Wechsler. Paolo Cotrugli. Tristand hatte die Summe auf vier Wechsel verteilt, um den Eintausch zu erleichtern, und ich wollte auch zu vier Wechslern gehen. Aber erst geh ich also zu Cotrugli. Ich bekomme mein Geld, erwähne die anderen Wechsel – und da sagt er mir, er will sie alle eintauschen. Und ich sag was von verfluchtes Risiko, und er sagt, Tristands Wechsel wären ihm in jeder Höhe gut, und kriecht – schleimig wie ein kranker Schiss – um mich rum und will wissen, wie ich mit Tristand zusammenstecke und ob man erwarten könne, ihn rehabilitiert zu sehen. Tristand muss Geld haben, Mädchen, ein Schweinegeld. Die Italiener wissen über ihre Leute Bescheid.«

Marcella nickte.

»Und darum«, sagte Jacob bedächtig, »ist es Blödsinn zu glauben, er hätt' Scholer um ein paar Ballen Tuch und einen Sack

Safran ums Leben gebracht. Ergibt keinen Sinn, verstehst du?«

»Ja.«

»Leiden kann ich ihn deswegen immer noch nicht, denn jemand, der Heidenkram liest und darüber lacht ...« Er kratzte sich am Kopf. »Bin nicht dein Vater oder Bruder und auch sonst nicht mit dir verwandt ...«

»Und glaub mir, das ist ein Segen«, versicherte ihm Marcella. »Frag Onkel Bonifaz ...«

Vier Tage verstrichen quälend langsam.

Jacob ließ den Brief an Elsa bestellen, und Marcella lernte arabische Buchstaben und hörte sich an, was Usama Ibn Munqid über den Verstand der Franken, ihren Mangel an Eifersucht und die Merkwürdigkeiten ihrer Heilkunst zu berichten hatte.

»Wäret Ihr lieber von einem muslimischen Arzt behandelt worden?«, fragte sie Tristand.

Er antwortete: »Allmächtiger, ja!«, und somit hatte Jacob recht, als er ihm eine zweifelhafte Gesinnung unterstellte, aber Usamas Betrachtungen über die Wundbehandlung mit scharfem Essig und gemahlener Pottasche hörten sich verständig an, und Tristand sagte, dass die meisten Europäer in Tunis, wo er gewesen war, zu muslimischen Ärzten gingen, wenn sie die Wahl hatten.

Nachricht von Ordulf von Oeren kam am Morgen des fünften Tages. Er ließ ausrichten, dass er am Kopf verwundet sei, aber alsbald vorbeikommen würde, denn was er zu sagen hätte, sei dringlich.

Am Nachmittag erschien seine von vier kräftigen Knechten getragene Sänfte auf der Steinbrücke. Er ließ sich aus dem Gefährt helfen und in Jacobs Kammer geleiten, und dort legte er ihnen das Ausmaß des Fiaskos dar.

Der Lombarde hatte ihm ein Stück Pergament überbracht, auf dem Zeitpunkt und Ort des Safrankaufes standen – nicht ohne zu erklären, dass er das Pergament mitsamt einer Geldmünze auf einem Verkaufsstand in seinem Kontor entdeckt habe, folglich den Absender nicht kannte, so wenig wie den Grund für die Heimlichkeit ...

»Und wahrscheinlich stimmt das sogar, denn dieser Hund ist gerissen wie Luzifer«, sagte von Oeren und strich sich erschöpft den silbernen Bart. Das Haar über der rechten Schläfe war geschnitten und die Stelle mit grauer Salbe bestrichen. Er litt an einer mächtigen Platzwunde. Alles in allem konnte er von Glück sagen, dass er überhaupt noch lebte. Drei der Männer, die er mit sich gehabt hatte, waren tot. Zwei weitere so schwer verwundet, dass ihr Überleben fraglich schien.

»Sie kamen mit wenigstens zwanzig Mann über uns«, erklärte von Oeren, »und damit hatte ich nicht gerechnet. Verfluchte, blanke Gewalt. Wollten uns niedermachen, und hätten es auch bestimmt getan, wenn nicht ein Leichenzug von der Stiftskirche herübergekommen wäre. Ein Treffen auf dem Friedhof! Und dahinter der Wald! Hätte mich gleich misstrauisch machen sollen. War ich auch. Aber zwanzig Mann ...«

»Das Geld haben sie mitgenommen?«, vergewisserte sich Tristand.

Von Oeren nickte.

Sie waren in kleinerer Runde als beim ersten Treffen. Onkel Bonifaz fehlte, er litt an heftigem Kopfschmerz. Martin war gar nicht erst geladen worden. Nur Scholer, Richwin und Jacob saßen noch in dem abgedunkelten Zimmer. Und Marcella natürlich. Marcella hatte die Hände im Schoß gefaltet und dachte nach.

War Tristand jetzt entlastet? Wenn man es mit scheelem Blick betrachtete, dann hätte er selbst vor seiner Quartiernahme bei Jacob den Überfall planen können. Um sich reinzuwaschen. Konnte man so denken?

Sie bekam selbst Kopfweh vom Grübeln. Tristand schritt wie ein Tiger im Käfig durch das Zimmer.

»Ihr wart ziemlich sicher, dass mit dem Tausch etwas schiefgehen würde, Tristand«, sagte von Oeren. War das der Vorwurf?

»Er ist reich«, brummelte Jacob widerwillig. »Hab ich rausbekommen. Hat es nicht nötig, Wagen zu überfallen. Könnte sie mit dem kaufen, was er dem Kirchendiener sonntags in den Beutel steckt.« Er beantwortete Marcellas zärtlichen Blick mit einem Schnaufen. »Aber ich wüsst' nicht, wie Euch die Zeichnung der Münzen helfen sollte, Tristand. Werden überall auftauchen. Kann man in Koblenz, in Wittlich, in den Rheinstädten – kann man überall ausgeben. Und Ihr könnt nicht jeder Spur folgen.«

»Gewiss. Und deshalb, meine Herren, werden wir uns, fürchte ich, ein wenig beeilen müssen.«

Jacob verzog das Gesicht, als bekäme er wieder Magenschmerzen. Von Oeren hob interessiert die Augenbraue.

»Ich hätte da einen Plan«, sagte Tristand.

Sein Plan beruhte auf einer Münzverrufung. Für Richwin erklärte er das ausführlich. »Was wäre«, sagte er, »wenn der Erzbischof mit einem Mal seine Halbschillinge für ungültig erklärte?«

»Warum sollte er das tun?«

»Wen interessiert das? Weil er Geld braucht. Also?«

»Keine Ahnung – die Leute müssten ihr Geld umtauschen. Ja ...«, sagte Richwin. »Ja. Sie müssten hingehen und sich ihre alten Münzen gegen neue, gültige eintauschen.«

»Und wo würde das passieren?«

Scholer erklärte es dem verwirrten Richwin. In Trier. In Balduins Münzstätte. Und nur dort. Großartig. Seine Augen begannen zu glitzern. Man hatte seinen Onkel umgebracht. Und wenn der, der es getan hatte, nicht sein ganzes Geld verlieren wollte, würde er sich in der Münzstätte einfinden müssen. Bloß – warum sollte Balduin ihnen diesen Gefallen tun?

»Ich denke schon, dass er wird«, sagte Tristand nachdenklich. »Doch, ja.« Sein Blick senkte sich auf Marcella. »Herrin, würdet Ihr für mich zur Starkenburg reiten?«

XXVI

Die Hitze lag flimmernd wie ein Dunstschleier über den abgemähten Wiesen. Rehe ästen am Waldrand, ein Sperber zog seine Kreise und es roch schwer nach trocknendem Gras. Weiter unten im Tal ernteten Hörige den Sommerweizen, ein knappes Dutzend Männer, die ihre Sicheln in einer Reihe und im Gleichtakt in die Halme schlugen. Dort, wo die Hügelkuppe in den Horizont überging, ragte grau und kühl die Starkenburg in den Sommerfrieden.

Es war ein Fehler zu kommen, dachte Marcella.

Sie ritt nicht allein. Tristand hatte eine Begleitmannschaft für sie erbeten. Eingedenk des Überfalls auf von Oeren hatte Jacob ihr fünfzig Bewaffnete mitgegeben. Die Leute, die sonst die Weintransporte sicherten. Er hätte Marcella lieber bei sich zu Hause behalten, aber Tristand ...

Tristand hatte sie fortgeschickt. Nachdrücklich, als wäre sie ein Kind. Sicher, jemand musste den Brief an den Erzbischof überbringen, und er selbst war zu einem scharfen Ritt noch nicht in der Lage. Aber er hätte Richwin bitten können. Richwin war sowieso bei ihr und er sollte die Antwort – den Befehl zur Münzverrufung, wie sie hofften – nach Trier zurückbringen. Marcellas Anwesenheit auf der Burg war also unnötig.

Nein, Tristand wollte sie forthaben. »Bleibt bitte auf der Starkenburg, bis alles vorüber ist«, hatte er sie gebeten und sich dann hingesetzt und den Brief an den Erzbischof verfasst. Da Scholer und von Oeren neben ihm gestanden und gewartet hatten, war auch keine Möglichkeit gewesen, ihn auf die gestohlene Urkunde von Jeanne anzusprechen. Und hinterher war alles so schnell gegangen.

Ich hätte nicht kommen sollen, dachte Marcella.

Die Fahne auf dem Bergfried flatterte wie ein Willkommensgruß. Aber das trog. Irgendwo auf der Burg, verborgen in einer Kiste oder zwischen Wäsche, lag die Urkunde, die Jeannes Verbrechen schilderte, und jemand, wahrscheinlich Mechthilde, würde sich freuen, ihr damit zu schaden.

Richwin war dem Trupp vorausgeritten. Sie sah ihn am Tor mit dem Wächter verhandeln, der aus seinem Fensterchen lehnte. Der Sühnevertrag mit dem Erzbischof war schon beinahe unterschrieben, aber man war trotzdem misstrauisch. Niemand wollte einen Pulk bewaffneter Männer vor dem offenen Tor.

Richwin kehrte zurück, besprach sich mit Jacobs Männern, schickte sie fort und ritt allein mit Marcella zum Tor zurück und dann in die Vorburg hinein.

Die Stimmung auf Starkenburg war ausgelassen. Nein, der Erzbischof hatte noch nicht unterschrieben, brüllte ihnen der kleine Lebrecht entgegen, der im Palas immer den Wein servierte und mit einem drallen Mädchen hinter dem Zaun des Bienengartens schäkerte. Aber es ging nur noch um Kleinigkeiten, versicherte er, und Balduin saß bei der Gräfin zu Tisch, und es hieß, er wolle einen Brief an den Papst schreiben, in dem er um Lösung von der Exkommunikation und eine milde Sühne für seine Entführerin bat.

Vielleicht war es doch kein Fehler zu kommen, dachte Marcella, während sie weiterritten.

Wie sollte Mechthilde die Urkunde verwenden? Sie hatte sie gestohlen, aber die Starkenburger hatten deutlich gezeigt, was sie davon hielten, wenn man ihre Gäste in Schwierigkeiten brachte. Mechthilde würde es nicht wagen. Außerdem sprach die Urkunde von Jeanne Bonifaz, nicht von Marcella ...

Sie brachte den engen Weg zur Hauptburg hinter sich, ritt in den Burghof ein und sah, wie Loretta die Palasttreppe hinabgelaufen kam. Die Röcke der Gräfin flogen, ihr Goldhaar glänzte und löste sich aus dem Knoten. Sie lachte und zog Marcella in die Arme, und hinter ihr stand verlegen und erfreut der kleine Johann. Ich sollte mich schämen, dachte Marcella. Wo, wenn nicht hier, wäre ich sicher?

Richwin, und auch Volker und Pantaleon waren dabei, als Marcella Loretta von dem Geschehen in Trier berichtete. Sie vermied es, die Ereignisse um Dill und den Verdacht gegen Walram von Sponheim zu erwähnen, aber sie erklärte ausführlich, wie Tristand den Safranräuber mittels einer Münzverrufung zu stellen hoffte und welche Hilfe man sich von den Starkenburgern erbat.

Volker nickte gemächlich. Dass der Mönch aus Avignon dem Erzbischof die Galle hochbrachte, konnte jeder sehen. Immer wieder brachte er die Prozesse gegen den Kaiser ins Gespräch, die für den Papst im Trierer Erzbistum verkündet werden sollten.

»Aber Balduin wird sich nicht mit Kaiser Ludwig überwerfen«, sagte Volker. »Er kann den einen wie den anderen nicht leiden, aber wenn er dem Papst jetzt nachgibt, dann verrät er Ludwig, und wenn er Ludwig verrät, verrät er auch das Recht der Kurfürsten, den deutschen Thron unabhängig von Avignon zu besetzen. Widersteht er aber dem Papst offen, dann geht ihm der Mainzer Erzstuhl durch die Finger ...«

»Wenn Ihr ihn heimlich aus der Burg entlasst, gewinnt Balduin Zeit. Ein paar Tage, ein paar Wochen ... Er kann mit den Mainzern verhandeln und abwarten, was sich zwischen dem Papst und dem Kaiser tut.« Marcella wiederholte Tristands Argumente. Sie hatte keine Ahnung, wie stichhaltig diese waren. Ihr kam das alles schrecklich simpel vor. Aber Volker nickte. »Wenn Balduin tatsächlich daran gelegen sein sollte, sich für eine Weile unerreichbar zu machen ...«

»Er bräuchte nur den Vertrag mit mir zu siegeln«, sagte Loretta. »Zeigt ihm Tristands Brief, Marcella, und bittet um die Münzverrufung – im Gegenzug zu unserer Hilfe, ihn heimlich fortkommen zu lassen. Glaubt Ihr, dass der Erzbischof über die kleine Ausfallpforte hinabsteigen könnte?«, fragte sie ihren Schwager.

Pantaleon glaubte es. Er würde den Bischof auch führen, sobald der Befehl zur Münzverrufung ausgeschrieben war. Wohin?

Das stand in Tristands Brief. Er hatte etwas von einem gemieteten Haus geschrieben. In der Nähe von Mainz. Falls der Bischof nicht einen anderen Aufenthalt vorzöge ...

Sollte wirklich alles so einfach sein?

In der Burg war es durch die vielen Gäste eng geworden. Marcellas Zimmer hatte man an die Raugrafen vergeben, die es miteinander teilen mussten. Aber bei den Edelfräulein war noch Platz und Marcella bekam in ihrem Raum eine Matratze zugewiesen. Nein, es mache ihr wirklich nichts aus, versicherte sie. Schließlich begnügten sich sogar einige der unterzeichnenden Adligen mit einem Lager auf der Erde.

Ein Knecht trug ihre Truhe ans Fußende der Matratze, eine Magd brachte blaugefärbte Decken. Als sie alle wieder fort waren, begann Marcella sich umzuziehen.

Tristand hatte sie gebeten, nur das Nötigste mit dem Erzbischof zu reden. Sie sollte Botin sein, mehr nicht. Auf keinen Fall durfte sie mit ihm in Kontroversen geraten. Wenn er die Münzverrufung ablehnte – dann sollte es so sein. Kein Streit.

Er hatte sich also Sorgen um sie gemacht. Und trotzdem hatte er sie zur Burg geschickt. Wegen Jacob? Traute er ihm immer noch nicht? Hielt er immer noch daran fest, dass Scholers Mörder im Trierer Schöffenrat einen Verbündeten haben musste?

Marcella merkte, dass ihre Gedanken im Kreis zu wandern begannen. Sie kleidete sich aus, wusch sich in dem hölzernen Waschzuber und zog saubere Strümpfe über die Beine. Lindgrüne Strümpfe zu einem Rock aus dunkelgrünem Samt. Schwarzlederne Schuhe. Eine Haube, um die Locken verschwinden zu lassen. Kein Schmuck. Enge Ärmellöcher. Die Schleppe so kurz, dass sie nicht am Boden schleifte.

Es war Nachmittag. Der Erzbischof würde mit Loretta und ihren Gästen zu Abend essen. Danach würde er sich in sein Zimmer zurückziehen. Dann, hatte Loretta gesagt, wäre die richtige Zeit, ihn anzusprechen.

Schön.

Marcella faltete ihr Reisekleid zusammen und packte die schmutzige Wäsche dazu, um alles in die Truhe zu legen. Sie hob den Packen mit den sauberen Bruochs an und das elfenbeinfarbene Laken, das die schmutzige Wäsche von der sauberen trennte ...

Und dort – unter dem Bündel mit dem Schmuck ihrer Mutter – fand sie Jeannes Todesurkunde.

Marcella ging auf Zehenspitzen. Nicht wirklich, aber in Gedanken.

Sie stieg die Palasstufen hinab und umkreiste sorgsam den Truchsess, der das Servieren der Speisen beaufsichtigte. Teilnahmsvoll betrachtete sie die Jungen, die gewöhnlich die Pferde betreuten und nun zwischen den Tischen umhertappten und den Speisenden Waschschüsseln und Tücher für die Hände anbieten mussten. Sie beugten sich steif zu den Gästen, immer in Sorge, einem von ihnen das Wasser auf den Rock schwappen zu lassen, was nicht einfach war, denn die Edlen fuchtelten mit den Händen durch die Luft und kümmerten sich nicht darum, wer hinter ihnen stand. Marcella fühlte den Schweiß der Knaben auf ihrer eigenen Haut.

Es war noch zu früh für Fackeln und Lichter. Stattdessen schmückten Blumengirlanden die Wände, der Boden duftete von süßem, frischgeschnittenem Gras. Am Ende des Raumes, erhöht durch ein unter Teppichen verstecktes Podest, mit weißen Laken bedeckt, stand die Tafel der Gräfin.

Die Gräfin, der Erzbischof, Volker ... die anderen Gäste am Herrschaftstisch kannte Marcella nicht. Mechthilde war an den zweiten Tisch unterhalb des Podestes verbannt worden. Scheinbar waren die Wogen des ehelichen Zwistes noch immer nicht geglättet. Aber bei ihr saß eine weiße Gestalt, mit der sie sich gut zu unterhalten schien ...

»Was ist, Herrin?«, fragte Richwin, der Marcella in der Tür entdeckt hatte. Flink folgte er ihren Blicken. »Genau, das ist Pater Pierre aus Avignon«, gab er Auskunft. »Seht Ihr die Bartstoppeln? Er rasiert sich nur einmal die Woche und wäscht sich wahrscheinlich niemals. Nur Mechthilde ist fromm genug, seine Gegenwart zu schätzen. Sie steckt mit ihm zusammen und unterhält sich den lieben langen Tag. Und darum haben wir sie auch alle wieder gern ...«

Unsinn! Mechthilde saß mit dem Cistercienser so isoliert, als hätte sie Aussatz. Und es war ein starkes Stück, ihr den Platz neben Volker zu verwehren.

»Am liebsten plaudern sie über die Plagen der Apokalypse«, erzählte Richwin. »Die vier Reiter. Krieg, Hunger, Pest und Tod. Krieg und Hunger hatten wir reichlich in den letzten Jahren. Wenn jetzt noch Pestbeulen auftauchen, werden sie vor Glückseligkeit die Welt umarmen. Pater Pierre hat Berechnungen aufgestellt. Und sich mit Balduin erzürnt, weil der ihm die Zahl der Hungertoten vom vergangenen Winter herunterrechnen wollte ...«

»Sie reden über mich«, sagte Marcella.

»Mechthilde und der Mönch? Das bildet Ihr Euch ein. Niemand hier weiß, warum Ihr gekommen seid. Los, Marcella, einmal lächeln. Wollen wir in den Garten gehen? Soll ich Euch unter Rosen die Wonnen der Liebe preisen? Nein – Ihr habt recht. Das macht nur Spaß, wenn Damian dabei ist. Ist es nicht drollig, wie leicht man ihn in Wut bringen kann? – Wenn Ihr mich fragt ... es fängt an, nach ... irgendwie riecht es nach Ingwer. Halt, nicht weglaufen. Kommt zum Kamin. Wir werden uns den Bauch vollstopfen und unanständig viel saufen und heimlich unter dem Tisch Würfel spielen ...«

Richwin zog sie mit sich, dorthin wo die jungen Ritter saßen, die sich gerade damit vergnügten, Verse über den Hof von Avignon zu dichten. Richwin hatte recht. Pater Pierre war nicht sonderlich beliebt, so wenig wie sein Herr.

Aber er hatte auch unrecht. Mechthilde und der Pater ... Sie *haben* über mich gesprochen, dachte Marcella. Mechthilde hat zu mir hinübergeschaut und der Pater ist ihrem Blick gefolgt. Und während er ihr zugehört hat, hat sich sein Gesicht verändert. Er hat ausgesehen ... Sie grübelte, und grübelte noch immer, als Richwin sie anstieß und ihr sein Messer mit einem Stückchen gepfeffertem Kürbis reichte.

Das Essen dauerte lange. Die jungen Herren wurden betrunken und immer lustiger. Der Truchsess versah neben seinem Amt auch das einer Kinderfrau, indem er umsichtig diejenigen Knappen und Ritter entfernte, die sich dazu hinreißen ließen, Lieder über die Sittsamkeit der Mönche zu grölen. Es gab da eines über einen Frater aus Vaison, der verkehrten Gelüsten nachhing ...

Marcella bemerkte, dass der Erzbischof aufstand. Vielleicht hatte er ein gutes Gehör. Vielleicht war er einfach nur müde. Er verabschiedete sich von der Gräfin und folgte Emmerich und Colin, die ihn höflich zur Brückentür geleiteten. Die Tür fiel mit leichtem Knall ins Schloss. Am besten gab man ihm einen Augenblick lang Zeit. Nicht zu lange, er durfte auf keinen Fall schon zu Bett sein.

»Meine Tochter ...«

Marcella fuhr zusammen. Sie hasste es, von hinten angesprochen zu werden. Und sie hasste den Akzent der Stimme, die das tat. Der Mann war Ausländer. Sein Deutsch rollte katzengleich über alle Unebenheiten. Franzose. Betont langsam drehte sie sich um.

Pater Pierre ... Das stachlige Gesicht war hager bis hinab zu dem viereckigen Kinn, das starrsinnig von dem dürren Hals fortstrebte. Ein Lächeln schwebte unverbindlich auf den dünnen Lippen. Er hatte die schwarze Kapuze aufgesetzt, was angesichts der Hitze überflüssig war, und blickte sie aus wasserhellen Augen unter leicht gesenkten Wimpern an.

Als wisse er alles über mich, dachte Marcella. Das wurde langsam zur fixen Idee. Diese Vorstellung, dass der Pater alles wusste. Außerdem roch er maßlos nach altem Schweiß.

»Ihr kommt aus meiner Heimat, Herrin, wie ich hörte«, schmeichelte die Stimme.

»Aus Trier. Ihr irrt Euch. Ich bin die Nichte des Trierer Schöffenmeisters.«

»Gewiss.« Der Pater setzte sich auf die Bank Marcella gegenüber. Die Ritter waren still geworden. Richwin legte hastig den Arm um einen Knappen, der weinselig erneut die Hymne über den Frater aus Vaison zu Gehör bringen wollte.

»Ich dachte nur ...« Pater Pierre hüstelte in die Hand. »Eure Aussprache schien mir französisch gefärbt ...«

Und das hatte er gehört, bevor sie noch ein Wort gesagt hatte? Nein, Pater, besonders klug seid Ihr nicht, dachte Marcella. Wenigstens wusste sie nun, dass Mechthilde die Urkunde gelesen haben musste und dem Pater zugetragen hatte, was darin stand.

Der Knappe wand sich unter Richwins Griff. Warum, zum Teufel, ließ man ihn nicht singen? Der Truchsess strebte ihrem Tisch zu. »Zu besoffen, um sich zu benehmen«, erklärte Richwin verschwommen in den Raum hinein und half dem Truchsess, den Knappen auf die Beine zu hieven.

»Herrin ...« Der Mönch hob die Fleischplatte an, rettete sie vor dem stolpernden Knappen und hielt sie Marcella entgegen. »Habt Ihr von den Hammelnierchen probiert?«

Warum diese Freundlichkeit?

Marcella zögerte. Das Fleisch war ihr ... ekelhaft. Sie wollte davon nicht essen. Gestern war das, was da lag, noch auf den Wiesen herumgesprungen. Aber die Augen des Paters ...

»Sehr freundlich ... nein. Ich habe noch etwas zu erledigen«, sagte sie und stand auf.

Die Augen triumphierten.

»Vielleicht später«, sagte sie.

Die Augen hatten einen Sieg errungen. Eindeutig. Aber welchen?

Marcella kehrte ihnen den Rücken und schritt zur Brückentür. Sie hatte niemals Fleisch gegessen. Nicht bei Onkel Bonifaz und auch nicht früher. Jeanne hatte gesagt ... Was hatte Jeanne gesagt? Sie hatte etwas über Fleisch gesagt ...

Marcella stieß die Tür auf und atmete heftig die klare Nachtluft ein.

Die Tür zu Balduins Zelle war angelehnt. Keine Wachen? Marcella wunderte sich und klopfte. Als niemand antwortete, trat sie in das runde Gemach.

Eine Reihe Kerzen vor einem Reisealtar erleuchteten den dämmrigen Raum. Der Bischof hatte sich spartanisch eingerichtet. Außer Bett, Tisch und einem hölzernen Schemel hatte er nichts in seinem Zimmer geduldet. Auf dem Tisch lag eine Wachstafel, und daneben ein Tintenhörnchen und ein Stapel Pergamentblätter, die mit kleiner, krakeliger Schrift beschrieben waren. In der Nische der Burgmauer standen ein Glas und eine Karaffe mit einer dunklen Flüssigkeit. Balduin war ein anspruchsloser Mann.

Stimmen hallten dumpf im Treppenschacht wider. Marcella raffte die Röcke und verließ das Zimmer, aber nicht schnell genug. Auf den schlecht erleuchteten Stufen stieß sie mit Colin zusammen, der den Erzbischof die Treppe hinabbegleitete. Peinlich, zweifellos. Colin hielt nichts von Frauen. Lüstern, Sklavinnen des Fleisches, und neugierig wie der Teufel, hatte er bei diversen Gelegenheiten verkündet.

Marcella drückte sich an ihm vorbei, machte einen raschen Knicks und küsste den Bischofsring, was, wie sie hoffte, den schlechten Eindruck verwischte. »Ich habe Euch gesucht, Vater. Ich ... müsste mit Euch sprechen ...«

Balduin stand zwei Stufen über ihr. Die Flamme der Wandfackel huschte über sein feines Gesicht. War er verärgert? O ja! Eine Frau in seiner Schlafkammer. »Wenn Herr Colin bereit wäre, sich noch einmal die Treppen hinauf zu bemühen ...«, meinte er gedehnt.

Colins Gedanken waren unergründlich. Stumm begleitete er den Bischof und die Frau die Stufen hinauf. Auf der Turmplattform herrschte farbiges Zwielicht. Das Abendrot ergoss sich über die Weinhänge an der Mosel. Der Himmel schwamm in flammendem Rot. Man hatte eine Bank auf das Turmdach gestellt, wahrscheinlich eine freundliche Geste für den Gefangenen. Balduin blieb davor stehen. Colin drapierte sich im Treppeneingang und verschränkte die Arme. Zwecklos, etwas sagen zu wollen. Stumm reichte Marcella dem Mann in der Kutte den Brief, den Tristand geschrieben hatte.

Die Beleuchtung war schlecht. Balduin musste den Brief dicht an die Augen halten, um ihn entziffern zu können. Mit gerunzelten Brauen las er, was Herr Tristand ihm zu sagen hatte. Beim ersten Mal überflog er den Bogen, beim zweiten Mal hing er an den Sätzen. »Ihr wisst, was hier geschrieben steht?«, fragte er Marcella, als er fertig war.

»Einigermaßen.«

»Hm.« Der Brief wurde ein weiteres Mal studiert. Diesmal

nur am unteren Ende. In das zarte Gesicht hatten sich Falten gegraben.

Er ärgert sich, dachte Marcella. Und war das ein Wunder? Seit sieben Wochen im Turm gefangen. Zu einem Sühnevertrag genötigt, den er für Unrecht hielt. Vor aller Augen gedemütigt. Und jetzt schon wieder bedrängt. Herr Tristand, Ihr denkt zu ausschließlich mit dem Kopf, dachte sie.

»Wie Gratian ganz richtig bemerkte«, grollte es denn auch aus der Brust des Bischof. »*Der Kaufmann kann Gott nicht oder nur mit Mühe gefallen.* Wisst Ihr, was der Fluch Eures Standes ist, meine Tochter? Die Habsucht. Sie korrumpiert den Charakter.«

Sein Ärger, fand Marcella, ließ ihn den gewohnten Weitblick verlieren. Schließlich ... wo wurde mehr gerafft als in Avignon? Und die Trierer Diözese galt auch nicht eben als arm.

»Der Heilige Vater ist der Stellvertreter Gottes auf Erden – und als solchem gebührt ihm unsere demütige Achtung«, verkündete Balduin.

Ach. Marcella war erstaunt. In Glaubensfragen zu heucheln war ein schweres Ding und eigentlich passte es nicht zu dem Erzbischof. Balduin schritt erregt über die Holzbohlen. »Man mag nicht immer einer Meinung sein«, dozierte er, »aber ohne das Fundament des Gehorsams ist der Glaube nichts ...« Er heuchelte nicht. Er befand sich tatsächlich in einem Konflikt.

Marcella hüstelte. Sich zum Mitwisser bischöflicher Gefühle zu machen, kam ihr gefährlich vor. »Vergebung«, unterbrach sie. »Wir hätten kommen und uns auf Eure Redlichkeit verlassen sollen. Ich *hätte* kommen sollen, denn ich weiß, wie Ihr Recht sprecht ...«

Der Bischof blickte unwirsch auf sie herab.

»Aber es sind Menschen umgebracht worden ...« Und das sollte gesühnt werden, hatte sie sagen wollen. Die schlichte Wahrheit. Aber sie nutzte nichts. Balduin traute ihr so wenig redliche Beweggründe zu wie Tristand. *Der Kaufmann kann*

Gott nicht gefallen. Er fürchtete, benutzt zu werden, und dazu hatte er keine Lust. »Lasst die Münze verrufen«, schlug sie in einer plötzlichen Eingebung vor. »Aber tauscht sie gegen eine Münze von höherem Wert. Das ist ein gutes Werk, das allen nutzt, außer dem Mörder. Und Tristand wird es zahlen.«
»Glaubt Ihr das?«, meinte der Bischof gedehnt.

Marcella glaubte es, und als sie Richwin wenig später den bischöflichen Befehl zur Münzverrufung übergab, hatte sie das Gefühl, den entscheidenden Sieg errungen zu haben. Sie hatte keine Ahnung, wie viel ihre Vereinbarung Tristand kosten würde. Aber wenn es ihm möglich war, würde er es zahlen.

Richwin verbarg das eingerollte Pergament in seiner ledernen Gürteltasche und machte sich, obwohl die Nacht bereits den Osten schwarz färbte, auf den Weg. »Ich übernachte in Bernkastel. Da bin ich schon ein Stück weit fort und komme morgen bis nach Trier«, erklärte er rasch.

So war das mit der Liebe.

XXVII

Marcella lag unter ihrer Decke – die Nacht war warm, aber nicht in den Mauern der Starkenburg – und träumte wirres Zeug. Manchmal wurde sie wach. Einmal, als sie von Jacob träumte, der, ins Riesenhafte gewachsen, sich in einem Bett unter gelben und blauen Seidenblumen wälzte und sie unter Massen von Fleisch zu begraben drohte. Dann – dieser Traum war noch gespenstiger –, als sie sich mit einem Krug Wasser in einer türlosen Zelle aus schwarzen, endlos sich auftürmenden Mauern wiederfand. Es gab nur sie, den Krug und die Wände. Der Krug war braun und hatte blaue Kringel und war eine Bedrohung, noch grässlicher als der nackte Jacob.

Marcella wurde von dem pummeligen Mädchen wachgerüttelt, das neben ihr nächtigte, ihr rundes Gesicht sah aus wie eine schwarze Scheibe vor dem Licht, das durch das Fenster kam. »Ihr schlaft aber unruhig«, zischelte die Scheibe und verkroch sich wieder unter den Decken.

Marcella drehte sich auf die Seite und wischte mit dem Handrücken über das nasse Gesicht. Sie versuchte, wach zu bleiben. Keine Träume mehr, bevor sie wieder zu sich gefunden hatte. Vor allem keine Fortsetzung des Traumes von dem Krug. Der Krug und Jacob – das war eine unheilige Allianz. Die hätte Jeanne ihr übel genommen …

Jeanne. Ich muss die Urkunde vernichten, dachte Marcella zusammenhanglos. Sie zitterte. Ihre Füße waren kalt.

Irgendwo in der Burg heulte und jaulte ein Hund.

Marcella zog die Beine an. Früher, wenn sie gefroren hatte, war sie zu Jeanne ins Bett gekrochen. Jeanne hatte sie in die Beuge ihres Körpers genommen und gewärmt. Sie hatte nach Bergamotte geduftet und manchmal hatte sie ihr etwas ins Ohr gesungen.

Marcella stiegen erneut Tränen in die Augen.

Es musste schon spät sein. Sie biss auf ihren Knöchel, damit niemand sie weinen hörte. Sie hatte so eine verfluchte ... verdammte ... Sehnsucht nach Jeanne.

Am Ende war sie doch wieder eingeschlafen. Und das nächste Mal waren es nicht ihre Träume, die sie weckten, sondern hallende laute Rufe in den Fluren.

Marcella setzte sich auf. Die Kammer der Edelfräulein lag über der Kemenate der Gräfin, da sie durch denselben Kaminschacht beheizt werden musste. Das Rufen kam von unten aus dem Palas. Es wurde lauter. Es drang in das Treppenhaus und in den Flur vor ihrer Kammer. Marcella griff nach ihrem Kleid – dem aus grünem Samt, das noch dort lag, wo sie es am Vorabend abgestreift hatte – und zog es sich über den Kopf.

Die beiden Knechte, die die Tür aufstießen und mit Verspätung und sichtlich verlegen klopften, als sie die spärlich bekleideten Damen gewahrten, blickten sich um. In Marcella fanden sie, was sie zu suchen schienen.

»Die Gräfin«, erklärte der Größere von ihnen, dessen Mund nur noch aus schwarzen Zahnstümpfen bestand, »wünscht Euch zu sprechen, Herrin.«

Marcella griff nach ihrem Kamm.

»Sofort, Herrin«, sagte der Schwarzstummlige. Nicht unfreundlich, aber mit Nachdruck.

Er ging neben Marcella, als sie den Weg zurück über den

Treppenturm antraten. Es war eine mühselige Art, sich so zu bewegen. Die Treppenstufen waren an der Innenseite so schmal, dass er mit seinen großen Füßen kaum Platz fand.

»Nein, nicht hier«, sagte er, als Marcella ein Stockwerk tiefer aus dem Turm wollte.

»Wo bitte dann?«

»Beim Erzbischof.« Getreulich blieb er an ihrer Seite. Den Rest treppabwärts, durch den Palas, über die Brücke – der Morgen lag neblig und warm auf dem verlassenen Burghof und verhieß einen schönen Tag –, und dann wieder aufwärts, bis er sich neben ihr durch die niedrige Tür zwängte, die in die Kammer des Erzbischofs führte.

Marcella wurde von Schweigen empfangen. Die Gräfin stand mit aufgelöstem Haar vor dem Fenster, neben sich wie zwei Beschützer Volker und Pantaleon. Deutlich von ihnen getrennt durch den hölzernen Stützbalken im Zentrum des Raumes warteten Mechthilde und Pater Pierre. Der Erzbischof stand abseits von den beiden Parteien. Alle starrten auf einen kleinen, schwarzweiß geflecktes Hund, der mit eingezogenem Schwanz und Gejaule um den Stützbalken torkelte.

»Gleich kippt er um«, sagte eine Stimme in Marcellas Rücken. Colin. Den Schädel mit dem kurzen, grauen Haar respektvoll gesenkt stand der Ritter neben der Tür und beobachtete das kranke Tier. Er grunzte, als sich seine Vermutung im nächsten Moment bewahrheitete. Der Hund stolperte und drückte sich mit zuckenden Lefzen gegen den Holzstamm.

»Wie bei dem anderen«, bemerkte Colin. »Gleich rührt er sich nicht mehr.«

Auch das geschah.

Betreten starrte die Gesellschaft auf das reglose Tier.

Pater Pierre räusperte sich. Seine hellen Augen schienen zu lächeln, wie er überhaupt als Einziger guter Laune war. Mit selbstzufriedener Miene trat er zu Balduins Tisch, nahm das Glas auf, füllte es bis zum Rand mit dem Wein aus der Karaffe und trug es zu Marcella. »Mögt Ihr einen Schluck, Herrin?«

»Den Teufel wird sie!« Lorettas schöne Lippen zitterten.

Pater Pierre wartete, verneigte sich knapp und trug das Glas zum Tischchen zurück. Er sah aus wie ein Mann, der erfolgreich einen Beweis geführt hat, und schien sich in der Abneigung, die ihm entgegenschlug, zu sonnen.

»Nicht einmal ein Schwachkopf würde einen so auffällig kredenzten Wein zu sich nehmen, wenn gerade zu seinen Füßen ein Hund verendet ist.« Erzbischof Balduins Stimme hatte den Klang von Stahl auf einer Raspel. Sein Mund war zu einem ärgerlichen Kreis gespitzt.

»Sie war *allein* in diesem Raum, gestern Abend ...«, bemerkte der Pater.

»Und hatte einen Grund dafür!«

»Gewiss, gewiss.« Der Pater rieb sich die vom mangelnden Waschen grauen Hände. »Der Anschlag hat Euch gegolten, Hochwürden – umso mehr bewundere ich die Nachsicht, die Ihr der Sünderin erweist. Aber Güte ist nicht alles. Ich erlaube mir, das zu sagen, da mein dorniges Amt mich gezwungen hat, die Machenschaften des Bösen mit peinlichster Genauigkeit zu studieren, was mir Erkenntnisse verschafft hat, die den meisten von uns glücklicherweise erspart bleiben. Güte kann Schwachheit sein, Erzbischof – wenn sie nämlich schont, was dem Schlund der Hölle entspringt. Darf ich an die Inspirationen Papst Gregors erinnern? Wir haben es nicht mit einigen wenigen verführten Kreaturen zu tun, sondern mit einer Organisation ...«

»Ich träume immer noch«, dachte Marcella. Sie stand da in ihrem grünen Kleid, war sich peinlich ihrer verwuselten Haare bewusst, und konnte nicht einordnen, was sie hörte. Im Wein des Bischofs musste etwas gewesen sein. Gift ...

»... die Menge genügte ja nicht einmal, das Tier zu töten«, hörte sie Balduin sagen, worauf alle zu dem Hund schauten, der in einer merkwürdigen Art Schlaf mit den Ohren zuckte.

Pater Pierre trat nach dem gefleckten Bündel, ohne es jedoch zu einer Reaktion bewegen zu können, was wieder den wissenden Ausdruck in die hellen Augen trieb. Als er sich nach ihm bückte, sah Marcella, dass er einen Ring trug, genau wie Abbé Jacques, aber keinen rotäugigen, sondern einen schwarzen, der in dem dunklen Turmzimmer mit den tiefliegenden Fenstern nicht den geringsten Funken Glanz hervorbrachte – ein ovales Stück Finsternis. Unterhalb des Ringes, dort wo die knochigen Fingerglieder endeten, ragten lange, mit Schmutz gefüllte Fingernägel. Wenn ich *das* küssen müsste ... Marcella wurde sich ihrer mangelnden Aufmerksamkeit bewusst. Man sprach. Es ging um sie. Ihr Name fiel. Und dem Bischof war Gift gegeben worden ...

Pater Pierre redete von Fleisch. Er holte aus dem Ärmel seiner weißen Kutte ein Stück Stoff, das er umständlich auf den Tisch legte und auseinanderwickelte. Ein von dicken Fetzen sehnigen Fleisches besetzter Knochen kam zum Vorschein.

»Wenn Ihr ...«, er trat damit zu Marcella, »so gütig wäret, diesen Bissen zu Euch zu nehmen?«

Marcella starrte auf die graue Hand und versuchte, die Bedeutung des Fleischstückchens zu begreifen. Die Gedanken schwammen in ihrem Kopf. Pater Pierre hatte ihr doch schon gestern Fleisch angeboten. Abends, bei Tisch. Aber sie mochte kein Fleisch, weil ... Jeanne hatte kein Fleisch gegessen. Der Vater hatte gegessen, aber Jeanne nicht. Jeanne hatte ... sie hatte ihr das neugeborene Zicklein gezeigt ...

Marcella schaute zum Fenster hinaus. Die Sonne war hell, fast weiß, und verschwamm im Nebel. Ich werde sterben, dachte sie. Egal, ob ich es esse oder nicht.

»Gewiss werdet Ihr Euer seltsames Verhalten erklären, Frater Pierre«, murmelte der Erzbischof gereizt. Er war ihr freundlich gesinnt. Marcella wandte die schmerzenden Augen von der

Sonne zu der Gestalt mit den blonden Haaren und dem kreisrunden, roten Käppchen. Der Erzbischof hatte ein waches, skeptisches Gesicht. Er mochte den Pater nicht ...

»Ich würde – wenn es Euch recht ist, gern die Truhe der Dame einsehen«, erklärte Pater Pierre.

»Wo Ihr etwas zu finden hofft?«

»Wo ich *weiß*, dass etwas gefunden werden wird.« Das war ein dummer Satz, mit dem der Pater Feindseligkeit erntete. »Leider ist es Männern in meinem Amte nicht gestattet zu warten, bis das Böse sich von selbst entlarvt«, rechtfertigte er sich steif. »Ihr wisst, Erzbischof, wie die Anweisung lautet, mit der der Heilige Vater seine Inquisitoren für ihr schweres Amt ausgestattet hat. Das Böse suchen, auch dann, wenn noch keine Anklage erhoben wurde ...«

Da hatte er die Wahrheit ein Stück hinter sich gelassen. Es gab natürlich eine Anklägerin. Mechthilde stand einsam vor dem Schiefergestein der Mauer. Wenn der Pater so klug wäre, wie er denkt, und wenn er tatsächlich die Wahrheit suchte, dann würde er begreifen, was hier vor sich geht, dachte Marcella. Im Raum wurde ein Netz aus Blicken gesponnen. Der Faden begann bei Mechthilde und lief in kaum verborgener Gehässigkeit hinüber zu Volker. Der beugte sich fürsorglich über seine Gräfin. Und Lorettas Aufmerksamkeit galt Marcella ...

Ich werde sterben. Deswegen. Wegen Volker und Loretta. Und weil Loretta mich gern hat. Marcella war müde bis in den letzten Winkel ihres Hirns. Klebrig wie Spinnenfäden wob sich die Angst um ihre Gedanken. In der roten Karaffe war Gift gewesen. Man verdächtigte sie. Aber der Erzbischof stand auf ihrer Seite. Weil er wusste, welche Pläne sie in Trier hatte? Dass ihr nichts daran liegen konnte, ihm Übles zu tun? Nur würde er das dem Pater nicht erklären können. Tristands Brief ... der war doch sicher gefährlich für ihn. Balduin hatte die Münzverrufung anbefohlen, die Tristand erbeten hatte. War das kein Hinweis, dass er tatsächlich gegen den Papst ... Es fiel Marcella schwer zu denken. Sie merkte, dass der Pater sie beobachtete. War der Pater mächtiger als der Erzbischof? Und Loretta ...

Die Gräfin stand sehr still neben Volker. Von Balduin würde sie Birkenfeld zurückbekommen. Aber den Kirchenbann, unter dem sie stand, konnte nur der Heilige Vater selbst lösen. Und der Heilige Vater hatte Pater Pierre geschickt. Und wenn der nun berichtete, dass die Gräfin sich ... einer Untersuchung widersetzte ... einer Untersuchung der Heiligen Inquisition ...

Marcella konnte das schöne, feine Gesicht nicht länger ansehen. »*Man ist so verflucht verletzlich*«, hatte Tristand gesagt. Besser nicht an Loretta denken. Lieber daran, was der Pater ihr vorwerfen würde. Offenbar hatte Mechthilde ihm die Urkunde zu lesen gegeben. Offenbar hatte er Belastendes gefunden.

Schwere Schritte polterten die Treppe herauf. Der Schwarzstummlige schleppte mit seinem Kumpan die Truhe in das Turmzimmer. Der Pater öffnete sie und riss die Kleider auseinander.

Nie wieder kann ich etwas davon auf meiner Haut tragen, dachte Marcella, während sie zusah, wie die grauen Fingernägel sich in ihre Wäsche gruben. Balduin schaute zur Seite, als die Bruochs und die Strümpfe mit den eingestickten Blüten zum Vorschein kamen. Den Pater kümmerte keine Schicklichkeit.

Die Urkunde lag, wo Marcella sie tags zuvor gefunden hatte. Triumphierend reichte der Pater sie an den Erzbischof weiter. Triumphierend blickte Mechthilde Marcella an. Ihr tat nichts leid, gar nichts ...

Im Raum war es still, als Erzbischof Balduin den Text studierte. »Muss ich hieraus schließen, dass Ihr dem Irrglauben der Katharer anhängt, Frau Bonifaz?«, fragte er, als er fertig war.

Marcella brachte nicht mehr als ein Kopfschütteln zustande.

»*Parfaits* – in unserer Heimat nennt Ihr Euch *parfaits* ...«, erläuterte Pater Pierre eilig.

Das stimmte aber nicht. Sie nannten sich *bonshommes* – die

guten Menschen. Und es gab sie nicht mehr, weil Abbé Jacques in das Dorf gekommen war und ...

»Ich weiß nichts davon«, sagte Marcella.

»Sie weiß nichts«, echote Pater Pierre höhnisch. »Aber sie weigert sich, Fleisch zu essen. Und ...« Er hob den Zeigefinger. »... sie war heimlich im Zimmer unseres Erzbischofs, wie Herr Colin bereit ist zu bezeugen. Und anschließend befand sich Gift in seiner Karaffe ...«

»Aber warum sollte ich ...« Marcella hielt inne.

Der Pater kniete wieder vor ihrer Kiste. Er hatte zwischen den Strümpfen die kleine Metallschachtel mit den gemalten Kranichen entdeckt. Tristands Geschenk. Die schmutzigen Fingernägel schoben sich in den Spalt des Deckels. Einer brach, als er ihn hochzuschieben versuchte.

»Ahh ...« Niemand konnte sehen, was in dem Kistchen war, aber es musste etwas von Bedeutung sein. Galten Lakritzen als ein Beweismittel für irgendetwas? Marcella sah zu Mechthilde. Volkers Weib hatte sich vorgebeugt und versuchte, etwas zu erkennen. Sie wusste so wenig wie die anderen.

Bischof Balduin streckte die Hand aus. Widerwillig schaute er in das bemalte Kästchen. Widerwillig fasste er hinein und hob ans Licht, was sich darin befand.

Es waren kleine, graue, platte Bilsenkrautsamen.

»Ich weiß nicht, was das für Samen sind«, wiederholte Marcella zum dritten Mal. Ihre Hände waren inzwischen so kalt wie ihre Füße, die strumpflos in den weichen, dünnen Schuhen steckten.

»Und wie, bitte, kommen die Samen dann in Euer Kästchen und in Eure Truhe?«, wollte Pater Pierre wissen.

Auf dieselbe Weise, wie sie in die Karaffe des Erzbischofs gekommen waren. War das nicht klar?

Die Sonne begann den Nebel aufzulösen.

Loretta stand bleich vor dem Fenster und versperrte die Sicht auf die Felder. Die Burg war zum Leben erwacht. Vom Hof schallte Gelächter.

»Die Krämerin hat eine Vorliebe für Bilsenkraut. Ich habe sie das Hexenkraut sammeln sehen«, sagte Mechthilde.

Volkers Gesicht war weiß. Aber er schwieg. Niemand wollte vor dem Pater etwas sagen. Auch Loretta nicht.

Der Erzbischof ließ die Samen aus seinen Fingern zurück in die Schachtel rieseln und verschloss sie. »Warum habt Ihr die Urkunde über den Tod Eurer – wer ist es? Eure Mutter? Nein. Eure Schwester vermutlich ... Warum habt Ihr sie bei Euch getragen?«, fragte er.

»Ich wollte sie mir übersetzen lassen.«

»Warum gerade jetzt und warum gerade hier?«

Marcella schwieg. Onkel Bonifaz, Tristand, Himmerod ... alles war ineinander verstrickt wie filzige Wolle. Wer konnte das auseinanderbringen?

»Warum esst Ihr kein Fleisch?«

»Weil ich es nicht gewohnt bin.«

»Hm.« Der Erzbischof nahm das Kästchen und rieb die Samen zwischen den Fingern. »Die Katharer haben mit ihrem Wahn ein gerüttelt Maß an Unglück über die Christenheit gebracht. Glaubt Ihr tatsächlich, dass die Seelen Verstorbener in neugeborenen Körpern auf die Erde zurückkehren, meine Tochter?«

Erstaunt blickte Marcella ihn an.

»Und dass es eine Sünde vor dem Herrn ist, Kinder zu zeugen?«

»Ich ... Nein.«

»Sie leugnen alle!«, rief Pater Pierre.

»Und wenn Ihr es nicht glaubt, mein Kind, warum seid Ihr dann noch nicht verheiratet?«

Darauf wusste Marcella keine Antwort.

»Habt Ihr Jacob Wolffs Antrag angenommen?« Balduin wollte ihr helfen, Marcella spürte das. Vielleicht würde ein einfaches Ja sie retten. Aber der Bischof war ein genauer Mann. Was, wenn er später darauf bestand ...

»Sie ist verstockt«, erklärte Pater Pierre, als hätte er eine ekelhafte Krankheit festgestellt.

»Sie hat Angst«, widersprach Pantaleon. Lorettas Schwager hatte sich zum ersten Mal geäußert. Sein schwarzer Spitzbart zuckte. Ihm missfiel das alles. Er machte keinen Hehl daraus.

»Auch die verdorbene Kreatur fürchtet sich. Aber der Heilige Vater ...« Pater Pierre zögerte. »Nicht erst unser Herr in Avignon, schon Innozenz IV. gab der Heiligen Inquisition die Werkzeuge, die geeignet sind, die Brut des Bösen zu entlarven. Ein schmerzliches, aber notwendiges Verfahren. Sich ihm entgegenzusetzen würfe ... auf jede Person ein zweifelhaftes Licht ...«

Marcella schloss die Augen. Auf dem Rübenacker hinter der Gerberei hatten die Pfähle gebrannt. Angst kroch ihren Nacken empor, flatterte in ihren Magen und trocknete ihren Mund aus. Undeutlich hörte sie Balduin sprechen. Undeutlich hörte sie den Pater protestieren.

Loretta schwieg.

Aber Pantaleon sprach. Es war ein Verbrechen geplant worden. Gegen den Erzbischof, eine starkenburgsche Geisel. Damit war die Ehre der Gräfin betroffen ... die Ehre der gesamten sponheimschen Familie ... die Ehre ... die Ehre ...

»Kommt«, sagte er und nahm Marcella am Ellbogen. Seine dunklen Augen glühten. Er lächelte beruhigend. Mit festem Griff führte er sie aus dem Zimmer, fort von Pater Pierre. Die beiden Wächter folgten ihnen.

Stumm sah Marcella zu, wie der Mann mit den schwarzen Zähnen die Falltür öffnete, die hinab in die Tiefe des Turmes führte.

Pantaleon drückte ermutigend ihren Arm. »Kommt. Es ist besser, Ihr seid dem Kerl erst mal aus den Augen.« Er stieg vor ihr auf die Leiter und half ihr, hinab in die Tiefe zu klettern.

Der Schwarzstummlige machte sich daran, die zweite Falltür zu öffnen. »Kein Grund, sich zu fürchten«, lächelte Pantaleon in das dämmrige Licht. »Ihr seid schneller wieder draußen, als Ihr denkt. Verfluchte Idee, das Verlies. Nicht für eine Dame geeignet. Aber die Kerle fühlen sich nicht wohl, wenn es nicht ein bisschen gemein zugeht. Und wir brauchen Zeit ...« Er zog ein eisernes Gestell heran, eine Art Winde, um die eine Kette mit einem eisernen Eimer hing. »Schafft Ihr es, Euch zu halten, so dass wir Euch herablassen können? Tut mir verdammt leid, diese Prozedur. Kriegen den Kerl aber am besten zur Ruhe, wenn wir sagen, dass Ihr im Verlies seid ...«

»Es macht mir nichts aus«, sagte Marcella. Sie hielt sich an der Winde und stieg in den Eimer. »Glaubt Ihr ...« Bang schaute sie in das schwarze Ziegenbartgesicht. »Glaubt Ihr, dass ich den Erzbischof vergiften wollte?«

»Das würde ich niemals glauben«, sagte Pantaleon.

XXVIII

Als die Falltür zuklappte, stand Marcella in vollkommener Finsternis. Der Boden war feucht, sie fühlte Nässe durch ihre Sohlen kriechen. Es roch nach abgestandenem Wasser. Aber keine Ratten. Jedenfalls hatte sie keine erkennen können, als sie aus dem Eimer gestiegen war.

Sie tastete mit ausgestreckten Armen vorwärts, bis sie an die Mauer stieß. Die Steine waren rau und von einer schleimigen Schicht überzogen. Aber da der Boden zur Mauer hin etwas anstieg, war es wenigstens unter ihren Füßen trocken. Vorsichtig und ohne sich anzulehnen ließ Marcella sich nieder.

In ihrem Verlies war es totenstill, als hätte man es bis zur Decke mit Watte gefüllt.

»Es macht mir nichts aus«, sagte Marcella laut. Sie hatte ein Echo vermutet, das sich an den hohen Wänden brechen würde, aber ihre Worte versickerten ohne Hall, wie Tröpfchen in einem Schwamm.

Ihr war bitterkalt. Sie zog die Beine an, umwickelte sie mit dem Stoff ihres Kleides und schlang die Arme darum.

So wie sie hier saß, hatte der Wildgraf Wochen zubringen müssen. Er war seltsam geworden, als er wieder herausgelassen worden war. Aber er hatte gelebt.

Und ich werde schneller herauskommen, dachte Marcella.

Hatte Pantaleon ihr das nicht versprochen? Das hatte er doch.

»Und außerdem macht es mir nichts aus«, wiederholte sie laut. Die Kälte kroch von den Beinen in ihren Leib hinauf. Sie stand auf und begann, mit einer Hand den Rock raffend, sich an der Mauer des Verlieses entlangzutasten. Was der Wildgraf ausgehalten hatte, konnte sie auch ertragen. Zudem war der Graf unter Feinden gewesen, aber sie hatte dort droben Freunde. Man würde ihr Essen bringen. Sich um sie kümmern. Vielleicht würde ihnen etwas Besseres als das Verlies einfallen. Jedenfalls würde die Falltür sich bald wieder öffnen ...

Marcella hielt mitten im Schritt inne. Ihr Blick wanderte zur Decke hinauf, dorthin, wo sie die Holzklappe wusste. Die Falltür. Ihr kam da ein Gedanke in den Kopf. Eine hässliche Angst.

Die Falltür.

Jemand hatte sie durch eine Falltür stürzen lassen, nicht durch die zum Verlies, sondern durch die andere, weiter oben. Sie hatte vermutet – oder gehofft oder sich eingeredet –, dass die Falltür durch einen Zufall offen gestanden hatte. Aber Tristand hatte das nicht glauben wollen.

Mechthilde ... fuhr es Marcella durch den Kopf. Aber wenn Mechthilde sie hätte umbringen wollen, dann hätte sie das tun können, als sie gemeinsam der Entführung des Erzbischofs zugesehen hatten. Außerdem ... nein, es wäre nicht ihre Art gewesen. Mechthilde war keine Mörderin. Auch keine Diebin. Sie mochte die Urkunde gestohlen haben, aber dann hatte sie sie – wahrscheinlich von Skrupeln geplagt – wieder zurückgebracht. Mich zu verleumden, dachte Marcella, erst bei dem Erzbischof, dann bei Pater Pierre – so rächte sich jemand wie Mechthilde. Gemeinheit, aber immer unter dem Putz der Ehrsamkeit.

Nur – wenn Mechthilde die Falltür nicht geöffnet hatte, wer hatte es dann getan?

Marcella setzte sich wieder. Sie zog die Knie an, schlang

die Arme darum und verbarg das Gesicht in den Armbeugen.

Plötzlich fiel ihr der Brief ein. Hatte Martin nicht gesagt, der Brief, der ihn in den Steinbruch bestellt hatte, sei mit Tristands Tinte geschrieben worden? Konnte er das überhaupt wissen? Ja. Tinte wurde mit Eisen oder Ruß oder Kupfervitriol gefärbt. Oder mit Gerbstoffen vermischt, die ihre Tönung beeinflussten. Keine Tinte war wie die andere. Martin hatte verglichen und Martin war sicher gewesen. Aber wenn zum Schreiben des Briefes Tristands Tinte benutzt worden war – dann musste der Brief in der Starkenburg verfasst worden sein.

Wer hatte Tristand und seinen Bruder in den Steinbruch gelockt? Und dort auf sie geschossen?

Marcella fuhr mit den Händen ins Haar und presste die Ballen gegen die Schläfen. Scholers Wagen waren auf *sponheimschem* Boden überfallen worden. Und die Mörder hatten Richwin und Johann unbehelligt gelassen. War das kein Hinweis, dass die Mörder Beziehungen zum Haus Sponheim hatten? Sie hatten sogar in Kauf genommen, dass Tristand am Leben blieb, um die beiden zu schonen. Falls ... Benommen verfolgte Marcella den Gedanken weiter. Falls nicht von vornherein geplant worden war, Tristand am Leben zu lassen. Die Räuber hätten Johann in Frieden lassen und Tristand trotzdem umbringen können. Was, wenn von vornherein geplant gewesen war, Tristand zum Sündenbock zu stempeln?

Aber wem nutzte das?

Jemandem aus Trier? Einem Konkurrenten aus dem Weinhandel, wie Tristand vermutet hatte?

Und dann bin ich zur Starkenburg gekommen und habe erzählt, dass die Himmeroder Mönche einen Teil meines Safrans gekauft haben, dachte Marcella. Und wenn er – wenn dieser Unbekannte von der Starkenburg – gefürchtet hatte, sein Komplott könne ans Licht kommen? Wenn es ihm Angst machte, dass sie Nachforschungen anstellte?

Und sie waren auf dem Ritt nach Himmerod verfolgt worden. Von den Männern mit den sandfarbenen Haaren. Wer, wenn nicht ein Starkenburger, hatte von ihrem Aufbruch und ihrem Ziel gewusst?

Man hatte sie im Römerturm bei Burg Dill angegriffen. Hatte wirklich der Müller sie an den ... an wen auch immer in der Burg verraten? Oder hatten die sandfarbenen Männer bereits aus Starkenburg Nachricht bekommen, dass Marcella und Tristand auf dem Weg nach Dill waren? Der Überfall hatte erst stattgefunden, als Sophie und ihr sponheimscher Ritter in Sicherheit gewesen waren ...

Die Dunkelheit macht mich weitsichtig, dachte Marcella. Oder ich fange an, den Verstand zu verlieren. Etwas huschte klein und krabbelig über ihr Fußgelenk das Bein hinauf. Entsetzt schrie sie auf, sprang hoch, schüttelte den Rock, knickte dabei mit dem Fuß um und ließ sich mit einem Wehlaut zurück auf den Fels sinken. Mit eingebissenen Lippen, den Rock eng um die Beine gewickelt, wartete sie, dass der Schmerz abklang.

Es sind zwei verschiedene Dinge und man darf sie nicht durcheinanderbringen, dachte sie. Da ist einmal Pater Pierre, der mich auf Mechthildes Hetzen zur Ketzerin und Giftmischerin machen will. Und dann ... jemand anders ... jemand, der wegen des Safrans ...

Loretta hatte zu den Vorwürfen des Paters geschwiegen.

Volker hatte geschwiegen.

Colin hatte mit dem Hinweis auf ihre Anwesenheit in Balduins Zimmer dem Pater die Argumente für seine grässlichen Anschuldigungen geliefert.

Und wenn der, der mich vernichten will, jetzt hier hinab käme, dachte Marcella, und wenn man mich morgen finden würde – mit einer Scherbe in der Hand und aufgeschnittenen Blutadern ... wäre das für den Jemand, der mich tot sehen will, nicht die einfachste Art, mich loszuwerden? Wäre es nicht für alle hier am günstigsten? Die Ketzerin hat sich selbst gerichtet?

Marcella konnte nicht verhindern, dass ihr die Tränen in die Augen traten.

Wäre Tristand hier ... Er hätte ihr geraten, das verfluchte Stück Fleisch herabzuwürgen. Und zu sagen, dass sie Jacob heiraten würde. Später hätte man immer noch alles ändern können. Man hätte Jacob bitten können, sich der Heirat zu widersetzen. Man hätte sich den Teufel scheren können, was der Bischof dachte ...

Nicht fluchen. Das Fluchen rückte sie in die Nähe der gotteslästerlichen Katharer. Obwohl ... Jeanne hatte Gott nicht gelästert. Sie liebte den Herrn. Das hatte sie oft und oft gesagt, und es stimmte auch. Sie war für Gott – für ihre Vorstellung von Gott, die frevelhaft war, aber doch von Hingabe erfüllt – gestorben.

Vielleicht ist der Wildgraf deshalb sonderbar geworden, dachte Marcella. Weil er so viel nachgesonnen hatte. Vielleicht passiert einem das, wenn man allein in der Dunkelheit und Kälte sitzt ...

Sie musste geschlafen haben, denn sie wurde von einem harten, metallischen Geklapper geweckt. Es gab wieder Licht in ihrem Kerker. Benommen schaute sie auf den Eisenkorb, der vor ihren Füßen baumelte, und dann zur Decke hinauf. Ein schwarzer Kopf schimmerte in dem grauen Rechteck der Falltüröffnung. Der Kopf sprach zu ihr. Die Worte zischten leise herab. Es dauerte einen Moment lang, ehe Marcella die Stimme einordnen konnte. Pantaleon. Lorettas Schwager wollte, dass sie in den Eimer stieg.

Seine Stimme klang drängend. Marcella kam mühsam auf die Füße. Sie hatte Durst, aber noch mehr fror sie. Mit steifen Gliedern kletterte sie in den Eisenkorb. Ihr Knöchel kratzte über den Rand des Korbes und der Lederschuh fiel von ihrem Fuß. Sie war zu zerschlagen, um noch einmal herauszusteigen und ihn wiederzuholen. Krampfhaft umklammerte sie die

Kette, als der Korb sich in Bewegung setzte. Der ziegenbärtige Ritter musste sie heben, um ihr wieder herauszuhelfen. Er hielt sie fest, um ihr Gelegenheit zu geben, zu sich zu kommen, und seine Wärme war so beruhigend, dass sie sich zwingen musste, sich von ihm zu lösen.

»Wo ist Loretta?«, flüsterte sie. Dann fiel ihr ein, dass Loretta keinerlei Grund hatte, ihr behilflich zu sein, außer ihrer Freundschaft, von der man nicht wissen konnte, ob es sie überhaupt noch gab. Pantaleon hatte sie verteidigt. Aber Loretta hatte vor dem Pater geschwiegen ...

»Sie hat mich gebeten, Euch von hier fortzubringen«, wisperte der Graf. Er beobachtete sie. Wahrscheinlich war er nicht sicher, ob sie es die Leiter hinauf ins nächste Stockwerk schaffte. Marcella mühte sich um Haltung.

»Sie hat Mechthilde, dieses Miststück, einsperren lassen. Aber das kann Euch nicht mehr helfen, Marcella. Der Pater ist in seine Ketzeridee verliebt. Hinter der Burg ist ein Fluchttürchen. Dort soll ich Euch hinausbringen.«

Marcella griff nach der Leiter. Loretta handelte richtig. Wem hätte es genutzt, wenn sie Streit mit dem Pater angefangen hätte?

»Schafft Ihr's? Wartet, ich bleibe dicht hinter Euch ...«

Marcella umklammerte die Leiterholme, sorgsam darauf bedacht, die gefühllosen Hände jedes Mal aufs Neue fest um das runde Holz zu schließen.

Im Brückengeschoss war es noch heller. Warmes Mondlicht schien durch die Tür. Sie trat hinaus. Der Boden der Brücke strahlte noch die Hitze des Tages wider, und Marcella streifte den zweiten Schuh ab, um die Wärme zu fühlen.

»Ich hoffe, Ihr vergebt uns diesen Tag«, murmelte Pantaleon, sie weiterziehend. »Abscheulich, eine Dame so einzusperren ... und jetzt still ...« Er sperrte die Palasttür auf und geleitete sie äußerst vorsichtig um die schlafenden Gestalten, die den Boden des Palas bevölkerten. Sie kamen hinüber in den Treppenturm, wo es wieder kalt und düster war. Marcella hielt sich an Pantaleons Arm. Dunkelheit – der Mangel an Licht – schien ihr plötzlich etwas Entsetzliches zu sein.

Irgendwann standen sie im Burghof. Ein Hund knurrte, kam aber gleich wieder zur Ruhe.

Mit ihren bloßen Füßen tappte Marcella unter der Turmbrücke hindurch und an der Außenmauer des Bergfrieds vorbei. Hinter dieser Mauer steckte das Verlies, in das man sie gesperrt hatte. Pantaleons Gesicht verzerrte sich, als er ihr ermutigend zulächelte. Sie gelangten an den Weg hinter dem Palas. Neben Marcella gähnte der Abgrund und Pantaleon legte fürsorglich seine Hand auf ihren Arm. Die Ecke … Und dann kam das letzte Stück, das durch den Bretterverschlag begrenzt wurde.

»Ich weiß nicht, ob ich es schaffe«, flüsterte Marcella entmutigt, als sie durch den niedrigen Durchgang gekrochen war und auf dem kleinen Flecken kauerte. Silberner Mondschein beleuchtete den Hang. Viel konnte man nicht sehen, aber es ging entsetzlich steil hinab.

»Keine Sorge.« Pantaleon kratzte mit dem Fuß ein Stück Gras frei, und sie sah, dass sich darunter eine Art Stufe befand. Marcella fand es eigenartig, dass gerade er ihr so selbstlos half. Sie hatten kaum miteinander zu tun gehabt. Vielleicht geschah es, weil er die Ehre seines Hauses besudelt sah. Ehre war ihm wichtig. Oder vielleicht auch wegen Onkel Bonifaz. Hatte er nicht mit dem Onkel Geschäfte betrieben? Wein von ihm gekauft?

Pantaleon stieg voran. Der Weg war steil, aber nicht ganz so steil, wie man von oben hätte vermuten können, und der Graf kannte die sicheren Stellen. Müde folgte Marcella ihm. Ihre Hände griffen wie in Trance in die Grasbüschel. Wo er hintrat, trat sie auch hin, und wenn die Stelle schwer zu finden war, half seine Hand, indem sie ihren Knöchel umfasste und auf unsichtbare Stufen lenkte.

Irgendwann hatte die Kletterei ein Ende. Sie standen zwischen Sträuchern.

»Jetzt ist es nicht mehr weit.« Pantaleons Gesicht leuchtete weiß gegen die Dunkelheit, nur der Bart und die Augen waren schwarz. Er bahnte ihr den Weg, indem er Schlehenzweige beiseite drückte, die sich mit spitzen Dornen in ihrer Kleidung verhedderten.

Weit ... wohin?, dachte Marcella.

Es ging noch einmal abwärts, und die Schlehen behinderten sie, weil man sich an dem stachligen Gestrüpp nicht festhalten konnte.

»Hier ...«, flüsterte Pantaleon und half ihr über eine letzte Schräge, die in einem Weg endete. Marcella stand in klumpiger, von Fuhrwerken aufgewühlter Erde. Auf der anderen Seite des Weges wartete ein schwarzes Pferd. Es trug keinen Sattel, nur eine bestickte Decke mit einem Wappen, das Marcella nicht erkennen konnte.

Sie trat auf das Pferd zu.

Und sie sah, dass hinter dem Pferd ein Mann wartete.

Der Mann kam um das Pferd herum. Er war groß und schwer gebaut und trug einen weiten Mantel, der mit jedem Schritt um seine Beine schwang. Er murmelte etwas und begann mit dem Grafen ein Gespräch.

Als er sich ihr zuwandte, sah sie sein vom Mondlicht beschienenes Gesicht. Sein Mund war riesig mit wulstigen, ausladenden Lippen. Vom Mundwinkel lief quer hinüber bis zum anderseitigen Nasenflügel ein Schatten.

»Freut mich, Schätzchen«, murmelte er.

Es freute ihn tatsächlich. Er konnte nicht richtig sprechen. Sein Mund bewegte sich schwerfällig, und die Worte, die er herausbrachte, klangen, als würden sie durch ein Sieb gepresst. Seine Augen glänzten hart und fröhlich.

Marcella wich zurück. Sie stieß gegen Pantaleon. Der Graf umfasste ihre Schultern, ließ sie wieder los, und plötzlich fuhr ihr etwas Weiches über das Gesicht.

Stoff.

Der Mann mit dem Schatten am Mund trat näher. Seine riesigen Hände kamen auf sie zu und pressten ihre Wangen gegeneinander, so dass sich ihre Kiefer öffneten. Dann hatte sie den Stoff im Rachen.

Stolpernd versuchte Marcella, die Hände fortzureißen. Panik erfüllte sie. Aber Pantaleon schlang die Arme um sie, und es gelang dem Mann, ihr einen weiteren Stofffetzen um den Mund zu wickeln, der den Knebel festhielt. Dann hatte er einen Strick in den Fingern, mit dem er ihr die Hände auf den Rücken band, und so verschnürt ließ der Graf sie fallen.

Marcella sackte in den Sand. Krampfhaft versuchte sie, durch die Nase zu atmen. Sie war so damit beschäftigt, Luft in ihre Lungen zu bekommen, dass sie gar nicht darauf achten konnte, was gesagt wurde. Der Druck des Lumpens gegen ihren Gaumen gab ihr das Gefühl zu ersticken. Angstvoll wich sie zurück, als der fremde Mann sich ihr wieder zuwandte und sie auf die Füße zurückholte. Er studierte die Angst in ihren Augen und begann zu grinsen. Eine Grimasse ohne Freude, aber mit Leidenschaft. Eine seiner Hände fuhr in ihr Haar und er drückte sie damit an seine Brust. Er wickelte seine Finger um ihre Locken und zerrte sie straff, um ihr weh zu tun, und dabei rieb er ihr Gesicht in seinen Mantel, bis sie fast erstickte. Marcella spürte etwas Kaltes an ihrem Hals. Es gab einen Ruck und einen scharfen Ratsch. Als der Mann von ihr abließ und sie fortstieß, hielt er ein Büschel Haare in der Hand.

»Tut mir leid, Mädchen.« Pantaleon nahm die Haare an sich und wickelte sie sorgfältig in ein Tuch. Es schien, dass er die ganze Zeit geredet hatte. »Ich hatte Gefallen an Euch. Im Ernst. Ihr habt Courage, das ist selten bei einer Frau. Zu dumm, dass Ihr versucht habt, mir in die Quere zu kommen ...« Das Tuch verschwand in seinem Ärmel. »Einen Ring tragt Ihr nicht zufällig? Vielleicht den blauen mit dem Stern? Macht nichts. Oh ... bitte, schaut nicht so ängstlich. Peter ist ein guter Kerl. Ein bisschen verdrießlich im Moment, weil ... darf ich das sagen,

Peter? Die Hanswürste, die ihr im Turm verbrannt habt, waren nämlich seine Brüder. Ist nicht schade um sie. Lauter Stroh im Kopf. Aber eben doch Familie ...«

Peters kalte Augen glänzten. Sie waren das einzig Lebendige in seinem Gesicht. Er nahm Marcella, warf sie wie eine Feder auf den Pferderücken und saß hinter ihr auf.

»Aber – Junge ...« Pantaleon griff in die Kandare. »Dass wir uns richtig verstehen – ich will nicht, dass du deinen Dreck mit ihr treibst. Du bringst sie nach Dill und verwahrst sie mir, bis ihr verdammter Freund ...« Er unterbrach sich und wandte sich wieder an Marcella. »Betet, dass Tristand sich von Euren Locken beeindrucken lässt, Herrin. Die Münzverrufung kann er nicht mehr rückgängig machen, aber da er sie ersonnen hat, soll er mir wenigstens den Schaden begleichen.«

Er grunzte und gab dem Pferd einen Klaps auf die Hinterbacke.

»Betet, dass ihm etwas an Euch liegt«, wiederholte Pantaleon.

XXIX

Es war eine Nacht, in der es nicht finster wurde. Kein Wölkchen schob sich vor den milchig weißen Mond. Die Wege waren zu erkennen und an ihren Rändern setzte sich deutlich das Buschwerk ab. Marcella schaukelte auf dem Pferderücken. Ihr Zeitgefühl ging verloren.

Sie merkte, wie das Land ebener und der Wald lichter wurde, bis sie über Wiesen und Felder ritten.

Dann tauchte die Burg auf.

Ein schwarzer, hässlicher Klotz, von Mauern umgeben und an der Außenseite von einem mächtigen Turm flankiert. Der Turm ragte um etliches über die Kernburg hinaus, und oben, aus seinen Zinnen, hing an einer langen, eisernen Stange, zart wie eine Tuschezeichnung, ein Gitterkorb.

Die Strafkrone, dachte Marcella. Ein Teil ihres verstörten Hirns wunderte sich, warum Burg Dill solch ein Instrument der Gerichtsbarkeit brauchte. Loretta war doch Herrin dieses Bodens und Loretta richtete auf Starkenburg oder in den Dörfern. Aber wahrscheinlich diente die Strafkrone gar nicht der Gerechtigkeit, sondern der Einschüchterung der Bauern und Hörigen, die man dort hinaushängte.

Marcella fühlte, wie die Hand des Mannes, der sie hielt, sich bewegte, und Ekel und Furcht brachen wie Schweiß aus ihrem Körper. Er flüsterte etwas in seiner undeutlichen Sprache. Sie wollte nicht hören, was, und verschloss sich davor, so gut es ging. Sie hatte einen entsetzlichen Durst. Der Stoff hatte den letzten Tropfen Feuchtigkeit aus ihrem Mund gesogen. Sie hätte weinen können vor Durst und tat es nur deshalb nicht, weil sie Angst hatte, der Mann würde darauf reagieren.

Die Strafkrone schwankte im Wind wie eine finstere Laterne, während sie zur Burg hinüberritten.

Irgendwann erreichten sie ein Waldstückchen und kurz darauf Mauern und dann ein Tor. Es gab einen Wächter, der den Mann mit der Lippe erkannte und ihn passieren ließ, ohne auf die gefesselte Frau in seinen Armen zu achten. Marcella musste an Meline denken und zu ihrer Angst gesellte sich ein schäbiges Gefühl der Scham.

Sie ritten durch einen zweiten Torbogen und über eine Zugbrücke, die quietschend für sie herabgelassen wurde. Die Nachtluft trug ihnen johlende, lachende Stimmen zu. Irgendwo in der Burg wurde gefeiert.

»Brauchst nichts zu hoffen«, hauchte der Mann mit feuchter Stimme in ihr Ohr. »Ist der Graf. Der andere. Walram. Ich krieg seine Weiber, wenn er sie überhat, und manchmal nimmt er meine. Manchmal machen wir's auch zusammen, jeder abwechselnd. Wär das nicht was für dich?« Er tastete nach ihrem Schoß und lachte kratzig, als sie sich entsetzt bewegte.

Sie ritten eine in den Stein geschlagene Pferdetreppe hinauf. Marcella erkannte ein kleines Gebäude mit einem Kreuz auf dem Giebel, eine Kapelle. Maria hilf, betete sie lautlos, aber wahrscheinlich hatten schon viele Mädchen so gebetet und genutzt hatte es keinem. Vielleicht lebte Maria in einem Haus wie diesem gar nicht.

Der Weg verengte sich und führte in eine Art gepflasterten Graben, wohl den Zwinger. Irgendwann kam ein weiteres Tor, dann standen sie in einem grasbewachsenen Hof direkt vor der Kernburg, eingekesselt zwischen Mauern, die so hoch waren, dass sie über ihnen zusammenzuschlagen schienen.

Ein Schatten bewegte sich. Wie aus dem Erdboden gewachsen tauchte plötzlich die Gestalt eines kleinen Jungen auf, der ängstlich und verlegen innehielt, als er den Reiter erkannte. Er musste in dem Gang gewacht haben, der vom Hof abwärts in den Keller der Burg führte, vielleicht ein Pferdeknecht. Zögernd kam er näher und griff nach dem Backenstück des Zaumzeuges. Furchtsam blickte er auf. Im nächsten Moment traf ihn ein Fußtritt, der ihn mit solcher Wucht von den Füßen fegte, dass er sich zweimal überschlug. Wimmernd duckte er sich an die Mauer und wartete, ob sein Herr ihn wieder heranbefehlen würde, und als das nicht geschah, sondern er im Gegenteil fortgewiesen wurde, floh er wie ein Wiesel durch das Tor.

Warum sollte der Junge nicht bleiben? Marcella hatte seit Stunden nicht mehr wirklich nachgedacht. Jetzt drängten sich die Ängste in ihrem Kopf. Warum wollte der Mann mit der Lippe keine Zuschauer? Was hatte er vor zu tun, das nicht einmal die Leute aus der Burg wissen sollten? Sie sah ihn absteigen und nach der Fackel greifen, die den Niedergang in den Burgkeller erhellte. Das Pferd tänzelte nervös, als er damit zurückkehrte. Außer der Fackel gab es kein Licht in diesem Teil der Burg. Alles Leben schien sich in der Niederburg abzuspielen, wo Graf Walram feierte. Aber auch, wenn es anders wäre, würde ihr niemand zu Hilfe kommen. Der Mann rammte die Fackel in den Boden. Angstvoll trat Marcella mit den Füßen, als er sich wieder erhob und nach ihr greifen wollte. Er packte sie am Gürtel, hob sie wie eine Feder aus dem Sattel, warf sie ins Gras und stellte sich mit gespreizten Beinen über sie.

Sie wollte den Kopf fortwenden, aber der Mann setzte seinen Fuß auf ihren Hals und bog mit der Spitze seines Schuhs ihr Kinn, bis sie gerade zu ihm hinaufblickte.

»Graf Pantaleon – dein Schutzengel, ja? Haste so gedacht?« Sie schloss die Augen, aber im nächsten Moment traf sie der Schuh so hart am Kinn, dass sie sie erschrocken wieder aufriss.

»Ich besorg's dir trotzdem, du kleines Hurenstück. Kannste dich drauf einrichten. Aber nicht wegen meiner Brüder. Auf die piss' ich. Ich mach's wegen deinem Kerl ...«

Er ließ von ihr ab, kniete nieder und hielt sich die Fackel ans Gesicht. »Wegen dem, was er mit meinem Gesicht gemacht hat, verstehste? Hier! Sieh's dir an!« Sie blickte auf beulenartiges, rosa wucherndes Fleisch, das aus der Partie zwischen Mund und Nase quoll, als wäre es ein Geschwür. Schwarzes Nahtband spannte sich in dem Fleisch.

»Und ich tu's so ...« Er drehte sie auf den Bauch, stemmte sein Knie in ihren Rücken und begann, den Riemen um ihre Hände zu lösen. »... dass niemand – nicht der Graf und keiner sonst – dir was ansieht. Dein Kerl wird dich wiederkriegen wie'n Schmuckstück. Und dann? Wirste's ihm sagen, Mädchen? Wie ich's mit dir getrieben hab? Wie ich dir untern Rock bin und du mich wieder und wieder stramm machen musstest? Und dein Geflenne dabei? Nee, wirste nicht, weil er sonst nämlich auf dich spucken tät ...« Seine Stimme wurde undeutlich und er verstummte. Hitzig riss er an ihrem Knebel. »Aber du wirst es wissen und ich werd es wissen. Und wenn er dir das erste Mal ...« Ein obszönes Wort fiel. »... dann wird er's auch kapieren. Dass er nämlich 'n Haufen Dreck unter sich hat. Ausgekotzten Mist. Und für den Moment tu ich's.« Das Tuch fiel ins Gras. Er riss Marcella an den Haaren und zerrte sie hinter sich her, den dunklen Gang hinab, in den Burgkeller.

Warmer Pferdegeruch schlug ihnen entgegen. Der Mann stieß sie ein paar Schritt weit ins Dunkle, warf sie in einen Haufen Stroh und hängte die Fackel direkt über Marcella in einen Eisenring.

Unschlüssig blickte er zur Tür. Er schwankte, vielleicht wegen des Pferdejungen, vielleicht gab es doch noch andere Leute ... Dann ging er, den Riegel vorzuschieben.

Marcella starrte in die Fackel. Sie hörte den Mann am Riegel rucken. Ihn fluchen, weil etwas klemmte. Benommen tastete sie sich an der Wand hoch. Mit zitternden Händen hob sie den Kienspan aus der Halterung.

Der Boden war mit Stroh bedeckt. Nicht gerade viel und das meiste war mit Mist verklebt. Aber Marcella nahm an, dass es trotzdem brennen würde. Hinter ihr lag der Haufen, in den der Mann mit der Lippe sie gestoßen hatte. Sie griff hinein und schaufelte hastig Stroh um sich herum.

Der Riegel fuhr mit einem hässlichen Knirschen in die eiserne Öse.

Verschwitzt und wütend drehte der Mann mit der Lippe sich um. Erst begriff er gar nicht, was sie wollte. Er trat näher ... und blieb entgeistert stehen, als er sah, wie sie die Flamme zu Boden senkte.

»Du ... das ... das traust du dich nicht ...«

Wie wollte er das wissen? Marcella merkte, wie ein Lächeln auf ihre steifen Lippen kroch. Ihr Gesicht glühte und sie war ein bisschen schwindlig. Aber ihre Hände waren frei, sie hielt eine Waffe darinnen. Und sie wusste, dass sie den Mut haben würde, die Waffe zu benutzen. Das Feuer war ihr Freund, ihr Retter. Mit einem Mal war sie ganz ruhig.

»Das ... machst du nicht, du dreckige Hure ...« Der Mann trat einen Schritt auf sie zu und Marcella senkte die Fackel tiefer. Sie hatte Durst, und sie fürchtete, dass die Flammenhitze ihren Durst vergrößern würde – nur deshalb hielt sie das Feuer vor dem Stroh zurück. Nicht weil der Mann aufschrie. Ihm musste klar sein, dass er die Tür nicht mehr würde öffnen können, wenn das Stroh in Brand geriet.

Seine Gestalt war nichts als ein grauer Schatten. Aber sie fühlte, wie er sie beobachtete und nach einem Zeichen von Schwäche suchte. Sacht beschrieb sie mit der Flamme ein Kreuz über dem Stroh. Wäre es völlig trocken gewesen, hätte es wohl zu brennen begonnen, und bald würde es auch brennen.

»Du – bist ja irr ...«, keuchte der Mann. Er schielte zur Tür.

Er wollte raus. Aber er traute sich nicht, sie aus den Augen zu lassen.

»Ich bin eine Hexe«, flüsterte Marcella. »Hat dir dein Graf das nicht gesagt? Deshalb war ich doch im Turm. Ein Succubus bin ich. Und wenn du einen Schritt herankommst – ein brennender Succubus. Hast du schon einmal im Feuer verkehrt, Ritter? Das Glied des Teufels ist kalt wie Eis, aber eine Hexe ... eine brennende Hexe ...«

Sie musste lachen, und weil ihre Kehle so ausgedörrt war, klang ihr Lachen heiser und gespenstisch. Vielleicht hatte sie auch wirklich den Verstand verloren. Vielleicht verlor jede Frau den Verstand in einer Nacht wie dieser. Aber sie war Marcella Bonifaz und der Himmel hatte ihr eine Waffe in die Hand gegeben ...

Lachend sah sie zu, wie Pantaleons Ritter den Riegel zurückriss. Lachend sah sie zu, wie er hinausstolperte. Dann erstarb ihr Lachen. Ihr wurde schwach in den Knien. Sie stürzte zur Tür und hätte sich fast selbst an ihrer Fackel in Brand gesetzt, als sie das Eisen zurück in die Öse zerrte. Zitternd, den Kienspan im Arm, ließ sie sich zu Boden rutschen. Sie hatte ein verzweifeltes Bedürfnis zu weinen. Aber ihre Augen waren trocken, nur in ihrer Kehle rollten die Schluchzer wie Steine.

Überwach horchte sie nach Geräuschen. Hatte das Gewölbe womöglich einen zweiten Eingang? Sie stand auf und begann, den Keller auszuleuchten. Er bestand aus einem Doppelgewölbe, in dessen hinteren Teil Boxen gebaut waren, und war leicht zu durchsuchen. Es gab weder eine weitere Tür noch Fenster, nur einige Belüftungsschlitze, die zu eng waren, einen Menschen hindurchzulassen. Zwei Pferde – knochige, ungepflegte Gäule – standen in den Absperrungen aus verrottetem Holz und schnaubten leise. Sie hatten Stroh, aber keinen Hafer und vor allen Dingen kein Wasser. In einer Ecke zwischen abgewetzten Ledersätteln fand Marcella einen Eimer, der von innen so sauber war, dass er wahrscheinlich zum Tränken der Pferde benutzt wurde. Jetzt war er staubtrocken.

Sie schluchzte auf, hängte den Kienspan in den Fackelhalter und verkroch sich ins Stroh.

Tristand.

Würde Pantaleon ihn holen?

Hatte sie das richtig begriffen? Wollte er Tristand mit dem Büschel aus ihrem Haar nach Dill locken? Oder ... was wollte er? Und wann?

Sie weinte ohne Tränen.

Selbst wenn es stimmte, selbst wenn sie kämen ... Von Starkenburg nach Trier und dann wieder hinauf nach Dill – dazu würde man ... würden sie schrecklich lange brauchen. Und sie hatte ... so entsetzlichen Durst.

XXX

Marcella fand Kienspäne in der Nische bei den alten Sätteln. Vier. Sie legte sie neben sich an ihren Körper, denn nur solange sie Feuer hatte, war sie sicher. Vermutlich beobachtete der Ritter durch die Luftschlitze, ob es noch Licht in dem Gewölbe gab. Wenn das Licht erlosch ... wahrscheinlich würde er versuchen, die Tür mit einer Axt aufzubrechen. Das Feuer am Brennen halten, murmelte Marcella. Eigentlich murmelte sie es nicht. Ihr Mund war so trocken wie das Stroh, in dem sie lag, und brannte vor Hitze, und sie war unfähig, damit Worte zu formen.

Sie hielt die Kienspäne im Arm wie einen Freund.

Wenn der Junge aufmerksam gewesen wäre, hätte er den Pferden Wasser in den Boxen gelassen. Dann hätte sie trinken können. Oder wenigstens die geschwollene Zunge anfeuchten. Sie hätte ... Aber es war schlecht, an Wasser zu denken. Es brachte ihr vor Gier und Verzweiflung den Kopf durcheinander. Hier war kein Wasser – also Schluss damit! Trotzdem konnte sie sich nicht zurückhalten und kroch ein weiteres Mal zu dem Eimer, um ihn mit den Fingern zu untersuchen. Wütend gab sie ihm einen Stoß und hörte zu, wie er gegen eine Mauerstrebe kullerte.

Marcella rollte sich zurück in den Strohhaufen und raffte die Kienspäne wieder an sich. Still beobachtete sie den

Mauerschlitz, der ihrem Lager gegenüberlag. Dahinter wurde es silbern. Der Tag brach an. Vielleicht kamen ja mit dem Tag Leute vom Gesinde in die Burg. Vielleicht eine Frau. Einer Frau würde sie vertrauen. Sie könnte sie bitten, ihr einen Lederschlauch mit Wasser durch den Schlitz herabzulassen ...

Marcella schloss die Augen.

Sie war so müde wie nie zuvor in ihrem Leben. Bemüht, nicht mehr ans Wasser zu denken, verlor sie sich in wirren Halbträumen. Dass Satan abgewehrt war, durch die Kienspäne in ihrem Arm – das war das Wichtigste. Jeanne hatte auch darauf geachtet, dass Satan nicht in ihre Kammer kam. Aber wie? Wie hatte Jeanne sich vor Satan geschützt? Marcella grübelte. Ihre Gedanken taumelten durch einen Nebel, in dem es keine erkennbaren Wege mehr gab. Ihr Mund war heiß und in ihren Augen lag glimmende Kohle.

Wasser ... das bräuchte man.

Jeanne hatte den Krug mit dem Wasser neben sich gehabt. Auf einem runden, wackligen Tischchen. Sie hatte ihn stehen lassen, weil sie die große Sünde nicht auf sich laden wollte. Sie war eine ... *Gute* ... eine ... *Bonne-femme*. Der Vater hatte gedroht, Abbé Jacques hatte gemahnt und über ihr seine Zeichen gemacht, aber sie hatte den blauen und roten Kringeln auf der braunen Glasur den Rücken gekehrt.

Marcella steckte ihren Daumenballen in den Mund und versuchte, daran zu saugen. Ihre Haut war trocken wie mürbes Pergament.

Hoffentlich dauert es nicht lange, bis die Frau mit dem Wasser kommt, dachte sie.

Ein Gefühl der Abneigung wallte in ihr hoch, als sie an die Frau dachte. Etwas wie Hass, das stärker wurde, bis es ihr den Magen zusammenzog. Sie argwöhnte, dass die Frau sie im Stich lassen würde. Hatte sie das nicht immer getan? Immer, wenn man sie brauchte – ihre Liebe, ihre Zärtlichkeit und den Schutz und Trost ihrer weichen Arme … Hatte sie sich nicht jedes Mal davongestohlen? Am liebsten hätte Marcella die Fäuste in das schöne Gesicht geschlagen. Aber das ging nicht. Abbé Jacques hatte gesagt, es müsse freiwillig geschehen. Als erster Schritt der Reue. Einmal nach jedem Gebet hatte er Marcella in Jeannes Kammer geschickt, damit sie ihr den Krug reiche. Aber Jeanne hatte nicht trinken wollen. Denn damit hätte sie *die große Sünde* begangen … die *endura* gebrochen …

Marcella bewegte sich und spürte den Druck der Kienspäne gegen ihre Leistenbeuge.

Sie hatte schreckliche Angst vor dem Satan. Sie fühlte seine Augen, die sie durch die silbernen Lüftungsspalte beobachteten, und meinte sogar, ihn rufen zu hören. Vielleicht wollte er ihr Wasser geben. Aber wenn sie ihn einließe, dann würde er ihr weh tun, schrecklich weh …

Sie umklammerte die Hölzer, atmete den Geruch nach Harz ein und hielt sich ruhig.

Sie träumte von dem braunen Krug und durch seine roten und blauen Kreise erblickte sie den von Geschwüren entstellten Mund des Satans.

Es hämmerte an der Tür.

Marcella schrak hoch und blickte entsetzt erst zu den Bohlen, an denen gerüttelt wurde, und dann zur Fackel. Der Kienspan war bis zum Eisenring niedergebrannt. Hastig hielt sie einen neuen Span an den glimmenden Stummel. Funken sprangen auf ihr nacktes Bein und verglühten dort. Mühsam, mit vor Angst pochendem Herzen, versuchte sie, ihr Holz ruhig gegen die Flamme zu halten. Sie stemmte die Hand an der Wand ab, um das Zittern zu verringern.

Der Satan rüttelte immer noch und brüllte unflätige Worte. Die Pferde wieherten beunruhigt.

Marcella starrte auf die beiden Hölzer. Endlich begann das neue zu rauchen. Sie hatte es geschafft. Ihre Fackel würde weiterbrennen. Satan war besiegt. Vorsichtig entfernte sie das verglimmende Holz, war sogar umsichtig genug, es an der Mauer auszudrücken, und steckte die neue Fackel in den Eisenring.

Jeanne hätte sich gefreut. Den Händen Satans entschlüpft ...

Aber die Anstrengung hatte den letzen Rest Kraft aus ihrem Körper gesogen. Sie lag im Stroh und konnte nicht einmal mehr den Kopf heben, um zu dem Eimer hinüberzuschauen. Aber der war ja sowieso trocken.

Marcella musste an den braunen Krug denken.

Der Vater hatte ihn mit frischem Wasser gefüllt. Und Marcella hatte ihn Jeanne reichen und sie bitten müssen zu trinken. Jeanne war darüber böse geworden. Sie hatte nicht mehr gelächelt und den Krug und Marcella fortgestoßen. Aber wenn sie getrunken hätte, dann hätte sie gelebt. Das hatte der Abbé mit dem Ring Marcella erklärt. Und deshalb hatte Marcella *gewollt*, dass sie trank. Und weil sie es *gewollt* hatte, sündig, wie sie war, hatte Jeanne sie nicht mehr lieb gehabt ...

Der Satan sprach jetzt ganz ruhig.

Er sagte, dass sie ihm öffnen solle. Er versprach, ihr nichts anzutun.

Marcella schob die Fäuste auf die Ohren. So stark, dass das Summen darin wie das Rauschen eines Wasserfalls klang.

Sie dachte an den Krug und an Jeanne ...

Und der Wasserfall in ihren Ohren brauste wie die Sintflut.

Es krachte. Der Riegel flog nach innen. Holz splitterte.

Marcella fuhr auf. Sie sah kein Licht, nur Sterne, die an dem Ausschnitt des Firmaments blinkten, den die Türe freigab. Die Fackel! Auch bei ihr war es dunkel. Sie hatte das Feuer erlöschen lassen. Und die Tür stand offen. Und Satan drang ein ... Und ihr Feuer war erloschen ...

Marcella konnte sich trotz ihrer Angst nicht bewegen. Ihr Kopf stand in Flammen. Ihr ganzer Körper glühte.

Sie hörte den Satan rufen.

Nicht nach ihr, nach dem Feuer. Es verlangte ihn nach Feuer. Am Ende brannten alle Hexen ...

Marcella drückte sich ins Stroh, als das Feuer auf sie zukam. Satan hatte sich verdoppelt ... vervielfacht. So viele Leiber waren ihm erschaffen worden ... Mit all seinen Leibern stand er um sie herum und mit einem davon beugte er sich herab. Er gab die Fackel fort und fuhr mit kalten Händen über ihr Gesicht.

Seine Züge waren verzerrt in eine Fratze aus hitzigem, panischem Zorn. Marcella versuchte, die Hände vor die Augen zu heben, um ihn nicht ansehen zu müssen. Er bog ihre Hände herab. Er hatte sein Gesicht verändert, und jetzt sprach er sanft, als meinte er es gut mit ihr. Aber alles war Satan.

Und ... kaum wandte er den Kopf, da brüllte er auch schon wieder und ängstigte sie. Er wollte Wasser und sie verkroch sich vor seinen Händen. Ihr Kleid war hochgerutscht, ihre Füße waren nackt, ihre Knie waren nackt. Und seine Hände entblößten ihr von Haaren bedecktes Gesicht, bis es ebenfalls nackt dalag. Marcella keuchte vor Angst.

Etwas Rundes tauchte auf. Ein Lederbeutel. Satans Hände bewegten ihn, bis Tropfen auf ihre Lippen fielen. Seine Augen bettelten, dass ihre Zunge sie von den Lippen nehmen möge. Er hatte gute, starke Augen voller Furcht ...

Marcella konnte nicht schlucken.

Ihr Kopf wurde angehoben, ihre Schultern. Sie spürte die Wärme des Körpers, an dem sie lag, und obwohl sie glühte, empfand sie die Wärme als Trost. Tropfenweise lief das Wasser auf ihre Lippen und wurde ihr sanft gegen die Zunge geschoben.

Sie wollte schlucken. Sie wollte so verzweifelt gern trinken, aber es ging nicht. Geduldig half die Hand. Marcella klammerte sich in die Kleider, an denen sie lag. Es tat weh zu schlucken. Es war so schwer, dass sie dachte, sie würde niemals etwas von dem Wasser herunterbringen. Aber dann drang doch ein Tropfen durch ihren wunden Rachen und nach dem ersten Mal ging es leichter.

Sie trank. Und wurde geschüttelt von Weinkrämpfen.

XXXI

Sie haben sie nicht verbrannt. Sie hat sich zu Tode gedurstet«, sagte Marcella.

Tristand drehte den Kopf. Er saß in der Dunkelheit der Fensterbank am anderen Ende des Zimmers und hatte in die Nacht hinausgeschaut. Es gab kein Licht, außer dem des Mondes, das in einem breiten Streifen ins Zimmer fiel.

Er schien müde zu sein. Mit den umständlichen Bewegungen eines Menschen, der über die Kräfte strapaziert worden ist, kam er zu ihrem Lager herüber und kniete davor nieder. »Wer hat sich zu Tode gedurstet?«

»Jeanne.« Weil Abbé Jacques gewollt hatte, dass sie dem Ketzertum abschwur. Aber Jeanne hatte sich stattdessen in ihrer Kammer verkrochen und sich dort zu Tode gedurstet. *Endura* hatte sie das genannt. Das vollkommene Fasten.

»Sie hat mich im Stich gelassen«, sagte Marcella.

»Eure Mutter?«

»Meine Schwester.«

Tristand nickte. Er nahm den Krug, der vor ihrem Bett stand, und half ihr zu trinken. Er hatte Geduld, das war seine beste Tugend.

Marcella versuchte, etwas von dem Raum zu erkennen, in dem sie lag. Sie konnte sich nicht erinnern, ob es noch immer oder schon wieder Nacht war. Irgendwann hatte man ihr eine

Treppe hinaufgeholfen, das wusste sie noch. Der Graf war dabei gewesen. Aber den Ritter hatten sie fortgeschickt.

»Seid Ihr Katharerin?«, fragte Tristand.

Sie verkroch sich unter der Decke und zog die Arme an den Körper. Ihr Vater hatte sie auf sein Zimmer genommen und ihr den braunen Wollrock ausgezogen, den Jeanne genäht hatte. Der Rock war ins Feuer geflogen. Stattdessen hatte der Vater ihr den bunten Mantel übergezogen. Und befohlen, dass sie lustig war. Es gab keine Katharer mehr in seiner Familie. Hinten, beim Dorf, am Rübenacker, brannten die Feuer. Und Jeanne war tot. Weil sie kein Fleisch hatte essen wollen und keine Eide schwören und in Armut leben und sich der Sünde der Wollust enthalten wollte. Besonders das Letztere. Denn jeder Körper, der gezeugt wurde, diente Satan als Gefängnis für eine arme, himmlische Seele. Und als das Zicklein geboren wurde, hatte Marcella selbst sehen können, wie blutig und schmerzhaft und ekelerregend das Hervorbringen eines Körpers war. Jeanne hatte versichert, dass alles, was mit der Entstehung dieses Körpers zu tun gehabt hatte, genauso abstoßend sei ... ein widerwärtiger Spott Satans, erfunden zum Leid der himmlischen Geister ...

»Es spielt keine Rolle«, sagte Tristand. »Außer der, dass Ihr hier nicht leben solltet, wenn es so ist. Der Heilige Vater hat die Vernichtung der Ketzerei zu seinem Lebenszweck gemacht. In Carcassonne haben sie die letzten Katharer, die sie erwischen konnten, in einer Grotte eingemauert. Aber es gibt andere Orte, an denen man seine Ruhe hat ...«

Er war zu müde, um klug zu argumentieren. Zu müde, um zu bemerken, wie sinnlos seine Sorgen waren angesichts der Tatsache, dass sie bei einem Mann gefangen waren, der seinen eigenen Hals in die Schlinge legen würde, wenn er sie freiließe.

Marcella zog die Decke bis zum Kinn. Sie spürte im Rücken den Stein der Zimmerwand und drückte sich daran, um den Trost seiner Festigkeit zu spüren.

Tristand tastete nach ihrer Hand. »Ihr wisst doch, Marcella, dass ich Euch niemals etwas antun würde.« Er hatte Angst. Man hörte es. Und selbst die Angst zu verbergen, war er zu müde. Er kniete vor ihrem Bett, hielt ihre Hand, und wahrscheinlich dachte er an das, was der Ritter ihr angetan haben mochte, bevor sie sich im Keller eingeschlossen hatte, und wenn es geschehen wäre, wäre es wirklich fürchterlich gewesen, und es war sowieso furchtbar, auch das wenige, die Drohungen. Und ... vielleicht hatte Jeanne recht. Aber vielleicht hatte sie auch unrecht ... Wer konnte das wissen? Was wusste man schon ...

Marcella biss sich auf die Lippen. Tristand streichelte mit den Fingerspitzen ihren Wangenbogen. Hoffentlich, dachte sie, hat er etwas, wo er sich hinlegen kann. Ein Bett ...

Als sie wieder erwachte, war es noch immer dunkel, aber auf eine andere, bedrohlichere Art. Ein Krachen erschütterte den Raum. Dann kam ein Blitz, der eine mit Nieten beschlagene Eisentür und Steinplatten auf einem Fußboden beleuchtete, und kurz darauf wieder ein Krachen.

Marcella schlüpfte aus dem Bett. Sie dachte, dass Tristand fort wäre, und ihr Herz begann zu rasen, als würde es mit der Peitsche getrieben. Aber dann sah sie ihn am Fuß einer Treppe sitzen, schlafend, den Kopf in der Armbeuge, und beruhigte sich.

Sie trat in die Fensternische des Raumes und stellte sich zwischen die beiden Bänke. Ein Windstoß fegte Wassertropfen durch die Öffnung. Es war draußen dunkel, aber nicht, als wäre es Nacht. Die Hitze der vergangenen Wochen entlud sich in einem Unwetter und schwarze Wolken türmten sich vor der Sonne. Es goss in Strömen. Als sie sich hinausbeugte, sah sie die Tropfen tief unter sich in einen Graben pladdern. Sie saß in einem Turm, vermutlich in dem Flankierungsturm, denn die Tiefe bis zum Graben war beträchtlich.

Schaudernd rieb Marcella sich die Arme.

Sie hörte nicht, wie Tristand kam. Mit einem Mal stand er

hinter ihr und blickte über ihre Schulter hinweg in das Gewitter hinaus. Sie spürte ihn atmen.

»Wir sind in Schwierigkeiten, Marcella«, flüsterte er.

»Der Graf will Geld?«

»Ja, aber das ist nicht das Problem. Das Problem ist, dass er uns, wenn wir es ihm geben, nicht laufen lassen kann.«

»Ich verstehe.«

Die Blitze zuckten an mehreren Stellen gleichzeitig über den Himmel und ließen die Finsternis bläulich-violett aufleuchten. Marcella hatte keine Angst vor dem Gewitter. Im Gegenteil – das zornige Spektakel beruhigte sie, vielleicht weil es einen Strom reinigenden Wassers mit sich führte. Tristand legte seine Hand auf ihre Schulter, und als sie es ihm nicht verwehrte, begann er mit leiser Stimme zu erzählen, wie er mit Pantaleon zusammengetroffen war. Nein, nicht bei Wolff. Er war zu Martin gegangen, um einen letzten Versuch zu unternehmen, sich mit dem Bruder auszusprechen. Aber Martin war nicht zu Hause gewesen oder hatte sich verleugnen lassen. Jedenfalls – mit einem Male hatte Pantaleon dagestanden, ihn in einen Gassenwinkel gezerrt und ihm Marcellas Locken gezeigt.

»Ihr konntet nicht wissen, ob sie von mir waren.«

»Doch, konnte ich.« Seine Hand wanderte in ihren Nacken und er beschäftigte sich mit ihren Haaren. Vielleicht überhörte er deshalb – weil er abgelenkt war – das leise Türschlagen, das sich in den Gewitterdonner mischte.

»Sie kommen«, sagte Marcella. Der Tanz ihres Herzens begann von neuem. Sie konnte nichts dagegen tun. Gerade, dass sie noch die Kraft fand, nicht loszubrüllen. Sie hätte fragen sollen, wohin die Treppe führte, auf der Tristand geschlafen hatte. Und ob man sich irgendwo verschanzen konnte. Ob es irgendetwas zur Verteidigung gab. Aber der Schlüssel knarrte schon im Schloss.

Der Ritter kam zuerst herein. Er trug in jeder Hand eine

Fackel, so dass sein Gesicht von beiden Seiten beleuchtet war. Dadurch sah der Wulst zwischen Mund und Nase noch schlimmer aus. Er schien den Versuch gemacht zu haben, ihn an einer Ecke mit dem Messer fortzuschneiden.

»Kein Tisch? Loch, verdammtes!«, brummte Pantaleon. Er schloss hinter sich und seinem Ritter die Tür mit einem Schlüssel ab, der ihm neben anderen an einem Ring am Gürtel hing. Dann legte er Pergamentbögen und eine Siegelkerze auf das Bett und kreuzte die Arme. »Es ist ein Geschäft«, sagte er, »und da Geschäfte Euer täglich Brot sind, Tristand, werden wir hoffentlich schnell einig sein.«

Der Ritter stieg mit seinen dreckstarrenden Schuhen auf das Bett, um die Fackeln in die Eisenhalter an der Wand darüber zu stecken. Überall, wo er hintrat, blieben Flecken auf der Decke zurück. Marcella merkte, wie wütend Tristand das machte.

»Ich will zwanzig Wechsel«, sagte der Graf. »Jeden über die Summe von hundert Pfund Heller. Also insgesamt zwanzigtausend Pfund ...«

»Für was?«, fragte sie. Sie hatte Angst, dass Tristand mit dem Ritter Streit anfing. Besser, man redete. Auch wenn es dummes Zeug war.

»Für Eure Freiheit natürlich, Herzchen. Ihr habt mir eine Menge Unannehmlichkeiten bereitet.«

»Und ich dachte, die hätte Scholer gehabt.«

»Was will man tun?« Der Graf zog die Schultern hoch. »Peter hat ein böses Temperament. In dem Dreck, in dem er geboren ist, Verehrteste, da denkt man nicht lange nach, auf welchen Schädel man schlägt. Aber gebüßt hat er ja. Seht Euch seine Visage an. Komm, Peter, nein, ins Licht, dass die Dame dich anschauen kann. Was soll denn das Getue? Es ist doch etwas Schönes um Gerechtigkeit ...«

»Aber warum musstet Ihr die Tristands mit hineinziehen?«, fragte Marcella hastig.

»Nicht ich, Herrin – Peter hat die Wagen zu dem Hof geschafft. Als kleine Rache. Für den Schweinehintern, der ihm ins Gesicht gewachsen ist. Hat auch was mit Gerechtigkeit zu tun, oder nicht? Was hat er denn noch vom Leben, seit sogar die Huren sich über ihm erbrechen?«

Merkte er es nicht? Doch – der Graf kannte die Wunden, in denen er stocherte, und mit dem Zwinkern eines Kindes, das dem Vogel die Flügel gebrochen hat, amüsierte er sich.

»Und als Marcella nach Starkenburg gekommen ist«, sagte Tristand halblaut, »habt Ihr die Falltür im Bergfried geöffnet und versucht, sie dadurch umzubringen.«

»In ihrer Beweglichkeit einzuschränken.« Pantaleon hob beschwichtigend die Hände. »Sie ist zu unternehmungslustig, unsere kleine Dame. Und zu klug. Bitte nehmt das nicht als Vorwurf, Herrin. Euer Verstand wohnt in einer Hülle, die so reizend ist, dass nichts sie schänden kann. Ihr hattet herausgefunden, dass Peter Safran nach Himmerod verkauft hatte – und ich konnte nicht wissen, ob sie dort etwas ausplaudern. Also musste ich versuchen, Euch aufzuhalten. Aber sie haben geplaudert, ja? Die Mönche? Habt Ihr von ihnen den Hinweis auf Dill bekommen?«

Marcella blieb stumm.

»Glücklicherweise wart Ihr so zuvorkommend«, lächelte der ziegenbärtige Ritter, »Eure Reisen von Starkenburg aus zu planen. Manchmal habt Ihr mich allerdings ganz schön ins Schwitzen gebracht. Als Ihr heil aus Dill zurückkamt, rechnete ich fest damit, dass Ihr wisst, wer dort regiert. Armer Walram. Er ist ein weiberfressendes Schwein – aber diesmal hat man ihm die Satanskrone zu Unrecht angetragen. Burg Dill gehört mir. Wurde mir von Loretta überlassen. Nutzung bis zum Tode, oder wie das so schön heißt. Eine großzügige Schwägerin mit großzügigen Gesten. Dass ich die Unterburg an Walram verpachtet habe, hat ihr allerdings nicht gepasst. Und mir hing, ehrlich gesagt, das Gejaule der Bauern um ihre Töchter langsam auch zum Hals heraus. Wer hätte gedacht, dass noch einmal etwas so Erfreuliches daraus entspringen würde ...«

»Und der Schwertkampf in der Starkenburg, als Ihr Tristand beinahe getötet habt – das war auch kein Versehen gewesen.«

Pantaleon prahlte mit Freude. Nicht nur über den Mordversuch, sondern auch über den Witz, dass man ausgerechnet *ihn* gebeten hatte, sich in Trier für Arnolds Freilassung einzusetzen. Woraus dann leider, leider natürlich nichts werden konnte. »Und dann hatte ich die glänzende Idee, den beiden Brüdern zu einem Versöhnungstreffen zu verhelfen«, erklärte er.

Durch die Briefe, die er mit Tristands Tinte geschrieben hatte. Es wäre besser gewesen, nicht zu fragen, dachte Marcella. Tristand stand unter dem Fenster und bewegte nicht einmal mehr den Finger. Er hasste. Kalt und leidenschaftlich.

»Wenigstens auf seine Treffsicherheit kann man sich gewöhnlich verlassen«, plauderte der Graf weiter und meinte damit seinen Ritter und den Überfall im Steinbruch. »Aber wenn Peter wütend ist ... ein läufiger Köter hat sich besser im Griff. In den Hintern hätt' ich ihn treten können – und nebenbei bemerkt: ich hab's auch getan.« Er lächelte ausgiebig, bis sein Ritter das zitternde Kinn zusammenbiss und fortschaute. »Es hätte alles so vereinfacht. Der böse Bruder hat den guten in einen Hinterhalt gelockt ... Und dabei war es beinahe gleichgültig, wer erschossen worden wäre. Jeder, den es interessierte, hätte sich seine Meinung selbst zusammenkochen können. Aber Peter hat danebengeschossen und dann hat dieser dämliche kleine Schwachkopf – verzeiht, Tristand, ich weiß, Ihr hängt an Eurem Bruder – Euch mitgenommen. Danach gab's keine Nachricht mehr, ob Ihr tot wart oder in Sicherheit gebracht oder was auch immer. Teufel, war ich froh, als ich von dem Geschäft hörte, das Ihr durch von Oeren einleiten ließet. Schließlich habe ich noch immer auf dem Safran gesessen. Und irgendwann – verflucht – ist man das Hin und Her mal leid.«

Jeder hier würde ihn am liebsten umbringen, dachte Marcella. Ihr fiel die Verwunderung ein, mit der sie darüber nachgedacht hatte, dass der alte Graf seine Schwiegertochter und nicht seinen jüngeren Sohn zum Vormund der Enkelkinder bestellt hatte. Jetzt meinte sie das plötzlich zu begreifen. Was sie aber nicht begriff – woher hatte Pantaleon gewusst, dass von Oerens Kaufangebot von Tristand ausging? Daniels kannte er von dem Besuch des Juden auf Starkenburg, gegen ihn war sein Misstrauen begründet, aber wie konnte er von dem Plan gewusst haben, den sie mit von Oeren in Jacobs Haus besprochen hatten?

»An diesem Hexenhumbug bin ich übrigens unschuldig«, erklärte der Graf gönnerhaft. »Das hat die gute Mechthilde allein gestrickt. Freut es Euch zu hören, dass Volker sie davongejagt hat? Die Abreibung, die sie bekommen hat, soll auf dem blanken Hintern gelandet und so gründlich ausgefallen sein, dass sie auf dem Bauche liegend fortgeschafft werden musste. Es heißt, sie geht auf unbestimmte Zeit ihre Tante besuchen. Nur hat sie gar keine ...« Er lachte sein Ziegenbartlachen. »Wenn es nach meinem Plan gegangen wäre, dann hätte ich Euch einfach heimlich aus der Burg gebracht, Herrin. Ich war sogar schon unterwegs zu Euch. Mit einer Handvoll Bilsenkrautsamen, um Euch geneigt zu machen. Aber dann habe ich Euch in das Zimmer des Erzbischofs gehen sehen, und als Ihr mit ihm fortgegangen wart und das Zimmer so hübsch leer stand – wie hätte ich widerstehen können? Also hat der Erzbischof das Bilsenkraut bekommen. Und Colin konnte bezeugen, dass er Euch aus dem Zimmer hatte kommen sehen, und Mechthilde, die Gute ...«

Wir werden sterben, dachte Marcella. Vielleicht war ihm das sogar noch wichtiger als Geld. Er hatte zu oft gegen sie verloren und Männer wie Pantaleon ertrugen keine Niederlagen. Aber woher hatte er gewusst, dass von Oerens Kaufangebot eine Falle war?

»Wer hat Euch gesagt, dass Tristand hinter von Oerens Angebot stand?«, fragte sie.

Einen Moment lang war es still.

»Das wisst Ihr noch nicht? Oh ... Tristand – jetzt begreif ich erst.« Der Graf begann zu lachen wie über einen guten Witz. »*Omnia vincit Amor*. Welche Courtoisie! Habt Ihr sie deshalb überredet, nach Starkenburg zu gehen? Fort mit dem Kindchen aus der bösen Welt? Aber Ihr tut ihr unrecht. Sie ist zäher als ein durchgerittner Sattel. Marcella ...« Sein Lachen verstummte. Er kam näher und berührte ihr Gesicht. »Ihr wollt's doch wissen, stimmt's? Ihr gebt Euch doch nicht mit dem schönen Schein zufrieden.«

Sie schob seine Hand fort und er lächelte.

»Das, was in den letzten Wochen passiert ist, Herrin, der Überfall, der Raub des Safrans, die Toten, alles, von dem Tag an, als Scholer Koblenz verlassen hat – das ist *Euretwegen* passiert. Und zwar zu einem einzigen Zweck: Ihr solltet veranlasst werden, Jacob Wolff zu heiraten.«

Marcella schüttelte den Kopf. Sie trat einen Schritt zurück. »Jacob hätte nie ...«

»Doch nicht Jacob.«

Dann ...? Marcella ging noch immer rückwärts. Sie stieß mit dem Kreuz gegen den Handlauf des Treppengeländers. Ungläubig sah sie die drei Männer an.

»Euer Onkel Bonifaz«, sagte Pantaleon so mitleidig wie ein Skorpion, der das Gift aus dem Stachel spritzt, »war ein Mann voller Sorgen. Er war reich. Aber es gab andere, die ebenso reich waren. Oder – noch schlimmer – nicht ganz so reich, dafür aber voller Neid. Wie sollte er sich gegen solche Leute behaupten? Er lebte wie das Kaninchen unter Wölfen. Er hat *gedacht*, er wäre das Kaninchen. Und was tut ein Kaninchen, wenn es sich vor dem Wolf fürchtet? Es sucht eine Mauer, hinter der es sich verkriechen kann. Und diese Mauer – wart Ihr, Marcella. Oder vielmehr, Eure Heirat mit dem stärksten der Wölfe.

Der gute Bonifaz hatte sich gedacht, als Partner könnte Jacob ihn im Stich lassen. Aber als Ehemann seiner Nichte ... Seht Ihr, Marcella. Und deshalb wollte der Onkel, dass Ihr Jacob Wolff heiratet.«

Marcella sah zu Tristand. Von dort kam kein Protest.

»Er hatte sich alles so schön ausgedacht. Aber dann musste er feststellen, dass seine Nichte ein widerspenstiges Dingelchen war, das nicht gelernt hatte, sich zu fügen ...«

Marcella umfasste das Geländer. Ihre Augen wurden blind von Tränen.

»Und die Angst vor dem Wolf wurde immer größer. Er konnte sie kaum noch für sich behalten. Und als sein Kunde kam, der leutselige Graf Sponheim, der immer ein Ohr für die Sorgen anderer Leute hat – da hat er alles aus sich herausgestammelt. Seine ganze einfältige Angst. Aber es war möglich, ihm zu helfen. Schließlich gründete der Trotz seiner Nichte auf ihrer finanziellen Unabhängigkeit. Er brauchte also nichts weiter zu tun, als diese Unabhängigkeit zu zerstören. Ihr kleines, dummes Geschäft. Und da er gerade mit ein wenig Schnüffelei – die Ängstlichen schnüffeln immer, das solltet Ihr Euch merken – herausgefunden hatte, dass Marcella Bonifaz eine kostbare Ladung aus Koblenz erwartete ...«

Marcella schob sich hinter das Geländer, die Stufen hinauf. Unter ihren nackten Füßen zerbröselte der Mörtel. Sie schürfte sich die Ferse auf, als ein Stein brach und sie ausglitt.

»Ich war bereit, ihm zu helfen«, sagte der Graf, ihr Missgeschick belächelnd. »Ein alter Mann in Not. Er erließ mir ein paar Rechnungen und ich – befreite ihn von seinen Sorgen. Tja, Kindchen. Natürlich hätte all das nicht geschehen müssen, wenn Ihr Eurem Onkel ...«

»Nun hört auf!«, brach es aus Tristand heraus.

»... wenn Ihr ihm brav gefolgt wäret.« Er beobachtete den Kaufmann aus den Augenwinkeln. »*Nulla fere* ... Ihr wisst schon. *Kaum ein Unglück, das nicht durch ein Weib verschuldet wurde.* Und ... Euer Vater würde auch noch leben – das ist Euch doch klar, Tristand?«

Marcella umfasste den Stein, der unter ihrem Tritt aus der Treppe gebrochen war. Es sah aus, als wolle sich Tristand auf den Grafen stürzen. Er tat es auch, oder versuchte es vielmehr. Aber er kam nicht einmal an ihn heran. Der Ritter sprang dazwischen – schneller als eine Katze, bösartiger als ein Bulle. Er schlug zu. Nicht irgendwohin, sondern gezielt und treffsicher genau in Tristands alte Wunde. Tristand sackte mit einem schrecklichen Laut zusammen. Er stöhnte, als der Ritter ihn am Halsausschnitt seine Rockes hochriss und über den Fußboden schleifte.

»Denk dran, dass wir seine Augen und seine Hände brauchen«, bemerkte der Graf kühl und strich über sein Ziegenbärtchen.

Peter schleppte sein Opfer zum Geländer. Er gönnte sich einen grinsenden Blick auf Marcella und presste Tristands Hals gegen den Handlauf. In seiner Rechten blitzte ein Messer auf, eine Waffe mit breiter, kurzer Klinge, in deren Mitte eine Blutrinne lief. Er hätte Tristand damit niederstechen können, aber das wollte er nicht. Er wollte an sein Gesicht. An seinen Mund.

Marcella umklammerte den Stein. Sie hockte sich auf die Fersen.

Tristand war dem Ritter nicht gewachsen. Er hatte das Knie seines Henkers im Magen und wurde mit dem Nacken gegen das Eisen gedrückt. Marcella richtete sich auf.

Sie schlug in dem Moment zu, als der Ritter meinte, den Schnitt durch Tristands Lippe führen zu können. Sie schlug gegen seine Faust und die Klinge prallte zurück – irgendwo hinein in das grinsende Gesicht.

Sie wollte das nicht sehen. Sie ließ den Stein fallen und wich entsetzt zurück und musste dann doch in das Gesicht starren, das unter den Augenbrauen zu einer klaffenden Wunde geworden war.

Tristand riss sie mit sich. Sie hatte ihm Luft geschaffen, und es war ihm gelungen, auf die Treppe zu kommen. Er zog sie die Stufen hoch. Am Ende der Treppe gab es eine Leiter und darüber ein Loch in der Decke, durch das er sie schob.

Der Ritter heulte hinter ihnen wie ein Tier.

Marcella richtete sich auf. Sie standen im Freien oben auf dem Turm. Tristand war dabei, an etwas zu zerren, an einer Eisenstange, die bis zur Mitte des Rondells reichte und in der Öse eines steinernen Gewichtes endete. Er bekam die Stange frei und zog etwas Schweres an den Rand der Mauerzinne. Die Strafkrone.

»Hilf!«, keuchte er.

Marcella umklammerte das Eisen. Gemeinsam zerrten sie den Gitterkäfig über die Zinnen, ließen ihn auf den Steinboden plumpsen und schleppten ihn zu dem Loch. Der Kopf des Ritters erschien. Tristand gab dem Käfig einen Stoß, der ihn direkt auf die sandfarbenen Haare kippen ließ. Still wie eine Stechpuppe fiel der Ritter herab.

»Allmächtiger«, flüsterte Marcella.

Die Strafkrone blieb mit dem unteren Drittel im Loch stecken. Wer jetzt zu ihnen hinaufwollte, musste sie packen und mit beiden Armen hochstemmen.

»Allmächtiger«, wiederholte sie. Die Blitze waren verstummt. Es regnete nur noch von einem zerrissenen, blauschwarzen Himmel.

»Eine Pause«, flüsterte Tristand, »mehr nicht.« Er schwankte. Sein Gesicht war kalkweiß, der Mund von Schmerzen verzerrt. Marcella umfasste ihn und half ihm behutsam, zu Boden zu kommen.

»Ich bringe Euch Unglück ... immer ...«, stammelte er, während der Regen ihm übers Gesicht strömte und der Schmerz ihn an den Rand der Fassung brachte.

Sie zog ihn an sich und barg sein Gesicht in ihren Armen. Selbst mit den Zähnen klappernd versuchte sie ihn zu beruhigen, indem sie sein krauses, nasses Haar streichelte. Ihr Blick war auf die Strafkrone geheftet. Sollte sich da nur das Geringste bewegen, würde sie die Eisenstange packen und ...

Jedenfalls werde ich sie nicht hier herauflassen, schwor sie sich. Und – Wasser hatten sie genug für die Ewigkeit.

XXXII

»Seit wann habt Ihr es gewusst?«, fragte Marcella.

Das Heulen unter ihnen war verstummt. Auch Pantaleons Drohungen und Schmeicheleien. Es gab nichts mehr als das leise Rauschen des Regens von einem Himmel, der sich langsam entwölkte.

»Mit Eurem Onkel?«

»Ja.«

»Es gab nicht viel Auswahl. Ich dachte, er oder Jacob müsste es sein. Eher Jacob. Aber als ich ihn kennenlernte ...«

»Ich hatte *immer* gesagt, dass Jacob ein zuverlässiger Freund ist.«

»Eben ...«

Marcella musste lachen. Sie wurde gleich wieder ernst. »Warum habt Ihr das über Onkel Bonifaz für Euch behalten?«

»Er sah ... krank aus. Fand ich.«

»Und warum ...?« Nein, nicht fragen. Tristand hatte sie nach Starkenburg geschickt. Und gehofft, dass der Onkel starb, bevor sein Mittun an der Verschwörung offenbar wurde. So einfach. Nur, dachte Marcella, habe ich Arnold lieber gemocht als Onkel Bonifaz. Und der Onkel hatte Arnold sterben lassen. Mit welchem Recht durfte er sich jetzt einfach in sein Bett legen ... Sie dachte an das vertrocknete Gesicht mit den dünnen, weißen Haaren und den unruhigen Augen und seufzte.

Warum nur hatte der Onkel ihr nichts von seinen Sorgen gesagt? Aber hätte sie Jacob dann geheiratet? Oder den Onkel zu beruhigen vermocht?

Der Regen war warm. Sogar die Pfütze, in der sie saßen. Marcella steckte den Zeh hinein und rührte das Wasser zu Kreisen, die sich in Wellen nach außen ausbreiteten, wobei jede Welle durch ein Heer von platschenden Regentropfen attackiert wurde.

»Was ist?«, fragte sie, als Tristand aufstand. Dann hörte sie es selbst. In das Regengeplätscher hatte sich das Trappeln von Pferdehufen gemischt. Marcella sprang auf. Das Trappeln wurde leiser und verklang, und sie mussten eine Weile warten, dann sahen sie die Reiter, die die Burg verlassen hatten, unten an der Straße auftauchen.

»Wahrscheinlich Walram«, meinte Tristand, denn der Führer der Männer trug einen aufwendig bestickten Waffenmantel. Warum mochte Pantaleon ihn nicht um seine Hilfe gebeten haben? Weil er Erpressungsversuche fürchtete? Die Männer wurden langsamer. Sie hatten eine Hügelkuppe erreicht und zügelten die Pferde. Kurze Zeit später konnte man erkennen, warum. Reisende, eingehüllt in Mäntel und Kapuzen, kamen ihnen entgegen.

»Sie reichen sich die Hände«, kommentierte Tristand, und die winzige Hoffnung, die er gehabt haben mochte, zerplatzte. Alle reichten einander die Hände, bis auf einen einsamen Mann, der als Letzter die Gruppe um Walram erreicht hatte. Er saß jämmerlich zu Pferde und scheute sich, den anderen nahe zu kommen. Seine Aufmerksamkeit galt der Burg. Die Reiter sprachen nur kurz miteinander, dann verschwanden sie in unterschiedliche Richtungen. Die Neuankömmlinge kamen zur Burg hinauf.

»Ihr friert«, sagte Tristand und zog Marcella, als sie sich wieder niederließen, zu sich heran. Seine Augen hingen an der Strafkrone, die rostig aus dem Bodenloch ragte. Vielleicht fragte er sich, ob Pantaleon noch in dem Raum darunter wartete. Wahrscheinlich zermarterte er sich das Hirn nach einer Fluchtmöglichkeit.

Er hatte die Ärmel seines Rocks über die Ellbogen geschoben, und sie sah seine kräftigen, gebräunten Arme, auf denen sich schwarze Härchen kringelten. Um sein Handgelenk wand sich ein Band aus winzigen, orientalisch anmutenden Perlenstickereien. Von einer Liebsten?

Es war unwahrscheinlich, dass es nicht viele Frauen in seinem Leben gegeben hatte. Und sonderbar, dass er noch mit keiner verheiratet war. Wobei ... nein, dachte Marcella. Wenn er verheiratet wäre – oder irgendwie gebunden –, dann hätte er sich anders zu ihr verhalten. Treulosigkeit gehörte nicht zu seinen Lastern. Wahrhaftig nicht. Im Gegenteil. Wenn man sah, wie er sich mit seinem Bruder anstellte ...

»Eigenartig«, sagte er.

»Was?«

»Dass Ihr gerade jetzt lächelt.«

»Man weiß ja nicht, wie oft man noch Gelegenheit hat.«

»Und? Der Grund? Darf ich daran teilhaben?«

Marcella errötete.

Er nahm sie fester in den Arm, und da sie einander so nahe waren und er nicht blind und seine Haut nicht aus Marmor war, fiel ihm sicher auf, wie sie außer Fassung geriet. Wahrscheinlich hörte er jeden Stolperschlag ihres Herzens.

»Ich glaub's nicht«, murmelte er. »Ihr habt ja mehr Angst als Haare auf dem Kopf. Psst ...« Er berührte ihre Augenbrauen mit den Fingern und schaute sie mit unverhüllter Zärtlichkeit an. Seine Finger glitten von den Augen zu ihrem Mund. »Ich wünschte«, murmelte er, während er über ihre Lippen strich, »ich könnte Eure Schwester Jeanne kennenlernen. Ich würde ihr mit Wonne den Hals umdrehen.«

Die Reiter waren im Hof angekommen. Man hörte Anweisungen, die wahrscheinlich dem Jungen aus dem Pferdestall galten.

»Wenn das Leute sind, die Pantaleon sich herbestellt hat ...« Tristand stand auf. Es gab nichts auf dem Turm, was man als Waffe hätte benutzen können, außer der Stange, an der die Strafkrone hing. Er löste den Befestigungsbolzen und zog sie heraus.

Nur wird uns das nicht lange helfen, dachte Marcella. Selbst wenn er sie hindern sollte, hier heraufzukommen – sie konnten auf keinen Fall hinunter. Es war schön gewesen, das für eine Weile zu vergessen.

Sie hörte Türen knallen. Jemand rief etwas. Stimmen näherten sich. In dem Zimmer unter ihnen wurde am Türgriff gerüttelt. Dann war es eine Weile still. Schließlich hörte man das Drehen des Schlüssels.

Marcella lehnte sich an die Mauer. Sie vermied es, über die Schulter zu schauen, wo es hinabging zum grünen Wasser des Burggrabens.

»Ist hier jemand? Damian? Bist du da? – Sag doch was!«, rief eine Stimme. Sie klang ängstlich und hoffnungsfroh zugleich, zerrissen von Zweifel – und in ihren Ohren verabscheuungswürdig.

»Tut es nicht«, sagte Marcella.

Tristand hörte nicht auf sie. Er legte die Stange beiseite und stemmte den Fuß gegen das untere Band der Strafkrone, um den Eisenbehälter aus dem Loch zu hieven.

»Er hat Euch bisher jedes Mal verraten.«

Tristand schüttelte den Kopf. Er brachte es fertig, die Strafkrone aus dem Loch zu bewegen, obwohl sie ihm nicht dabei half, und schwang sich hinab in das Zimmer. Dann hörte Marcella Martin den Namen seines Bruders stammeln. Sie legte die Hände über die Ohren.

»Kommt«, sagte Tristand. Er half ihr über die Stufen der Leiter. Martin stand dort, wo vorher der Ritter gestanden hatte. Das helle Leder seiner Schuhe hatte einen roten Rand, und Marcella nahm an, dass er in die Blutpfütze getreten war, die neben der Treppe am Trocknen war. So etwas sah ihm ähnlich.

»Ihr braucht ihm nicht zu vergeben, aber ein wenig Vertrauen wäre jetzt nützlich«, sagte Tristand.

»Wieso ist er hier?«

»Das ist eine längere Geschichte. Er hat beobachtet, in Trier, von unserem Haus aus, wie Pantaleon ...«

»Dann ist er also doch daheim gewesen?«

»Ja. Und er hat gesehen, dass Pantaleon mich angesprochen hat. Er ist uns aus der Stadt gefolgt. Er hat beobachtet, wie Pantaleon mir die Waffen abgenommen und die Hände gefesselt hat ...«

»Warum ist er Euch überhaupt gefolgt? Kennt er den Grafen?«

Martin lief flammend rot an. Der Wirbel auf seiner Stirn wippte. »Pantaleon hat früher bei uns seinen Wein gekauft«, erklärte er steif. »Und als ich ihn bei meinem Bruder gesehen habe, ist mir plötzlich eingefallen, dass wir ein- oder zweimal seine Lieferung nach Dill gesandt haben. Und von Dill hatte Damian ja gesprochen. Außerdem wusste ich, dass der Graf, als er in Zahlungsschwierigkeiten geraten war, von Eurem Onkel weiterbeliefert wurde. Ich ... hab's mir eben zusammengereimt.«

»Und dann seid Ihr nach Dill geritten. Und Euer Erscheinen hat den Grafen dermaßen eingeschüchtert, dass er augenblicklich die Tore öffnete ...«

»Marcella ...« Tristand legte den Arm um sie, was sie in diesem Moment nicht ausstehen konnte. Sein Arm erinnerte sie daran, dass er Onkel Bonifaz geschont hatte. Sie schuldete ihm also etwas. Aber das konnte sie auch nicht ausstehen.

»Ich bin zu Wolff gegangen. Aber der war nicht da. Nur der junge Ritter, dieser Richwin«, murmelte Martin. »Er meinte, seine Gräfin würde uns weiterhelfen. Also sind wir zur Starkenburg geritten. Und sie hat dann ein paar von ihren Leuten hierher geschickt, um zu prüfen, was geschehen ist. Aber ... der Graf leugnet alles.«

»Was?«

»Und er scheint bei den Edlen sehr angesehen zu sein. Ich fürchte, einige ... also jedenfalls der, der sie führt, neigt dazu, dem Grafen zu glauben.«

»Er glaubt ihm?«

Martin nickte gezwungen. »Wahrscheinlich wäre es besser gewesen, ich hätte mich an die Schöffen gehalten. An von Oeren.«

»Der weiß auch nichts?«

»Ich hatte in der Eile nicht bedacht ...«

»Keiner in Trier weiß, dass wir hier sind?«

Er schüttelte den Kopf.

»Oh!«, flüsterte Marcella. »Das Schlimme ... das Schlimme ist – Ihr macht *nie* etwas richtig!«

Die Männer warteten im Raum unter ihnen.

Richwin lehnte an dem mit grünen Kacheln ausgeschlagenen Kamin. Neben ihm auf einer Bank saß Emmerich von Stein, der bedächtig die Sprünge im Fußboden studierte. Claus Smideburg reinigte mit seinem Messer die Fingernägel. Der Mann, auf den es ankam, befand sich abseits von den anderen und durchschritt ungeduldig den Saal. Colin von der Neuerburg.

Er kann mich nicht leiden, dachte Marcella. Und wieder nagte das Gefühl an ihr, von Loretta im Stich gelassen zu werden. Pantaleon stand gleichmütig unter den Waffen, mit denen er oder seine Vorfahren in Kämpfen siegreich gewesen sein mochten. Schwerter, ein türkischer Säbel, eine

Armbrust, ein Eschenbogen mit einem Bündel Pfeile ... Er hatte die Daumen in den Gürtel gehakt und lächelte zuversichtlich. »Wie ich schon sagte ... Ich hatte nur helfen wollen.«

»Helfen! Gnade Gott allen, denen Ihr helfen wollt«, stieß Tristand rau hervor.

In einer Ecke, zwischen den Waffen und dem Kamin, lag etwas Längliches, das mit einem Laken abgedeckt war. Tristand trat darauf zu und hob das Laken an. Marcella konnte nichts sehen, weil sein Rücken ihr die Sicht versperrte, aber sie nahm an, dass es sich um die Leiche des Ritters handelte und dass er also tot sein musste.

Colin von der Neuerburg ergriff das Wort. Auf Starkenburg wurde gerade in diesem Moment der Vertrag zwischen dem Erzbischof und der Gräfin gesiegelt. Er war nicht begeistert, dass er hier sein musste, und wollte möglichst schnell zurück. Aber seine Herrin hatte ihm einen Auftrag gegeben ...

»Genau wie mir«, fiel Pantaleon geschmeidig ein. »Loretta hat mich gebeten, die Krämerin fortzubringen, und das habe ich getan – in der Hoffnung, sie würde hier sicher sein, bis sich die Aufregung um den Hexenunfug – oder das, was ich fest für Unfug gehalten hatte – gelegt haben würde. Fragt mich nicht, wie Tristand wissen konnte, dass sie hier ist. Fragt mich nicht, wie er es fertiggebracht hat, so schnell hier aufzutauchen. Fragt mich nicht. Fragt mich lieber nicht ...«, wiederholte er und besah seine schönen, schmalen Hände.

»Ich habe *gesehen*, wie Ihr meinen Bruder in Trier angesprochen habt«, fuhr Martin ihn an.

»Es ehrt Euch, lieber Mann, dass Ihr Euch für ihn einsetzt. Er ist reich, nicht wahr? Aber es ist kein Reichtum, den Ihr erben könntet. Venedig ist weit. Ist Euch das endlich aufgegangen? Schön jedenfalls, jetzt diese brüderliche Eintracht zu sehen ...«

»Und dumm, dass nicht *alle* Menschen Brüder sind«, sagte Marcella, Martins Wutanfall zuvorkommend. »Der Junge, der die Pferde pflegt – kein Bruder, sondern ein Knecht aus diesem Haus ... Er *weiß*, dass Tristand von Euch hierhergebracht wurde. Und auch, in welchem Zustand und in welcher Begleitung *ich* nach Dill gekommen bin.«

Colin freute sich nicht über diese Aussage. Was mochte Loretta ihm befohlen haben? Dass der Bruder ihres Gatten nicht in einen Skandal verwickelt werden durfte? Sollte alles vertuscht werden?

»Ich werde den Jungen auftreiben«, sagte Richwin und verschwand.

Pantaleon lächelte ihm amüsiert nach. »Wird es zur Feier des Vertrages ein Turnier geben?«, fragte er. »Teufel – ich weiß nicht, warum solche Schereien immer mir aufgehalst werden. Und immer zum dümmsten Zeitpunkt. He, Claus, ich hab bei dir einen Tjost gut ...«

»Geht aber nicht«, erwiderte Claus Smideburg traurig. »Ist gegen das, was die Kirche will. Und alle sagen, wenn wir dem Heiligen Vater jetzt auf die Füße treten, wird er uns barfuß nach Compostela marschieren lassen. Das wär keinesfalls lustig, weil man dabei nichts trinken dürfte als Wasser. Und Kerzen ... Stimmt es, dass man Kerzen vor sich hertragen muss, Emmerich?«

Emmerichs grimmiger Blick ließ die Frage ersterben. Claus wandte sich wieder seinen Fingernägeln zu, und alle schwiegen, bis Richwin mit einem Knaben an der Seite zurückkehrte.

»Dein Herr ist tot«, empfing Pantaleon den Jungen und schlug das Laken zurück, das den Ritter bedeckte. Diesmal stand Tristand nicht davor und Marcella hielt entsetzt den Atem an. Das Messer war mit der Klingenspitze ins Auge gedrungen und hatte die Haut bis zum Ohr zu einer klaffenden Wunde gerissen.

»Ihr habt eine einprägsame Handschrift, Herrin«, lächelte der Graf.

Der kleine Junge schluckte. Er wollte zurückweichen, aber der Graf fasste sein Handgelenk und zwang ihn, am Platz zu bleiben. »Sterben tut weh, ja? Hast du mit angehört, wie dein Herr seine Seele ausgeheult hat? Und weißt du auch, auf welche Art er zu Tode gekommen ist? Weißt du das?«

Unter dem Einfluss seiner Stimme wanderten die Blicke des Jungen zum Toten zurück.

»Sterben ist schlimm«, sagte der Graf mit tonloser Stimme, »besonders, wenn es so – schmerzhaft ist. Du weißt, wie lange er brauchte, bis er es hinter sich hatte. Und niemand – niemand – konnte ihm helfen, verstehst du?«

»Da ist es ja ein Glück, dass hier keiner ein ähnliches Schicksal zu befürchten braucht.« Richwins freundliche Augen glitzerten vor Wut. Aber nicht Richwin, Colin hatte den Auftrag, für Loretta Recht zu schaffen – wenn es so war.

»Also«, grollte Lorettas Ritter. »Sag, was du weißt, Bengel. Und ohne Maulaffen feilzuhalten!«

»Nichts«, flüsterte der Junge.

Nichts war keine gute Antwort für einen Mann wie Colin. Er wiederholte seine Aufforderung im Brüllton.

»Würd ich nicht tun – ihn anschreien«, bemerkte Claus Smideburg, von seinen Fingernägeln aufsehend. »So was hatte ich auch mal. Einen Pagen. Eine Ohrfeige, und das Kerlchen war stumm wie eine Flunder. Ist aber auch bald weggestorben ...«

Pantaleon zog den Jungen zu sich heran. »Kannst du dich erinnern, was das Weib gesagt hat? In der Nacht, in der sie gekommen ist?«

»Kann er nicht«, urteilte Claus, als der Junge stumm blieb. »Vielleicht hat er was am Kopf. Das gibt's auch ...«

»Hat sie nicht von Hexen gesprochen? Von Succubi? Und

davon, wie sich das Glied des Teufels anfühlt?« drängte der Graf ärgerlich.

Der Junge nickte. Er wurde geschüttelt und sagte deutlich: »Ja.«

»Und was? Gibt das jetzt ein Hexengericht?« Tristand hatte jede Farbe verloren. »Warum fragt niemand das Kind, wann und mit wem ich zur Burg gekommen bin?«

»Warum sollte jemand fragen? Wisst Ihr oder ich – Entschuldigung, *Ihr* wisst es vielleicht –, was eine Hexe ein Kind glauben machen kann?«

Marcella ließ sich vorsichtig auf der Treppenstufe nieder. Ihre Knie waren weich wie Butter. Hexerei. Wenn Colin wollte, konnte er sie zurück nach Starkenburg schaffen. Hexerei war Angelegenheit des Cisterciensers. Damit wäre er die Sache los. Was hatte Loretta ihm aufgetragen?

»Hexerei!«, fauchte Tristand. »Colin! Bei dem Überfall auf die Frachtwagen ist Safran im Wert von dreihundertachtzig Pfund Heller gestohlen worden. Darum geht es. Um nichts anderes. Um den Safran. Und um die Menschen, die dafür ermordet wurden ...«

»Werdet Ihr deshalb nicht in Trier gesucht?«, murmelte der Graf.

»Das ist richtig – oder war richtig.« Tristand verstummte. Sein Blick wanderte an der Gestalt des Grafen herab. Seine Lippen öffneten sich, als hätte er eine Idee. Plötzlich trat er zu dem Jungen und ging vor ihm in die Hocke.

»Kannst du uns zeigen«, fragte er, während er die kleinen Hände in seine eigenen nahm, »welche Schlösser zu den Schlüsseln gehören, die der Graf an seinem Gürtel trägt?«

»Es ist Safran drin – natürlich«, sagte Pantaleon. »Ich führe eine Küche. Wollt Ihr mich auf diesen dämlichen Dreck hin beschuldigen?«

Sie alle schauten auf die Stollentruhe, auf die missgestaltete, affenähnliche Monstren, in Arkadenbögen eingefügt, ihr Unwesen trieben. Staub lag in den Schnitzereien, denn die Truhe hatte in Stroh vergraben auf dem Boden des Verlieses gelegen, das sich an die Westmauer der Kernburg anschloss.

Colin schob den flachen Steckschlüssel ins Schloss, drückte ihn gegen die Sperrfeder und öffnete den Truhendeckel. Es kamen Stoffe zum Vorschein, eine Handvoll Rollen mit Goldzwirn, ein Beutel, aus dem fremdländische Münzen purzelten, dazu ein Münzprüfer. Sie fanden ein hühnereigroßes Klümpchen Gold – und zwei bauchige, schlichte Holzkrüge.

Colin drehte die hölzernen Pfropfen heraus.

»Es ist *mein* Safran«, zischte der Graf. »Und ich werde Euch den Händler nennen, der ihn mir verkauft hat – falls Ihr ...«

Colin breitete ein Stoffstück auf dem Boden aus und schüttete den Inhalt des ersten Kruges darauf aus. Brüchige winzig feine rote Fädchen fielen auf den gelben Stoff. Ein leicht schimmliger Geruch stieg auf.

»Falls Ihr die Frechheit besitzen solltet, das Wort eines Grafen von Sponheim ...«

Colin entleerte den zweiten Krug über dem ersten.

»... anzuzweifeln!«

Marcella sah etwas in dem Häuflein stecken. Es blinkte wie Metall. Vorsichtig fuhr sie mit den Fingern zwischen die roten Fädchen. Sie bekam etwas Hartes, Glattes zu fassen und zog es heraus. Eine Rose lag auf ihrer Handfläche. Eine Fibel in der Form einer silbernen Rose, mit kleinen Diamantsplittern besetzt, die wie Tau auf den Blütenblättern blitzten.

»... *wie eine Rose auf den Wiesen des Scharon ist meine Freundin unter den Töchtern. Wie eine Rose unter Dornen* ...«, murmelte Marcella und umschloss das Schmuckstück, bis sich seine Kanten in ihre Haut drückten.

Es war kein Beweis. Nicht der Schatten eines Beweises. Zumindest so lange nicht, bis Marcella den Brief des Genuesen mit den alttestamentarischen Versen präsentiert hätte.

Aber als sie nun aufsah und in Colins Gesicht blickte, wusste sie, dass er überzeugt war. Vielleicht hatte er auch nie daran gezweifelt, dass Pantaleon der Dieb und Mörder war, als den man ihn anklagte. Aber jetzt gab es etwas Handfestes ... und da traf er seine Entscheidung.

»Ich denke, es wäre der Wunsch der Gräfin, dass Ihr mir Euer Schwert übergebt, mein Herr«, erklärte er steinern.

Der Graf lachte krächzend. Die Rose lag auf Marcellas Handteller. Er wusste ... er ahnte nicht einmal, in welcher Art sie ihn überführte. Und vielleicht machte gerade die Ungewissheit ihn kopflos. Mit einem Mal stürzte er los, stieß Claus Smideburg beiseite und rannte hallenden Schritts die Treppe hinab.

Colin hielt Richwin, der ihm nachsetzen wollte, am Arm fest. »Lass ihn!«

Also lief es doch auf Vertuschen hinaus?

Tristand stürmte vor und griff nach Richwins Schwert.

»Nein.« Colin schloss die Tür. Sein hartes Gesicht wurde weicher. »Ihr bewegt Euch wie ein kranker Mann, Tristand. Und selbst als gesunder hattet Ihr Schwierigkeiten mit ihm. Warum soll dem ganzen Unglück noch eines hinzugefügt werden? Seid vernünftig. Wenn der Graf fort will, muss er vorher den Weg zum Hügel passieren – und dann ist er unter unseren Augen.« Er trat zur Wand, nahm den Eschenbogen herab und prüfte mit dem Fingernagel die Elastizität der Sehne. Dann legte er einen der Pfeile auf, ein stählernes Geschoss mit einem metallenen, rotgefärbten Schaft.

»Das ist unehrenhaft«, sagte Richwin.

»So unehrenhaft, wie einer Ratte Gift zu streuen.«

Colin trat ans Fenster und spannte die Sehne.

»Und wenn Loretta fragt?«, sagte Richwin. »Und die anderen?«

Ein verkümmertes Lächeln huschte um den Mund des alten Ritters. Er kniff ein Auge zu und zielte.

Es sollte also doch ein Vertuschen sein.

XXXIII

Die Burg lag in ihrem Rücken. Sie ritten auf die Weggabelung zu, an der ihr Weg sich trennen würde. Der Leichnam des Grafen wurde, in eine Decke gehüllt, auf seinem eigenen Pferd mitgeführt.

Colin stieß die Gugelhaube seines Mantels zurück. Er ritt zuvorderst, und als er jetzt sein Pferd halten ließ, taten alle es ihm nach. Colin hatte etwas zu sagen. Etwas, das die Brüder und Marcella anging.

»Der Gräfin Loretta steht eine schwierige Zeit bevor«, begann er, während der Wind in seine dünnen Haare wehte. »Der Erzbischof unterzeichnet den Sühnevertrag, aber der Vertrag ist gepresst, und jeder weiß das, und viele einflussreiche Leute, Deutsche und Franzosen, sehen sie deshalb mit scheelem Blick an. Der Heilige Vater – missbilligt ihr Tun aufs Heftigste ...«

Und was wird er sagen, wenn ihr Schwager sich jetzt als Strauchdieb und Raubmörder entpuppt? Darauf läuft es hinaus, dachte Marcella. Sie kann sich keinen zweiten Skandal leisten. Und Colin ist hier, um dafür zu sorgen, dass er ausbleibt.

»Loretta trägt ihre Last mit Würde.« Der Ritter suchte nach den rechten Worten. »Aber ihr Land leidet. Ihr versteht. Eine Gräfin, die unter dem Bann steht, hat es schwer, zu regieren und sich und ihrem Gesetz Respekt zu verschaffen.«

Das war geschickt. Nicht um Loretta ging es, sondern um das Land.

Warum, hämmerte es in Marcellas Kopf, warum hatte sie ausgerechnet Colin nach Dill gesandt? Colin mit seiner Verachtung für alles, was nicht adlig war. Und seiner Hingabe an das Haus Sponheim. Oder war das ungerecht? Außer Colin war auch Richwin gekommen. Und am Ende hatte Colin sie – wenn auch widerwillig – geschützt.

Ich hasse es, im Stich gelassen zu werden, dachte Marcella. Das ist es.

Sie schaute in Tristands müdes und in Martins böses Gesicht. Beide äußerten sich nicht. Hieß das, dass sie entscheiden sollte?

Sie suchte Richwin.

Mit Colin wollte sie nichts zu tun haben. Also ritt sie zu dem blonden Ritter am Ende ihrer kleinen Schar. »Würdet Ihr Loretta sagen ...« Richwin trieb sein Pferd an ihres. Ein klein wenig war auch er verraten worden. Er neigte sein Ohr zu ihr und war bereit, alles Gute und Böse anzuhören. »Sagt ihr«, flüsterte Marcella. Ja, was? »... dass ich sie vermisse. Und dass ich gern bei ihr auf Starkenburg war. Sagt ihr ...« Auf einmal liefen Tränen in ihre Augen. »... dass ich ihre Söhne liebe. Und dass sie sich keine Sorgen machen soll. Was uns angeht, wünschen wir ihr alles Gute. Und ... küsst mich, Richwin. Ich weiß nicht, wie ich's ohne Euch aushalten soll. Nehmt Lucia für mich in die Arme und achtet darauf, dass Ihr sie glücklich macht. Und schwört, dass Ihr mich nicht vergessen werdet ...«

Richwin küsste bereitwillig, zärtlich und mit einem Zwinkern.

Es brach ihr das Herz, ihn davonreiten zu sehen. Sie verschmierte die Tränen in ihrem Gesicht und rieb sich mit dem Ärmel die Augen rot ...

Der Himmel sah aus, als hätte man ihn mit blaugrauer Seide bespannt. Wolkenfetzen und das Ende eines blassen Regenbogens zerflossen in der Seide, ohne sie aufhellen zu können. Der Weiher, in dem Marcella badete, wirkte, als wäre er aus einer fremden Welt, in der es still und märchenhaft zuging. Es war Abend, aber das merkwürdige Dämmerlicht kam nicht von der Tageszeit, sondern von einem weiteren Unwetter, das über dem Hunsrück aufzog.

Marcella wusch sich die Honigseife aus dem Haar und stapfte zu den gelben Büschen, an denen sie das Tuch zum Abtrocknen aufgehängt hatte.

Sie hatten einen Bauernhof gefunden, ein paar Steinwürfe vor Bernkastel, und die Bäuerin hatte Marcella saubere Kleidung gegeben. Es war ihr wichtig, sauber zu werden. Sogar noch wichtiger als Schlaf. Marcella tauchte ein letztes Mal in dem lauwarmen Wasser unter, wrang sich die Haare aus, wand das Tuch um den Kopf und erklomm den Uferstreifen.

Die Bäuerin war groß und dick. Die Ärmel ihres Unterkleides reichten Marcella bis über die Fingerspitzen, so dass sie sie mehrfach umschlagen musste, und der Rock umflatterte sie wie ein Kaftan. Marcella überlegte, ob sie ihren alten Gürtel umlegen sollte. Sie brachte es nicht über sich. Sorgfältig wickelte sie das grüne Kleid mit aller Wäsche und dem Gürtel um einen Stein und warf ihn hinaus in den Weiher, wo er blubbernd versank.

Sie ging barfuß, denn Schuhe hatte die Bäuerin nicht gehabt, aber das machte ihr nichts. Das wollene Unterkleid wärmte sie und ihre Haare dufteten nach Honig. Der Geruch von Dill war vertrieben. Den weichen Sand zwischen den Zehen ging sie auf den Heuschober zu, den die Bauern ihnen zur Übernachtung angeboten hatten. Sie war froh über das Wetter. Es war, als wäre der Himmel eine Decke, unter der man sich verkriechen konnte.

Die Tür des Heuschobers stand offen. Vorn häuften sich Sicheln, Beile, Spitzhacken, Forken, eine Egge und ein hölzerner Beetpflug mit eiserner Pflugschar. Dahinter lagerte in zwei Ebenen das Heu. Marcella kletterte die Leiter hinauf.

Das Fenster, durch das die Heuballen auf den oberen Boden gehievt wurden, stand offen, und so konnte sie Martin liegen und schlafen sehen. Er hatte den Mund geöffnet und schnarchte und bewegte mit jedem Atemzug einen Halm, der ihm über dem Gesicht baumelte. Sein Haarwirbel hing in die Stirn, wie ein nach langen Kämpfen ermatteter Krieger. Ein Lichtfleck fiel als Dreieck auf seinen Hals. Gerade über ihm gab es eine undichte Stelle im Dach, wo eine der Tannenschindeln sich verschoben hatte. Und wenn der Regen begann, würde er todsicher nass werden.

Marcella seufzte.

Sie nahm eine Handvoll Stroh und machte sich daran, das Loch auszustopfen. Als Zugeständnis an das Gute, das Martin seinem Bruder irgendwann einmal getan haben musste. Man konnte doch nicht ohne Grund so aneinander hängen.

»Die Kranken und die Schlafenden. Ihr verteilt Eure Wohltaten nach wunderlichen Maßstäben«, sagte Tristand. Er reichte ihr einen Krug über die Leiter und kletterte selber hinterher. In dem Krug war warme Milch, und plötzlich merkte Marcella, wie hungrig sie war. Sie setzte sich mit gekreuzten Beinen in das Heu und trank.

»Heute Nacht wird es noch einmal mächtig regnen«, sagte Tristand.

»Soll es.« Und blitzen und donnern. Allmächtiger, wie bin ich glücklich, dachte Marcella. Was eine Kanne Milch und ein Dach über dem Kopf und ein Haufen trockenes Gras bewirken. Tristand hatte sich ins Heu gelegt. Er schaute ihr zu und kümmerte sich nicht darum, dass sie darüber verlegen wurde.

»Vergeben?«

»Was?«, fragte Marcella.

»Martin? Ein kleines bisschen vergeben?«

»Ist das wichtig?«

»Ja. Für das, wie er Euch behandelt hat, hätte man ihn ersäufen müssen.«

Ersäufen ...

Mit einem Mühlstein am Hals, wo das Meer am tiefsten ist.«

»Ihr ... seid so heftig in Euren Gefühlen.«

»Nein, eher zerrissen. Wie Buridans Esel zwischen seinen Heubündeln. Im Ernst, Marcella. Es tut ihm höllisch leid.«

»Im Ernst. Ich weiß das.«

Sie rollte sich ins Heu und schaufelte es mit den Händen auf ihren Bauch. Draußen fing es an zu grollen. Ein Blitz erhellte ihr Schlafdomizil. Sie würden ein prachtvolles Gewitter bekommen. Mit einem gewaltigen Spektakel.

»Marcella?«

»Ja?«

»Ich werde morgen früh nach Wittlich zu Daniels reiten, um meine Angelegenheiten zu regeln. Und von dort aus werde ich nach Venedig zurückkehren ...«

Gut. Gut, das sollte er. Kein Ärger mehr als der über missratene Geschäfte.

»... und ich möchte, dass Ihr mitkommt.«

Ihr Bauch war bedeckt. Sie schaufelte das Heu auf ihr Gesicht. Warum kam jetzt kein Blitz? Das wäre angemessen gewesen.

Tristand kroch an ihre Seite. Er wischte das Heu von ihren Augen. »Ich möchte, dass Ihr mitkommt, Marcella.«

»Nach Venedig?«

Er nickte.

Sie grub sich aus den Halmen und setzte sich auf. Der Blitz entsann sich mit Verspätung seiner dramatischen Bestimmung. Die Scheunenwand erbebte und das Grollen danach war laut und anhaltend. Prasselnd setzte der Regen ein.

»Ich habe ein Geschäft.«

»Nicht mehr in Trier. Und wenn ich Euch raten darf – auch

nicht in Koblenz oder Wittlich oder irgendwo sonst, wo man Euch kennt.«

»Hexenschicksal, was?« Marcella lächelte nervös. »Ich spreche kein Italienisch.«

»Andere haben es auch gelernt.«

»Und Elsa ...«

»Könnte mitkommen. Oder hierbleiben und sich ein eigenes Geschäft aufbauen. Sie sollte in den letzten Wochen einiges verdient haben.«

»Elsa würde nie nach Italien ziehen. Sie denkt, dort sonnen sich die Leute nackt auf den Dächern ...«

»Marcella. – Ich habe Euch etwas gefragt.«

Sein Gesicht war ganz dicht bei ihrem eigenen. Die Augen – die so sammetseidenbraun glänzten – waren nicht zu erkennen, weil es dunkel war, aber sie spürte ihre fiebrige Ungeduld, und ... das verwirrte sie. »Würde man mir denn erlauben, dort mit Farben und Gewürzen zu handeln? Ich handele immer, Tristand, das ist Teil meines Lebens.«

»Sie würden es Euch in Venedig erlauben – und auch in Genua oder Pisa oder Florenz oder Lucca. Ihr könnt handeln, wo Ihr wollt. Und wenn es Euch ans Ende der Welt zieht, würde ich Euch helfen, auch dort Kredit und Aufnahme zu finden. Aber ...«

»Tristand ...«

»Ich habe einen Taufnamen.«

»Wie war der gleich? Etwas von einem Heiligen? Nicolaus? Nein ... Damian, der Ärztepatron. – Damian. Doch, ich weiß das. Ich könnte natürlich gehen, Damian. Und irgendwohin muss ich ja ...«

Jetzt kam der Blitz hell. Er beleuchtete Tristands aufgebrachte Miene. Zerknirscht versuchte sie, die Falten um seinen Mund zu glätten. »Wenn ich ginge ...«

»Ans Ende der Welt?«

»Nach Venedig. Wenn ich also wirklich gehe ...«

Aus dem Ärger wurde ein erleichtertes Lächeln. Das war ungerecht. Sein Lächeln brachte sie so durcheinander, dass sie vor Herzklopfen die eigenen Gedanken nicht mehr hörte. Außerdem ging es nicht an, dass er über ihre Stirn streichelte und ihre Haare liebkoste.

»Ich habe ein böses Temperament«, murmelte sie. »Elsa sagt, ich kann mich nicht einfügen. Ich streite so oft, dass der Pater von Sankt Matthias mich einen goldenen Leuchter spenden lassen will, wenn ich noch einmal aus diesem Grund zum Beichten komme.«

»Venedig hat hundert Kirchen und zehnmal so viele Altäre. Ihr könntet von morgens bis abends streiten, ohne in Platznot zu geraten.«

»Und wenn ich ganz anders bin, als Ihr denkt? Wenn Ihr es nicht mehr aushieltet? Wenn Ihr mich hassen würdet? Was, wenn wir uns beide täuschen?«

Er küsste sie.

So war das mit ihm. Warum war er noch nicht darauf gekommen, seine Versicherungen auf den Bereich der Liebe auszudehnen? Man müsste ihm das vorschlagen. Einen Florenen für jedes Jahr, das die Liebe hielt, und zehn zurück, wenn sie in die Brüche ging. Oder vielleicht lieber doch nicht. Wahrscheinlich wäre es ein riesiges Verlustgeschäft ...

Er küsste anders als Richwin. Verwirrend fremd und aufregend. Sein Bart kratzte an ihrem Kinn, aber seine Lippen schmeckten nach warmer, süßer Zärtlichkeit. Er küsste ...

... ach was, dachte Marcella verschwommen und tastete nach seinem Nacken. Ach was, dachte sie.

Epilog

Balduin von Luxemburg, Erzbischof und deutscher Kurfürst, lebte in der ersten Hälfte des vierzehnten Jahrhunderts in Trier. Seine Entführung durch Gräfin Loretta von Sponheim ist historisch belegt.

Wie aber endete die Entführung?

Wir wissen aus der erhalten gebliebenen Sühneurkunde, dass Loretta ihr Birkenfelder Land tatsächlich zurückbekam. Außerdem wurde ein Lösegeld von elftausend Pfund Heller festgesetzt, und der Erzbischof musste sich verpflichten, keine Burgen mehr auf hintersponheimschem Gebiet zu errichten. Trotz des peniblen, bis ins letzte Detail ausgefeilten Vertrages, den etliche hochrangige Zeugen beurkunden mussten, scheint das Verhältnis zwischen den Kontrahenten in erstaunlich freundschaftliche Bahnen geraten zu sein, denn in dem Brief an den Papst, in dem Balduin um Absolution für Loretta bat, war aus der Entführung plötzlich ein »casu fortuito«, ein »zufälliges Missgeschick« geworden, und aus der Entführerin »meine liebe Nichte«. Ihre jüngeren Söhne wurden mit großzügigen Pfründen bedacht und kurz nach seiner Freilassung stand Balduin der Gräfin sogar bei einer Fehde gegen ihre vordersponheimsche Verwandtschaft bei.

Entsprechend kam Loretta, die zwei Jahre später nach Avignon reiste, um sich von der Exkommunikation befreien zu lassen, mit einer milden Strafe davon. Sie selbst und ihre engsten Vertrauten, darunter Volker von Starkenburg, Colin von der Neuerburg und Richwin von Mielen, wurden dazu verurteilt, mit nackten Füßen, im gürtellosen Büßerhemd und entblößten Hauptes zu einer Kirche ihrer Wahl zu pilgern, dabei eine vier Pfund schwere Wachskerze vor sich herzutragen und öffentlich ihre Schuld zu bekennen. Überwacht werden sollte die Buße von Bischof Adolf von Lüttich, den Loretta selbst als Poenitentiar auswählen durfte, und vieles weist darauf hin, dass die Sühnehandlungen diskret und für die Beteiligten so wenig unangenehm wie möglich gestaltet wurden.

Balduin gelang es noch eine Weile, sich aus dem Zerwürfnis zwischen Papst und Kaiser herauszuhalten. Erst zehn Jahre später bezog er im berühmten »Kurverein von Rhense« Stellung, und zwar gegen die Ansprüche der Päpste.

Sein »Mainzer Abenteuer«, wie die Historiker den Streit um das Erzbistum Mainz nennen, brachte ihm mehr Ärger als Glück. Er verwaltete das Erzstift einige Jahre gegen den Willen des Papstes und wurde 1336 deswegen von Benedikt XII. exkommuniziert. Schließlich gab er die Administration, auch wegen Streitigkeiten mit der Mainzer Kurie, zurück.

Die Hexenverfolgung wurde unter Papst Johannes XXII. immer weiter intensiviert. 1326 dehnte er seinen Befehl, alle Zauberer »aus dem Reich Gottes auszutreiben«, auf das gesamte Herrschaftsgebiet der römisch-katholischen Kirche aus. Damit setzte er die planmäßige Verfolgung der Hexerei in Gang, die bis ins 19. Jahrhundert hinein das Leben in Europa überschatten sollte.

Und Marcella und Damian?

Unsere beiden Helden sind fiktiv. Sie stehen stellvertretend für die erfindungsreichen und unternehmungslustigen Fernkaufleute, die die Welt des Mittelalters revolutionierten. Ab dem 13. Jahrhundert begannen die Händler Messen abzuhalten, sie gründeten Banken und Handelshäuser, deren Filialen bald überall in Europa, Asien und Nordafrika zu finden waren. Sie erfanden die doppelte Buchführung und den bargeldlosen Zahlungsverkehr, richteten Handelsgerichte ein und bestellten Notare, um Rechtssicherheit zu schaffen. Sie entwickelten das Versicherungswesen, um ihre Risiken zu mindern, und vereinigten sich aus demselben Grund in verschiedenen Formen von Sozietäten … Sie legten die Grundlagen zu unserem modernen Wirtschaftssystem.

»Der Kaufmann muss sich selbst und seine Geschäfte nach einem rationalen Plan lenken, um sein Ziel – den Reichtum – zu erlangen«, erläuterte Benedetto Cotrugli denn auch in seinem mittelalterlichen Handbuch *Der Handel und der ideale Kaufmann*. Unter dieser Prämisse kamen die Städte zu Wohlstand, Macht und Einfluss. Sie emanzipierten sich neben dem Adel und trieben entscheidend die Demokratisierung des mittelalterlichen Ständegefüges voran, von der wir heute alle profitieren.

Safran für Venedig

*Für meine Eltern,
die sich in ihrem Glauben,
sechs großartige Kinder zu haben,
nie irre machen ließen.
Danke.*

Prolog

Montaillou, im Februar 1312

Guillaume stolperte und fiel der Länge nach in die mit geschmolzenem Schnee durchtränkte Furche, die seinen Rübenacker vom Feld der Benets trennte. Er trug keinen Mantel, denn den hatte er in der Aufregung am Haken hängen lassen. Darum sog sich sein dünner, knielanger Wollkittel sofort mit Wasser voll, und er war innerhalb eines Atemzugs durchnässt.

Dreckskälte.

Dreckskälte, fluchte er still. Aber der Schmerz, mit dem die Haut sich zusammenzog, hatte auch sein Gutes. Guillaume begann wieder zu denken. Zitternd erhob er sich, wischte Dreckklumpen von Bauch und Beinen und fragte sich, was geschehen wäre, wenn er mit seiner Wut einfach in ihre Häuser gestürmt wäre. Er war ein Mann ohne Phantasie. So brachte ihm seine Überlegung keine schrecklichen Bilder, sondern nur ein schweres Gefühl im Magen, als hätte er sich an rohem Teig überfressen. Er hob den struppigen Bauernkopf und blickte zum Himmel.

Es war diese verhexte Zeit zwischen Tag und Nacht, die er nicht leiden konnte. Über den Berggipfeln hing ein kreisrunder Mond, grell wie ein Tropfen aus Feuer. Er färbte den Schnee auf den Kuppen, aber nicht gelb, sondern violett – der Teufel mochte wissen, wie das zuging. Die Baumwipfel auf den Berghängen waren klarer gezeichnet als bei Tag und sahen aus wie die Lanzenspitzen eines Geisterheeres, das in die Täler marschierte. Guillaume bekreuzigte sich. Die Welt, die richtige Welt, bestand aus steiniger Erde, in die man seinen Spaten schlug, und aus blutigem Fleisch, das man vom Fell eines Schafes kratzte. Er wünschte, er könnte sich in seinem Haus verschanzen, wie es jeder anständige Mensch um diese Zeit tat.

Aber da war die Zunge. Er hatte sie in ein Stück Leder eingewickelt und in seinen Gürtelbeutel getan, und obwohl er sich nicht bewegte, schlug sie gegen seine Schenkel und gemahnte ihn an seine Pflicht. Widerwillig setzte er sich erneut in Bewegung.

Nicht durchs Dorf, du einfältige Strohnase, zischelte es aus dem Beutel. *Denkst du, sie geben nicht Acht? Denkst du, sie schlafen?*

Ich tu, was ich will, sagte Guillaume trotzig.

Dann stirb.

Aber er würde nicht sterben. Denn inzwischen war der Retter gekommen. Am späten Nachmittag hatte er ihn, umgeben von bewaffneten Reitern in prächtigen roten Gewändern mit Kreuzen auf dem Rücken, von Comus herüberreiten sehen. Selbstverständlich musste er trotzdem vorsichtig sein. Sie schliefen nie. Und die Nacht war die natürliche Zeit für ihre Untaten. Der Weg durchs Dorf war ihm also genommen.

Mit diesem Entschluss verließ Guillaume kurz vor dem Haus von Onkel Prades den Weg und kletterte einen Trampelpfad hinab, der zum Ufer des Hers führte. Er würde dem Flüsschen durch die Schlucht folgen und dann an dem künstlichen Kanal entlanggehen, der den Halsgraben der Burg mit Wasser versorgte. Von da waren es nur noch wenige Schritte.

Sein Pfad verlor sich rasch in dem wucherndem Gestrüpp, das abseits der Felder die Hänge bedeckte. Guillaume verheddert sich in Dornen, und er fluchte erneut. Die Ernte war schlecht gewesen, zwei seiner Ziegen an Ausfluss gestorben. Er würde sich keinen neuen Kittel leisten können.

Je tiefer der Bauer in die Senke stieg, umso dunkler wurde es, bis nicht mehr der kleinste Mondstrahl den Boden erhellte. Guillaume blieb stehen, oder vielmehr: Er wollte stehen bleiben. Doch das Gras war plötzlich glitschig wie die Tenne nach dem Schlachttag. Er rutschte aus, schlitterte ein Stück auf dem Hintern, fasste in heillosem Schreck nach allem, was sich bot, und konnte sich gerade noch an ein paar Zweigen halten, da hing er schon bis zu den Waden in eiskaltem Wasser. Hölle! Der Hers musste weit über seine gewohnte Höhe angestiegen sein. Er gurgelte wie ein wütendes Tier, dem die Beute zu entwischen droht. Zitternd suchte Guillaume nach einem stärkeren Halt, fand einen Stamm, zog sich daran aus dem Wasser und kauerte sich zusammen.

Wie dumm von ihm, einfach loszustürzen. Es gab einige im Dorf, denen man trauen konnte. Philippe, die alte Raymonde … Er hätte sich Verbündete suchen und mit ihnen gemeinsam …

Du warst immer ein Idiot, lästerte die Zunge.

Sie trieb ihn zurück auf die Füße. Mühselig kletterte er den Hang hinauf.

Nicht durch das Dorf.

Ja, beeilte er sich zu sagen. Er erreichte Onkel Prades' Hütte – und dort hätten sie ihn fast erwischt. Sie lauerten hinter den Johannisbeerbüschen, aus deren Früchten seine Schwester im Sommer Sirup kochte. Zwei Schatten, die im Mondlicht wie schwarze Riesenkürbisse wirkten.

Ohne nachzudenken warf Guillaume sich flach auf den Boden. Die Dreckskerle waren ihm also tatsächlich auf den Fersen, und wahrscheinlich hatten sie Messer und Knüppel dabei. Die Zunge pochte an seinen Schenkel. Er lag neben dem Misthaufen von Onkel Prades, hatte einen kotverkrusteten Strohhalm in der Nase und konnte vor lauter Furcht nicht einmal die Hand heben, um ihn zu entfernen.

Alles, was ihm einfiel, war ein Fluch für seine Mutter, die ihn in diese üble Lage gebracht hatte. Was würden sie tun, wenn sie ihn nicht erwischten? Zu seinem Haus gehen? Plötzlich fiel ihm Grazida ein, die ihr Lager neben den Ziegen hatte und sicher schon schlief. Er mochte seine Frau nicht sonderlich, aber jetzt tat sie ihm Leid.

Nur konnte er ihr nicht helfen.

Wie ein Krebs kroch Guillaume rückwärts und brachte sich hinter dem Misthaufen in Sicherheit. Er wusste, er musste jetzt genau nachdenken. Die Schlucht war überflutet und der Weg durchs Dorf versperrt. Also blieben nur die Klippen, die die westliche Grenze der Burg bildeten. Unsicher fasste er nach dem Beutel, doch das graue Stück Muskel blieb diesmal stumm. Dann war seine Entscheidung gut. Wenn seine Mutter nichts sagte, hieß das: gut.

Er brauchte lange, um von Onkel Prades' Hütte fortzukommen. Und als er nach zahllosen Kletterpartien und zwei schweren und mehreren leichten Stürzen endlich über das letzte Stück Fels kroch und die Burgmauer vor sich sah, mussten sie im Dorf schon in tiefem Schlaf liegen. Erleichtert hob er den Kopf zu dem steinernen Wohnturm, dem Donjon, in dem der Kastellan lebte und in dem nun sein Retter wohnte. Warmes Licht fiel durch zwei Fenster im oberen Teil des Turms, was ihm wie ein freundlicher Gruß vorkam.

Entschlossen hinkte Guillaume – er hatte sich den Fuß verstaucht – auf die Pforte zu. Der Mond, dieser verhexte Bundesgenosse der Nacht, ließ das Wasser im Halsgraben aufglitzern. Irgendwo schrie ein Käuzchen. Guillaume beschloss, die Nacht in der Burg zu verbringen. Keine Macht der Welt würde ihn noch einmal aus den Mauern bringen, ehe es hell war. Grazida mit ihrem Großmaul musste für sich selbst sorgen.

Er pochte an das Holztor und erhielt unverzüglich Antwort. Aber nicht der alte Pons ließ ihn ein, sondern einer der Ritter des edlen Herrn. Guillaume sah das weiße Kreuz auf seinem Mantel. Er hätte den Fremden am liebsten an die Brust gedrückt, doch gleichzeitig packte ihn die Scheu seines Standes, und so trug er stotternd sein Anliegen vor. Der Mann nickte, zog die Kapuze tiefer und deutete zur Treppe hinauf, wo ein zweiter Ritter wartete. Wahrscheinlich hatte er kein Wort verstanden. Unten, im Tiefland von Pamiers, sprachen sie einen anderen Dialekt.

Guillaume griff nach dem Beutel mit der Zunge. »Wenn Ihr begreifen wollt – sie sind …«

Der Mann schob ihn weiter, um das Tor verriegeln zu können.

»… wahrhaftig böse«, murmelte Guillaume. Er stapfte hinter dem anderen Ritter die Pferdetreppe hinauf. Sie sind wahrhaftig böse – das war es, was er dem Bischof erklären musste. Er war glücklich, die richtigen Worte gefunden zu haben.

Der Ritter führte ihn in den Burghof. Seltsam, obwohl der Platz durch die Mauern geschützt war, schien der Wind hier noch eisiger zu wehen. Aber das lag vielleicht daran, dass Guillaume wegen seiner nassen Kleider inzwischen völlig durchfroren war. Er beneidete den Ritter um den dicken Mantel, in dem er fast verschwand.

»Wahrhaftig böse«, murmelte Guillaume, um diesen wichtigen Teil seiner Botschaft nicht zu vergessen. In einem der Ställe wieherte ein Pferd. Eine Gestalt schlüpfte aus der Stalltür und ging zur Pferdetränke, um dem Tier Wasser zu bringen. Guillaume musste an seine verendeten Ziegen denken.

Dann fiel ihm etwas auf: Der Kerl dort vorn, das war gar kein Bursche, sondern eine Frau. Hier, im Hof der Burg von Montaillou, färbte der Mond weder violett noch gelb. Ihre Hände und ihr Gesicht waren weiß. Es kam ihm schrecklich und unheimlich vor. So hatten die Gebeine der Ketzer unten in Ax ausgesehen, die sie aus den Gräbern geholt hatten, um sie zu verbrennen. Das Weib starrte ihn an.

Guillaumes Verstand arbeitete schleppend. Es dauerte mehrere Atemzüge, bis er sie erkannte. Und dann war er so bestürzt, dass er kaum wahrnahm, wie sein Führer ihn packte und zur Tränke drängte. Unablässig stierte er in das weiße Gesicht und versuchte zu begreifen, was die verzerrten Züge bedeuteten. Hasste sie ihn etwa? Aber warum?

Ihre Züge waren ihm vertraut bis hin zu der Brandwunde am linken Augenlid, die sie sich kürzlich beim Backen zugezogen hatte. Dennoch war ihm, als hätte er nie ein fremderes Wesen gesehen. Über die Lippe der Frau rann Speichel. Ja, sie hasste ihn, und zwar so leidenschaftlich, dass sie unfähig war, die eigene Spucke zu beherrschen. Guillaume wollte einen Laut des Abscheus herausbringen. Erst jetzt merkte er, dass man ihm den Mund zuhielt. Er wollte protestieren, aber ein Tritt in die Kniekehlen zwang ihn auf die Knie. Sein Kinn knallte auf die Kante der Tränke.

Ihn packte die Furcht. Er verdrehte den Hals und wollte einen Schrei ausstoßen, doch die Hand hielt ihn eisern fest. Jemand griff in sein Haar. Im nächsten Moment tauchte sein Kopf in eiskaltes Wasser.

Er kam nicht an gegen die vielen Hände, die ihn hielten. Sie klammerten sich sogar an seine Beine, und jemand stemmte gegen die Zunge im Beutel. Aber erst, als etwas Hartes seinen Nacken traf, hörte er auf, sich zu wehren.

Und selbst da war er noch nicht tot. Sie schleppten ihn an den Rand des Hofs, hievten ihn über die Mauer und warfen ihn in den Halsgraben. Das Letzte, was er sah, waren ihre Gesichter, die, immer noch weiß, auf ihn hinabstarrten, als er ins Wasser eintauchte.

1. Kapitel

Augsburg, im Oktober 1328

Liebste Elsa, all deine Sorgen waren umsonst. Ich bin gut umsorgt und ... glücklich.

Marcella stellte sich vor, wie Elsa mit dieser Nachricht zu Bruder Randulf von St. Maximin ging und sich in dem staubigen Raum hinter der Klosterküche die Worte entziffern ließ. Fünfzehn Heller, werte Frau, und ich hoffe, es ist akkurat geschrieben. Bruder Randulf war keiner, der über die Belange seiner Besucher tratschte, aber er hatte eine widerwärtige Art, beim Lesen die Augenbrauen hochzuziehen – als wäre er Richter über Israel. Sie ist also glücklich, die Dame, die mit diesem venezianischen Wucherer davongelaufen ist? Und es kümmert sie gar nicht, dass ihr Onkel aus Gram um ihr schlimmes Treiben starb? Ach Elsa, warum hast du nicht lesen gelernt? Und warum hast du dir nicht ein Herz gefasst und mich begleitet? Seufzend glättete Marcella das Wachs ihrer Schreibtafel und begann von vorn.

Liebe Elsa, ich bin glücklich. Damian Tristand ist so rücksichtsvoll, wie ein Mensch nur sein kann. Er kümmert sich um alles ...

Sie schaute zum Fenster hinüber, hinter dem ein trister Nachmittag einen verregneten Vormittag ablöste. Augsburg war eine hässliche Stadt, in der es selbst nach einem Regenguss stank wie in einem Abort. War Trier genauso gewesen?

Fiel ihr diese Trostlosigkeit nur auf, weil sie zur Untätigkeit verdammt in dieser Herberge saß und mit der Zähigkeit der Stunden kämpfte? Sie hörte, wie unten auf der Gasse etwas schepperte und ein Rindvieh muhte. Jemand begann zu keifen, ein Mann, dem offenbar von dem Tier etwas niedergerissen worden war.

Deine Ratschläge zu befolgen, Elsa, kritzelte Marcella, *fällt mir schwer. Ich bin schlecht gelaunt, und wenn Tristand jetzt den Raum beträte, würde ich ihn fragen, warum er gerade dieses Haus in gerade dieser Gasse aussuchen musste. Und warum er mir gerade dieses schreckliche Weib aufschwatzen musste, das nebenan schon wieder Honig in viel zu süßen Wein rührt und nörgeln wird, bis ich ihn trinke. Ach Elsa. Er ist so geduldig, aber er wird mich erschlagen, bevor wir Venedig nur von weitem sehen. Oder ich ihn.*

Das Weib war mit dem Honigrühren fertig. Es stieß mit der Hüfte die angelehnte Tür auf und schob schwatzend eine Schale mit Birnen beiseite, um auf dem Tisch Platz für ihren Becher zu schaffen.

»Maria, glaubt mir, ich habe nicht den geringsten ...«

»Es geht nicht um Durst, Herrin, oder den lieblichen Geschmack, sondern um Gesundheit. Zuerst ist es ein leichter Husten, dann röcheln die Lungen, und am nächsten Tag trägt man Euch zu Grabe.«

»Ich habe keinen Husten, Maria.«

»O doch, ich bin davon erwacht, heute Nacht, von Eurem Husten.« Maria blies die Wangen auf und imitierte das Geräusch. Sie war nicht schrecklich. Sie gehörte zu den bewundernswerten Menschen, die anderer Leute Nöte behandelten, als seien es ihre eigenen. Damian hatte sie von einem Geschäftspartner empfohlen bekommen. Man musste dankbar sein, von einem solchen Schatz umsorgt zu werden.

»Ich habe gehustet, weil die Luft stickig war.«

»Gewiss doch. Das ist der Anfang, und dann ...«

… die Lungen und das Grab. Die Schwaden, die aus dem Becher aufstiegen, drehten Marcella den Magen um. Aber Maria würde nicht nachgeben. Ihre Güte war von der Art, die das Ziel der Fürsorge eher erschlug, als es Schaden nehmen zu lassen.

Liebe Elsa, ich sterbe vor Sehnsucht nach dir, kritzelte Marcella quer über sämtliche Worte und warf die Tafel auf ihr Bett.

»Nun nehmt schon, Herrin.« Maria schob den Becher näher.

Marcella fand, es sei an der Zeit, endlich einmal deutlich zu protestieren, aber die Worte erstarben auf ihren Lippen, als sie sah, wie die Frau plötzlich zu lächeln begann. Das Lächeln hatte nichts mit ihrer Unterhaltung zu tun. Maria horchte zum Fenster. Ihre Wangen röteten sich. Es war, als hätte sie ein Zauberstab berührt, der sie mit einem Schlag um Jahre verjüngte. Man vergaß, dass ihr Busen fast zur Taille reichte und die Natur sie mit bläulichen, stark geäderten Wangen versehen hatte.

»Ich glaube, er ist heimgekommen.«

Marcella spitzte die Ohren, hörte aber nur den Gassenlärm und irgendwo eine Tür schlagen.

»Er ist so freundlich. Herr Tristand, meine ich. Ist Euch aufgefallen, dass er niemals laut wird? Also, das kann man sonst nicht von Männern sagen. Ich glaube, sie ahnen nicht, wie uns Frauen das einschüchtert. Und daher ist es umso angenehmer, wenn jemand …« Marias Gesicht glühte auf. Ungeschickt strich sie ihren Rock glatt und stopfte die Haarsträhnen ins Gebende zurück.

»Er ist wirklich freundlich.«

»Und stets guter Laune.«

»Und stets guter Laune«, wiederholte Marcella. Es stimmte nicht, weder im Allgemeinen noch gerade in diesem Augenblick. Sie hörte an dem Poltern auf der Holzstiege, dass er sich über etwas aufregte. Verdrossen kam er ins

Zimmer, kümmerte sich weder um die Schmutzspuren seiner Stiefel noch um die Tür, die er mit dem Absatz zuknallte, und ließ sich auf den Stuhl fallen, der neben dem Fenster stand.

»Eine widerliche ... eine laute, schmutzige und widerliche Stadt.«

Maria räusperte sich. »Ich schaue nach einem zweiten Glas Wein.«

»Tut das, ja bitte.« Er kaute auf dem Nagel des kleinen Fingers, eine Unart, die Marcella neu an ihm war. Aus den Falten seines Mantels – eines wunderschönen Mantels, grüner Scharlach, der von einer goldenen Fibel an der Schulter zusammengehalten wurde – tropfte der Regen. Als er es merkte, zerrte er ihn ungeduldig herab und warf ihn von sich. »Was riecht denn hier so scheußlich ... süß?«

»Ich frage den Wirt nach dem Met von gestern«, erklärte Maria hastig. »Und nach einer Mahlzeit.«

Damian nickte. Er merkte nicht, dass sie wie ein Hündchen auf seinen Blick wartete. Er hatte sie bereits vergessen. *Liebe Elsa, das Leben ist grausam. Maria wird mir in den nächsten Erkältungstrunk Maiglöckchensaft schütten und sich danach in den Lech stürzen, und so wird dieses Abenteuer das Ende nehmen, das ich die ganze Zeit befürchte.*

»Willst du mich heiraten, Liebste?«

Marcella wartete, bis die Tür hinter Maria zuklappte, und dann noch einen Augenblick, ehe sie antwortete. »Herr Tristand, ich reite durch knöcheltiefen Matsch, schlafe auf Stroh und trinke klebrigsüßen Honigwein, weil genau dies mein Wunsch ist.«

»Ich meine: heute noch. Wir könnten in die Kirche am Wollmarkt gehen, den Priester umschmeicheln, bis er die Kapelle öffnet, einander das Jawort geben und den Tauben verkünden, dass sie Zeugen eines Wunders waren.«

»Du knallst mit den Türen und planst, dich in der hässlichsten Kirche Deutschlands in die Ehe zu stürzen. Nun wird mir bange. Was um alles in der Welt ist geschehen?«

Er ließ den Arm sinken und begann zu lächeln. Wenn er lächelte, war sie verloren. Seine Augen, die braun und seidig wie Katzenfell waren, bekamen einen feuchten Schimmer, und um seine Augenwinkel bildeten sich winzige Fältchen, von denen jedes einzelne ihr Herz rührte, weil sie in ihm ein böses Schicksal vermutete, dem er getrotzt hatte.

»Vielleicht ist es die Angst, es könnte mir wie Boguslaw, dem Ungarn, ergehen.«

»Was fehlte dem Mann?«

»Er verlor sein Herz an die schönste Herrin, die jemals an den Ufern der Sava schritt. Er folgte ihr in ein Schloss aus Schilf und diente ihr sieben Jahre lang, wie ehemals Jakob. Doch als er nach ihr greifen wollte, fasste er in Nebel. Seither irrt er als klagender Fischotter durch ihr Reich.«

»Das ist in der Tat grausam. Und was, Damian, beschwert dein zählendes, wägendes Krämerherz wirklich?«

»Wie schlecht du mich kennst. Boguslaw erscheint mir in den Träumen und spricht finstere Orakel.«

»Dann lade ihn nach Venedig ein. Unsere Hochzeit wird ihn auf fröhlichere Gedanken bringen.«

Damian lächelte erneut. Er erhob sich von seinem Stuhl und kam zu ihr an den Tisch. Dabei bewegte er sich langsam wie jemand, der einen Schmerz vermeiden will, aber nicht möchte, dass es auffällt.

Besorgt fasste sie nach seinen Händen. »Was also ist los?«

»Geschäftlicher Ärger. Nichts von Bedeutung.«

»Gewiss. Es ist deine Art, dich über Belanglosigkeiten aufzuregen. Nun komm – was verschweigst du mir?«

»Nur eine dumme kleine ...«

Diesmal klopfte Maria. Sie trug den Wein herein, und Damian war so offensichtlich erleichtert über die Unterbrechung, dass es Marcella einen Stich gab. *Liebste Elsa, ich tue mein Bestes, aber leider habe ich eine größere Begabung zum Inquisitor als zur Ehefrau. Er wird mich nicht erschlagen – er wird mit Maria durchbrennen und mich meinem Schicksal überlassen.*

Ihr Verlobter und Maria begannen ein Gespräch über die segensreichen Wirkungen des Honigs. Mit Beifuß vermengt ergab er ein Mittel gegen Geschwüre. Mit Zimt, Ingwer und Honig half er bei Koliken. »Ein Wunder, das der Herrgott uns zum Troste ließ«, sagte Maria, »und am besten ist der Honig aus Nürnberg.«

»Aus Nürnberg!«, wiederholte Damian, der vorbildlich zugehört hatte. Er hielt Maria die Tür auf und verneigte sich höflich, als sie ging, um nach dem Essen zu sehen. Merkte er, dass sie ihn absichtlich mit den Röcken streifte? Marcella hatte keine Ahnung. Sie sah zu, wie er zum Fenster trat und das Geschehen auf der Straße beobachtete.

»Was hast du für Sorgen mit dem Geschäft?«

»Wenn ich das so genau wüsste. Donato Falier hat mir Nachricht aus Venedig geschickt. Ärger in einer unserer Filialen. In Narbonne. Sie schreiben dort ... ach, zum Teufel.« Verdrossen schüttelte er den Kopf und starrte weiter in die Gasse hinab. Als er fortfuhr, klang seine Stimme weicher. »In Venedig, in der Nähe des Fondaco dei Tedeschi, gibt es ein Häuschen, Marcella. Es ist zwischen einer Scuola und einem Mietshaus eingequetscht. Nichts Großartiges. Alt wie die Arche Noah. Das Dach ist undicht, und über dem Eingang brüllt der hässlichste *Leone andante* von ganz Venedig.«

»Und welchen Schatz birgt dieses Haus, dass du dich trotzdem damit befasst?«

»Donato besitzt ein ... einen Protz- und Prachtpalast. Das Kontor im Erdgeschoss ist so groß wie die Piazza San Marco, und oben gibt es mehr Zimmer, als er je bewohnen kann, egal, wie viele Mädchen Caterina ihm noch schenkt. Wir wickeln in seinem Haus unsere Geschäfte ab, und wenn wir damit fertig sind, stopft Caterina uns mit Essen voll und setzt uns die Kinder aufs Knie. Ich habe mich nie nach einer eigenen Wohnung umgeschaut. Ich hatte keinen Grund. Donatos Palazzo war für mich kein Zuhause, aber es war auch nicht schlecht.«

Wieder versank er ins Grübeln.

»Einmal hatte ich in der Scuola zu tun, und ich konnte von dort in den Innenhof dieses Häuschens sehen. An den Hauswänden klettern Blumen, die wie gelbe Sterne aussehen, unter dem Fenster steht eine bemooste Steinbank und in der Mitte, fast ganz von Efeu überwachsen, ein Brunnen aus grauem Marmor. Es ist ein ruhiger Ort. Ich glaube, dieser Hof ist der ruhigste Platz in ganz Venedig.«

»Und seit du ihn gesehen hast, träumst du von gelben Sternen?«

Er warf die Hände in die Luft, lachte, kam zu ihr zurück und kniete vor ihr nieder. »Es muss nicht dieses Haus sein, Marcella. Aber ich habe auf einmal etwas, was ich verteidigen und beschützen möchte. Ich bin ungeduldig. Ich will nach Venedig und ein Haus mit Mauern und Zinnen kaufen, die jedem sagen, dass mein Leben einen Wert bekommen hat. Und, jawohl, wenn möglich mit gelben Sternen.«

»Aber nun gibt es Schwierigkeiten in Narbonne.«

»Es ist *Donato*, der Schwierigkeiten hat. Narbonne gehört zu seinem Gebiet. Es sind *seine* Probleme, und er versucht, sie mir auf den Buckel zu laden, weil er keine Lust hat, sich die Finger zu verbrennen. Jemand aus dem Kontor plaudert Vertraulichkeiten aus: die Ankunftszeiten unserer Schiffe, die Menge und Art der Waren, die wir kaufen und verkaufen wollen. Wir machen seit Monaten Verluste. Aber darum geht es nicht. Es ist sein Neffe Matteo. Ein grässlicher Kerl, nur Flausen im Kopf. Donato hat ihn nach Narbonne geschickt, damit er dort von der Pike auf das Geschäft lernt und ... von einigen unangenehmen Freunden loskommt. Aber Matteo ist leider ...«

»Unbelehrbar?«

»Er ist dümmer als ein Ei, Marcella. Der Mensch bekommt sein Maß an Verstand zugeteilt, und ich halte mich nicht für hochnäsig. Aber wenn ich Matteo sehe ... Donato hat ihn ein paar Mal in den Hintern getreten, nur kann er nicht viel machen, denn Caterina ... Sie ist eine kluge Frau, nicht, dass du einen falschen Eindruck gewinnst. Aber wenn es um Matteo geht, lässt ihr Verstand sie im Stich. Er ist eigentlich nicht Donatos, sondern ihr eigener Neffe, und sie konnte seine Mutter nicht leiden, was für gewissenhafte Menschen eine Bürde sein kann.«

»Ich verstehe.«

»Wir hatten gehofft, dass der Bengel in der Fremde erwachsen wird.«

»Und nun befürchtest du, dass er stattdessen seinen Onkel betrügt?«

»Aber niemals. Was auch immer Matteo getan hat – es wird aus Versehen und kindlichem Unwissen geschehen sein. Da ist Caterina unerbittlich. Als äußersten Ausdruck meines Zweifels dürfte ich ihn am Kragen packen und ihn nach Venedig zurückschleifen. Marcella, Narbonne hieße: Wir müssten über die Pässe nach Genua und von dort mit dem Schiff oder zu Pferde die Küste entlang. Selbst mit einigem Glück wären wir mindestens einen weiteren Monat unterwegs. Ich will das nicht. Ich will nach Hause.«

Sie lachte und nahm sein Gesicht zwischen die Hände. »Und wenn der arme Matteo brav über den Kontenbüchern schwitzt und jemand anderes eure Geheimnisse ausplaudert?«

»Weißt du, worin Matteos Dummheit besteht? Er träumt von Heldentaten. Wehende Fahnen und Schwertergeklirr und des wahren Mannes Glück ist der Schlachtentod. Doch dieser Tod ist nicht nur großartig, sondern auch kostspielig. Er erfordert ein Pferd, Waffen, ein Kettenhemd, wenn nicht eine Rüstung ... Matteo besitzt kein eigenes Vermögen. Er bettelt Caterina an, und sie schickt ihm Wechsel in einer

Höhe, die Donato zur Weißglut treibt. Trotzdem kommt er mit dem Geld nicht aus.«

»Und wenn er dennoch unschuldig ist?«

Damian stand auf. Es sah aus, als wolle er sich recken, aber dann unterließ er es. Die Wunde, die ihm sein Bruder geschlagen hatte, heilte nicht so, wie sie gehofft hatten. Er sollte einen Barbier aufsuchen, oder besser noch, einen studierten Arzt. Sie sah, wie er die Lippe kraus zog und sich abwandte.

»Donato kann das nicht verlangen. Wenn es sein muss, gehe ich nach Narbonne. Aber nicht jetzt. Und nicht mit dir.«

Marcella betrachtete seinen Rücken. Er hatte endlich ausgesprochen, was er meinte: nicht mit dir. Wie geschickt er den Punkt, der ihm am Herzen lag, in seine Worte eingeflochten hatte.

Liebe Elsa, glaubt mein göttlicher Verlobter, ich hätte niemals eine französische Landkarte studiert? Ich weiß doch, wo Narbonne liegt. Nein, seine wahren Ängste gelten nicht dem Kontor oder diesem Neffen, sondern ... Er blickt weiter. Er schaut hinüber nach ...

Jetzt, wo sie es benennen wollte, fiel ihr der Name nicht ein. Montaillou? Hieß der Ort Montaillou?

Mein Kopf ist wie ein Plunderhaufen, was Frankreich angeht. Montaillou muss drei oder vier Tagesreisen von Narbonne entfernt sein. Solch eine lange Strecke. Was befürchtet er? Und da mir das Herz bis zum Halse klopft: Was befürchte ich selbst? Montaillou ist Vergangenheit. Ich habe den Ort seit fünfzehn Jahren nicht mehr gesehen. Jeanne und mein Vater sind begraben. Auf den Scheiterhaufen grasen Schafe. Nein, Elsa, ich werde nicht zugeben, dass Damian wegen irgendwelcher traurigen Gespenster aus der Vergangenheit Narbonne sich selbst überlässt.

2. Kapitel

Narbonne versteckte sich in weißem Nebel. Gelegentlich trieben die Schwaden auseinander und gaben den Blick auf Kreidefelsen frei, auf denen wie durch ein Wunder Büsche und Bäume wuchsen. Oder auf Fischerhütten. Oder auch auf imposante Bauten wie die Burg von Gruissan mit dem runden und dem viereckigen Turm und dem Dorf, das sich wie eine Manschette um den Burghang schmiegte. Gruissan schützt den Zugang zum Hafen von Narbonne, hatte Damian erklärt und hinzugefügt, dass die Burg dem Erzbischof von Narbonne gehörte und mit ihr das Recht zur Steuererhebung auf den Seeverkehr. Außerdem hatte er von Salinen gesprochen, und wenn Marcella ihm besser zugehört hätte, wüsste sie jetzt, wie Salz gewonnen wurde und wer der Besitzer der Narbonner Salinen war.

»Es sieht trostlos aus«, sagte sie zu Hildemut, die seit ihrer Abreise aus Konstanz die aufopferungsvolle Maria ersetzte.

»So kommt einem die Fremde immer vor«, erwiderte Hildemut. Sie war eine wortkarge, schwarz gewandete Frau mittleren Alters, die sich auf das Abenteuer einer Reise nur deshalb eingelassen hatte, weil sie sich Sorgen um ihre Nichte machte. Das Mädchen hatte nach Narbonne geheiratet, und man hatte seit ihrer Erklärung, dass sie schwanger sei, nichts mehr von ihr gehört. Anderthalb Jahre waren seitdem verstrichen. Es gab Männer, die hielten es nicht für nötig, die Familie zu informieren, wenn ein Unglück geschah. Hildemut hatte die Gelegenheit, sich Damian und Marcella anzuschließen, begierig ergriffen.

Eine Weile lauschten sie dem rhythmischen Platschen der Galeerenruder und dem leisen Trommelklang unter ihren Füßen. Sie fuhren in stolzer Begleitung. Zu ihrem Konvoi gehörten fünf Handelsboote und zwei bewaffnete Schiffe. Ein Mann, der wie Damian sein Geld mit dem Verkauf von Sicherheit verdiente, ging kein Risiko ein. Es tut gut, jemanden an der Seite zu haben, der auf alles achtet, dachte Marcella und lauschte, wie so oft in den letzten Wochen, ihren Gedanken nach, als könnte es einen falschen Klang darin geben. Sobald sie sich dabei ertappte, ärgerte sie sich. Natürlich war sie froh, beschützt zu werden. Sie hasste Abenteuer mit ungewissem Ausgang. Und sie begriff nicht, warum sie ihre eigene Zukunft ständig so misstrauisch beäugte.

Wieder versuchte sie den Nebel mit den Blicken zu durchdringen, aber sie sah nichts als ein Fischerboot, das vor ihrer kleinen Flotte respektvoll floh. Damian würde wissen, wie lange dieser letzte Abschnitt ihrer Reise dauerte, aber er war mit einem Zimmermann aus dem Arsenal von Venedig in den Schiffsrumpf gestiegen und ließ sich irgendetwas erklären, das mit der Steuerung des Schiffs zu tun hatte. Er war ein Mann, der sich für jedes Blatt auf dem Boden interessierte.

»Seid Ihr zum ersten Mal in Frankreich?«, fragte Marcella Hildemut.

Ihre Begleiterin nickte.

»Ich bin hier aufgewachsen. Nicht hier, aber ein Stück weiter im Westen.« Es hörte sich wie eine Lüge an. Dieses Land war für sie ebenso fremd wie für die Frau an ihrer Seite. Sie hatte nicht die leiseste Vorstellung, was sie erwartete. Wie groß oder klein die Häuser waren, womit die Dächer gedeckt wurden, was für Tiere hier lebten, welche Kräuter man in den Gärten zog. Sie wusste nicht einmal, ob sie die Sprache verstehen würde. Da sie ihre ersten acht Lebensjahre in Frankreich verbracht hatte, müsste sie doch ein wenig französisch sprechen, oder nicht?

»Erinnert Ihr Euch an Dinge, die vor Eurem achten Geburtstag geschehen sind, Hildemut?«

»An einiges erinnert man sich, an das meiste nicht.«

»Und glaubt Ihr, dass das, woran man sich zu erinnern meint, wirklich geschehen ist?«

Hildemut schwieg so lange, dass Marcella schon dachte, sie hätte die Frage überhört.

»Ich erinnere mich, dass meinem Onkel auf dem Sterbebett ein Kakerlak übers Gesicht lief, der in seiner Nase verschwand. Aber er kam wieder raus.«

»An mehr nicht?«

»Doch, an unsere Werkstatt. Dass ich buttern musste und meine Großmutter wütend wurde, wenn die Hühner nicht ordentlich gerupft waren, an das Alltägliche. An so was erinnert man sich immer.«

»Ich erinnere mich an einen Krug im Zimmer meiner Schwester, als sie starb.«

»Ans Sterben in der Familie erinnert man sich auch.«

»Ich glaube nicht, dass ich dabei war, als sie wirklich starb. Aber wir hatten damals einen Bischof im Haus.«

»Einen Bischof?«, fragte Hildemut.

»Er hieß Jacques Fournier.«

»An die Namen von Leuten, die nicht aus unserer Familie waren, kann ich mich gar nicht besinnen«, sagte Hildemut, es klang skeptisch. Wahrscheinlich nahm sie an, dass Marcella aufschneiden wollte. Einen Bischof im Haus – das gab es nur, wenn Hochgeborene starben.

»Da vorn ist der Kai. Wir werden seitwärts anlegen, und es ist ein kleines Kunststück, auch wenn es täglich ein Dutzend Mal geschieht.« Damian war hinter die beiden Frauen getreten. Marcella hörte an seiner Stimme, dass er lächelte. Und weil sie die Nuancen seines Lächelns kannte, wusste sie, dass er sich dieses abrang. Schweigend sahen sie zu, wie sich aus dem Nebel helle Mauern schälten. Davor lag ein düster wirkender Platz, auf dem sich Fässer und Säcke stapelten. In der Mitte stand ein hölzerner Tretkran, dessen Rad von zwei Arbeitern in Bewegung gehalten wurde. Außerdem Sackkarren. Und braun gebrannte, dunkelhaarige Männer, die trotz des kühlen Wetters mit nacktem Oberkörper Lasten schleppten.

»Ich frage mich, wie sieben Schiffe hier an der ... an dieser Mauer Platz haben sollten«, meinte Hildemut.

»Die Kriegsgaleeren ankern in der Hafenmitte.«

»Aha«, sagte Hildemut, dann schwiegen sie und sahen den Wendemanövern zu, mit denen die Schiffe ihren Platz zu finden suchten. Hildemut und Damian sahen zu. Marcella hielt sich an der Reling fest und grübelte über ihre Vergangenheit. Über diese verfluchten Erinnerungen, die leider nichts mit Hühnerrupfen und Butterstampfen zu tun hatten. Wie zum Beispiel über den Krug, aus dem Jeanne trinken sollte, weil sie dabei war zu verdursten. Hatte sie getrunken? Nein, hatte sie nicht. Oder doch?

Verdammt, dachte Marcella. Es war, als angele sie in einem trüben Teich. Manchmal biss ein Fisch in den Haken, aber meist trieb der Köder dahin. Was wusste sie überhaupt verlässlich von diesen acht Jahren, die sie in Montaillou zugebracht hatte? Jeanne hatte existiert. Ihr Name war in der Bibel des armen Onkel Bonifaz und auf diesem verdammenswerten Dokument, das Marcella fast das Leben gekostet hätte, niedergeschrieben gewesen. Jeanne war eine Ketzerin gewesen. Und sie war gestorben, weil sie sich geweigert hatte ...

Ich *bilde mir ein*, dass sie starb, weil sie nicht trinken wollte. Aber wenn es Jeanne – aus welchem Grund auch immer – sündig vorgekommen war zu trinken, warum war sie dann nicht früher verdurstet? Wie konnte es einmal in Ordnung sein zu trinken, und dann wieder nicht? Wie konnte überhaupt jemand auf den Gedanken kommen, es sei eine Sünde, seinen Durst zu stillen? Auf alle Fälle hätte Jeanne es missbilligt, dass ihre kleine Schwester heiraten wollte. Denn Damian und später auch der Erzbischof Balduin hatten gesagt, dass Katharer die Fleischeslust verabscheuten, weil sie glaubten ... wie hatte Damian das erklärt? Sie glaubten, Satan nehme die neugeborenen Körper als Gefängnisse für Seelen, die vom Himmel gefallen waren. Also war jeder Akt, bei dem ein Kind gezeugt wurde, ein Dienst an Satan.

»Woher sind die Katharer gekommen?«, fragte Marcella.

Damian, der immer noch hinter ihr stand, legte die Hände auf ihre Schultern.

»Weißt du, ob es heute noch welche gibt?«

Er berührte ihr Haar mit seinen Lippen. »Sie sind ausgerottet worden.« Er wartete, bis einer der Trommelwirbel einsetzte, mit denen die Schiffe einander Signale gaben. Dann flüsterte er, während er sich über sie beugte und mit dem Mund ihr Ohr berührte: »Wenn du Fragen über die Katharer hast oder über sie sprechen möchtest, dann nicht hier, Liebste. Lass es uns tun, wenn wir allein sind.«

Doch zunächst einmal bot sich keine Gelegenheit. Nachdem ihr Schiff – als Letztes der fünf Handelsboote – angelegt hatte, setzte ein unglaublicher Trubel ein. Der teure Begleitschutz rentierte sich natürlich vor allem für kostbare Güter mit geringem Volumen: Gewürze, die für die Apotheken, die Färberei und vor allem für die Küche gebraucht wurden, und kostbare Stoffe. Jetzt drängten sich die Faktoren der Handelsgesellschaften auf dem Kai, um in einer Mischung aus Erleichterung – schließlich erreichte nicht jedes Schiff den Hafen – und Nervosität die Qualität der georderten Waren zu überprüfen.

Als Marcella über einen wackligen Behelfssteg festen Boden erreichte, wurde sie angerempelt. Ein feister Mann mit einer Pelzmütze über der Gugel, der seine Unhöflichkeit gar nicht bemerkte, brüllte erregt: »Là-bas! Là-bas!«, wobei er mit dem Finger auf die Galeere deutete und sich verzweifelt nach jemandem umsah. Er hatte eine böse Entzündung am Kinn, nach der er alle Augenblicke fasste. Aufgeregt redete er auf einen der venezianischen Galeerenruderer ein, bekam aber keine Antwort.

»Lieber Himmel, was für ein Durcheinander«, klagte Hildemut, die sich an Marcellas Seite geflüchtet hatte.

Damian, der noch einmal ins Schiff zurückgekehrt war, sprang nun ebenfalls auf den Kai. Er berührte den Mann mit der Pelzmütze an der Schulter. Der Feiste fuhr zusammen. Er riss sich die Fellmütze vom Kopf, und Marcella sah ihn nacheinander erröten, erblassen, stottern und lächeln. Er deutete auf die Galeere und überschüttete Damian mit einem Schwall besorgter Fragen.

Das also war Monsieur ...? Marcella kam nicht auf den Namen. Sicher der Mann, der Damians Niederlassung in Narbonne betreute. Damian fragte ihn etwas, und beide wandten sich an den Capitano der Galeere, der das Ausladen überwachte. Hatte Damian ebenfalls Waren geladen? Es wäre vernünftig gewesen, da er das Schiff sowieso begleitete. Aber warum wusste sie nichts davon? Warum wusste ihr Verlobter alles über ihre Vorhaben und sie nichts über die seinigen?

»Dann werde ich mich mal auf dem Weg machen. *Paul Possat, marchand du vigne*«, sagte Hildemut. Sie blickte auf das wuchtige Tor, durch das man in die Stadt gelangte, und schaute noch verwaister drein. Marcella seufzte, als ihr klar wurde, wie einsam die Arme sich fühlen musste, allein als Frau in einem fremden Land, in dem sie nicht einmal die Sprache beherrschte. Das schlechte Gewissen packte sie. Es war noch gar nicht lange her, da hatte sie sich selbst allein durchschlagen müssen. Sie warf einen kurzen Blick zu Damian, der sich immer noch mit dem Capitano unterhielt.

»Es kann nicht schwer sein, herauszufinden, wo Euer Weinhändler wohnt. Und hier scheint es noch zu dauern. Kommt mit ... dort drüben.« Sie nahm Hildemuts Arm und dirigierte sie zu einem der Lagerhäuser, vor dem ein offiziell aussehender Mann mit einem Wappen auf dem Rock und einer Wachstafel in der Hand das Treiben am Kai beobachtete.

»Bonjour, Monsieur.« Na bitte, sie hatte ihn begrüßt. »Nous ... nous cherchons un *marchand du vigne*. Paul ... Wie war sein Zuname, Hildemut?«, fragte Marcella, begeistert über ihre neu entdeckte Fähigkeit, sich auf Französisch zu verständigen.

Um zu Paul zu kommen, müsse man zunächst zur Kathedrale, zumindest sei es so am einfachsten, erklärte der Hafenbedienstete. Von dort die breite Straße hinunter und hinter dem Gasthaus mit dem grünen Esel im Schild rechts abbiegen und dann ...

Ich verstehe jedes Wort! Marcella war begeistert. Die Worte rollten ein wenig fremd über ihre Zunge, als sie genauer nachhakte, und sie stockte und musste überlegen, aber es war, als hätte sie eine nur wenig verschüttete Gabe wieder ans Licht gebracht. Sie fragte, ob das Quartier im Gasthaus mit dem Esel gut für seine Gäste sorge, und gab noch einen Satz über die Tristesse des Reisens von sich, der den Mann zum Gähnen brachte.

Dann wandte sie sich an Hildemut. »Es ist zu schwierig, den Weg zu erklären. Ich begleite Euch. Nein, kein Widerwort. Das dauert hier noch Jahre. Herr Tristand unterhält sich gern.«

Die Frau in den schwarzen Kleidern folgte ihr erleichtert durch das Hafenportal in das Gewirr der Gassen, das sich dahinter auftat.

Nous cherchons un commerçant du vigne. Es war so einfach. *Elsa, ich würde auch überleben, wenn Damian auf der Stelle der Schlag träfe.* Gewürz hieß ... *épice*? Ja. Und Safran? Keine Ahnung, konnte man aber in einem Moment herausfinden. *Ich überlebe immer, Elsa. Ich bin stark. In letzter Zeit hatte ich das fast vergessen.* Sie hatte in Konstanz einen Wechsel auf die Gewürze eingelöst, die sie vor ihrer Abreise noch hatte verkaufen können. Sie besaß sechzig Pfund Heller. *Dafür könnte ich dreihundert Pfund Pfeffer kaufen, was ich nicht vorhabe, oder siebenundfünfzig Lot Safran. Kannst du dir diese Menge vorstellen?*

Nicht Paul, sondern ein schmächtiges Mädchen mit Sommersprossen und übernächtigten Augen stand in dem düsteren Kontor und fegte hinter einem Stehpult Abfälle zusammen. Es brach in Tränen aus, als Hildemut die Arme ausbreitete, und Marcella machte sich still davon.

Der Rückweg kostete sie mehr Zeit als erwartet. Schon nach kurzer Zeit verlief sie sich, und dann, als sie bereits den Ausleger des Tretkrans hinter den Mauerzinnen der Hafenbefestigung auftauchen sah, traf sie auf einen klapprigen Wagen mit leeren Fässern, der die Gasse blockierte. *Merdeux* hieß ... nun, solche Worte kannte eine Dame nicht. Aber gut, trotzdem ihre Bedeutung zu wissen. Also zurück und einen anderen Weg suchen? Sie versuchte abzuschätzen, wie gut ihre Aussichten waren, sich an dem Gefährt vorbeizuzwängen.

Der Fuhrmann starrte über die Schulter und dann zu ihr hinüber. Marcella lächelte ihn an und hätte vielleicht noch ein – französisches – Wort des Trostes angefügt, als sie unvermittelt am Arm gepackt wurde.

Nicht gepackt, nein, sie wurde grob zurückgerissen. Entgeistert blickte sie sich um, während sie gleichzeitig um ihr Gleichgewicht rang. Ein kleiner Mann zerrte an ihrem Mantel. Er sah nicht besonders Furcht erregend aus. Eher wie ein übernervöser Schoßhund.

»Madame, psst ...« Er zog sie in eine der dunklen

Schluchten, die die Häuser trennten und die so schmal waren, dass man sich kaum drehen konnte. Marcella rutschte das Merdeux, das sie sich eben verkniffen hatte, nun doch heraus. »Was soll das?«, schimpfte sie und machte sich frei. Vage fragte sie sich, wie man auf Französisch um Hilfe rief. Aber das Männchen wirkte so lächerlich ...

»Madame!« Der Kleine legte den Finger auf die Lippen und versuchte mit einem übertriebenen Lächeln, sie zu beruhigen. Gleichzeitig lugte er auf die Straße zurück. Er war kein Strauchdieb. Sein Rock war sauber. Ein steifer, wattierter, unerhört korrekter Leinenkragen umschloss seinen Hals. Und dem muschelförmig gefächerten Samthut konnte man Albernheit, aber keinesfalls irgendeine düstere Verwegenheit anlasten.

»Monsieur ...«

Er schüttelte, inzwischen ein wenig ungeduldig, den Kopf, und legte erneut den Finger auf die Lippen.

»Monsieur ...«

»Wenn Ihr nur ... den Mund halten würdet! Ah!«

Ein Schrei gellte durch die Gasse. Grimmig, als hätte sich eine Erwartung bestätigt, schüttelte der kleine Mann den Kopf. Gleichzeitig kam er zu einem Entschluss. Er drängte Marcella noch tiefer in den Häuserspalt und stieß eine niedrige Tür auf, die Marcella in dem Zwielicht zwischen den Mauern gar nicht wahrgenommen hatte. Im nächsten Moment standen sie in einem niedrigen, mit Kannen gefüllten Raum, in dem es durchdringend nach saurer Milch roch.

»Was ... zur Hölle, was geht hier vor?« *Au diable.* Das war gut.

Der Kleine gab keine Antwort, sondern zog sie durch Flure und winzige Räume, in denen er sich selbst nicht auszukennen schien, bis sie in einer Art Werkstatt standen. Es roch nicht mehr nach Milch. Die Luft war satt von Sägemehl. Aber auch hier – kein Mensch. Die Tür zur Gasse stand offen. Mit einer großartigen Gebärde deutete ihr Entführer zum Ausgang und wischte sich dabei den Schweiß von der Stirn.

Als sie auf die Straße zurückkehrten, sah Marcella, dass sich dort inzwischen ein Menschenauflauf gebildet hatte. Einige Männer waren dabei, das gestrandete Fuhrwerk wieder auf die Räder zu stellen, aber die meisten bildeten einen Kreis um etwas, das viel interessanter zu sein schien. Jemand rief nach einem Pfarrer.

Marcella ging auf den Kreis zu.

»Ihr solltet ... hört Ihr denn nicht? Madonna, wer rät einer Frau! Es wird Euch nicht gefallen, was Ihr dort seht«, rief der seltsame kleine Herr, der sofort wieder an ihrer Seite war.

Nach dem Schrei war Marcella kaum überrascht, einen Toten zwischen den Menschen zu finden. Dem Mann war so reichlich Blut aus einer Kopfwunde geflossen, dass sein ganzer Oberkörper darin schwamm. Aber es handelte sich nicht um den Fuhrmann, sondern, soweit Marcella es aus der zweiten Reihe erkennen konnte, um einen reich gekleideten älteren Herrn. Sie merkte, wie ihr übel wurde, als sie Spritzer der grauen Gehirnmasse in seinen Haaren entdeckte.

»Genug gesehen?«, fragte der Kleine mit einem Blick voller Schadenfreude. »Also ...« Besitzergreifend hakte er sich bei ihr ein und wollte sie weiterziehen.

»Ihr habt das gewusst?«

»Wenn Ihr bitte ... könntet Ihr Euch beeilen?«

»Ihr habt gewusst, was hier passieren würde?« Sie ließ es zu, dass er sie mit sich zerrte. Gemeinsam bogen sie um eine Ecke. »Ich kenne Euch gar nicht. Glaubt Ihr nicht, Ihr solltet ...«

»Madame! Ihr geht die Straße hinab. Ihr seht einen verkeilten Wagen. Ihr denkt Euch nichts dabei. *Naturellement.* Frauenart! Ich dagegen bin Noël, und daher werde ich misstrauisch. Ein Wagen, der den Weg blockiert. Ein Wagenführer, der sich verstohlen umschaut. Und schon bläst in meinem Kopf eine Fanfare. Ich schaue mich um ...« Er lächelte selbstzufrieden. »Und als der Bursche mit seinen goldenen Klunkern auftaucht, weiß ich, was geschehen wird. Ich habe es tatsächlich gewusst, Ihr habt Recht, Madame.«

»Und Ihr habt es nicht für nötig gehalten, den armen Menschen zu warnen?«

»Bonté divine! Dies ist *Narbonne*. Was denkt Ihr, wie weit die Mörderbande war, als der Alte hinter der Sperre erschien? Liegt Euch nichts am Leben? Seid Ihr ein Vogel, der solchem Gesindel aus den Händen fliegen kann?«

Marcella wich einigen Jungen aus, die wie eine Hundemeute die Gasse hinabstromerten. »Ihr habt *mir* geholfen.«

Der Kleine verdrehte die Augen.

»Allein hättet Ihr Euch schneller davonmachen können. Es war knapp, Monsieur.«

»Das weiß ich selbst. Warum nörgelt Ihr? Und warum könnt Ihr nicht hören? Ich habe gesagt: Schaut nicht hin. Schaut nicht hin, habe ich ge... Pfoten weg, du Ausfluss eines Mistkäfers!« Er griff nach einem der Jungen, aber das Kerlchen wieselte davon und war schneller in einer der Seitengassen verschwunden, als Marcella schauen konnte. Noël drohte ihm mit der Faust und brüllte etwas, was sie nicht verstand. »Habt Ihr Euren Beutel noch am Gürtel?«

»Ihr helft mir ein ums andere Mal aus der Patsche, wie es scheint.«

»Nur wegen Monsieur Lagrasse.« Der Kleine schien sich plötzlich auf etwas zu besinnen. Er lüftete den schrecklichen Muschelhut und verbeugte sich. »Noël Dupuy. Das ist mein Name. Ich bin die rechte Hand von Monsieur Lagrasse, wenn's erlaubt ist. Dem Faktor von Monsieur Tristand. Allerdings ist es nicht mein richtiger Name. Der ist kompliziert. Meine Eltern kamen aus Portugal.« Er wedelte abwehrend mit der Hand. »Sagt einfach: Noël.«

»Tristand? Lagrasse? Kenne ich nicht. Kann es sein, dass Ihr mich verwechselt?«

Sie sah, wie seine Augenbrauen in die Höhe ruckten. Dann merkte er, dass er genarrt wurde. »Frauen meckern ohne Ende«, knurrte er und nahm ihr ungalant den Vortritt, als er durch den Torbogen schritt, der sie auf das Hafengelände zurückführte.

Das Chaos dort hatte sich inzwischen aufgelöst. Nur beim Tretradkran hockten noch einige Galeerenruderer und würfelten – vielleicht darum, wer den Wein bezahlen musste, mit dem sie sich nach der Plackerei voll laufen lassen wollten. Ein schwarz gekräuselter Straßenköter pinkelte gegen ein Unkraut in der Pflasterung. Von Damian war nichts mehr zu sehen.

Doch in einem der Lagerhausfenster tauchte das Gesicht des feisten Mannes auf. Er drehte sich in den Raum zurück und rief mit erschöpfter Stimme: »Monsieur Tristand! Làbas! La belle Madame.«

Keuchend kam er über den Platz gelaufen. Er packte Marcellas Hände und schüttelte sie, als hätte er ein Federkissen in der Hand. Man hatte sie gesucht. Solch eine gefährliche Gegend, der Hafen. Nichts für eine Dame. Pardon, sein Name war Lagrasse. Henri Lagrasse und jederzeit zu Diensten. Seine Hände fühlten sich weich und schwitzig an. Sein Körper war in eine Wolke von Parfüm gehüllt, dessen Konsistenz jede Nase verstören musste. Rosenholz, Jasmin … viel zu süß für einen Mann.

Damian war seinem Faktor wesentlich gemächlicher gefolgt.

»Die Dame hat die andere Dame zum Haus Possat begleitet«, erklärte Noël verdrießlich. »Und man hätte mich gar nicht hinterherschicken müssen, denn Madame weiß genau, was in einer brenzligen Lage zu tun ist. Ich geh und tret Louis in den Hintern, wenn's recht ist. Wir haben eine Abmachung über halbe Liegegebühren. Wetten, das hat er vergessen? Zeitverschwendung …« Brummelnd machte er sich davon.

»Hchm«, machte Monsieur Lagrasse verlegen. »Ihr müsst verzeihen. Ein guter Mann, dieser Noël – im Grunde. Kennt jeden hier im Hafen und hat immer die Ohren offen und macht und tut und … Na ja. Gosse bleibt Gosse. Aber was soll man tun? Er ist so ungemein nützlich.«

3. Kapitel

Es ist kein Geheimnis«, sagte Camille. »Er war ein Halunke, bevor Monsieur Falier ihm die Arbeit im Hafen bot. Ich rede nicht schlecht über andere Leute, aber Noël hat so viel Ehre, wie ein Spatz in einen Becher pinkeln kann.« Sie raschelte mit ihren bedruckten, bunten Röcken.

Für Camille de Gouzy, die Frau, die Damian und seinem Kompagnon die Räumlichkeiten für die Kanzlei vermietet hatte, war es nicht nur eine Ehre, sondern eine Freude gewesen, auch das zweite Stockwerk des Hauses an ihre wichtigsten Untermieter abzutreten. Monsieur Tristand und seine Braut! Sie hatte die kleinen Hände zusammengeschlagen und nach dem Heer von Dienern Ausschau gehalten, die das Paar gewiss begleiteten. Dass die beiden Herrschaften allein reisten, hatte Camille mit Verwunderung erfüllt, aber auf seltsame Weise auch eine Brücke zu ihrem Herzen geschlagen.

»Ich werde Euch ein Bad richten, Madame«, hatte sie kurz entschlossen verkündet, und nun stand sie hinter dem Trog und kämmte die Knoten aus Marcellas widerspenstigen Haaren.

»Es ist dem Menschen bestimmt, wo er herkommt, und man soll ihm daraus keinen Vorwurf machen, sag ich immer. Aber man muss auch ein wenig schauen. Hab ich nicht Recht?«

»Vermutlich«, sagte Marcella.

»Noël ist in dem Waisenhaus von Saint-Paul aufgewachsen, dort, wo im letzten Jahr das Küchendach einstürzte und Dutzende von den armen Würmern erschlug. Aber ich sag, auch wenn's jetzt unfreundlich klingt, wer in einem Waisenhaus groß wird … Ich meine, sie sterben dort zuhauf, das ist doch so, und wer nicht stirbt, der muss aus hartem Eisen geschmiedet sein. Man kann sich also denken, mit wem man es zu tun hat, wenn man weiß, einer ist im Waisenhaus erwachsen geworden. Außerdem – seine Familie. Die alte Colette – das war seine Mutter – hat im Hurenhaus gelebt, und einen Vater gab's natürlich nicht.«

»Ich dachte, seine Eltern waren Portugiesen.«

Marcella spürte, wie Camille abschätzig die Schultern hob. »Heute Portugiesen, morgen Italiener. Er schämt sich halt. Glaubt mir, Noël hat sein Teil an bösen Dingen gelernt. Er hat einem Kerl, der sich hinter den Fischbecken mit ihm prügeln wollte, so kunstgerecht die Kehle durchschnitten, als wäre er ein … wie nennen sie gleich die Juden, die die Tiere so schlachten, dass sie durch den Schnitt ausbluten?«

»Ich weiß nicht.«

»Na, woher auch. Jedenfalls war er's gewesen, das mit dem Kehledurchschneiden, selbst wenn man es ihm nie nachweisen konnte.« Camille beugte sich zu ihr vor und lachte, und rechts und links auf ihren rosigen Wangen entstanden die niedlichsten Grübchen, die man sich vorstellen konnte. Sie hatte überhaupt keine Ähnlichkeit mit der habgierigen Vettel, als die Damian sie geschildert hatte. War das ein Grund, sie mit Misstrauen zu betrachten? Musste man daraus schließen, dass Damian ihr mehr Aufmerksamkeit geschenkt hatte, als es zwischen Wirtin und Mieter üblich war? Damian liebte es zu baden. Hatte sie ihm das Bad gerichtet? Und ihm Gesellschaft geleistet? *Bin ich eifersüchtig, Elsa? Keine Ahnung. Eigentlich spüre ich nur einen wahn-*

sinnigen Appetit auf Lakritzplättchen. Sagt man nicht, dass es ohne Eifersucht keine wahre Liebe gibt? Santa Maria, mir platzt noch der Kopf.

»Ich würde meine rechte Hand abhacken, wenn ich dafür Eure Haare bekäme«, seufzte Camille und fuhr mit beiden Händen durch die Lockensträhnen, die über den Rand des Troges fielen. »Wie ein Wasserfall ... jedes Härchen kringelt sich anders. Ihr solltet immer nahe bei den Kerzen sitzen, Madame. Wenn Licht darauf fällt ... Eure Haare sind braun, aber das Licht wirft goldene Sprenkel hinein. Ach je ...« Sie seufzte und wand sich die Haare um das zarte Handgelenk.

»Ihr seid selbst hübsch«, sagte Marcella, was der Wahrheit entsprach. Camille neigte ein wenig zur Fülligkeit, aber die Grübchen und die leuchtend blauen Augen trugen ihr gewiss die Aufmerksamkeit der Männer ein.

»Das weiß ich. Nur, am Ende: Die Haare verschwinden unter der Haube, sobald man vor dem Priester sein Jawort gegeben hat. Und auch an all dem anderen hat nur noch der Gatte Gefallen, und man kann schon froh sein, wenn es so ist.« Sie löste einige Strähnen und änderte die Frisur.

»Und doch müssen sie ... Ich spreche von Monsieur Noël. Seine Dienstherren müssen dennoch gute Eigenschaften an ihm gefunden haben, sonst hätten sie ihn wohl kaum genommen.«

»Es war Monsieur Lagrasse, der ihn eingestellt hat. Und zwar deshalb, weil er mit den Männern vom Hafenzoll und den Arbeitern und den Seeleuten auf gutem Fuß steht, was kein Lob sein soll, aber für das Geschäft bestimmt von Nutzen ist. Noël weiß über *alles* Bescheid. Keine Ratte frisst dort ein Korn, ohne dass er davon erfährt. Das hat mir Matteo erklärt.«

Zum ersten Mal, seit sie in Narbonne angekommen waren, fiel der Name von Donatos ungeratenem Neffen. Marcella hätte gern mehr über ihn erfahren, aber aus irgendeinem Winkel des Hauses – vermutlich der Küche – wurde Camilles Name gerufen, und sie hatte es nun eilig, Marcellas Haare festzustecken.

Der Geruch von rohem Fisch zog durchs Haus, als die junge Frau durch die Tür verschwand. Sie machte kein besonders glückliches Gesicht, und Marcella erinnerte sich, von Damian gehört zu haben, dass sie nicht die begabteste Köchin war.

Der Raum, in dem gegessen wurde, gehörte zum Kontor. Er war dunkel und mit schweren Möbeln ausgestattet. Über die schmale Seite des Zimmers zog sich ein verschlissener Stoff, auf den eine galante Szenerie gestickt war. Eine adlige Gesellschaft beim Reigentanz. Die gegenüberliegende Seite wurde durch ein Regal besetzt, in dem Bücher und Pergamentrollen gestapelt lagen. Auf einem Tisch in der Raummitte, hübsch bedeckt mit einem Laken und von mehreren Honigwachskerzen erleuchtet, standen Zinngeschirr und – einziges Zeichen von Luxus – grüne Glasbecher. Vielleicht ein Geschenk der venezianischen Brotgeber an die Tochtergesellschaft.

Noël, der dem Waisenhaus entkommene Halsabschneider, hielt eines der Gläser in der Hand und fuhr misstrauisch mit dem Finger über die Rillen. Als Marcella den Raum betrat, setzte er es abrupt ab. Er erwiderte ihr Kopfnicken ohne Lächeln.

Dafür lächelte Monsieur Lagrasse umso mehr. Er eilte auf Marcella zu, um erneut ihre Hände zu ergreifen. »Die Braut, was für eine Freude und Ehre zugleich. *Cui fortuna favet, Phyllida solus habebit*«, rief er Damian scherzend zu. »Das ist lateinisch, meine Verehrteste, und bedeutet so viel wie … Nun ja, dass unser lieber Monsieur Tristand vom Füllhorn des Glücks überschüttet wurde. Eine so hübsche Dame. Wenn auch …«, er zwinkerte ihr zu, »… ein wenig leichtsinnig. Ach, die Frauen. Sie folgen ihrem Herzen und denken nicht an die Folgen. Aber verehren wir sie nicht gerade um dieser reizenden Torheiten willen?«

Noël starrte ihn mit offenem Mund an. Es reizte ihn zu widersprechen, das merkte man, aber er kam nicht dazu, denn in diesem Moment öffnete Camille die Tür und trug mit Hilfe eines Jungen das Essen herein. Damian hatte sich nicht lumpen lassen. Eine Platte mit Pasteten wurde abgestellt, eine weitere mit Brattäubchen, dazu gab es Weißkrautsalat und anderes Gemüse in Schüsseln und eine weißschwarz gesprenkelte Köstlichkeit, die wie Mandelpudding duftete. Das Gespräch wurde unterbrochen. Damians Gäste rückten sich die Stühle zurecht, und Camille begann, Wein in die grünen Gläser zu gießen.

»Monsieur Tristand«, sagte Marcella, »waren es meine reizenden Torheiten, die Euch dazu verführten, mir die Ehe anzutragen?«

»Aber gewiss.« Er blinzelte ihr zu. »Allen voran Eure Torheit, mir die Verfügungsgewalt über Euren Safran zu übertragen.«

»So etwas habe ich getan?«

»Ihr werdet es tun. Am Tag unserer Hochzeit. Aber da ich fürchte, dass Ihr die dräuende Gefahr bemerken werdet ...«

»Ja?«

Damian war nicht wirklich nach einem Geplänkel zumute. Er streifte mit dem Blick den leeren Stuhl neben Noël, auf dem eigentlich der Tunichtgut Matteo hätte sitzen sollen, und sie spürte, dass er sich ärgerte.

»Es ist der natürliche Wunsch der Frau, sich unter den Schutz des Mannes zu stellen«, verkündete Lagrasse und lud einige Pastetchen auf seinen Teller.

Noël grunzte. Er nahm einen Zipfel des Tischtuchs auf und wischte über seinen Mund. »Frauen machen immer Ärger.«

»Nur wenn die Dinge nicht nach ihrem Willen gehen, mein lieber Noël«, sagte Marcella. »Dennoch habt Ihr

Recht, es ist eine Unart und lästig dazu – für jeden außer für sie selbst. Ein Wunder, dass sie noch geheiratet werden. Wie war gleich Euer Plan, Monsieur, mit dem Ihr mich vom Verlust meines Safrans ablenken wollt?« Sie schaute zu Damian hinüber und wusste, dass Ihre Worte schärfer klangen, als sie selbst es wünschte. Noël stierte mit gesenktem Kopf zu ihr herüber.

»Ich werde Euch mit Lakritze locken. Das ist meine tückische Absicht. Mit jedem Beutelchen folgt Ihr mir ein Stück weiter nach Venedig, und die letzten werden auf den Stufen von San Vitale liegen.«

Camille, die gerade die Platten verschob, um einen Krug frischen Weins abzusetzen, kicherte.

»Und wenn ich in boshafter Weibermanier vor dem Hochzeitsgang eine Suppe mit siebenundfünfzig Lot Safran würze und mein Vermögen in mich hineinlöffele?«

»Aber nicht doch«, flüsterte Camille. »Tauscht den Safran gegen Schmuck und Kleider. Ist es bei Euch nicht auch so, dass Schmuck und Kleider in der Ehe bei der Frau verbleiben?«

»Einem listigen Plan wird ein wahrhaft teuflischer entgegengesetzt.« Damian hob sein Glas zu Camille, und sie wackelte belustigt mit dem Kopf. »Matteo ist noch nicht aufgetaucht, nein?«

»Die jungen Leute vergessen die Zeit«, erwiderte Camille rasch. Sowohl ihre als auch Noëls Blicke gingen zum Fenster, hinter dem schwärzeste Dunkelheit verriet, dass der Abend längst in die Nacht übergegangen war.

»Er ist ein braver, junger Herr, aber wie die anderen auch«, meinte Lagrasse gutmütig. »Man muss Geduld haben. Eine Zeit lang schlagen sie über die Stränge, dann werden sie sittsam.«

»Weiber und Kinder«, sagte Marcella und tunkte ein Stück Brot in die grüne Soße, die vor Pfeffer beinahe ungenießbar war.

Matteo tauchte den ganzen Abend nicht auf, aber wenn er dadurch irgendwelches Unheil von sich fern zu halten wünschte, hatte er den falschen Weg gewählt. Damian wurde vor Verdrossenheit so einsilbig, dass nicht einmal Lagrasse mit seiner Redseligkeit es schaffte, die Gesellschaft aufzuheitern. Noël verabschiedete sich, sobald er den letzten Bissen in sich hineingestopft hatte, und wahrscheinlich erzählte er seinen Freunden vom Zoll, dass das Speisen mit vornehmen Herrschaften schlimmer als eine Hafenschlägerei war.

»Er ist ein liebenswürdiges Kerlchen.« Es war Camille, die das über Matteo sagte, als sie Marcella nach dem Essen Bettzeug in ihr Zimmer brachte. »Wie verrückt nach allem, was blinkt und blitzt, und damit meine ich diesmal kein Geschmeide, sondern Schwerter und so. Aber dabei höflich und lustig ... Wenn Ihr Euch einen Mann von Adel vorstellt, würde Euch sofort Matteo einfallen, obwohl er ja keinen Tropfen edlen Bluts in den Adern hat.«

»Liest er denn auch eifrig seine Bücher über die Praktiken des Handels?«

»Er liest, wenn man ihm das Gesicht aufs Pergament drückt. Nur dürft Ihr deshalb nicht schlecht von ihm denken. Der Gelehrte steckt halt nicht in jedem Menschen. Und das sage ich als jemand, der selbst lesen kann.« Camille freute sich diebisch über Marcellas erstauntes Gesicht. »Ich habe es als Kind durch meine Tante gelernt, die ein wirres Geschöpf war und Reime schrieb.«

»Ihr steckt voller Überraschungen, Camille.«

»Und rechnen kann ich sowieso. Ich muss schließlich dieses Haus vermieten und wissen, wann ich welches Geld bekomme. Die Zimmer hier oben vermiete ich nur an Markt- und Festtagen, und dann immer nur für einige Nächte, aber es bringt mehr ein, als wenn ich einen ständigen Mieter hätte. Das habe ich mir ausgerechnet, und daran seht Ihr, wie nützlich die gelehrten Künste sind, wenn man sie richtig

gebraucht. Ich habe in den vergangenen beiden Jahren ...«
Sie stockte. »Hört Ihr das auch?«

»Was?«

»Die Tür. Wir haben eine Seitentür, in der früher Gemüse und Schlachtvieh hinunter in die Küche gebracht wurden. Ich kenne das Knarren. Ihr sagt's doch nicht dem Herrn?«

»Was soll ich ihm nicht sagen?«

»Nun ja, wenn es Matteo ist, der dort kommt ... Heute Abend tät Monsieur Tristand ihn mit Haut und Haaren fressen.«

»Aber Camille, er ist doch kein ...«

»Heut Abend tät er's«, erklärte Camille bestimmt. »Und was brächte es auch für einen Nutzen, den werten Herrn so spät zu stören?«

»Wahrscheinlich keinen.« Marcellas Gewissen zwickte, als sie zusah, wie Camille durch die Tür verschwand. Feine Ehe, in der man schon in der Verlobungszeit Geheimnisse voreinander hatte.

Aber es gab eine Möglichkeit zu büßen. Der kleine Raum, in dem Camille sie untergebracht hatte, war karg möbliert, besaß jedoch einen Tisch, an dem man schreiben konnte. Marcella holte das Holzkästchen heraus, das Elsa ihr zum Abschied geschenkt hatte, und entnahm ihm die Feder und die Kohlenstofftinte, um endlich ihren Brief zu schreiben. Das Tintenhörnchen war aus Elfenbein.

Ach Elsa, wofür gibst du dein Geld aus, dachte sie seufzend. Ihre Trierer Freundin hatte noch keine einzige Nachricht bekommen, seit sie auf dem Bootssteg voneinander Abschied genommen hatten. Aber nun würde es damit ein Ende haben. Und wenn jeder Satz verkehrt und jedes Wort mit Zweifeln behaftet war – die Nachricht würde geschrieben und morgen noch in Richtung Trier auf den Weg gebracht werden.

Liebste Elsa, es geht mir ...

Ein leises, aber heftiges Klopfen ließ Marcella innehalten. Sie schaute zur Tür. Camille öffnete und starrte sie gehetzt an. »Ihr kennt Euch doch mit Gewürzen aus, Madame, ich meine, mit Heilkräutern, mit ... mit blutstillenden ... bitte Madame! Sein ganzes Hemd ist nass.«

»Ich kenne mich *nicht* aus. Von wem redet Ihr? Und ...« Verdammenswerte Heuchelei. »... und wo steckt der Bengel?« Marcella eilte hinter ihrer Wirtin die Treppe hinab, durch finstere Räume, in denen Camilles Tranlampenlicht wie ein erschreckter Falter über die Wände huschte, eine weitere Stiege hinab und noch ein kleines Treppchen, das in die Tiefen des Kellers führte, dann stand sie in der Küche des Hauses.

Ein Mann wartete vor dem Kochkamin, in dem noch die Reste des Feuers glommen. Er war groß gewachsen, vielleicht dreißig Jahre alt und hatte die blasse, sommersprossenübersäte Haut vieler rothaariger Menschen. Er sah so kerngesund aus, dass Marcella sich unwirsch nach Camille umdrehte.

Ihre Wirtin deutete mit tränenumflortem Blick zu dem Tisch, auf dem gewöhnlich Gemüse gehackt wurde. Als Marcella das Möbel umrundete, fand sie den Verletzten. Ein junger Kerl, sechzehn oder siebzehn Jahre alt. Der Surcot, den er trug, war aus gelbem Samt, und das gab einen prächtigen Untergrund für das Blut, das sich von der Schulter über die ganze Brust ausgebreitet hatte.

»Ausziehen«, befahl Marcella dem Rothaarigen, der noch immer beim Kamin herumstand. »Tücher und Wasser. Nun schnell«, fuhr sie Camille an.

Das Unglück war kleiner, als der gelbe Samt es glauben machte. Nachdem der Rothaarige dem Verletzten Surcot und Kotte über den Kopf gezogen hatte, so dass er nur noch das Hemd auf dem mageren Körper trug, stellte sich heraus, dass er aus einem Schnitt blutete, der die Haut zwischen Achsel und Brust angerissen hatte. Der größte Teil des alarmierenden Flecks stammte, dem Gestank nach zu urteilen, von billigem Wein.

»Er ist betrunken«, sagte Marcella.

»Das ist sein Fluch. Er säuft, und wenn ihm der Wein zu Kopf steigt, fängt er Händel an«, erklärte Camille. Sie wandte sich dem Roten zu und gab ihm einen Kuss auf die Wange. »Wo hast du ihn aufgelesen, Théophile? Gewiss im Chapon? Oh, Madame, ich vergaß ... dies ist mein Gatte. Er ist ein Ritter, ein wirklicher Ritter, versteht Ihr?« Kindliche Freude strahlte in Camilles Gesicht, als sie Marcella mit ihrem Ehemann bekannt machte. »Wir sind noch nicht lange verheiratet, müsst Ihr wissen. Wartet, ich habe Blutkraut.«

Sie lief einige Schritte und holte einen Steintopf vom Regal, aus dem sie eine getrocknete Pflanze mit weißen Doldenblüten holte, die Marcella an Hirtentäschel erinnerte.

»Ich hätte das Kraut auch selbst auflegen können«, gestand sie. »Aber Matteo ist doch der Neffe des reichen Herrn aus Venedig. Und man will sich schließlich nichts vorwerfen lassen, wenn es schief geht. Théophile, Liebster, halte doch das Licht.«

Marcella legte die trockenen Pflanzen auf die Wunde, rieb sie – hoffentlich war das richtig – etwas in den Schnitt hinein und legte die Tücher darüber, die Camille ihr reichte. »Sein Kopf wird ihn morgen mehr schmerzen als die Wunde.«

»Er schmerzt ... jetzt schon.« Ihr betrunkener Patient begann, sich zu regen. Marcella nahm Théophile die Lampe aus der Hand und leuchtete den Jungen an. Er hatte ein hübsches Gesicht, an dem nur die Pusteln, der Fluch seiner jungen Jahre, und die abstehenden schwarzen Haare, in denen ein Dutzend Wirbel ihr Unheil anrichteten, störten. In seinen verzerrten Mundwinkeln machte sich ein Lächeln breit.

»Matteo, geht es Euch gut?«, fragte Camille.

»Nicht so laut ... bitte«, bat der Angesprochene und versuchte mannhaft zu klingen. »Ist er ... sehr aufgebracht?«

»Ihr hättet besser daran getan, zum Essen zu kommen, anstatt Euch herumzutreiben.«

Matteos Heldenmut fiel in sich zusammen. »Er wird mich zerreißen. Er verabscheut mich.« Der Junge stützte sich auf den Ellbogen, verzog das Gesicht und ließ sich wieder auf die Holzbohlen sinken. Schwaden von Alkohol stiegen aus seinem Rock auf. Er grinste völlig betrunken und mühte sich, seinen Blick auf Marcella zu konzentrieren. »Madonna, Ihr seid wirklich, also verdammt ... wunder...«

»Und vor dem nächsten Wort schlaft Ihr Euren Rausch aus.«

»... schön. Ihr seid ...«

»Zum Morgenmahl erscheint Ihr mit gekämmten Haaren.«

Fahrig griff Matteo nach ihrer Hand, als Marcella aufstehen wollte. »Ihr seid ...«

»Schön, das sagtet Ihr schon«, erinnerte Camille.

»Barmherzig. Ein Blick, mild wie der erste Sonnen... Sonnen... Madonna, wie ist Euer ...?«

»Sie ist die Braut von Monsieur Tristand, und Ihr könnt froh sein, dass sie sich um Euch kümmert, anstatt sofort den Herrn runterzurufen.«

»Rettet mich.« Matteo ließ Marcellas Ärmel fahren und presste den Handballen gegen die Stirn. Es war eine alberne Geste. Zur Hölle mit diesem Balg.

»Mit gekämmten Haaren und frischer Wäsche und mit einem Rechenbrett unter dem Arm, wenn ich Euch einen Rat geben darf«, sagte Marcella und stand auf.

Sie würde an diesem Abend nicht mehr an Damians Tür klopfen.

4. Kapitel

Ich habe es gesagt: Er frisst ihn mit Haut und Haaren«, flüsterte Camille, die an der Tür zum Kontor lauschte und sich nicht im Geringsten schämte, dabei ertappt worden zu sein.

Wieso, was tut er?, wollte Marcella fragen, verschluckte die Worte aber im letzten Moment. Keine Küchenkumpanei mehr gegen den Mann, den sie heiraten wollte.

»Er ist ein bewundernswürdiger Mensch, und so klug, aber wehe, man verärgert ihn.« Camille streckte den schmerzenden Rücken. »Als ich das letzte Mal hier war – ich richte ihm das beste Zimmer und tue alles und sende natürlich, ein Mahl zu bereiten ... Ich gebe zu, ich hätte ein bisschen auf den Preis schauen sollen.«

»Camille ...«

»Es wurde etwas teurer als gewöhnlich. Aber er ist reich, nicht wahr? Die reichen Herren achten nie auf Rechnungen. Er aber doch«, sagte sie und seufzte, und es schien sie nicht zu stören, dass sie mit der Braut des Geizkragens sprach. »Wenn er zu flüstern beginnt, mit diesen hochgezogenen Brauen – wisst Ihr, was ich meine? Man fühlt sich ... wie durchlöchert. Als hätte der Herrgott selbst seinen Blick auf dich gerichtet.«

Marcella verbiss sich ein Lachen. »Wenn er mit Matteo ... flüstert, wird er Gründe haben.«

Camille riss ihre gutmütigen Augen auf. »Was für ...? Ihr meint ... heilige Mutter Gottes, Monsieur ist von so weit hierher gereist. Doch nicht, weil der junge Herr etwas angestellt hat?«

Das ging nun wirklich zu weit.

»Er ist gekommen ... er will dem jungen Herrn auf die Finger klopfen. Madame, ist es so?«

Marcella machte dem Gespräch ein Ende, indem sie die Tür zum Kontor öffnete.

Damian saß auf der Kante des Tisches, an dem sie am Abend zuvor gegessen hatten. Matteo war auf einem Stuhl beim Fenster zusammengesackt. Ein Häuflein Elend, das die Hände gegen die Schläfen presste und so bleich war, dass sich jede Frage nach dem Befinden erübrigte.

»Störe ich?«

Damian schüttelte den Kopf. »Aber nein. Wir sind beinahe fertig. Matteo hat unglückseligerweise nicht die leiseste Idee, worauf die Pechsträhne dieses Kontors zurückzuführen sein könnte.«

Als sein Name fiel, hob der junge Mann den Kopf. »Madonna Santa.« Er ließ die Hände sinken und den Mund offen stehen, was sein dümmliches Aussehen verstärkte. Angestrengt grub er in seiner Erinnerung.

»Wir reden nach dem Essen weiter. Raus mit dir.« Damian wies mit dem Kopf in Richtung Tür. Er wollte noch etwas hinzufügen, kam aber nicht dazu, weil Matteo plötzlich vom Stuhl aufsprang und vor Marcella auf das Knie sank.

»Ich dachte ... Herrin, ich hab wirklich geglaubt, ich hätte Euch nur geträumt. Und Ihr wärt nur ... ein Gespinst meiner ...«

»Trunkenheit?«

»... Träume. Und als ich aufwachte ... *Liebe, du hast mich so beschweret, dass ich ohne Freude bin* ... Ich war unglücklich«, verkündete er vertraulich und mit einem gewissen Stolz. »Und nun treff ich Euch hier wieder.«

»Weil ich sehen will, ob Euch auch ordentlich die Ohren lang gezogen werden. Was für eine Art ... sich in Schenken herumtreiben! Nun hört schon auf, die Fliesen zu scheu...«

»*Wie die Liebe anfängt, weiß ich wohl – wie sie endet, ist mir nicht bekannt* ... Ihr scheltet, aber ich spüre Eure Zuneigung. Ich fühle, ich bin gebunden, wenn auch in süßen Ketten. Wollt Ihr mir erlauben ...«

»Raus!«, fauchte Damian und riss die Tür auf.

Matteo sprang hastig auf und verbeugte sich. »Herrin, wenn Ihr mir Euren Namen ...«

»Madame Tristand«, sagte sie, indem sie den Ereignissen vorgriff. »Und *raus* halte ich für einen ausgezeichneten Rat.«

»Wobei mir einfällt ...« Der junge Mann wich Damian, der ihn am Kragen packen wollte, aus und stieß hervor: »Mordechai. Der Wucherer heißt Mordechai. Und sein Haus liegt tatsächlich südlich von der Stadt. Ich denke mir nichts aus.« Die Tür fiel mit dem Knall ins Schloss, der erneut Matteos Jugend bezeugte.

»Was für ein grässlicher Bursche!«, stöhnte Damian.

»So sind sie, wenn sie jung sind.«

»So sind die schlimmsten von ihnen, und der hier ... Zu einem *Wucherer*. Hat er die letzten Jahre mit Wachs in den Ohren zugebracht? Wie kann man bei Donato Falier in die Lehre gehen und anschließend in den Rachen eines Wucherers springen?«

»Mit welcher Summe?«

»Der liebe Matteo hat keine Ahnung, denn Zahlen *und diesen Kram* kann er sich schwer merken. Wir müssen dankbar sein, dass ihm wenigstens der Name seines Henkers eingefallen ist.«

»Damian, er ist kaum erwachsen.«

»Und das wird sich niemals ändern. Er muss sich ein Vermögen geliehen haben. Hast du das Messer gesehen, das er im Gürtel trägt? Er fand es angebracht, mir seine Vorzüge zu preisen. Eine Cinquedea aus Lucca, der Griff eingelegt mit Rosendiamanten und Perlen. Sag mir, Marcella, welcher Wucherer würde einem Habenichts das Geld leihen, um solchen Irrwitz zu finanzieren? Matteo *muss* sich an anderer Stelle ...«

»Und wenn der Wucherer das Familienvermögen hinter dem Habenichts sah?«

»Was hat dieser Junge an sich, dass ihn jedermann in Schutz nimmt?«

»Was hat er dir getan, dass du so zornig bist?«

Nun stritten sie also doch. Zum ersten Mal, seit sie beschlossen hatten, miteinander nach Venedig zu reisen, um dort zu heiraten. *Es beginnt, Elsa. Der Putz des viel zu hastig errichteten Hauses beginnt zu bröckeln.*

»Da er den Namen des Wucherers genannt hat, werden wir bald wissen, was er getan oder nicht getan hat.«

»Der Mann wohnt außerhalb der Stadt?«

»Irgendwo in Richtung Meer.«

»Wann werden wir reiten?«

»Wann werden wir ...« Damian spitzte die Lippen. Er wartete einen Moment, ehe er sprach. »Marcella, ich weiß nicht, ob du dir das richtig vorstellst. Das Haus eines Wucherers ... eines Wucherers dieser Manier ... Glaub mir, es ist kein Ort ...«

»An dem sich eine Madame Tristand aufhalten sollte?«

»An dem sich ... irgendeine Frau aufhalten sollte.«

Marcella ging an ihm vorbei durch das Zimmer. Sie stieß die Fensterläden zurück und schaute in den Innenhof hinab, in dem Camille die Beete für den Winter fertig gemacht hatte. In einer Ecke blühten rote Blumen, die wie mit Safran bestäubte Gänseblümchen aussahen. Hier rote Blumen, in Venedig gelbe. »Hast du die Geduld, mir einen Moment zuzuhören?«

»Dazu brauche ich keine Geduld.«

»Als ich nach Trier zu meinem Onkel Bonifaz kam, war ich acht Jahre alt.«

Sie merkte, dass er vorsichtig wurde, wie immer, wenn die Sprache auf ihre Kindheit kam.

»Mein Onkel hat mir ein Zimmer zugewiesen. Die Wände und die Decke waren dunkelblau bemalt. Das Fenster ging zum Hof und ließ kaum Licht herein. In dieses Zimmer hat man mir zweimal am Tag Essen und gelegentlich gewaschene Kleider gebracht. Der Onkel wusste nichts mit Kindern anzufangen. Er aß allein, und es gingen Monate ins Land, in denen er mein Zimmer nicht betrat. Ich habe mein Zimmer auch nicht verlassen. Ich hätte es tun können, es gab kein Verbot, aber ich habe es nicht getan. Ich saß in diesem Zimmer und wartete und wusste nicht, worauf. Und nach und nach wurde ich von Spinnweben eingesponnen und von Staub bedeckt. Glaubst du mir das?«

»Ich glaube es.«

»Tust du *nicht*, weil du dir nicht vorstellen kannst, dass ein Mann und ein Kind so wider die Natur leben können. Aber die Familie, mit der du dich verbindest, ist voll von Verrücktheiten. Meine Schwester war eine Ketzerin, und mein Onkel hat versucht, dich umzubringen.«

»Wie ging es weiter?«

Marcella blickte auf ihre Finger, die sie auf das Sims des Fensters gelegt hatte. »Die Frau, die mir das Essen brachte, starb. Und ihre Nachfolgerin entschied, dass ich neue Kleider bräuchte. Sie setzte das bei meinem Onkel durch und ging mit mir zu einem Gewandschneider, um Stoffe zu kaufen und Maß nehmen zu lassen. Der Onkel hat unsere Stoffe begutachtet und – ich weiß nicht, warum – mir einige Pfennige geschenkt. Ich habe die Frau gefragt, wozu die Münzen gut sind, denn ich hatte noch nie in meinem Leben welche gesehen. Sie sagte, mit Geld kann man alles kaufen, was man sich wünscht.«

»Ein gehätschelter Irrtum.«

»Für mich war es alle Weisheit, die ich brauchte. Ich wusste jetzt, wie man das Haus verlassen konnte, und habe meine Pfennige genommen und bin in die Gasse gegangen, in denen wir die Stoffe gekauft hatten. Ganz in der Nähe befand sich ein Stand mit Gewürzen. Der Duft hat mich angezogen. Zimtstangen, Ingwer, Bergamottefrüchte ... nichts roch mehr nach Staub. Diesen Duft wollte ich kaufen. Alles. Sämtliche Gewürze. Ich hatte ja meine Münzen.«

»Konntest du den Händler überzeugen?«

»Ich bin an Elsa geraten. Sie hat mir erklärt, wie man aus den Bergamottefrüchten das Öl destilliert. Ich habe es daheim versucht und falsch gemacht, also bin ich zurückgekehrt, und sie hat es mir beigebracht. Irgendwann habe ich mein erstes Parfüm an eine Matrone verkauft, die bei meinem Onkel Wein bestellte. Verstehst du, was das für mich bedeutete?«

»Marcella, ich fürchte ...«

»Ich begann wieder zu leben.«

»Marcella ...«

»Zwing mich nicht, wieder Staub einzuatmen. Tu das nicht.«

Damian trat neben sie. Das Fenster, vor dem sie standen, war so klein, dass sich ihre Arme berührten, als sie hinaussahen. Er schwieg und dachte über seine Braut nach, und wahrscheinlich bekam er es mit der Angst, genau wie sie selbst. Damian war der Mann, den sie heiraten wollte. Aber danach würde er der Mann sein, der ihr Schicksal in den Händen hielt. Versperrte Räume. Verbote. Und selbst wenn er sie nicht aussprach, würde es doch Verbote geben. Monsieur würde entscheiden. Immer zu ihrem Guten. Wie der Vater, der sie in ein buntes Kleid steckte und nach Deutschland schickte. Wie Onkel Bonifaz. *Es musste schief gehen, Elsa. Ich nehme das nächste Schiff. Ich kriege schon jetzt keine Luft mehr. Eine verwilderte ...*

»Wie hat der Bengel sich in dein Herz geschlichen?«
»Was?«
»Nun komm. Das Mitleid stand dir im Gesicht. Wie hat Matteo es geschafft, dass du dich nach vierundzwanzig Stunden wie eine Löwin vor ihn stellst?«

»Ich fand ihn letzte Nacht in der Küche, und er ... blutete.«

Damian seufzte. »Das ist deine Schwäche. Er *blutete*. Zur Stärkung seines Charakters werde ich ihn aus dem Bett werfen und ihn die Mietpferde besorgen lassen, die wir brauchen. Zieh dir was Warmes über. Ich fürchte, dass es regnen wird.«

Sie wusste nicht, was sie erwartet hatte. Eine Hütte im zugewucherten Teil eines Waldes, die man durch Hintertüren betrat und in der man in einem finsteren Raum Verträge siegelte?

Mordechai, der Wucherer, bewohnte eine Burg. Vielleicht war der Ausdruck etwas übertrieben. Doch sein Haus besaß doppelt mannshohe Mauern mit Zinnen und einem ziegelgedeckten Wehrgang, und beides schien in bestem Zustand zu sein. Das Gebäude selbst war ein hässlicher Klotz mit Fenstern, kaum größer als Schießscharten, und ohne jede Verzierung durch Giebel oder Erker. Katzen strichen durch das Unkraut vor der Mauer.

»Er ist ein seltsamer Kauz. Am besten redet man nicht viel, denn er redet auch nicht. Wenn etwas gesagt werden muss, spricht sein Diener für ihn. Ich bin nie gern hier gewesen«, gestand Matteo.

»Wenn du doch deinen Gefühlen nachgegeben hättest«, meinte Damian säuerlich.

Sie waren fast eine Stunde geritten, erst auf der Straße Richtung Carcassonne, dann über verwilderte Pfade, die durch schwarze Wälder führten.

Damian zügelte sein Pferd. Sie waren zu viert. Er selbst,

Matteo, Marcella und Camilles schweigsamer Gatte Théophile, der sich ihnen auf Wunsch seiner Frau angeschlossen hatte. Angesichts des wehrhaften Hauses schien ihre Schar bedrückend klein. Marcella sah, wie Damian sie mit einem Blick streifte, aber seine Augen wanderten weiter, bis sie an dem Ritter hängen blieben.

»Einer von uns sollte hier draußen warten, für den Fall, dass es Ärger gibt. Und ich glaube, das solltet Ihr sein.«

Und behaltet Madame im Auge, die in dieser Räuberhöhle nichts zu suchen hat? Nein, Damian ließ sein Pferd wieder antraben. Sie folgten dem Weg ein weiteres Stück, bis er scharf abbog und in einen sich absenkenden Pfad mündete, der zu dem Tor des Hauses führte, einer wahrhaft Furcht einflößenden Konstruktion aus angespitzten Zinnen und eisenverstärktem Holz. Es schien weder Klopfer noch Glockenzug zu geben.

»Der Rasen, auf dem wir stehen, ist kein Rasen, sondern eine großartig ersonnene Falltür, durch die drei oder vier Reiter gleichzeitig in die Tiefe gerissen werden können«, flüsterte Matteo begeistert. »Ich konnte das natürlich nicht untersuchen, aber wenn Ihr horcht, werdet Ihr feststellen, dass der Schlag der Hufe ... Du brauchst nicht zu rufen, Damian, man muss nur einen Moment warten, dann öffnen sie von allein.«

Als hätte jemand die Prophezeiung gehört, ratschten plötzlich eiserne Riegel durch Halterungen.

»Seht Ihr die Pechnase über unseren Häuptern? Marcella, wenn wir feindliche Eindringlinge wären ... Aber Ihr müsst Euch nicht fürchten. Ihr steht ja unter gutem Schutz«, lächelte der Junge treuherzig. Er hatte seinen Surcot aus gelbem Samt gegen ein weniger luxuriöses Überkleid aus Wolle eingetauscht, entweder um Damian zu besänftigen oder um dem Wucherer anzudeuten, wie wenig bei ihm zu holen war. Nur auf den Marderfellhut mit dem Fabeltier aus künstlichen Perlen hatte er nicht verzichten mögen.

Die linke Hälfte des Tores wurde aufgestoßen, und ein grimmig aussehender Mann mit einem wilden Bart trat ihnen entgegen.

»Euer Begehr?«

»Ihr seid mir wirklich von den Heiligen gesandt, Herrin«, versicherte Matteo leise, während Damian dem Torwärter den Zweck ihres Kommens erklärte. »Als ich hörte, dass er kommt, dachte ich, ich bin tot. Und dass es anders ist, spricht für ihn«, erklärte er nach kurzem Überlegen, »denn ein edles Gemüt erkennt man daran, dass es sich von Frauenbitten erweichen lässt. Ich habe mich ausführlich mit dem Minnedienst beschäftigt, wisst Ihr, denn neben dem Schwertkampf ist es die höchste Kunst, der ein Mann sich ...«

»Ihr redet dummes Zeug.«

Matteos Grinsen besaß nicht die Eleganz, die er sich wahrscheinlich erträumte, dafür aber eine hinreißende Fröhlichkeit. Sie seufzte.

Der Grimmige murmelte etwas, bedeutete ihnen abzusteigen und ließ sie mit einem misstrauischen Blick auf das Hinterland ein. Sie übergaben ihm die Zügel und erklommen eine Treppe, die in einen Hof führte. Von dort ging es zu Fuß weiter durch ein Labyrinth von Gängen und Stiegen, das sie schließlich vor eine weitere schwer gesicherte Tür brachte. Der Grimmige war plötzlich verschwunden, dafür öffnete ihnen ein hagerer Mann mittleren Alters, der höflich ins Innere des Zimmers wies.

Er war offensichtlich nur der Gehilfe des eigentlichen Hausherren, wohl der Diener, den Matteo erwähnt hatte. Mordechai selbst saß hinter einem schweren Tisch aus rötlichem Holz. Die Hände, die er auf der Tischplatte gefaltet hatte, waren mit Ringen übersät. Er war ein dicklicher Mann, der an einer Krankheit zu leiden schien, denn sein Gesicht wirkte aufgedunsen und lebloser als die Bienenwachskerze an der Ecke des Tisches, von der wenigstens Rauch aufstieg.

»Nehmt bitte Platz, Madame, Messieurs«, sagte der Diener und deutete auf drei Schemel vor dem Tisch, die bewiesen, dass man ihre Ankunft beobachtet hatte.

Damian machte nicht viele Umstände. Er verschränkte die Arme über der Brust. »Wie viel?«

Auf Mordechais Nicken brachte der Dürre eine schwarze Kladde, die er seinem Herrn vor die immer noch gefalteten Hände legte. »Ihr habt den Wunsch, die Schulden Eures jungen Freundes zu begleichen?« Der Wucherer besaß eine hohe Stimme, die in kuriosem Gegensatz zu seinem Körper stand.

»Streicht den Wunsch, streicht die Freundschaft.«

»Verwandtschaft also.« Der Wucherer rollte die Augen, was aber überhaupt nicht komisch wirkte. Er schlug die Kladde auf. »Zweihundertsechzig Toulouser Silberschillinge, Monsieur. Oder, wenn Euch die Umrechnung in Zecchinen lieber ist ...«

»Was hattet Ihr vor? Ihm den achten Kreuzzug zu finanzieren?« Damian streckte die Hand nach der Kladde aus. Der Wucherer nahm einige Pergamentblätter aus den beweglichen Klammern, die sie zusammenhielten, und reichte sie weiter. Damian ging damit zum Fenster. Er stieß die beiden Läden zurück, was dem Dürren ein Stirnrunzeln entlockte, und vertiefte sich in die Lektüre der Blätter. Er ließ sich Zeit. Als er fertig war, schüttelte er den Kopf.

»Matteo Cotrugli ist nach Narbonne geschickt worden, um die Grundlagen des Handels zu lernen. Ich bin nicht mit ihm verwandt, Mordechai, ich hatte nur den Wunsch, dem Neffen einer Bekannten ein wenig weiterzuhelfen. Aber offenbar taugt er nicht zum Geschäft, oder die Luft hier ist ... zu leicht für ihn. Er wird unverzüglich nach Venedig zurückkehren.«

»Nachdem er seine Schulden bezahlt hat.«

»Und das werde ich tun.« Matteo sprang auf. »Ich werde für alles einstehen, was ich schuldig bin«, verkündete er beleidigt.

Damian warf ihm einen eisigen Blick zu. »Das Vermögen des jungen Mannes beläuft sich auf ... Nun, was würdet Ihr schätzen, Mordechai?«

»Monsieur ...«

»Tristand.«

»Ihr wäret nicht gekommen, Monsieur Tristand, wenn Ihr nicht einen Vorschlag hättet, wie man dieses ... Dilemma aus der Welt schaffen könnte.«

»Behaltet ihn hier und lasst ihn Eure Federn spitzen, bis er die Schulden abgearbeitet hat.«

Zum ersten Mal war dem Wucherer eine Gemütsregung anzumerken. Er lächelte. »Dies Geschäft habt Ihr vor mir getätigt und seid damit nicht besonders gut gefahren.«

Matteo sprang auf. »Ich lasse mich nicht beleidigen und schon gar nicht von einem ...« Er fummelte nach seiner Waffe.

Damian konnte schnell sein, wenn die Situation es erforderte. Er packte den Jungen wütend am Kragen und drückte ihn auf den Stuhl zurück. »Du bist beleidigt? Beleidigt? Peste!«

Matteo blinzelte.

Die Tür wurde aufgerissen. Der Mann vom Tor stand mit gezückter Waffe im Rahmen. Sein Herr, der ihn mit irgendeinem Zauber gerufen zu haben schien, wies ihn mit einigen fremdländisch klingenden Worten wieder hinaus.

Marcella räusperte sich. »Zu welchem Zinsfuß habt Ihr das Geld verliehen?« Sie lächelte entschuldigend. »Verzeiht die Einmischung, mein Herr, es geht mich nichts an. Aber ich habe in Trier gelegentlich Geld geliehen, und ich würde gern die hiesigen Konditionen kennen.«

»Um selbst zu leihen?«, fragte Mordechai liebenswürdig.

»Das würdet Ihr mir nicht wirklich raten. Zwanzig Schillinge auf Hundert?«

»Fünfundsechzig.«

»In der guten Absicht, einen unerfahrenen jungen Mann

mit den Härten des Geschäftslebens vertraut zu machen? Ihr seid ein Mensch mit einem feinem Verständnis für Erziehung.«

Mordechai hob die beringten Hände und lächelte.

»In meiner Trierer Heimat sind zehn Schillinge auf Hundert üblich, wenngleich das Gesetz jeden Zinsfuß über sechs Prozent verbietet. Ich erwähne es nur. Habt Dank für die Auskunft.«

»Wegen der Freude, mit einer ebenso reizenden wie gescheiten Dame zu reden, könnte ich mich verleiten lassen...«

Matteo sprang erneut auf. »Er beleidigt sie. Er redet mit ihr, als wäre sie...« Der giftige Blick, den der Kompagnon seines Onkels ihm zuwarf, ließ ihn auf den Schemel zurücksinken. »Als wäre sie seinesgleichen. Er beleidigt sie. Ist doch so.«

»Ich erstatte Euch den Schuldbetrag«, erklärte Damian. »Außerdem zehn Prozent Zins, weil es für alle Teile gerecht ist, und fünf Prozent zusätzlich wegen des leidigen Possenspiels, das Ihr ertragen müsst. Der Junge wird Narbonne verlassen. Mit fünfzehn auf Hundert könnt Ihr zufrieden sein, das brauche ich Euch nicht zu erklären. Wenn Ihr ihn stattdessen zum Fenster hinauswerfen wollt, wäre es mir auch recht.«

Mordechai starrte auf seine Ringe. »Ihr seid ungeduldig, begreiflicherweise. Doch vielleicht«, sagte er, ohne den Kopf zu heben, »hättet Ihr Interesse an einem sehr viel ... profitableren Geschäft. Ich denke dabei an Mastix.«

»Mastix.«

»Oder genauer: An Monsieur Lagrasse, Euren vortrefflichen Faktor, der vor etlichen Monaten ein Schiff aus Chios erwartete, das Mastix geladen hatte. Ein wunderbares Harz übrigens. Der Likör, der damit destilliert wird, schmeckt widerwärtig, aber ich liebe die Zahnsalben. Ich bin dreiundvierzig Jahre alt, Monsieur, und habe noch jeden meiner Zähne. Ich horche auf, wenn der Name Mastix fällt.«

»Und daher habt Ihr bemerkt, dass Lagrasse Mastix erwartet.«

»Den er mit einem fetten Gewinn weiterzuverkaufen hoffte. Leider erfüllte sich seine Erwartung nicht. Er hatte schreckliches Pech.«

»Weil in den Tagen zuvor der Markt mit Mastix überschwemmt wurde.«

»Erst ging es ihm so mit dem Mastix, dann mit florentinischem Goldbrokat, mit Leinen aus Arras ...«

»Pflegt Ihr eine besondere Freundschaft mit den Seiten unserer Kontenbücher?«

»Nein, aber ich habe Umgang mit vielen Menschen. Einer von ihnen bat mich dringlich, ihm Mastix zu besorgen. Fünf Tage, bevor Euer Schiff erwartet wurde. Es musste ihm wichtig sein, denn er bot so viel Geld, dass er auf jeden Fall einen Verlust machen musste. Ich bin Geschäftsmann. Natürlich war ich gefällig. Ich war auch gefällig, als er Goldbrokat wollte, wenngleich es unmöglich war, florentinisches zu ...«

»... bekommen.«

»Ganz recht. Mit dem Leinen konnte ich nicht dienen, aber er schien eine andere Quelle gefunden zu haben. Und so folgte ein Unglück – aus Eurer Sicht betrachtet – dem nächsten. Jedes Mal kam der Verlust auf die gleiche Weise zustande. Es bestand kein Bedarf mehr an den Waren Eures Hauses. Offen gesagt, ich hatte Euch oder Euren Partner schon wesentlich früher in Narbonne erwartet.«

Damian kehrte zum Fenster zurück. Er stützte sich mit der einen Hand auf dem Sims ab, die andere legte er auf die alte Wunde, ohne dass er es selbst bemerkte. »Und wer ist dieser Mensch, der uns zu ruinieren ...«

»Ihr wollt den Namen, und ich könnte ihn nennen. Den Schuldbetrag und die fünfundsechzig Prozent?«

»Ich verstehe das nicht«, warf Matteo nörgelnd ein.

»Ich könnte den Namen auch selbst herausbekommen«, sagte Damian.

Mordechai schüttelte den Kopf. »Kaum.«

»Warum?«

»Weil sich das unfeine Tun hinter einer Maske verbirgt, die ... voller Glanz und Güte ist. Und mit Edelsteinen verziert.«

Damian dachte diesmal nur kurz nach. »Vierzig Prozent und die Schuldsumme. Wer?«

»Das wäre bei acht Monaten eine Summe von ...« Mordechai brauchte keinen Abakus. Er rechnete im Kopf und sagte ihnen, was er herausbekommen hatte. Er hatte ein wenig abgerundet.

Damian nickte.

Der dürre Helfer zauberte von irgendwo einen Pergamentbogen herbei, und Mordechai schrieb einen Schuldschein aus. Er entzündete eine Siegelkerze und wartete, bis Damian seinen Siegelring abgezogen und ihn in das flüssige Wachs gedrückt hatte. Dann übergab er ihm des unglückseligen Matteos Schuldscheine, die ein ordentliches Bündel ausmachten. Damian kontrollierte sie.

»Der Mann arbeitet über jemanden, den sie le Grec nennen – den Griechen.«

»Le Grec.«

»Ja. Er wurde allerdings kürzlich ermordet.« Der Wucherer stützte den Kopf auf die verschränkten Hände. »Was nicht besonders erstaunt. Seine schmutzigen Hände steckten in zu vielen Geschäften. Die Welt ist dadurch nicht ärmer geworden. Le Grec hat den Handel getätigt, aber Ihr wollt wissen, wer dahinter steckt, natürlich. Und auch diesen Namen bekommt Ihr, und es ist ein wichtiger Name, obwohl er in den Straßen Narbonnes weniger geläufig ist. Robert Lac.«

»Wer ist das?«

»Ein ... Händler mit diesem und jenem. Ein großzügiger Mann. Er hat die Abtei Fontfroide so reichlich beschenkt, dass man ihm trotz seiner unedlen Herkunft einen Grabplatz in der Klosterkirche zugesichert hat. Er tätigt im Namen des Klosters Einkäufe und hat dabei eine so glückliche Hand, dass die Gläubigen die Vorsehung preisen, die ihn leitet – und die Zweifler ihm zwielichtiges Geschäftsgebaren unterstellen. Das alles kümmert mich nicht«, log Mordechai geschmeidig. »Ich weiß nicht, warum ihm daran gelegen ist, Euer Haus zu schädigen. Ich weiß nur, dass er es tut.«

»Bedenkt nur den Aufwand«, sagte Marcella, als sie den hässlichen Bau verlassen und die Straße wieder erreicht hatten. »Dieser Lac muss die Waren, die ihr verkaufen wollt, den Käufern früher anbieten und also auch zuvor selbst einkaufen. Er braucht eine Menge Geld. Und müsste genau wissen, was ihr in den kommenden Wochen für Geschäfte plant.«

Und da waren sie wieder bei der alten Frage. Wer aus dem Kontor hatte Lac ihre Geschäftsvorhaben verraten? Matteo offenbar nicht, denn er hatte sein Geld tatsächlich vom Wechsler geliehen bekommen. Aber wenn ihm dieses Geld nicht gereicht hatte? Nein, Matteo war keineswegs von jedem Verdacht befreit.

»Jedenfalls müsst ihr Euch gründlich mit diesem Lac zerstritten haben.«

»Nicht ich. Wenn, dann Donato. Ich war nur ein einziges Mal in Narbonne und würde mich daran erinnern.«

»Wie hieß dieses Kloster noch mal, für das der Mann arbeitet?«, fragte Matteo.

»Fontfroide.«

»Dann glaube ich, ich kenne diesen Lac. Donato ist einmal mit mir da hochgeritten. Er wollte, dass ich ihn begleite, weil ...«

»... er annahm, dass du etwas lernen müsstest?«

»Es ging um Geschäfte, genau«, sagte Matteo, unempfindlich für jeden Spott. »Und da habe ich ihn kennen gelernt. Donato wollte etwas verkaufen, und weil die Mönche

Lac mit ihren Geschäften beauftragt hatten, musste Donato mit ihm verhandeln. Aber sie konnten einander nicht ausstehen. Und ich glaube, das war wegen ... wegen des Marmors. Lac hatte der Abtei Marmor gespendet ...«

»Ah ja?«

»Hmm, er hat die Säulen im Kreuzgang damit verkleiden lassen.« Matteo blickte Damian unsicher an. »Donato hat sich darüber lustig gemacht, weil die Mönche ja in Armut leben sollen, und nun wollten sie es den Fürsten gleichtun. Und da wurde der Mann ärgerlich, weil er ein Vermögen für den Marmor ausgegeben hatte. Und natürlich den ... den himmlischen Dank kassieren wollte für die Spende. Und Donato hat gesagt, eine Spende ist etwas wie eine Securitas, falls das Lebensschiffchen nämlich in der Hölle stranden sollte. Das war komisch. Ich meine, ich habe es verstanden, weil mein Onkel mir gerade etwas über Schiffsversicherungen erklärt hatte. Man kann Schiffe versichern lassen, aber das ist furchtbar kompliziert«, sagte Matteo zu Marcella gewandt. »Und dann hatte der Mann plötzlich kein Interesse mehr an dem Enzian. Genau, es ging um Enzian gegen Zahnweh, mein Gedächtnis ist gar nicht so schlecht. Ich muss nur Zeit zum Nachdenken haben. Die Mönche wollten weißen Enzian gegen Zahnweh. Donato hat sich ziemlich aufgeregt, als das Geschäft nicht zustande kam. Ich glaube, er hatte mit diesem ... wie hieß er? Lac?«

Damian nickte.

»Ich glaube, sie hatten hinterher noch mal Ärger. Kann aber auch sein, dass nicht. Lagrasse müsste Bescheid wissen.«

»Ein Mann lässt ein Geschäft platzen und ruiniert gar ein Kontor, weil dessen Besitzer die Herzensreinheit seiner Spenden anzweifelte?«, fragte Marcella ungläubig.

Damian antwortete nicht sofort, weil Théophile ihm eine Frage wegen der Richtung stellte. Es gab einen unsicheren Weg, der durch ein Sumpfgebiet führte, aber wesentlich kürzer war. Damian entschied sich für die Sicherheit, und Matteo nutzte das kurze Gespräch, um den Fragen zu entkommen. Er ritt voran und tat eifrig so, als suche er das Buschwerk längs der Straße nach Wegelagerern ab.

Damian wandte sich wieder Marcella zu. »Dir fehlt die einem gottesfürchtigen Menschen zukommende Angst vor dem Fegefeuer, deshalb begreifst du die Aufregung nicht.«

»Mir fehlt vieles, aber dass es mir an Furcht mangeln sollte ... Ich scherze. Ich denke nur nicht oft ans Fegefeuer.«

Damian umfasste sie mit herzlichem Blick. »Wir Kaufleute sind ein bedauernswertes Häuflein Menschen. Ich habe einmal geholfen, das Geschäft eines Venezianers aufzulösen, der Bankrott gemacht hatte und uns einiges schuldete. Er hatte in seinen Büchern Gott als Teilhaber eingeschrieben. Unter dem Namen Messer Domeneddio wurde für den Allmächtigen ein Konto geführt, auf das ihm regelmäßig sein Gewinnanteil gutgeschrieben wurde. Unser Bankrotteur war ein erbärmlicher Kaufmann und seine Bücher ein Sammelsurium schrecklicher Konfusion, aber der Mann hat sichergestellt, dass Gott bei seiner Geschäftsauflösung an erster Stelle ausbezahlt wurde. Es ist schwer, frei von Sünde zu bleiben, wenn man von Berufs wegen kauft und verkauft, hat Papst Leo gesagt. Und weil das stimmt, lebt jeder Kaufmann, der über seine Zahlen hinausschaut, in Angst vor seiner letzten Stunde. Und viele in einer ganz fürchterlichen Angst, Marcella.«

»Du auch?«

Damian lachte. »Ich halte es mit Thomas von Cobham, der meinte, dass überall Not herrschen würde, wenn die Kaufleute ihre Waren nicht aus den Gegenden des Überflusses in die Gegenden des Mangels bringen würden. Der Aufwand, den wir treiben, hat also einen Nutzen, und deshalb ist es gerechtfertigt, wenn wir damit Geld verdienen.«

»Sagt Thomas von Cobham.«

»Und nun bist du schon wieder ärgerlich. Warum?«

»Ich bin nicht ärgerlich. Ich weiß nur nicht, ob es richtig ist ... Du wählst dir den einfachen Weg. Aber der gottgefällige Weg ist steinig.«

»Weil?«

»Weil ...« Sie hob irritiert die Schultern. »... es so sein muss. Hör auf zu lachen. Warum leben die Mönche in Armut und frieren und tragen härene Kleider ...«

»Die von Fontfroide lassen ihre Säulen mit Marmor verkleiden.«

»Und deshalb sind es schlechte Mönche. Die guten frieren. Männer wie Dominikus aus Kastilien predigen die Rückkehr zur Armut. Weil aufrichtige Menschen spüren, was richtig ist.«

»Nämlich der steinige Weg.«

»Natürlich«, sagte sie.

5. Kapitel

Camille empfing ihren Théophile, als wäre er der verlorene Sohn, der nach Jahren der Abwesenheit heimkehrt. Es heiterte Marcella auf zu sehen, wie ungeniert sie ihn küsste und mit welcher Freude der Ritter ihren Kuss erwiderte.

»Wir sind tatsächlich zu beneiden«, sagte Camille, als sie wenig später in Marcellas Zimmer kam, um vorgeblich frisches Wasser für die Waschschüssel zu bringen, in Wahrheit aber, weil sie es liebte, sich zu unterhalten. »Wie, Madame? Nein, es macht mir gar keine Umstände, immer hier hinaufzulaufen. Denn der Sinn des Lebens besteht – außer der Tugendhaftigkeit natürlich – darin, miteinander fröhlich zu sein. Wisst Ihr, dass ich trotz meiner Jugend schon dreimal verheiratet war?«, fragte sie, während sie die Bettdecken ausschüttelte. »Meinen ersten Gatten haben die Eltern ausgewählt. Sie taten das, was sie für das Beste hielten, aber Madame, sie bescherten mir die Hölle, und das meine ich, wie ich es sage. Pierre war über fünfzig und voller brauner Flecken und Warzen auf der Haut. Nichts an ihm war schön oder nur irgendwie angenehm. Ich verabscheute ihn, und ich sage Euch frei heraus, dass die Tränen, die ich an seinem Sterbelager vergoss, Freudentränen waren.

Louis habe ich mir selbst als Gatten gewählt, denn ich wollte nicht mehr jeden Pfennig zählen, und er überhäufte mich schon in der Werbezeit mit Geschenken. Er war Heringhändler und kam aus Perpignan. Er war langsam und ziemlich dumm, doch ich kann mich nicht beklagen. Nur: Hat nicht jeder Mensch ein ... heimliches Begehren im Herzen?«

»Was habt Ihr begehrt, Camille?«

»Die Liebe, Madame«, sagte Camille so schlicht, als spräche sie über ein notwendiges Gewürz für die Küche.

»Ihr habt die Liebe begehrt?«

»Jeder tut das, und vielleicht bin ich deshalb so gern in Eurer Gesellschaft, weil ich sehe, dass Ihr und Monsieur einander liebt. Er ist ganz närrisch vor Ungeduld, nicht wahr? Oh, man merkt es. Er würde lieber heute als morgen weiterreisen«, erklärte sie mit entwaffnender Offenheit. »Théophile half mir, als ich kurz nach dem Tod meines Heringhändlers auf dem Wollmarkt bedrängt wurde. Ich schaute ihn an und wusste, dass von nun an jeder Tag ohne ihn ein verlorener Tag wäre. Und ihm ging es genauso, das hat er mir später gestanden. Er besitzt nicht viel Geld, denn seine Familie ist zwar nobel, aber verarmt. Doch was schadet das? Würdet Ihr Euren Bräutigam nicht auch dann noch lieben, wenn er ohne jeden Pfennig dastünde?«

Marcella dachte darüber nach. Sie versuchte sich Damian in verlausten Kleidern vorzustellen, wie er vielleicht einen Ochsen über das Feld trieb oder mit einem Holzladen vor dem Bauch an den Türen Hökerwaren feilbot. Es war unmöglich. Damian würde immer reich sein. Menschen wie er zogen das Geld an.

»Es vergeht kein Tag, an dem ich den Allmächtigen nicht preise für das Glück, das er mir geschenkt hat«, plapperte Camille weiter, während sie von den Bettdecken abließ und mit dem Kleidersaum über die Kante von Marcellas geöffneter Truhe wischte. »Meine Eltern sind tot, wir leben von dem, was das Haus an Miete einbringt. Aber mehr brauchen wir auch ... Bei allen Heiligen – grüne Spangen.« Sie griff in die Truhe. »Was für eine wunderbare Idee. Wisst Ihr, wie vorteilhaft zartes Grün Euch kleidet? Ihr solltet einmal versuchen, Eure Stirnhaare auszuzupfen und dann hinten einen ...« Sie lachte, als sie sah, wie Marcella eine Grimasse zog. »Unser Seigneur curé sagt, dass man für das Auszupfen der Stirnhaare im Fegefeuer mit glühenden Ahlen und Nadeln bestraft wird, doch wer weiß das schon genau? Und beichten kann man immer noch, wenn man so alt ist, dass Hässlichkeit nicht mehr schadet. Stimmt's, Madame?«

»Vielleicht. Aber ganz sicher stehle ich Eure Zeit. Hattet Ihr nicht Käse schneiden wollen?«

»Ach ja.« Camille legte die grünen Spangen sichtlich ungern in die Truhe zurück. »Monsieur Tristand hat gesagt, er will in seinem Zimmer speisen. Er sah nicht aus, als hätte er viel Appetit. Wie steht es um Euch, Madame?«

»Käse reicht mir völlig«, sagte Marcella.

Damian hatte es sich auf seinem Bett bequem gemacht. Camille hatte ihm das größte und am aufwendigsten möblierte Zimmer zugewiesen, was eine Verschwendung war, denn ihr Gast mochte Rechnungen kontrollieren, aber er machte sich nicht viel aus Bequemlichkeit. Er hatte Bücher und Kladden auf seiner Decke verstreut und studierte mit gerunzelter Stirn einige Pergamentseiten, als Marcella eintrat.

»Warum schaust du so verdrießlich? Führt Matteo etwa auch die Bücher?«

»Glaubst du, dass er schreiben kann?« Damian verzog das Gesicht. »Doch, natürlich kann der Bengel schreiben. Sprich nicht von mir, als sei ich ein Leuteschinder. Ich war heute geduldig wie ein Engel.«

»O ja. Du hast nur wenige, wirklich ganz wenige Kübel Spott über ihm ausgegossen.«

»Ich war geduldig.«

»Bis auf die Male, als deine Hände seinen zarten Hals ...«

»Ich war geduldig, und du solltest das zugeben.«

Marcella setzte sich neben ihn auf die Bettkante und hauchte einen Kuss auf seine Wange. »Als Matteo sich darüber beschwerte, von dem Wucherer betrogen worden zu sein, da hätte ihn selbst die heilige Jungfrau erschlagen. Doch, Monsieur Tristand, du warst geduldig, und ich werde dich vor Caterina rühmen, wenn du Matteo auf ihrer Türschwelle absetzt. Helfen dir die Papiere weiter?«

Damian rückte sich ein Kissen ins Kreuz und lehnte sich zurück. Diesmal berührte er seine Wunde nicht, aber er bewegte sich so vorsichtig, dass ihr das Zuschauen wehtat. Man muss ihn nötigen, einen Arzt an sich heranzulassen. Unbedingt.

»Unsere Bücher werden von Henri Lagrasse geführt. Er war einmal ein guter Mann, Marcella. Ich weiß nicht, was mit ihm los ist. Ehrlich gesagt, ich bin ein bisschen erschrocken. Früher hat er … hier schau. Siehst du diese penible Schrift? Er hat keine Glanztaten vollbracht, aber das war auch nicht nötig. Was wir in Narbonne brauchten, war jemand, der ordentlich Buch führt, über Ein- und Ausgänge wacht, der darauf sieht, dass die Waren in ordentlichem Zustand ankommen und dem Zoll auf die Finger … Was ist? Warte, ich rücke, wenn du nicht genug Platz hast.«

»Geht es dir gut?«

»Blättere einmal von hier an die Seiten durch und sag mir, was du davon hältst. Es ist das Buch, in dem die Ein- und Verkäufe festgehalten werden.«

»Wofür sind die anderen Bücher?«

»Einige stammen aus vergangenen Geschäftsjahren. Hierin sind die Einlagen geschäftsfremder Personen verzeichnet und das hier – das Geheimbuch.« Er lachte über ihr neugieriges Gesicht. »Geheim, aber nicht geheimnisvoll. Es enthält den Wortlaut unserer Sozietätsverträge.«

Marcella legte das Buch, das er ihr gegeben hatte, beiseite, und nahm das in leuchtend rotem Leder eingeschlagene Geheimbuch auf.

»Warum benutzt ihr dieses seltsam bedruckte Papier?«

»Eine venezianische Erfindung. Marmorprägung macht die Eintragungen fälschungssicher. Du merkst, wenn einer mit dem Rasiermesser zugange war.«

»Was euch alles einfällt in Venedig.«

Sie spürte, dass er sie beobachtete, während sie die Eintragungen, von denen jedes Blatt gesiegelt war, studierte. Vielleicht lag es an seinen Blicken, dass sie nicht allzu viel verstand. Sie spürte, wie ihr das Blut in die Wangen stieg und ihr Herz pochte. Camille hatte Recht, die Liebe war ein köstliches Begehren.

»Ist das hier nicht *dein* Siegel?«, fragte sie, als sie den achteckigen Stern, das Zeichen der Tristands, erspähte.

»Das war das vor drei Jahren, als ich Narbonne besucht habe.«

»Was für Summen!« Marcella schüttelte den Kopf. »Mich wundert, dass du noch einen gesunden Magen hast. Aber hier ... schau mal, hier klebt auch dein Siegel, und da geht es nur um wenige Schillinge. Was hat dich verführt? Der Glanz des Goldes?«

Er streckte die Hand aus, und sie gab ihm das Buch.

»Emile Vidal«, murmelte er und begann wieder am Nagel des kleinen Fingers zu kauen. Dann schüttelte er den Kopf. »Das hatte ich fast vergessen. Emile mit dem warmen Pfefferminzlikör. Du würdest es nicht glauben. Dieses Zeug riecht wie Venedigs Kanäle im August und schmeckt wie Höllensud. Emile trinkt seinen Likör fast kochend, weil ... was war es? Ich glaube, er meint, das Zeug schützt vor Lungenleiden.«

»Und er hat dich überredet, ihm Gold abzukaufen?«

»Es war ein Spaß.« Damian nahm ihre Hand und strich über ihre Finger, die er ernsthaft betrachtete.

»Was für ein Spaß?«

»Foix ...« Er zuckte die Schultern. »Ich hatte dort zu tun. Schöne Stadt. Aber die Dinge liefen nicht, wie sie sollten.

Ich war schlechter Stimmung und bin in eine Taverne gegangen ...«

»... um dich zu betrinken? Wahrhaftig? Du bist heimlich ein Säufer?«

»Eher nicht. Ich hatte ...«

»... eine unglückliche Liebe erlebt!«

»Kein Wort mehr, wenn du in dieser Weise rätst.«

»Es *war* eine unglückliche Liebe. Weswegen sonst würde ein Mann sich mit kochendem Pfefferminzlikör betrinken?«

»Es hing ... ja, es hing mit einer Frau zusammen. Aber, nein, es geht dich nichts an. Ich habe auch nicht gefragt, welchen Platz Jacob in deinem Herzen einnimmt.«

»Du warst also traurig und betrunken und hast gedacht, der Anblick glänzenden Gesteins wäre geeignet, dein verstörtes Gemüt wieder zur Ruhe zu bringen.«

»Wie boshaft du sein kannst.«

»Jacobs Aufenthalt in meinem Herzen gestaltete sich so sittsam, dass jede Klosterfrau dabei hätte zuschauen können.«

»Und Richwin?«

Marcella lachte. »Den *habe* ich geliebt. Ich beichte täglich und lebe dennoch in der Sünde, weil ich nicht aufhören kann, seine Lucia zu beneiden.«

»Boshaft ist das falsche Wort. Es ist Grausamkeit.«

»Du hattest mehr Glück als ich: Du hattest in der Stunde der Not zum Trost Emile und seinen Likör an deiner Seite.«

»Wir haben gemeinsam den Abend verbracht, und als wir betrunken genug waren, hat er mir von Goldfunden in der Ariège erzählt. Zwischen Varilhes und Pamiers. Körner, so groß wie Himbeeren.«

»Das glaub ich nicht!«

»Ich hab's auch nicht geglaubt. Emile der Angeber. Ich habe ihn ordentlich geneckt. Und ihm angeboten, ihm für jede Himbeere aus Gold ... Moment, ich rechne das um ...

etwa zwei Pfund Heller auf das Lot zu zahlen. Ich habe ihm einen Ring gegeben, den ich eigentlich verschenken wollte. Ich habe ihm gesagt, wenn sein Goldstück durch diesen Ring geht ...«

»Sind sie denn immer rund, wenn man sie findet? Ich meine, wenn sie Ecken haben ...«

»Wir waren betrunken.«

»Und nun macht er dich arm?«

»Mit der Penetranz eines Steuereintreibers. Er muss ein Glückspilz sein.«

Damian nahm ihr das Geheimbuch ab und legte das andere, langweiligere, mit den Ein- und Ausgaben auf ihren Schoß. Die Seite, die er aufgeschlagen hatte, datierte vom Sommer des vergangenen Jahres, und sie arbeitete sich gewissenhaft durch die Einträge. Lagrasse hatte feines Linnen aus Konstanz erhalten und über Toulouse weiterverkauft, er hatte über Konstantinopel eine Ladung Purpurseide für Handschuhe bekommen, aus den Rheinstädten schwarze Tücher für Mönche und Nonnen, rote Wolle aus Schwaben, Goldbrokat und Goldborten aus Lucca. Damian hatte ja schon gesagt, dass sein Haus vorwiegend mit Tuchen handelte. Gelegentlich gab es auch Eintragungen über kleinere Mengen Alaun, das zur Haltbarmachung des Farbglanzes bei den Tuchen benutzt wurde, oder Färbemittel.

»Fällt dir etwas auf?«

»Ja, das Licht wird schlechter. Ich kann kaum noch lesen.«

Damian hob eine bronzene Hängelampe vom Haken und hielt sie so, dass Marcella besser sehen konnte. »Schau genau hin.«

»Ich wusste nicht, dass englische Wolle so teuer ist. Hat er wirklich ... nein, das sind englische Sterling. Oder doch Solidi? Er schreibt hier nicht besonders deutlich.« Marcella blätterte einige Seiten zurück. »Das ist sonderbar. Hier vorn ist seine Schrift so klar, als wäre sie von einem Mönch für die Ewigkeit gemalt. Und hier ... Ist das wirklich beide Male der Schriftzug von Lagrasse? Warum ...«

»Warum schreibt ein Mann einmal stolz und genau und dann, als jage er Hühner übers Blatt? Genau das ist es, was mir Kopfschmerzen macht. Ich glaube ...« Damian stieß einen Seufzer aus.

»Was glaubst du?«

»Dass ich es gar nicht wissen will.«

»*Was* willst du nicht wissen? Lagrasse fängt ...« Marcella blätterte noch einmal zurück. »... etwa zu der Zeit an zu kritzeln, als die Geschäfte schlecht zu gehen begannen? Ist es das, was dich beunruhigt? Du denkst, dass Lagrasse sich von diesem Lac bereden ließ, ihm Auskunft zu geben über die Lieferungen, die das Kontor erwartete? Und dass das schlechte Gewissen seine Hand zittern machte?«

»Den Ehrenwerten zittern immer die Hände, wenn sie den Lumpen in die Hände spielen.«

»O Damian. Vielleicht war er krank. Vielleicht hatte er ...«

»Warum sind diese Kissen nur wie Bälle ausgestopft? Nein, lass, ich sitze besser ohne. Als ich letztes Mal hier war, habe ich Henri Lagrasse in seinem Haus besucht. Du weißt wahrscheinlich nicht, dass er eine Tochter hat. Das arme Mädchen stottert, und wenn es sich aufregt, bekommt es Krämpfe, und die scheinen ziemlich schmerzhaft zu sein. Schreckliche Sache. Lagrasse hängt an dem Kind, und er sucht Hilfe bei Ärzten und sämtlichen Heiligen. Das kostet natürlich. Ja, ich könnte mir vorstellen, dass Henri Lagrasse das Wohl seiner Tochter über das zweier Kaufleute aus Venedig stellt, die so reich sind, dass sie gar nicht mehr wissen, aus welchem Fenster sie ihr Geld werfen sollen. Und nun, Marcella? Müsste ich mich darüber aufregen?«

Er warf ungeduldig ein weiteres Kissen vom Bett. »Ganz ehrlich, ich weiß nicht, was ich tun soll. Natürlich muss ich etwas unternehmen. Zumindest ihm auf den Zahn fühlen. Herr im Himmel, wie ich das verabscheue.«

Er verabscheute es, und entsprechend still und in Gedanken versunken saß er am nächsten Morgen am Tisch, als sie die erste Mahlzeit zu sich nahmen. Camille musste selbst gebacken und gekocht haben, denn das Brot war wässrig und die Zwiebeln auf dem Schaffleisch schwarz gebrannt.

Kurz bevor sie mit dem Essen fertig waren, tauchte Matteo auf. Er störte sich nicht an verkohlten Zwiebeln, sondern langte zu und trug dann ein Gedicht vor, das er aus seinem Rock zog. Es handelte von Augen wie Saphiren und verschenkten Herzen und schloss mit der Drohung *ja n'en partiré* – nie werde ich von Euch lassen.

»Gütiger«, sagte Damian.

»Es ist von mir selbst«, erklärte Matteo bescheiden. »Ich habe es beim ersten Morgenlicht aufs Pergament gebracht, was einiges bedeutet, denn normalerweise schlafe ich lang. Ihr wisst, Marcella, dass es Euch gewidmet ist.«

Damian wies auf eines der Bücher im Regal, das in fetten Lettern die Aufschrift *Liber abbaci* trug und warf den Jungen aus dem Zimmer.

Angewidert schob er seinen Teller von sich. »Ich muss mit Lagrasse reden. Und es hat keinen Sinn, wenn ich es vor mir herschiebe. Matteo, zur Hölle ...«

Aber es war nicht Matteo, sondern Camille, die hereinkam, um abzuräumen. Sie fegte mit der Hand die Brotkrumen auf die Fleischplatte. Im selben Moment dröhnte der Türklopfer durchs Haus. Rasch stellte sie die Platte wieder ab. Sie wollte hinauseilen, aber Schritte auf der kleinen Treppe zwischen den Kontorräumen zeigten an, dass der Besucher das Haus bereits betreten hatte.

Noël streckte den Kopf herein. »Ist er hier?«

»Wer?«

»Monsieur Lagrasse. Ich warte mir die Beine in den Bauch. Wenn er Barchentstoffe aus Aix-la-Chapelle will, muss er am Hafen sein, wenn dort Barchent aus Aix-la-Chapelle angeboten wird! Geht mich ja nichts an, aber ... Nun ist's sowieso zu spät. *Gestempeltes* Barchent!«, stöhnte der kleine Mann und wischte den Schweiß von seiner Stirn. »Zum Schleuderpreis, denn der Kerl, der es verhökert, hat Dreck am Stecken und muss verschwinden.«

»Vielleicht hat Monsieur verschlafen«, meinte Marcella.

»Henri Lagrasse?«, lachte Camille. Sie legte rasch die Hand auf den Mund. »Verzeihung, aber das ist unmöglich. Er schläft doch so schlecht und wälzt sich schon vor dem ersten Sonnenstrahl im Bett, seit er die kleine Sibille fortgebracht hat. Der arme Mann. Ich habe ihm Fenchel empfohlen, in Wein gekocht ...«

»Ich war bei ihm zu Hause. Da ist niemand«, schnitt Noël ihr das Wort ab.

Damian erhob sich und ging hinüber zu den vorderen Räumen, die dem Verkauf und der Lagerung dienten. Das Rechenbrett stand penibel ausgerichtet zur Kante auf dem Tisch, die Kupferscheiben lagen ordentlich gestapelt in einem Kästchen daneben. Ellenmaß, Waagen, Schere, diverse Schreibfedern und Töpfe mit verschiedenfarbiger Tinte – alles säuberlich zurechtgerückt.

»Er ist nicht hier. Man würde es riechen«, sagte Camille und fügte hinzu, bevor jemand etwas Falsches annehmen konnte: »Weil er doch Duftwasser so sehr liebt.«

Damit hatte sie Recht.

»Sie sind im Hafen noch beim Ausladen, alles wird also nicht verkauft sein. Ich habe zwei Pfennige ausgegeben, damit sie ein paar Ballen zurückhalten. Aber lange warten sie nicht.«

Damian schaute hinaus in den sonnigen Garten, aus dem der Morgennebel bereits gewichen war, und fragte: »Geschieht es öfter, dass Lagrasse seine Verabredungen versäumt?«

»Nicht, wenn ich sie ihm einhämmere, und das habe ich getan, denn die nächsten Monate wird es keinen Barchent mehr geben. Keinen Faden.«

»Ihr müsst ihm die Termine einhämmern?«

Noël schwieg betreten. Ihm schien zu dämmern, dass er den Faktor in etwas hineingeritten hatte, und sein schlechtes Gewissen war der erste erfreuliche Zug, den Marcella an ihm entdeckte.

»Ihm macht das Elend mit der kleinen Sibille zu schaffen«, sagte Camille. »Ein Jammer, dass Madame Lagrasse im Wochenbett starb. Wenn die Mutter sich um das Kind kümmert, geht der Vater seinen Geschäften nach, und alles hat seine Ordnung. Aber so ist ihm das Würmchen direkt ins Herz gewachsen ...«

»Ihr habt gesagt, er hat Sibille fortgebracht?«, unterbrach Damian.

»Nach Katalonien. Oder Kastilien? Ich weiß nicht. Irgendwo in den Süden, und der Name begann mit einem K. Er hat sie in ein Kloster gebracht, das sich der Krankenpflege widmet. Sie machen ihm Hoffnung auf Heilung, und ich bin die Letzte, die frommen Schwestern etwas unterstellen würde, aber auch die Klöster sind oft genug arm, und ich sage immer: Monsieur Lagrasse, manche Dinge sind uns vom Allmächtigen auferlegt.«

»Wann hat er das Mädchen fortgebracht?«

»Ja, wann war das?« Hilfe suchend schaute Camille zu Noël, aber der kniff die Lippen zusammen, entschlossen, nicht noch mehr Unheil anzurichten. »Im vergangenen Jahr? Zum Dezember hin? Am Weihnachtstag war die Kleine jedenfalls schon fort, denn ich besinne mich, dass Monsieur Lagrasse keine Lust hatte, an dem Mahl teilzunehmen, das ich ausgerichtet hatte. Er hatte zu gar nichts mehr Lust. Ein Jammer, wenn ein Mensch in solche Trübsal verfällt.«

»Vielleicht ist er doch noch zu Hause. Kann ja sein, er musste gerade kack... also, ja ...«, sagte Noël.

»Finden wir es heraus.«

Sie hatten einige Mühe, in Lagrasses Haus zu gelangen, obwohl sie jemanden hinter seiner Wohnungstür rumoren hörten. Aber es war nicht der Faktor, der ihnen öffnete, sondern eine ältere Frau, die ihm offenbar den Haushalt führte. Misstrauisch spähte sie durch den Türspalt.

Camille, die Marcella und Damian geführt hatte, setzte zu einer Erklärung an: »Besinnt Euch, Madame, ich bringe Monsieur Lagrasse immer die frischen Kerzen. Madame Gouzy! Und diesem Herrn gehört die Kanzlei, in der Monsieur arbeitet. Es ist wichtig, dass Ihr uns einlasst.«

»Äh?«

»Weil wir Monsieur Lagrasse sprechen müssen.«

»Äh?«

»Weil wir …«

»Monsieur Lagrasse ist fort!« Die Frau brüllte sie an, sie war zweifellos schwerhörig.

»Was meint Ihr mit fort?«, brüllte Camille zurück.

»Äh?«

Mit einem geschwinden, heimtückischen Ruck drückte Damian die Tür auf und schob die Frau beiseite. Madame kreischte und bewaffnete sich mit einem Aquamanile, das auf einem Eisenbord stand. Aufgeregt begann Camille auf sie einzureden, gab es aber bald auf. Die Wohnung war eng und dunkel, und es roch nach Staub. Die fegende Madame musste außer ihrer Schwerhörigkeit auch ein Augenleiden haben, denn Schmutz und Spinnweben zogen sich durch jeden Winkel.

Camille nickte. »Ein Jammer, wie ein Mensch so herunterkommen kann. Das war anders, als Monsieurs Frau lebte. Aber Monsieur Lagrasse hatte nur noch Sibille im Kopf. Weint sie? Hat sie Krämpfe? Kein Auge für etwas anderes. Bitte, Monsieur? Nein, es gibt nur den Wohnraum und die Schlafkammer, soweit ich mich besinne. Die Küche ist separat und gehört dem ganzen Haus. Ich glaube kaum … Nein, Madame, wir nehmen nichts fort. Wir sehen uns nur um.«

Madame misstraute der Versicherung und schlug wieselflink mit dem Aquamanile auf Marcellas Hand, als diese einige Kleider auf einem Schemel anheben wollte. Mit einem Seufzer schob Marcella die schmerzenden Finger unter ihre Achsel. Damian, der in die Schlafkammer gegangen war, zog die Vorhänge des Bettes zurück. Er rümpfte die Nase.

»Er ist fort, Madame, ja? Aber wohin? Hat Monsieur gesagt ...« Camille erhob ihre Stimme, bis sie fast überschnappte. »Wohin ist er gegangen?«

Damian zückte eine Münze. »Wir wollen ihm helfen, Madame.«

War es nun die Münze oder verstand die tapfere Verteidigerin von Lagrasses Wohnung die tiefe Männerstimme besser als die Frauenstimmen – jedenfalls hielt sie inne und begann nachzudenken.

»Zum Kloster, zu seinem Kind«, brüllte sie.

»Das dachte ich mir. Seht Ihr, Monsieur, ich könnte mir auch um nichts in der Welt einen anderen Grund denken, aus dem Monsieur Lagrasse sein Kontor verließe. Er ist doch so ... zuverlässig. O Himmel. Man kann nur hoffen, dass er keine schlechten Nachrichten bekommen hat!«

Sie kehrten nicht sofort nach Hause zurück. Damian wollte zum Hafen, um den Barchent zu kaufen, von dem Noël gesprochen hatte. Marcella ließ sich von Camille die Läden zeigen, in denen es Gewürze gab. Narbonne war zu klein, um einen eigenen Gewürzmarkt zu haben, aber auf dem Fleischmarkt standen unter provisorischen Baldachinen zwei Tische, auf denen in Tongefäßen gestoßene Lorbeerblätter, Mandeln, Zimt und Pfeffer angeboten wurden. In einem kleinen Döschen, das der Händler so widerstrebend öffnete, als könne ein plötzlicher Windstoß den Inhalt davonwehen, fanden sich einige Löffel Safran.

»Welche Sorte?«, fragte Marcella.

»Mumpherer«, sagte der Händler. Er ließ Marcella nicht

so dicht an das Döschen heran, dass sie hätte überprüfen können, wie viele gelbe Fäden zwischen die roten Blütennarben gerutscht waren. Aber sie wollte sowieso nicht kaufen. Nicht in diesem Moment, in dem sie mit ihren Gedanken bei Lagrasse und seiner bedauernswerten Tochter war.

Damian kam erst heim, als es dunkelte. Das Geschäft mit dem Barchent schien misslungen zu sein, zumindest erzählte er nichts Gegenteiliges. Er setzte sich an den Tisch in der verwaisten Kanzlei und stützte das Kinn auf die beiden Hände. »Lagrasse hat die Stadt verlassen. Ich glaube nicht, dass es wegen seiner Tochter geschah. Dann hätte er mir Bescheid gegeben. Und sei es durch Noël oder Camille. Nein, er steckt hinter den Betrügereien, und nun hat er es mit der Angst bekommen und sich davongemacht. Aber ich habe keine Lust, nach ihm zu suchen. Ich werde einen Ersatz für ihn finden, und dann besteigen wir das nächste Schiff nach Venedig.« Er redete, als unterbreite er ihr das Resümee der Gedanken, die er an diesem Tag gedacht hatte.

»Zum ersten Mal bist du nicht froh, wenn du von Venedig sprichst«, sagte Marcella.

Auf dem Tisch stand eine erkaltete Kerze. Damian nahm sie in die Hand und begann mit dem Fingernagel die Wachstränen herabzukratzen.

»Wenn Lagrasse dich um Hilfe gebeten hätte, hättest du ihm geholfen.«

»Geholfen, sein Geld den Scharlatanen in den Rachen zu werfen?«

Sie hatte vergessen, dass er nichts von Ärzten hielt. Zumindest nicht von christlichen. »Du hast ihm eine gute Stellung gegeben. Es ist nicht deine Schuld, dass er sie missbrauchte.«

Théophile musste heimgekehrt sein. Marcella hörte einen gedämpften Juchzer aus entfernteren Regionen des Hauses. Sie nahm Damian die Kerze fort und entzündete sie an dem

Feuer, das Camille im Kamin entfacht hatte. Dann setzte sie sich ihm gegenüber. Die Flamme rauchte, und sie wedelte mit der Hand die Schwaden fort.

»Robert Lac wohnt in Montpellier«, sagte Damian. »Das hat mir Noël verraten. Er war nicht eben überrascht von dem, was ich ihm erzählte. Lac steht in dem Ruf, Tuchsiegel zu fälschen. Er liebt die krummen Wege. Es gibt Menschen, die können sich über kein Geschäft freuen, wenn sie dabei nicht jemanden übers Ohr gehauen haben. Kein Wunder, dass er um sein Seelenheil bangt.«

»Du willst ihn aufsuchen?«

»Nein. Ich will nach Venedig.«

»Dann ist es gut.«

Aber es war doch nicht gut. Er hatte sich eine andere Kerze genommen, die er mit dem Fingernagel bearbeitete. Er war noch nicht fertig mit Robert Lac.

»Der Mann kann dir nicht mehr gefährlich werden«, sagte Marcella, »denn es gibt niemanden mehr, der ihm deine Geschäfte verraten würde. Bist du rachsüchtig?«

»Ja. Aber nicht genug, um nach Montpellier reisen zu wollen.«

»Was dann, verehrter Monsieur?«

»Ich weiß es nicht.«

»Damian ...« Sie schüttelte den Kopf.

»Er kann sich nicht verteidigen.«

»Lagrasse.«

Er nickte.

»Du bist dir also *nicht* sicher. Du hast Zweifel an seiner Schuld.«

»Er hat uns sechs Jahre lang ehrlich gedient, Marcella.«

6. Kapitel

Nach Montpellier! Die Stadt gehört den Spaniern, und es leben auch viele dort. Die Frauen von Stand – und wer ist nicht von Stand, wenn es darum geht, schön zu sein, nicht wahr, Madame? –, sie tragen einen Kopfschmuck, den sie Tiara nennen und der einer Krone gleicht und mit einem Band unterm Kinn gehalten wird. Théophile hat mir das erzählt. Er hat einen Blick für solche Dinge. Wie schade, denke ich manchmal – aber natürlich nicht im Ernst –, dass er kein Kaufmann ist. Er wüsste, was Frauen glücklich macht. Aber es ist auch so gut, dass er sich zu kleiden weiß, denn ein Edelmann ... hört Ihr das?«

»Was?«, fragte Marcella und gab nicht einmal vor, Camille zu lauschen. Sie packte eine zweite Kotte und ein paar Strümpfe in einen Korb. Wie lange würden sie in Montpellier bleiben? Höchstens zwei Tage, hatte Damian gesagt. Es war nicht notwendig, einen Berg von Kleidern mitzunehmen. Geistesabwesend legte sie eine kleine, silberne Agraffe auf die Kleider.

»Die Männer üben das Kämpfen«, erklärte Camille. Sie war zum Fenster gegangen und schaute in den Hof. »Was wollt Ihr in Montpellier? Darf ich das fragen?«

»Es ist die Stadt der Gewürz- und Färberpflanzenhändler. Vielleicht kaufe ich ein.«

»Hat es mit dem Verschwinden von Monsieur Lagrasse zu tun?«

Marcella war über die unverblümte Frage überrascht.

»Ich weiß, dass es neugierig klingt, doch ich sorge mich nun einmal. Monsieur Lagrasse war ein freundlicher Mensch, niemals hochnäsig. Auch nicht mir gegenüber, als ich noch keinen Rang ... Und seine kleine Sibille ist ein so reizendes, fröhliches ...«

»Es hat mit Ungenauigkeiten im Kontor zu tun. Nichts Wichtiges«, sagte Marcella.

»Ach so.« Camille stellte sich auf die Zehenspitzen, um die beiden im Garten besser beobachten zu können. »Ihr solltet Euch das anschauen.«

Marcella trat neben sie. Théophile trug eine Kettenhaube und ein Kettenhemd – sicher beides von ordentlichem Gewicht – und schwang einen Morgenstern. Sein Gegenüber war mit Streitaxt und Schild bewaffnet. Er hob das Schild, um den Schlag zu parieren.

»Matteo ist ein guter Kämpfer«, sagte Camille und zuckte ein wenig, als die Axt gegen das Schild krachte. Sie hörten Théophile lachen. Die beiden Männer tänzelten umeinander herum, und Marcella konnte sich davon überzeugen, dass Camille Recht hatte. Der junge Venezianer schlug sich geschickt. Er war zum Angriff übergegangen und jagte Théophile mit offensichtlichem Vergnügen über den Hof.

»Er kämpft besser als viele Ritter, sagt Théophile, und manchmal denke ich, die Vorsehung hätte den Jungen in eine andere Familie tragen müssen. Wenn Matteo mit einem Adelstitel geboren worden wäre, würde ihn jeder bewundern. Aber Zahlen wollen einfach nicht in seinen Kopf.« Camille seufzte. »Wird er auch nach Montpellier reiten?«

»Er, Monsieur Tristand und ich selbst. Und ich glaube, Noël soll auch mitkommen.«

»Und selbst das ist noch wenig, so unsicher, wie die Landstraßen sind. Man hätte denken können, Monsieur Tristand mietet sich eine Eskorte. Aber man weiß ja, dass Noël mit dem Messer schnell ist. Und Matteo ist auch dabei. Aber wer wird Euch selbst begleiten, Madame?«

»Ich sagte doch ...«

»Die Männer ja, aber ... o Madame!«

»Bitte?« Marcella schaute die Frau bei dem spitzen Aufschrei verblüfft an.

»Euer ... Euer Rang. Es geht mich ja nichts an, und zweifellos wisst Ihr am besten ... Vielleicht ist es in Deutschland auch anders. Nur ... Sagt mir, ich soll den Mund halten, und ich halte den Mund. Aber was glaubt Ihr, was die Menschen ... die Wirtsleute ... die anderen Gäste denken werden, wenn Sie Euch sehen? Ein reicher Mann, eine schöne Frau, die ihn begleitet, die aber nicht mit ihm verheiratet ist!«

Und wen geht's an?, dachte Marcella gereizt.

»Was soll ich drum herumreden? Man würde denken ... Es gibt hier nur eine Sorte unverheirateter Frauen in prächtigen Kleidern, die mit Männern auf Reisen ...«

Camille brach ab, weil ein Schrei erscholl. Théophile rieb seinen Arm und stützte sich lachend auf Matteo, der reumütig die Axt hatte fallen lassen.

»*Bonté du ciel!* Bist du verletzt? Bist du verletzt, Liebster?«

Ihr Schatz winkte zu ihnen herauf und gab gleichzeitig Matteo einen neckenden Stoß. »Nächstes Mal steckt der Junge ein«, rief er zurück.

»Sie bringen mich um den Verstand.« Camille wandte sich wieder Marcella zu. »Darf ich ein offenes Wort sagen?«

Marcella hatte keine Lust auf weitere offene Worte, aber sie ahnte, dass Camille nicht zu bremsen sein würde.

»Ihr seid nicht wie andere Frauen, Madame, das habe ich auf den ersten Blick gesehen, und wahrhaftig, es freut mich. Viele Frauen fürchten sich vor den Männern, und wenn sie sich nicht fürchten, dann sind sie doch immer darauf bedacht, sie nicht zu verärgern, da sie über uns herrschen, und jeder Herrscher kann belohnen und strafen. Ihr aber fürchtet Euch vor nichts und nicht einmal vor Eurem Bräutigam, und das zu sehen macht mich froh.« Camille lächelte. »Und doch müsst Ihr mir eine Bemerkung erlauben, denn ich war ja schon oft verheiratet: Auch wenn Monsieur Tristand zulässt, dass Ihr tut, was Euch beliebt, so wird es ihn doch ärgern, wenn Euer Treiben ihn in Verlegenheit stürzt. Und wenn die heiße Liebe verflogen ist, wird doppeltes Ungemach auf Euch herabkommen.«

»Ich stürze ihn in Verlegenheit?«

»Aber ... na sicher doch, Madame.« Camille blickte sie fest an. »Ihr müsst Euch eine Begleitung suchen.«

Marcella wandte sich ab und streifte die Strümpfe glatt, damit ihre Wirtin nicht sah, wie der Zorn ihre Gesichtszüge versteinerte. Sie brachte Damian also in Verlegenheit. Aha! Und wenn man es genau bedachte: Er musste schon seit geraumer Zeit verlegen sein, weshalb sonst hätte er ihr Maria und später Hildemut aufgeschwatzt? *Und warum sagt er mir das nicht, Elsa? Warum erklärt er nicht offen heraus, was er will? Was ihm quer herunter geht?*

Sie gab sich die Antwort selbst. Weil er es hasste, wie schwierig sie war und wie sie aus allem eine Tragödie machte.

»Madame, ich habe Euch doch gekränkt.«

»Keineswegs«, sagte Marcella. »Wenn es so ist, wie Ihr sagt ... dann muss eben eine Begleitung her.«

»Na ja, wenn Ihr darum verlegen seid ...« Camille tat, als dächte sie nach, aber sie übertrieb dabei ein bisschen. »Ich bin natürlich gern behilflich. Dann müsste allerdings auch Théophile mitreisen, denn auch ich habe einen Ruf, auf den ich achten muss, und ohne ihn würde ich niemals ...«

Sie hat's drauf angelegt, dachte Marcella. Wahrscheinlich ist sie in Geldnot. Was bin ich für ein Einfaltspinsel.

Damian brauchte nur ein paar Stunden, um die Angelegenheiten des Kontors zu regeln. Er sprach mit jemandem in der Hafenkanzlei, schickte einen Brief an Donato ab und besuchte einen Mann im Seidenweberviertel, den er von früher zu kennen schien, um ihm die Kontorschlüssel anzuvertrauen und ihm Siegelvollmachten zu geben und einiges über laufende Aufträge zu erklären.

Danach aßen sie zu Mittag, und wenig später befanden sie sich bereits auf der Landstraße.

Das Wetter war schlecht. Windig und kalt. Sie ritten zwischen tiefen Wagenfurchen, die für die Pferde ständig zur Stolperfalle wurden, und auch wenn es nicht regnete, spürte man zum ersten Mal etwas von den Unbilden des nahen Winters. Die Straße führte in einen Wald aus kahlen, gerippeartigen Bäumen mit weißgrauen Stämmen, dann kamen sie in ein Weinbaugebiet. Sie durchquerten einige Dörfer und ritten an eingezäunten Weingütern vorbei, die sich alle hinter hohen Mauern verschanzten.

Marcella zog die Kapuze über den Kopf und steckte die Fibel, die ihren Mantel hielt, enger. »Denk nur, einen Moment lang habe ich daran gedacht, ohne Camille nach Montpellier zu reiten«, sagte sie zu Damian.

Er nickte zerstreut. »Man hat das Gefühl, die Angst der Leute hier zu riechen.«

»Welche Angst?«

Er deutete auf die Mauer, die eines der Gehöfte schützte. »Vor den Pastorellen. Noch nie davon gehört? Aufständische. Zuerst waren es nur Hirten – daher der Name –, dann auch die Bauern. Sie haben sich gegen den Adel erhoben, weil sie die hohen Abgaben nicht mehr tragen konnten und wollten und die Frondienste satt hatten. Sie bekamen Zulauf aus ganz Frankreich, stürmten Burgen und Abteien, verbrannten Ratshäuser, und irgendwann stürzten sie sich auf die Juden und die Leprakranken.«

»Jeder stürzt sich auf die Juden, wenn es Unruhen gibt. Aber was hatten sie gegen die Leprakranken?«

»Sie hatten sie im Verdacht, mit den Juden im Komplott

zu stehen und die Brunnen zu vergiften. Ich weiß nicht, Marcella. Manchmal kommt es mir vor ... Der Mensch sieht einen Verkrüppelten, und als träte er in einem Spiegel dem hässlichen Teil seines Selbst gegenüber, stürzt er sich auf ihn und schlägt ihn tot.«

»Was wurde aus den Pastorellen?«

»Am Ende wollten sie Gott selbst an den Kragen. Sie haben Avignon angegriffen, wurden zurückgeschlagen und endeten mit einem Strick um den Hals. Aber die Furcht vor ihnen steckt den Leuten heute noch in den Knochen. Ich reite nicht gern über dieses Land.«

Noël, der vor ihnen ritt, drehte den Kopf. »Die Pastorellen waren wie tollwütige Hunde. Man schlägt sie tot, und der Ärger hat ein Ende. Aber dieser Robert Lac – das ist die Schlange aus dem Paradies. Aus seinem Mund tropft Honig, doch wenn du ihm nah kommst, gräbt er dir den Giftzahn in die Hand. So einen erwischt man schwer. Der schlängelt sich davon.«

Matteo, der mit Théophile und Camille voranritt, drehte sich um. »Marcella, mir ist ein Reim eingefallen, der Eure Schönheit preist. Wollt Ihr ihn hören?«

»Nein«, sagte Marcella.

Seine Antwort ging in einem Windstoß unter, aber er schien nicht beleidigt zu sein. Wenig später begann es zu regnen, und schließlich gerieten sie in einen Sturm.

Sie fanden rasch eine Herberge. Unglücklicherweise war das ein muffiges, von Ratten verseuchtes, völlig überfülltes Loch, in dem die meisten Gäste von dem sauren Wein, den der Wirt ausschenkte, bereits betrunken waren. Sie schliefen im Sitzen auf einer der Bänke, und brachen noch vor dem allgemeinen Frühstück auf. Auch wenn der Regen die Straße in ein Matschbett verwandelt hatte, war es doch eine Erleichterung, wieder frische Luft zu atmen. Durchfroren erreichten sie am späten Vormittag die Stadt. Vor dem Tor grüßte sie ein Galgenrondell, an dem zwei halb verweste Leichen in durchlöcherten Sünderhemden baumelten – eine Mahnung der Stadt an die Reisenden, sich anständig zu betragen.

»Wir werden den Gewürzmarkt besuchen«, schlug Damian vor, nachdem sie die feuchten Kleider gegen trockene ausgetauscht und Gesichter und Hände gewaschen hatten. Er sah blass aus. Ging es ihm gut? Sie verkniff sich die Frage. Montpellier besaß eine Universität, an der Medizin gelehrt wurde. Er würde jede Bemerkung über seine Gesundheit als Bitte verstehen, sich endlich in die Hände eines Arztes zu begeben.

Die Gassen von Montpellier waren wegen des Regens verschlammt, und sie mussten von Trittstein zu Trittstein steigen, um sich die Schuhe nicht zu verderben. Trotz des schlechten Wetters herrschte ein reges Treiben, und obwohl die Straßen größer waren als in Trier, schienen auf jedem Fleck dreimal so viel Leute zu stehen. Hier verkaufen zu können!, dachte Marcella, als sie eine Frau sah, die gemeinsam mit ihrer Tochter grüne Fische und gesalzene Alme anpries.

»Das ist dreist.«

»Was?«, fragte sie und schaute in die Richtung, in die Damian blickte.

»Wurzeln gegen Erkältungen zu verkaufen und sich dabei die Lunge aus dem Hals zu husten.« Er deutete auf einen Mann mit einem Strohhut, in dessen Bauchladen sich geschälte, halbierte Wurzelstöcke befanden.

»Schwerthenwurzel. *Schwerthenwurzel*«, rief Marcella etwas lauter, um gegen den Gassenlärm anzukommen. »Gute Medizin. Aber gegen Magenweh.«

Damian lachte und zog sie in eine andere Richtung in eine gepflasterte Gasse hinein, die in langen, flachen Treppen anstieg. In dieser vornehmen Ecke Montpelliers gab es keine Bauchläden, Karren oder Buden mit Zeltplanen. Die Läden waren rechts und links in den Häusern untergebracht. Man konnte sie durch riesige Mauerbögen betreten, die sich über die Fassaden erstreckten wie in die Häuser gebaute Arkadengänge. Zweifellos wurden hier die kostbaren Waren gehandelt.

Marcella betrat entzückt einen der halbdunklen, mit Wandteppichen geschmückten Räume. »Siehst du das, Damian? *Riechst du* das? Musk aus Tibet. Und … schau: Brasilholz. Das kommt aus China. Die Farbe, die man daraus … O Himmel! Grana scarlati …« Sie blieb vor einem Tisch stehen, auf dem in einem Nest aus Seidenstoff kleine Beeren lagen. Zumindest sah es aus, als wären es Beeren, in Wirklichkeit waren es getrocknete Käfer, aus denen eine außerordentlich kostbare Scharlachfarbe hergestellt wurde. Marcella vergaß, weiterzusprechen. Neben den Grana scarlati lag in einer Tonschale eine zähe Gummimasse, Traganth, ein Harz zur Bereitung von Azurblau und zum Vergolden. In einer anderen fand sie Lackmusflechten. Und – ihr Herz schlug schneller – natürlich wurde auch Safran angeboten. Sie nahm einige der mürben, roten Fäden in die Hand und zerrieb sie zwischen den Fingern. Keine gelben Fäden darunter und auch keine Spur von Färbersaflor. Echter, unvermischter Safran.

Sie hörte, wie der Händler, ein noch junger Mann, einem Kunden mit umständlicher Höflichkeit den Preis für das Traganth nannte – erst in der Toulouser Währung, dann in der aus Tours. Diese fremden Münzen! In Venedig, das hatte Damian erklärt, zahlten sie mit Dukaten, die sie Zecchinen nannten, in Florenz mit Florenen. Sie musste sich unbedingt Umrechnungstabellen besorgen.

»Du beunruhigst den jungen Mann«, flüsterte Damian. »Er sieht deine leuchtenden Augen und hat Angst, du könntest seine Schätze an dich raffen und damit aus dem Laden rennen.«

»Genau das habe ich vor. Lenkst du ihn ab? O Damian,

ich wollte im Frühjahr Brasilholz verkaufen. Hast du schon einmal dieses herrliche Sappanrot gesehen, das man daraus herstellt? Leuchtend wie Papageiengefieder. Da wird das Herz jedes Illuminatoren schwach. Der von St. Marien bei der Brücke wäre bereit gewesen, für einen Löffel davon das Gold des Altars zu verhökern. Aber weder in Trier noch in der Umgebung konnte ich nur ein Bröselchen auftreiben. Und hier kann man darin baden. Ist es möglich, dass ich in Montpellier meine Wechsel einlöse?«

»Sicher. Aber nur mit Verlust. Montpellier hat drei Messen im Jahr, und die nächste steht unmittelbar bevor. Messen machen das Geld teuer.«

Sie hatten deutsch gesprochen. Der Händler, der mit seinem Kunden offenbar nicht ins Geschäft gekommen war, näherte sich ihnen und hüstelte.

»Damian, was darf ich höchstens für ein Lot Safran zahlen, wenn ich ein gutes Geschäft machen will?«

»Elf solidi aus Tours oder achtzig aus Toulouse. Und damit hast du, gemessen an Trier, nur den Verlust vermieden.«

»Monsieur.« Marcella drehte sich um. Der Händler war noch jung, wenn man bedachte, welche Schätze ihm anvertraut waren. Kaum zwanzig. Wahrscheinlich der Sohn des Besitzers, denn wen sonst hätte man mit solchen Reichtümern allein im Laden gelassen? Sein Gesicht war hässlich, aber er hatte eine spitz nach oben gebogene Nase, die ihm ein fröhliches Aussehen verlieh, das allerdings ganz im Gegensatz zu seinem gesetzten Benehmen stand. »Ich möchte Safran kaufen, Monsieur«, sagte Marcella. »Und wie ich sehe, ist Eurer von ausgezeichneter Qualität. Aus der Toskana?«

»Aus Katalonien. Und der ist mindestens ebenso gut. Ihr habt ein scharfes Auge, Madame.«

Lächelte der junge Mann? Nein, er bewegte nur höflich die Mundwinkel.

»Dann habt Ihr kurze Handelswege und wenig Zoll zu

zahlen. Wie günstig für Euch. Und wie günstig auch für Eure Kunden. Mein Herr ...« Marcella legte ihre Fingerspitzen auf seinen Arm und führte ihn zwei Schritt zur Seite. »Wie war gleich Euer Name?«

»Guy Duprat, und ganz zu Euren Diensten.«

»Monsieur Guy, erlaubt, dass ich so offen zu Euch spreche, wie ein Mensch es in einem Laden niemals tun sollte. Mein Gatte ist ein venezianischer Händler. Er hält nichts davon, kurz vor der Messe Safran zu kaufen. Ihr begreift, warum, und ich begreife es auch. Und doch will ich zehn Lot von Eurem Safran haben. Unbedingt.«

»Zu dem Fest, das Ihr geben wollt, müssen viele Gäste geladen sein.« Der junge Mann verschränkte die Hände vor dem Bauch.

»Kein Fest, Monsieur. Ich will nicht kochen – ich will den Safran ... in den Händen halten. Daran riechen und ... an die vielen kleinen Krokusse denken, die diesen Reichtum begründet haben. Begreift Ihr?«

»Nein!«, entschlüpfte es dem verblüfften Händler.

»Ihr müsst wissen ...« Marcellas Stimme wurde zum Flüstern, als sie erneut seinen Arm packte und leidenschaftlich weitersprach. »... dass Safran mein Schicksal ist. Es ist für Euch nicht von Belang, aber im Sommer vor einem Jahr habe ich von einem Händler aus Genua sechshundert Lot Safran gekauft und dafür mein ganzes Vermögen gegeben. Dieser Safran kostete viele Menschen das Leben. Er hat mir meinen Onkel und damit meinen letzten Verwandten genommen. Aber er hat mir auch eine Liebe geschenkt, durch die mein Leben kostbar wurde.«

Marcella sah, dass Damian unter den Torbogen getreten war und sich für etwas auf der Gasse interessierte.

»Ich werde bald in Venedig wohnen«, flüsterte sie weiter, »und dort Farben und Gewürze verkaufen, denn ich bin eine Händlerin.«

»Ihr handelt?«

»Aber gewiss doch, Guy. Und ich glaube, dass mein Tun von Erfolg gekrönt sein wird. Aber nur, wenn ich mein Geschäft mit dem Gewürz beginne, das auch das Fundament meiner Liebe ist. Haltet Ihr das für vernünftig?«

»Nun, Madame ...« Das Lächeln wanderte von seinen Mundwinkeln in die Augen.

»Es ist *unvernünftig*. Das liegt in der Natur der Sache. Doch, ja, Monsieur Guy, wenn die Liebe mit dem Verstand spazieren geht, läuft die Liebe in Seide und der Verstand in Lumpen. Wenn wir bei Sinnen wären, würden wir unser Herz in eine Truhe legen und diese mit hundert Schlössern verriegeln.«

»Madame ...«

»Andererseits, Monsieur – sind es nicht gerade die unvernünftigen Entscheidungen, die Torheiten, die wir mit heißem Herzen begehen, die uns auf dem Totenbett lächeln lassen? Und wenn man es so betrachtet, aus dieser endgültigen und daher mit Weisheit gesegneten Warte: Ist dann die Unvernunft wirklich Unvernunft?«

Guy Duprat versuchte, sich Respekt heischend zu räuspern, aber es gelang ihm nicht. Er ergab sich und lachte sie an.

»Wie viel müsste ich für zehn Lot zahlen, damit ich Euch nicht beraube?«, fragte Marcella.

»Zehn!«

»So viel bräuchte ich, um die Dose mit den Kranichen zu füllen, die mir mein Liebster schenkte. Ja, es müssten schon zehn Lot sein.«

»Fünfzehn solidi turonensis.«

»Ich gebe Euch, was ich habe.« Marcella nestelte ihre Tasche vom Gürtel und schüttete die Münzen zwischen die Schale mit dem Brasilholz und die andere mit dem Safran. Sie wusste, wie viel Geld sie besaß. Bei weitem nicht genug.

Aus dem Augenwinkel sah sie, dass Damian auf die Gasse getreten war und einen Menschen angesprochen hatte.

»Darf ich fragen, Madame, wie es kam, dass Ihr durch ein Gewürz Eure Liebe fandet?«

»Ich habe sie nicht gefunden. Ich wurde von ihr heimgesucht. Und jeder Versuch einer Flucht misslang, obwohl ich kämpfte wie eine Löwin.«

Das Lächeln des Gewürzhändlers kam Marcella mit einem Mal nicht mehr fröhlich, sondern melancholisch vor. Er strich die Münzen ohne zu zählen in seine hohle Hand und legte sie in ein Kästchen, das hinter ihm in einem Regal stand. Dann holte er ein Maß aus ziseliertem Silber und füllte ein Säckchen mit Safran. Er war großzügig, und als er fertig war und sie das Säckchen in ihrem nun leeren Geldbeutel verstaut hatte, begleitete er sie zum Torbogen.

Der Mann, mit dem Damian sich unterhielt, war ungeheuer dick, dicker als jeder Mensch, den Marcella bisher gesehen hatte. Seine Körpermassen wogten unter Bahnen von gelb und blau glänzendem Stoff. Trotz seiner Körperfülle musste er eitel sein, denn er trug eine blonde Lockenperücke, in die rötliche Fäden gewirkt waren. Er wirkte hochzufrieden und nickte behäbig, als Damian etwas sagte.

»Noch eine Zugabe, Madame, zu Eurem Safran, die vielleicht wertvoller ist, als alles, was Ihr in Eurem Beutel tragt.« Der Gewürzhändler hatte sich zu Marcella vorgebeugt und sprach so leise, dass sie ihn kaum verstand. »Was auch immer dieser Mann dort, Robert Lac, Eurem Gatten für ein Geschäft anbieten mag: Ratet ihm davon ab. Monsieur Lac ist nicht nur der fetteste, sondern auch der unehrlichste Mann von Montpellier.«

»Es war nicht schwierig zu erraten, wer er ist, als er vorüber ging. Monsieur Lac wird sich beim jüngsten Gericht nicht nur von seinen unerfreulichen Geschäftsgewohnheiten, sondern auch von der Sünde der Völlerei freikaufen müssen. Ich habe es einfach probiert und ihn angesprochen. Wie viel Safran hast du erworben und was hast du gezahlt?«

Damian schüttelte den Kopf, als sie ihm die Zahlen nannte. »Musste er um sein Leben oder du um deine Tugend fürchten?«

»Wir spürten einen Gleichklang der Herzen. In seiner Händlerbrust, Damian, befand sich eine zarte Seele. Aber auch die von Monsieur Lac kann so widerborstig nicht sein, denn es machte nicht den Anschein, als hättet ihr gestritten. Hast du ihm verschwiegen, wer du bist?«

»Gerade mein Name war es, der ihn so glücklich machte. Er hat mich eingeladen, Marcella, für morgen Abend, zu Kapaunenpasteten und geschmalzten Drosseln.«

»Warum?«, fragte sie erstaunt.

»Ich nehme an, um mir in allen Einzelheiten zu erklären, wie feinsinnig er Donato und mich aufs Kreuz gelegt hat. Er war überglücklich, dass ich ihm diese Gelegenheit bieten will. Er eilt nach Hause und wetzt die Messer und die Zunge.«

»Er ist widerlich. Warum tust du dir das an?«

»Um ihm den Namen Lagrasse zu entlocken. Um sicher zu sein. Um reinen Gewissens nach Venedig fahren zu können – soweit ein Gewissen rein sein kann.« Damian verstummte, und die gute Stimmung, die sich seiner bemächtigt hatte, verflüchtigte sich. Er nahm ihren Arm und sprach nicht mehr, bis sie in ihrer Herberge angekommen waren.

Er legte sich schlafen, und Marcella genoss den Luxus ihrer neuen Herberge, der in einer eigenen Badestube unten im Keller bestand. Gegen ein gepfeffertes Entgelt kochten die Mägde in den großen Küchenkesseln Wasser, das sie in einen hölzernen Badebottich schütteten. Sie streuten Rosenblätter auf das dampfende Nass und legten Handtücher und eine stark duftende Olivenseife bereit. Wahrhaftig, diesmal hatten sie es mit ihrer Unterkunft gut getroffen. Die Betten oben in der Kammer waren frisch bezogen. Und aus der Küche duftete es nach allen Gewürzen des Orients.

Was für ein Jammer, dachte sie, als sie etliche Stunden später mit Damian im Schankraum vor einer Schüssel mit Eiersuppe saß, dass er keinen Hunger hat. Er hatte sich mit dem Rücken an die Wand gelehnt und starrte einen dunklen Flecken auf dem Tisch an, der von etwas Fettigem rührte.

»Worüber grübelst du?«

»Immer noch über Lagrasse. Er hatte ein schlechtes Gewissen, als ich ihn auf die Verluste des Kontors ansprach. Das ist sicher.«

»Ich begreife diesen Lac immer noch nicht. So viel Geld und Mühe, nur um euch zu ruinieren!«

Die Wirtin stieß mit dem Ellbogen die Tür auf und brachte in einer Schüssel Teigklöße, die in einer dünnen Zimtsoße schwammen, und zum ersten Mal erblickte Marcella die kleinen Mistforken, die sie in Venedig erfunden hatten, um das Essen aufzuspießen. Sie sah, wie die beiden anderen Gäste, zwei Männer, deren Tonsur sie als Geistliche auswies, die Nasen rümpften und sich nach guter alter Sitte die Klöße mit den Fingern aus der Soße angelten.

»Wie benutzt man sie?«, fragte sie.

Damian zeigte es ihr, und zu ihrer Freude aß er selbst dabei einige Bissen. Großartig konnte man seinen Appetit allerdings immer noch nicht nennen.

»Was geht in einem Menschen vor, wenn er andere verrät?«, sinnierte er, und ließ das Mistgäbelchen sinken. »Braucht es dazu nicht ein wenig Feuer? Eine gewisse Regsamkeit, um Gründe zu finden, die das hässliche Tun entschuldigen? Wer Tag für Tag brav Zahlen in Kontenbücher einträgt ... Ich hätte geschworen, dass Henri Lagrasse zu pedantisch ist, um auch nur ein Wort beim Vaterunser zu nuscheln.«

Onkel Bonifaz war auch pedantisch, dachte Marcella.

»Ich gehe dir auf die Nerven.«

Sie wollte widersprechen. Aber gerade in diesem Moment wurde die Tür zur Straße aufgerissen. Ein Windstoß pfiff hinein und die Tropfen, die er in die Stube blies, bewiesen, dass sich das Wetter wieder verschlechtert hatte.

»Monsieur? Monsieur Trist... ah, da seid Ihr!« Noël stürmte herein. Er umrundete die Säule, die zwischen ihrem Tisch und der Tür stand. »Ein Unglück, Monsieur. Oder wahrscheinlich auch keines ...« Der kleine Mann bekreuzigte sich und schnappte nach Luft. »Monsieur Lac. Der Büttel ist dort ... sie rufen nach dem Priester ... Jeder, der zwei Beine hat ... das ist ein Anblick ...« Atemlos hielt er inne.

»Er ist tot«, sagte Damian.

»So kann man das nicht nennen. Im Gegenteil. Vielleicht war er nie lebendiger.« Noël bekreuzigte sich erneut. Er hatte die Blicke der beiden Geistlichen bemerkt und begann zu flüstern. »Ihm ist geschehen, was man ihm immer wünschte – und doch graut mir nun, und ich habe Mitleid. Kommt, Monsieur. Es ist nur wenige Schritt weit.«

»Gerade an diesem Abend. Gerade bevor er mit mir sprechen wollte«, flüsterte Damian Marcella zu. Er fluchte leise. Der Wind schlug ihnen den Regen ins Gesicht. Marcella hielt die Kapuze mit den Händen fest.

Robert Lac bewohnte einen kleinen gelben Palast mit einer Fassade voller Fensterchen. Das Erdgeschoss bestand wie üblich aus dem Kontor, das hier allerdings eher an ein riesiges Lager erinnerte. Jemand hatte die Fackeln an den Wänden entzündet, denn durch den Regen war eine frühe Dämmerung hereingebrochen. Drinnen drängten sich Schaulustige, wobei die Leute im vorderen Teil des Raumes, der zum Innenhof ging, eifrig Bericht erstatteten.

»Schaum«, brüllte einer. »Schaum vor den Zähnen wie ein tollwütiger Fuchs.«

»Das ist die Perücke, du Idiot«, wurde der Mann von anderen Stimmen niedergemacht.

Marcella trat auf etwas Hartes, Spitzes, eine Waage, die

jemand von einem der Tische gestoßen hatte. Sie zog eine Grimasse. Ein Mann mit heiserer Stimme bat die Menschen, das Kontor zu verlassen, aber niemand hörte zu. Von diesem gruselig-magenkitzelnden Geschehen hätten sich die Leute nicht einmal durch die Trompeten Jerichos vertreiben lassen. Vielleicht war es Damians kostbarer Mantel, der die Menschen veranlasste, ihm Platz zu machen, jedenfalls wichen immer einige zurück, so dass er sich nach vorn kämpfen konnte. Marcella folgte ihm auf den Fersen.

Auf der Hofseite des Kontors befand sich eine doppelflüglige Tür, die ins Freie führte. Auch der Hof war mit Menschen gefüllt, aber hier herrschte Stille, und die Leute schauten betreten und furchtsam drein. Wieder machten sie Damian Platz, und er zog Marcella an sich.

Robert Lac war nicht tot, aber es war klar, dass sein Lebensfaden ausgefasert war. Unförmig wie ein zerlaufener Pfannkuchen lag er in einem Beet mit Melissenkräutern, aus seinem Mund, von dem die Perücke inzwischen herabgerutscht war, sickerte Blut. Sein kostbares Gewand war ihm hochgerutscht, so dass man die wollenen Beinlinge und einen Zipfel seines Leinenhemdes sehen konnte, das eine barmherzige Seele über sein Gemächt gezogen hatte. Er lebte, aber er bewegte sich nicht. Einzig sein Blick war lebendig. Er hatte ihn starr auf die einzige Person gerichtet, deren Gegenwart ihn zu berühren schien: einen grau gewandeten Mönch.

Auch der Mönch starrte. Doch nicht auf den Verletzten, sondern auf einen blutverkrusteten kantigen Stein, der etliche Fuß entfernt neben einem Misthaufen lag.

Der Verletzte gab einen Laut von sich, er röchelte etwas, aber es war, als säße ihm ein Lappen im Rachen.

»Der Teufel stiehlt ihm die Worte aus dem Mund«, brüllte einer der Zuschauer über die Schulter.

»Sprich den Namen nicht aus«, herrschte der Mönch ihn an, während er gleichzeitig das Kreuz schlug. Mit dieser Bewegung schien er zum Leben erwacht zu sein. »Beiseite, los.« Unsicher trat er auf den Verletzten zu, scheute sich aber, ihm auf Reichweite nah zu kommen. Er umkreiste ihn wie ein Jäger einen angeschossenen Bären. »Der Mann wird sterben. Sein Genick ist gebrochen.«

»Der Mönch sieht durch Kleider«, rief jemand respektlos. Seine Worte interessierten nicht.

»Robert Lac wurde vom Teufel geholt«, brüllte der Mann, dem zuvor das Wort verboten worden war. »Siehst du nicht den Ziegenfuß, Mönch? Noch ein paar Atemzüge, und der Böse wird ihn durch die Luft tragen und dorthin bringen, wo sie ihm mit glühenden Eisen die Gedärme rausreißen.« Zustimmendes Gemurmel erhob sich in der Menge.

Auf den Sterbenden hatten die Worte eine schreckliche Wirkung. Er versuchte erneut zu sprechen und dann die Hand zu bewegen. Sie gehorchte ihm kaum, und er musste unerhörte Willenskraft aufbringen, um sie auch nur wenige Zoll durch die schwarze Erde des Melissenbeetes zu schieben. Knapp vor dem Saum der Mönchskutte blieb sie liegen – eine Klaue aus fettem Fleisch, in das sich tief die silbernen Ringe eingegraben hatten. Der Mönch wich zurück.

Entsetzt und fasziniert zugleich blickte Marcella zur Seite. Sie spürte, wie Damian sie anstieß. Er wies mit dem Kopf auf die gegenüberliegende Seite des Gartens, wo im oberen Geschoss ein Fenster offen stand. »Siehst du den Rosenstrauch? Der Unglückselige ist aus dem Fenster gestürzt und in den Strauch gefallen und von dort hierher gekrochen – weiß der Teufel, wie er das schafft ...« Er merkte, wie ihm ebenfalls der Name des Leibhaftigen entfahren war, und lächelte schief. »Komm.«

Die Leute, die mit offenen Mündern auf das Melissenbeet starrten, machten ihnen Platz, ohne es selbst zu merken.

In einer Ecke des Innenhofs führte eine Treppe ins Obergeschoss. Wie durch Zauberei war plötzlich auch Noël wieder an ihrer Seite. Schweigend eilten sie die Stiege hinauf und durch eine Tür in einen Flur. Ein Blick zurück zeigte Marcella, dass der Mönch jetzt doch neben dem Sterbenden kniete und über seinem Kopf Zeichen machte.

Der Flur mündete in einen zweiten Flur, und dieser endete vor einer ungewöhnlich großen Schlafkammer. Sie waren in dem Raum angekommen, in dem Robert Lac sein Schicksal ereilt haben musste.

Wichtigstes Möbel war allerdings nicht das Bett, obwohl es durch seine Ausmaße beeindruckte und mit so viel Seide behangen war, dass sich der Stoff bauschte. Nein, ein riesiger Tisch in der Raummitte lenkte das Auge auf sich. Jeder Zoll war mit Pergamentrollen, Kladden und Papierbögen bedeckt, und die verblassten Tintenspritzer auf dem Boden zeugten davon, dass hier jemand mit Eifer und Leidenschaft gearbeitet hatte.

»Was ist das?«, fragte Damian und betrachtete die Dielenbretter zwischen Tisch und Fenster, auf denen schwarzer, feiner Staub lag.

»Drusenasche«, sagte Marcella und fügte in Gedanken hinzu: das Lot zu dreißig Pfennigen, in Trier. Robert Lac schien seine Tinte selbst anzurühren. Er musste ein Töpfchen Drusenasche in den Händen gehalten haben, als ihn sein Unglück heimsuchte. Schwarze Staubkörner waren wie Sternenschweife über die Bodendielen verteilt. Das Töpfchen, aus dem die Asche stammte, war durch den umstürzenden Stuhl zerbrochen worden.

»Eines einzigen Mannes Schritte. Die nackten Füße eines Menschen«, sagte Damian und betrachtete die Fußspuren mit den Abdrücken der Zehen und Ballen, die die Asche durchzogen.

»Des Teufels Schritte«, knurrte Noël. »Ich stell's mir so vor: Der Böse kam durchs Fenster geflogen und schlich sich an Lac heran. Seht Ihr die Spuren? Vom Fenster zum Tisch. Er muss ihn von hinten gepackt und mit wahrhaft höllischer Kraft in den Hof geworfen haben.«

»Das Fenster ist zu schmal, um jemanden wie Lac einfach hinauszuwerfen«, sagte Marcella.

»Dann hat er ihn eben hindurchgepresst – wie Fleisch in den Wurstdarm. Das ganze in Sünde gemästete Fleisch, das diesem Mist...«

»Aber die Spuren führen nicht zurück«, widersprach Marcella. »Warum hinterlässt der Böse einmal Fußspuren, und dann wieder nicht?«

Noël wollte etwas sagen, doch er unterbrach sich. Aus dem Hof erscholl ein Schrei aus Dutzenden von Kehlen, dem gedämpftes Reden folgte. Der kleine Mann bekreuzigte sich. »Er ist tot.«

So musste es sein. Die Stimme des Mönches, der zu beten begann, übertönte das Geschrei der Menge.

»Und das Amen und Halleluja wird ihm auch nichts mehr nützen«, fügte er nüchtern hinzu.

7. Kapitel

Wahrhaftig? Der Teufel hat ihn geholt?« Camille ließ die grünen Bänder zu Boden gleiten, die sie bei einem gemeinsamen Spaziergang mit Théophile erstanden hatte. »Wie meint Ihr das?« Sie war totenblass.

Noël freute sich, seine Geschichte erneut erzählen zu können. »Er – und damit meine ich den Bösen – hat sich von hinten an Lac rangeschlichen. Er packt ihn, der Fette kann kaum Luft holen vor Schreck, und dann wirft er ihn mit schrecklicher Gewalt aus dem Fenster.«

»Ihr spaßt«, rief Camille und zog aufgeregt die nasse Haube von den Haaren.

»Satanas folgt ihm unverzüglich ins Freie, wo Robert Lac sich bereits das Genick gebrochen hatte, aber dennoch nicht völlig tot ...«

»Keine Geschichten für Frauenohren, meine ich«, knurrte Théophile den kleinen Mann an, und zum ersten Mal, seit Marcella ihn kennen gelernt hatte, zeigte er sich gebieterisch. »Geh rauf, Camille. In das Zimmer, das du mit der Dame teilst.«

Seine Frau versuchte zu protestieren, aber der Blick ihres Mannes schüchterte sie ein. Sie nahm die Bänder auf und verschwand durch die Tür.

»Der Böse hat einen blutigen Ziegenfuß bei seinem Opfer

hinterlegt. Meck, meck, meck«, rief Noël so laut, dass sie es auf der Treppe noch hören musste.

»Gibt Dinge, über die scherzt man nicht. Weder vor Frauen- noch vor Männerohren«, sagte der Ritter.

Noël grinste. Sie waren trotz des schlechten Wetters allein in dem Schankraum der Herberge. Ein Mann vom Teufel geholt – die Nachricht war durch die Stadt gefegt, und wer Beine hatte, wartete vor dem Todeshaus, wo vermutlich bald die Leiche abtransportiert werden würde. In eine Kapelle? Oder auf den Schindanger oder einen anderen unheiligen Platz?

»Wenn Matteo die Wahrheit sagt und dieser Kerl ein Spitzbube war, der Unglück über das Kontor brachte – dann soll man ihn nicht bedauern. Gerechtigkeit ist langsam, aber manchmal wie ein Hammerschlag. Trotzdem … der Tod verdient Respekt.« Das war eine lange Rede für den schweigsamen Ritter. Er nickte kurz und folgte seiner Frau, und auch Noël schien die Freude an ihrer Gesellschaft verloren zu haben. Er verschwand durch die Straßentür, vermutlich, um eine Schenke aufzusuchen, in der die Ereignisse mit weniger Skrupel kommentiert wurden.

Marcella trat hinter Damian, der auf einem der Schemel Platz genommen hatte. Sie legte ihre Hände auf seine Schultern und fühlte sich versucht, nach seiner Stirn zu greifen, bis ihr einfiel, dass kein Fieber, sondern der Nieselregen seine Locken nass gemacht hatte. Wahrscheinlich standen ihre eigenen Haare vom Kopf ab wie die Fäden einer Pusteblume.

»Und nun?«, fragte er.

»Nun würden wir uns gern auf den Heimweg machen«, sagte sie. Sie spürte, dass er lächelte. Er lehnte seinen Kopf an ihre Brust, zog ihre Hand an seinen Mund und küsste sie.

»Die Welt hat an diesem Betrüger wahrlich nichts verloren. Nicht einmal dein netter Gewürzhändler mochte ihn. Und doch ist ihm kein Leid geschehen, bis ich mich aufmachte, um ihn zu fragen, wer aus unserem Kontor sein Zuträger war.«

»Ja, das hört sich nicht gut an.«

»Das hört sich überhaupt nicht gut an. Henri Lagrasse verlässt Hals über Kopf Narbonne. Weil er Angst hat, als Verräter entlarvt zu werden? Oder weil jemand genau diesen Verdacht auf ihn lenken will? Robert Lac, der mir diese Frage beantworten könnte, wird am Tag, als ich ihn besuchen will, vom Teufel geholt.« Er seufzte. »Wusstest du, Marcella, dass San Marco, die große Kirche von Venedig, zu Weihnachten in ein Lichtermeer verwandelt wird? Kurz darauf, am Stephanstag, beginnt ein Fest mit bunten Kleidern, Masken, Bühnen und Spielen, und dort feiern sie, bis die Glocken von San Francesco della Vigna die Fastenzeit einläuten. Mich packt die nackte Angst, wenn ich daran denke, dass jemand unser Sternenhaus kaufen könnte.«

Sie entzog ihm die Hand und setzte sich neben ihn. »Du wolltest nie glauben, dass Lagrasse dich betrügt.«

»Geschickte Hasen schlagen doppelte Haken, und manche drei- und vierfache. Aber – nein, Lagrasse ist kein Mensch für ausgeklügelte Bosheiten. Ich fürchte um ihn. Ich fürchte, dass nicht nur Robert Lac, sondern auch Lagrasse das Opfer eines Mörders wurde.«

»Dieser Lac ... Und wenn ihn nun doch der Teufel holte? Er war ein schrecklicher Mann. Sicher hat es Gott nicht gefallen, dass er ihn zu bestechen versuchte. Die Leute, die in seinem Haus standen, haben bereitwillig geglaubt, dass der Böse einen der Seinen geholt hat.«

»Weil sie das Schauerliche lieben. Es ist allemal interessanter als das Gewöhnliche.«

Sie legte ihre Hand unter sein Kinn und drehte sein Gesicht so, dass er sie anschaute. »Für dich ist alles berechenbar, vernünftig. Du misst und wägst ... und was sich nicht als Zahl auf eine Tafel malen lässt, existiert nicht. Das ist ...«

»Dumm?«

»Kurzsichtig.«

»Der Teufel hinterließ eine Spur, als er zum Tisch ging, aber nicht, als er zum Fenster zurückkehrte. Das habe nicht *ich* kritisiert, sondern du, meine Schöne.«

»Abbé Jacques, Jacques Fournier, der als Inquisitor nach Montaillou kam ...«

»Was hat Montaillou mit Robert Lac zu tun?«

»Dort *ist* der Teufel gewesen. Jeanne ...«

Er hasste den Namen ihrer Schwester, das wurde ihr klar, als sie ihn aussprach. So wie er alles hasste, was mit den Katharern, den Ketzern in ihrer Familie, zusammenhing. Er mochte es auch nicht, dass Marcella bei jeder Mahlzeit ihr Fleisch beiseite schob. Meine Braut isst nicht vernünftig. Meine Braut mag nicht, wenn ich sie berühre. Meine Braut sieht aus wie ein blanker, roter Apfel. Aber spürt man nicht schon die weichen Stellen, die auf Fäulnis und Wurmfraß hindeuten?

»Marcella ...« Damian strich mit der Hand über ihre Wange. »Jeanne hatte sich den Katharern angeschlossen. Sie hat sich zu Tode gedürstet, weil sie wie alle Katharer glaubte, dass sie nur auf diese Weise zu Gott zurückkehren kann. Sie nennen es Endura. Sie halten eine Zeremonie ab, und danach essen und trinken sie nicht mehr. Diese Art des Sterbens ist für sie ihr äußerster Ausdruck von Hingabe. Jeanne wollte es, und Jeanne hat es getan. Ob dabei der Teufel seine Hände im Spiel hatte ...« Er zuckte die Schultern.

»Du hast gründlich nachgeforscht.«

»Was dich bedrückt, bedrückt mich auch.«

Marcella schob seine Hände beiseite. Sie stand auf. Ordentlich rückte sie die Becher auf dem Tisch zurecht. Dann verließ sie den Schankraum und ging hinauf in ihre Schlafkammer.

Der Schlaf ließ auf sich warten. Camille hatte im Kamin ein Feuer entzünden lassen, die heilige Barbara mochte wissen, warum. Es war zwar zur Nacht wegen der Brandgefahr gelöscht worden, aber die Hitze hing im Raum, und als sie nebeneinander in dem breiten Bett lagen, meinte Marcella, zwischen dem Bretterhimmel und den dicken Wollvorhängen ersticken zu müssen.

Sie hatte lange nicht mit einer anderen Person in einem Bett geschlafen. Bei Onkel Bonifaz war sie das einzige Kind gewesen, auf ihrer Reise hatte sie immer eine Möglichkeit gefunden, die Begleiterinnen zu anderen reisenden Frauen abzuschieben. Wenn sie es recht bedachte, war Jeanne der einzige Mensch, mit dem sie je ein Bett geteilt hatte. Aber in Montpellier würde bald die Messe beginnen, und die Zimmer füllten sich. Sie hatte also den Luxus einer separaten Lagerstatt dreingeben müssen.

Camille bewegte sich. Sie schlief nackt wie jedermann und hatte es befremdlich gefunden, als sie sah, dass Marcella in ihrem Leinenhemd zu Bett ging. *Aber Madame, habe ich nicht eigens ein Feuer machen lassen?* Ihre Haut war weich wie Moos. Sicher bedauerte Théophile, dass nicht er selbst neben seiner Camille liegen durfte. Die Sünde duftete süß und erwartete den Sünder mit einem Lächeln und ausgebreiteten Armen.

Wegen der Kinder, die geboren werden sollten, hatte die heilige Kirche ihr in einem streng umzäunten Fleckchen einen Platz eingeräumt. *Füllet die Erde und machet sie euch untertan.* Camille und viele andere tummelten sich in diesem Asyl ohne Gewissensbisse. Aber die Katharer hatten das Gebot verabscheut. Weil sie mehr wussten? Weil sie inniger glaubten? Doch widersprach ihre Lebensweise nicht der heiligen Bibel? Und wenn sie die Bibel gering schätzten, musste das nicht als Beweis gelten, dass sie Sünder waren? Waren dann nicht zu Recht auf den Rübenäckern Scheiterhaufen errichtet worden?

Marcella wälzte sich auf die Seite. Camille hatte zu schnarchen begonnen, und sie tat es auf reizende Weise, indem sie jedes Mal ein wenig hickste. Kein Wunder, dass Théophile sie liebte. Aber auch das reizendste Hicksen kostete irgendwann Nerven. Marcella legte die Hand auf das Ohr, auf dem sie nicht lag, doch das Hicksen drang durch jede Barriere, und wenn es ausblieb, war das Warten auf den nächsten Hicks so unerträglich wie das Geräusch selbst. Marcella fühlte sich fast erlöst, als sie hörte, dass jemand an die Zimmertür klopfte. Rasch stand sie auf, wickelte sich in ihren Mantel und öffnete.

Im Flur war es dunkel, aber ihr Besucher trug eine kleine Lampe vor sich her. Sie schaute in ein erregtes Gesicht.

»Damian! Was um alles ...?«

»Es tut mir Leid, dass ich störe, aber ich brauch Hilfe. Es ist Zeit, Entscheidungen zu treffen. Komm, Marcella.« Er tat, als sähe er nicht, wie spärlich sie bekleidet war, griff ihre Hand und führte sie den Flur entlang und die knarrende Treppe hinab. Sie musste ein Lachen unterdrücken, als sie sah, wie er mit zerzaustem Haar in die Schankstube lugte, um zu sehen, ob sie leer war. Es standen noch schmutzige Becher und Schüsseln auf beiden langen Tischen, aber die Gäste waren fort, und der Wirt hatte offenbar beschlossen, die Arbeit bis zum Morgen warten zu lassen. Doch die Schankstube schien nicht der geeignete Ort für die Entscheidungen zu sein, die Damian treffen wollte. Er zog sie weiter und öffnete die Tür zum Hinterhof.

»Wohin ... Damian!«

Mitten im Hof, hübsch beleuchtet vom Mond, stand eine Sänfte. Damian ließ Marcellas Hand los, schob den Vorhang beiseite und half ihr Platz zu nehmen. Sie schlug den Stoff ihres Mantels über den Knien zusammen.

»Also! Was ist? Was willst du denn?«

Er lachte. Es war offenkundig, dass er ihr Treffen genoss. »Sieh her.« Er hatte ein Buch unter dem Arm klemmen, das er ihr jetzt aufgeschlagen auf den Schoß legte, so dass sie lesen konnte. Dass sie hätte lesen können, wenn es ein wenig heller gewesen wäre. Die Kerze schaffte es kaum, ihre Gesichter aus der Dunkelheit zu heben. Aber sie merkte, dass es das Buch über die Ein- und Verkäufe des Kontors war.

»Ich bin keine Eule. Sag mir, was ich sehen soll.«

»Fahr mit der Hand über das Pergament.«

Marcella tat, wie geheißen. Der Bogen fühlte sich glatt und kühl an. Es war unmöglich, darauf die Tinte zu spüren. Eine völlig ebene Fläche ... bis auf eine Stelle, die angeraut zu sein schien. »Unten auf der Seite?«

»Ja.«

»Es fühlt sich an, als hätte jemand den Eintrag mit einem Messerchen fortgeschabt.«

»Genau.«

»Lagrasse, weil er sich versehen hat? Jeder macht Fehler. In jedem Kontenbuch wird korrigiert.«

»Wenn Lagrasse einen Fehler ausgebessert hätte, dann hätte er die Stelle nach dem Kratzen poliert, wie es sich für einen ordentlichen Schreiberling gehört. Diese Stelle ist rau geblieben. Jemand, der nicht viel Erfahrung im Schreiben hat oder schludrig ist, muss an den Buchstaben herumgestümpert haben.«

»O bitte. Nicht Matteo.«

»Sag ich ja nicht. Aber ... doch, unter Umständen Matteo.«

»Oder Noël.«

»Der Eintrag ist vom letzten Herbst, und zwar im November.«

»Und was lehrt uns das?«

»Ich hätte dich nicht in die Kälte schleppen sollen. Verfluchter Unverstand. Komm, wir gehen ins Warme zurück.«

»Sag, dass du etwas gefunden hast, was den Verräter bloßstellt. Auch ich beginne langsam von gelben Blumen zu träumen.«

»Ich liebe dich.«

»Nun sag schon.«

»Tja, ich habe lange grübeln müssen.« Plötzlich zögerte er. »Du erinnerst dich an diesen Goldwäscher, von dem ich dir erzählt habe?«

»Nein.«

»Emile Vidal. Der Mann mit dem Pfefferminzlikör, der mit mir ein Geschäft abgeschlossen hat. Der mir jedes Jahr sein Gold bringt.«

»O ja, jetzt weiß ich.«

»Er kam immer etwa zum Martinstag, um die Körner abzuliefern. Du kannst das verfolgen. Lagrasse hat den Empfang getreulich ins Buch eingetragen. Aber im vergangenen November ist er nicht gekommen.«

»Vielleicht ist er gestorben.«

»Genau zu der Zeit, als er hätte kommen sollen, ist der Eintrag fortgekratzt worden.«

»Wenn Lagrasse dich um das Gold hätte betrügen wollen, hätte er nicht kratzen müssen. Er hätte einfach behaupten können, der Mann sei nicht gekommen, er hätte niemals einen Goldklumpen in die Kasse bekommen.«

»Ich weiß. Ich sage ja, ich habe lange grübeln müssen. Wie, wenn es so gewesen ist: Emile kommt. Emile will das Gold abliefern wie jedes Jahr. Aber Lagrasse ist nicht da, und so hat ein anderer das Gold in Empfang genommen und zunächst einmal brav eingetragen, was er erhalten hat.«

»Und dann tat es ihm Leid ums schöne Gold, und er hat den Eintrag wieder fortgekratzt?«

»Aber nicht die Stelle poliert.«

»Was hilft es uns weiter, wenn wir wissen, dass das Gold unterschlagen wurde?«

»Wir haben ein Kontor, in dem drei Menschen arbeiten. Wir wissen, dass einer von ihnen skrupellos genug ist, das Kontor zu schädigen. Einer von dreien, Marcella, und das ist schlimm genug. Aber gleich zwei? Nein. Unser Galgenvogel, der nichts von einem ehrsamen Lebenswandel hält, hat eine weitere Gelegenheit gesehen, zu Geld zu kommen. Ein wenig Schwätzerei über die Kontorsgeschäfte, ein Betrug, der sich bei günstiger Gelegenheit fast von selbst anbietet – diese Untaten tragen die gleiche Handschrift. Nichts wirklich Schlimmes für jemanden, dessen Gewissen mit leichten Füßen schreitet.«

»Damit wäre Lagrasse entlastet, denn er hätte, wie du richtig sagst, die abgeschabte Stelle geglättet. Kann Noël schreiben?«

»Er muss Frachtlisten im Hafen lesen können. Ja, ich denke, er wird das Schreiben erlernt haben. Zumindest das Lesen.«

»Er liebt es, als Kaufmann aufzutreten. Ich wette, wenn er lesen kann, hat er sich auch das Schreiben beigebracht«, sagte Marcella. »So schwer ist das nicht. Ich hab's ja auch geschafft.«

Die Kerze flackerte von einem Windstoß, und sie konnte nicht entscheiden, ob Damian lächelte oder nur die Flamme Schatten warf.

»Und außerdem nimmt Noël es mit der Wahrheit nicht genau. Er hat mich angeschwindelt, als er von seinen Eltern sprach. Ich weiß das von Camille.«

»Du magst Matteo nicht einsam am Schandpfahl der Verdächtigen stehen lassen.«

»Da du darauf beharrst, dass dein Betrüger den bösen Monsieur Lac auf dem Gewissen hat: Matteo würde vielleicht betrügen. Aber er würde niemals einen Menschen ermorden.«

»Auch nicht, wenn es um seinen eigenen Hals geht?«

»Wie sollte er den Mord begangen haben? Es gab nur eine einzige Spur zwischen dem Tisch und dem Fenster. Und diese Spur führte vom Fenster zur Tür. Ist er barfuß und ohne Leiter wie eine Spinne zum Fenster hinaufgeklettert? Hat er den fetten Monsieur auf seine Kinderschultern gehievt, ist mit ihm durch den Raum geschwebt und hat ihn durch den Rahmen gepresst? Während der Arme zweifellos um Hilfe brüllte und die ganze Dienerschar zusammenlief?«

»Nein, anders: Matteo kommt nicht zum Fenster herein, sondern zur Tür, und zwar ... grässlich verkleidet. Stell dir vor – Robert Lac, der sich gerade über die Früchte seines schwarzen Tuns freut, hebt den Kopf und sieht eine Teufelsfratze vor sich. Haben wir nicht vor Matteo – und auch vor Noël, ja, ich vergesse ihn nicht – darüber gesprochen, wie sehr Lac sich vor dem Fegefeuer fürchtete? Das wäre doch ein Einfall, ihn genau mit dem zu erschrecken, was er am meisten fürchtet.«

»Damian, jetzt redest du ...«

»In Venedig wird in Masken gefeiert. Der Leibhaftige ist dabei ein beliebtes Motiv. So fern liegt der Gedanke nicht. Lac freut sich an seinen schwarzen Taten, und plötzlich sieht er den Teufel vor sich. Er flüchtet zum Fenster – mit nackten Füßen, weil er sich in seiner Schlafkammer befindet, und rückwärts, weil er den Blick nicht von der Maske wenden kann.«

»Und dann stürzt er sich selbst zum Fenster hinaus?«

»Vielleicht ist Matteo ein besserer Verfasser von Drohungen als von zarten Liebesschwüren. Lacs Phantasien über die Hölle müssen beeindruckend gewesen sein, wenn er so freigiebig aus seinem Beutel in den Schoß der Kirche schüttete. Wer weiß, wie oft der Böse ihn in seinen Träumen bereits geholt hat?«

»Und darauf verlässt sich Matteo, als er zu ihm geht?«

»Matteo kann – ebenso wie Noël – auch ein Messer führen.«

»Es ist schrecklich, wenn du so von ihm sprichst.«

»Er ist ein schrecklicher ...« Damian zögerte, Marcella sah, dass er mit sich rang. »Ich war dabei, Marcella, als er einen Mann umbrachte. Auf dem Basar von Tigris. Matteo hatte einen kleinen arabischen Dolch gekauft. Er kam zu mir heraus, und im Sonnenlicht merkte er, dass ... keine Ahnung. Der Dolch war nicht so wertvoll, wie er hätte sein sollen. Matteo ist zurückgestürmt und hat den Mann ... ich weiß nicht, was er genau getan hat. Ich hatte keine Lust, ihm zu folgen, weil ich dachte, er will nur mit ihm streiten. Aber als er wieder herauskam, waren seine Hände blutbesudelt und er selbst kreideweiß ... Und dann schrien sie auch schon Mord. Wir mussten machen, dass wir mit dem Leben davonkamen.«

»Er hat aus Jähzorn einen Menschen getötet?«

»Wenn junge Prahlhänse, Ungläubige dazu, in den Basar gehen, werden sie betrogen. Ich habe ihm das gesagt, ich habe ihn gewarnt. Aber deswegen tötet man nicht. Wir mussten aus Tigris verschwinden. Das war es aber nicht, was mich so wütend ... Du frierst ja doch. Natürlich, Marcella, ich höre deine Zähne klappern. Zurück ins Haus.«

»Was hat dich wütend gemacht?«

»Mit welcher Leichtigkeit der Junge über den Mord hinweggegangen ist. Allmächtiger! Als wäre er versehentlich auf eine Spinne getreten.«

»Betrunken«, erklärte Théophile.

Der Morgen hatte die ersten Gäste in die Gaststube gespült. Unter ihnen den Ritter und Matteo. Der Junge hatte eine Schramme am Kopf und kauerte selig grinsend auf einer Bank.

»Wollte ihn eigentlich ins Bett verfrachten. Ist mir aber aus den Händen geglitten, als ich die Treppen rauf bin. Tut mir Leid. Aber er zappelte wie der ...« Teufel, hatte der Ritter zweifellos sagen wollen. Doch inzwischen waren sie alle empfindlich, wenn es um die Erwähnung des Leibhaftigen ging.

Damian, der gerade mit Marcella aus den Schlafkammern gekommen war, runzelte die Stirn. »Wo habt Ihr ihn aufgelesen?«

»Bei der Wollkämmerei. Hatten ihn aus einer Schenke geworfen. Kleiner Idiot. Es ist das Lesen.«

Überrascht blickte Damian Théophile an.

Der Ritter stieß mit dem Fuß gegen Matteos Stiefel. »Ist ein guter Junge. Ficht wie ein Meister, das kann ich beurteilen. Wäre er mein Sohn, wär ich stolz auf ihn. Das Lesen verdirbt ihn. Er führt ein Buch bei sich … roter Mund, lauter gereimter Unfug. Hat in der Schenke einer Frau daraus vorgelesen, und ihr Mann hat ihn verprügelt.«

»Das hat er Euch erzählt?« Gereizt schüttelte Damian den Kopf. Er schwankte einen Moment. Dann sagte er: »Théophile, ich brauche Eure Hilfe noch länger. Bitte, begleitet mich nach Varilhes.«

8. Kapitel

Nein, Marcella, du würdest mich nur aufhalten. Ich reite nach Varilhes, frage Emile, wem er sein Gold gegeben hat, und bin in ... in vier Tagen zurück in Narbonne.«

»Ich würde dich aufhalten.«

Sie sprachen leise. Es war ihnen beiden verhasst, wie Waschweiber zu streiten, noch dazu in einer Schankstube, die so voll war, dass die Menschen einander auf den Füßen herumtraten. *Aber, liebe Elsa, ich kann nicht nachgeben. Er fiebert, das sehe ich, ohne ihn zu berühren. Ihm ist die Aufregung nicht bekommen. Das Reisen. Die Kälte in der Sänfte ... ist doch egal. Er soll zu einem Medicus gehen.*

»Ich will nicht, dass du mitkommst.«

»Und ich will nicht, dass du reitest. Du solltest dich einmal selber sehen.«

»Ich werde auf alle Fälle reiten, denn nach meiner Meinung ...« Damian sprach deutsch, unwahrscheinlich, dass jemand sie verstand, aber nun trat er noch einen Schritt näher an Marcella heran. »Nach meiner *Überzeugung*«, flüsterte er, »wurde Lagrasse ermordet. Und Robert Lac ebenfalls. Es geht nicht mehr um einen Betrug, über den man hinwegsehen könnte. Einer meiner Männer wurde umgebracht!«

»Dann reite. Und ich reite mit dir, denn ich will zur Stelle sein und dir meine Meinung sagen, wenn du vom Pferd fällst, weil dein verdammtes Fieber ... Du bist stur.«

»Und du wartest hier auf mich.«

Aufgebracht drehte Marcella sich um. »Camille ...«

Ihre Reisegefährtin, die auf einer der Bänke Platz genommen hatte und mit Appetit den Frühstücksbrei in sich hineinlöffelte, schaute auf.

»Seid Ihr bereit, mich noch ein Stück weiter zu begleiten?«

Camille legte den Löffel beiseite, rutschte von der Bank und drängte sich durch eine Gruppe Kaufleute, die ihr in den Weg geriet. »Wohin, Madame?« Ihr Mann hatte offenbar noch nicht mit ihr über Damians Pläne gesprochen.

»Nach Varilhes.«

»Wo ist das?«

»In der Nähe von ...«

»Dummes Zeug«, sagte Damian.

»Von Pamiers«, sagte Marcella.

Camille starrte sie an. »Es geht immer noch um Monsieur Lagrasse? Aber er ist doch in Span...« Bestürzt sah sie Damian nach, der ihnen den Rücken kehrte und zur Treppe ging. »Monsieur ist ärgerlich?«

»Was nun? Begleitet Ihr mich?«, fragte Marcella.

Sie brachen zwei Stunden später auf. Camille hatte sich mit ihrem Ritter an die Spitze des Zuges gesetzt, wo zweifellos eine bessere Stimmung herrschte als bei den Leuten, denen sie aus Goldnot zu Diensten sein mussten. Matteo saß trübsinnig auf seinem braunen Hengst und ritt hinterdrein. Er hatte einen Kater, starrte auf die Pferdemähne und sagte kein Wort. Noël stichelte eine Zeit lang über Saufköpfe, die nichts vertrugen, aber als Matteo nicht reagierte, verstummte er ebenfalls.

Sie ritten den ganzen Tag, ohne eine größere Pause einzulegen. Damian behielt seine schlechte Laune bei, und niemand hatte Lust, sich eine giftige Bemerkung einzufangen, indem er um eine Rast bat. *Ach Elsa,* dachte Marcella. Sie beobachtete den Mann, den sie heiraten wollte, aus den Augenwinkeln. Sie wusste, dass Théophile seine Wunde frisch verbunden hatte. Sieht nicht gut aus, hatte der Ritter gesagt. Er sollte nicht reiten. Nicht nach Narbonne und schon gar nicht bis nach Pamiers. Redet ihm das aus, Madame, wenn Euch sein Wohl am Herzen liegt. Das hätte sie ja auch gern getan, aber wie man sah, besaß sie dafür keine glückliche Hand. Sie schwankte zwischen Zorn, Sorgen und Selbstvorwürfen.

Erst kurz vor Sonnenuntergang ließ Damian in einem Dorf halten, hinter dem sich auf steilen Hängen ein Kloster erhob. Keine Türme, nur ein schlichter Dachreiter schmückte die kleine Kirche. Ein Zisterzienserkloster?

Marcella schluckte, als sie den abweisenden Gebäudekomplex betrachtete. Damian wusste von ihrer Abneigung gegen die Zisterzienser. Er wusste, dass sie auf ihrer Angst vor dem Ketzerjäger Fournier beruhte, und er war dabei gewesen, als sie damals in Himmerod nach dem Besuch im Kloster fast krank geworden war. War er so wütend, dass er sie absichtlich hier übernachten lassen wollte?

Sie fühlte, dass er sie ansah und vermied es, den Blick zu erwidern.

Als sie an die Pforte klopften, trug der Mönch, der ihnen öffnete, tatsächlich die schwarzweiße Tracht des Zisterzienserordens. Man hieß sie mit mäßiger Begeisterung willkommen. Das Kloster nahm nicht gern Frauen auf, erklärte der Mönch in einem mit lateinischen Brocken durchsetzten Französisch und musterte Marcella und Camille missmutig. Als Damian seine Geldbörse zückte und nach der Möglichkeit einer Spende für die Armen fragte, wurde er etwas freundlicher.

Er führte sie über verschiedene mit Trittsteinen ausgelegte Wege zu einem windschiefen, reichlich verkommenen Fachwerkgebäude, bei dem es sich um das Gästehaus handeln musste. Der Mann hatte keine Ähnlichkeit mit Abbé Jacques. Jacques Fournier war ein hagerer, scharfäugiger Mensch gewesen, der ständig zu beobachten und zu bewerten schien. Ein Falke. Dieser Mönch pulte an seinem Ohr, und auch wenn er Frauen nicht mochte, wirkte er eher wie ein vertrottelter Hund, der Fremde aus reiner Gewohnheit ankläffte. Hier würde man sie nicht nötigen, Ringe zu küssen.

Als Damian sich vor dem doppelstöckigen Haus von ihr verabschiedete, nahm er ihre Hand. »In den Klöstern zu übernachten ist am sichersten«, sagte er.

»Ein Kloster ist recht«, erwiderte sie.

Sie folgte dem Mönch und schritt durch den muffigen Flur in die Kammer, die man für weibliche Gäste frei gemacht hatte. Nachdem sie und Camille eingetreten waren, verschloss der Mönch hinter ihnen die Tür. Camille kicherte. Der Boden des kargen Raums war mit Stroh ausgelegt, das sicher schon vor langer Zeit hineingetragen worden war. Der Geruch von Urin und verdorbenem Essen hing in der Luft. Angeekelt blickte Marcella sich nach Ratten um, aber wenigstens davor schienen sie verschont zu bleiben. Sie breitete ihren Mantel auf dem Stroh aus und legte sich nieder.

»Wollt Ihr nichts essen?« Camille kramte in dem Korb, den sie in ihre Unterkunft getragen hatte.

Marcella schüttelte den Kopf und sah der jungen Frau zu, wie sie herzhaft in eine Pastete biss. Draußen wurde es rasch Nacht, und da es keine Lampen oder Kerzen gab, lagen sie bald im Dunkeln.

»Ich bin nicht gern in einem Kloster«, flüsterte Camille. »Es ist, als plusterten sich alle Sünden auf und klagten einen vor den Mönchen an. Jeder von ihnen kommt einem dann vor wie der Herrgott. Ich glaube nicht, dass ich heute Nacht gut schlafen kann.«

»Ich auch nicht«, sagte Marcella.

Am nächsten Tag ritten sie gleich nach dem Frühstück, das die Mönche ihnen karg zugemessen hatten, weiter.

»Du siehst schlecht aus«, sagte Marcella zu Damian. Es war die reine Wahrheit. Sein Gesicht war nicht mehr bleich, sondern hochrot, und die Wangen glänzten fiebrig. Er musste zwei Anläufe nehmen, bevor er in den Sattel kam.

»Spart Euch die Worte«, flüsterte Matteo, der seinerseits sichtlich erfrischt die Sattelgurte seines Pferdes überprüfte. »Ich hab ihm auch schon gesagt, er soll einen Tag Pause einlegen. Da pfiff mir vielleicht der Wind um die Ohren! Onkel Donato hatte mich, als ich noch in Venedig wohnte, mit Damian auf eine Reise nach Bidschaja geschickt. Sieben lange Wochen nur er und ich! Ich kann in seinem Gesicht lesen wie in einem Buch. Wenn er *so* ist – die Mundwinkel verkniffen und zwischen den Augen ein Äffchen mit hochgerissenen Armen, ja? –, dann einfach still sein. Warum will er eigentlich in dieses Dorf, dieses Varil... wie auch immer?«, fragte er arglos.

Oder scheinbar arglos? Er blinzelte in die Morgensonne, und niemand hätte es für möglich gehalten, dass dieses Kind einen Mann wegen eines Messers umbrachte.

»Ihr habt eine böse Schramme am Hals. Wie ist das passiert?«, fragte Marcella.

Er grinste. »Ich habe ein paar Verse für Euch geschrieben, und dieses Mal zu einer Melodie, die ich kenne. Es geht da um Leidenschaft, die sich nicht mehr mit Minne begnügen ... Wartet, ich helfe Euch in den Sattel. Kennt Ihr das ...« Er errötete leicht. »... das Rosenepos?«

»Genug, um zu wissen, dass es nichts für die Ohren einer anständigen ...«

»Ich habe es nicht abgeschrieben, aber ich hab ein paar ... tja, Beschreibungen daraus übernommen«, berichtete Matteo treuherzig. »Vorgestern wollte ich die Wirkung erproben. Und deshalb habe ich es in der Schenke vorgetragen, obwohl dieses Weib Barthaare am Kinn hatte. Und ich verstehe wirklich nicht, wieso ihr Kerl so wütend wurde, ich hab ihr doch nur geschmeichelt ... und so ...«

Er schwang sich federleicht aufs Pferd, und sie ritten los, während er erzählte, wie der Kerzenzieher mit den Fäusten auf ihn losgegangen war und wie schließlich sogar das Weib, für das er gesungen hatte, ihm die Nägel in den Hals gegraben hatte. »Aber kein Wort zu Damian. Nicht, dass ich mich schämen müsste, für das Lied, meine ich. Aber er ist da langweilig wie ein Mönch. Wollt Ihr's mal hören? Jetzt, wo er nicht dabei ist?«

»Ganz sicher nicht«, sagte Marcella.

Sie beobachtete den Jungen, wie er mit wehenden Haaren nach vorn zu Théophile und Camille ritt. Also gut, dachte sie, man kann sich vorstellen, dass er im Jähzorn einen Mann niedersticht, der ihn in seiner Herzensangelegenheit, nämlich bei den Waffen, betrügt. Aber mit Vorbedacht morden? Sie schüttelte den Kopf.

Am Nachmittag erreichten sie St.-Pons-de-Thomières, eine überraschend große Stadt, die sogar eine Kathedrale besaß. Sie war von Jakobspilgern überlaufen, und Théophile hatte seine liebe Not, einen Ort zum Übernachten zu finden. Er mietete schließlich eine Scheune, wo Damian sich im Heu verkroch und erst wieder blicken ließ, als Noël einige gebratene Kastanien und einen erstaunlich gut duftenden Gemüsebrei brachte, die er der Frau des Gutsbesitzers abgekauft hatte.

»Lass uns einen Tag Ruhe einlegen«, sagte Marcella, als sie unter dem Scheunentor saßen und hinüber zu der Kathedrale blickten, vor der eine Schar neu eingetroffener Pilger ihre Filzhüte, Reisesäcke und Pilgerstäbe ablegte.

»Warum?«, fragte er gallig.

Niemand hatte den Mut, ihm zu antworten. Am nächsten Morgen war er der Erste, der wieder auf den Beinen war.

»Bringt ihn von dieser Hetzerei ab. Er sieht ja aus wie

der Tod«, sagte Noël zu Marcella. Sie zuckte die Schultern. An diesem Tag kamen sie bis nach Carcassonne. Den letzten Teil des Weges hatten sie im Schneckentempo zurückgelegt, und so erreichten sie die Stadt erst, nachdem die Tore geschlossen worden waren, und mussten im Freien übernachten. Glücklicherweise regnete es nicht. Dafür jammerte Camille, bis Marcella die Augen zufielen. Am folgenden Morgen machten sie sich auf den Weg nach Mirepoix.

Carcassonne hatte in einer Ebene gelegen, jetzt wurde das Gelände wieder hügliger. Die Landschaft schlug ihnen entgegen wie eine feindliche Hand. Scharfkantige Felsklippen ersetzten die Bäume und Büsche, und das gelbe Gras, das die Erde wie ein Teppich bedeckte, erinnerte an verfilztes Haar.

Gelegentlich trafen sie auf ein Dorf mit fensterlosen Lehmhütten und zerlumpten Kindern oder auf einen einsam gelegenen Donjon. Einmal begegnete ihnen ein Trupp Bewaffneter, die in roten Waffenhemden die Landstraße hinunterfegten und eine dichte Staubwolke hinter sich ließen. Das war kurz vor Mittag, und sie mussten etwa vier Meilen hinter sich gelegt haben.

Damian schaute den Männern nach. Er leckte über die Lippen und blickte sich zögernd nach Théophile um. »Wie weit, schätzt Ihr, ist es bis nach Fanjeaux?«

»Liegt schon hinter uns. Besinnt Ihr Euch nicht? Die Burg, kurz vor dem Waldstück? Das Dorf ist einen Steinwurf weit entfernt. Wusste nicht, dass Ihr dort Halt machen wolltet.«

»Allgütige Madonna, Ihr seht so elend aus, Monsieur«, sorgte sich Camille.

Damian kaute auf der Lippe.

»Kehren wir um, es ist nicht allzu weit«, sagte Marcella.

»Bis nach Mirepoix ist's auch nicht weit«, meinte Théophile.

Marcella schüttelte den Kopf. »Vor uns liegen Berge.«

»Hügel, Madame, die Berge beginnen erst bei Foix.« Der Ritter lächelte sie an.

»Das Wetter ist endlich einmal gut«, meinte Matteo. Niemand ritt gern zurück. Es war, als hätte man hart gearbeitet und müsste feststellen, dass der ganze Schweiß umsonst geflossen war.

Damian, der normalerweise jede seiner Entscheidungen wenigstens mit ein, zwei Worten erläuterte, ließ schweigend sein Pferd antraben. Fort von dem Dorf, dessen Namen Marcella schon wieder vergessen hatte, weiter in Richtung Westen. Das war ein Fehler. Jemand, der zu erschöpft zum Sprechen war, sollte sich ein Bett suchen und … Ach was! Marcella begriff, dass jeder Widerspruch Damian in seinem Eigensinn nur bestärken würde. Er war ein Dickschädel. Das hatte er bewiesen, als er damals in Trier darauf bestand, seinen schrecklichen Bruder zu treffen, und eigentlich in jeder kniffligen Situation. Er hüllte nur so viel Samt um seinen Starrsinn, dass man dreimal hinschauen musste, um ihn zu entdecken.

Die Hügel waren steiler, als es von weitem ausgesehen hatte. Kleine Anhebungen entpuppten sich, wenn man sie erreichte, als Felsen, die zu Pferde nur mühsam und auf Umwegen zu bezwingen waren. Der Weg verlor sich in einen Trampelpfad, und manchmal endete er in versumpften Wildwiesen, und sie mussten mühsam erkunden, wo die Spuren von Karren und Pferden sich wieder fortsetzten. Ein Gutes allerdings hatte das Vorgebirge: Plötzlich stießen sie überall auf Gebirgswasser, das sich an Kieseln rein gewaschen hatte und so durchsichtig war, dass es zum Trinken einlud.

»Wo ist denn nun Euer Mirepoix«, fragte Marcella den Ritter.

Er zuckte ein wenig verlegen die Achseln.

Sie ritten weiter. Inzwischen war es Nachmittag, und schließlich schwappte die Dunkelheit über die westlichen

Anhöhen. Damian schien die Zeichen der beginnenden Nacht nicht wahrzunehmen. Marcella griff ihm in die Zügel, und er blickte mit einem Ruck auf.

»Lass uns anhalten und nachdenken«, sagte sie. »Es muss doch Höfe geben, auf denen man übernachten kann.« Ihr tat das Herz weh, als sie in sein graues Gesicht blickte, in dem Schatten die Augen einrahmten wie schwarzer Staub. Sie hatte das Gefühl, dass er durch sie hindurch blickte.

»Théophile ...« Entschlossen drehte sie sich um. »Sucht ein Dorf, ein Gehöft ... Sucht irgendetwas, wo wir zur Nacht unterkriechen können.«

»Was für ein Dorf?«

»Ist mir egal. Wir brauchen ein Dach über den Kopf.«

»Keine gute Gegend, um irgendwo anzuklopfen.«

»Warum?«

»Weil ... Ist einsam hier. Niemand merkt, wenn Reisende verschwinden. Unsere Pferde und Waffen sind einiges wert.«

Und warum habt Ihr uns dann hierher geführt?, wollte sie ihn anschreien, aber das war natürlich ungerecht. »Selbst wenn es eine Höhle ist – wir nehmen den nächsten Platz, an dem wir trocken übernachten können«, befahl sie.

Aber es war wie verhext – als hätte jemand eine Tarnkappe über jede Behausung gelegt und die Eingänge zu den Höhlen in der Erde versenkt. Sie ritten durch die Ödnis, und schließlich wurde klar, dass Damian sich nicht mehr lange auf dem Pferderücken halten konnte.

»Denkst du, dass es Räuberbanden gibt?«, fragte Camille ihren Ritter ängstlich.

Noël neckte sie ein bisschen, aber es kam nicht von Herzen. Der kleine Mann blickte sich selbst ständig um, Unbehagen stand in seinem scharfen Rattengesicht. Am Ende hielten sie bei einer Baumgruppe, deren Stämme einen Teil des Windes abhielten, und zündeten ein kleines Feuer an.

Camille holte Brot aus ihrem Korb, und die Männer besprachen, in welcher Reihenfolge sie wachen wollten.

Als sie sich schlafen legten, hatten sie das Schwert griffbereit an der Seite.

Marcella war todmüde und hatte erwartet, dass sie auf der Stelle einschlafen würde. Stattdessen zogen sorgenvolle Gedanken durch ihren Kopf. Sie wünschte, sie könnte Damians Wunde begutachten, aber das würde er nicht zulassen. Er hatte sich in einen unsinnigen Kampf verrannt. Sollte sie ihm gut zureden? Doch selbst wenn er ihr erlaubte, das Unglück über seiner Hüfte in Augenschein zu nehmen – wie wollte sie ihm helfen? Sie trug nur Safran bei sich, und der half nicht gegen Entzündungen. Ihr traten die Tränen in die Augen, und sie blinzelte sie fort.

Die Liebe schützt nicht vor dem Tod, Elsa. Menschen sterben ohne Unterschied, die Guten und die Schlechten, die Geliebten und die Ungeliebten.

Als sie an die Ungeliebten dachte, kam ihr Robert Lac in den Sinn. Wer mochte den fetten Mann ermordet haben? Oder hatte ihn doch der Teufel geholt?

Ihr Gedanken begannen sprunghaft zu wandern. Das Kästchen mit dem Safran, das sie an einem Gürtel unter dem Surcot trug, drückte. Wie sicher war er dort, wenn man sie überfiel? War es leichtsinnig gewesen, die Kostbarkeit auf die Reise mitzunehmen? Ach was, wer sie in dieser Gegend ausplündern wollte, würde sie auch totschlagen, und dann spielte der Safran keine Rolle mehr. Dieser an sich beunruhigende Gedanke schien ihr am wenigsten auszumachen, denn sie merkte, wie die Müdigkeit sie übermannte.

Wie lange sie schlief, hätte sie nicht sagen können. Sie wurde von einem Flüstern geweckt. Als sie den Kopf hob, sah sie eine Gestalt neben Damian knien.

Leise wickelte sie sich aus ihrer Decke und erhob sich.

»Was ist mit ihm, Matteo?«

»Ich weiß nicht. Mir kam es so vor ... Ach verflucht, man

macht sich eben Sorgen. Heute Nacht kann niemand schlafen. Ist ja auch kein Wunder bei dieser Lausekälte.« Der junge Mann schlug die Arme um den Leib und pustete die Wangen auf. »Macht Euch der Wald Angst, Herrin?« Er grinste. »Mir jedenfalls nicht. Ich wünschte beinahe, man würde uns überfallen. Hejo! Da würde sich zeigen, was ein paar Wald- und Wiesenlümmel gegen ein gut geführtes Schwert ausrichten können. Ich schätze, ich könnte gegen ein halbes Dutzend an. Théophile natürlich auch.« Er warf seiner Waffe einen liebevollen Blick zu.

»Ihr seid ein Träumer, Matteo.«

»Weil ich gern kämpfe oder weil ich Euch Lieder dichte?«

»Warum habt Ihr Damian wecken wollen?«

»Weil er so stöhnte. Er wälzt sich schon die ganze Zeit hin und … da, seht Ihr? Ich dachte, vielleicht will er was trinken. Also ehrlich, mir macht das Sorgen. Er ist nicht einer von denen, die wegen nichts jammern. Ich schwör Euch, wenn ihm was passiert – irgendwie krieg ich die Schuld dafür. Ich seh schon Onkel Donatos Gesicht.«

In einer Aufwallung von Panik fasste Marcella nach Damians Gesicht. Sie tastete zu seinem Hals herab und fühlte einen schwach pochenden Puls. Er reagierte allerdings nicht auf die Berührung. Er musste doch tiefer schlafen, als sie dachten. Oder war er am Ende bewusstlos? Zumindest atmete er gleichmäßig.

»Ich bleibe neben ihm sitzen und weck Euch, wenn was ist«, sagte Matteo.

»Ihr liebt das Kämpfen über alles, nicht wahr?«, fragte sie leise.

»O ja.« Er nahm das Schwert auf und strich liebevoll über die Klinge.

»Was ist so großartig daran, einander Wunden zuzufügen? Ich verstehe das nicht.«

Sie dachte, der junge Mann würde nicht antworten, denn er schwieg lange. Doch plötzlich begann er zu singen. Er hatte keine gute Stimme, und ihm fehlte das Gefühl für Rhythmus. Dennoch ging ihr das Lied, das er wie einen Sprechgesang vortrug, unter die Haut.

»Mein Herz ist glückerfüllt, wenn ich sehe,
Wie stolze Burgen belagert werden, Palisaden fallen und überwunden werden,
Wenn Vasallen erschlagen auf dem Boden liegen, wenn die Pferde der Toten ziellos kreisen.
Und wenn dann der Kampf beginnt, darf jeder edle Mann
Nur an das eine denken, an splitternde Arme und Schädel.
Es ist besser zu sterben, als besiegt zu leben.
Ich sage euch, es gibt keine größere Lust, als von beiden Seiten den Ruf »Voran! Voran!« zu hören und das Wiehern der reiterlosen Hengste.
Und das Stöhnen »Zu Hilfe! Zu Hilfe!«

Matteo brach ab und räusperte sich. Als sie nichts sagte, seufzte er: »Ihr mögt das Lied nicht.«

»Ein Lied, das das Glück des Mordens besingt?«

»Das versteht keiner. Ich meine ... außer den Kämpfern, die in die Schlachten ziehen. Onkel Donato würde mir eins hinter die Ohren geben.« Matteo lachte freudlos. »Es wurde von einem Ritter gedichtet, der als fahrender Sänger durch das Land zog. Bertrand de Born. Er wird es nicht ganz so gemeint haben, wie es klingt, aber in einem hat er Recht: Einem Gegner offen gegenüberzutreten ... ihm ins Auge sehen ... und dann mit ihm erbarmungslos, aber ritterlich zu streiten ... Wenn Ihr dagegen das andere seht: das Feilschen um den Preis von einer Hand voll Pfeffer, das Händereiben, die falsche Freundlichkeit – kommt Euch da kein Schauder auf die Haut?«

»Habt Ihr schon einmal getötet?«

»Ja«, sagte Matteo schlicht.

»Wen?«

»Schon ... manchmal. Es geschah immer ehrenhaft.«

O nein, mein Lieber, dachte Marcella und beobachtete von der Seite sein Gesicht mit dem spärlich sprießenden Bart. Einen Basarhändler niederzuschlagen war keineswegs ehrenhaft. Du lügst dich an. Du machst es dir zu leicht. Leute wie du sind gefährlich.

Wider Erwarten sank Marcella doch noch in einen kurzen Schlummer. Der Morgen kam dann viel zu bald. Er weckte sie mit Vogelgezwitscher, und sogar die Sonne lugte durch die Wolken. Die anderen waren bereits wach. Matteo hatte sein Schwert gezogen und focht am Ufer des Bachs, von Camille wild beklatscht, ein Scheinduell gegen einen nicht vorhandenen Gegner, den er mit wilden Worten schmähte. Théophile schaute ihnen mürrisch zu. Von Noël war nichts zu sehen.

»Wie geht es dir?«, fragte Marcella und beugte sich über Damian, der ebenfalls die Augen aufgeschlagen hatte.

»Oh ... du meine Güte ...« Er rieb sich die Augen.

»Und jetzt noch ein vernünftiger Satz, damit ich weiß, dass ich mich nicht sorgen muss.«

Er setzte sich auf und fuhr mit den Händen durch die verschwitzten Haare. »Ein vernünftiges Wort? Also: Wir reiten nach Mirepoix, und dort werden wir eine Weile bleiben.«

»Das *ist* vernünftig, in der Tat. Und nun schau mich an, Damian. Ich will in deine Augen sehen und wissen, dass es dir vielleicht schlecht geht, aber doch nicht allzu sehr.« Es kam selten vor, dass sie ihren Verlobten aus eigenem Antrieb berührte. Nun strich sie ihm die klebrigen Strähnen aus dem Gesicht. »Ich glaube, wenn wir in Mirepoix sind, werde ich dich in ein Zimmer schließen und ...« Sie merkte, wie ihre Stimme plötzlich zu zittern begann.

Matteo brüllte auf. Er hatte seinen eingebildeten Gegner bis zu einem Baum getrieben und begann flink, die Zweige von den Ästen zu schlagen. Damian verkniff sich widerwillig ein Grinsen. Er schüttelte den Kopf. »Es gibt keinen

Grund, sich zu sorgen, Marcella. Ich bin ein wenig erschöpft von dieser ...«

»Das Schlimme ist, dass ich dich zu sehr liebe. In den Sagen der Griechen sind die Götter neidisch. Natürlich kann der wahre Gott nicht neidisch sein, denn Neid ist ja eine Sünde. Und Gott ist sündenlos. Aber ...«

»Was redest du denn?«

»Gott neidet uns unser Glück«, sagte sie. »Ich weiß das. Er findet, wir hätten es nicht verdient.«

9. Kapitel

Frankreich musste ein frommes Land sein, denn selbst der Flecken Mirepoix besaß eine Ehrfurcht gebietende Kirche. Sie stand der Herberge, in der Théophile Zimmer für sie gemietet hatte, gegenüber. Der Schlag ihrer Glocken ließ die Kammer dröhnen, in der Damian in einem Bett sein Lager gefunden hatte. Marcella hatte die gelben Vorhänge zurückgeschlagen und trotz Noëls Protest die Fensterläden geöffnet.

»Welche Zeit?«, murmelte Damian.

»Zwischen Sexta und Nona«, sagte Marcella. Sie war nicht sicher, ob er die Antwort verstand. Der letzte Abschnitt der Reise hatte ihm böse zugesetzt. Er redete einen Kauderwelsch aus Französisch, Deutsch und Italienisch, und sie bezweifelte, dass vieles davon Sinn ergab. »Ihr besorgt einen Medicus, Noël«, befahl sie. »Und wenn es so etwas hier nicht gibt, dann einen Bader. Aber achtet darauf, dass er einen ordentlichen Eindruck macht.«

»Und wenn Ihr den nicht findet, dann sucht einen Priester, der uns eilig traut«, sagte Noël.

Marcella starrte ihn an. Es dauerte einen Moment, bis sie begriff, was er mit seinen Worten meinte. »Schert Euch hinaus«, sagte sie fassungslos.

»Und ich bin bald zurück«, schnauzte der kleine Mann zurück und knallte die Tür.

Niedergeschlagen sank Marcella auf den Schemel, der neben dem Bett stand. Camille und Théophile waren auf den Markt gegangen, um Essen zu besorgen, möglichst Warmes, hatte Marcella ihnen aufgetragen. Brühe, irgendetwas, das mühelos zu schlucken und dabei kräftigend war. Matteo hatte die Pferde versorgen sollen und war seitdem nicht wieder aufgetaucht. Wahrscheinlich trieb er sich wieder herum.

»Einen Medicus?«, murmelte Damian.

»Ja doch«, sagte sie.

Das Essen kam zuerst. Camille hatte sich Aalsuppe in einen Topf füllen lassen, für den sie drei Pfennige ausgegeben hatte, und sie hätte das Geld gern zurückerstattet bekommen. Marcella nickte und suchte in ihrem Geldbeutel.

»Es riecht gut. Es ist auch frisch. Von heute Morgen«, erklärte Camille dem Kranken mit schmeichelnder Stimme und hielt ihm einen Löffel mit einem Stück Aal vor die Nase. Damian schnitt eine Grimasse und drehte angeekelt den Kopf fort. »Aber Madame, er muss essen. Sagt ihm das«, flehte Camille.

»Sag ihr, dass er Ruhe braucht«, knurrte Damian, und wenn das auch unhöflich war, so bedeutete es doch, dass er wieder begriff, wo er war und was geschah. Er versank in eine schweigsame Ruhelosigkeit und antwortete auf kaum eine Frage. Nicht einmal berührt werden wollte er. Als Marcella ihm einen kalten Lappen auf die Stirn legte, schob er ihre Hand beiseite.

Durch das Fenster drang ein Choral, in der Kirche musste ein Gottesdienst begonnen haben. Der strenge Gesang der Mönche wurde durch ein Poltern auf der Treppe unterbrochen. Erleichtert hob Marcella den Kopf. Der Mann, den Noël mit sich brachte, sah vertrauenswürdig aus, nicht zu jung, aber auch nicht so alt, dass man sich vor zitternden Händen und halbblinden Augen hätte fürchten müssen.

Es schien sich um einen Studierten, einen echten Medicus zu handeln, denn er trug die lange, dunkle Tracht der Gelehrten. Ein Junge von vielleicht acht Jahren schleppte seine Tasche hinter ihm her. Ohne viele Worte schlug der Arzt die Decken zurück. Marcella hatte Damians Seite mit einer Schicht von Tüchern bedeckt, die von der Flüssigkeit, die die Wunde aussonderte, verklebt waren. Der Arzt riss sie herab. Er rümpfte die Nase, ob wegen des üblen Geruchs oder weil sein studierter Blick etwas Besorgnis erregendes feststellte, ließ sich nicht sagen.

»*Barbagianni*«, presste Damian durch die Lippen.

»Ihr hättet keinen Medicus, sondern einen Chirurgen holen sollen. Wunden brauchen einen Handwerker und keinen Arzt«, knurrte der Medicus und ließ die Tücher fallen.

»Könnt Ihr ihm dennoch helfen?«, fragte Marcella.

»Niemand kann das. Der Mann wird sterben.« Der Medicus winkte dem Jungen und wollte gehen.

Aufgebracht stellte Marcella sich zwischen ihn und die Tür. »Und für den Fall, dass man doch etwas tun könnte – wie wäre dann die Behandlung?«

»Junge Dame ...« Die Herablassung des Arztes tropfte so fett zu Boden, dass man es platschen hörte. »Die Schule von Salerno empfiehlt das Nässen der Wunde und damit Breiumschläge und die Behandlung mit fetten Substanzen. Die Schule von Bologna, die gottlos genug ist, Frauenleichen aufzuschneiden, schwört auf Wein. Und Wilhelm von Saliteco ...« Er sprach akzentuiert einige lateinische Wendungen. Ihm musste klar sein, dass sie kein Wort verstand. »Ist Euch damit geholfen?«

»Was sagen die Ärzte der Sarazenen?«

Der Mann hatte schon gehen wollen. Bei dieser Frage hielt er inne. Sein Gesicht umwölkte sich. »Die Künste dieser Teufel sind nicht das Ergebnis gelehrten Studiums in Verbindung mit frommer Gottgefälligkeit, sondern Zauberei. Wenn sie heilen, geschieht es durch die Macht des Leibhaftigen und gewiss nicht zum Segen des Kranken. Und ebenso schlimm wie um den Kranken steht es um die Narren, die sie zur Hilfe rufen.«

»Gibt es denn ...«

»Nicht in diesem Ort, und nicht solange ich es verhindern kann.«

»Aber einen Chirurg. Oder einen Bader.« Marcella merkte, wie ihr die Tränen in die Augen stiegen.

Der Medicus würdigte sie keiner Antwort mehr. Mit flatterndem Talar stolzierte er in die Flur, den kleinen Jungen wie ein verlorenes Schiffchen in der Heckwelle.

Damian lachte. Der Laut war mindestens ebenso erschreckend wie die Nachrichten des Medicus. Marcella fuhr zu ihm herum.

»Komm.« Der Kranke streckte die Hand nach ihr aus.

»Es gibt keinen Grund zur Fröhlichkeit.«

»Nicht nach dieser Diagnose.«

»Dann hör auf zu lachen.«

»Komm«, wiederholte er. Er schob die Decke vorsichtig über die Wunde und zog sie zu sich heran. »Einmal nachdenken. In Trier hat diese Wunde auch nicht besser ausgesehen.«

»Wahrhaftig nicht.« Marcella dachte mit Schaudern daran, wie sie im Turm des zwielichtigen Ribaldo vor einem sehr viel weniger bequemen Bett gestanden hatte und wie sie verzweifelt gegrübelt hatte, wie Damian zu helfen sei.

»Was hat der Medicus damals unternommen?«

Der Medicus! Richtig, er wusste ja nicht, dass sie damals den Henker von Konz geholt hatten, weil jeder ehrbare Mitwisser sie an den Galgen hätte bringen können. Er war die ganze Zeit über bewusstlos gewesen. Zum Glück, dachte sie. Denn bereits die Berührung durch einen Henker bedeutete, dass man seine Ehre verlor. Wobei sie nicht das Gefühl hatte, das Damian sich darum geschert hätte.

»Marcella ...«

»Gegorenes Johanniskraut zum Auswaschen und dann ein mit heißem Wein getränktes Tuch auf die Wunde.«

»An das heiße Tuch kann ich mich erinnern.«

»Du kannst dich an gar nichts erinnern.«

»An das heiße Tuch doch«, sagte Damian. »Besorg, was wir brauchen.« Sein Einfall schien ihn strapaziert zu haben, er drehte den Kopf zur Seite und schloss die Augen.

Noël winkte heftig, und Marcella folgte dem kleinen Mann vor die Tür. Das Gesicht über dem würdevollen Leinenkragen war in wütender Bewegung. »Gegorenes Unkraut!«

»Es hat ihm geholfen. Johanniskraut. Es hat ihm geholfen, und Ihr werdet es besorgen.«

»Nachdem ich einen Heilkundigen gefragt habe, wie dieses Giftzeug wirkt.«

Kein Mensch auf Erden hätte die Einfältigkeit besessen, Johanniskraut als Giftzeug zu bezeichnen. Seine Heilkraft war legendär. Jedes Kloster, jede umsichtige Hausfrau baute es an. »Was habe ich getan, dass Ihr so redet?«, fauchte Marcella – leise, denn sie hatte die Tür nur angelehnt.

»Ich weiß Bescheid!«

»Worüber?«

»Über solche wie Euch.«

»Über solche ...«

»Ihr habt ihn eingefangen, weil Ihr hübsch seid. Aber jeder weiß, was hinter weißer Haut und roten Lippen steckt.«

»Das ist ...« lächerlich!

»Außen Putz, im Herzen Schmutz!«

»Besorg mir gegorenes Johanniskraut und dann zum Teufel mit dir, du...« Sot, idiot, imbécile, sacré gaillard ... Lieber Himmel, ihr fielen Schimpfnamen ein, als hätte sie aus ihnen früher ihre Unterhaltung bestritten. Übelste Gossensprache. Hatte Jeanne sich auf diese Art ausgedrückt? »Nun geh schon«, schnaubte sie.

»Gut«, sagte Damian und quälte sich, bis er aufrecht im Bett saß. Er blickte auf die Schüssel, in der der beste Wein der Herberge dampfte, dann auf die Schale, in die Noël das gegorene Johanniskraut gegossen hatte. Die Flüssigkeit des deutschen Henkers hatte in der dunklen Kammer geleuchtet. Hier leuchtete nichts. Weil Noël die falsche Medizin gebracht hatte? Oder weil der Henker etwas anderes als Johanniskraut für seine Kur verwendet hatte? Unter Umständen doch etwas Widerwärtiges wie die Hirnhaut von Gehängten oder Splitter vom Armsünderhölzchen oder was sie sonst teuer als Medizin verschacherten? Marcella tunkte den Finger in die Schale und leckte an der Flüssigkeit. Dem Geschmack nach handelte es sich tatsächlich um einen Sud aus Johanniskraut.

Noël zog ihr eine Grimasse. »Der Apotheker hat es gemixt.«

»Sei so gut, nimm Camille und schau dir mit ihr die Stadt an«, sagte Damian.

»Nein.«

»Hinaus – wenn du willst, dass hier etwas geschieht.« Die Schmerzen machten Damian nicht eben geduldiger. Marcella sah, wie er mit den Fingerspitzen auf die Bettdecke klopfte, und hatte eine Ahnung, dass er den kochenden Wein auf den Boden schütten würde, wenn sie den Raum nicht verließ.

»Bleibt Ihr hier, Théophile, und helft?«, fragte Marcella.

»Ist sowieso eine Sache für zwei Leute.« Der Ritter rollte die Ärmel seiner Kotte hoch und nickte Noël zu.

»Wohin gehen wir, Madame?«, fragte Camille und schien die grausame Prozedur, die oben in der Kammer vonstatten gehen sollte, im selben Moment vergessen zu haben, in der sie auf den sonnigen Marktplatz traten.

»Hinaus aus der Stadt.«

Mirepoix war größer, als es den Anschein gehabt hatte. Sie verließen den Markt und schritten durch die Gassen, oder vielmehr, sie balancierten von Trittstein zu Trittstein, denn das kleine Städtchen hatte sich eine Pflasterung nicht leisten können, und Frankreich war in den letzten Wochen im Regen ertrunken. Als die Mauer mit dem bewachten Stadttor in Sicht kam, sahen sie, dass die Bebauung sich auch hinter dem Tor fortsetzte.

»Wohin?«, brüllte der Wächter aus einem Fenster herab.

»Wonach sieht es denn aus?«, rief Marcella verärgert zurück. Es war heller Nachmittag. Und sie wollten die Stadt nicht betreten, sondern verlassen, es gab also keinen Grund, sich anzustellen.

»Hier geht im Moment keiner rein oder raus, und das sag ich, weil ich's gut mit Euch ...« Der Wächter brach ab. Ein erbärmlicher Schrei drang durch die Gasse.

Die Stadtmauer, die anfälligste Stelle im Fall eines Angriffs, war, wie fast überall, mit Hütten aus Lehm und Stroh bebaut, in denen die Hungerleider in enger Nachbarschaft mit den öffentlichen Abfallgruben ihr Leben fristeten. Aus einer dieser Hütten war der Schrei gekommen. Als Marcella sich umdrehte, sah sie ein Dutzend uniformierte Reiter, die mit einem alten Mann stritten. Der Greis stand in einem Hauseingang, die dünne Brettertür war aus den Angeln getreten worden.

»Erbarmen«, hörte Marcella ihn jammern, das Losungswort der Getretenen, das so gut wie niemals half.

Camille riss die Augen auf. Sie fuhren beide zusammen, als eine Stimme in ihrem Rücken fluchte: »Hirten? Gesindel seid ihr! Nicht Hunde, sondern Wölfe. Zerfleischt die Lämmlein, die ihr hüten sollt. Und begnügt euch nicht einmal mit den Lebenden, sondern zerrt ...«

»Klappe, Géraud! Sei still«, rief der pausbäckige Wächter herab. Er kletterte über die schmale Treppe in die Gasse, um besser sehen zu können. Der Mann, den er zur Ruhe gemahnt hatte, ein älterer Herr in einem sauberen, wenn auch geflickten Surcot, schüttelte den Kopf.

Aus dem Haus wurde etwas herausgetragen.

»Seht Ihr das, Madame? Ein Leichensack! Himmel, vielleicht ist eine Seuche ausgebrochen. Was sollten denn sonst die Reiter?« Camille musste einen ausgeprägten Sinn für das Morbide besitzen, sie fröstelte vor unterdrücktem Schauder und konnte dennoch den Blick nicht abwenden.

Der Greis riss sich von dem Uniformierten, der ihn am Arm hielt, los und warf sich auf den Sack, und so gering sein Gewicht auch sein mochte – es reichte aus, ihn mitsamt dem Leichnam seinen Trägern aus den Händen zu reißen, so dass er damit zu Boden stürzte. Heulend warf er sich auf das unförmige Bündel, durch dessen Stoff sich die Glieder des Toten abzeichneten.

»Jawohl, eine Seuche, Ihr habt das rechte Wort gefunden«, schnaubte der Mann, der mit ihnen gemeinsam das traurige Schauspiel beobachtete. »Sie kam mit dem grausamen Simon de Montfort ins Land, verwüstete Bezier, Limoux und Minerve, und dann Mirepoix. Die Seuche der Grausamkeit! So nenn ich das.«

»Sei kein Narr, Géraud! Geh heim, bis … bis alles vorbei ist.« Der Wächter warf Marcella und Camille einen misstrauischen Blick zu und drängte den Mann im Surcot gegen die Mauer. Er wisperte: »Du weißt, wer sie geschickt hat.«

»Der Böse selbst! Aber ich lasse mir von niemandem … Verflucht, drück mir nicht die Brust ein.«

»Géraud …«

»Dein Vater würde dir eins mit dem Riemen überziehen, wenn er wüsste, wie feige du das Maul hältst. Hätte die alte Perette nicht ein wenig Würde verdient, wenn schon nicht im Leben, dann doch wenigstens im Sterben?«

Die Uniformierten trugen rostrote, ärmellose Tuniken über ihren grünen Unterkleidern. Auf ihren Rücken blitzten weiße Kreuze. Wie Schnee, auf einem See aus Blut, dachte Marcella. Sie fragte sich, wer es sein mochte, der hier eine Tote, das Weib eines Habenichts, aus ihrer Hütte schleppen ließ. Aber das ging sie nichts an. »Kommt, Camille.«

»Aber Madame ...«

»Wir gehen.«

Mit einem letzten bedauernden Blick folgte die junge Frau ihr durchs Tor. Wenigstens ließ man sie jetzt passieren, der Wächter war völlig mit dem Mann in dem Surcot beschäftigt, der nicht müde wurde, das Gassenschauspiel mit ätzenden Worten zu kommentieren.

»Was hat er gemeint? Ist es doch keine Seuche?«, fragte Camille.

»Ich weiß es nicht.«

Sie stapften über die Straße, die von zahllosen Radspuren und Hufeindrücken zerfurcht war. Camille begann über ihre verschmutzten Schuhe zu jammern, und Marcella merkte, wie ihre Nerven bebten. So viel Stroh im Kopf! Damian lag vielleicht gerade jetzt im Sterben, in der Stadt bahnte sich Unheil an, und dieses Weib ...

Der Mann an der Mauer hatte wie ein Ketzer geredet, ging ihr plötzlich auf. Nun schauderte sie selbst. Simon de Montfort? Den Namen kannte sie. Er klang bedrohlich, eine Welle des Unbehagens rann ihr über den Rücken. Vage tauchte das Bild eines ärmlichen Zimmers in ihr auf. Männer, die miteinander flüsterten. Simon de Montfort ... Simon, der Schlächter ...

»Nun lasst doch Eure Schuhe!«, fauchte sie ihre Begleiterin an. Camille warf ihr einen beleidigten Blick zu.

Die Straße mündete auf einen Platz, von dem aus sich der Weg teilte. Geradeaus ging es in die Felder, links in mehrere Gassen mit ebenso einfachen Hütten wie an der Stadtmauer. Vielleicht die Behausungen der Pfahlbauern, die sich im Schutz der Mauern ansiedelten, um in die Stadt flüchten zu können, wenn Krieg drohte.

»Oh, seht nur Madame, Fische, Forellen!« Camille lief zu einem Häuschen, vor dessen Tür ein wackliger Schragentisch mit silbriggoldenen, rot gepunkteten Bachforellen aufgestellt war. »Kräftigend, Madame, gerade für einen Genesenden«, behauptete sie und schaute Marcella dabei so flehend an wie ein Kind, das einen Kreisel erspäht. Marcella nahm eine Münze aus dem Beutel, gab sie ihr und ging weiter.

»Wie leichtsinnig, das hier ohne Aufsicht liegen zu lassen. Wartet doch, Madame. Hallo? Niemand da?« Camille schlüpfte hinter den Tisch und schaute durch die offen stehende Tür in das Häuschen. »Sacristi! Wo seid ihr denn alle? Da wird man ja verführt, zum Dieb zu werden.«

Nicht nur das Haus – die ganze Gasse war eigenartig leer für diese Tageszeit. Nur ein dicker Mann mit schwarz behaarten Waden saß vor seiner Tür auf einem Schemel aus zusammengebundenen Hölzern.

»Dort!« Er wies mit dem Kopf die Gasse hinunter, ohne eine Frage abzuwarten.

»Dort?« Camille war an Marcellas Seite zurückgekehrt. »Wenn sie Fische verkaufen wollen, warum bleiben sie nicht an ihrem Tisch? Nehmen wir den besten. Das Geld können wir bei der Rückkehr abgeben. Madame?«

Bis zum Ende der Häuserreihe, zu dem der Dicke gewiesen hatte, war es nicht weit. Dahinter lag eine Wiese, die von einem dichten Kranz dunkelgrüner Nadelbäume umgeben war. Marcella blieb stehen. Die Sonne stand ungünstig und blendete sie. Aber sie erkannte, dass ein paar Dutzend Menschen vor den Bäumen warteten. Mit einem mulmigen Gefühl im Magen drehte sie sich um. Die Häuser lagen noch immer still im Nachmittagslicht. Trotzdem. Irgendetwas stimmte hier nicht.

Am besten gingen sie zur Herberge zurück. Vielleicht hatte Damian die peinvolle Prozedur schon hinter sich. Er würde natürlich nicht wollen, dass sie ihn sah. Schmerzen machte er am liebsten mit sich allein aus. Aber sie konnte zumindest von Théophile erfahren, wie er alles überstanden hatte.

»Die warten auf was«, sagte Camille.

Marcella erkannte nun, dass die Menschen einen Halbkreis bildeten und auf ein eingezäuntes Stück Land starrten, das zwischen ihnen und den Häusern lag. Eine Frau hatte sich von ihnen abgesondert. Sie saß vor einem von Wind und Wetter zerfressenen Gatter, durch das man das Grundstück betreten konnte.

»Mir gefällt das nicht, Madame«, sagte Camille. »Es ist ... schaurig.«

Aller Augen waren auf die Frau gerichtet, doch sie schien davon völlig unberührt zu sein. Sie saß aufrecht auf einem Steinsbrocken, und obwohl sie sich nicht bewegte, ging eine seltsame Kraft von ihr aus.

»Verschwinden wir, bevor wir Aufmerksamkeit erregen.« Camille hob den Rocksaum an und wollte kehrtmachen.

Die Frau am Gatter war alt und dennoch schön, was so ungewöhnlich war, dass Marcella nicht anders konnte, als sie ebenfalls anzustarren. Sie trug das Haar offen wie ein unverheiratetes Mädchen, und da ihre Haut dunkel war, wirkten die weichen Wellen wie ein Schleier aus flüssigem Silber auf brauner Walderde.

»Nun lasst uns doch gehen«, drängte Camille.

Marcella schritt über die Wiese auf die Frau zu. Unsicher, ob sie sie ansprechen solle, lugte sie über das Gatter. Was sie zunächst für eine Weide gehalten hatte, entpuppte sich als eine von Gras und wilden Blumen übersäte Wiese, die eigenartigerweise von rechteckigen, in Reihen angeordneten Löchern durchzogen war. Einen Moment lang hatte Marcella das unangenehme Gefühl, vor Beerdigungsgruben zu stehen – als hätten die Menschen hinter dem Zaun sich alle zu ihrem eigenen Begräbnis eingefunden. Was natürlich Unsinn war, nicht zuletzt deshalb, weil die Gruben sämtlich voller Unkraut standen. Sie mussten vor Jahren, wenn nicht vor Jahrzehnten ausgehoben worden sein.

»Es ist keine gute Stunde, um sich mit den Toten zu beraten.«

»Bitte?« Marcella blickte die schöne Greisin an.

»Sie lebten selbst in schlimmen Zeiten, aber heute sind sie froh, dass sie bereits gestorben sind. Ich glaube kaum, dass sie die Geduld aufbringen werden, mit dir zu reden. Die meisten sind bereits am Vormittag geflüchtet. Komm später wieder.« Sie trug ein Buch in den Händen, das einem Psalter ähnelte, nur dass keinerlei christliche Symbole den Deckel schmückten. Der Einband war aus schlichtem Leder.

Camille, die plötzlich wieder neben Marcella stand, zupfte an ihrem Ärmel. »Da habt Ihr's«, wisperte sie und neigte vorwurfsvoll den Kopf in Richtung der Häuser.

Marcella war so in Gedanken versunken gewesen, dass sie gar nicht bemerkt hatte, was in ihrem Rücken geschah. Als sie nun herumfuhr, sah sie, wie Reiter aus dem Gässchen zwischen den Häusern quollen. Es handelte sich um die Männer in den roten Tuniken mit den weißen Kreuzen. Sie bildeten einen Kreis, in deren Mitte zwei Knechte den Leichensack mit der Toten schleppten. Sie wirkten nicht besonders bedrohlich, aber als aus der Menge der Wartenden Flüche erschollen, verhärteten sich ihre Gesichter.

»Aus so was hält man sich heraus«, raunte Camille, und diesmal musste Marcella ihr Recht geben.

Die Greisin erhob sich. »Erfreut, dich zu sehen, Bor von Tignac«, rief sie laut. »Wo steckt dein Herr und Heiland? Hat Jacques, der Bäcker, sich selbst nicht getraut? Sag ihm, dass vier zottige Höllenhunde seinen seligen Onkel peinigen. Und dir selbst, Bor, lässt dein Bruder ausrichten, dass er auf dich pissen würde, wenn ihm solch wackre Tat noch möglich wäre.«

Der Führer der Berittenen – ein ergrauter Mann, dem Willensstärke und Tatkraft anzusehen waren – hob die Hand, und der Zug der Reiter geriet ins Stocken. Es wurde still auf der Wiese, als wolle niemand ein Wort von dem sich anbahnenden Streit verpassen. »Lass den Unfug, Mädchen«, sagte er weich.

Die Anrede hätte erstaunen müssen, aber sie tat es nicht. Denn die Schönheit der alten Frau beruhte nicht auf dem Ausdruck von Güte oder milder Weisheit, die sich oft in alten Gesichtern manifestiert und im Betrachter Gefühle von Zuneigung weckt – es war die Lieblichkeit der Jugend, die diese Frau auf rätselhafte Weise über die Jahre hinweggerettet hatte. Ihre Runzeln und Altersflecken sahen aus, als genüge ein wenig Wasser, um das frische Mädchenantlitz wieder zum Vorschein zu bringen.

»Schäm dich, Bor. Es schickt sich nicht für einen von uns, mit Mördern gemeinsame Sache zu machen. Dein Bruder findet ...«

»Sag meinem Bruder, ich grüße herzlich, und nun soll er verschwinden und aufpassen, dass er dabei nicht in die Grube fällt, die der alten Perette zugewiesen ist, denn ich glaube nicht, dass es ihm gefallen würde, mit der Alten das Lager zu teilen.«

Einer seiner Männer lachte, verstummte aber gleich wieder.

»Und ich glaube nicht, dass es *irgendjemandem* gefallen würde, mit Perette das Lager zu teilen«, gab die Greisin zurück, »denn die hier wohnen, sind in der Blüte ihrer Jahre erschlagen worden.«

»Niemand wohnt hier mehr. Eve, die Leichen sind seit Ewigkeiten fort. Glaubst du nicht, es ist an der Zeit ...«

»Totenschänder!«, rief jemand aus der Menge. Mehrere Stimmen nahmen das Wort auf, und bald hallte es über die Wiese wie ein Schlachtruf. »Totenschänder ... Totenschänder ...«

Bor hob die Hand. »Hört auf, Leute. Was hat es ...«

Er wurde sofort niedergebrüllt. »To...ten...schän...der... To...ten...«

Der Ritter nickte den Knechten zu, und sie hoben den Leinensack an. Angst und Unbehagen standen in ihren Gesichtern. Marcella sah sie näher kommen, und plötzlich ging ihr auf, dass sie genau zwischen den Reitern und dem Gatter stand. Sie wich zurück und prallte gegen Camille, die hinter ihr wartete.

Die beiden Leichenträger versuchten, flankiert von den Reitern, zu dem umzäunten Grundstück zu gelangen. Eve hob die beiden Arme, und auf einmal setzte sich die skandierende Menge in Bewegung. Aus dem rhythmischen Schlachtruf wurde ein wildes Gebrüll.

Bor begann zu fluchten, er drängte sein Pferd voran. Marcella sah es auf sich zukommen und sprang erschreckt zur Seite. Sie hob schützend den Arm, als das Tier auf die Hinterhufe stieg, und im selben Moment hörte sie, wie wütend ihr Name gerufen wurde.

Matteo!

Sie hatte keine Ahnung, woher der junge Venezianer kam, aber auf einmal sah sie ihn auf seinem Pferd genau neben Bor, der immer noch versuchte, sein Tier zu beruhigen. Matteo stand in den Steigbügeln, er riss das Schwert hinaus und schwang die Waffe.

Alles geschah viel zu schnell, als dass man einen vernünftigen Gedanken hätte fassen können.

Bors Pferd bäumte sich erneut auf.

Darf jeder edle Mann an eins nur denken ... an splitternde Schädel und Arme ...

Das weiße Kreuz flatterte im Wind, als auch der Ritter in einer seltsamen Bewegung, als hätte sich die Zeit verlangsamt, sein Schwert zog.

Das steigende Pferd verdunkelte den Himmel, und im selben Moment traf Marcella ein heftiger Schlag.

»Besonders *was*?«, fragte Damian.

»Besonders auffällig.«

»Jede schöne Frau fällt auf. Das ist ihr Segen und oft genug ihr Fluch. Seid gerecht. Sie ging spazieren«, sagte Damian.

»Es geht zuvorderst auch nicht um die Frau, sondern um den Lumpen, der über meine Männer hergefallen ist«, erklärte die Stimme. »Aber ich sage offen, es missfällt mir, dass er meinte, diese Frau mit dem Schwert verteidigen zu müssen. Dort fand kein Tanz statt.«

Damian antwortete. Er sprach ruhig, mit diesem Lächeln in der Stimme, das Matteo nicht gemocht hätte, weil es einem Ziel diente – in diesem Fall dem Ziel zu besänftigen. Marcella seufzte. Sie wollte zurück in die Daunen des Schlafes kriechen, aber ihr Kopfschmerz ließ es nicht zu. Vorsichtig zog sie die Decke über die Ohren.

Irgendwann musste sie doch wieder eingeschlafen sein, denn sie wurde von den morgendlichen Geräuschen geweckt, mit dem die Händler und Bauern den Markt in Besitz nahmen. Ihr Zimmer ging, genau wie das Damians, zur Straße hinaus. Sie hörte ein Poltern, etwas wurde mit Hauruck und Gebrüll an- oder herabgehoben. Schweine quiekten, jemand fand es passend zu singen. *... amours, qui resbaudist mon courage ...*

»Schließt die Läden, Camille«, sagte Damian.

»O nein, lasst nur.« Marcella versuchte sich aufzusetzen – und zuckte zusammen, weil Hals und Schulter sich anfühlten, als schlängele sich ein nagelbesetztes Eisenband hindurch. Aber sie vergaß den eigenen Schmerz, als sie Damian erspähte, der in einem Lehnstuhl saß und sie beobachtete. Einen Moment stockte ihr Atem.

»Es geschieht dir recht, Monsieur. Du hättest in Montpellier bleiben und einen der wirklich gelehrten Ärzte aufsuchen sollen«, sagte sie. Damians Gesicht glänzte, als hätte man es mit Schweinsfett eingerieben. Es war hochrot angelaufen, während die Lippen die Farbe von Meeresschlamm hatten. Man musste nicht in Salerno studiert haben, um zu wissen, welch schlechtes Signal diese Mischung war. »Hat die Prozedur geholfen?«

Er nickte.

»Zumindest hoffen wir es, Madame, wir hoffen ...« Camille fing sich einen bösen Blick ein und wischte verlegen mit dem Ärmel ihres farbenfrohen Kleides übers Gesicht.

»Nicht der Medicus, aber der Stallmeister der Herberge hat sich gestern Abend deine Wunden angeschaut, Marcella. Er ist ein guter Mann, der etwas von Verletzungen versteht. Du bist zweimal von Hufen getroffen worden, zum Glück aber nur an der Schulter und am Arm. Ob etwas gebrochen ist, konnte er nicht sicher sagen, aber du musst vorsichtig sein. Kein Fuß aus dem Bett, bevor die Schwellung abgeklungen ist.«

»Was ist mit Matteo?«

Damians Gesicht verfinsterte sich. Dafür war Camille umso auskunftsfreudiger. »Der Unglückselige! Denkt nur, sie haben ihn in den Kerker gesteckt.«

»Was um alles in der Welt, autsch ...« Marcella griff sich an die Schulter. »Was hatte er denn dort beim Feld zu suchen?«

»Er sagt, es war reiner Zufall. Er war ausgeritten, kam aus dem Wald, sah die vielen Menschen und dachte, wir seien in Gefahr ...«

»O nein«, grollte Damian. »Er *dachte* nicht. Er sah eine Gelegenheit zum Raufen und hat sie ergriffen. Leg dich wieder hin, Marcella. Das Gewühle bekommt dir nicht.«

Sie schüttelte den Kopf und schaffte es mit einiger Mühe, sich aufrecht hinzusetzen. »Was wollten die Menschen dort draußen? Ich hab das nicht verstanden.«

»Es war wegen der Toten, Madame, und das Ganze ist schon so lange her, dass kein vernünftiger Mensch begreifen kann, wozu die Aufregung. Hier lebten Katharer, und man hat sie erschlagen, was sicher richtig war, da sie leugnen, dass Gott unsere schöne Erde erschaffen hat. Ihre Verwandten haben sie auf dem Feld begraben, aber dann hat sie jemand – von der Inquisition, denke ich mir, falls es die damals schon gab ...«

»Camille!«

Die junge Frau tat, als höre sie nicht. Der Klatsch, den sie aufgeschnappt hatte, war zu gruselig, um ihn für sich zu behalten. »Die Inquisition hat sie wieder ausgegraben, um ihre Gebeine zu verbrennen. Aber auch das ist schon Jahre her. Und nun hat der Bischof entschieden ...«

»Raus, Camille!«

»Geht und schaut, ob Ihr etwas zu essen auftreibt«, sagte Marcella beschwichtigend.

Camille zog einen Flunsch, traute sich aber nicht zu protestieren. Marcella wartete, bis sie die Tür geschlossen hatte.

»*Was* hat der Bischof entschieden?«

»Dass aus dem Feld wieder ein ganz normaler Friedhof werden soll.«

»Was für eine dumme Idee. Wo doch Bors Bruder und jede Menge anderer toter Leute dort leben. Wo sollen die Armen denn hin?«

Damians Lächeln wirkte gequält. »Ich werde ihm deinen Einwand ausrichten, sobald ich ihn sehe.«

»Sobald du ihn ... was soll das heißen?«

»Der großartige Matteo. Wenn ich ihm auch jede einzelne Stunde mit der Kette am Fuß gönne – am Ende muss ich ihn frei bekommen. Oder Caterina wird mir das Herz aus der Brust reißen. Ich habe um eine Audienz gebeten.«

»Aber ... nein, Damian! Dein Platz ist im Bett, wo du auch gerade jetzt liegen solltest. Ein paar Tage Wasser und Brot werden dem Jungen nicht schaden.«

»In ein paar Tagen könnte der Bischof schon eine Entscheidung getroffen haben. Es ist viel schwieriger, ein Urteil rückgängig zu machen, als ihm vorzubeugen. Nein, ich muss heute noch hin.«

Etwas, eine schwache, unerquickliche Erinnerung drängte sich in Marcellas Bewusstsein, als sie das Wort *Bischof* hörte. Irritiert schüttelte sie den Kopf. Offenbar war die ganze hässliche Aktion von diesem Bischof ausgegangen, aber Eve hatte nicht über einen Bischof geschimpft, sondern über ... einen Bäcker. Auf Jacques, den Bäcker, dessen Onkel von vier Höllenhunden gepeinigt wurde.

»Mach dir keine Sorgen, Marcella, ich fühl mich kräftiger, als es aussieht.«

Bäcker – Fournier. Fournier – der Bäcker. Die Frau hatte keinen Bäcker gemeint, als sie sich aufgeregt hatte, sondern Jacques Fournier.

»Er ist hier.« Marcella ignorierte den Schmerz in ihrer Schulter, schob die Decken fort und stand auf. Ihr wurde schwindlig, aber sie konnte nicht anders. »Jacques Fournier ist hier. Die Inquisition.«

Damian sah aus, als wolle er fluchen. »Fournier arbeitet nicht für die Inquisition.«

»Du ... du weißt, dass er in der Stadt ist?«

Er schüttelte den Kopf. »Erst seit gestern Abend. Irgendwann ist sein Name gefallen.«

»Nun ja, es ... es ist ja auch nicht wichtig.«

Aber das stimmte nicht. Natürlich war es wichtig, denn Matteo saß in seinem Kerker. Und es wäre auch sonst wichtig gewesen. Jeannes Mörder wohnte in denselben Mauern und atmete dieselbe Luft wie sie. Man konnte nicht tun, als sei das ohne Bedeutung. Marcella merkte, dass sie zitterte. »*Wieso* ist er hier?«

»Ich weiß nicht.«

»Wieso Mirepoix? Ich dachte, er ist Bischof von Pamiers.«

»Ich weiß es wirklich nicht.«

»Natürlich ist er Inquisitor. Er hat Leute verbrennen lassen. Ich habe die Scheiterhaufen gesehen. In Montaillou.«

»Allmächtiger ...« Damian ächzte, als er sich erhob. »Setz dich wenigstens hin.« Er stützte sich gegen das runde Holz, das den Betthimmel trug, und deutete auf seinen Stuhl. »Jacques Fournier gehörte *niemals* zur Inquisition. Er galt seinerzeit als einer ihrer schärfsten Kritiker. Die Inquisition besteht hier in der Gegend aus Dominikanermönchen. Sie hausen in Carcassonne, und es hat ihretwegen einen Skandal gegeben, weil sie bestechlich waren und ... unnötig grausam. Es kam zu Aufständen. Also hat der französische König die Macht der Bischöfe gestärkt, damit sie ihnen auf die Finger sehen. Jacques Fournier hat einiges Gutes durchgesetzt.«

»Du weißt eine Menge.«

Er zuckte die Achseln.

»Warum war Fournier dann in Montaillou?«

»Dass er kein Mitglied der Inquisitionsbehörde war, heißt nicht, dass er die Ketzerei in seinem Bistum ignorierte.«

»Er hat also doch als Inquisitor gearbeitet.«

»Setzt du dich hin?«

»Nein.«

Einen Moment herrschte unbehagliches Schweigen.

»Komm, Marcella. Ich gehe zu ihm. Ich erkläre ihm, dass Matteo ein Hohlkopf ist. Dass er die Damen seiner Begleitung in Gefahr sah und ohne nachzudenken ...«

»Das kommt nicht in Frage. Ich werde selbst gehen. Durch mich ist das Unglück entstanden. Außerdem bin ich dabei gewesen. Also ist es viel glaubhafter, wenn ich selbst aussage.«

Er schüttelte den Kopf. »Camille wird mich begleiten.«

»Camille sagt immer das Falsche.«

»Es ist mir egal, was Camille sagt.« Damian holte Luft. »Marcella – du wirst Jacques Fournier nicht unter die Augen treten. Mach mich nicht wütend.«

10. Kapitel

Diesmal meinte Damian es ernst. Er weigerte sich, Marcella zu sagen, wann genau ihn der Bischof zu sich befohlen hatte. Kurz nachdem er gegangen war, platzte Noël in das Zimmer.

»Monsieur Tristand«, bellte er, »glaubt, dass Ihr den Wunsch habt, etwas über den Handel im Languedoc zu erfahren. Hier bin ich. Stellt Fragen.«

»Verschwindet.«

Noël zog sich den Lehnstuhl heran, dieses Luxusmöbel, das überhaupt nicht zur eher schlichten Ausstattung des Zimmers passte, und ließ sich darauf nieder. Offenbar wartete er, dass sie etwas sagte, protestierte. *Ach Elsa*, dachte sie, *es ist das Recht eines Ehemanns, über seine Frau zu wachen, und es ist ihre schönste Pflicht, ihm in allem zu gehorchen. Was aber, wenn der Ehemann, durch Schmerz und Krankheit verwirrt, eine höchst törichte Entscheidung trifft, und diese auch noch mit wiederum krankhaftem Starrsinn durchzusetzen sucht?*

Sie legte sich in ihre Kissen zurück und starrte zu der Decke, deren Holzbalken von Staubflusen besetzt waren, die sich in den Gespinsten der Spinnweben und Schnaken verfangen hatten.

»Ihr habt Recht«, sagte sie, ohne Noël anzusehen. »Wenn

er zur Bischofsburg reitet oder wo auch immer Fournier residiert, und wenn ihn die Anstrengung umbringt, dann werde wiederum ich schuld sein, denn ich war es, die zum Tor hinausgegangen ist.«

»Vielleicht nicht mit der Absicht, Unheil zu stiften. Aber das ist es ja. Frauen brauchen gar keine Absicht. Es liegt in ihrer Natur, Schaden anzurichten, so wie Hunde kacken und Wespen stechen.«

»Es tut so gut, mit Euch zu sprechen, Noël. Nie muss man rätseln, ob Ihr es aufrichtig meint. Er geht gerade jetzt?«

Noël lehnte sich im Stuhl zurück und wandte seinen Blick dem Treiben auf dem Marktplatz zu.

Es war bereits Nachmittag, als Marcella Damians Stimme hörte. Sie drang vom Marktplatz herauf, und Matteo antwortete ihm. Es ging um die Pferde. Die Stimme des jungen Mannes klang so unverdrossen fröhlich, dass Marcella ihn am liebsten erwürgt hätte.

»Und nun – ab mit Euch, Noël!«

Der kleine Mann gehorchte mit beleidigender Eile. Marcella kroch aus den Federn – Himmeldonnerwetter, tat das weh! –, zog das Unterhemd aus, wusch sich von Kopf bis Fuß und stieg umständlich in reine Kleider. Sie zwang einen Elfenbeinkamm durch ihre völlig verwuselten Haare und rieb den Hals mit Rosenöl ein. Beim Geruch der Duftessenz stieg ihr ein Kloß in den Hals. Das Leben war einfacher gewesen, bevor sie Damian Tristand kennen gelernt hatte, wahrhaftig.

Um zu seinem Zimmer zu gelangen, musste sie eine Stiege hinab. Sie hörte ihn schon von weitem fluchen, aber auf Italienisch, so dass sie nichts verstand. Matteo blickte erleichtert auf, als sie ins Zimmer trat.

»Verflixtes Pech alles. Tut mir Leid. Wirklich. Besonders das mit Eurer Schulter«, meinte er verlegen.

»O ja«, fauchte Damian. »Verflixtes Pech, dass du mit den Nichtsnutzen des Ortes säufst. Verflixtes Pech, dass ihr besoffen durch die Stadt galoppiert. Und dreimal verflixtes Pech, dass dir, wenn du einen Mann mit einem Schwert siehst ...«

»Sie sah bedroht aus.« Matteo versuchte Marcella zuzublinzeln.

»Ich ertrag dich nicht. Zieh Leine, Bengel. Aber keinen Schritt mehr aus dem Haus!«

Damian wartete, bis der junge Mann durch die Tür geschlüpft war. Dann ließ er sich mit einer Grimasse auf das breite Bett mit dem monströsen Himmel fallen. Jemand, vermutlich Camille, hatte die verschmutzten Laken und Tücher gewechselt. Er streckte sich aus und hob einladend den Arm.

»Komm zu mir, Marcella. Ich fall nicht über dich her. Setz dich, halte meine Hand, und lass uns einen Moment mit dem Schicksal hadern, das uns von unseren gelben Blumen fern hält.« Er lächelte erfreut, als sie tatsächlich die Bettbank erstieg und sich neben ihn auf die Strohmatratze setzte. »Dies wird doch noch ein guter Tag. Gibst du mir die Hand?«

»Ja, und dann will ich nichts mehr hören – von Matteo, von Bischöfen, von Bäckern und Aalsuppe. Sag mir, dass du so gut wie gesund bist, und mach mich dabei glauben, dass du die Wahrheit sprichst.«

»Es geht mir besser. Noch einen Monat, und wir sind in Venedig.« Damian lächelte, aber es dauerte nur kurze Zeit, bis er neben ihr eingeschlafen war.

In einer Aufwallung von Zärtlichkeit beugte Marcella sich über ihn. Seine Haare waren zu lange nicht geschnitten worden. Eine Locke kringelte sich hinab auf eine Wunde am Kinn, wo er sich beim Rasieren verletzt hatte. Sie schob sie mit dem Finger beiseite. Vorsichtig berührte sie mit dem Finger seine Lippen, die erstaunlich weich waren.

Manchmal tat es beinahe weh – so gern hätte sie ihn umarmt und sich an ihn geschmiegt. Und warum zur Hölle machte sie es nicht? Einen Moment war ihr, als hörte sie einen Krug zerschellen, ganz fern in den hintersten Ecken ihrer Erinnerung.

»Was ist?«
»Hörst du das nicht?«
Doch, natürlich hörte sie es. Das ganze Haus schien plötzlich vor Lärm zu beben, und davon war Damian geweckt worden. In Gedanken schimpfte Marcella auf die Störenfriede, die ihn aus dem Schlaf rissen, kaum dass er ein paar Stunden geruht hatte. Der Herbergsbesitzer, ein Franzose mit wahrhaft südlichem Temperament, nahm Gäste in Empfang und schnatterte ununterbrochen, bis er von einer Frage aufgehalten wurde. Jemand stieg die Treppe hinauf. Es war Noël. Er riss die Tür auf, warf einen Blick ins Zimmer, sah Marcella auf der Bettkante sitzen und verzog das Gesicht wie eine Äbtissin, die ihre Novizinnen beim Kichern erwischt.

Damian grinste schwach. »Und? Wer kommt?«
»Der Bischof, Monsieur Tristand. Bischof Fournier persönlich. Er wünscht ...« Mit sichtlichem Widerwillen deutete Noël auf Marcella. »... die Madame zu sprechen.«
»Das geht nicht. Sie ist krank. Warte. Ich gehe selbst ...« Er verstummte.

Dieses Mal waren die Tritte auf der Treppe schwer. Einer der Ritter mit dem weißen Kreuz auf der Tunika schob Noël beiseite, um Platz für seinen Herrn zu schaffen. Es war Bor, der Gardist, den die Frau auf dem Feld mit so heftigen Vorwürfen überhäuft hatte. Marcella stand auf und wappnete sich für den Mann, der Bor folgte.

Was für eine Vorstellung hatte sie von Jacques Fournier gehabt? Sie sah einen Mann in gut geschnittenen, wenn auch nicht übermäßig prächtigen Kleidern, mit einer Tonsur, deren Kranz aus bereits ergrauten Haaren bestand und einen merkwürdigen Gegensatz zu dem jugendlich wirkenden Gesicht bildete. Er war ihr völlig fremd, selbst seine Stimme, als er sagte: »Ich hatte den Eindruck, Monsieur Tristand, dass es weise sein könnte, wenn ich noch einmal selbst ein Wort mit der Frau wechsle, die so unglücklich verletzt wurde. Meine Tochter?«

Er war groß gewachsen, und so schaute er auf sie herab, etwas, was Marcella verabscheute, auch wenn sie ihm kaum einen Vorwurf aus seiner Körperlänge machen konnte. Als er sich leicht vorbeugte, schlich sich eine Erinnerung ein. Es war eine Nebensächlichkeit, kaum der Beachtung wert. Anders als die meisten Menschen wandte der Bischof seinen Blick nämlich nicht nach kurzer Zeit ab. Im Gegenteil, er starrte sie an, und es war ... als würde man unanständig berührt, dachte Marcella. Aufgebracht starrte sie zurück.

»Du bist es also wirklich.«

»Ich bin was?«

»Das Mädchen aus Montaillou. Allerdings nicht mehr ganz so eckig und ... ein wenig sauberer.«

»Sie ist das Ebenbild ihrer Schwester, verzeiht Monseigneur. Aber es ist ... einfach verblüffend«, murmelte Bor.

»Du bist also nach Frankreich zurückgekehrt?«

Damian erhob sich mit schmerzverzerrtem Gesicht vom Bett und stellte sich neben Marcella. »Nicht ganz freiwillig, Monseigneur. Wir sind auf dem Weg nach Venedig, um dort unsere Hochzeit zu feiern. Leider zwang mich mein Geschäft, einen Abstecher nach Frankreich zu machen, und Marcella ... Ich bedaure mit jedem Tag mehr, dass ich sie mitgenommen habe.« Der letzte Satz klang so grimmig, dass man ihn unbedingt glauben musste.

Der Bischof nickte. »Dein Vater hatte gewünscht, dass du nie wieder hier in diese Gegend kommst.«

»Das wusste ich nicht«, erwiderte Marcella wortkarg.

»Aber du erinnerst dich an ihn.«

»Nein.«

»An Montaillou?«

Sie schüttelte den Kopf und merkte, dass er ihr nicht glaubte.

»Verzeihung.« Damian sprang für sie in die Bresche. »Das sind alte Geschichten. Und meine Braut ... fühlt sich noch nicht gut. Vielleicht könntet Ihr später ...«

»Ich bin nicht gekommen, um sie zu beunruhigen, mein Sohn. Bor, der das Begräbnis auf dem alten Katharerfriedhof durchsetzen musste, erzählte mir völlig aufgelöst, dass die schöne Jeanne wiedergekehrt sei. Ich war einfach ein wenig neugierig.«

»Die Katharer sind ausgerottet, wenn ich es richtig verstanden habe. Warum ...«

»Diese widerwärtigen Auftritte wie gestern auf dem Friedhof?«

»Ich meinte eigentlich: Warum immer noch Fragen?«

»Nein, du meinst den widerwärtigen Auftritt.« Der Bischof lächelte, und einen Moment lang verlor er seine würdevolle Strenge und wirkte lebhaft wie ein Mann, der sich einer wichtigen Sache verschrieben hat. »Es ist leicht, *Menschen* ... auszurotten, wie du es zu nennen beliebst. *Ideen* haften weit hartnäckiger. Die gute Eve beispielsweise glaubt, mit einer Gabe versehen zu sein. Sie ist das, was man hier eine Seelenbotin nennt. Jemand, der die Toten besucht und ihnen Botschaften der Lebenden überbringt – und umgekehrt. Wenn du Eve Gehör schenktest, würdest du erfahren, dass der kürzlich verstorbenen prunksüchtigen Madame Teisseire an den Stellen, an denen sie früher seidene Manschetten trug, unlöschbare Feuer brennen. Madame leidet Qualen und bittet ihren Gatten dringend um Seelenmessen. Dagegen habe ich nichts, denn es ist ein frommes Unterfangen. Schlimmer ist, dass die Witwe Vuissane ihrer Tochter ausrichten ließ, sie solle ihren Mann verlassen, weil er ihre Lieblingskatze in einem Misthaufen erstickte. Vital

Roussel hat sie wegen ihrer Leichtgläubigkeit verprügelt, aber das hat die Sache nicht wieder einrenken können.«

»O weh«, sagte Damian und verkniff sich ein Grinsen.

»O weh, allerdings. Gegen Aberglauben zu kämpfen – das ist, als würde man einen Becher Wasser in einen brennenden Wald schütten. Aber damit nicht genug. Eve hat begonnen, mit den Seelen verstorbener Katharer zu plaudern. Es hat hier während der Katharerkriege ein Gemetzel gegeben. Die Sache war vergessen, bis Eve den Enkeln und Urenkeln die Klagen ihrer Vorfahren in die Ohren blies. Und plötzlich wird wieder von Seelen geredet, die in den Körpern von Schafen und Zeisigen weiterleben. Du begreifst, dass ich handeln musste!«

»Und was geschieht mit Eve?«, fragte Marcella und bereute im selben Moment, sich bemerkbar gemacht zu haben. Sie schaute zum Fenster, fand, dass sie sich dadurch noch verdächtiger verhielt – verdächtig eigentlich welchen Verbrechens? – und lenkte den Blick auf das bartlose Gesicht des Bischofs zurück.

»Du hast an deiner Schwester gehangen.«

»Das weiß ich nicht. Ich sagte ja schon: Ich kann mich an die Zeit in Montaillou nicht erinnern.«

»Du *hast* an ihr gehangen.«

»Jeanne war ... freundlich zu mir. Ich weiß, dass sie mir das Sticken beibrachte.«

Der Bischof nickte.

»Sie war ein guter Mensch. Sie hat sich um die Leute im Dorf ...«

Damian schüttelte kaum merklich den Kopf, und Marcella verstummte.

»Sie hat sich um die Leute im Dorf gekümmert. Ja, das hat sie. Und zweifellos hat sie dich mitgenommen, weil sie fand, du solltest ihr bei den barmherzigen Taten beistehen?«

»Ich weiß nicht.«

»Natürlich weißt du nichts. Dein Vater, das Dorf – jeder

war bestrebt, dich von dem Geschehen fern zu halten. Und? Bist du neugierig? Willst du etwas über deine Schwester erfahren?«

»Ja«, sagte Marcella. Sie sah, wie Damian die Augen schloss. »Ja«, wiederholte sie.

»In Montaillou lebten einfache Leute. Bauern, Schafhirten ... weder besonders fleißig noch besonders klug, aber auf ihre Art kamen sie zurecht. Bis die Perfecti, die Vollkommenen, diese Männer, die sich als Propheten, Heilsbringer und Günstlinge Gottes ausgeben, in ihr Dorf einbrachen. Die Leute haben ihnen mit aufgesperrten Mündern gelauscht. Der Zehnte sei ein Unrecht. Die Beichte wirkungslos. Die Welt eine Schöpfung des Teufels. Und die Seele wandere von einem fleischlichen Geschöpf ins nächste, bis sie durch die gottlose Zeremonie, die die Perfecti *Endura* nannten, von ihrem irdischen Leib befreit werde.«

Damian wollte etwas einwerfen, aber der Bischof ließ es nicht zu.

»Auf einmal mussten die Bauern von Montaillou sich mit schwierigen Fragen beschäftigen. Darfst du deinen Esel im Kornfeld des Nachbarn weiden lassen? Sicher darfst du. Beide besitzen ja eine Seele. Und wenn der menschliche Körper des Teufels ist, muss dann nicht auch das Sakrament der Ehe verdammt werden, die ja eingesetzt wurde, damit Gottes Geschöpfe sich vermehren? All das wälzten die armen Bauern von Montaillou in ihren schweren Köpfen. Begreifst du, was in dem Dorf vor sich ging?«

Er wartete, vielleicht auf Zustimmung oder eine Frage, aber Marcella schwieg. Fournier hatte über Jeanne sprechen wollen, sicher hatte er das nicht aus den Augen verloren. Und richtig:

»Jeanne war keine von den Bauern. Sie war nicht nur wohlhabender als jeder im Dorf – sie war auch klüger. Sie gehörte nicht zu den staunenden Lauschern, sondern zu den Predigern.«

Der Mann, der die Garde des Bischofs führte, musste niesen. Er erstickte das Geräusch hastig mit der Hand.

»Jeanne glaubte, das Richtige zu tun«, sagte Marcella.

»Dann hätte ich sie bedauert und sie belehren und vielleicht überzeugen können, den Pfad der Verwirrung zu verlassen. Ich fürchte, es war anders. Denn Jeanne Bonifaz gehörte zu den unangenehmen Menschen, die das eine predigen und das andere tun. Sie beschwor die Bäuerinnen, enthaltsam zu leben. Aber sie selbst hatte...« Er machte eine effektvolle Pause. »... nicht nur einen, sondern sogar zwei Liebhaber im Dorf.«

»Das ist nicht wahr.«

»Dieses Wissen, meine Tochter, bekam ich nicht durch die Folter. Die Leute im Dorf haben es bezeugt. *Viele* Leute.«

»Das ist nicht wahr. Jeanne ist *gestorben* für das, was sie glaubte. Heuchelei schafft keine Märtyrer.«

»Du würdest staunen, meine Tochter«, sagte der Bischof mit sanfter Ironie. »Als man ihr auf die Spur kam, verkroch sich Jeanne in einer Ecke wie ein Fuchs, der von den Hunden bedrängt wird. Aber sie war nicht reumütig. Sie leugnete frech, irgendwelche Liebschaften gepflegt zu haben, selbst als schon alles offenbar war. Ihre Buhlen waren offenbar empfindsamer. Der eine stürzte sich in den Tod, der andere verließ das Dorf, und es heißt, dass er irre geworden sei.«

»Nun wissen wir, was geschehen ist«, sagte Damian. Er legte den Arm um Marcellas Schultern.

»Jeanne dürstete sich zu Tode, und ihre Leiche wurde auf dem Rübenacker verbrannt«, sagte Marcella.

»An den Acker erinnerst du dich also?«

»Sie dürstete sich zu Tode, weil sie nicht aufhören wollte, zu glauben, was sie glaubte. Vielleicht war sie keine Märtyrerin, aber sie war auch keine Heuchlerin.«

»Und du irrst schon wieder. Jeanne starb bei einem Fluchtversuch. Sie stürzte aus dem Zimmer des Fensters, in das sie eingesperrt worden war, und fiel dabei ... sehr unglücklich in eine eiserne Pflugschar. Sie hatte keineswegs vor zu sterben.«

»Das ist nicht wahr.«

»Dein Vater hätte es dir bezeugen können, doch leider ertrug er die Wahrheit so wenig wie du. Nachdem er dich fortgeschickt hatte, erhängte er sich an einem Pflaumenbaum. Was ebenfalls eine schwere ...«

»Und all das ist viele Jahre her.« Damian drückte Marcellas Schulter so fest, dass es wehtat. »Ihr seht, ehrwürdiger Vater, meine Braut ist völlig durcheinander. Ihre Erinnerungen an das, was sie erlebte, sind schwach und wie es scheint falsch. Ich bedaure, dass das unglückselige Erlebnis am Friedhof sie wieder hat aufleben lassen, und vielleicht war es klug, dass Klarheit geschafft wurde, aber nun sollte es vorüber sein. Wir blicken nach Venedig.«

Der Bischof kratzte sich mit dem Daumennagel unter dem Ohr. Auch diese Bewegung war Marcella seltsam vertraut, und wieder durchrieselte sie ein Schauer der Abneigung.

»Ich glaube, du wirst glücklich werden in Venedig, mein Sohn. Das Kind Marcella war anders als die Schwester. Sie war ... völlig ehrlich. Das letzte Mal, als ich sie gesehen habe, hat sie mich gegen das Knie getreten.« Der Bischof lachte, als er das Zimmer verließ.

11. Kapitel

Damian litt, und zwar unter dem Schneckentempo, mit dem sein Körper gesundete. Er hasste es, bei Tageslicht im Bett zu liegen und war doch nach kurzer Zeit auf den Beinen schon erschöpft. Drei Tage, nachdem sie seine Wunde ausgewaschen hatten, bekam er erneut Fieber, und ein paar Stunden lang war Marcella fast hysterisch vor Angst. An diesem Abend vergaß sie sogar, dass Jacques Fournier mit ihr innerhalb derselben Stadtmauern wohnte.

Das Fieber verging und ließ einen weiteren Schwächeschub zurück.

Marcella schickte erneut nach dem Medicus, in der Hoffnung, dass er durch einen Aderlass oder ein anderes probates Mittel die Heilung vorantreiben könne. Der Mann ließ sich eine Weile bitten, doch als er schließlich kam, warf Damian ihn kurzerhand wieder hinaus. Er stellte den Besuch mit fünf Solidi in Rechnung, und Marcella wunderte sich, warum diese Zahl ohne Unterlass durch ihren Kopf geisterte, obwohl sie Damian nicht spürbar ärmer machte und es ihr im Grunde völlig gleich war, um welche Summe man ihn schröpfte.

»Varilhes ist nur einen Tagesritt von hier entfernt«, sagte er, als er ein paar Tage später in dem Lehnstuhl am Fenster saß und vor Nervosität den Saum seines Ärmels ausfranste.

»Und wenn es zwei Schritt vor dem Tor läge: Du hütest das Bett.«

»Sie werden dieser Frau, Eve, einen Prozess machen.«

»Ich weiß«, sagte Marcella. »Aber das geht uns nichts an. Ich bin nicht verrückt. Ich mische mich in nichts ein.«

Andererseits konnte sie sich aber auch nicht völlig abschotten. Mit Camille zusammenzuleben bedeutete, über alles informiert zu werden. Die junge Frau hatte herausgefunden, dass Bor, der Mann des Bischofs, mit Eve verwandt war. *Entweder, sie hatten eine Liebschaft oder sie sind Cousin und Cousine, Madame. Oder beides. Bei diesen Ketzern weiß man ja nie.* Jedenfalls munkelte man, dass Bor vor dem Bischof auf den Knien gelegen habe, um für seine Was-auchimmer ein mildes Urteil zu erflehen. Aber der Bischof ließ sich nicht erweichen.

»Er ist unbestechlich, das ist die Eigenschaft, für die man ihn rühmt«, sagte Damian.

»Er ist herzlos«, antwortete Marcella.

Von da an sprachen sie nicht mehr über den Bischof. Aber Marcella spürte, wie Damian sie mit seinen Blicken verfolgte und in ihrem Gesicht zu lesen versuchte. Er war erleichtert, dass sie nicht auszugehen wünschte, und sie tat ihm diesen Gefallen, weil sie Angst hatte, dass jede Aufregung seinen Gesundheitszustand verschlimmern würde.

So zog fast eine Woche ins Land. Die nimmermüde Camille trug ihnen neue Nachrichten ins Zimmer.

»Der Bischof hat Eve verhört, und sie hat gesagt, dass die schwangere Frau von Arnaud Gélis, die sich angeblich unten im Hers ertränkte, weil Arnaud der Nachbarin schöne Augen machte, in Wahrheit auf den Köteln einer Ziege ausgeglitten ist«, berichtete sie. »Für Arnauds krankes Gewissen war das eine Erleichterung. Er hat auf der Schwelle seiner Hütte gesessen und geheult, als hätte er einen Topf Zwiebeln geschält, sagt das Mädchen aus der Küche.«

»Und das müssen wir wissen?«, fragte Damian.

»Gar nichts muss man wissen, aber ist es dem Menschen nicht ein Bedürfnis zu erfahren, wie es um das Wohl seines Nächsten bestellt ist?«, meinte Camille fromm.

»Der Hers fließt auch oben im Alion«, sagte Marcella.

»Wenn Monsieur nicht zu erfahren wünscht, was in der Welt geschieht, kann ich gern schweigen.«

»Das wäre wunderbar«, sagte Damian.

Der Hers floss in den Bergen, und in der Nähe von Montaillou war er zu einem Fluss mit glitzernd blauen Wellen geworden, auf denen die Sonne Diamanten tanzen ließ. Es hatte in Montaillou auch einen Bach gegeben, aber die fetten Gebirgsforellen schwammen im Hers. Das hatte wenigstens der Junge gesagt, der Marcella überredete, auf Fischfang zu gehen. Sie konnten beide nicht schwimmen. Jeanne hatte sie erwischt, und … war sie ärgerlich geworden? Das Bild – der Junge, der angeberisch von Stein zu Stein bis fast in die Mitte des Flusses balancierte – hatte sich in Marcellas Gedächtnis gegraben. Jeanne dagegen hatte sich in den Nebeln der Erinnerung aufgelöst.

»Madame? Madame, wo seid Ihr wieder mit den Gedanken? Ich frage nach dem Essen«, sagte Camille.

»Schwimmen hier unten im Hers Forellen?«

»Das weiß ich nicht, Madame. Aber ich glaube kaum. Die Gerber sind am Ufer angesiedelt. Ihre Abfälle vertreiben die Fische. Andererseits hat die Frau vor der Stadt Forellen verkauft«, widerlegte Camille ihr eigenes Argument. »Vielleicht ist der Fluss hier so reißend, dass er allen Unrat fortspült? Wenn Ihr Forellen essen wollt, Madame … aber Ihr esst doch gar keine …«

»Zieht los und kauft welche«, unterbrach Damian sie. »Und beeilt Euch nicht mit dem Heimkommen.« Er wartete, bis die beleidigte Camille durch die Tür verschwunden war. »Das Alion – so heißt die Gegend, in der Montaillou liegt?«

»Ist es nicht seltsam? Dieselben Forellen oben und hier

unten. Sie brauchen wahrscheinlich nur einen Tag, um hierher zu kommen. Nein, es ist natürlich *nicht* seltsam. Die meisten Flüsse entspringen in den Bergen. Warum sollte der Hers nicht über Montaillou nach Mirepoix fließen? Brauchen die Flüsse eigentlich Gefälle, um voranzukommen? Ich habe mir darüber noch nie Gedanken gemacht.«

»Marcella, es tut mir Leid, dass Jeanne ...«

»Ich rede über Flüsse, nicht über Jeanne.«

»... dass Jeanne umgekommen ist. Es tut mir Leid, *wie* sie umgekommen ist. Und es tut mir ... außerordentlich Leid, dass du anhören musstest, was Bischof Fournier über sie sagte. Die Kirche urteilt oft strenger, als es ...«

»Wie Recht du hast. Sie hat ja auch nichts getan, als sich mit dem halben Dorf im Stroh zu wälzen.«

»Was ich meine, ist ...«

»Du warst es, der von ihr angefangen hat.«

»Heilige Anna, das Mädchen ist tot. Es ist völlig bedeutungslos, was der Bischof denkt oder nicht denkt. Sie kann in Frieden ruhen, und Gott, der über sie richten wird, wird wissen, was wirklich geschah.«

»Sie war meine Schwester.«

Er schwieg, und sie wandte ihm brüsk den Rücken zu. Draußen auf dem Marktplatz stieg gerade ein Reiter vom Pferd. Er musste einen langen Weg hinter sich haben, denn sein Pferd war staubbedeckt und seine Beine bis zum Wams voller verkrusteter Schlammspritzer. Trotzdem führte er nur leichtes Gepäck bei sich. Ein reitender Bote also? Vielleicht mit einer Nachricht für Damian? Damian hatte in Narbonne hinterlassen, wohin er reisen wollte, und auch in Montpellier in der Herberge ihre Reiseroute hinterlegt.

»Ich brauche gar nicht selbst nach Varilhes zu reiten. Emile kann ebenso gut hierher kommen. Das würde uns Zeit sparen. Marcella?«

»Erwartest du einen Boten?«

»Donato wollte mir ... Venedig will einen Schuldfonds

bilden. Das betrifft uns. Es hat mit einer Teilhabe an Anleihen zu tun, die wir besitzen, und wir müssen einige Entscheidungen treffen. Ist jemand gekommen?«

Sie zuckte die Achseln.

»Ich könnte Noël zu Emile schicken. Ein Tagesritt hin, ein zweiter zurück. Noël könnte in drei Tagen mit dem Mann zurück sein, und ich wüsste, wem er sein Gold übergeben und wer es also unterschlagen hat. Dann hätten wir die leidige Sache geklärt und könnten heim.«

»Vorausgesetzt, Noël findet den Mann überhaupt.«

»Emile Vidal? Er ist kein Fisch im Ozean, sondern der Glückspilz aus Varilhes, der inzwischen dank seiner Goldfunde und meiner dämlichen Wette ein Haus aus Stein bewohnt und für sein Leben ausgesorgt hat. Jeder im Ort wird ihn kennen.«

»Und außerdem ist er der Mann, von dem eine böse, schwarze Seele hofft, dass er dir niemals unter die Augen kommt.«

»Also gut, ich werde Théophile bitten, Noël zu begleiten«, lenkte Damian ein. »Aber nicht, weil ich Noël misstraue ...«

»... sondern weil du nicht schon wieder Streit haben willst.«

»Weil ... es vernünftig ist. Ich bete, dass ich mir nichts zurechtgesponnen habe, dass Emile mir den Namen nennen kann, den ich brauche. Und danach – keine Gnade für den, der uns diese letzten Wochen eingebrockt hat.« Marcella suchte nach der Andeutung eines Lächelns in seinen Mundwinkeln, aber die letzten Worte schienen ihm bitterernst zu sein.

Der Bote war nicht für Monsieur Tristand gekommen. Er verschwand in einem der hinteren Zimmer der Herberge, von wo er mit einer Pergamentrolle unter dem Arm wieder entlassen wurde. Damian sah ihn, als er die Treppe hinabeilte, weil Marcella gerade an der offenen Tür einen Krug Wein in Empfang nahm. Sie merkte an seinem Gesicht, dass er sich ärgerte. Sie verstand ihn. Er war Kaufmann, er wollte Geschäfte machen – nicht um des Geldes willen, sondern weil ihn das Spiel reizte. Kein Wunder, dass die erzwungene Untätigkeit ihn verrückt machte.

Ach Elsa, und statt ihn zu besänftigen und ihm die Zeit zu vertreiben, bringe ich ihn zur Weißglut. Wenn du hier wärst, würdest du sehen, wie es um seine Nerven steht. Er hat es satt, ewig mein Gejammer über eine Frau zu hören, die schon lange in ihrem Grab modert. Sein trefflicher Donato wird ihm raten, sein Weib einmal gehörig durchzuprügeln. Was ist nur los mit mir, Elsa? Warum kann ich ihn nicht glücklich machen, da ich ihn doch liebe?

Théophile hatte keine Lust, nach Varilhes zu reiten, als er sah, wie Camille die Hände rang. Er ist jämmerlich, dachte Marcella. Und schämte sich, weil in diesem Gefühl ein Stich Neid für die unkomplizierte Liebe der beiden enthalten war.

Matteo dagegen hätte Noël liebend gern begleitet.

»Und genau das werde ich verhindern. Und wenn ich ihn in Ketten lege«, sagte Damian, als Marcella nach dem Gespräch mit den Männern seine Bettdecken lüftete.

»Das hast du doch schon. Du hast ihm verboten, einen Fuß nach draußen zu setzen.«

»Wenn er es war, der Lagrasse und Robert Lac umbrachte, dann ist sein Arrest eine kleine Strafe. Und wenn er es nicht war, dann sollte es ihm nur recht sein, reingewaschen zu werden«, knurrte Damian sie an.

Eve hatte dem Bischof vor die Füße gespuckt und ihm gesagt, dass seine Großmutter zum reinen Glauben übergewechselt sei und ihn verfluche. Bor betrank sich daraufhin in einer der übelsten Spelunken der Stadt. Eves Großnichte erzählte einer begierigen Zuhörerschar, dass ihre Großtante das Bett mit einem Fasanenweibchen geteilt habe, in dem, wie Eve behauptete, die Seele ihrer kleinen Tochter wiedergeboren worden sei.

»Dabei hatte Eve gar keine Tochter«, erzählte Camille mit glühenden Wangen, was sie weiter an Tratsch aufgeschnappt hatte. »Jedenfalls nicht offiziell. Aber Blanchette – so heißt diese Großnichte –, Blanchette sagt, dass Eve in ihrer Jugend einen Bastard geboren habe, den nie jemand zu Gesicht bekam.«

»Sie sollte besser den Mund halten«, sagte Marcella.

»Glaubt Ihr, dass sie die Wahrheit sagt?«

»Der Bischof lässt alle reden, und irgendwann brennen Scheiterhaufen.«

Es war Nachmittag, und Noël und Théophile waren schon vier Tage fort. Damian hatte es im Bett nicht mehr ausgehalten. Er war aufgestanden, hatte sich angekleidet und war zum Markt hinabgegangen. Marcella blickte zum dritten Mal aus dem Fenster, ohne ihn zwischen den Ständen oder unter einem der Arkadenbögen, die den Markt säumten, entdecken zu können.

»Wenn herauskommt, dass Eve ihr Kind umgebracht hat, dann wird sie wirklich brennen müssen«, sagte Camille. »Es heißt, dass diese Blanchette jeden Abend ein Bündel Holz zu den Weinäckern vor die Stadt trägt. Sie hasst ihre Großtante, sagen die Leute, weil sie die Familie in Verruf gebracht hat.«

»Camille!«

»Denkt Ihr, dieser Bor hat es wirklich mit Eve getrieben? Wenn ja, müsste er auch brennen. Finde ich jedenfalls. Vielleicht war er gar der Vater ...«

»Hört auf mit diesen scheußlichen Reden. Hört sofort auf!«

»Aber wenn ich damit aufhöre, muss ich an Théophile denken, und dann fühle ich mich noch viel trauriger. Denn er sollte schon gestern zurück sein. Das hat Monsieur Tristand doch selbst gesagt. Höchstens drei Tage. Und? Wollt

Ihr die Wahrheit wissen?« Unvermittelt brach sie in Tränen aus. »Er kommt nicht zurück, weil die Straßen voller Gesindel sind und niemand seines Lebens sicher ist.«

»Das ist doch ... aber nein, Camille. Kommt, seid so gut und bestellt etwas für das Abendessen.«

»Und, Madame? Für vier oder für sechs Leute?«, fragte die junge Frau und knallte mit der Tür.

Kurz darauf kam mit den letzten Sonnenstrahlen des Tages erneut ein Bote in die Stadt. Und diesmal brachte er tatsächlich eine Nachricht für Damian. Matteo, der den Kopf durch die Tür in das Zimmer der beiden Frauen streckte, verkündete die frohe Botschaft. »Bei Nachrichten kriegt er immer gute Laune. Ich kenne das.« Er winkte fröhlich.

Marcella machte sich auf den Weg in Damians Zimmer. »Gute Nachrichten oder schlechte?«, fragte sie.

Damian ließ einen geizig knapp geschnittenen Pergamentbogen auf seine Knie sinken und starrte sie an.

»Deine Anleihen sind verloren gegangen oder was auch immer für Übel einem leichtsinnigen Menschen damit widerfahren können. Nimm es dir nicht zu Herzen, Damian. Wir strecken meinen Safran mit Färbersaflor und werden es als Spitzbuben wieder zu Reichtum und Ehre bringen.«

Er lachte leise, sah dabei aber ziemlich ratlos aus. »Der Brief ist von Monsieur Espelette, dem Mann aus Narbonne, den ich gebeten hatte, unser Kontor zu vertreten. Er sagt, Monsieur Lagrasse ist in die Stadt zurückgekehrt.«

»Lagrasse!«

»Er wollte ihn aufzusuchen, konnte ihn aber nicht erwischen. Weder zu Hause noch im Hafen oder an den Plätzen, wo man ihn normalerweise trifft.«

»Und was bedeutet das nun?«

»Das weiß ich nicht.«

»Heißt es, dass wir nicht auf Noëls Rückkehr warten müssen?«

»Wir warten, Marcella.«

Sie aßen am nächsten Morgen zum ersten Mal seit langem wieder gemeinsam. Die Kochrüben, die in dem kleinen Schankraum serviert wurden, schmeckten salzig. Nur Matteo aß mit dem unverdrossenen Appetit der Jugend.

»Fünf Tage!«, sagte Camille und zog weinerlich die Nase hoch. Sie bediente nicht mehr bei Tisch. Das erledigte inzwischen ein Mädchen aus der Herberge. Fünf Tage waren tatsächlich eine lange Zeit für einen Dreitagesritt, und Marcella hatte inzwischen ein so schlechtes Gewissen gegenüber der jungen Frau, dass sie froh war, ihr wenigstens eine kleine Freude bereiten zu können. Aber an diesem Morgen war Camille durch nichts zu trösten. Ihre Augen waren gerötet. Wahrscheinlich hatte sie die halbe Nacht hindurch geweint.

»Ich nehme an, Emile ist unterwegs, und sie warten in Varilhes auf seine Rückkehr«, meinte Damian zerstreut.

»Das Mädchen aus der Küche sagt, die Straße nach Varilhes führt durch ein Sumpfgebiet, in dem Reisende überfallen werden. Es heißt, die Banditen versperren dort einen Bohlenweg und nehmen die Leute in die Zange ...«

»Camille«, versuchte Marcella sie zu beruhigen. »Théophile ist ein Mann, der sich seiner Haut zu wehren weiß.«

»Ihr Anführer ist ein ehemaliger Schmied, den sie Echse nennen. Er hängt die Leute an den Händen auf und lässt unter ihren nackten Fußsohlen Feuer brennen ...«

Damian ließ seinen Löffel sinken, mit dem er in dem Brei gestochert hatte.

»Er kommt zurück«, sagte Marcella. »Camille – er ist ein Ritter. Ließe er sich von irgendjemandem an einen Baum hängen?«

Camille lächelte zaghaft.

»Ließe er nicht. Nicht Théophile, solange er ein Schwert hat.« Matteo grunzte ermutigend. »Übrigens ... Sie sind seit dem Morgen dabei, unten auf dem Platz einen Holzstoß ... Verdammtes ...! Warum lassen sie den Wein kochen?« Er presste den Fingernagel gegen die Zunge, die er sich verbrannt hatte, und nuschelte: »Sie tragen Holz zusammen. Ich nehm mal an, sie wollen die Ketzerin brennen lassen.«

»Lieber Himmel«, hauchte Camille. »Und ich dachte ...«

»Dieses Gespräch ist zu Ende«, sagte Damian scharf.

»Warum soll sie verbrannt werden?«, fragte Marcella. »Weil sie glaubt, dass die Seele ihrer Tochter in einem Fasan weiterlebt?«

»Aber nein, weil sie ...« Camille warf einen raschen Blick auf ihren Geldgeber. Sie beugte sich zu Marcella und flüsterte: »Es geht ihr schlecht, sie ist dem Tode nahe, heißt es. Aber als der Priester kam, hat sie gerufen: Sancta Maria, ich sehe den Teufel – und gekreischt, bis er ihre Zelle wieder verlassen hat. Der Bischof soll das als endgültigen Beweis ihrer widerspenstigen, häretischen Haltung betrachten.«

Marcella starrte sie an.

»Vielleicht ist sie von den verdammten Seelen, mit denen sie verkehrte ...«

»Nun haltet endlich den Mund«, brüllte Damian. Er schlug die Handflächen auf den Tisch, dass es knallte.

Entgeistert starrte Camille ihn an. Sie rückte den Stuhl nach hinten, stand auf und ging hoch erhobenen Hauptes und mit brennendem Gesicht hinaus.

»Man bräuchte sie nicht anzuschreien«, sagte Marcella.

»Was ist denn los?«, fragte Matteo.

»Eve soll also hingerichtet werden. Ihr Vetter besäuft sich, ihre Nichte sammelt Holz für den Scheiterhaufen. Vor einer Woche war hier alles noch in Ordnung. Vor einer Woche war dies eine friedliche Stadt. Was will Fournier? Ist er Gott, dass er entscheidet, wo Sodom und Gomorrha liegen und was brennen soll?«

»Geh raus, Matteo!«

Der junge Mann warf dem Kompagnon seines Onkels einen raschen Blick zu und gehorchte.

»Genau. Genauso haben sie es in Montaillou auch gemacht: Geh raus. Niemand darf etwas hören. Niemand darf etwas sagen.«

»Du bist selbstgerecht. Wissen wir denn, was im Haus des Bischofs geschehen ist? Wir haben nur den Tratsch, den diese ...« Damian schluckte ein derbes Wort herunter. »... den Camille in der Küche aufgeschnappt hat.«

»Nimm ihn ruhig in Schutz. Das ist die beliebteste und wirkungsvollste Taktik, wenn man Angst um seine Haut hat.«

Die bösen Worte taten Marcella Leid in dem Moment, in dem sie über ihre Lippen geschlüpft waren.

Damian wurde blass.

»Ich ... nein, das wollte ich nicht ...«

»Pack deine Sachen«, befahl er.

»Was?«

»So viel, wie du für ein paar Tage in den Bergen brauchst. Wir reiten nach Montaillou.«

Sie starrte ihn an.

»Heute noch. Ich werde nicht den Rest meiner Tage mit deiner Schwester verbringen. O nein! Wir gehen in dieses von Gott verfluchte Dorf und finden heraus, was Jeanne dort getrieben hat. Hure oder Heilige – mir ist das egal. Aber ich lass nicht zu, dass sie unser Leben zerstört!«

12. Kapitel

Der Trotz der Frauen, liebe Elsa, ist tatsächlich eine so teuflische Plage, wie es von den Kanzeln gepredigt wird. Nun reite ich mit Damian, der sich noch lange nicht von seiner Verletzung erholt hat, in diese schrecklichen Berge. Wir benutzen Pfade, vor denen Gemsen schaudert. Camille jammert ohne Unterlass, weil sie Théophile vermisst. Damian beobachtet Matteo, den er immer noch verdächtigt, Robert Lac ermordet zu haben, und findet keine Ruhe. Und ich bin schuld.

Im nächsten Dorf werden wir einen Führer bekommen, der die Gegend kennt und uns mit ein oder zwei Übernachtungen nach Montaillou führen kann. Er ist früher Schäfer gewesen und soll hier mit jedem Grasbüschel vertraut sein. Auch wenn Damian wütend ist, geht er besonnen vor.

Ist er tatsächlich wütend? Ich weiß es nicht. Er redet kaum im Moment. Tut ihm sein Heiratswunsch Leid, und er will es nur nicht eingestehen, weil er wie stets verbissen an seinen Zielen festhält?

Ich bin niedergeschlagen, Elsa.

Und ich habe Angst.

Sie ritten durch ein sonniges Tal, das anders als in Deutschland auch um diese Jahreszeit noch grün wirkte. Altweiberfäden glitzerten in den Büschen, zwei Füchse jagten einander durch das Unterholz. Matteo, der wieder vornweg ritt, schnitt Grimassen und versuchte, Camille mit zweifelhaften Scherzen aufzuheitern. Ein harmloser Anblick, in traumhaft schöner Umgebung.

Man hatte ihnen gesagt, dass sie gegen Nachmittag auf ein kleines Dorf treffen würden, wenn sie nur immer dem Pfad folgten. Bisher allerdings reihte sich ein Tal an das andere, und nirgends ließ sich eine menschliche Seele erspähen.

Erst als die Sonne sich zu den Bergspitzen neigte, erreichten sie eine Steinbrücke, hinter der an einem grünlich schimmernden Tümpel einige Hütten lagen. Das späte Nachmittagslicht beschien die Siedlung, und der Anblick von geflickten Wickelhosen, die in den Ästen eines Baumes zum Trocknen aufgehängt waren, der Duft von Bratfisch und brennendem Holz und das Lachen der kleinen Kinder, die vor den Hütten spielten, jagten Marcella einen Schauer von Heimweh über den Rücken. Heimweh, wonach? Nach brennenden Scheiterhaufen?, dachte sie ärgerlich.

Damian schnalzte mit der Zunge. »He du, wir suchen Grégoire«, rief er einer alten Frau zu, die auf einer Holzbank am Tümpel saß und einem Mädchen mit steifen Fingern Läuse aus dem Zottelhaar suchte.

»Hinten bei den Tannen. Er schlägt Holz.« Die Frau entließ das Mädchen mit einem Klaps auf den Hintern und lächelte breit.

»Hört sich doch gut an«, murmelte Damian in Marcellas Richtung. »Wenn er eine Axt schwingen kann, dann muss er noch einigermaßen beisammen sein. Sein Vetter, sein *jüngerer* Vetter, der ihn empfohlen hat, war schon krumm wie ein Haselzweig. Aber Grégoire soll sich am besten auskennen. Matteo, sieh zu, dass du Stroh auftreibst, um die Pferde trocken zu reiben.«

Der Auftrag erwies sich als überflüssig. Ein junges, bereits zahnloses Mädchen bog um die Ecke und nahm Matteo die Arbeit ab. Sie errötete bis auf die Haarwurzeln, als der Venezianer ihr ein freundliches Kompliment machte. Als Marcella sah, wie Damian nach seinem Geldbeutel angelte, schüttelte sie den Kopf und griff nach seinem Arm.

»Du beleidigst sie. Die Menschen hier sind gastfreundlich. Wenn du etwas geben willst, dann gib es Grégoire für seine Arbeit.«

Wie um ihre Worte zu bestätigen, stand die alte Frau auf und wandte sich mit den Worten: »Essen gibt es, wenn die Sonne die Baumspitzen berührt« zum Haus.

Marcella begleitete Damian zu den Tannen. Grégoire war ein Mann wie Methusalem, nichts als Haut und Knochen, das Gesicht vom Wetter gegerbt, mit skeptischen Augen, die tief in den Höhlen lagen. Aber die Axt schlug er wie ein Zwanzigjähriger ins Holz. Marcella empfand den Stolz einer Mutter über ein wohlgeratenes Kind, als sie sah, wie er ohne Zögern die Hand ausstreckte, um den reichen Kaufmann willkommen zu heißen. So war man hier in den Bergen. Geradeheraus und offen, jedermann kannte seinen Wert. Er freute sich, als Damian ihm Grüße von seinem Vetter ausrichtete, und grinste übers ganze Gesicht, als er ihn bat, sie über die Gebirgspfade nach Montaillou zu bringen.

»Du hast keine Lust auszumisten«, neckte ihn die alte Frau, als er ihr wenig später von seinem Auftrag erzählte. Die halbe Einwohnerschaft des Weilers hatte sich in dem Häuschen eingefunden und begutachtete die Fremden. Das gelauste Mädchen wickelte den Saum von Marcellas Surcot um die Faust und leckte, beeindruckt von der Weichheit der englischen Wolle, mit der Zunge daran.

»Es gefällt dir hier«, meinte Damian leise auf Deutsch zu Marcella.

»Ja«, sagte sie, aber in dem Moment, in dem sie das Wort aussprach, stimmte es bereits nicht mehr. »Ja und nein. Ich fühle mich ... als liefe ich über Eis. Es ist schön, aber man weiß nicht, ob es trägt.«

Sie fuhr mit den Fingern in den Haarschopf des Mädchens, und wieder tauchte ein blasses Bild aus der Vergangenheit auf. Ein Rosengarten, Bienen, die geschäftig von gelben zu dunkelroten Blüten flatterten und das Einflugloch des geflochtenen Strohkorbs umsummten ... jemand rieb ihren Nacken ... jemand lachte ... eine Gartenpforte quietschte ... »Ich weiß nicht, ob es gut ist, nach Montaillou zu gehen.«

Damians Miene blieb kühl. Er nahm der alten Frau einen Becher mit Bier ab und nickte ihr kurz zu, bevor er sich wieder Marcella zuwandte. »Sag mir, ohne zu lügen, dass du Jeanne aus deinem Gedächtnis verbannen kannst.«

»Wie soll das gehen?«

»Also!«

Grégoire tauchte auf. »Wir machen uns mit dem ersten Morgenlicht auf den Weg. Dann brauchen wir nur eine Nacht im Freien. Die Frauen! Sie mögen es nicht, im Regen zu wandern und in nassen Kleidern zu schlafen, äh?« Er lachte, als hätte er eine besonders seltsame Marotte des weiblichen Geschlechts erwähnt.

»Denkst du, dass es regnen wird?«

»Das riecht man doch«, sagte Grégoire, nahm Damian den Becher ab und trank ihn in einem Schluck leer. Dann legte er sich ohne Umschweife in eine Ecke ins Stroh.

»Es hilft nichts, wir gehen nach Montaillou«, sagte Damian zu Marcella.

Für Grégoire schien das erste Morgenlicht noch vor dem Sonnenaufgang zu leuchten. In der Hütte war es so dunkel, dass sie einander anrempelten, als sie aufstanden und sich das Stroh aus den Kleidern schüttelten. Marcella fand hinter dem Haus einen Gebirgsbach, der in den Tümpel mündete, und in dem sie sich Gesicht und Hände waschen konnte. Als die Dämmerung das erste Licht in die Hütte sandte, stellte die alte Frau einen Körnerbrei auf den Tisch und schenkte dazu wieder von dem sauren Bier ein. Kurz darauf machten sie sich auf den Weg. Ohne die Pferde allerdings, die ihnen von nun an nur hinderlich sein würden.

»Manchmal ist Monsieur Tristand zu misstrauisch und manchmal zu leichtsinnig«, flüsterte Camille Marcella zu, als sie sah, wie das zahnlose Mädchen einem der Pferde die Mähne streichelte. »Wir kennen die Leute doch gar nicht. Was, wenn sie die Pferde verkaufen und hinterher leugnen, dass wir sie hier gelassen haben?«

Marcella nickte geistesabwesend.

»Nicht, dass ich schlecht von ihnen reden will, aber man muss es doch sagen können«, meinte Camille.

Sie wanderten der Sonne entgegen, dann, nach einer ausgiebigen Mittagspause, kehrten sie sich nach Westen. Die Wege wurden steiler und bald so schmal, dass sich jede weitere Diskussion wegen der Pferde erübrigte. Die Vegetation verkümmerte, dafür wärmte sie die Sonne und heiterte sie mit ihrem Licht auf.

»Ich glaube nicht, dass es regnen wird«, sagte Damian, als es Nachmittag wurde und die Sonne immer noch aus einem strahlend blauen Himmel schien.

»Es wird«, entgegnete Grégoire gleichmütig. »Seid Ihr müde, Herr?«

Damian schüttelte den Kopf.

»Ihr seht aber so aus.«

»Nein.«

»Er ist nicht müde, er ist niemals müde, das ist ein Gesetz«, murmelte Marcella. Sie sah, wie Damian ihr einen Blick zuwarf.

Sie befanden sich auf einem Gebirgspfad, der sich in unregelmäßigen Serpentinen höher wand. In den Ritzen des weißen, porösen Felses hatte sich mickriges Buschwerk festgesetzt, etwas anderes wuchs hier nicht mehr. Aber unten im Tal schlängelte sich ein Bach durch eine Wiese, und am Waldrand ästen Rehe, ein Anblick, der so schön war, als hätte der Herrgott einen zweiten Garten Eden angelegt.

»Achtet auf den Boden, das Moos ist glitschig«, mahnte Grégoire.

Wenig später erfüllte sich seine Prophezeiung. Innerhalb kürzester Zeit bezog sich der Himmel: Der Garten Eden zu ihren Füßen, eben noch von rötlichem Abendlicht verzaubert, erinnerte plötzlich an ein graues Hexenreich.

»Achtet auf das Moos«, wiederholte der alte Mann.

Er führte sie auf einem Seitenpfad, auf dem sie sich durch dornige Zweige kämpfen mussten, bergab, bis sie eine kleine Schlucht erreichten. Dort blieb er stehen. Schwer atmend, stützte er sich auf seinen Stock. Er legte den Kopf in den Nacken, musterte die Wolken, dann die Schlucht und dann wieder die Wolken.

»Kein gutes Wetter zum Reisen.« Zum ersten Mal an diesem Tag wirkte ihr Führer unsicher. »Wir gehen hier durch und rüber ins Wolfswäldchen, das wird das Beste sein«, meinte er. Und fügte, ein wenig überrascht, hinzu: »Nun bin ich sogar selbst müde.«

Marcella blickte sich um. Die Schlucht sah aus, als hätte ein Riese mit einem Beil in den Berg geschlagen, oben breit und unten schmal. Der Weg zwischen den Felswänden wurde von einem Bach begleitet und war so eng, dass man ihn nur im Gänsemarsch begehen konnte.

»Also los«, meinte Grégoire.

Sie bekamen fast augenblicklich nasse Füße. Der Bach schien hier oft über die Ufer zu treten. Der Boden war mit Wasser voll gesogen wie ein Schwamm. Außerdem wurde es jetzt schnell dunkel.

»Bist du sicher, dass wir es bis zu diesem Wäldchen schaffen?«, fragte Damian.

»Hier ist kein guter Platz für die Nacht«, meinte Grégoire.

Wieder wirkte er unsicher. Er blieb stehen und schaute zum Himmel, an dem sich schwarze Wolken zusammenzogen.

»Aber auch kein schlechter.« Damian wies mit der Hand über den Bach. Etwa in Kopfhöhe befanden sich dort einige dunkle Löcher, die aussahen wie geplatzte Blasen in einem Teig. »Was ist das?«

»Höhlen.« Der alte Mann wollte etwas hinzufügen, aber er schüttelte nur den Kopf. »Der Regen bricht bald los. Ist nichts für vornehme Frauen.«

»Dann lass uns sehen, ob wird dort ein trockenes Plätzchen finden können.«

»Nun ja ...« Grégoire schwankte und nickte dann.

Ihre Schuhe waren inzwischen völlig durchnässt, da schadete es auch nicht, dass sie den Bach durchwateten. Inzwischen war es fast völlig dunkel geworden. Sie kletterten einige Felsblöcke hinauf, bis sie zu einem der Löcher kamen. Es war keine Höhle, wie Grégoire behauptet hatte, sondern nur eine tiefe Einbuchtung in der Felswand, die allerdings einen flachen Boden hatte und genügend Platz für sie alle bot, wenn sie eng genug zusammenrückten. Mit einem Donnerschlag kündigte sich ein Gewitter an, doch vorerst blieb es noch trocken. Sie breiteten die Decken aus, die die Männer getragen hatten, und machten es sich, so gut es ging, bequem.

Damian rückte neben Marcella und hüllte sie beide in seinen grünen, wunderbar warmen Mantel. Er drückte ihre Hand und schlief fast augenblicklich ein.

»Diesmal sind es die Männer, die am wenigstens vertragen«, sagte Grégoire.

Matteo murmelte etwas. Es klang wie: die *alten* Männer. In diesem Moment setzte der Regen ein. Er kam mit der gleichen Wucht wie der Donnerschlag, und kurz darauf war das schönste Gewitter in Gang. Sie saßen nun völlig im Dunkeln, und Marcella beobachtete über Damians Arm hinweg die Blitze, die durch das Gebirge zuckten wie die Bannstrahle eines zornigen Gottes. Damian hatte den Kopf an ihre Schulter gelehnt, und sie fuhr vorsichtig mit der Hand über seine Wange. Sie war kühl, das Fieber war nicht zurückgekehrt. Marcella merkte, wie müde sie selbst war, aber aus Angst, Damian zu wecken, verzichtete sie auf eine bequemere Lage.

Grégoire nickte ebenfalls ein, und kurz darauf schlief auch Camille. Ihr Hicksen war das einzige Geräusch neben dem Rauschen des Wassers. Matteo hatte sich an den Rand der Höhle gesetzt und spielte mit kleinen Steinchen.

Marcella nahm Damians Hand zwischen ihre eigenen und kuschelte sich an ihn. Wenn ich gelangweilt in meinem venezianischen Haus sitze und mit Caterina über das beste Mittel gegen Wanzen plaudere, wird dies vielleicht eine meiner schönsten Erinnerungen sein, dachte sie, und mit diesem bittersüßen Gefühl schlief sie ebenfalls ein.

Es war kein weiterer Donnerschlag, sondern ihr kaltes Hinterteil, das sie weckte. Marcella brauchte einen Moment, ehe sie sich zurechtfand und wusste, wo sie war. In der Felsspalte konnte man kaum noch die Hand vor Augen sehen, und auch die Blitze, die gelegentlich die Finsternis aufbrachen, hatten nachgelassen. Der Regen pladderte so laut, dass es wie ein Trommelwirbel klang. Sie hatte Angst.

»Damian?« Er schlief immer noch.

Sie saß im Nassen – das war es, was ihr Angst machte. Um ihren Körper spülte Wasser.

»Damian!« Sie rüttelte ihn heftig. »Matteo, Grégoire!« Die kleine Höhle stand bereits einen halben Fuß tief unter Wasser. Wenn es nicht durch die Decke oder die Wände der Höhle gesickert war, konnte man sich denken, wie rapid das Wasser in der Schlucht gestiegen sein musste. Gab es so etwas überhaupt? Vage erinnerte sie sich an Erzählungen über schmale Bäche, die im Unwetter zu reißenden Strömen wurden.

Damian wurde allmählich wach, und Marcella überließ

ihn sich selbst. Sie starrte über Knie und Beine hinweg zum Ausgang und meinte, Äste und Blätter vor dem Eingang vorbeischwimmen zu sehen.

»Peste!« Damian stieß sich den Kopf an, als er aufstand. Mit steifen Gliedern tastete er sich über die langsam erwachenden Kameraden hinweg. Matteo murmelte schlaftrunken einen Mädchennamen.

»Grégoire ... Grégoire!« Damian beugte sich über ihren Führer und schüttelte ihn. »Grégoire?« Er stockte und murmelte dann etwas auf Italienisch, die Sprache, in die er immer verfiel, wenn er erregt war. »Grégoire ...« Er bückte sich, so gut es in der Enge ging, kniete sich dann gar ins Wasser und fasste die beiden mageren Schultern, aber der alte Mann gab keinen Ton von sich.

Verschlafen murmelte Camille: »Was ist denn das? Ich bin ... wie eklig.«

Grégoire war tot. Marcella wusste es, bevor Damian sich aufrichtete und es aussprach.

»Alte Menschen sterben. Aber es hätte nicht jetzt sein sollen«, sagte er.

Mit dem Unwetter war ein ordentlicher Wind aufgekommen, und in dem Schweigen, das seinen Worten folgte, hörten sie es durch die Ritzen und Öffnungen pfeifen, die die Felslöcher miteinander verbanden. Damian trat zum Ausgang. Er beugte sich ins Freie, zog aber den Kopf rasch wieder zurück. »Der Himmel ist schwarz. Keine Ahnung, wie lange es noch bis zum Morgen dauert.«

»Hier ist Wasser«, flüsterte Camille in dem furchtsamen Ton eines Menschen, dem zu dämmern beginnt, dass er sich in einer gefährlichen Lage befindet.

Als Marcella aufgewacht war, hatte ihr das Wasser bis zum Knöchel gereicht. Inzwischen war es über die Wade gestiegen. Sie sah, wie vor der Höhle weiße Krönchen vorbeischäumten. Das Rinnsal in der Schlucht war tatsächlich zu einem Fluss geworden.

»Ich sehe, ob ich irgendwie nach oben klettern kann«, erklärte Matteo.

Damian hielt den Jungen, der zum Eingang drängelte, zurück. Er streckte noch einmal den Kopf in das Unwetter, spähte in jede Richtung und sagte hoffnungslos: »Niemals. Nie im Leben kommst du heil hier fort. Gott, was haben wir verbrochen?«

»Warten hilft nichts. Ich versuche es einfach.« Matteo klang begeistert, es war offensichtlich, dass er die Situation genoss.

»Der Stein ist so glitschig wie Seife. Und du kannst nicht einmal so weit sehen, wie die Hände greifen. Nein! Tut mir Leid, Matteo, nein. Es ist zu gefährlich.«

Das Wasser stieg atemberaubend schnell. Es reichte ihnen mittlerweile bis zu den Knien.

»Gefährlich. Es ist immer gefährlich. Das ist doch das Leben.« Matteo schubste Damian übermütig zur Seite. Er wog nicht ab. Er tastete mit einer Hand seitlich hinaus und schwang sich, sobald er etwas zu fassen bekam, in den Sturm. Damian versuchte, ihn an den Kleidern zu packen, aber der Junge war zu schnell.

»Idiot!« Damian lehnte sich, so weit es ging, hinaus. Er rief etwas, bekam aber keine Antwort, und offenbar konnte er auch nichts erkennen. Prustend zog er den Kopf zurück. »Himmel, dieser Bursche!«

In diesem Moment schrie Matteo. Sie hörten kein Aufplatschen, aber der gurgelnde, schnell abbrechende Hilferuf verriet, dass der Junge in die Fluten gestürzt war.

»Reich mir die Hand, halt mich!« Damian beugte sich mit Marcellas Hilfe weit hinaus. Er versuchte, mit den Augen die Dunkelheit zu durchdringen, während er gleichzeitig mit der freien Hand nach etwas angelte. Marcella konnte nicht sehen, was er trieb. Sie hatte alle Mühe, das Gleichgewicht zu halten.

»Da ist er. Drüben! Er klammert sich ... Matteo ...« Damian rutschte aus und im selben Moment löste sich von irgendwo eine Lawine aus Steinchen und Kieseln, die auf ihn niederging. Mühsam zerrte Marcella ihn in die Höhle zurück. Sie fühlte, dass er klatschnass war.

»Er scheint sich an etwas festzuhalten, aber ... dort ist die Hölle los.«

»Dann tut doch etwas, Monsieur!«, schrie Camille.

Nur – was hätte das sein sollen? Marcella konnte Matteos dunklen Körper erkennen, der dicht am gegenüberliegenden Fels entlangtrieb. Sie blinzelte die Wassertropfen aus den Augen. Nein, Matteo trieb nicht. Er schien sich an etwas festzuklammern. Nur war dort überhaupt nichts zu entdecken – kein Busch, schon gar kein Baum. Ein Blitz durchzuckte den Himmel, und dann sah sie, wie Matteo wie durch Zauberhand dem Wasser entstieg.

»Damian!«

Matteo kletterte den Fels hinauf, als hätte er ... Ja, er musste ein Seil in den Händen halten, an dem er sich heraufhangelte. Marcella fühlte, wie Damian sie um die Taille fasste.

»Der Lümmel hat so ein Glück«, sagte ihr Verlobter.

Jemand musste oben auf der Felskuppe stehen, und er hatte es offenbar geschafft, einen Stock mit einem Seil ins Wasser zu schleudern, so dass der leichtsinnige Italiener es ergreifen konnte. Ein weiterer Blitz erhellte das Unwetter, und sie sahen, wie Matteo mit rudernden Beinen gegen die gegenüberliegende Felswand schlug. Sie hörten ihn aufschreien. Der Junge stemmte die Füße gegen den Stein, um sich vor einem zweiten schmerzhaften Aufprall zu schützen.

Damian ging in die Hocke. »Ich sehe niemanden, aber dort oben muss jemand sein. Da ... jetzt hat er ihn. Er zieht ihn in Sicherheit.«

»Das Wasser steigt«, sagte Marcella. Es reichte ihr schon über die Hüfte und dem knienden Damian bis zum Hals. Ihr Verlobter richtete sich auf.

»Könnt Ihr schwimmen, Camille?«

»Barmherziger, wie denn?«

»Marcella?«

Sie schüttelte den Kopf und sagte »Nein«, weil er die Bewegung im Dunkeln nicht erkennen konnte.

Damian ließ sie los. Er machte eine rasche Bewegung, fasste mit dem Arm ins Wasser und ergriff etwas, das sich als riesiger Strauch entpuppte. »Festhalten!«

Marcella packte in Zweige. Sie spürte, wie ein Dorn ihr die Haut aufratschte.

»Niemals!«, hörte sie Camille kreischen.

Im selben Moment wurde der Busch fortgerissen. Marcella hatte keine Wahl. Sie hatte sich so weit vorgebeugt, dass sie auf alle Fälle ins Wasser gestürzt wäre. Also umklammerte sie die Zweige, und schon schoss sie durchs Wasser. Sie schloss die Augen, als sie das erste Mal unterging. In Todesangst schnappte sie nach Luft, als ihr Kopf wieder auftauchte. Der Strauch war groß und verzweigt. Sie langte nach einem dickeren Ast, um besseren Halt zu finden. Hilflos machte sie mit den Beinen einige Schwimmbewegungen. Der Strauch bewegte sich wie ein Mensch beim Veitstanz.

Eine neue Welle schwappte über ihr Gesicht und gleich darauf eine zweite. Das Wasser war eisig kalt. Gott im Himmel! Sie überlegte, wann sie das letzte Mal gebetet hatte. Flüchtig dachte sie an Damian und Camille, aber sie brauchte zu viel Kraft, um sich festzuklammern, als dass sie ihnen mehr als einen Gedanken hätte widmen können. Die Kälte drang in ihren Körper, und es war nur eine Frage der Zeit, wann ihre tauben Finger sich lösen würden. Festhalten ... dachte sie, festhalten ...

Wurde es heller? Auf jeden Fall ließ die Kraft, die an ihr zerrte, plötzlich nach. Undeutlich erkannte sie, dass der Strom die Schlucht verlassen und die Wasser sich verteilt hatten. Sie wurde nicht mehr fortgerissen, sondern trieb nur noch dahin. Und schließlich schob der Strauch sie an eine seichte Stelle.

Sobald Marcella Grund unter den Füßen spürte, ließ sie den Busch fahren und stolperte und kroch einen Hang hinauf. Als sie festen Boden erreichte, knickten ihr die Beine unter dem Körper ein. Sie lag in matschiger Erde zwischen nassem Gras und angeschwemmten Zweigen und schaute auf ihre linke Hand, auf der sich das kalte Regenwasser mit warmem Blut mischte. Seltsamerweise fühlte sie keinen Schmerz. Sie blickte zurück in das schwarze Loch, aus dem sie gekommen war, und brach in Tränen aus.

13. Kapitel

Gott hatte das flammende Schwert erhoben und mit der Schärfe seines Zorns zugeschlagen. Rechtschaffenes Glück erwarb sich der Mensch durch Büßen, durch Nächte auf den Knien und tränenvolle Entsagung. Nun schaute er auf seine Tochter herab, und mit derselben Strenge, mit der er die Menschen in den brennenden Straßen von Gomorrha beobachtet hatte, blickte er jetzt auf das Geschöpf, das geglaubt hatte, seinem Auge entfliehen und in einem Winkel des Gartens Eden das sündige Glück der Liebe genießen zu können.

Denn Liebe war sündig.

Was man ohne Schwierigkeiten daran erkennen konnte, wie diese Tochter Gottes trauerte. Nicht mit einem Herzen voller Mitleid, weil ihre Mitgeschöpfe ohne den heiligen Beistand der Kirche gestorben waren oder weil ihnen die Zeit genommen worden war, zur Einsicht über ihr sündhaftes Tun zu gelangen – sie trauerte, weil die Sehnsucht nach ihrem Liebhaber, nach seinen Händen, seiner Stimme, sie schier zerriss. Um Camille trauerte sie gar nicht, und das bewies, wie schamlos und verdorben sie sogar im Augenblick der Strafe empfand.

Die Sonne ging auf.

Nicht Gott hatte die Erde geschaffen, sondern sein ungehorsamer Sohn Luzifer. Die Schönheit des leuchtenden Himmels, der seinen Rosenglanz auf die überschwemmte Senke warf, die Emsigkeit der Käfer, die über taufeuchte Grashalme krabbelten – alles Trug und verdorben. Wahrhaft und wirklich war das geronnene Blut in der Wunde, das sich mit Erde und Schlammresten gemischt hatte.

Marcella setzte sich auf. Sie wusste, dass sie die Hand im Wasser reinigen sollte. Andererseits – wozu? *Liebe bringt den Tod.* Wer hatte das gesagt? Gleichgültig.

Die Sonne kletterte am Rand eines Berges hinauf. Von seinem Gipfel stieß sie sich ab und stieg in den weißen Himmel.

Gott war nicht nur zornig, sondern auch tückisch. Er liebte es, seine Tochter mit einem Trugbild zu strafen. Hinter dem kantigen Fels, dort wo die Schlucht begann und wo immer noch das Wasser stand, tauchte Damian auf. Er fuhr gemeinsam mit einem silberhaarigen Engel auf einem Floß. Marcella schaute hinüber. Gott hatte die Männer Pharaos ertränkt, die sein Volk durch das rote Meer verfolgten, er würde auch dieses Trugbild im glitzernden Wasser vergehen lassen.

Nur geschah es nicht. Das Floß wurde mit einem langen Stab, den der Engel hielt, vorangestakt. Mit brennenden Augen sah Marcella es über das Wasser gleiten. Das Floß erreichte das Ufer. Damian fluchte und versuchte an Land zu kommen, und der Engel des Herrn sicherte sein Gefährt.

Marcella schob die Hand vor den Mund.

Damian fiel vor ihr auf die Knie, packte sie an den Armen und schüttelte sie. Der Engel des Herrn starrte auf sie herab. Marcella sah ihm an Damians Schulter vorbei in das blasse Gesicht. Die langen weißen Haare – sie waren weiß, nicht silbern – wehten um hagere Züge.

»Gott steh mir bei«, sagte er und blickte sie zu Tode erschrocken an.

Der Engel des Herrn hieß Arnaud. Er war Schäfer, und seine Schafherde, die er ihretwegen im Stich gelassen hatte, befand sich eine Stunde Fußmarsch bergauf. Er eilte ihnen mit der Geschwindigkeit eines Mannes, der das Marschieren in den Bergen gewohnt ist, voran und wartete auf sie, wenn sie zu stark zurückfielen, aber ohne sich umzudrehen oder sie anzusehen. Sein Hirtenstock bohrte sich so hart in den Boden, dass die Erde aufspritzte.

Damian hielt Marcellas Arm und half ihr über einen mit Unkraut durchzogenen Graben. »Matteo hatte gesehen, wie du im Wasser untergingst. Ich hab eine Begabung, das Falsche zu tun, wenn ich dir helfen ... Vorsicht ... vorsichtig ... Arnaud, der Brave, hat für uns sein Leben riskiert. Der Mann wurde uns wahrhaftig vom Himmel geschickt, auch wenn er kein Engel ist.« Er zwinkerte ihr zu. Er musste große Angst ausgestanden haben, denn ganz gegen seine Gewohnheit redete er ohne Unterlass.

Arnaud hatte den brüllenden Matteo gehört, als er nach einem verirrten Schaf gesucht hatte. Er hatte ihn aus dem Fluss gezogen und dann aus Ästen und seinem Seil hastig ein provisorisches Floß zusammengezimmert, mit dem er sich zur Höhle hatte treiben lassen. Dort hatte er Camille und Damian aus dem Wasser gefischt. Ein mutiger Bursche, der nicht viele Worte machte. Matteo hatte geholfen, das Floß an Land zu ziehen, was ein verfluchtes Stück Arbeit gewesen war, und wofür ...

»Er hat seine guten Augenblicke«, gestand Damian.

»Hast du gesehen, wie er mich angeschaut hat?«

»Matteo?«

»Arnaud.«

»Als würde er eine ungewöhnlich hübsche Frau sehen?«

Unwillig schüttelte sie den Kopf.

»Wie auch immer er schaut oder nicht schaut – alles soll ihm vergeben sein«, meinte Damian.

Sie wanderten lange. Kurz vor Mittag erreichten sie ein

kleines Plateau, auf dem mehrere Dutzend Schafe an dürrem Gras knabberten. Sie wurden von einem riesigen Hund bewacht, dessen wollweißes Fell ihn wie ein zu sehnig geratenes Schaf aussehen ließ. Er schien seine Aufgabe gut erledigt zu haben, denn Arnaud tätschelte ihm den Nacken, nachdem er seine Schafe beäugt hatte. Ein schlechter Weidegrund, dachte Marcella und wurde im nächsten Moment stürmisch von Camille umarmt.

»Madame – ich glaubte fest, Ihr wäret tot. Ich war so unglücklich. In den Schlund dieses ... bösen, bösen Wassers gerissen. Ertrinken ist wie ersticken, o barmherzige Mutter Gottes.« In ihren Augen standen Tränen, und in ihren Zügen malte sich ehrliche Freude über den glücklichen Ausgang des Abenteuers. Sie fasste Marcella an beiden Armen, blickte sie prüfend an und rief dann erschrocken: »Mein Mantel ist schon fast wieder trocken. Nehmt ihn und ruht ein wenig. Ihr seid so blass ... oh, Monsieur, seht Ihr, wie blass sie ist?«

Das Plateau war ein ungemütlicher Ort. Sie standen wie auf der offenen Handfläche eines Riesen, über die der Wind pfiff. Selbst die Schafe blökten unglücklich. Und dennoch war Marcella, kaum dass sie sich niedergelegt hatte, eingeschlafen. Das Letzte, was sie spürte, war ein Stück Stoff, das sich warm um ihren Körper legte.

Sie wachte einige Male auf. Matteo putzte sein Messer, das er irgendwie durch das nasse Abenteuer gerettet hatte, Camille streichelte den Hund.

Marcella schlief wieder ein, und es war tiefe Nacht, als sie endgültig die Augen aufschlug. Trotz der Decke war ihr kalt geworden, und sie erhob sich und tat einige Schritte, um sich aufzuwärmen. Ein Stück weit entfernt brannte ein Feuer, an dem der Schäfer saß. Er schien als Einziger noch wach zu sein. Arnaud pulte mit seinem Messer die Rinde von einem Zweig und warf die Stückchen in die Flammen. Er sah mit den langen weißen Haaren wie die Zauberer aus den Märchen aus, fand Marcella. Der wollweiße Hund lag neben ihm und schnarchte leise. Einen Moment wusste sie nicht, wie sie ihn ansprechen sollte.

»Und du schläfst gar nicht?«

Er schüttelte den Kopf.

Sie wollte sich bedanken. Das war das Wenigste, was sie ihm schuldete. Unsicher blickte sie auf den weißen Schopf herab, in dessen Strähnen der Wind zauste. »Du hast uns das Leben gerettet.«

Der Schäfer wandte das Gesicht ab.

Nach einem weiteren Moment des Zögerns setzte Marcella sich ihm gegenüber auf den Boden. Im Schein des Feuers konnte sie die Falten erkennen, die Wetter und Strapazen in seine Haut gegraben hatten. Sie versuchte, sein Alter zu schätzen. Dreißig Jahre? Fünfunddreißig? Älter als Damian? Nicht sehr viel, wenn überhaupt. Er trug einen Bart, wie fast alle Leute in den Bergen, und die glatten Haare fielen ihm bis auf die angewinkelten Knie.

»Du starrst mich an. Bald weiß ich nicht mehr, wo ich hinschauen soll«, sagte Arnaud.

Marcella lachte. »Das war nicht meine Absicht. Entschuldige. Du musst ein einsames Leben führen – Tag um Tag nur die Schafe und der Hund.«

»Mir gefällt's.« Arnaud stand auf. Er ging zu einigen Schafen, die sich abgesondert hatten, starrte einen Moment auf sie herab, als wüsste er nicht recht, was er mit ihnen anfangen solle, und kehrte zum Feuer zurück. Widerwillig, wie es schien, nahm er seinen Platz hinter den Flammen wieder ein.

»Mein Name ist Marcella Bonifaz. Ich bin ...«

»Nein.«

»Wie bitte?«

»Man ... man kann das glauben oder nicht.«

Marcella lachte unsicher. »Wie meinst du das?«

»Ich glaub es nicht.«
»Ich *bin* Marcella Bonifaz. Und ich bin auf dem Weg ...«
»Der Hund«, unterbrach Arnaud. Beide schauten zu dem Tier, das im Schlaf mit den Ohren zuckte.
»Was ist mit ihm?«
»Er wittert was.«
»Vielleicht einen Hasen, der durch seine Träume fegt. Für mich sieht er ganz friedlich aus.«
Arnaud biss sich auf die Lippe. Wieder warf er einen Zweig in das Feuer.
»Was meinst du damit: Man kann es glauben oder ...«
»Denk jedenfalls nicht, dass du mir Angst einjagst.«
Marcella starrte den Schäfer an. Seine Lippen zuckten. Er vermied es, ihr ins Gesicht zu sehen, aber sie fühlte seine Aufregung. Unvermittelt sprang er auf. Er tat zwei Schritte auf sie zu, änderte aber im nächsten Moment die Richtung. Mit langen Schritten marschierte er zu dem Weg, den sie am Mittag hinaufgekommen waren, und gleich darauf verschluckte ihn die Dunkelheit.

»Ein merkwürdiger Mensch«, sagte Damian.
»Wir haben ihn in seiner Ruhe gestört.«
»Mag sein, aber würdest du deshalb deinen Besitz ... würdest du dein Safrandöschen bei Wildfremden zurücklassen, von denen du nicht mehr weißt, als dass sie dumm genug sind, bei Regen in einer Schlucht Unterschlupf zu suchen?«
Damian hatte schlecht geschlafen. Aber das Wasser und die Kälte schienen ihm nicht wirklich geschadet zu haben. Er bewegte sich rasch und schien vor Ungeduld zu bersten.
»Er ist meinetwegen fortgegangen«, sagte Marcella. »Er wurde ganz sonderbar, als ich ihm meinen Namen nannte. Er war vorher schon sonderbar.«
»Du meinst also, dass er dich kennt?«
»Vielleicht. Ich weiß nicht.«

»Dann hätte er uns nach Montaillou bringen können. Oh, verflucht. Matteo!«

Der Venezianer führte wieder eines seiner Scheingefechte. Die Schafe blökten und brachten sich ungeschickt in Sicherheit, und der Hund sprang wie tollwütig geworden um sie herum.

»Lass den Unfug!«, brüllte Damian.

»Er ist ein merkwürdiger Mensch«, sagte Marcella.

»Matteo, zur Hölle!« Damian winkte dem Jungen, der sich nur widerwillig von seinem geisterhaften Schwertkämpfer trennte. »Wir haben keine Zeit zu warten, bis dieser Arnaud wiederkommt. Also bleibst du hier und gibst auf die Herde Acht.«

»Ich?«

»Rede ich mongolisch? Der Mann hat dir das Leben gerettet, es ist also das Mindeste ...« Er sagte einige ärgerliche Worte auf Italienisch. »Wenn ich mich nicht gründlich verschätze – und das glaube ich nicht –, dann sollte das Dorf etwa einen halben Tagesmarsch in diese Richtung liegen.« Er wies nach Südwesten. »Du wartest also auf Arnaud und lässt dir von ihm den Weg erklären. Dann folgst du uns.«

»Ich soll Schafe hüten?«

»Reiz mich nicht über das Maß, Junge.«

Da sie keinen Besitz mehr bei sich trugen, konnten sie ohne Zeitverlust aufbrechen. Der »Weg«, von dem Damian hoffte, dass er nach Montaillou führte, ging steil bergan. Sie kletterten wagemutig über Felsbrocken, durchwateten Pfützen, die sich zu regelrechten Seenplatten zusammengeschlossen hatten, folgten Pfaden, bei denen man nur raten konnte, ob es sich um Wege handelte, und erreichten schließlich ein Hochplateau.

Montaillou lag im Sonnenglanz, ein kleines, freundliches Bauerndorf mit Lehmhütten und Gärten. Die Gegend war hügelig, und das Land wirkte wellig wie ein Meer in sanfter

Brise. Gelegentlich stieß weißer, buckliger Sandstein durch die Vegetation. Man musste sich keine Gedanken mehr um Schluchten und steile Abhänge machen. Die nächsten Berge schienen meilenweit entfernt zu sein.

»Dort drüben ...«, Marcella zeigte nach Westen, »das ist der Pic-de-St.-Barthelemy.«

»Hübsch«, sagte Damian.

Montaillou besaß eine Burg. Das war ihr entfallen. Sie thronte über dem Dorf, ein weiträumig ummauertes, etwas heruntergekommenes Areal mit einem Donjon und drei weiteren kleineren Schutztürmen, die in die Mauer eingefügt waren. Die Häuser von Montaillou drängten sich am Hang des Burghügels und auf der Fläche davor. Einige wenige Gehöfte standen abseits, vielleicht weil die Bewohner näher bei den Feldern wohnen wollten. Auch die Pfarrkirche stand ein Stück vom Ort entfernt. Ein schmaler Pfad führte schnurgerade vom Dorf zur Gottesstätte. Warum hatten die Leute ihr Kirchlein nicht auf den Marktplatz gebaut? Marcella konnte sich nicht erinnern, und wahrscheinlich hatte sie es nie gewusst.

»Und wo habt Ihr gewohnt, Madame?«, fragte Camille artig, aber erschöpft. Wenn sie müde war, sah man ihr an, was sie dachte: So viele Gefahren und Strapazen, nur um einen Blick auf das Haus zu werfen, in dem man die Kindheit verbracht hat. Man musste schon ziemlich reich sein, um sich solche Dummheiten zu erlauben!

»Ich weiß nicht.« Marcella tat einen Schritt und blieb wieder stehen. Die Sonne stand im Zenit. Zu dieser Zeit hielt man in Montaillou sein Mittagsschläfchen, meinte sie zu wissen. Sie schaute erneut zur Kirche. Im Inneren stand die Statue einer Madonna mit Furcht einflößenden, viel zu großen Augen. Und unter einem Fenster auf der Rückseite der Kirche wuchs ein Busch, an dem gelbe Raupen hingen. War das nun Erinnerung oder Einbildung?

»Du weißt nicht, wo du gewohnt hast?«, fragte Damian.

»Ich weiß nicht, was ich weiß. Jedenfalls kann ich mich nicht erinnern. Es sieht alles gleichzeitig vertraut und fremd aus.«

Die Häuser waren aus Stämmen, Ästen und Lehm gebaut und mit Flachdächern versehen worden. Die Fenster hatte man klein gelassen, wegen der Winterkälte, die Misthaufen türmten sich fast so hoch wie die Dächer. Sie müssen unser Haus abgerissen haben, dachte Marcella. Man erinnert sich doch an das eigene Zuhause. Ich war acht Jahre alt, als ich fortgegangen bin!

Unwillig rieb sie am Nasenrücken, und merkte doch, wie ihr Tränen in die Augen stiegen. Sie hatte als Kind einen immer wiederkehrenden Albtraum gehabt, in dem sie sich verlief und sich plötzlich an Orten befand, die ihr zwar vertraut waren, die sich aber, sobald sie den Heimweg antreten wollte, wie von Geisterhand veränderten, so dass sie nicht nach Hause konnte. Genauso fühlte sie sich in diesem Augenblick.

»Wir fragen im Ort, und dann wissen wir Bescheid«, sagte Damian.

Die Siedlung hatte beim ersten Anblick menschenleer gewirkt, aber jetzt sah Marcella, wie sich die Seitentür eines der ärmlichen Häuser öffnete und ein Mann ins Freie trat, der die Hand über die Augen legte und zu ihnen hinüberstarrte. Er trug eine Lederschürze. Sein Gesicht war nicht zu erkennen. Zwei Häuser weiter standen zwei alte Weiber, die ihre Unterhaltung abgebrochen hatten und ebenfalls hinüberschauten.

»Eine Herberge wird es hier wohl nicht geben«, meinte Damian zweifelnd. Sein Blick wanderte wieder zur Burg. Wahrscheinlich graute ihm bei den Gedanken, in einem der Lehmhäuser übernachten zu müssen.

»Man muss durch den Ort und einmal halb um den Hügel herum, um zum Tor zu gelangen«, sagte Marcella. Keine Ahnung, warum, aber daran konnte sie sich plötzlich erinnern. »Wir werden ja nicht lange bleiben«, sagte sie.

Die Burg besaß ein Wachhäuschen, aber der Wächter schlief. Sie hörten ihn durch das schmale, hohe Fensterchen, das etwas über Kopfhöhe in den Turm eingelassen worden war, schnarchen. Im Schutz der Burgmauern wehte kaum Wind, und zum ersten Mal an diesem Tag war es Marcella in ihren klammen Kleidern nicht kalt. Damian versuchte erst mit lauten Rufen und dann mit Hilfe kleiner Steinchen, die er bemerkenswert geschickt durch die Schießscharte warf, den tumben Träumer zu wecken, aber dessen Schlaf musste der des berühmten Gerechten sein, denn mehr als eine kurze Unterbrechung im Schnarchkonzert war durch die Störung nicht zu erreichen.

»Die Tür steht offen«, sagte Camille und drückte das schmucklose, aber solide gezimmerte Holztor auf. Sie stiegen eine Pferdetreppe hinauf und gelangten in den Burghof. Eine Frau in einem viel zu engen Kleid – sie sieht aus wie eine zu stramm gestopfte Wurst, dachte Marcella – stand vor einer Holztränke und versuchte, eine Ziege zum Trinken zu bewegen. Der Zopf, der unter ihrem Kopftuch hervorlugte, war schlohweiß. Sie schimpfte leise im Dialekt der Bergdörfer.

Damian räusperte sich. »Wir suchen ... hallo? Wir würden gern dem Herrn der Burg unsere Aufwartung ...«

Die Frau ließ sich Zeit mit der Antwort. Sie tränkte erst die Ziege fertig, dann wischte sie mit dem Ärmel die Nase sauber. Endlich drehte sie sich um. Ihr schien eine bissige Antwort auf der Zunge zu liegen – bei dem Gesicht, dass sie machte –, aber dann fiel ihr Blick auf Marcella. Sie öffnete mehrere Male den Mund, ohne ein Wort hinauszubekommen.

Marcella suchte nach einer Beschwichtigung, aber bevor sie etwas sagen konnte, fand das Weib seine Stimme wieder.

»Fort ... fort ... fort ... fort ...« Ihre Arme fuchtelten wild durch die Luft.

»Aber Madame ...«

»Was ist denn los? Brune!« Eine zweite Frau beugte sich aus einem Fenster oben im Donjon. Sie stellte eine Frage, doch die Worte gingen im Gebrüll unter. Das Gesicht verschwand, und in erstaunlich kurzer Zeit erschien eine ältere Dame von vielleicht fünfzig Jahren in der Tür zum Hof. Sie war klein und flink, und ihre eleganten Röcke flatterten, als sie zu der Kreischenden stürzte und ihr eine Ohrfeige gab.

»Brune, bei allen Heiligen! Hör auf der Stelle damit auf! Ihr müsst schon verzeihen ...« Sie wandte sich zu den Gästen. »Ich weiß wahrhaftig nicht ...« Ihr Blick blieb an Marcella hängen. »Sacristi!« Sie schlug die Hand vor den Mund.

»Madame ...«, versuchte Marcella es von neuem.

»Du ... Nein, nein, du bist es nicht. Jeanne, sag, dass du es nicht bist, sonst müsste ich auf der Stelle den Verstand verlieren.«

»Madame! Ich bin ihre Schwester. Ich bin Marcella.«

Hatte die Frau ihr überhaupt zugehört? Sie trat näher, zögerte und berührte schließlich vorsichtig mit den knotigen Fingern Marcellas Wange. In ihren Wimpern, die trotz ihres Alters noch schwarz und dicht waren, hingen plötzlich Tränen.

»Ich bin ihre Schwester«, wiederholte Marcella.

»Oh! ... Oh!« Die Frau fuhr herum und gab der Magd erneut eine Ohrfeige. »Das ist Jeannes Schwester. Begreifst du es nun, Brune? Es ist das Mädchen! Die Kleine, die die Glutperlen an Fabrisses Sau verfütterte.«

Madame Béatrice de Planissoles bewohnte die beiden untersten Stockwerke des Donjons von Montaillou. Sie war die Witwe des alten Kastellans, der in Montaillou und den umliegenden Dörfern im Namen des Grafen von Foix für Ordnung gesorgt hatte. Der neue Kastellan, der ihrem Gatten ins Amt gefolgt war, lebte nicht gern in einem Dorf in den Bergen. Er hatte seine Abneigung in eine gute Tat umgemünzt und Madame de Planissoles Wohnrecht in der Burg eingeräumt, während er selbst in Pamiers ein komfortableres Haus bezogen hatte.

»Hier passiert ja auch nichts«, sagte Madame. »Mon dieu, ich rede, als gäbe es für jedes Wort einen Tag im Himmelreich.«

Sie öffnete die Tür zum Wohnraum des Donjons. »Ich bewohne nur zwei Zimmer, es lohnt nicht, sämtliche Stockwerke sauber zu halten«, erklärte sie, während sie den großen Raum mit seinem Überfluss an Truhen und Tischen in Augenschein nahm, als hätte sie ihn zum ersten Mal betreten. Überall herrschte Unordnung. Aus den Truhen lugten Kleiderzipfel, die von den Deckeln eingeklemmt wurden, schmutziges Geschirr stand auf dem größten Tisch, verwirrtes Garn – Teil einer Stickarbeit – auf einem der kleineren, Kämme, ein Handspiegel und ein Brenneisen bedeckten einen eisernen Faltstuhl, auf der Fensterbank lag ein angefaulter Apfel.

»Marcella hat Glutperlen an eine Sau verfüttert?«, fragte Damian.

»Rubine.« Madame nahm einen Krug zur Hand und goss mit zitternder Hand etwas Wein in einen Becher, den sie auf der Stelle herunterstürzte. »Es waren Rubine aus dem Armschmuck ihrer Frau Mutter. Die Leute hier kennen sich mit Edelsteinen nicht aus. Daher Glutperlen. Heiliger Sebastian, war das eine Schweinerei, sie aus dem Mist herauszusuchen. Aber ein gutes Herz, Monsieur, die kleine Marcella. Der Kopf voller verrückter Ideen, aber ein gutes Herz.«

Sie goss nach. Sie hatte schon im Hof nach Wein gerochen. Er schien ihr Lebenselexier zu sein, denn er gab ihr fast augenblicklich das seelische Gleichgewicht wieder. Ein wehmütiges Lächeln glitt auf ihre Lippen. Sie fegte einen Schnabelschuh von einem Schemel und einen Surcot, in dessen Saum eine dicke Nadel steckte, von einem anderen.

»Setzt Euch«, sagte sie und deutete vage in den Raum, wobei sie offen ließ, wie drei Personen auf dem zweiten

Schemel Platz finden sollten. »O ja, ein gutes Herz. Nur war Marcella damals ein mageres und immer schmutziges Geschöpf, da ahnte man noch nichts von der Schönheit. Ich weine nicht, ich habe ein Staubkorn im Auge.«

Sie hob erneut den Krug und füllte den Becher. Aber dieses Mal trank sie nicht. »Marcella hat die Sau mit Rubinen gefüttert, weil Jean, der Schwachkopf, erzählt hatte, dass der heilige Vater zerstoßene Diamanten gegen sein Darmleiden nimmt. Was ich für eine Lüge halte, und wenn es stimmt, dann ist es eine Dummheit. Nehmt, Monsieur.« Sie reichte den Becher an Damian weiter. »Marcella ... verzeih, wenn ich dich anstarre, als wärst du der Knochen eines Heiligen. Ich bin völlig durcheinander. Was ... was tust du hier?« Sie hatte bisher in einem weichen, zerstreuten Tonfall gesprochen, der ihrem Naturell zu entsprechen schien. Die letzte Frage kam aufmerksamer.

»Eigentlich gar nichts. Ich wollte meine Heimat wiedersehen. Ich war ja so lange fort.«

Madame nickte.

»Nur kann ich mich nicht mehr besinnen, wo unser Haus gestanden hat. Ich weiß es einfach nicht mehr.«

»Hinter dem Wäldchen bei der Kirche. Es liegt ziemlich einsam an einem Hang, an dem Weinreben wachsen – was sehr ungewöhnlich für das Alion ist. Der Wein, meine ich. Aber euer Wein war gut. Besinnst du dich? Jeanne hat ihn mit Maulbeeren gewürzt.«

»Um ehrlich zu sein, ich erinnere mich an gar nichts mehr«, sagte Marcella.

»An nichts? Tatsächlich? Wie ist das möglich?«

»Ich weiß nicht. Aber es ist, als hätte sich über meine Erinnerung eine Decke gelegt. Manchmal glaube ich ein Gesicht zu sehen oder eine Stimme zu hören, aber es ist sofort wieder weg, wie sehr ich mich auch konzentriere.«

»Wie merkwürdig.« Mit einem Mal sah Madame de Planissoles unbeschreiblich erleichtert aus.

14. Kapitel

Brune und der Wächter – ein älterer Mann mit einem Ekzem an den Armen, an dem er unablässig kratzte – räumten zwei Zimmer in den oberen Geschossen frei. Spinnweben wurden beiseite gekehrt, das alte, nach Urin stinkende Stroh zusammengefegt und durch sauberes aus einem der Wachtürme ersetzt, und die Betten unter Madames Anleitung von Plunder befreit und entstaubt.

Damian entfloh dem Angriff auf den Schmutz, indem er einen Spaziergang machte, und Camille entwich mit der Erklärung, dass sie in der kleinen Kirche für Théophiles Rückkehr beten würde.

Marcella blieb.

»Hier haben meine Töchter gewohnt, erinnerst du dich, Kindchen? Du hast gern mit Azéma gespielt.« Madame nahm einen Schluck aus ihrem Becher, der wie durch Zauberei ständig gefüllt zu sein schien. »Sie hat inzwischen selbst drei Töchter, die allerdings, was die Schönheit angeht, nach dem Vater ... Brune, schüttle die Betten durch das Fenster aus ... Ich werde kochen, Marcella. O ja, und ich mache es selbst, mit eigenen Händen. Ich bin eine begabte Köchin, auch, wenn es nicht das Erste ist, dessen sich eine Dame rühmen sollte. Aber was schadet es? Hier oben zerreißt sich über so was niemand das Maul. Hier darf eine Madame kochen und eine Bäuerin ... Es ist anders als in den Städten, aber nicht schlechter.«

»Ihr seid sehr freundlich, Madame. Würde es Euch etwas ausmachen, ein Gericht ohne Fleisch zu kochen?«

Madame, die schon auf dem Weg hinaus war, stockte kurz. »Aber gewiss nicht«, sagte sie leichthin.

Damian kehrte kurz vor Einbruch der Dunkelheit zurück. Er trug einen Korb mit Eiern bei sich, die er unverzüglich in die kleine Küche brachte, die zum Schutz vor Flammen in einer Ecke des Burghofs im unteren Teil eines Wachtturmes errichtet worden war. Marcella, die ihm vom Fenster ihres Zimmers aus zusah, hörte, wie Madame de Planissoles einen erstaunten Ruf ausstieß.

»Ein aufmerksamer Herr, wahrhaftig. Wie seid Ihr drauf gekommen, dass mir Eier fehlen würden? Wartet, ein Strohhalm, nein, hier, auf der Schulter ... Ist die traurige Madame zurück? Sagt Marcella, bei Einbruch der Nacht wird gespeist ... vielleicht ein wenig später ...«

»Was hast du gesehen?«, fragte Marcella, als Damian kurz darauf ihr Zimmer betrat. Sie hatte sich gewaschen und trug ein Kleid von Madame, dessen Pracht vor allem in einer Unzahl verschiedenfarbiger Bordüren und Spitzen bestand.

»Hübsch«, spöttelte Damian und setzte sich auf Camilles Bett.

Genau wie damals, dachte Marcella. Als wäre der Schleier zum Gestern gerissen, glaubte sie ein Mädchen zu sehen – ein gertenschlankes Geschöpf mit wehenden blonden Haaren –, das sich auf die Matratze plumpsen ließ. Das Mädchen verschwand, und sie sah, dass Damian sie prüfend betrachtete.

»Ein bisschen geschlafen?«

»Ein bisschen ... gar nichts getan. Und du?«

»Ich habe einen Mann gebeten, ins Dorf des armen Grégoire zu gehen, damit sie, wenn möglich, von dort aus seine Leiche bergen. Ich habe Eier gekauft, um Madames Herz zu stehlen. Ich habe einen Blick auf das Haus geworfen.«

Er brauchte nicht zu sagen, welches Haus er meinte. »Und?«

»Die Türen sind verrammelt und mit Schlössern versehen. Die Fenster im Erdgeschoss sind mit Brettern vernagelt. Ein altes Haus. Aus dem Stein dieser Gegend gebaut, aber mit der Zeit fast schwarz geworden. Das muss schon so gewesen sein, als du hier gelebt hast. Inzwischen sind die Mauern teilweise mit Wein zugewuchert.«

»Gibt es den Rosengarten noch?«

»Alles ist verwildert und wächst durcheinander. Ich glaube nicht, dass du einen Garten finden könntest.«

»Ich will es mir ansehen.«

»Darum sind wir hierher gekommen.«

»Sie hatte Jeanne gern.«

Damian war einen Moment verwirrt.

»Madame de Planissoles«, sagte Marcella.

»Zumindest scheint sie sie gut gekannt zu haben.«

»Sie hat sie gut gekannt, und sie hatte sie gern. Und da sie selbst ein freundlicher Mensch ist ... ich meine, das lässt doch Schlüsse zu.«

Damian nahm Marcellas Hände. »Wir werden das alles herausfinden«, sagte er.

Madame hatte auch das große Zimmer putzen lassen – den Palas, wie sie es ein wenig übertrieben nannte –, und als Marcella und Camille den Raum am Abend betraten, strahlte er vor Sauberkeit. Verschwenderisches Kerzenlicht ließ das Tischtuch weißsilbern aufleuchten. Ihre Gastgeberin hatte ihnen zu Ehren Schmuck angelegt, einen Stirnreif, in den Perlen eingearbeitet waren. Den Schleier, Symbol ehrbarer Ehelichkeit, hatte sie verschmäht, dafür fielen üppige schwarze Locken auf ihre Schultern. Pechschwarze Haare –

und das in diesem Alter. Marcella sah, wie Camille die Stirn runzelte. Sie selbst musste lächeln.

Aufgeregt kam Madame ihnen entgegen. »Er scherzt«, erklärte sie und deutete auf Damian, der bereits zu Tisch saß. »Ich höre nicht mehr auf zu lachen. So ein fröhlicher und gebildeter Herr. Hier Marcella, setze dich gleich neben mich … und Madame Camille … Das ist das Einzige, was mir in Montaillou fehlt: die höfischen Sitten. Wusstet ihr, dass ich in meiner Jugend neun Wochen am Hof des Grafen von Foix verbracht habe? Ich habe dort Italienisch gelernt. Aber mit wem soll ich es sprechen? Mit Brune?« Sie wackelte mit dem Kopf bei dieser überaus komischen Vorstellung. »Ich bin einmal ein fröhlicher Mensch gewesen, aber das Alter hat mich schwermütig gemacht. Wie … belebend, wieder einmal von Herzen lachen zu können. Brune, trag das Brot und die Schüssel mit der Rübensuppe auf.«

Madame kochte in der Tat delikat. Vor allem aber liebte sie den Wein. Sie besaß zwei Becher aus dickem, blauen Glas. Einen hatte sie Damian gegeben, den anderen teilte sie mit den Frauen.

»Trinkt«, forderte sie ihre Gäste auf und ging ihnen unverzüglich mit gutem Beispiel voran. »Er ist aus Bordeaux. Für mich muss Wein rot sein – wie die Liebe, wie das Leben in seinen aufregendsten Zeiten. Und süß. Oder mit Nelken oder Maulbeeren gewürzt, so wie Jeanne es immer machte. Dann steigt er zu Kopf wie der Falke in den Himmel. A notre santé, liebe Freunde!«

Sie füllte sofort nach, ließ Camille und Marcella kosten und trank den Rest des Glases leer. Der Rübensuppe folgte ein Salat mit Eiern, dazwischen Wein, dann kam ein weicher Käse. Und wieder Wein.

»Madame«, begann Marcella, als die Burgherrin eine Pause machte in ihren Erzählungen über den Hof von Foix und die Segnungen und Kümmernisse der Mutterschaft. »Madame, ich bin hierher gekommen, weil ich etwas über

Jeanne erfahren möchte. Ich sagte es schon. Wollt Ihr nicht ein wenig über sie erzählen?« Sie stockte. Über das Gesicht ihrer Gastgeberin hatte sich ein Schatten gelegt. Ganz leicht zwickte sie das Gewissen. Madame war betrunken, und sie nutzte diesen Umstand schamlos aus.

»Jeanne«, wiederholte Madame mit schwerer Zunge.

»Was ich bisher über sie erfahren habe, war ... traurig. Ich kann das einfach nicht glauben. Auch wenn ich mich an vieles nicht erinnere ...«

»Jeanne, ja.« Madame hob einen Zipfel ihrer Kotte, um sich einen Fleck vom Kinn zu wischen. »Jeanne war ein ... ein Engel. Stimmt's, Brune?«

Die alte Frau, die sich mit den Resten der Rübensuppe auf einen Schemel in der Ecke des Raums verzogen hatte, schielte beunruhigt zu ihrer Herrin.

»Hatte geschickte Finger zum Lausen und konnte ... Gedichte rezitieren. Auf Italienisch. Sie sprach italienisch, die Süße. Wenigstens eine in diesem Schweinenest«, nuschelte Madame.

»Sie sprach italienisch?«

»Und sang.« Madame nickte trübe. »Schöne tiefe Stimme. Kannst du singen?«

»Bischof Fournier nannte Jeanne eine Hure«, sagte Damian.

Madame stockte, als sie den Namen des Inquisitors hörte. Sie streckte die Hand nach dem Käse aus, bohrte mit dem Zeigefinger in der weichen Masse und führte die dicken Fäden zum Mund. »Hure?«

»Ja.«

»Soll ich dir was sagen? Also ...« Madame kaute gelassen zu Ende, bevor sie weitersprach. »Hure?«

Damian nickte.

»Der Bischof ... war von der Inqui... Inquisition. Kommt hierher, weil er Huren sucht, ja?«

»Eigentlich eher Ketzer«, meinte Damian.

»Madame ist müde.« Brune war aufgestanden und griff nach dem Ellbogen ihrer Herrin. Aber Madame schob ihre Hand beiseite.

»Ketzer, ja. Aber auch Huren. Weil er nämlich selbst brennt. Die nichts dürfen, brennen am heißesten.«

Damian verdrehte bei dem abgedroschenen Vorwurf, der allen Geistlichen gemacht wurde, die Augen. Er hatte wohl gedacht, seine Gastgeberin wäre zu betrunken, um es zu merken, aber sie warf ihm einen vorwurfsvollen Blick zu.

»Wenn Brune fegt, sucht sie Dreck – und findet Dreck. Jacques Fournier ...« Madame lächelte, weil sie den Namen ohne Stolpern über die Lippen gebracht hatte. »... findet Huren.«

»Ihr meint, es war gar nichts dran an dem Vorwurf?«, fragte Marcella.

»Hm? Ja.« Madame starrte trübsinnig in den Becher, den dieses Mal niemand wieder gefüllt hatte. »Schönes Dorf. Mehr Ketzer als Ratten in den Scheunen. Auch Huren. Aber Jeanne ...«

»Madame!«, unterbrach Brune sie wild.

Ihre Herrin rülpste.

»Sie ist betrunken. Heilige Odette, so sollte eine Dame nicht trinken«, flüsterte Camille voller Abscheu.

»Hatte Jeanne gern«, meinte Madame versonnen. »War nur ein bisschen ... was war sie, Brune, äh?«

Die Magd schüttelte den Kopf.

»Dumm«, erklärte Madame. »Sie war ... dumm.«

Die Sonne ging auf, und sie war in Montaillou. Die Hähne des Dorfes krähten um die Wette, irgendwo schlug jemand Holz, ein Kind weinte, ein Auerhahn balzte. In Marcellas Schlafkammer drang Sonnenlicht und außerdem ein besonderer Geruch, der sie an Harz erinnerte. Sie wusste nicht, welchen Ursprung er hatte, aber er überschwemmte sie mit dem Gefühl, heimgekommen zu sein.

Jeanne war keine Hure gewesen. Madame hatte es gesagt, und jeder wusste, dass Kinder und Betrunkene nicht logen. Da siehst du es, Damian, flüsterte sie. Was auch immer Jeanne getan oder nicht getan hatte – für das Leben jetzt, für Damians Liebe, für die Stellung, die sie in Zukunft in Venedig einnehmen würde, spielte es keine Rolle. Und dennoch war Marcella überschwänglich guter Laune, als sie aus dem Bett kroch.

Camille gab im Halbschlaf einen Jammerton von sich. Hatte sie, ungeachtet ihrer eigenen Strafpredigt, selbst mehr von dem Wein genossen, als ihr gut tat? Oder träumte sie von ihrem Théophile? Egal.

Leise und auf nackten Sohlen wandte Marcella sich zu einem der drei Fenster, die die Kammer besaß. Der Blick ging nach Prades. Dieser Name kam ihr ohne Überlegung in den Sinn, und sie war überzeugt, dass er stimmte. In Prades konnte man Schuhe besohlen lassen. Es gab dort einen guten Schuster. Und er hieß ... Sein Name fiel ihr trotz Grübelns nicht ein. Enttäuscht gab sie es auf. Nun, zumindest eines stand fest: Ihre Anwesenheit hier ließ die Kindheit wieder erwachen. Sie musste nur hartnäckig genug danach bohren.

Das zweite Fenster zeigte auf den Burghof. Sie blickte auf die sechs Fuß hohe Mauer, die alt und bröcklig war, auf die Viehtränke, deren Holz zu faulen schien, und hinüber zur Küche und zu den Ställen: nichts. Eine Burg, heruntergekommen, als hätte sich seit Jahren niemand mehr um den Besitz gekümmert, was ja auch zutraf. Aber kein Ort, der eine Erinnerung weckte.

Vom dritten Fenster aus konnte sie das Dorf in Augenschein nehmen. Ziemlich genau in seiner Mitte lag der Dorfplatz mit einer stattlichen Ulme, unter der mehrere Holzbänke standen – offenbar der einzige öffentliche Platz in Montaillou, wenn man von der Kirche außerhalb des Ortes absah. Die Häuser hatten flache, grasbewachsene Dächer, und Marcella meinte sich zu erinnern, dass man auf ihnen spielen konnte.

Der Reichtum war in Montaillou unterschiedlich verteilt: Neben Dutzenden ärmlicher Hütten gab es einige ansehnliche Höfe, die durch ihre Größe, durch separate Kornscheunen und einige sogar durch Hauswände aus Stein auf sich aufmerksam machten.

Ihr Blick fiel auf ein Gehöft, dessen Haus als Einziges im Dorf zwei Geschosse besaß. War das ihr Heim gewesen? Nein, Damian hatte doch von Unkraut und vernagelten Fenstern geredet. Trotzdem schien ihr dieses Haus vertrauter als die anderen zu sein. Sie mochte es nicht. Das war alles, was ihr einfiel, als sie auf den halbkreisförmig von einer Mauer eingeschlossenen Garten starrte, in dem auf einem Rasenstück Wäsche bleichte. Die Haustür, die nach vorn zur Straße ging, war rot gestrichen. Es gab noch eine zweite rote Tür an der Seite des Hauses, zu der mehrere Stufen hinabführten: offenbar eine Kellertür.

Abrupt wandte Marcella sich ab. Das Haus hatte ihr, aus welchen Gründen auch immer, die Laune verdorben. Ärgerlich blickte sie sich im Zimmer um. Sie hätte wieder zu Bett gehen können, aber danach war ihr nicht zumute. Sie sah, wie Camille ein Auge öffnete und es mit einem verschlafenen Seufzer gleich wieder schloss.

Schließlich trat sie zu der Waschschüssel, wusch sich hastig, schlüpfte in ihr eigenes Kleid, das inzwischen trocken war, und machte sich auf den Weg hinaus.

Es gab noch einiges zu entdecken. Vielleicht das Überraschendste: Die Menschen von Montaillou hatten Zeit. Anders als in der Stadt war hier die harte Arbeit des Jahres getan. Die Leute standen in den Türen oder an den Zäunen ihrer kleinen Gärten und unterhielten sich miteinander. Unterbrachen sie ihre Gespräche, wenn sie die Besucherin erblickten, die den Weg hinunterspazierte? Erst kam es

Marcella nicht so vor, aber dann merkte sie, wie manche die Köpfe wegdrehten und Gespräche verstummten, die, wenn sie vorüber war, umso lebhafter wieder aufflammten. Man hatte sie also auch im Dorf wiedererkannt!

Gütiger Himmel, vor fünfzehn Jahren hätte ich die Leute angesprochen, dachte sie. Ich hätte ihre Namen gewusst und darauf spekuliert, wer mir einen Apfel schenkt. Was sprach dagegen, an die alten Bande wieder anzuknüpfen? Eigentlich nichts. Dennoch hielt sie eine unbegreifliche Scheu zurück.

Sie erreichte den Dorfplatz und fand hinter der Ulme den Dorfbrunnen, der von einer niedrigen Mauer umgeben war. Um den Brunnen hatten die Leute eine Pflasterung angelegt, sicher ein guter Gedanke, denn hier mussten oft Wasserlachen stehen. Ein blanker Schöpfeimer hing an einer Kette, die über eine Winde lief. Marcella fühlte sich versucht, ihn in die Tiefe zu lassen. Hatte sie früher dergleichen getan? Hatte man sie Wasser holen geschickt? Sie legte die Hand auf die Kurbel und versuchte, sie in Bewegung zu setzen. Nein, der Eimer wäre für ein sieben- oder achtjähriges Mädchen zu schwer gewesen.

Als sie sich umdrehte, erblickte sie plötzlich eine Frau, die hinter dem Mäuerchen kauerte. Das Weib hatte den Kopf über den Rand geschoben und stierte sie an. Ihr Haar war zottelig wie ein graues, verfilztes Schafsvlies und bildete einen sonderbaren Gegensatz zu dem weinroten, sicher nicht billigen Surcot, den sie trug. Verlegen und zornig, weil sie ertappt worden war, sprang sie auf die Füße und lief davon.

Marcella zuckte die Achseln. Sie nahm denselben Weg wie die Zottelfrau, konnte sie aber nirgendwo mehr entdecken.

Montaillou war ein beschauliches Plätzchen in einem beschaulichen Flecken Land. Als Marcella die letzten Höfe hinter sich gelassen hatte, breiteten sich vor ihr terrassenförmig angelegte Felder aus. Die Felder waren von einem erdigen Braun, die Wiesen dahinter gelb. Da die Sonne schien, wirkten sie wie ein Meer aus Goldwogen, die sich am Grün der umstehenden Nadelwälder brachen. Ihr wurde warm ums Herz. Doch, ja, ich bin nach Hause gekommen, dachte sie. Die Felder waren abgeerntet. Magere Ziegen und knochiges Rindvieh zupften an den letzten Halmen und düngten die Äcker für die kommende Saat. Ein Junge, sicher der Schäfer, schlief in einer Sandmulde.

Sie kam an eine Kreuzung. Der eine, breitere Weg verlor sich rasch in den Feldern. Sie nahm an, dass er nach Prades führte. Der zweite hielt geradewegs auf die Kirche zu. Marcella entschied sich für das Kirchlein, und als sie es erreichte, ging sie noch ein Stück weiter. Schließlich entdeckte sie inmitten eines Wäldchens einen verfallenen Turm.

Von einem Moment zum nächsten schlug ihr das Herz bis zum Hals. *Der Turm ist innen mit Moos bedeckt, und eine Treppe führt in eine Kuhle, in der man ein Feuer entzünden kann.* Sie wusste es so genau, wie sie ihren Namen kannte oder das Ave Maria.

Unsicher blickte sie sich um. Keine Menschenseele war zu entdecken, natürlich nicht. Auch wenn die Bauern von Montaillou ihr nachgeschaut hatten – ihr Interesse würde kaum so groß sein, ihr aus dem Dorf zu folgen.

Marcella erreichte den Turm und umrundete vorsichtig den Erdbuckel, auf dem er errichtet war. Der Eingang befand sich auf der Nordseite und ließ sich über die Reste einiger alter Steinstufen erreichen. Das kleine Viereck innerhalb der Mauern – vielleicht zehn mal zehn Fuß groß – war tatsächlich mit satten, hellgrünen Moosfladen besetzt, die an den Wänden hinaufkrochen. Aber es gab keine Kuhle. Oder doch?

Marcella schob mit den Füßen einen mürben Blätterhaufen beiseite, der sich in einer Ecke türmte. Schwarzorange Totengräber flitzten verschreckt durchs Licht. Nein, keine Stufen, sie fand nur eine Senke in einer der Turmecken, vielleicht einen ehemaligen Vorratsraum, der früher unter einer Falltür versteckt gewesen war. Sie bückte sich und schaufelte den Rest der Blätter beiseite. Was sie entdeckte, bedeutete keine Überraschung. Die Blätter hatten eine Kuhle gefüllt, gerade groß und tief genug, damit zwei Kinder gemütlich einander gegenübersitzen und zwischen sich ein Feuerchen entzünden konnten.

Marcella schob die Blätter zurück und kletterte wieder ins Freie. Sie wusste plötzlich, wohin sie sich wenden musste, um zu ihrem Elternhaus zu kommen. Sie durchquerte das Wäldchen – einen kleinen Nutzwald, aus dem die Bauern so viel Bau- und Brennholz geholt hatten, dass er von Sonnenlicht durchflutet war – und folgte kurz dem Lauf eines Baches. Da tauchte das Haus auch schon auf.

Es ist gefangen, war ihr erster überwältigender Eindruck.

Tatsächlich hatten die Weinreben, die früher vielleicht einmal Teil eines Weingartens gewesen waren, die Mauern erklommen und sich wie das Netz einer Spinne um das Gebäude gelegt. Sie hatten sich in den Mörtel gebohrt und die Bretter, die vor die Fenster genagelt waren, überwuchert und teilweise gesprengt. Letzte Blätter des roten Weinlaubes, in denen sich die Sonne fing, erinnerten an Feuerfunken.

Marcellas Blick wanderte. Sie starrte hinauf zu einem kleinen Fenster auf der linken Seite. Es unterschied sich in nichts von den anderen Fenstern, und doch schien es damit eine besondere Bewandtnis zu haben. Gehörte das Fenster zu ihrem ehemaligen Zimmer?

Ich geh da nicht rein, Elsa! Ihr Herz hämmerte so stark, dass es regelrecht wehtat. Ihr war, als ob das Haus sie anblickte. Als ob es sie mit blinden Augen – vorwurfsvoll! – anblickte.

Stürmisch drehte Marcella sich um. Sie würde dieses Haus weder mit Damian noch ohne ihn je betreten, das war ihr innerhalb dieses kurzen Augenblicks zur Gewissheit geworden. Es war töricht gewesen, überhaupt hierher zu kommen. Wer hatte etwas davon, die Vergangenheit aufzuwühlen? Welchen Nutzen brachte es, die Toten zu stören? Sie raffte den Kleidersaum und hastete, als wäre ihr etwas Böses auf den Fersen, in den Wald zurück.

Nur langsam beruhigte sie sich wieder. In den Baumkronen zwitscherten und flatterten Vögel, es war geradezu unnatürlich mild. Der laue Wind und das Licht halfen ihr, sich wieder zu entspannen. Als die Turmruine in Sicht kam, schlug ihr Herz wieder im gewohnten Takt.

Marcella zögerte, als sie das alte Gemäuer erreichte. *Ich habe mich hier verkrochen, wenn ich in Schwierigkeiten steckte, Elsa. Dies war meine Trutzburg.*

Doch das war vorbei. Die schmutzige kleine Marcella war von ihrem Vater in ein buntes Kleid gesteckt und nach Deutschland geschickt worden. Und wusste nicht einmal mehr, wer der Spielgefährte gewesen war, mit dem sie hier ihre Zeit vertrödelt hatte.

Schweren Herzens wollte sie dem Turm den Rücken kehren, da hörte sie plötzlich, wie ein kräftiger Zweig knackte.

Die Frau mit dem verfilzten Haar schien geradewegs aus dem Boden gewachsen zu sein. Ihr rotes Kleid trug Schmutzspuren und Reste von Blättern, als wäre sie wie ein abenteuerlustiges Kind über den Waldboden gekrochen. Wie alt mochte sie sein? Wie Madame de Planissoles? Wahrscheinlich jünger. Ihre Hände waren schwielig, und Arbeit macht bekanntlich alt. Der elegante Surcot passt nicht zu ihr, dachte Marcella. Er sieht aus wie eine Verkleidung.

Nur widerwillig blickte sie der Fremden ins Gesicht. Zwei nackte Augen – weder Wimpern noch Augenbrauen waren zu erkennen – starrten sie an. Die Höflichkeit hätte geboten, etwas zu sagen, und sei es nur, einen guten Tag zu wünschen. Aber unter dem stieren, unheimlichen Blick versiegten die Worte auf Marcellas Zunge.

Irgendwo trommelte ein Specht und ein Tier, vielleicht ein Kaninchen, huschte durch die dürren Blätter.

»Mein Name ist Marcella Bonifaz. Ich ... kenne ich Euch?«

Die Frau besaß doch Wimpern. Sie waren nur so hell, dass sie unsichtbar schienen. Ihre Nase war breit, mit großen, rosigen Nasenlöchern, und die Oberlippe schob sich über ihre Unterlippe. Nicht nur das Haar – auch das Gesicht verlieh ihr das Aussehen eines Schafs.

»Ihr seid aus dem Dorf?«

Die Schafsfrau hatte eine dünne Strohtasche hinter dem Rücken verborgen gehalten, die sie nun hervorzog.

»Ich muss heim«, sagte Marcella. »Einen guten Tag noch.« Und danke für das Gespräch, dachte sie ärgerlich.

Die Frau fasste in die Tasche. Sie zog einen Stein hervor und warf ihn auf Marcella. Dabei verfehlte sie nur knapp ihr Gesicht, streifte dafür aber ihr Kinn. Mehr aus Überraschung als wegen des Schmerzes fasste Marcella an die Stelle, an der sie attackiert worden war.

Die Frau griff erneut in den Beutel.

Entsetzt wandte Marcella sich zur Flucht.

Der nächste Stein traf sie am Hinterkopf, ein zweiter an der Wade. Die Frau konnte nicht gut zielen. Marcella hörte noch drei- oder viermal einen Stein in das Laub fallen, dann hatte sie den Rand des Wäldchens erreicht. Montaillou lag vor ihr im Sonnenschein. Sie rannte noch ein Stück weiter. Als sie sich schließlich umwandte, war die Frau verschwunden.

15. Kapitel

Ich weiß nicht, wer sie war.«

Damian nickte. Er versuchte, ihre Wunde am Hinterkopf zu untersuchen, aber sie hielt es nicht aus, still zu sitzen.

»Sie ist mir gefolgt. Lass ... lass! Ich sag doch – es ist nichts.« Die Schlafkammer, dieser ganze Donjon mit seinen dicken Mauern machte sie verrückt. Rastlos ging Marcella zum Fenster und kehrte gleich wieder um. »Sie *kannte* mich. Sie ist mir nicht zufällig begegnet. Sie ist mir erst zum Brunnen nachgeschlichen und dann zum Haus meines Vaters und dann durch den Wald. Sie muss die ganze Zeit hinter mir gewesen sein mit ... mit ihrem verfluchten Steinebeutel.« Sie konnte nicht verhindern, dass sie erneut in Tränen ausbrach.

Die Tür wurde geöffnet. Camille schob den Kopf durch den Spalt. »Ach du heilige ...! Madame ... so viel Blut.«

»Es sind nur ein paar Kratzer. Hoffe ich«, sagte Damian. »Ich wünschte, du würdest einen Moment ...«

»Und *ich* kenne sie auch. Vielleicht nicht ihren Namen, aber ... Hölle noch mal! Ich ersticke ...« Marcella stürmte zur Tür und schob Camille zur Seite. Sie hatte es zu eilig. Sie rutschte auf der Wendeltreppe aus und ratschte sich den Ellbogen auf. Aber schlimmer als das waren diese Mauern. Erst hatte sie nicht schnell genug in die Burg kommen können, jetzt fühlte sie sich, als würde ihr jemand die Gurgel zudrücken. Sie eilte in den Palas, vorbei an den Resten der vorabendlichen Mahlzeit.

»Was tut Ihr, Madame? Was tut sie denn, Monsieur?«, jammerte Camille, die ihnen folgte. Damian hatte Marcella erreicht und packte sie.

»Was soll der Lärm?«, ertönte Madame de Planissoles' Stimme aus dem oberen Stockwerk.

Camille lief zur Tür und rief durch den Treppenschacht: »Könnt Ihr vielleicht eine Schüssel Wasser besorgen?«

Mit sanftem Druck nötigte Damian Marcella, sich zu ihm umzudrehen.

»Sie wollte mich töten!«

»Du warst acht Jahre alt, als du Montaillou verlassen hast. Was könnte ein acht Jahre altes Kind getan haben, um einen Hass auf sich zu ziehen, der einen Mord auslöst?«

»Das weiß ich nicht.«

»Und sie hat *kein* Wort …? Nun setz dich endlich und lass mich sehen, wie die Wunde aussieht. Du hast zu viele Haare, mein Schatz. Kein einziges Wort?«

Madame erschien in der Tür. Sie trug noch die Röcke des vergangenen Abends und hatte weder ihre Frisur gelöst noch ihr Gesicht gewaschen. Am Kinn klebten Eireste.

»Nein doch«, fauchte Marcella.

»Stellt Euch vor, Madame de Planissoles, jemand hat Marcella mit Steinen beworfen«, erklärte Camille ihrer Gastgeberin, die mit verständnisloser Miene zu erfassen versuchte, was in ihrer Stube vor sich ging.

»Wer?«

»Ja, wer?«, echote Camille.

»Sie trug ein rotes Kleid. Mit Krapp gefärbt«, sagte Marcella, wobei das Letzte keine Rolle spielte und wahrscheinlich nicht einmal stimmte.

»Grazida Maury. Der Himmel weiß, warum Belot, der Schwachkopf, ihr ein rotes Kleid kaufen musste. Sie sieht darin aus wie eine Gans im Hochzeitsstaat«, sagte Madame.

Eine Spange löste sich aus ihrem Haar, die schwarzen Locken rutschten auf ihre Schultern.

»Und warum wirft das Weib mit Steinen?«, fragte Damian, während er Marcellas Kopfhaut untersuchte.

Madame blickte sich fahrig um. Auf der Fensterbank entdeckte sie eines der Gläser vom Vorabend. Erleichtert stellte sie fest, dass noch ein Rest Wein darin war. Ein roter, flüssiger Faden rann aus ihrem Mundwinkel, als sie ihn hinabstürzte.

»Madame! Diese Grazida ist Marcella vom Dorf aus zu ihrem Vaterhaus gefolgt – und dort hat sie begonnen, sie mit Steinen zu bewerfen. Warum?«

»Aus ... keinem besonderen Grund. Außer weil sie schwachsinnig und ein verqueres Huhn ist.«

»Und Ihr Schwachsinn ist von der Art, dass sie fremde Leute angreift?«

Madame de Planissoles' Blick irrte zu dem Weinkrug. »Sie hasst jedermann.«

»Nein«, brauste Marcella auf. »Sie hasst durchaus nicht jedermann. Sie hatte es auf mich ... sie hatte es auf *Jeanne* abgesehen!«

»Jedenfalls hat sie nicht viel Kraft – und zielt erbärmlich. Zum Glück«, sagte Damian.

Gegen Mittag pochte es unten am Tor, und der Wächter führte Matteo in den Palas. Der Italiener war schlechter Laune und berichtete, dass Arnaud nicht wieder aufgetaucht sei.

»Was ich aber eher glaube, ist, dass er doch zurückkehre, sich aber nicht zeige, sondern mich heimlich beobachtete«, sagte der junge Mann. »Der Hund ist manchmal wie verrückt zwischen die Sträucher gefegt. Warum soll ich mich von einem dämlichen Narren beobachten lassen und seine Schafe hüten? Ich hatte gedacht, Narbonne ist Einsamkeit, aber diese von allen Geistern verlassenen Berge ...«

Erschöpft von dem langen Weg, den er zu Fuß hatte zurücklegen müssen, ließ er sich auf eine der Bänke in Madame de Planissoles' Fenster sinken. Ein Mann hatte ihn ein Stückchen mitgenommen und ihm den Weg gewiesen. Aber wer sollte das Kauderwelsch, das sie hier sprachen, verstehen? Der Mann hatte ständig gegrinst, und die Bretter seines Ochsenkarrens waren voller Vogelkacke gewesen.

»Das tut mir Leid«, sagte Marcella, ohne wirklich bei der Sache zu sein. Madame de Planissoles war in ihr Zimmer geflüchtet, nachdem Damian ihr wie ein Inquisitor den Namen des Bayle herausgepresst hatte, der für die Ordnung in Montaillou zuständig war. *Bernard Belot.*

»Sucht ihn nicht auf, Monsieur«, hatte sie geraten und zwei Finger ihrer Hand gegen die Schläfe gepresst, als hätte sie fürchterliches Kopfweh, was nach dem Saufgelage der vergangenen Nacht wahrscheinlich auch stimmte.

Damian hatte den Rat in den Wind geschlagen und sich unverzüglich auf den Weg gemacht, um Anzeige zu erstatten. »Zumindest will ich wissen, was es mit dieser Grazida auf sich hat«, hatte er ärgerlich erklärt.

»Ich bin gefangen wie ein Vogel in der Leimtüte«, murmelte Matteo mit auf die Hände gestütztem Kopf. »Jeder Ritter kann, wenn er will, Kaufmann werden. Er verliert dadurch seine Ehre, aber was kümmert sich ein Händler schon um Tugenden. Nur umgekehrt ist's nicht möglich. Théophile nimmt mich zu seinen adligen Freunden mit, und die meisten sind liebenswürdig, weil ... weil ich gut mit Waffen umgehen kann ... oder ... weil ich Geld habe. Aber ich werde in ihren Augen niemals gleichwertig sein.«

»Ja, das ist wirklich traurig«, sagte Marcella und wünschte sich, er würde gehen. Aber Matteo war offenbar zu lange ohne Gesprächspartner gewesen.

»Ich bin wie ein Adler zwischen Hühnern. Die Hühner legen die Eier und keiner könnte bestreiten, dass sie nützlicher sind. Aber trotzdem kann ein Adler unter ihnen nicht glücklich sein. Begreift Ihr, was ich meine?«

»Einigermaßen, ja. Oben habt Ihr ein Bett zum Ausruhen.«

Matteo nickte trübe. »Ihr seid ziemlich nett. Das meine ich jetzt ehrlich.« Er ging zur Tür, aber plötzlich hielt er inne, wandte sich um und wirkte auf einmal beschämt und schrecklich verlegen. »Da ist noch etwas, was mir auf dem Gewissen liegt. Ich weiß nicht, wie ich's Euch sagen soll, und vielleicht wäre es sowieso besser, wenn ich den Mund hielte ...«

»Ja?«

»Aber einmal muss es doch heraus. Dann kann ich's auch gleich beichten.« Er blickte zu Boden.

Herr im Himmel, dachte Marcella und starrte den Jungen an. Damian hat Recht. Es ist doch Matteo gewesen, der Robert Lac tötete, um den Betrug an seinem Onkel zu verschleiern. *Ich will das nicht hören, Elsa. Er soll sich jemand anderen suchen, um seine Untaten zu gestehen.*

»Ich habe Euch belogen, Marcella.«

»*Bitte?*«

»Die Wahrheit ist ...«

Sie wartete.

»Schwört Ihr, dass Ihr mir nicht zürnt?«

Er hat Lac umgebracht und Angst, dass ich mit ihm schelte. *Elsa, er ist verrückt.* »Was ist die Wahrheit?«

»Dass ich Euch mag, ja«, platzte Matteo heraus, »aber ich habe niemals die wahre und tiefe Liebe für Euch empfunden, die das Herz eines edlen Mannes beseelen und zu großen Taten aufstacheln sollte. Ich habe mir gewünscht, dass es so ist, und lange auch daran geglaubt. Ein Held braucht nämlich beides – den Zorn für große Taten und das Herz für die Liebe. Manchmal war ich düster vor Eifersucht und hoffte, das als Zeichen nehmen zu können ...«

»Jetzt reicht's«, sagte Marcella.

»Nicht, dass Ihr denkt, es habe etwas damit zu tun, dass Ihr schon älter seid oder nicht schön genug ...«

»Verschwinde, Matteo, bevor es ein Unglück gibt!«

Er ließ die Schultern noch ein Stück tiefer hängen. »Denkt Ihr, dass Ihr mir irgendwann vergeben könntet?«

»Nein«, sagte Marcella und schob ihn hinaus.

Damian hatte den Bayle nicht angetroffen. Der Mann war nach Ax hinuntergegangen, um ein paar Säcke Gerste in der Grafschaftsmühle mahlen zu lassen. »Das halbe Dorf hängt im Fenster, wenn ich die Straße entlanggehe«, sagte er.

»Ich weiß. Mich haben sie auch beobachtet.« Marcella hielt einen Handspiegel in der Hand und begutachtete die Wunde an ihrem Kinn. »Hier wird es eine Narbe geben.«

»Ist das schlimm?«

»Ich weiß nicht«, sagte sie. »Ich muss mich ja selbst nicht anschauen.«

Damian lächelte sie an. »Und ich schiele habgierig nur auf den Safran, den du in die Ehe bringst.«

»Den hab ich gerettet.«

»Tatsächlich? Er ist nicht Opfer der Fluten geworden?«

»Erinnerst du dich an die Dose mit Lakritzen, die du mir geschenkt hast? Darin ist er trocken durchs Wasser gekommen.« Marcella beobachtete ihren Verlobten durch den Handspiegel. *Ich liebe ihn, Elsa. Wenn du sehen könntest, wie er lächelt! Wie zärtlich seine Augen leuchten! Ich würde verzweifeln, wenn er mich verließe.*

Damians Lächeln verblasste. »Ich dachte, wir würden in ein Dorf kommen, das dir fremd ist, und ich hoffte, wir könnten nach wenigen Tagen ein Gespenst hinter uns lassen. Ich habe nicht damit gerechnet, dass sich das Dorf *an dich* erinnern könnte. Das war ein Fehler von mir. Marcella, diese Grazida macht mir wirklich Sorgen.«

»Wann wollte der Bayle aus Ax zurück sein?«, fragte sie.

»Heute Abend.«

»Das ist schon bald.«

»Ja. Und ich werde ihn heimsuchen, bevor er in den Federn verschwinden kann, verlass dich drauf.«

Aber daraus wurde nichts. Der Bayle hatte sich offenbar entschlossen, in Ax zu übernachten. Das war die Ansicht seiner ruppigen Ehefrau oder Haushälterin, die Damian kurz vor Anbruch der Dunkelheit die Tür geöffnet und ihn sogleich wieder fortgewiesen hatte.

»Die Leute von Montaillou sind so liebenswürdig wie eine Schar Gänse, in deren Gatter du einbrichst«, sagte er und zog den regenfeuchten Mantel aus, den Madame de Planissoles ihm geliehen hatte. Ihr verstorbener Gatte musste ein Riese von Mann gewesen sein, denn der Mantel reichte Damian bis über die Waden. Marcella nahm ihn entgegen und hängte ihn über einen Schemel in die Nähe des Kamins, so dass er trocknen konnte.

»Madame de Planissoles ist freundlich zu uns«, nahm Camille das Dorf in Schutz.

»Und vielleicht«, meinte Marcella, »sind auch die Mädchen hier freundlich, denn Matteo ist schon seit Stunden im Dorf und kommt nicht zurück, obwohl er doch bestimmt weiß, dass es hier etwas zu essen gibt.«

»Ich dachte, seine Sonne scheint nur in diesen Räumen«, sagte Damian.

»Er hat sich die Augen geputzt und festgestellt, dass die Dame seines Herzens älter und hässlicher ist, als er beim ersten Hinsehen glaubte.« Marcella schaute aus dem Fenster, das zum Dorf hinabzeigte. Unten am Hang war kaum ein Licht zu sehen. Die meisten Leute in Montaillou waren zu arm, um Kerzen brennen zu lassen, wenn es dunkel wurde. Man legte sich aufs Bett und erzählte sich etwas, dann schlief man. An einigen Stellen allerdings brannte noch Licht. Zum Beispiel in dem Haus mit den roten Türen. Zwei kleine Fensterchen waren erleuchtet, hinter denen Menschen saßen, die offenbar Dringliches zu besprechen hatten. Meine Ankunft hat sie aufgescheucht, dachte Marcella. Aber worüber machen sie sich Sorgen?

»Sie wünschen uns zum Teufel«, sagte sie, als sie am nächsten Vormittag mit Damian auf das doppelstöckige Haus zuschritt, das dem offenbar reichsten Mann des Dorfes gehörte.

»Du übertreibst. Vielleicht hatte der Bayle wirklich länger als vorgesehen in Ax zu tun.«

»Ich meine nicht nur ihn. Auch Madame hatte heute Morgen keine Lust auf Gesellschaft. Brune hat mich ziemlich unfreundlich fortgescheucht. Und Madame lag mit offenen Augen in ihrem Bett und ließ sie gewähren.«

»Wahrscheinlich brummt ihr der Schädel. Die ehrenwerte Dame muss in Alkohol konserviert sein wie ein Stück Obst.« Damian klopfte an die rote Tür. Als sich nichts rührte, trat er einen Schritt zurück, legte den Kopf in den Nacken und starrte zu den höher gelegenen Fenstern im oberen Stockwerk. »Jemand zu Hause?«

»Sie werden nicht öffnen«, prophezeite Marcella.

Damian blickte die Hauswand entlang. Sie mündete an beiden Seiten in eine hohe Mauer, die das Grundstück umzog. »Warum hat sich der Bursche dermaßen eingeigelt? Sieh dir das an. Alle Häuser haben Zäune, wenn überhaupt. Nur dies hat eine Mauer.«

»Vielleicht, weil er der Bayle ist. Er muss Steuern einziehen und wahrscheinlich auch den Zehnt eintreiben und Leute festnehmen. Da mag ihn seine Mauer beruhigen.« Vage zog das Bild von einem Mann, der einen anderen unter den Buhrufen der Umstehenden vor sich herprügelte, durch Marcellas Kopf. Aber diese Erinnerung konnte aus jedem Jahr ihrer Kindheit stammen, auch aus denen, die sie in Trier verbracht hatte. Büttel gab es überall.

Marcella ging zur Mauerecke. Das Grundstück senkte

sich auf der Rückseite ins Tal hinab, wie bei den meisten Anwesen am Burghang. Steinstufen, die viel älter als die Mauer und vielleicht sogar älter als das Gebäude waren, markierten einen vergessenen Weg.

»Hier geht es abwärts. Kommst du mit, Damian? Aber du musst vorsichtig sein.« Sie griff nach der Mauer, um für den Notfall einen Halt zu haben. Einige der Stufen waren aus dem Untergrund gebrochen. Vorsichtig belastete sie die Steine. »Die Treppe scheint seit Ewigkeiten nicht mehr benutzt zu werden. Man kann sich den Hals brechen.«

»Sie benutzen sie ganz sicher nicht – sie haben eine Haustür vorn an der Straße«, erinnerte Damian. Er folgte ihr. Die Steine endeten vor zwei Stechpalmenbüschen, die im Lauf der Jahre so eng ineinander gewachsen waren, dass sie wie eine einzige Pflanze wirkten. Marcella starrte auf die ledrigen Blätter und die Dornen. »Früher ist man hier durchgekommen.«

»Um wohin zu gelangen?«

Marcella zuckte die Achseln.

»Wir sollten umkehren, meine Schöne. Hier gibt es nichts.«

Sie schüttelte den Kopf. Vorsichtig drückte sie die Stechpalmenzweige von sich fort und quetschte sich an der Mauer entlang, während sie weiter abwärts stieg. Was von den Steinplatten noch übrig war, war hier von Moos überwuchert und so glitschig, als wäre es mit Seife beschmiert. Sie sah, dass Damian ihr folgte.

»Was denkst du, Marcella? Werden wir immer noch vom halben Dorf beobachtet?«

»Sicher. Sie schließen Wetten ab, wie viele Löcher unsere Kleider haben, wenn wir unten ankommen. Und sie wundern sich, warum die kleine Marcella und der reiche dumme Kaufmann durch Dornenbüsche kriechen, wo man doch auf tausend bequemeren Wegen zu den Feldern gelangen kann.«

»Am Ende unseres Wagemutes werden wir also mit dem

Anblick eines Stoppelfelds belohnt?« Damian nutzte die Gelegenheit, sie an sich zu ziehen, und ihr einen Kuss aufs Haar zu hauchen.

»Psst ... Schau, da!« Marcella wies triumphierend mit der freien Hand auf eine Lücke in der Mauer, in die man eine Pforte eingesetzt hatte.

»Du möchtest für dein Gedächtnis bewundert werden? Aber dieser Mauerdurchbruch ist noch nicht einmal ein Jahr alt.« Er deutete mit dem Kinn auf die blanken Stellen, an denen die Steine abgeschlagen worden waren, um Platz für das Gatter zu schaffen. »Siehst du? Kein bisschen Moos, kein Unkraut in den Ritzen. Nicht deine Erinnerung – Fortuna hat unsere Schritte gelenkt. Kommst du mit hinein, oder willst du hier warten?«

»Was tun wir, wenn sie uns erwischen?«

»Aber das sollen sie doch. Wir wollen nicht Kirschen stehlen, sondern uns den Herrn des Hauses vorknöpfen.« Damian ließ sie los und öffnete die Pforte. Einladend streckte er ihr die Hand entgegen.

Der Garten, in dem sie standen, war größer, als es oben vom Schlossfenster ausgesehen hatte. Die Wäsche war fortgeräumt worden. Kahle Obstbäume trennten den Bleichrasen von einer Reihe Gemüsebeete, die sorgsam umgegraben worden waren. Mehrere Holzwannen lehnten an einem niedrigen Schuppen. In einer Ecke zwischen dem Haus und dem Misthaufen lag ein zerbrochener Handkarren.

Marcella fühlte ihr Herz klopfen. *Ich kenne das, Elsa, und ich mag es nicht ...*

Damian ging zur Tür und pochte. Ihm fehlte der Respekt vor fremdem Boden, wie Marcella es oft bei weit gereisten und reichen Leuten gesehen hatte. »Jemand da?«

Im Haus erscholl eine Stimme, eine Tür knallte.

Sie haben einen Keller. Elsa, ich kenne das Haus. Und ihre Treppe besitzt kein Geländer, die Stufen sind verfault ...

Etwas schepperte. Dem Mann, den sie hörten, schien ein

Eimer im Weg gestanden zu haben, und er hatte ihn zur Seite getreten.

Er ist wütend ...

Marcella sah, wie Damian zwei Schritte zurücktrat. Ein schmales Lächeln zog über seine Lippen. Damian hatte für Jähzorn nichts übrig. Manche denken mit dem Kopf, andere mit den Fäusten, hatte er einmal gesagt. Marcella trat mit einem flauen Gefühl im Magen einen Schritt zurück.

Die Tür wurde aufgerissen. Der Mann, der den Rahmen füllte, war mager und ungewöhnlich groß, und obwohl er einen grauen Bart trug, der das Gesicht bis zu den Ohren überwucherte, konnte man deutlich sehen, dass seine Wangen eingefallen waren wie bei einem Kranken oder Hungernden. Dennoch wirkte er nicht schwach, keineswegs.

Damian lächelte. »Es tut mir Leid, dass wir durch die Hintertür kommen. Wir haben es vorn versucht, aber keinen Erfolg gehabt. Damian Tristand, Tuchhändler aus Venedig. Ihr seid Bernard Belot?«

»Hrmm«, machte Belot und rieb mit dem Handrücken über die Nasenlöcher. Er sah dumm und unbeholfen aus. Aber das war er nicht. *Er wirft einen Stuhl durch den Raum, so dass er an der Wand zerbirst, Elsa ...*

»Ich fürchte, ich muss Eure Hilfe in Anspruch nehmen. Wenn wir einen Moment hineinkommen könnten?«

Belot machte keine Anstalten, sich zu rühren. Er spie seitlich aus dem Mund, der Auswurf landete auf einer der Holzwannen. Mit einem dummdreisten Lächeln starrte er Damian an.

»Gut.« Damian nickte langsam. Wie immer, wenn er sich aufregte, wurde seine Stimme leiser. »Vielleicht ist es tatsächlich besser, ich wende mich gleich nach Foix. Jemand aus meiner Begleitung wurde angegriffen. Ein Überfall auf Kaufleute ist etwas anderes als eine Tavernenprügelei. Ich denke, man wird Interesse daran haben, die Unverfrorenheit aufzuklären.«

Bernard stierte ihn weiter an, aber Damian hielt dem Blick stand. Und er brachte den Bayle dazu – wütend und reich, wie er war –, den Kopf zu senken. Am Ende, dachte Marcella, senkten die Bauern immer den Kopf vor den Herren.

Belot drehte sich um und kehrte in sein Haus zurück, ließ aber die Tür offen stehen.

Damian verdrehte die Augen. »Sind wir beleidigt oder gehen wir rein?«

»Vor allem sind wir vorsichtig«, gab Marcella zurück.

Die Stufen der Treppe mussten ausgetauscht worden sein, denn sie waren keineswegs faulig, wie Marcella angenommen hatte, auch wenn sie knarrten. Sie versuchte, sie näher in Augenschein zu nehmen. Nein, sie waren auch nicht ausgetauscht worden, dafür waren sie zu abgetreten. Ihre Erinnerung musste sie getrogen haben. Die Treppe, an die sie dachte, musste zu einem anderen Haus gehört haben.

Der Wohnraum, in den sie Belot folgten, nahm das ganze Ergeschoss ein und war, für dörfliche Verhältnisse, reich möbliert. Ein Tisch mit zwei Bänken und einem Lehnstuhl, mehrere Truhen und – sonderliches und gänzlich unerwartetes Möbel: ein Schreibpult auf zierlichen Füßen. Wer hätte solch ein Ding vergessen können? War sie tatsächlich einmal hier gewesen?

Eine weitere Treppe führte von der Stube ins Obergeschoss, wohl zur Schlafkammer oder zu irgendwelchen Vorratsräumen. Auch hier waren die Stufen in gutem Zustand. Außerdem besaß die Treppe ein Geländer. Sie war auf keinen Fall mit der Stiege identisch, an die Marcella sich zu erinnern glaubte. *Warum denke ich ständig an Treppen, Elsa?*

»Angegriffen«, wiederholte Belot, was Damian gerade noch einmal zu ihm gesagt hatte.

»Von einer Frau, die möglicherweise den Namen Grazida trägt. Ich möchte niemanden zu Unrecht beschuldigen. Wir wissen nur, dass die Frau ein auffallendes rotes Kleid trug.

Aber vielleicht reicht das ja schon, um sie ausfindig zu machen.«

Belot stand steif neben seinem Pult. »Gibt hier niemanden, der Grazida heißt.«

»Grazida Maury«, sagte Damian.

»Gibt es hier nicht.«

»So wenig wie es Schafe, Fische, Ziegen und einen Himmel gibt?«, mischte Marcella sich ein. »Was soll der Unfug? Ich habe sie doch selbst gesehen.«

Belot zwinkerte nervös. Er antwortete, aber er richtete seine Erklärung nicht an Marcella, sondern an den Mann, der sie begleitete, wie es hier üblich war. »Grazida ist weggelaufen. Zu Verwandten. Sie schämt sich für ihr Benehmen.«

»Für das es aber sicher eine Erklärung gibt? Ich will das Weib nicht erschlagen, Mann. Aber ich will und ich werde auf jeden Fall mit ihr sprech...« Damian wurde unterbrochen. Die Haustür erbebte, jemand hämmerte mit der Faust dagegen. »Wollt Ihr nicht öffnen?«, fragte er, als Belot sich nicht rührte.

»Bernard!« Ein Gesicht schob sich in eines der kleinen Fenster. »Ich seh doch, dass du da bist. Nun mach schon auf.«

Widerwillig stapfte der Bayle zur Tür.

»Was sperrst du ab? Äh? Sind die Sarazenen im Dorf?« Der Mann, der Belot ins Haus folgte, war ein kleinwüchsiger, älterer Herr mit blonden, lichten Haaren und einem lebhaften Lächeln. »Bernard! Du hast Gäste. Sag das doch gleich. Willst du mich ...« Er stockte. Wieder wurde Marcella angestiert. Doch dieses Mal währte die Musterung nur kurz, und der Mann schien nicht erschüttert, sondern erfreut zu sein. Er schüttelte den Kopf und fasste nach ihren Händen. »Nicht Jeanne, natürlich nicht. Aber ihr Ebenbild. Die liebe Béatrice hat völlig Recht. Marcella, Kindchen, ich kann es beinahe nicht glauben. Da meint man, die Vergangenheit wird lebendig.«

Sie nickte benommen.

»Verzeiht, mein Herr ...« Ohne Marcellas Hände loszulassen, wandte der kleine Mann sich an Damian. »Ich bin Pierre Clergue, der Pfarrer dieses verschlafenen Dorfes. Ihr seid zu beglückwünschen, Monsieur, wenn ich das sagen darf. Eine reizende, eine wahrhaft bezaubernde Braut. Ich hoffe, es stört Euch nicht, dass jeder hier Bescheid weiß? Klatsch gehört zum Alion wie Sonne und Regen. Und Ihr seid ...« Er lächelte. »... ja schon mehr als einen Tag im Dorf. Auf dem Weg nach Venedig, heißt es? Normalerweise tut, wer in diesem Dorf geboren wird, keine drei Schritte hinaus. Aber Marcella bereist, wie es aussieht, die ganze Welt.« Endlich ließ er sie los.

»Grazida hat Steine nach ... nach dem Weib geworfen«, sagte Belot.

Der Pfarrer schwieg bestürzt.

»Und wir wüssten gern, welchen Grund sie dafür hatte. Sie schien überaus aufgeregt«, erklärte Damian.

»Welchen Grund? Monsieur, Ihr seid wahrhaftig großzügig. Ihr fragt nach Gründen, statt nach Strafe zu rufen!«

»Ich gerb ihr das Fell. Der Kuh«, sagte Belot.

Pfarrer Clergue zuckte ein wenig zusammen.

»Den Grund. Wir wüssten gern den Grund für diesen Anschlag«, wiederholte Damian.

»Du gerbst ihr nicht das Fell, Bernard. Bedenk, dass deine Faust wie ein Schmiedehammer ist, und suche lieber nach eindringlichen Worten der Mahnung. Marcella ... mein lieber Monsieur – wenn Ihr mir vielleicht zurück ins Sonnenlicht folgt? Es hat keinen Sinn, einen Menschen seiner törichten Gedanken wegen zu verprügeln. Wenn Prügel die Übel des Herzens kurieren würden, lebten wir in einer besseren Welt.« Der Pfarrer hielt ihnen die Tür auf und bat sie mit einer schwungvollen Handbewegung ins Freie. »Und schließ nicht wieder ab, Bernard. Und sag Grazida ... sag ihr, sie soll zur Beichte kommen. Ich knöpfe sie mir vor. Ach

Marcella, was musst du glauben von dem Dorf deiner Kindheit.«

Der Pfarrer schien im Sonnenschein aufzublühen. Sein Gesicht mit den feinen, beweglichen Zügen entspannte sich. Er fuhr mit der Hand durch das spärliche Haar und nahm vertraulich Marcellas Arm, während er zum Dorfplatz wies.

»Du hast mich nicht erkannt, Mädchen, richtig? Den alten Pfarrer Clergue. Ich habe dir wöchentlich die Beichte abgenommen – aber was ist für ein Kind schon ein Mann im langen Rock mit strengen Ansichten.«

»Ich fürchte, ich erkenne überhaupt niemanden. Ich … ich komme in ein Dorf, das mein Dorf ist und doch nicht mein Dorf, und die Leute … Ich weiß gar nichts mehr. Und ich habe auch Grazida nicht erkannt«, fügte sie wahrheitsgemäß hinzu. »Aber gleich, als ich sie gesehen habe, hatte ich ein unangenehmes Gefühl, als müsste ich mich in Acht nehmen. Was ist mit ihr los?«

Sie hatten die Dorfulme erreicht. Der Pfarrer wischte mit der Hand die Blätter von der Sitzfläche und wartete höflich, bis Marcella und Damian sich niedergelassen hatten, bevor er selbst Platz nahm.

»Tja, Grazida.« Er seufzte, beugte sich vor und stützte die Arme auf die Oberschenkel. Nachdenklich schaute er einem Vogel zu, der über den Boden hüpfte und nach Futter Ausschau hielt. »Grazida mochte Jeanne nicht. Das muss man leider sagen. Ich nehme an, als sie dich im Dorf gesehen hat, glaubte sie, Jeanne zu erkennen. Und daran siehst du, wie es um den armen, kleinen Verstand der Frau bestellt ist. Hätte sie nicht begreifen müssen, dass Jeanne heute eine Dame von weit über dreißig Jahren wäre?«

»Jeanne ist tot. Vielleicht hat sie geglaubt, dass sie einer Toten gegenübersteht«, sagte Damian.

Der Pfarrer nickte und zuckte gleichzeitig mit den Achseln.

»Oder nicht?«

»Oder ...? O doch, selbstverständlich ist sie tot. Nur ...« Er seufzte. »Jetzt kommt der ganze Tratsch wieder hoch. Ich muss ehrlich zugeben, es fällt mir nicht leicht, darüber zu sprechen, Monsieur. Die Menschen in Montaillou wollen vergessen, und in diesem Fall halte ich das für vernünftig.«

»Welcher Tratsch?«, fragte Marcella.

»Ihr müsst versprechen, es nicht zu glauben, denn es ist ... eben Tratsch. Einer meint, es gehört zu haben, und der Nächste schmückt es aus und erzählt es weiter. Man weiß, wie das geht.« Der Pfarrer räusperte sich. »Wie Ihr vielleicht wisst, oder auch nicht: Es war Euer Vater, Monsieur Bonifaz, der Jeannes Leichnam fand. Natürlich war er außer sich. Er hat das Mädchen – er hat euch beide – wie närrisch geliebt. Also rannte er ins Dorf, um Hilfe zu holen, aber als er mit – ich kann mich gar nicht mehr besinnen, wer dabei war ... Jedenfalls, als er mit den Leuten zum Haus zurückkehrte, gab es dort keine Leiche mehr. Nur Blutspuren an den Zinken einer Pflugschar, in die das arme Kind ...« Er schwieg betreten. »Es ist abscheulich, die ganze Sache. Der Bischof ordnete eine Untersuchung an und ...«

»Fand er es nicht sonderbar, dass keine Leiche gefunden wurde?«, fragte Damian.

»Er *fand* es sonderbar. Natürlich schossen die Gerüchte ins Kraut. An den Zinken wäre Hühnerblut gewesen, ach was ... Am Ende, Monsieur, musste doch jeder einsehen, dass Jeanne tot war. Denn warum sonst hätte Monsieur Bonifaz sich das Leben nehmen sollen?«

»Das Haus von Monsieur Bonifaz stand abseits. Hatte der Bischof keine Wachen aufstellen lassen, um zu verhindern, dass Jeanne floh? Immerhin drohte ihr ein Ketzergericht.«

»Doch, gewiss. Der Mann wurde bewusstlos in einer Ecke des Gartens gefunden. Man hatte ihn niedergeschlagen, und er konnte sich an nichts erinnern. Ein wertloser Zeuge.«

»Und was ist Eure Meinung?«, fragte Damian.

Der Pfarrer wollte keine Meinung haben, das war ihm anzusehen, denn jede Meinung hätte bedeutet, an etwas Unerfreuliches zu glauben. Bischof Fournier hatte deutlich erklärt, was er selbst für wahr hielt: Jeanne war bei einem Fluchtversuch gestorben. Ihr Liebhaber hatte ihre Leiche gestohlen.

»Ich denke, das Mädchen verzweifelte über seinen Taten. Es starb bei dem Versuch einer Flucht, und ihr Vater, völlig von Sinnen bei dem Gedanken, sie könnte noch im Tode schuldig gesprochen und ihr Leichnam von der Inquisition verbrannt werden, schlug den Wächter nieder, nahm seine tote Tochter und begrub sie in einer stillen Ecke. Der Herr wird ihn richten. Das ist alles ...«

»Seigneur curé! Seigneur curé!« Ein kleiner Junge kam die Straße hinabgelaufen. Seine Füße wirbelten den Staub auf, die langen Haare und das Kittelchen flogen im Wind. »Raymonde wirft. Ihr müsst kommen. Sie ist zu eng, sagt Mutter, und ihr müsst zur Stelle sein, wenn ...«

»Sie wirft nicht, deine Schwester kommt danieder.« Der Pfarrer hob beide Hände, als wolle der Junge, der knapp vor ihm zum Stehen kam, ihn über den Haufen rennen. »Verzeiht, Monsieur, aber so reden sie hier. Ist Raymonde bereits zu Bett?«

»Sie will noch rasch die Fischköpfe salzen, die Brune ihr gebracht hat.«

»Und gestern wollte sie noch buttern, und vorgestern wollte sie zu ihrer Tante hinab. Sag deiner Mutter, sie macht sich zu viele Sorgen. Raymonde wird ein prächtiges Kind zur Welt bringen und mich überhaupt nicht brauchen. Und wenn es tatsächlich ... ach was, sag ihnen einfach, ich komme. Nun lauf schon.« Clergue seufzte und lächelte gleichzeitig. »Die Liebe einer Mutter sieht das Boot sinken, noch während es vertäut im Hafen liegt.«

»Und was war mit Grazida?«

Er erhob sich. »Grazida ... Die Arme traf ein tragisches Geschick. Sie war mit einem Mann namens Guillaume Maury verheiratet gewesen, einem einfältigen, aber gutherzigen Burschen, der für sie sorgte und ... nun, sie führten eine glückliche Ehe, soweit eine Ehe glücklich sein kann. Eines Morgens fand man Guillaume ertrunken im Graben der Burg. Das war zu der Zeit, als die Inquisition sich dort oben einquartiert hatte. Es gab natürlich eine Untersuchung, und der Inquisitor ...«

»Jacques Fournier«, warf Damian ein.

»Richtig. Jacques Fournier kam zu dem Schluss, dass Guillaume ermordet wurde, weil er verraten wollte, welche Dorfbewohner heimlich dem Glauben der Katharer angehörten. Kein Wunder also, dass Grazida alle Katharer hasste. Und Jeanne ...«

»... gehörte zu den Ketzern«, sagte Marcella.

Pfarrer Clergue stand auf. »Und sie war hübsch und – gemessen an den Verhältnissen hier – reich. Das weckt Neid und macht ungerecht.«

»Seigneur curé.« Der kleine Junge erschien wieder oben an der Straße. Er schwenkte aufgeregt die Arme.

»Aber man hat Jeannes Leiche nie gefunden?«, fragte Marcella.

»Nein, mein Kind. Das hat man nicht.«

16. Kapitel

Sie war klug, hat Fournier gesagt. Sie war dumm, sagt Madame. Wie passt das zusammen, Damian?«

Ihr Verlobter hatte es sich auf ihrem Bett bequem gemacht. Sie selbst strich unruhig durch den Raum. Sie wusste nun, dass Grazida aus alter Eifersucht heraus mit Steinen nach ihr geworfen und dass der Bayle unbegreiflicherweise die Frau in Schutz nahm. Aber was half ihr das weiter?

Damian wünschte sich fort von hier. In Venedig lockten Tuchgeschäfte und Versicherungen und ein Garten mit gelben Sternenblumen. Sie blickte zu ihm herüber. Ihm waren die Augen zugefallen. Jeanne, Jeanne ... wahrscheinlich war er ihrer so überdrüssig wie eines tagelangen Kopfschmerzes.

»Es passt schon.« Aha, er war also doch nicht eingeschlafen. »Man kann in einem Bereich gescheit handeln und in einem anderen wie ein Esel. Das ist kein Widerspruch.«

»Gescheit zum Beispiel, indem man mit scharfem Verstand über Kirchenlehren disputiert, und wie ein Esel, indem man diesen Verstand in den Schmutz tritt, um sich irren Sinnes der Fleischeslust hinzugeben?«

»So würde ich es niemals sagen. Es klingt scheußlich.«

»Es klingt ... es *klingt* nur scheußlich? Was soll das heißen? Findest du es in Ordnung, wenn ein Mädchen sich ute mit diesem und morgen mit jenem Mann im Heu ilzt?«

»Ich finde es ... *nicht* in Ordnung. Und ich finde es auch nicht in Ordnung, wie schnell du den Stab über deine Schwester ...«

»Ich breche nicht den Stab. Sie war keine Hure. Ich habe sie gekannt!«

Das stimmte nicht, und sie beide wussten es. Heilige Maria, warum musste sie jedes Mal aus der Haut fahren, wenn das Gespräch auf ihre Schwester kam?

»Es tut mir Leid«, sagte sie lahm. Aber sie hatte auch keine Lust, weiter mit Damian zu diskutieren. Was verschweigen die Leute hier?, fragte sie sich.

Marcella sah durch einen Schlitz im Mauerwerk, dass Brune im Hof stand und Blätter aus der hölzernen Zuleitung fischte, die das Regenwasser in die Küchentonne leitete. Doch auch wenn sie im Zimmer von Madame gewesen wäre, hätte sie sich nicht aufhalten lassen. Sie klopfte an die Tür der Schlafkammer, und als niemand antwortete, öffnete sie sie. Madame lag in ihrem Bett, erschöpft, die Wangen eingefallen, die Decke bis zum Kinn hinaufgezogen.

Leise trat Marcella zu ihr. »Ich fürchte, dass ich störe.«

»Ach, Kindchen«, flüsterte Madame und lächelte. »Ich bin ja nicht krank. Nur ... müde. Diese Müdigkeit will mich gar nicht mehr verlassen. Ich schlage die Augen auf und fühle mich, als hätte ich Sandsäcke geschleppt.«

»Darf ich Euch trotzdem belästigen? Versteht mich bitte, Madame, ich weiß nicht, an wen ich mich sonst wenden soll. Mein Verlobter will nach Hause, doch wie soll ich von hier fort, wenn Jeanne ... Ich muss wissen, was mit ihr geschehen ist.«

Madame seufzte. Sie nahm Marcellas Hand und streichelte sie mit ihren knochigen Fingern.

»War sie eine Hure?«

Die alte Frau brachte ein trockenes Lachen über die Lippen. »Was, Mädchen, weißt du eigentlich über die Liebe? Nichts, möchte ich wetten. Wahrscheinlich schaut er deshalb so verzweifelt drein, dein Kaufmann. Sieh mir ins Gesicht. Komm, mach schon.« Sie schob ihren Zeigefinger unter Marcellas Kinn.

»Ich weiß, was in ... was zwischen den Laken geschieht. Das hat mir Jeanne erklärt. Sie hat gesagt, es ist abstoßend.«

»Hm. Die ... Umarmung«, Madame lächelte, weil sie einen unverfänglichen Namen für das gefunden hatte, was so peinlich und beschämend war. »Die Umarmung ist ... tatsächlich eine abscheuliche Sünde.«

Marcella nickte.

»Zusätzlich ist sie aber ein Vergnügen. Sprechen wir das mal aus. Doch zunächst von der Sünde. Wenn die Umarmung eine Sünde ist, könnte Gott sie dann gutheißen?«, fragte sie, wobei sie den Tonfall eines Scholastikers anschlug.

»Er tut es nicht.«

»Richtig. Und wenn er die Umarmung verdammt ...« Die Frau im Bett rülpste, und eine nach Wein riechende Wolke entquoll ihrem Mund. »... wird er dann die Ehe, die zum Zweck des Umarmens geschaffen wurde, gutheißen?«

»Das ist wegen der Kinder.«

Madame schüttelte verächtlich den Kopf. »Pfaffengeseire. Gott verdammt die Ehe. Und wenn er die Ehe verdammt, und wenn er die ...«

»... die Umarmung ...«

»... verdammt, wird es ihn dann nicht ergrimmen, wenn die Menschen sich voller Heuchelei innerhalb eines Ehebundes ... umarmen? Wenn sie so tun, als sündigten sie mit seinem Segen?«

Marcella erinnerte sich dunkel an Bischof Fourniers Worte über die Katharer. Hatte er nicht gesagt, dass die Ketzer von Montaillou das Sakrament der Ehe in den Schmutz gezerrt hatten? Entsetzt flüsterte sie: »Madame! Gehört Ihr etwa auch zu ... *ihnen*?«

»Zu wem?« Brune war schneller mit ihren Reinigungsarbeiten fertig geworden, als Marcella vorausgesehen hatte. Mit in die Hüften gestemmten Fäusten stand die dicke Frau in der Tür. »Sie ist müde, sie ist krank! Kennt Ihr gar kein Erbarmen? Raus mit Euch. Aber auf der Stelle!« Sie blickte sich um, als suche sie eine Waffe, mit der sie ihrer Forderung Nachdruck verleihen könnte.

»Jeanne war ein liebes Mädchen«, murmelte Madame. »Nur machte sie alles ... so kompliziert.«

Camille hatte im Dorf ein Hirsebrot und einen Eimer voller Schweinebohnen erstanden. Sie kochte die Bohnen, und gegen Abend gab es eine fade schmeckende Pampe aus Bohnenmatsch und dazu trockenes, mit Steinchen durchsetztes Brot. Madame de Planissoles nahm an der Mahlzeit nicht teil. Brune saß auf einem schäbigen Hocker vor ihrer Tür und knurrte jeden an, der auch nur den Versuch machte, sich der Tür zu nähern.

»Ich geh noch ein bisschen runter ins Dorf«, meinte Matteo, der mit Widerwillen Camilles Brei hinunterwürgte.

»Warum?«

Er blickte Marcella bei der Frage erst überrascht und dann betont harmlos an. »Hier passiert doch nichts. Unten kann man sich wenigstens unterhalten.«

»Mit den Bauern?«

»Ist daran was verkehrt? Ich würde auch lieber mit meinesgleichen verkehren. Aber in diesem Nest gibt es außer Schweinen und ...«

»Lasst Eure Finger von den Dorfmädchen. Bei allem, was Euch lieb ist – lasst die Mädchen in Ruhe!«

Unsicher blickte Matteo von Marcella zu Damian.

»Genau wie sie sagt: Lass sie in Ruhe.« Damian nickte streng, und der Junge zuckte ergeben die Schultern.

Marcella war froh, als das Mahl beendet war. Glücklicherweise wurde es zu dieser Jahreszeit schnell dunkel. Sie verabschiedete sich kurz und ging hinauf in ihre Schlafkammer. Auch wenn sie zum Schlafen noch nicht müde genug war, hätte sie gern gedöst, doch gleich darauf kam Camille.

»Théophile weiß, dass Monsieur in dieses schreckliche Dorf wollte, Monsieur hat doch in Mirepoix eine Nachricht für ihn hinterlassen. Er würde uns geschwind nachreiten. Zwölf Tage, Madame! Und er ist immer noch nicht hier. Es bringt mich schier um den Verstand.«

»Es gibt viele Gründe, warum er aufgehalten worden sein kann. Sicher wird er bald kommen«, sagte Marcella. Sorge und Beschwichtigung wiederholten sich ein Dutzend Mal. Schließlich ließ Marcella ihr Bett und Camille im Stich und flüchtete. Alles war besser als dieses Jammern! Sie tastete sich durch den finsteren Treppengang in den ebenso finsteren Palas hinab, in dem immer noch der Geruch der Bohnen hing. Niedergeschlagen stand sie am Fenster und schaute zum Dorf hinab, in dem dieses Mal keine Fenster leuchteten.

Ich bin verrückt, Elsa. Ich jage Gespenster, statt zu leben. Noch schlimmer, ich zwinge Damian und Matteo und die bedauernswerte Camille, an meiner Gespensterjagd teilzunehmen. Warum kann ich nicht Ruhe geben?

Sie schaute über das Dorf hinaus zu dem schwarzen Fleck des Waldes, hinter dem ihr Vaterhaus lag. Es musste kurz vor Weihnachten sein, und sie glaubte sich daran zu erinnern, dass in ihrer Kindheit in einem durch mehrere dicke Kerzen erleuchteten Zimmer eine Weihnachtskrippe gestanden hatte. Einen Moment lang meinte sie, eine Puppe in einem Bett aus Stroh zu sehen. Aber wie immer, wenn sie besonders sehnsüchtig nach einer Erinnerung greifen wollte, glitt sie augenblicks ins Dunkel zurück. Was blieb, war das schmerzliche Gefühl der Leere.

Jeanne hatte sie geliebt. Davon sprach niemand in Montaillou, aber es war wichtig. *Sie hätte mich nicht angelogen,*

Elsa. Das war nicht ihre Art. Wenn sie mit sich selbst im Unreinen gewesen wäre, dann hätte sie geschwiegen. Aber sie hätte nicht gelogen. Sie war keine Hure ...

Marcella hielt es im Donjon nicht mehr aus. Sie schlich die Treppe hinab und öffnete die Tür zum Burghof. Die Viehtränke lag im Mondlicht, ein Abklatsch der Weihnachtskrippe aus ihrer Erinnerung. Jemand hatte ein paar alte Säcke und einen zerbrochenen Schemel in eine Ecke geworfen. Der Rest des Hofes einschließlich des Küchenturms verschmolz mit dem Schatten der Mauer.

Leise schlüpfte sie die Pferdetreppe hinab. Vom Wächter war nichts zu sehen. Sonderlich ernst schien er seinen Dienst nicht zu nehmen. Wahrscheinlich lag er auf einer Strohschütte und schnarchte. Wer hätte auch kommen und sie bedrohen sollen?

Marcella entriegelte die Tür und schlich hinaus. Es war kalt, die sonnigen Tage hatten sie vergessen lassen, dass der Winter vor der Tür stand. Sie fror, hatte aber keine Lust umzukehren und ihren Mantel zu holen.

Nach kurzer Zeit erreichte sie das Haus des Bayle. Die hölzernen Fensterläden vor den der Straße zugewandten Fenstern bewiesen einmal mehr, dass der Mann, der in Montaillou die Behörden vertrat, wohlhabend sein musste. Seine Vorliebe für rote Farbe zeigte sich auch an den Holzklappen. Sie waren im gleichen Ton wie die Türen gestrichen.

Zögernd wandte Marcella sich der Treppe zu. Es musste geregnet haben, denn die Steine waren noch glitschiger als am Tag. Sie tastete sich mit den Fußspitzen voran. Bei den Stechpalmenbüschen blieb sie stehen.

Ich weiß, wie es hier bei Dunkelheit aussieht, Elsa. Ich bin schon früher nachts über diese Stufen gestiegen. Das könnte ich schwören.

Vorsichtig bog sie die Dornenzweige zur Seite und zwängte sich durch das Gehölz.

Und ich bin über diese Mauer geklettert.

Unsicher schaute sie das brusthohe Hindernis an. War das überhaupt möglich? Konnte ein Kind von acht Jahren sich auf eine Mauer ziehen, die über seinem Kopf endete? Mit Schaudern blickte sie in den Hof, der dunkel und still zwischen den Mauern lag.

In dem Haus haben sie eine Treppe. Ich bin hinuntergestürzt, weil die Stufen angefault waren und weil sie kein Geländer hatte. Ich weiß das, Elsa. Und ich weiß, dass ich geheult und mich schrecklich gefürchtet habe.

Es begann zu nieseln. Ein Mensch mit klarem Verstand würde zurückgehen. Sie konnte hier schließlich nicht die Nacht verbringen. Aber Marcella rührte sich nicht von der Stelle. Nach einer Weile setzte sie sich auf die alten Treppensteine.

Über den Feldern, hinten bei den Tannen, würde der Mond stehen, wenn es nicht so viele Wolken gäbe. Wie ist es möglich, dass ich mich an unnützes Zeug erinnere, aber alles Wichtige vergessen habe?

Das Nieseln wurde stärker und steigerte sich zu einem handfesten Regen. Marcella seufzte. Sie lehnte den Kopf an das Mäuerchen, schaute an die Stelle, an der der Mond stehen sollte, und spürte den Tropfen nach, die ihren Hals hinabrannen. Plötzlich zuckte sie zusammen. Hatte da nicht eine Tür geknarrt? Sofort war sie hellwach und richtete sich auf. Ein Rascheln. Etwas bewegte sich in dem Garten hinter der Mauer. Es hörte sich an, als wenn sich jemand durch einen Haufen Heu arbeitete.

Sie ging in die Hocke und spähte vorsichtig über die Bretterpforte. Der Hof war zu dunkel, um auf Anhieb etwas zu erkennen, aber auch nach längerem Hinsehen konnte sie nichts Auffälliges entdecken. Das Geräusch schien vom Schuppen zu kommen. Wahrscheinlich das Obdach für einen Hüte- oder Wachhund. Einen Moment fragte Marcella sich, was sie tun würde, wenn er sie witterte. Sie musterte misstrauisch die Mauer und fand sie gar nicht mehr so hoch.

Tatsächlich kroch der Hund ins Freie. Marcella hielt den Atem an. Sie zuckte zusammen, als etwas knallte. Da richtete der Hund sich auf, und nun sah sie, dass es in Wirklichkeit ein Mensch war, eine Frau in einem leuchtend roten Kleid, Grazida.

»Mir ist kalt«, jammerte sie. »Ich verfluche dich, Bernard. Soll ich sterben in dieser Dreckskälte? Willst du dein verdammtes Essen selbst kochen und dir deinen verdammten Hintern mit einem Ziegelstein wärmen?«

Marcella hörte, wie erneut etwas knallte. Grazida warf Steine gegen die Hauswand.

»Komm raus, du Mistkerl, ich weiß, dass du nicht schläfst!«

Eine Weile blieb es still. Dann begann Grazida zu weinen. Es hörte sich an wie das Miauen einer rolligen Katze. Sie stand in der Mitte des Hofs in einer jammervollen und zugleich dramatischen Pose. Ihre nassen Kleider klebten am Körper und ließen sie nackt aussehen. Marcella zuckte zurück, als die Tür zum Haus aufgestoßen wurde. Licht drang in den Hof.

»Noch nicht genug Prügel, Miststück?« Bernard Belot hielt die Hand über seine Lampe, um sie vor dem Regen zu schützen.

»Ich werde krank«, heulte Grazida.

Der Bayle kletterte die Treppe hinab. Er versetzte ihr eine Ohrfeige, tat das aber so beiläufig, so als wäre er sich über seine eigenen Absichten nicht ganz im Klaren.

Auch Grazida machte kein Aufhebens um die Attacke. »Du nimmst mich wieder mit rein, ja?«, bettelte sie.

Marcella konnte die Antwort des Bayle nicht verstehen, aber sie sah, wie die beiden gemeinsam zum Haus zurückgingen. Auf den Stufen kicherte Grazida, und der Bayle knuffte sie in die Seite. Es sah aus, als wären sie wieder ein Herz und eine Seele. Das Licht erlosch.

Marcella ließ sich gegen die Mauer zurücksinken. Grazida, die Frau, die die Ketzer hasste, gehörte also zur Domus des Bayle, sie führte ihm den Haushalt und machte ihm offenbar auch anderweitig das Leben angenehm. Was konnte man daraus schließen? Dass der Bayle die Ketzer ebenfalls hasste? War es womöglich gerade dieser Hass gewesen, der die beiden zusammengeführt hatte?

Sie kehrte auf die Straße zurück. Überall standen Pfützen. Erst versuchte Marcella, ihnen auszuweichen, dann stapfte sie mitten hindurch. Ihre Schuhe waren klitschnass, was schadete es also? Die Lust auf Abenteuer war ihr vergangen. Rasch schritt sie zur Burg hinauf. Die Häuser wurden von Gebüschen abgelöst, und bald tauchte die hohe, schwarze Mauer des Donjon auf. Marcella bildete sich ein, oben aus den Fenstern Stimmen zu hören, und als sie den Kopf hob, meinte sie den schwachen Widerschein eines Lichts zu sehen.

Sie wollte weitergehen. Sie hatte auch schon den ersten Schritt getan, als sie vor sich, dort, wo der Weg zum Tor abbog, eine Bewegung zu erkennen glaubte.

Die Wälder gehören den Bären und Wölfen.

Der Schreck traf sie wie ein Schlag. Im nächsten Moment ärgerte sie sich über ihre Ängstlichkeit. Sie wartete einen Augenblick. »Ist da jemand?«

Im Gebüsch glitzerte der Regen. Bewegte sich etwas? Marcella schrie auf, als ihr plötzlich ein riesiges Tier entgegenstürzte. Wobei sie im ersten Moment eher an eine Schneekugel als an etwas Lebendiges dachte, denn das Tier war völlig weiß. Es versuchte, kurz bevor es sie erreichte, die Richtung zu ändern, als hätte es sie nur erschrecken wollen, aber sein Schwung ließ sie beide zu Boden gehen.

»Lass, Brodil, du dummes ... nun lass!«

Eine hühnenhafte Gestalt griff nach dem Halsband des Hundes und riss ihn zurück. »Er denkt, wir jagen.«

»Arnaud! Was ... was treibst du denn hier?«

Der Hirte starrte Marcella an. Es fiel ihm nicht ein, ihr zur Hilfe zu kommen, als sie sich aufrappelte, und als sie stand, wich er einen Schritt zurück.

»Was *machst* du denn hier, Arnaud?«

»Sie sagen, du bist wegen Jeanne hier.« Arnaud leckte über die Lippen und grinste etwas dümmlich. »Ich hab gemeint ... also, wenn du willst, könnt ich dich zu ihr bringen.«

»Jeanne ist tot.«

»Nein, ist sie nicht.« Er schüttelte völlig überzeugt den Kopf. »Kommst du mit?«

»Ich kann nicht.«

Unschlüssig schaute Arnaud sich um. Er hatte etwas von einem Tier an sich, das wittert, weil es von etwas beunruhigt wird, fand Marcella.

»Also – kommst du mit? Aber du musst dich beeilen!« Arnaud tat einen Schritt auf sie zu, und Marcella wich um dasselbe Maß zurück.

»Arnaud ...« Sie hatte ihn beschwichtigen wollen, und eigentlich war sie sicher gewesen, dass ihr das gelingen würde. Es traf sie daher völlig unvorbereitet, als der Schäfer auf sie zusprang und sie zu Boden riss. Der Angriff kam wie aus dem Nichts, Marcella hatte keine Möglichkeit zur Gegenwehr. Arnaud krallte seine Hände in ihre Kleider, und sie rollten beide dem Abhang entgegen. Und darüber hinaus. Ihr Sturz verlief keineswegs sanft. Der Hang war an die hundert Fuß tief und gerade so steil, dass sie nicht durch die Luft wirbelten, sondern immer wieder auf Vorsprünge und Buckel knallten. Steine bohrten sich in Marcellas Rücken, und Dornen rissen ihren Arm auf. Die letzten Fuß segelte sie doch noch im freien Fall, und der Aufprall war so heftig, dass er ihr durch Mark und Bein fuhr. Wenn sie nicht auf Arnaud gestürzt wäre, hätte sie sich mit Sicherheit etwas gebrochen.

Wendig schob er sie beiseite und hockte sich auf die Fersen. »Keine Angst.«

Marcella merkte, dass er zitterte. Über ihnen wurden Stimmen laut. Die von Matteo, die von Damian, der ihm antwortete, eine andere, die sie nicht erkannte. Sie konnte nicht verstehen, worüber die drei sich unterhielten. Kurz darauf waren die Stimmen verklungen.

»Man muss aufpassen. Sie sind überall.« Arnaud wandte sich ihr wieder zu. Sein Gesicht sah aus wie eine bleiche Scheibe, in der sich die schwarzen Bögen der Lippen auf und ab bewegten. Er beugte sich über sie. »Hast du dir wehgetan?«

»*Wer* ist überall?«

»Allgütiger! Sogar ihre Stimme. Ich ... ich hatte vergessen, wie schön du bist. Ich hatte das ganz vergessen. Du ...« Der Hund schlug an, und Arnaud verstummte. Wieder diese seltsame Kopfbewegung, als würde er wittern.

»Wer ist überall? Arnaud ...«

Marcella konnte nicht weitersprechen. Der Hirte riss sie an sich und presste seinen Mund auf ihre Lippen. Er biss sie. Nicht heftig, aber es tat weh. Gleich darauf stieß er sie von sich und pfiff.

Der Hund schlitterte die Anhöhe hinab. Er bewies dabei mehr Geschick als die beiden Menschen. Mit einem Knurren rieb er sich am Bein seines Herrn. Ein kurzer Laut von Arnaud – dann wurden die beiden von der Dunkelheit verschluckt.

Den Hang wieder hinaufzuklettern war unmöglich. Also machte sich Marcella auf in Richtung Dorf. Doch obwohl es nur einen Steinwurf entfernt lag und sie sogar die Umrisse der Häuser erkennen konnte, verirrte sie sich. Ihr Weg unter den schwarzen Bäumen und durch das Gehölz wurde zu einer Odyssee. Sie verstrickte sich zwischen Zweigen, die sich in ihren Kleidern festhakten, und musste sich durch Senken voller Unkraut kämpfen. Maulwurfshügel und Fuchslöcher bildeten immer neue Fallgruben. Endlich erreichte sie das

Dorf, allerdings von einer Seite, die ihr völlig unbekannt war.

Sie schlich auf leisen Sohlen an den Häusern und Hütten vorbei. Arnaud war zweifellos verrückt, aber seine Warnung, dieses: *sie sind überall*, saß ihr immer noch in den Knochen. Das Dorf wirkte keineswegs heimelig. Die Hausmauern schienen sich in der Dunkelheit zu einem Wehrwall zusammenzudrängen, der keinen anderen Zweck erfüllte, als sie auszusperren. Statt sich sicherer zu fühlen, wuchs Marcellas Empfindung, bedroht zu sein. Und obwohl das Dorf klein war, meinte sie, durch ein Labyrinth zu irren, in dem hinter jeder Ecke Gefahren lauern konnten.

Der Dorfplatz mit der Ulme tauchte auf.

Die Häuser, die hier standen, mussten reichen Bauern gehören. Marcella erkannte schemenhaft Gärten mit akkuraten Zäunen. Der Platz selbst war groß genug für einen Pfingsttanz oder andere Festlichkeiten. Vage meinte sie sich an würfelnde Männer zu erinnern, und mit diesem Bild ließ ihr Unbehagen etwas nach. Sie fand sogar die Ruhe, sich auf eine der Bänke zu setzen und ihre Kleider zu untersuchen.

Ihr Ärmel war eingerissen. Sie ertastete eine Schürfwunde am Schulterblatt. Angestrengt verdrehte sie den Hals, konnte in der Dunkelheit aber nicht erkennen, ob Blut aus der Wunde geflossen war.

Auf einmal hörte sie erregte Stimmen, und ihr fiel ein, dass Damian und Matteo zu den Häusern hinabgegangen waren. Die Stimmen kamen allerdings von den Feldern. Wahrscheinlich hatten sie auf der Suche nach ihr erst das Dorf und anschließend die Umgebung durchkämmt. Marcella zwickte das Gewissen, und sie erhob sich. Als Damian um die Ecke bog und sie auf der Bank sitzen sah – klatschnass und mit zerrissenen Kleidern, was musste sie für einen Anblick bieten! –, blieb er stockstreif stehen. Dann lief er auf sie zu.

Er nahm sie nicht in die Arme, sondern packte sie an den Schultern, hielt sie von sich und musterte sie. Marcella unterdrückte ein Lachen, denn einen Moment lang fühlte sie sich wie ein Ballen Seide, der auf Beschädigungen begutachtet wird. Ja, Monsieur Tristand, Ihr habt Recht, die Braut ist zerzaust und in üblem Zustand. Sie merkte, dass sie tatsächlich ein hysterisches Geräusch von sich gab, und verstummte rasch.
»Alles in Ordnung?«
»Aber sicher. Ich bin ... ich war spazieren.«
Sie merkte an der Art, in der Damian sich den Mantel von den Schultern zog und sie darin einhüllte, wie aufgewühlt er war. Ohne ein weiteres Wort trat er den Rückweg an. Matteo versuchte eine Unterhaltung mit dem Torwächter, aber der Mann war kaum gesprächiger, und so legten sie den Rest des Weges schweigend zurück.

Die arme Camille saß mit verweinten Augen im Fenster. Als sie Marcellas ramponierten Zustand sah, warf sie die Männer hinaus. Damian mit dem Auftrag, eine Decke zu besorgen, und Matteo und den Wächter, um Wasser, Wein und Tücher herbeizuschaffen. »Barmherzigkeit! Und sie braucht ein trockenes Kleid!«
Aufgeregt nötigte sie Marcella auf den besseren von Madames Stühlen.
»Eure Lippe ist angeschwollen und blutig. Heilige Barbara, aber das wird wieder, keine Sorge. Was haben wir für Angst ausgestanden! Wo seid Ihr nur gewesen? Monsieur war außer sich. Wobei ich nicht weiß, warum er *mir* Vorwürfe machen musste. Einen Moment, ich tupfe das ab ...«
Damian brachte die Decke, und Matteo kam mit dem Wasser und einem von Madames Leinenhandtüchern. Camille nahm ihnen alles ab und wies sie wieder hinaus. Im Schein einer stinkenden Unschlittkerze versorgte sie jede auch noch so unbedeutende Kratz- und Schürfwunde.

»Lasst doch, das heilt von selbst«, versuchte Marcella mehrmals zu protestieren, aber Camille kannte keine Gnade.

»Und wo *seid* Ihr nun gewesen, Madame?«

»Spazieren«, erwiderte Marcella so einsilbig, dass Camille sich weitere Fragen verkniff.

Erst als sie aufstand und zu ihrer Schlafkammer hinaufging, merkte Marcella, dass ihre Rippen bei jeder Bewegung schmerzten. Kein Wunder, nach so einem Sturz! Wie es sich anfühlte, hatte sie sich die ganze linke Seite geprellt. Das würde prächtig aussehen, wenn erst einmal die blauen Flecken kamen.

Auf halber Treppe fing Damian sie ab. Er nahm ihren Arm und geleitete sie zu ihrer Schlafkammer. Höflich wie immer, aber der Nachdruck, mit dem er sie anfasste, erinnerte ein wenig an Arnaud, und sie merkte, wie ihre Haut zu kribbeln begann. Sie hatte erwartet, dass er sie auf der Schwelle zum Zimmer verlassen würde, aber er kam herein, stieß mit dem Hacken die Tür ins Schloss und sah zu, wie sie ins Bett kroch.

»Wein?«

Sie schüttelte den Kopf.

»Sonst etwas? Weitere Decken?«

»Nein.«

»Dann also von Anfang an. Was ist geschehen?«

Irgendwo draußen in der Nacht bellte ein Hund, vielleicht der von Arnaud. »Ich bin müde«, sagte sie.

»Nicht zu müde für ein paar Antworten. Marcella, wenn du dich einmal selbst sehen könntest! Du schleichst heimlich fort und kommst zurück wie ... wie ein Huhn, das sich mit einem Fuchs angelegt hat!«

»Ich ...«

»Das ist verrückt.«

»Ich will's ja gerade erklären.«

Er nickte. Einen Moment sah es aus, als wolle er sich auf die Bettkante setzen, aber er blieb stehen.

»Ich war bei Bernard Belot. Diese Grazida wohnt bei ihm. Ich habe gesehen, wie die beiden miteinander stritten. Aber sie haben sich wieder versöhnt und sind zusammen ins Haus zurück.«

»Und das war es wert, sich nachts im Dorf herumzutreiben? Marcella ... Warum gerade nachts? Und warum allein?«

Er hatte ein Recht zu fragen, kein Zweifel.

»Deine Kleider sind zerrissen. Was ist also weiter passiert?«

»Ich bin spazieren gegangen.«

Ungeduldig schüttelte er den Kopf.

»Und auf dem Rückweg zur Burg fehlgetreten und einen Hang hinuntergefallen. Dann habe ich mich verlaufen.«

»Was ist mit deiner Lippe?«

»Ich sag doch, ich bin gestürzt.«

Damian trat zu ihr, beugte sich über sie und stützte die Hände rechts und links neben ihren Schultern ab. »Du redest Unsinn.«

»Ich bin gestürzt. Ich bin ... gestürzt.« Das Blut in ihrer Lippe pulsierte. Sie starrte in die vor Sorge und Ärger dunklen Augen und schwieg. Er musterte sie, ohne ein Wort zu sagen; es schien eine Ewigkeit zu währen, in der sie sich beherrschen musste, ihn nicht von sich zu stoßen. Schließlich richtete er sich auf.

»Du vertraust mir nicht«, stellte er bitter fest. »Du gehst deiner eigenen Wege und wünschst dir ... ja, was wünschst du dir eigentlich? Wenn ich das begreifen könnte! Wenn ich nur einmal in deinen Kopf hineinschauen könnte.« Er ging zum Fenster, blieb stehen und drehte sich wieder um. »Ich habe keine Ahnung, was heute Nacht geschehen ist, Marcella. Aber da wir verlobt sind, sage ich dir jetzt, dass ich nicht will, dass du während meiner Abwesenheit einen Schritt aus dieser Burg tust.«

17. Kapitel

Am nächsten Tag kehrte Théophile zurück.

Camille, die das Trappeln eines Pferdes hörte und ihn vom Fenster des Palas als Erste erblickte, verlor vor Freude die Fassung. Heulend rannte sie in den Hof, und Marcella, die sich seitlich ans Fenster stellte, beobachtete das stürmische Wiedersehen mit jenem Stich Neid, den sie immer empfand, wenn sie Zeuge dieser unkomplizierten Liebe wurde.

Théophile bedeckte Camilles Gesicht mit Küssen, und da er sich unbeobachtet glaubte, wirbelte er seine Frau gegen jede höfische Sitte im Kreis herum. Marcella sah sein Gesicht, und ihr Neid und das Lächeln, das inzwischen auf ihren Lippen lag, schwanden. Der Ritter war verwundet. Camille hatte es ebenfalls bemerkt. Sie betastete aufgeregt den Schmiss, der sich als verschorfte Wunde vom Ohr zur Wange zog. Marcella wandte sich ab und stieg die Treppen hinauf zum obersten Zimmer, in dem Damian mit Matteo hauste.

Sie hatte ihn seit dem vorherigen Abend nicht mehr allein gesprochen. Beim Frühstück war er zugeknöpft gewesen und hatte sich bald wieder in sein Zimmer zurückgezogen.

»Théophile ist wieder da«, sagte sie.

Das Zimmer besaß nur zwei Fenster, die auf die Felder zeigten. Damian musste die Wendeltreppe hinab, ehe er einen Blick auf den Ritter werfen konnte, den Camille mittlerweile in die Stube geführt hatte. Théophile saß am Tisch und aß, und die Gier, mit der er die Reste des Frühstücksbreis in sich hineinstopfte, zeugte davon, wie wenig Pausen er sich auf dem Weg nach Montaillou gegönnt hatte. Er warf Damian einen düsteren Blick zu, aß aber erst auf, ehe er den Löffel aus der Hand legte.

»Es tut mir Leid, Monsieur Tristand.«

Damian ergriff einen Schemel und setzte sich ihm gegenüber.

»Dieser Emile ist tot, und Noël ist ebenfalls tot.«

»Tot!«

Théophile nickte. Er begann zu erzählen, und seine Geschichte war traurig genug. Er war mit Noël in Varilhes angekommen. Sie hatten nach diesem Emile gesucht, dann aber gehört, dass er nach Rieux de Pelleport geritten war. »*Geritten*, er war also wirklich reich geworden, der Kerl. Wollten auf ihn warten. Hatte ja keinen Sinn, hinterherzureiten und ihn dann zu verfehlen. Er wohnte in einem Haus aus Stein. Klein, heruntergekommen, aber kein Haus für einen gewöhnlichen Goldschürfer.«

Damian nickte.

»Wir warteten zwei Tage. Noël ging ein paarmal zum Haus, aber der Mann ließ auf sich warten. Seine Frau war zu Hause. Freundliche Person. Viele Kinder. Sie lud uns ein, bei ihr Quartier zu nehmen. Waren aber lieber in der Herberge.«

»Da habt ihr recht getan. Es ist immer besser, sich seine Unabhängigkeit zu wahren«, stimmte Camille ihm zu.

»Das war abends am dritten Tag. Merkwürdige Stadt. Die Leute haben getrunken, sind aber früh heimgegangen. Noël hatte auch getrunken. Haben uns schlafen gelegt. Mitten in der Nacht merke ich, wie Noël aufsteht und hinuntergeht.«

»Er musste austreten«, sagte Camille.

Damian sagte gar nichts. Er schaute auf seine Hände, als wüsste er schon, worauf alles hinauslief.

»Wäre möglich gewesen. Kam mir allerdings ... seltsam vor, wie er hinausschlich. Verstohlen. Wie ein Dieb. Ihr erinnert Euch, Monsieur, Ihr hattet mich gebeten, ein Auge auf ihn zu haben. Hatte nicht verstanden, wie genau Ihr das meint, fiel mir nun aber wieder ein. Bin ihm also nachgeschlichen.«

Camille riss die Augen auf.

»Noël ist zum Haus von diesem Emile. Immer im Schutz der Mauern. Ich hatte nichts gegen den Mann, war ein angenehmer Reisegefährte. Sah aber nicht gut aus, was er tat. Wollte nicht gesehen werden, war offensichtlich. Ein ehrlicher Mann geht in der Mitte der Straße.« Théophiles Gesicht schien unbewegt, und doch merkte man ihm an, wie nah ihm sein Bericht ging.

»Er versteckte sich hinter einem Gebüsch gegenüber von Emiles Haus. Kauert da und wartet. Wäre besser gewesen, ich hätte ihn angesprochen. Hab ich aber nicht getan. Irgendwann kommt ein Mann die Straße runter. Emile. Ist von der Reise heimgekommen, war zu Pferde. Noël tritt ihm in den Weg, sagt etwas. Emile antwortet.«

»Und dann?« Damian starrte immer noch auf seine Hände.

»Ich dachte an Eure Warnung. Wollte zu den beiden hinüber. Bin auch schon auf wenige Schritte da. Da steigt der Mann vom Pferd. Schreit im selben Moment auf und geht in die Knie. Noël hat ihn niedergestochen. Als er mich bemerkt, hebt er wieder das Messer.«

»O Himmel«, ächzte Camille und starrte entsetzt auf die Wunde im Gesicht ihres Liebsten.

»Bringt keine Ehre, einen Ganoven zu töten. Ich wollte ihn entwaffnen. Ließ sich aber nicht machen. Er war verflucht schnell mit dem Messer.«

»Das hat er in der Gosse gelernt«, flüsterte Camille.

»Sind Leute zusammengelaufen?«, wollte Damian wissen.

»Ja, habe das aber nicht abwarten wollen. Ungute Lage – du bist fremd in der Stadt und wirst mit zwei Toten erwischt. Da wird eher aufgeknüpft als zugehört. Die Geschichte ist traurig genug, auch ohne so ein Ende.« Théophile stand sichtlich niedergeschlagen auf, und Camille beeilte sich, ihm zu erklären, dass er unbedingt Schlaf benötige. Damian hielt die beiden nicht zurück.

Matteo riss die Augen auf, als er die Neuigkeit hörte. Auch er hätte Noël niemals eine wirkliche Niedertracht zugetraut. Mit offenem Mund lauschte er Damians Erklärung von dem Goldsucher, der seine Goldklumpen nach Narbonne gebracht und sie dort offenbar gutgläubig in Noëls Hände gelegt hatte, der sich aus irgendwelchen Gründen gerade im Kontor aufhielt. Noël musste das Gold unterschlagen haben. Damit war er als Bücherfälscher entlarvt, und man musste ihn auch für überführt halten, sein Einkommen mit Verrätereien an Robert Lac aufgebessert und ihn womöglich ermordet zu haben.

»Das hätte ich nie gedacht. Ich meine, er machte schon seine eigenen Geschäfte. Hier und da ein bisschen Verkauf am Gesetz vorbei, aber nie so, dass es dem Kontor schadete. Das hat er einmal zu mir gesagt: Die Hand, die dich füttert, beißt du nicht. Also wirklich ...« Matteo schüttelte den Kopf und wirkte wie ein Kind, das zum ersten Mal das Böse in der Welt kennen gelernt hat. »Deshalb wollten wir also in dieses Varilhes reiten.«

Damian nickte.

»Und ich hatte die ganze Zeit gedacht, es geht um geheime Geschäfte. So wie damals in Famagusta, wo wir überall rumgeritten sind, und nachher waren es Kubeben. Warum hast du mir nicht gesagt, was los ist?« Er ersparte Damian die Anwort, weil er gleich weiterredete. »Aber dann können wir ja nach Hause zurück.«

»Nein«, sagte Marcella.

Damian schwieg. Er war in der Hoffnung nach Montaillou gekommen, jemanden zu finden, der erklären konnte, was mit Jeanne geschehen war. Er hatte geglaubt, Klarheit sei die Medizin, die seine Braut in einen unbeschwerten Menschen verwandeln würde. Aber statt Klarheit waren sie mit Ketzern konfrontiert worden, die sich fürchteten, und mit Ketzerhassern, die mit Steinen warfen.

»Was denn dann?«, fragte Matteo.

»Emile ist tot. Das Kontor trägt die Verantwortung«, sagte Damian. »Ich muss dafür sorgen, dass seine Witwe entschädigt wird.«

»Dann reitet nach Varilhes, und ich warte hier und höre mich noch ein wenig um«, sagte Marcella.

»Das ist mir zu gefährlich.«

»Warum?«, fragte Matteo.

Damian maß den Jungen mit seinen Blicken. Er dachte nach. Es war nicht schwer zu erraten, was ihm durch den Kopf ging. Er konnte auch Matteo nach Varilhes schicken. Dann musste er aber damit rechnen, dass der Neffe seines Kompagnons in der Stadt Händel anfangen oder sich sonstwie in Teufels Küche bringen würde, wozu er ja seine Begabung bewiesen hatte. Auch Théophile konnte er nicht schicken. Der Ritter hatte mit Noël in der Herberge gewohnt und galt wahrscheinlich als Spießgeselle eines Mörders.

Marcella sah ihrem Bräutigam zu, wie er einmal mehr beunruhigt durch Madame de Planissoles' Stube schritt.

»Mit wem würdest du denn reden wollen?«

Mit Arnaud, der Jeanne geliebt und mich geküsst hat, dachte Marcella, aber das konnte sie schlecht sagen. Nicht nach der letzten Nacht. Laut erklärte sie: »Noch einmal mit dem Pfarrer.«

»Er ist einer von den Reinen, denen alles rein ist. Er würde den Biss einer Schlange für eine misslungene Liebkosung halten. Nein, Marcella, das hat keinen Zweck, und ich will nicht ...«

»Auch Madame de Planissoles könnte noch etwas einfallen.«

Damian kaute an seiner Lippe. Marcella sah, dass er mit sich haderte. Er traute ihr nicht – und er hatte damit Recht, in gewisser Weise. Sie war nicht ehrlich. Das hatte es zwischen ihnen bisher nicht gegeben.

»Verschwinde, Matteo.«

»Ich soll …?« Der Junge blickte zwischen ihnen hin und her. »Na schön.«

Damian wartete, bis die Tür klappte und die Schritte treppab polterten. Dann setzte er sich auf die Tischkante. »Ich bin Kaufmann, Marcella. Wenn ein Geschäft ansteht, dann wäge ich ab und treffe aufgrund der Fakten, die mir bekannt sind, meine Entscheidung. Ich muss nach Varilhes, das ist so ein Faktum. Ich kann mich davor nicht drücken. Wir schulden Emiles Frau etwas. Aber dieses Dorf … kommt mir vor wie ein großer, stinkender Misthaufen, in dessen Inneren sich etwas Abscheuliches verbirgt. Ich weiß nicht, was das ist. Aber es ist mir zuwider, dich hier allein zu wissen.«

»Ich weiß. Ich habe auch Angst.«

»Wer Angst hat, sollte Schutz annehmen.«

»Ich werde ja nicht wirklich bedroht. Oder glaubst du, Grazida würde sich noch einmal trauen, Steine zu werfen?«

Er schüttelte den Kopf. »Soll ich dir sagen, wovor mir vor allem graut? Ich sehe, wie du dich veränderst. Wie dieses Dorf *dich* verändert. Gerade hattest du die Fühler aus deinem Schneckenhaus gestreckt, und nun … Ich fühle mich so hilflos. Ich will dich nicht einsperren. Ich liebe dich. Aber wie soll ich dich behüten, wenn du mir nicht vertraust?«

»Ich liebe dich auch«, sagte Marcella. Es klang hohl, und das war abscheulich, weil Damian gerade so völlig ehrlich gewesen war. Anstatt auf ihn einzugehen, waren ihre Gedanken bei Arnaud, der ihr vielleicht etwas über die dunkle Seite von Jeannes Vergangenheit erzählen konnte.

»Ich liebe dich auch«, wiederholte sie.

Damian nickte düster.

Er brach noch am selben Tag auf. Er wollte hinunter nach Ax-les-Thermes und von dort dem Flusslauf des Ariège folgen – das war der Weg, den auch Théophile genommen hatte, und der nach allem, was der Ritter erzählte, kürzer und weniger beschwerlich als der Weg durch die Berge war.

Marcella machte sich auf vier Tage Wartezeit gefasst. Vielleicht nur drei? Nein, sicher vier.

Den ersten Tag nach seiner Abreise saß sie im Palas oder lag auf ihrem Bett, ohne schlafen zu können. Anders als Camille machte sie sich keine Sorgen um Damian – er konnte auf sich aufpassen, da hatte sie keine Zweifel. Es war die eigene Untätigkeit, die sie verrückt machte. Sie strich die Treppen hinauf und hinab und drängte sich schließlich ihrer Begleiterin auf, der sie beim Kochen helfen wollte. Camille nahm Fische aus. »Schmecken Euch meine Gerichte nicht?«, fragte sie so offensichtlich beleidigt, dass Marcella sich wieder von dannen machte.

Bei der Pferdetreppe fand sie Matteo, der im Sonnenschein auf dem Boden saß und seine Messer und ein Schwert reinigte, Waffen, die er in den vergangenen Tagen erstanden haben musste.

»Damian hat mir Geld dafür gegeben«, erzählte er. »Das Schwert gehörte dem Dorfschmied, der es aber nie benutzt hat und eigentlich wohl auch gar nicht besitzen darf ... na ja. Es ist nie verkehrt, wenn ein Mann eine Waffe besitzt, sagt Damian. Er hat sich selbst auch versorgt.«

»Das ist gut.«

»Ich mag ihn gern, wisst Ihr – wenn er nicht gerade den Kaufmann rauskehrt, der weiß, wie sich das Universum bewegt. Warum kann er nicht begreifen, dass ich mir nichts aus Zahlen und staubigen Verträgen mache? Soll ich Euch ein Geheimnis verraten, Marcella?«

»Noch eines?«

Matteo ging auf die Stichelei nicht ein. »Ich gehe nach Venedig zurück. In Italien ist die Welt anders. Nehmt zum Beispiel Oberto Doria. Er war Kaufmann in Genua – und er hat sich mit einem anderen zusammen an die Spitze der Flotte gestellt und sie gegen Pisa in die Schlacht und in den Sieg geführt. Habt Ihr von der Seeschlacht von Meloria gehört? Über zweihundert von den Dorias waren dabei! *Das* ist eine Familie! Aber ich brauche überhaupt nicht nach Genua. Venedig hat auch eine Kriegsflotte. Mein Onkel soll mich dort einkaufen. Damit ich endlich beweisen kann, was in mir steckt. Es steckt etwas in mir, Marcella.«

»Wird Euer Onkel zustimmen?«

»Ich spreche mit meiner Tante.« Matteo strahlte im Vertrauen auf seine Strategie, die offenbar schon als Kind immer aufgegangen war.

»Eine gute Idee. Aber Ihr solltet sie vorbereiten und ihr schreiben – für den Fall, dass Damian Euch in Frankreich festhalten will.«

»Schreiben.«

»Ja. Ich glaube, dass oben in Eurem Zimmer Papier, Tinte und Feder liegen. Damian muss so etwas haben. Nun ab, hinauf.«

Matteos Lächeln erlosch. »In unserem Zimmer?«

»Sicher.«

»Ich weiß nicht.«

»Was wisst Ihr nicht?«

Er grinste verlegen. »Kommt Ihr mit und helft mir?«

»Bei einer so privaten Angelegenheit? Das wäre Caterina kaum recht.«

»Ihr seid mir draufgekommen, ja?« Der Junge ließ Waffe und Putztuch sinken und stieß einen Seufzer aus. »Warum ist es eigentlich immer so, dass *ich* den Ärger kriege? Es war Damians Idee, dass ich auf Euch Acht geben soll. Bleib beim Tor und rühr dich nicht weg, bis ich zurück bin! Wobei ich gar nicht weiß, wie er sich das vorstellt. Irgendwann muss der Mensch ja auch mal schlafen. Und ... eigentlich sollte eine Frau von sich aus tun, was ihr Mann sagt«, erklärte er mit frommem Augenaufschlag.

»O ja. Die Ehefrauen und die Lehrlinge. Brav, mein Junge. Wenn er Euch jetzt hörte, würde er Euch lieben.« Aufgebracht kehrte Marcella zum Turm zurück. So stand es also mit dem Vertrauen. Einen Glückwunsch zu dem, was ihr in Zukunft noch blühte! *Du hattest Recht, Elsa.* Sie wollte die Treppe hinaufstürmen, aber auf der untersten Stufe blieb sie stehen. Sie drehte sich um und blickte über die Burgmauer zum Col de sept Frères, dessen Kuppen in einen seidig blauen Himmel ragten.

Ich platze vor Ungeduld. Das ist es, Elsa. Aber Damian hat Recht. Unten im Dorf lauert etwas Böses. Und es hat mich im Visier. Was auch immer vor fünfzehn Jahren geschehen ist – es ist noch nicht vorbei.

»Madame de Planissoles ist unpässlich«, giftete Brune, als Marcella an der Tür der Schlafkammer klopfte.

»Das weiß ich, und gerade deshalb bin ich gekommen. Ich bin Gewürzhändlerin, liebe Brune, ich kenne die Kräuter, die bei den verschiedenen Beschwerden helfen.« Marcella schob die Dienerin resolut beiseite.

Madame lag unter ihren Decken und hielt die Augen geschlossen. Die Sonne schien durch das Fenster schräg hinter dem Bett, und so konnte Marcella den feinen Schweißfilm sehen, der in Form winziger Perlen zwischen den Stirnrunzeln der alten Dame stand.

»Sie isst Fenchelsamen, mehr braucht sie nicht, um wieder hochzukommen.« Brune schob sich schützend zwischen den Eindringling und das Bett.

»Sie braucht etwas ganz anderes«, sagte Marcella. Auf dem Hocker neben dem Bett stand ein Krug, aus dem es nach billigem Wein roch. Sie nahm ihn und goß den Inhalt aus dem Turmfenster.

»Das war nicht freundlich«, erklärte Madame mit tiefer, rollender Stimme und erstaunlich nüchtern. »Füll den Krug wieder auf, Brune.«

»Später, Madame.«

»Jetzt.«

Widerstrebend wandte die Dienerin sich zur Tür. Sie trödelte herum, wahrscheinlich, um Madame die Möglichkeit zu geben, den Befehl zu widerrufen. Aber die Frau im Bett blieb stumm.

Als Brune draußen war, zog Marcella sich den Schemel heran. »Ihr geht mir aus dem Weg, Madame, ich bemerke es, und doch müsst Ihr mir jetzt zuhören.«

Madame de Planissoles rührte sich nicht.

»Wer ist Arnaud?«

Schweigen.

»Ich will Euch nicht quälen, aber ...«

»Welch ein Witz. Das war der Lieblingssatz von Fournier. *Ich will Euch nicht quälen, Madame ...* Und trotzdem brannten am Ende die Feuer.«

»Erzählt mir, was Ihr über Arnaud wisst.«

»Kenne ich nicht.«

»Er ist Schäfer.«

»Schäfer gibt's wie Vögel am Himmel. Der Älteste erbt den Hof, die jüngeren verdingen sich auf den Weiden.«

»Dieser Arnaud ...«

»Sie heißen alle Arnaud.«

»Er hat gesagt, er könne mich zu Jeanne bringen.«

Madame seufzte. »Sie ist tot.«

»Das weiß ich, aber warum sagt er es dann?«

»Besorg mir was zum Trinken. Mir zittern die Hände, und ich habe Krämpfe, wenn ich meinen Guten-Morgen-

Trunk verpasse. Das war wirklich nicht ... Geh ihm aus dem Weg, Kindchen.«

»Und wenn Jeanne doch noch lebt?«

»Dann wüsste ich es.«

»Aber Madame, warum sagt Arnaud ...«

»Geh ihm aus dem Weg. Das ist ein Rat, Marcella, und zwar ein verdammt freundlicher für jemanden, der den guten Wein zum Fenster hinauskippt. Du kriegst ihn auch nur, weil ich Jeanne so gern hatte.«

»Nun ist er also doch heil zurückgekommen«, sagte Marcella zu Camille, die mit dem Kochen fast fertig war und die Fische in der Pfanne wendete.

»Ach ja.« Die junge Frau strahlte. »Gott liebt uns.«

»Wahrscheinlich seid Ihr heilfroh, wenn es endlich nach Narbonne zurückgeht.«

»Aber Madame – ich bin daheim, wenn ich bei Théophile bin. Dann ist mir im Grunde alles andere gleich.«

Marcella nickte. »Wahrscheinlich fragt Ihr Euch ...«

»Warum wir bleiben? Nun, wegen Eurer Schwester. Ich bin doch nicht taub. Ich hatte nie Geschwister, aber ich stelle mir vor, dass es doch eine besondere Art von Liebe sein muss. Obwohl – nicht immer, denn die Schwester von meiner Schwiegermutter ...«

Marcella hörte sich geduldig an, was zwischen Théophiles Mutter und seiner Tante vorgefallen war.

»Um auf meine eigene Schwester zurückzukommen ... Ich habe diesen Schäfer wiedergetroffen, der uns das Leben gerettet hat. Arnaud. Er scheint etwas über Jeanne zu wissen. Er wollte mir davon erzählen, aber wir wurden unterbrochen, und ... Sicher versteht Ihr, dass ich diesen Mann noch einmal sehen muss.«

»Wie wollt Ihr das anstellen?«

»Er ist es selbst, der mich treffen will. Ich glaube, er beobachtet mich. Und wenn ich ins Dorf ginge ...«

»Oh, Madame!« Camille ließ die Messer, mit denen sie den Fisch wendete, sinken und stampfte mit dem Fuß auf. »Ihr wollt einen Mann treffen. Während Euer Bräutigam auf Reisen ist. Verzeiht, aber manchmal bin ich verzweifelt.« Sie legte die Messer beiseite und stemmte die Hände in die Hüften. »Monsieur Damian ist ein Wunder an Geduld. Wisst Ihr, wie man es bei uns daheim nennt, wenn ein Mädchen auf die Art, wie es bei Euch der Fall ist, an der Lippe … Nein, ich sage es nicht, es ist unanständig. Monsieur ist voller Vertrauen, und damit hat er Recht. Aber hier geht das Wort *Hure* um, dass einem die Ohren klingeln, und da muss man doch nicht …«

»Hure?«

»Nicht über Euch, aber ich habe Brune … Ich kann doch nicht ständig weghören. Und wenn die eine Schwester Schmutz auf der Nase hat, wird man bei der anderen … Madame – Ihr seid schön. Ihr seid verlobt. Und ein Ruf ist zerbrechlicher als Schmetterlingsflügel. Gut, dass ich es ausgesprochen habe, denn es ist die Wahrheit.«

»Ihr würdet von mir denken …«

»Nein, denn ich kann beobachten – und ich habe keinen Grund zur Eifersucht.«

»Aber Ihr begreift doch, dass ich herausfinden muss, was mit Jeanne geschehen ist.«

»Dann wartet, bis Monsieur zurück ist. Oder sprecht mit den Frauen. Auch eine reiche Dame kann sich herablassen, mit Bauersfrauen zu sprechen. Ihr seht, wie umgänglich Madame de Planissoles mit dieser Brune verkehrt. Daran wäre nichts auszusetzen.«

Nur war die einzige Frau im Dorf, die Marcella außer Brune und der betrunkenen Madame kannte, Grazida. Und die war vermutlich die Letzte, die ihr helfen würde.

Camille wandte sich wieder den Fischen zu. »Ihr müsst doch Dienerschaft gehabt haben, als Ihr hier wohntet, Madame. Jemand hat das Haus geputzt, jemand hat gekocht, es muss eine Amme gegeben haben, die Euch säugte. Da werden sie nicht Leute von weit her geholt haben. Man wird schwanger, die Zeit naht – und man schaut sich dort nach einer Amme um, wo man wohnt. Oder etwa nicht?«

»Madame de Planissoles! Es gab eine Frau, die mir zu Essen gab und mich zu Bett brachte. Sie hatte schwarze Haare und einen ... einen Bart über der Lippe. Sie roch nach Schafstall. Sie sang Lieder. Sie war freundlich.«

Die alte Dame hatte es geschafft, sich während Marcellas kurzer Abwesenheit wieder zu betrinken. Nun schien sie Bauchweh zu haben. Brune saß in dem auf halber Höhe der Treppe durch Bretter abgetrennten Kämmerchen, in dem sich der Aborterker befand. Marcella hatte sie ächzen und pressen hören, als sie an dem Brettergelass vorbeigehuscht war. Aber wie lange würde sie dort hocken bleiben? Nein, man konnte keine Rücksicht auf Madames Zustand nehmen.

»Wie heißt sie und wo wohnt sie?«

Marcella verstand nicht, was Madame über die Lippen krächzte. »Bitte, was?«

»Fabrisse. Und fass mich nicht an. Ein Teufel kriecht durch meine Eingeweide. Er säuft gern, aber in letzter Zeit verliert er den Spaß daran und quält mich stattdessen. Du meinst Fabrisse.«

»Fabrisse. Genau! Ich ... ich erinnere mich. Wo wohnt sie?«

»Im Dorf.« Die alte Frau stieß ein röchelndes Schmerzgeräusch aus. Es hörte sich schrecklich an.

»Ist sie ein guter Mensch?«

Madame drehte sich auf die Seite und krümmte sich unter Qualen. Es war nicht nur niederträchtig, sondern auch zwecklos, weiter in sie zu dringen. »Fabrisse Maury, ja?« Marcella streichelte kurz ihre vom Liegen verfilzten Locken, bevor sie sie verließ.

Die Zeit schlich dahin. Es wurde Abend und wieder Morgen. Außerhalb der Burg fand das normale Leben statt. Auf der Dorfstraße, soweit man sie vom Donjon aus einsehen konnte, unterhielten sich Leute. Im Garten des Bayle reparierte ein Mann – es war aber nicht der Bayle – eine Bank. Durch das andere Fenster konnte man zwei andere Männer und eine Frau beobachten, die mit einem Handkarren auf dem Weg nach Prades waren. Auf dem Karren lag mit gebundenen Füßen eine Ziege. Langsam wie Schnecken erklommen sie einen Hügel.

Wo wohnte Fabrisse?

Ich erinnere mich an sie, Elsa, sogar ihr Name ist mir vertraut. Sie muss eine wichtige Rolle in meinem Kinderleben gespielt haben. Sie könnte wissen, was im Haus Bonifaz vor sich gegangen ist.

Madame hatte ihren Namen preisgegeben, während sie leugnete, Arnaud zu kennen. Warum? Weil sie Arnaud für gefährlich hielt? Oder weil Arnaud Geheimnisse kannte, von denen Fabrisse nichts wusste?

Beklommen dachte Marcella über den Schäfer nach. Wenn sie ehrlich mit sich war, musste sie gestehen, dass sie ihn nicht einschätzen konnte. Ganz normal war er nicht. Und trotzdem hatte sie sich schon beim ersten Mal, als sie ihn gesehen hatte, zu ihm hingezogen gefühlt. Sie war beinahe sicher, dass sie früher mit Arnaud einen freundlichen Umgang gehabt hatte. Aber die Menschen veränderten sich. Ach was, dachte sie, das Grübeln nutzt gar nichts.

Ich muss zu Fabrisse, Elsa. Als der Bayle dahinter kam, dass wir Grazida suchen, hat er gesagt, sie sei zu Verwandten gegangen. Vielleicht schickt man auch Fabrisse auf Tantenbesuch, wenn man sich erinnert, dass sie in unserem Haus arbeitete.

Der Tag schlich dahin. Matteo hielt auf der Pferdetreppe ein Schläfchen. Sie hätte leicht an ihm vorbeihuschen können.

Aber das wäre gegen Damians ausdrückliche Anweisung gewesen. Welch eine merkwürdige Fessel, dachte Marcella und spürte wieder ihre alte Gereiztheit. Was hatte er gesagt? Er wolle nicht, dass sie die Burg verließ? Oder dass sie es allein tat?

Mit einer neuen Idee beschloss sie, Camille zu suchen. Sie schaute erst im Palas nach, dann nahm sie das nächste Stockwerk in Angriff, dann das übernächste, und dort, im Zimmer der Männer, fand sie sie. Die Situation war mehr als peinlich. Théophile lag auf dem Bett, und Camille saß auf der Kante und zog flattrig ihre Röcke herab, als Marcella eintrat. Der Ritter starrte an die Decke. Er versuchte erst gar nicht, seinen Ärger über die Störung zu verbergen.

Marcellas erster Impuls war, wieder hinauszustürmen, aber das hätte die Situation kaum verbessert. Also beschloss sie, so zu tun, als hätte sie nichts bemerkt. »Madame ist krank. Wir müssen weiter selbst für Essen sorgen. Ich will ins Dorf hinab. Möchte jemand mitkommen?«

»Wenn Ihr mir *sagt*, was Ihr essen wollt ...«, begann Camille.

»In Montaillou isst man, was gerade angeboten wird. Ich will selbst nachschauen.«

Théophile erhob sich und zog provokant umständlich sein Wams zurecht. »Wenn ich es richtig verstanden habe, gefällt es Monsieur Tristand nicht, wenn Ihr im Dorf herumstreunt.«

Einen Moment war Marcella sprachlos vor Zorn, mehr noch über die Art, wie er sich ausdrückte, als über den Sinn der Worte. »Ich warte am Tor, Camille. Aber wenn es nicht passt, gehe ich auch gern allein.« Sie knallte die Tür ins Schloss und stieg wutentbrannt die Treppe hinab. Wenn Matteo immer noch geschlafen hätte, wäre sie einfach an ihm vorbeigestürmt, doch der Venezianer rieb sich die Augen und begann, sie pflichtbewusst in ein Gespräch zu verwickeln, das keinem anderen Zweck diente, als sie aufzuhalten.

Théophile und Camille kamen gemeinsam in den Hof hinab. Camille schwenkte einen Henkelkorb. Sie hatte ihre eigene Art, mit schlechter Stimmung umzugehen, indem sie sie nämlich ignorierte. Théophile war anders. Er schritt brüsk an Marcella vorbei und schien zu erwarten, dass sie ihm folgte.

»Ich liebe Narbonne«, zwitscherte Camille. »Aber eines muss man sagen, Heimat oder nicht Heimat – die Luft hier oben ist köstlich. Man ist so ... so nah am Himmel. Wobei Narbonne ja noch ein Segen ist, denn es gibt das Meer, und oft vertreibt die frische Luft den Gestank aus den Abortgruben und Handwerksbetrieben und so, aber Madame Pierrier, die im Haus neben unserem, also im übernächsten, wohnte, sagte immer, wenn man nach Carcassonne kommt, bringt einen der Dreck und Gestank ...«

Sie kamen am Haus des Bayle vorbei. Die Fenster waren geöffnet, aber kein Laut drang heraus. Die Kinder, die um die Dorfulme Blindekuh spielten, lärmten dafür umso mehr. Sie wichen respektvoll zurück, als der Ritter den Platz betrat. Männer wurden in Montaillou geachtet, und fremde und reiche sowieso.

»Madame!« Camille stieß sie in die Seite. »Ich glaube, Ihr hört gar nicht zu.«

»Théophiles Familie wohnt auch in einem Turm. Ich bin ganz Ohr.«

»Ist es nicht seltsam, wie das Leben uns hin- und herwirft? Wenn seine beiden Brüder stürben, würde ich Burgherrin und wohnte ebenso wie Madame de Planissoles. Aber ob ich das auch wirklich wollte ...«

»Dort hinunter?« Théophile wies in eine schmale Dorfgasse, an die Marcella sich nicht erinnerte.

»Ja«, rief Camille. »Bis zu dem Haus mit den Birnbäumen im Garten. Er ist nämlich zugig, der Turm, meine ich, und schon im Herbst – wir haben seine Eltern im November besucht – entsetzlich kalt. Théophiles arme Mutter litt unter Gicht, und sie tat mir Leid, auch wenn sie sich mir gegenüber äußerst hochnäsig benahm. Da lob ich mir eine Stadtwohnung, hab ich gesagt ...«

Das Haus mit den Birnbäumen war eine verkommene Hütte, und Théophile blieb naserümpfend auf der Straße zurück, als sie eintraten.

Die Frau, die sie begrüßte und in dem einzigen Raum ihrer Behausung die Hühner aufscheuchte, um ihnen die Eier fortzunehmen, sah alt und mürrisch aus. Sie zählte zehn Eier ab und legte sie in Camilles Korb. Dabei vermied sie es, Marcella anzusehen.

»Und könnten wir irgendwann in den nächsten Tagen auch Fleisch bekommen? Hasenbraten? Was auch immer?«, erkundigte sich Camille.

»Wir wildern nicht.«

»Das hätte auch niemand vermutet.« Camille lächelte und knirschte mit den Zähnen. »Aber Ihr werdet uns sicher zwei oder drei Hühnchen geben. Sie sind natürlich mager, viel könnte ich nicht zahlen ...«

Die Frau öffnete eine Hintertür und rief einen Mann herein, der sich nach einer kurzen Erklärung daranmachte, die aufgeregten Tiere einzufangen und ihnen den Hals umzudrehen. Er knallte sie auf den Tisch, und die Frau streckte eine Hand aus, in die Camille eine Münze legte. Hatte Damian seiner Vermieterin Geld zum Haushalten gegeben? Zum ersten Mal kam Marcella der Gedanke, dass ihr gewisse Aufgaben zukamen und Damian vielleicht erwartete, dass sie sie erfüllte. Warum sollte ein Mann heiraten, wenn seine Frau ihn nicht einmal von den täglichen Sorgen befreite? *Ach, Elsa.*

Die Frau wartete, dass sie endlich gingen.

»Wo finde ich Fabrisse Maury?«, fragte Marcella.

Der Alten wollte die Antwort herausrutschen. Sie hatte

schon den Mund geöffnet, nahm dann aber aus den Augenwinkeln wahr, wie ihr Mann verhalten den Kopf schüttelte.

»Weiß nicht.«

»Ich verstehe. Ein riesiges Dorf. Wer wollte da den Überblick haben?«

Der Mann trat neben die Frau. Er war weder größer noch älter als sie, in seinem schlotternden Kittel wirkte er sogar ausgesprochen mickrig. Dennoch wurde Marcella schwül zumute. Der Mann rieb die Finger gegeneinander. Es lagen Prügel in der Luft, nicht für sie, aber für seine Frau, die vielleicht gegen seinen Willen angefangen hatte, mit Camille Geschäfte zu machen.

Camille fasste Marcellas Ärmel und zog sie aus dem Haus. »Himmel, was für Leute!« Sie sah sich nach Théophile um, aber ihr Ritter war bereits auf dem Rückweg. »Jedenfalls waren das die letzten Hühner, die ich ihnen abgekauft habe – und wenn wir Würmer fressen müssen. Théophile hat schon Recht. Unter den struppigen Schädeln sitzen nur Dummheit und schlechte Manieren. Wer um alles in der Welt ist Fabrisse?«

»Meine Kinderfrau.«

»Ich wusste, dass es jemanden geben würde.« Camille drängte vorwärts, weil sie zu ihrem Mann aufschließen wollte. »Ich verstehe bloß nicht, warum dieses grässliche Paar Euch nicht sagen wollte, wo die Frau zu finden ist.«

Bei der Burg angekommen, ließ Théophile das Tor rechts liegen und ging den Pfad weiter, wobei er offensichtlich erwartete, dass seine Frau ihm folgte. Camille kicherte leise und wünschte Marcella einen schönen Abend.

Bitte, ihr war das nur recht. Mochten die beiden treiben, wonach es sie verlangte.

Matteo hatte seinen Platz bei der Pferdetreppe verlassen. Um ins Dorf hinabzuschleichen und ebenfalls …? Widerlich!, dachte Marcella. Nicht das, was die Leute, mit denen sie zusammenwohnte, unternahmen, sondern was sie ihnen ständig unterstellte. Es war ihr eigenes Seelenheil, um das sie sich sorgen sollte.

Dieser löbliche Vorsatz wurde sogleich wieder auf die Probe gestellt, als sie in den Burghof kam. Denn auch aus dem Donjon hörte sie eine Männerstimme.

»... ist es nicht. O nein. Du trinkst zu viel, Béatrice. Wie oft habe ich dir das schon gesagt: Iss vernünftig, schlafe, wie der Herrgott es vorgesehen hat, und schwöre dem Wein ab.«

Dann erkannte sie, dass es Pfarrer Clergues Stimme war, die sie hörte, und sie errötete. Hastig eilte sie die Treppe hinauf. Wenigstens brauchte sie dieses Mal nicht zu klopfen, bevor sie eintrat.

Als Madame Marcella erblickte, lächelte sie. Wie durch ein Wunder schienen ihre Beschwerden verschwunden zu sein. Sie sah lebhaft und aufgeräumt aus und hatte sich zu Ehren des Pfarrers sogar ein besonders hübsches Kleid angezogen.

»Ah, Marcella.« Der Pfarrer beeilte sich, einen der beiden Schemel für den Neuankömmling zurechtzurücken. »Wie geht es dir, Kindchen? Du warst im Dorf? Eine gute Idee. Nutze die Zeit. Wer weiß, ob du je wiederkehren wirst, wenn du einmal in deinem Venedig bist. Und beginnst du dich an deine Kindheit zu erinnern? Sie war schön über die meiste Zeit. War Marcella nicht ein glückliches Kind, Béatrice?«

Die Burgherrin antwortete nicht. Aber das Leuchten ihrer Augen schien plötzlich getrübt.

»Ich erinnere mich, dass ich eine Kinderfrau hatte«, sagte Marcella.

»Vermutlich. Deine Mutter war schwach nach der Geburt, und natürlich hattest du ein reiches Elternhaus. Wer war es gleich?«

»Fabrisse.«

»Eine freundliche Seele. Dreimal verheiratet. Kurz bevor deine Mutter niederkam, waren gerade ihr letzter Mann und ihre beiden Jungen verstorben. An einem Fieber?« Pfarrer Clergue grübelte, aber auch nach Rücksprache mit Madame konnte nicht entschieden werden, ob es wirklich ein Fieber gewesen war oder diese Lungenkrankheit, die damals im ganzen Alion gewütet hatte.

»Man wollte mir im Dorf nicht sagen, wo sie wohnt«, erklärte Marcella.

»Wie meinst du das?«, fragte Clergue.

Madame beugte sich vor. Der Stoff ihres Kleides war schockierend dünn. Ihre Formen, besonders die Brust, die sie hochgebunden haben musste, zeichneten sich deutlich ab. Einen Moment hatte Marcella den verwirrenden Eindruck, Madame wolle den Pfarrer aus der Fassung bringen. Wenn das stimmte, dann verfehlte sie ihr Ziel. Clergue lächelte sie unbefangen und voller Zuneigung an. Vielleicht waren seine Augen schlecht.

Marcella erzählte, was ihr im Dorf widerfahren war, und kam sich selbst ein wenig dumm vor, als der Pfarrer lachte.

»Blanchette und Pons. Ach, mein armes Kind. Soll ich dir erzählen, was sich im Haus der beiden vermutlich abgespielt hat, bevor du eingetreten bist? *Was wollen die Fremden?*«, imitierte er eine zänkische Männerstimme. »*Was weiß ich? Hühnchen kaufen?*«, antwortete er sich selbst in höherer, genauso zänkischer Tonlage. »*Warum bei uns? ... Warum nicht? ... Sicher führen sie was im Schilde ... Sie wollen nur Hühnchen kaufen ... Wir sagen kein Wort ... Du denkst, sie führen was im Schilde? ...*«

Madame entschlüpfte bei der witzigen Vorstellung ein Lachen.

»Du hast in der Stadt gelebt, Marcella«, meinte der Pfarrer gut gelaunt. »Du hast vergessen, wie die Menschen in Montaillou sind. Wenn etwas Fremdes eindringt, macht ihnen das Angst. Du bist fein gekleidet und ... völlig anders als die Frauen hier. Sie sind eingeschüchtert. Aber es ist wie bei Hunden: Zuerst bellen sie, dann schnuppern sie, und dann laufen sie schwanzwedelnd hinter dir her. Wobei Menschen natürlich keine Hunde sind. Fabrisse ...« Der Pfarrer lächelte auf Madame herab. »... wohnt mit ihrer Mutter im unteren Dorf an dem Weg, der nach Prades führt. Du kannst das Häuschen nicht verfehlen. Im Garten ist ein Ziegenbock angepflockt, ein ... nun ja, ein wildes und störrisches Geschöpf, aber was kann man einem unvernünftigen Tier schon vorwerfen?«

18. Kapitel

»Pfarrer Clergue hat mir gesagt, wo Fabrisse wohnt: Unten an der Straße nach Prades«, sagte Marcella am nächsten Morgen, als sie mit Camille, Théophile und Matteo vor einem Topf mit Brei saß, der aus den Resten der vergangenen Mahlzeiten bestand.

»Er hat sie geküsst.« Camille kicherte.

»Wer wen?«, fragte Matteo.

»Der Pfarrer die Madame. Ich hab's gesehen. Als sie unten im Hof standen. Er hat sie auf den Mund geküsst. Laaange. Ich will's mir gar nicht vorstellen. Madame wusste Bescheid, als sie sagte, die Gottesmänner brennen am heißesten.«

»Sie ist doch viel älter als er.«

»Ach was. Sie trinkt und macht sich zu viele Sorgen. Davon kriegt man Falten. Und ein Pfarrer hat ein leichtes Leben.« Camille steckte den Löffel in die Breischüssel und tat, als bemerkte sie den vorwurfsvollen Blick ihres Mannes nicht.

»Ich werde heute Vormittag zu Fabrisse gehen.«

Sofort hob Théophile den Kopf. »Ich sagte schon – es entspricht nicht dem Willen von Monsieur, wenn Ihr allein …«

»Wie wollt Ihr wissen, was seinem Willen entspricht, wenn er nicht hier ist, um ihn kundzutun?«

»Na ja, das merkt man doch«, kam Camille ihrem Mann zur Hilfe. »Als er zum Beispiel ...«

»Ein Weib ist zum Gehorchen geboren, und wenn sie es nicht tut, ist was mit ihr verkehrt«, fiel Théophile ihr grob ins Wort.

Was ist denn in diesen Kerl gefahren, dachte Marcella entgeistert. Lief Camilles hochgepriesenes Eheleben so ab? Sie wollte aufstehen, aber Matteo tippte sie mit dem Finger an.

»Damian ist nervös. Das ist alles. Donnerwetter, an dem Abend, als Ihr plötzlich verschwunden wart ... Er ist durch die Zimmer wie ein ... keine Ahnung. Ich glaub, er hat Euch einfach so gern.«

»Vielleicht wäre es sowieso am besten«, ergänzte Camille, »wenn Théophile ins Dorf geht und diese Fabrisse hierher bringt. Ich meine – warum sollte sich eine Madame die Füße wund laufen?«

Weil sie Angst hat, dass Fabrisse einem fremden Ritter nicht folgen könnte? Weil sie befürchtet, dass Fabrisse bei seinem Auftauchen verschwinden und alle Geheimnisse mit sich nehmen könnte? Zur Hölle, Damian!

Hatte sie das Letzte laut gesagt? Théophile starrte sie an.

»Also gut, bittet sie, zu mir zu kommen«, sagte Marcella.

Als sie später in ihre Schlafkammer hinaufging – *es ist das Schicksal der Frauen zu warten, und ich beklage mich auch nicht, Elsa* –, lief sie rastlos hin und her. Es dauerte lange, ehe sie Théophile auf seinem braunen Hengst im Hof auftauchen sah. Er verschwand durchs Tor, und am gegenüberliegenden Fenster konnte Marcella sehen, wie er die Straße hinabritt. Aber er verließ sie bald wieder und schlug den Weg in Richtung Wald ein. Und das, dachte Marcella empört, wird ihn ganz sicher nicht ins Dorf bringen. Es ist die völlig falsche Richtung!

Ich könnte aus der Haut fahren, Elsa. Ich könnte dem Kerl mit bloßen Händen an die Gurgel gehen. Fassungslos starrte sie auf die Bäume, die den Reiter verschluckten.

Es war früher Nachmittag, als Théophile endlich in die Burg zurückkehrte. Marcella hörte den Hufschlag seines Pferdes und eilte zum Hoffenster. Sie sah ihn einreiten – und er war allein.

»Pest und Krätze auf dich!« Einen Moment erwog sie, in den Hof zu stürzen und ihrer Wut mit lautem Gebrüll Luft zu verschaffen. Stattdessen tat sie ein paar tiefe Atemzüge.

Der Tag war nicht ganz so sonnig wie die vorhergehenden, und durch die Fenster wehte ein kalter Luftzug. Marcella griff sich ihren Mantel und wartete. Wie sie vorhergesehen hatte, hörte sie schon bald die leisen Stimmen des Ritters und seiner Camille im Treppenaufgang. Sie hielten es nicht für nötig, an ihrer Tür zu klopfen, sondern gingen schnurstracks hinauf zum Zimmer der Männer. Bitter legte Marcella den Mantel um.

Der Hof lag vereinsamt. Sie hatte keine Ahnung, wo Matteo sich herumtrieb. Vielleicht doch wieder im Dorf, das mehr lockte als die langweilige Aufgabe, eine Dame zu bewachen, die überhaupt nicht bedroht wurde. Schnell eilte sie den Weg hinab. Die Leute, die sie traf, taten, als seien sie in Gespräche oder ihre Beschäftigungen vertieft. Sie meinte das Gesicht einer Frau wieder zu erkennen, die auf dem Kopf einen Wasserkrug balancierte. Einen Moment lang sah es so aus, als wolle ihr ein Name einfallen. Ba... Babette ... Barbe... Nichts, es war wieder fort.

Das Haus mit dem Ziegenbock tauchte auf. Das schmutzig graue Tier mit dem verfilzten Bocksbart zerrte an seinem Strick und senkte die gedrehten Hörner, als sich die Besucherin näherte. Wie ein Wachhund, dachte Marcella und vergaß über ihrer Belustigung einen Moment ihren Zorn. Die Belustigung schwand, als sie sah, wie lang der Strick des Tieres war. Er erlaubte ihm problemlos, nicht nur jedes Büschel Gras in dem ungepflegten Garten zu erwischen, sondern auch die Haustür zu erreichen.

Marcella biss sich auf die Lippe. Sie stand nicht gerade einsam vor dem Häuschen. Auf einem Schemel auf der anderen Seite der Straße saßen zwei Frauen, die Federvieh rupften. Ein Bauer schob müßig mit einer Gabel Mistklumpen umher.

Marcella tat einen Schritt in Richtung Haus. Der Bock hob den Kopf. Sein Blick war tückisch. Es griff nicht an, aber er verfolgte jede Bewegung des Eindringlings mit den Augen.

Vorsichtig näherte Marcella sich der Haustür, die aus nachlässig zusammengenagelten Brettern bestand und so schief in den Angeln hing, als wolle sie beim nächsten Windstoß herausbrechen. Die Hühner rupfenden Frauen lachten. Galt das ihr? Marcella tat einen weiteren Schritt. In dem Augenblick stürzte der Bock los. Ob er nun überlegt handelte oder sie einfach Pech hatte – er erwischte sie im ungünstigsten Moment. Sie war zu weit voran, um noch auf die Straße zurückzugelangen, aber noch nicht dicht genug an der Tür. Wahrscheinlich hätte das Vieh sie auf die Hörner genommen, wenn es nicht plötzlich von einem Stein getroffen worden wäre. Marcella hatte keine Ahnung, wer den Stein geworfen hatte, flüchtete aber dankbar in die Hütte hinein.

Dämmriges Licht und ein schwacher Geruch nach Kräutern empfing sie. Sie zog die Tür hinter sich zu. Es wurde noch ein wenig dunkler, und sie musste warten, bis sich ihre Augen an das schlechte Licht gewöhnt hatten. In der Mitte des Raums befand sich eine gemauerte Feuerstelle, über der an drei gekreuzten Stangen ein Topf baumelte. Zwei Schemel bildeten das einzige Mobiliar der ärmlichen Behausung. An der niedrigen Decke hingen Kräuterbündel, von denen der Duft ausströmte. Und in einer Ecke, auf einigen Lagen Stroh, die als Bett herhalten mussten, lag eine alte Frau.

Ein Rums gegen die Tür ließ Marcella einen Satz nach vorn machen. Der Ziegenbock hatte seine Hörner gegen das Holz gerammt.

»So ein ... meine Güte.« Sie lachte halb erschrocken und halb verlegen. »Er mag es nicht, wenn ihm jemand zu nahe kommt, was?« Trotz der Armseligkeit strahlte die Hütte Behaglichkeit aus. Vielleicht, weil nicht nur Kräuter von der Decke baumelten, sondern auch Sträuße aus getrocknetem Lavendel und anderen gelben, roten und hellblauen Blüten.

»Fabrisse liebt Blumen«, sagte Marcella und freute sich wie ein Kind, weil sie sich wieder einer Sache mit Sicherheit entsann. Und als wolle ihr Gedächtnis sie für den Erfolg belohnen, wusste sie mit einem Mal auch den Namen der alten Frau, die die Mutter von Fabrisse sein musste. »Na Roqua. Wie schön, Euch zu sehen. Es ist ... es ist Jahre her. Darf ich näher kommen? Ich bin Marcella Bonifaz. Ich weiß nicht, ob Ihr Euch an mich erinnert.«

Die alte Frau lag unter einer Decke, die aus den Flicken alter Kleider zusammengesetzt worden war. Die meisten Flicken waren grau oder wollweiß, wie die Bauern ihre Kleider eben trugen, aber es gab auch bunte dazwischen. Kleine Fingerzeige darauf, dass Fabrisse einmal wohlhabend gewesen war oder zumindest bei wohlhabenden Leuten gearbeitet hatte.

Marcella ergriff die Hände der Greisin. »Ich suche Fabrisse.«

Die alte Frau sah sie nicht an, sondern starrte an ihr vorbei zur Decke.

»Ich möchte mit ihr über alte Zeiten sprechen. Ich ... ich erinnere mich kaum noch an meine Kindheit und dachte mir, es wäre doch schön, wenn Fabrisse mir ein wenig erzählt. Na Roqua?«

Keine Antwort. Einen unbehaglichen Augenblick lang fragte Marcella sich, ob sie die Hände einer Leiche hielt. Aber dann spürte sie, wie ein Zittern durch den mageren

Körper lief. Vielleicht hatte sie die Alte aus dem Schlaf geweckt. Marcella begann noch einmal von vorn und nannte ihren Namen. »Wo steckt Fabrisse denn nun? Sie wohnt doch hier, nicht wahr?«

Draußen gab der Ziegenbock ein meckerndes Geräusch von sich. Auch die Frau auf dem Stroh hatte es vernommen. Sie reckte den Hals und starrte zur Tür. Marcella wusste nicht, was Na Roqua über ihrer Schulter erspähte, aber sie fühlte, wie die knochigen Hände ihre eigenen Finger zusammenquetschten. Langsam drehte sie sich um.

»Alle lieb beieinander?« Ein Lichtstreifen fiel quer durch den Raum bis zum Strohlager. Die Person, die in der Tür stand, war im ersten Moment nur als Schatten im Licht erkennbar, als roter Farbfleck. »Wie in alten, schönen Zeiten, ja? Man mauschelt hinterm Misthaufen, in den Büschen … psss … psss … und tauscht Geheimnisse aus.«

Grazida trat in die Hütte, und ihr Schafsgesicht gewann Konturen.

Marcella wollte aufstehen, aber Na Roqua umklammerte ihre Hände und hielt sie mit erstaunlicher Kraft fest.

»Und, Herzchen?« Das rotgewandete Weib warf Marcella einen boshaften Blick zu. »Was hat dir die Alte erzählt? Oh … nichts? Wie schade. Wo sie doch so gern plaudert. Ist das nicht so? Mütterchen?« Grazida traute sich nicht heran, aber ihre spitze Zunge blieb in Bewegung. »Was willst du ihr denn ins Ohr flüstern? Dass dein prächtiger Sohn seine Mutter mit Honig füttert, aber seine Frau einen Tritt in den Hintern kriegt, wenn sie ein bisschen Ziegenmilch säuft? Dass seine Mutter ein Kleid bekommt und seine Frau mit alter Wolle ihre Lumpen stopfen muss? Ein feiner Sohn. Wirklich ein feiner Sohn. Und? Hat's dir gefallen, wie sie Guillaume aus dem Graben zogen? Ein weißer Fisch mit blanken, toten Augen …«, fragte sie mit bösartigem Vergnügen.

Marcella machte sich frei und sprang auf. »Raus!«,

fauchte sie. Sie sah mit Genugtuung, wie die Frau zurückwich, aber noch war Grazida nicht fertig.

»Los, Na Roqua, erzähl ihr noch, was mit ihrer Schwester geschehen ist. Ein schönes Ende. Aufgespießt an bösen, spitzen Zinken. Ihr könnt miteinander weinen.«

»Raus!, sag ich.« Marcella spürte kalte Wut durch ihre Adern rollen. Sie hatte die letzten Worte leise gesprochen, aber Grazida musste wohl einen besonderen Ton wahrgenommen haben, denn sie entschloss sich zur Flucht und rannte ins Freie. Der Ziegenbock ergriff die Gelegenheit und versetzte ihr den Stoß, zu dem er vorher nicht gekommen war. Keifend raffte Grazida sich wieder auf.

Das Weib, das die Straße hinaufrannte, gab einen lächerlichen Anblick ab, aber Marcella war nicht zum Lachen zumute. Ihre Hände zitterten, und vor lauter Zorn hatte sie weiche Knie. Grazida war am Ende der Straße angekommen. In einer obszönen Geste hob sie den Rock und zeigte Marcella ihr nacktes Hinterteil.

Als Marcella sich abwandte, sah sie, dass der Bauer von gegenüber sie anstarrte. Ihre Blicke trafen sich, und er senkte verlegen den Kopf und begann wieder, Mist zu kehren.

Wütend schlug Marcella die Tür zu. Sie wollte zum Strohlager zurückkehren, aber da entdeckte sie, dass das Bett leer war. Verwirrt blickte sie sich um. Es gab nur eine einzige Möglichkeit, die Hütte zu verlassen. Nämlich durch die Tür, die sie selbst gerade geschlossen hatte. Und möglicherweise, wenn man mager genug war, durch das kleine Fenster, das der Tür gegenüberlag?

Zweifelnd schüttelte sie den Kopf. Das Loch war nur etwa zwei Fuß breit und drei Fuß hoch. Ein weiteres Mal blickte sie sich ungläubig um, dann ging sie zu der Öffnung. Sie streckte den Kopf hinaus. In dem matschigen Gras erkannte sie Abdrücke von Händen und Füßen.

Na Roqua war geflohen.

»Sie ist geflohen, Seigneur curé. Eine alte Frau. Aus ihrer eigenen Hütte. Wie konnte ihr dieses Weib so viel Angst einflößen? *Womit* konnte es ihr Angst einflößen?«

»Aber bitte ...« Pfarrer Clergue rang die Hände und schaute sich im Zimmer um, als erwarte er aus irgendeiner Ecke eine Erleuchtung. Er musste aus einer wohlhabenden Familie stammen, denn sein Haus war aus Stein, und die Möbel – mit Rindsleder bezogene Schemel, ein Tisch, über dem vornehm eine Decke lag, Truhen mit glänzenden Schlössern und bunt bestickte Wandbehänge – sahen allesamt aus, als hätten sie einmal viel Geld gekostet.

»Nimm Platz und hole Luft, Kind. Warte, ich besorge etwas zu trinken. Grazida war also bei Na Roqua? Ich verbringe meine Tage damit, die Sünden meiner Beichtkinder anzuhören und hoffe, ihnen zu helfen, aber begreifen werde ich sie niemals.«

Der Pfarrer trug eine silbern glänzende Karaffe herbei und schenkte Marcella ein. »Ich sage zu ihnen: Wenn ihr einander nicht in Liebe zugetan sein könnt, dann geht euch zumindest aus dem Weg. Ich halte nichts davon, vom Menschen zu fordern, was er nicht zu vollbringen vermag. Aber aus dem Weg gehen ... man sollte doch meinen, das wäre möglich.«

»Sie hat von Jeanne und ... und einem Guillaume gesprochen. Ihrem toten Mann doch sicher, nicht wahr? Ihr hättet es hören sollen. Es klang so höhnisch. Was war mit diesem Guillaume, dass sie der alten Frau einen solchen Schrecken einjagen konnte, als sie ihn erwähnte?«

Der Pfarrer fuhr sich durch das schüttere Haar. Er setzte die Kanne mit dem Wein an den Mund, ein Zeichen, wie verwirrt er war, denn er hatte sich wohlerzogen einen eigenen Becher auf den Tisch gestellt. »Zunächst einmal scheine ich dir erklären zu müssen, dass Na Roqua die Mutter von Guillaume ist. Ich kann mich nicht daran gewöhnen, dass du tatsächlich alles und jeden vergessen hast, sonst hätte ich es dir schon gesagt, als du nach Fabrisse fragtest. Nun ja, Na Roqua und ihre Schwiegertochter sind nicht gut miteinander ausgekommen. Die alten Eifersüchteleien, die oft zwischen den Generationen herrschen. Was Grazida und ihren Mann angeht ... sie kamen miteinander zurecht. Was braucht es in der Ehe Liebe, sage ich immer, wenn wieder jemand mit brennendem Herzen zu mir schleicht. Doch obwohl die beiden sich gelegentlich schlimme Dinge an den Kopf warfen und oft nicht miteinander sprachen, war Grazida von einer geradezu widernatürlichen Eifersucht besessen. Sie richtete diese Eifersucht auf Jeanne. Verstehst du?«

»Ihr sagtet, Grazida hasste Jeanne, weil sie zu den Katharern gehörte. Weil Guillaume von Katharern getötet wurde.«

»Die Sache ist verwickelt, wie immer, wenn Menschen in etwas verstrickt sind. Jeanne gehörte zu den Katharern, und Guillaume – der Himmel sei seiner verwirrten und nicht allzu gescheiten Seele gnädig – hatte ebenfalls an diesem Irrglauben Gefallen gefunden. Die Häretiker trafen sich heimlich, und genau das brachte Grazida auf den Gedanken, dass ihr Guillaume Jeanne schöne Augen macht. Was natürlich völliger Unfug war.«

»Davon bin ich überzeugt.«

»Ich weiß nicht, was Guillaume zur Einsicht seines Irrtums brachte – vielleicht die brennende, von heiligem Zorn durchdrungene Rede, mit der Bischof Fournier bei seiner Ankunft die vom Wege Abgewichenen zur Besinnung bringen wollte. Jedenfalls – so heißt es im Dorf – entschied sich Guillaume kurz nach der Ankunft des Bischofs, seinem Irrglauben abzusagen und zum Zeichen der Reue die Namen der anderen Ketzer preiszugeben. Er ging zur Burg hinauf ...«

»Ich weiß. Und wurde auf dem Weg ermordet. Das hattet Ihr schon gesagt. Grazida wollte, dass Na Roqua mir etwas erzählt.«

»Wie meinst du das?«

»Oder sie hatte Angst, dass sie es tut.«

Der Pfarrer setzte erneut den Weinkrug an. Er trank so überstürzt, dass ihm die rote Flüssigkeit übers Kinn lief. Wie ähnlich er plötzlich Madame de Planissoles sah, die er angeblich küsste.

»Ach, Kindchen! *Richtet nicht, auf dass ihr nicht gerichtet werdet.* Mit dieser Mahnung stehe ich auf und gehe ich zu Bett. Und auch Grazida Maury hat Anrecht auf ein wenig Mitleid. Aber ... nein, das war boshaft. Zu ihrer Entschuldigung darf man nur hoffen, dass sie nicht gemerkt hat, wie grausam sie ist. Ich denke, sie wollte dich und Na Roqua nur ein wenig necken. Die alte Frau ist nämlich stumm.«

Der Weg zur Burg führte an Na Roquas Hütte vorbei. Der Ziegenbock hatte seinen Strick ein paar Male um den Pflock gewickelt und sich so selbst die Freiheit beschnitten. Marcella hätte also ohne Gefahr nach der Alten sehen können. Dennoch zögerte sie. Der Mann mit der Mistgabel hatte seine Arbeit erledigt und stand mit verschränkten Armen in einem schmalen Gang, der sich zwischen seinem Haus und einem Schuppen auftat. Er schien sie wieder zu beobachten.

Marcella zuckte die Achseln. Sie tat die wenigen Schritte und war nicht überrascht, die Hütte so leer vorzufinden, wie sie sie verlassen hatte.

Als sie wieder auf die Straße trat, sah sie, dass es bereits dämmerte. Eine merkwürdig schwermütige Stimmung lag in der Luft. Die Luft roch nach Regen, und der Donjon, der sich auf der Spitze des Hügels unter den grauschwarzen Wolken duckte, erschien ihr plötzlich wie eine Festung aus der Vorzeit. Die Häuser, die Dorfulme, von der sie einen Teil der Krone sehen konnte – alles wirkte seltsam unwirklich im Zwielicht des trüben Nachmittags. Sie fühlte sich auf einmal schrecklich allein. Aufgeben und fortgehen. Was hatte sie mit diesem Dorf zu tun, das so weit ab von jeder Zivilisation lag und vor sich hin dämmern würde, bis das Jüngste Gericht kam?

Der Mann wartete immer noch. Sonst war weit und breit keine Seele mehr zu sehen. Marcella ging zu ihm hinüber.
»Ich suche Fabrisse.«

Er war schon älter, um die vierzig, musste also in ihrer Kindheit bereits im Dorf gelebt haben. Aber sein Gesicht kam ihr nicht bekannt vor. Oder doch? Als er lächelte, war ihr einen Augenblick, als stiege ihr der Geruch von Äpfeln in die Nase.

»Sie ist runter nach Ax«, sagte der Mann. Er drehte sich um. Im Schlupf schien es einen Seiteneingang zu seinem Haus zu geben, denn er war innerhalb eines Augenblicks verschwunden.

Erstaunlicherweise schlief Marcella gut in dieser Nacht, und am nächsten Morgen platzte sie vor Tatendrang.

»Es ist mir gleich, was Ihr für angemessen oder nicht haltet«, sagte sie Théophile. Sie hatte ihm von ihrer Absicht, nach Ax zu reiten, erzählt, und wie erwartet hatte er ihre Wünsche mit einer Mischung aus Überheblichkeit und Ärger abgetan. »Es ist mir egal, ob Ihr mich begleiten wollt. Wenn Fabrisse mit schlechten Schuhen und zu Fuß nach Ax gehen kann, dann kann ich es auf einem Pferd schon lange.«

»Aber Madame«, flehte Camille, »die Schicklichkeit …«

»… ist eine Eisenkugel, die sich die Einfalt ans Bein schmieden lässt«, erklärte Marcella kalt. »Ich habe keine Zeit dafür.«

Sie standen im Hof. Théophile und Matteo hatten ihre Pferde aus dem baufälligen Stall geholt und offenbar vorgehabt, auszureiten. Kein Wort der Absprache, und das sicher nicht aus Versehen.

»Ihr bleibt hier! Monsieur Tristand erwartet das«, schnaubte der Ritter.

Marcella kehrte ihm und dem Rest der Gesellschaft den Rücken.

Sie ging in den Turm und packte einige Sachen zusammen. Und fühlte sich dabei nicht schuldbewusst, sondern so beflügelt, wie seit Wochen nicht mehr. Sie hatte Beine, auf denen sie stehen und einen Hintern, auf dem sie reiten konnte. Sie brauchte keinen Ritter. Sie brauchte überhaupt keinen Mann. Schließlich war sie auch in Trier zurechtgekommen. Man musste nur beherzt genug an die Dinge herangehen. Und genau das hatte sie vor. Sie würde mit fliegenden Kleidern ins Tal hinabpreschen und Fabrisse an ihr Herz drücken.

Einen Moment wurde sie unschlüssig, als sie vor ihrem Bett stand. Die Dose mit dem Safran lag unter der Strohmatratze, auf der sie schlief. Sie war in dem Donjon wahrscheinlich sicherer als auf einem Ritt über die Weiden und Berge. Weder Brune noch ihre Herrin wirkten wie Diebe. Dennoch steckte sie sie schließlich ein. Geld und Freiheit gehörten zusammen wie Pferd und Sattel.

Zur Hölle mit allen, die ihr eines davon nehmen wollten!

19. Kapitel

Sprecht ihn nicht an«, sagte Matteo. »Er ist furchtbar wütend. Ihr müsst das verstehen. In ihren Adern fließt das alte, tapfere Blut ihrer Väter. Sie sind empfindlicher als wir, was die Ehre angeht, und Ehre zeigt sich eben auch im höfischen Benehmen und ... Ihn einfach stehen zu lassen. Also wirklich.«

»Also wirklich – was? Ich habe in Deutschland einige Wochen mit ihnen Tür an Tür gewohnt und ihre Ehre zu spüren bekommen. Heil davongekommen zu sein ist meine glücklichste Erinnerung an diese Zeit.«

»Wie Ihr immer redet!«, sagte Matteo.

Théophile hatte beschlossen, dass sie trotz der entsetzlichen Manieren der unedlen Dame weiterhin zusammenbleiben würden. Wie Marcella vermutete, aus finanziellen Gründen, was ihm sicher den Magen umdrehte. Oder weil er es Damian versprochen hatte, das war auch möglich, man sollte nicht zu schlecht von ihm denken. Jedenfalls ritten sie zu viert den halsbrecherischen Pfad hinab, der nach Ax führte.

»Ich gehe zur Flotte, Marcella. Ich habe mich entschlossen. Ich werde meinem Onkel gegenübertreten und ihm in aller Festigkeit ...«

»Ich dachte, Ihr wolltet zuerst zu Eurer Tante?«

»Ich habe es mir anders überlegt. In einigen Dingen ist sie eigen. Sie wollte nicht einmal, dass ich in Schwert- und Axtkampf unterrichtet werde. Heiliger Joseph – ich bin ein Findelkind, einer edlen Dame geraubt und von den Entführern ausgesetzt. Wenn man mich doch nur endlich fände ...«, jammerte Matteo, gab seinem Pferd die Sporen und ritt die nächsten Stunden düsteren Sinnes voran.

Sie erreichten Ax-les-Thermes beim höchsten Stand der Sonne. Die Stadt schlängelte sich wie ein Wurm durchs Tal des Ariège, ein Haus saß am nächsten, und in der Mitte der Stadt konnte man Dach und Turm einer Kirche erkennen. Überall pulsierte das Leben. Händler boten ihre Waren an, Hausfrauen und Mägde verweilten an Buden mit Gemüse, Fleisch, Stoffen, Bändern oder Haushaltsgegenständen und beäugten kritisch die Qualität. Ax besaß nicht nur eine Kirche, sondern gleich mehrere Gasthäuser und Tavernen. Wahrscheinlich weil es Durchgangsort auf dem Weg in die spanischen Berge ist, dachte Marcella. Théophile ritt ein helles Gebäude mit offenen Ställen an, das im Schatten einiger Linden lag und aus dem es lecker nach frischem Brot duftete.

Sie stieg vom Pferd. »Ich höre mich nach Fabrisse um«, sagte sie und übergab Matteo die Zügel.

»Und wo wollt Ihr das tun?«, fragte Matteo.

Sie zögerte kurz. »In der Mühle.« Wieder war dieses Zucken da gewesen, dieser Riss, der für einen Moment einen Blick in die Vergangenheit freigab und sich sofort wieder schloss. Sie war als Kind mit Fabrisse zu einer Mühle gegangen. Fabrisse hatte geredet, die Mühle war an einer Straßenkurve aufgetaucht. Sie hatten einen Sack abgeliefert. War außer Fabrisse noch jemand bei ihr gewesen? Wahrscheinlich. Montaillou besaß keine eigene Mühle. Sie nahm an, dass sich einige Frauen aus dem Dorf zusammengeschlossen hatten, um in die Stadt zu wandern. Getreide zur Mühle zu bringen, das war in Montaillou Frauengeschäft.

Unentschlossen blickte Marcella die Straße hinunter. Nur

ein einziger Esel war zu sehen. Er trug keinen Getreidesack, sondern rechts und links jeweils eine ramponierte Kiste.

»Madame, ich rede schon wieder und Ihr hört nicht zu.« Camille hatte Marcella am Ärmel gefasst. »Ich sagte, wir Frauen könnten einen Happen essen und hier warten, während Matteo und Théophile ...«

»Es tut mir gut zu laufen, danke Camille.«

Marcella machte sich auf den Weg in Richtung Kirche. Seltsamerweise schien die Erinnerung an diese Stadt, die sie sicher nicht oft besucht hatte, stärker zu sein als die an Montaillou. Sie erkannte ein Messingschild in Form einer Brezel wieder, das an einer Holzstange über der Haustür eines Bäckers schwankte. Zwischen dem Haus des Bäckers und einer Schneiderwerkstatt floss ein Gebirgsbach, in dem kalbsgroße weiße Felsbrocken lagen, und auch an diesen Bach erinnerte sie sich. Sie blieb stehen, als sie sah, dass weiße Dampfwölkchen aus dem perlenden Wasser aufstiegen. Einen Moment war sie irritiert, aber es war nicht ihr Anliegen, seltsame Phänomene zu erforschen.

Sie ging weiter und traf auf einen Brunnen, in dessen Mitte auf einer gemauerten Säule eine asketische weibliche Heiligenfigur stand, deren Schuhe und Waden rot bemalt waren, als wäre sie durch Blut gelaufen. Die Heilige kannte sie auch – sie hatte ihr immer missfallen und ihr einen Schauder über den Rücken gejagt, auch daran erinnerte sie sich. Hatte Fabrisse sie ausgelacht? Sie wusste es nicht. In größeren Zusammenhängen wollte sich die Erinnerung nicht einstellen.

Und dann sah sie die Mühle. Sie musste noch einen Bach und einen kleinen Platz überqueren, und schon stand sie in einem staubigen Raum, in dem in einer Schlange mehrere Frauen mit ihren Säcken warteten. Es schien gerade einen Engpass zu geben. Der Müller reinigte mit einem Federkiel die Furchen des Mahlsteins, in denen sich Kleie festgesetzt hatte.

»War Fabrisse heute hier?«, fragte Marcella.

Der Müller reagierte nicht, aber eine seiner Kundinnen gab Antwort. »Welche Fabrisse? Fabrisse d'Ascou oder ...«

»Fabrisse aus Montaillou.«

»Fabrisse Maury lässt in der gräflichen Mühle mahlen. Wie alle aus Montaillou«, sagte die Frau.

»Wo ist das?«

Es folgte eine umständliche Beschreibung. Marcella spürte, wie die Leute sie anstarrten, und fragte sich, ob Jeanne auch in Ax bekannt gewesen war, oder ob die Leute nur ihre Kleidung interessierte, der man ansah, wie viel Geld dafür einmal gezahlt worden war.

»Fabrisse ist diesmal aber nicht zum Mahlen hier«, sagte die Frau.

»Bitte?«

»Sie besucht die alte Marguerite. Ist schon vor über einem Monat gekommen und hilft ihr. Marguerite arbeitet nämlich für den Bader. Ihr könnt die beiden in dem Bad neben dem Aussätzigenhospital finden. – Ihr seid sehr schön.« Ein Grinsen huschte über das rotwangige Gesicht der Frau. Sie schaute rasch zur Seite wie ein Kind, das vorwitzig auf sich aufmerksam gemacht hat, und eine der anderen Frauen lachte.

Bei der alten Marguerite also.

Marcella bedankte sich und trat den Rückweg ins Zentrum der Stadt an. Sie musste zweimal fragen, ehe sie das Hospital fand. Zu ihrer Überraschung stieß sie dort auf ein gemauertes Becken, das mitten in den Platz eingelassen war, ohne Überdachung, ohne Sichtschutz, wie ein zu groß geratener Brunnen. In das Becken führten Stufen hinab, auf denen Leute saßen. Die meisten hatten Schuhe und Strümpfe ausgezogen und ließen die Beine im Becken baumeln, zwei alte Männer planschten völlig nackt durch das Wasser. Sie amüsierten sich damit, einem Mädchen, das mit hochrotem Kopf einen Hauseingang fegte, obszöne Angebote zu machen.

»Meine liebe Madame, wenn ich helfen darf ...« Ein geschäftiger Mann mit einer Wollmütze über dem kahlen Schädel trat zu Marcella und lenkte ihren Blick zu einem Portal. »Für drei Pfennige ein Platz im Frauenbad. Reines Schwefelwasser, wie es aus der Erde kommt, ein Quell der Gesundheit. Dazu ein völlig ungestörter Raum, nur für Damen, und zwar höchstens zehn auf einmal im Becken und heute sogar noch weniger, frisches Linnen zum Abtrocknen. Aromatische ...«

»Ich suche Marguerite.«

Enttäuscht blickte der Mann sich um. Er setzte zu einer Erklärung an, vielleicht in der Hoffnung, die Kundin für ein späteres Bad gewinnen zu können, doch in diesem Moment ertönte ein erstickter Schrei.

Marcella erkannte Fabrisse sofort wieder. Dieses Mal gab es keinen Riss, kein kurzes Aufblitzen – sie sah die Hüterin ihrer Kindheit wie jemanden, den sie erst gestern verlassen hatte. Fabrisse war nicht dick und rosig, was man bei dem Wort Amme hätte erwarten können, sondern eine schlanke, braunhäutige Frau mit freundlichen Gesichtszügen, die gern lachte, wie zahllose Fältchen in ihren Augenwinkeln bewiesen.

»Ich bin es – Marcella.« Nur nicht noch einmal mit Jeanne angesprochen werden.

Einen Moment stand Fabrisse still da. Wasser tropfte von ihren Armen, in denen sie schmutzige Laken trug. Dann ließ sie die Laken fallen, lief auf Marcella zu und schloss sie in die Arme. Sie flüsterte ihr heisere Koselaute ins Ohr und hielt sie mehrere Male von sich, nur um sie dann noch fester an sich zu drücken.

»Ma belle, welches böse Schicksal hat dich hierher geführt? Komm, komm, mein Häschen.« Sie raffte die Laken auf, warf einen raschen Blick um sich und zog Marcella durch das Portal in einen dunklen Gang. Die Luft war von Dampf erfüllt wie von einem warmen Nebel. Es roch nach Kräutern und Parfümen.

»Fabrisse, wo bleibst du?«, ertönte eine Greisinnenstimme aus einer der Kammern, die sich an den Gang anschlossen.

»Wie kommst du ...? Ach Kindchen. Ich denke, du bist im fernen Deutschland, und in Wahrheit stehst du hier in Ax am Brunnen. Madonna, was für eine Freude! Bleib hier stehen. Rühr dich ja nicht vom Fleck.«

Fabrisse verschwand mit wehenden Röcken in einer Tür. Die Greisinnenstimme beklagte sich über Rückenschmerzen, die ihr das Bücken zur Plage machten, und ordnete an, Laken, die nur feucht geworden waren, einfach wieder zu falten. Sie jammerte, weil Jean ihr angedroht habe, sie im Aussätzigenbad Dienst tun zu lassen, wenn sie nicht fröhlicherer Stimmung würde. »Aber wie soll man fröhlich sein, wenn das Kreuz bricht? Alt sein heißt, dass auf einem rumgetrampelt wird. Gott weiß, ich hab mir das nicht gewünscht, nicht das Alter und nicht die Hin...«

»Gewiss, ja, ich bring nur rasch die Laken fort, Tantchen.« Fabrisse kehrte zu Marcella zurück. »Hierher, Kind, hier hinein, es ist das Zimmer für die Wäsche, aber in nächster Zeit wird niemand kommen. Warte auf mich.« Sie wollte fort und drehte sich noch einmal um. »Du hast doch nicht etwa vor, ins Dorf hinaufzugehen?«

»Ich war schon dort, Fabrisse.«

Marcella hörte, wie ihre Kinderfrau ächzte. »Dem Himmel sei Dank, jetzt bist du hier, und niemand soll es wagen, meinem Engelchen ...«

»Fabrisse!«, brüllte jemand, dieses Mal nicht die Greisin, sondern eine Frau, die es gewohnt war, andere herumzukommandieren. Der Vornehme-Leute-Ton.

»Die ganze Bagage ...«, flüsterte Fabrisse. »Aber du brauchst vor ihnen keine Angst zu haben. Ich habe gelernt, wie man auf sich aufpasst. *Ja doch, Madame Autier! Bin ich ein Vogel?* Wir müssen in Ruhe reden, Schätzchen, mein Zuckerengel. Rühr dich nicht vom Fleck!« Wieder eilte Fabrisse davon.

Dieses Mal wurde sie länger in Beschlag genommen. Marcella hörte, wie sie mit den Frauen redete, denen sie Salben und Öle in die Haut massierte. »Das mag sein, Madame. Aber der Himmel soll mich bewahren, es zu probieren. Wenngleich ich nicht wüsste ... zu stark? Ich wüsste nicht, was daran verkehrt sein sollte, die Nabelschnur aufzubewahren. Eine Bekannte meiner Cousine ...«

In der Wäschekammer war es dämmrig, nur aus dem Flur fiel ein wenig Licht hinein. Marcella gähnte, sie merkte, wie sie müde wurde. Wahrscheinlich von der stickigen, feuchten Luft und dem Kräuterduft, mit dem sie gesättigt war. Die Kammer enthielt zwei hohe Regale. Dazwischen stand eine Holzbank, die wohl zum Falten der Laken und Handtücher benutzt wurde oder auch als Ruheplatz für die Bediensteten, wenn ihnen die Beine wehtaten. Marcella schob ein Bündel feuchter Tücher beiseite und setzte sich.

Mit halbem Ohr hörte sie zu, wie die Frau, von der Fabrisse erzählte, einen Prozess wegen eines Bohnenackers geführt und gewonnen hatte, weil sie während der Verhandlung die Nabelschnüre ihres ältesten Enkels um den Hals getragen hatte.

Die Dame, die von Fabrisse umsorgt wurde, berichtete, dass in Pamiers ein Wahrsager und Tagwähler unterwegs war.

Fabrisse gab ein verächtliches Geräusch von sich. »Wenn der Kerl, den ein Mädchen heiratet, anständig verdient und nicht säuft – was soll man sich den Hals nach dem Mond verrenken?«, fragte sie prosaisch. Es schien um ein Hochzeitsdatum zu gehen.

Marcella gähnte erneut. Es ist zu heiß hier, dachte sie und öffnete die Mantelfibel. Ungeschickt streifte sie den Mantel ab. Das Bad und das Steinbecken für die armen Leute draußen auf dem Platz wurden offenbar aus unterirdischen heißen Quellen gespeist. Auch die Wölkchen über dem Fluss hatten nun ihre Erklärung. Ax war auf heißen Quellen errichtet worden. Der Dampf wurde, wahrscheinlich über Rohre, ins Badehaus geleitet, so dass immer heißes Wasser vorhanden war. Heißes Wasser, ohne dass man es umständlich über einem Feuer erwärmen musste. Heilige Marta, ist das schön, dachte Marcella. Heißes Wasser in Hülle und Fülle. Kein Wunder, dass die reichen Damen von Ax dieses Haus liebten.

Sie lehnte den Kopf gegen die Wand. Fabrisse lachte über etwas. Ihre Kundin lachte ebenfalls, und die beiden lieferten sich ein freundschaftliches Wortgeplänkel, bei dem Fabrisse die Oberhand zu gewinnen schien. So war sie. Sie wusste über alles und jedes Bescheid.

Die Wälder gehören den Bären und Wölfen. Auch das war eine von Fabrisses Allerweltsweisheiten gewesen. Kleine Mädchen streunten nicht im Wald herum, und wenn sie aus gutem Hause waren, schon gar nicht. Marcella merkte, wie sie einnickte. In ihrem Kopf mischten sich Traumfetzen mit dem, was sie aus dem Nebenraum hörte.

»Kein Wiesenkümmel, Kamille, meine Beste«, sagte Fabrisse. Das war das Letzte, was Marcella vernahm, bevor ihr die Augen zufielen.

Sie erwachte davon, dass jemand schrie. Der Laut riss sie aus dem Schlaf wie ein kalter Wasserguss. Als sie hochfuhr, wäre sie fast von der Bank gestürzt. Um sie herum war es völlig finster, und einen Moment lang wusste sie nicht, wo sie war. Panisch griff sie neben sich, fasste in feuchte Tücher – und erinnerte sich. Fabrisse! Sie starrte zur Tür, in der ein blasses, unregelmäßiges Licht auftauchte und die Dunkelheit verscheuchte. Ein paar Männer mit Fackeln eilten vorbei, dann war es wieder finster. Hatte tatsächlich jemand geschrien?

Verstört tastete Marcella sich zur Tür. Sie glitt auf einem nassen Lappen aus, kam aber zum Glück nicht zu Fall. Die Tür stand offen, und als sie den Gang hinunterblickte, sah sie, dass sich die Männer mit den Fackeln an einer Stelle gesammelt hatten. Sie unterhielten sich aufgeregt, wobei sie ständig von einer Frau unterbrochen wurden.

Marcella ging den Gang hinauf. Es musste Abend sein, denn durch die wenigen Fenster, die gelegentlich die Mauer aufrissen, drang kaum Licht.

Am Ende des Ganges lag ein Wasserbecken. Es war nur etwa ein Viertel so groß wie das Becken draußen auf dem Platz, aber dafür tiefer, und auch hier stiegen Dämpfe empor. Marcella sah einen Mann, der mit nacktem Oberkörper bis zur Taille im Wasser stand.

»Ich versuche es noch mal«, sagte er gerade und ging in die Knie, bis Wasser und Dämpfe über ihm zusammenschlugen.

»Da ist sie«, schrie eine Männerstimme auf.

Die Leute wichen zur Seite. Der Mann im Becken tauchte immer noch, und da Marcella nun einen freien Blick hatte, sah sie, dass er sich in der Nähe eines Kupferrohres befand, aus dem heißes Wasser strömte. Dort, wo es auf den Wasserspiegel traf, bildeten sich weiß schäumende Strudel.

»Sie stand vor dem Bad und fragte nach Fabrisse, und dann tauchte Fabrisse auf, und die beiden gingen hier hinein.«

»Zu mir hat Fabrisse nichts gesagt«, meinte eine Greisin in einem ärmellosen Kleid voller Wasserflecken.

Der Mann tauchte prustend wieder auf – und stieß im selben Moment einen Schrei aus. »Verfluchtes …!« Erneut fuhr er ins Wasser hinab, und als er sich dieses Mal aufrichtete, hielt er triumphierend etwas Gebogenes, Glitzerndes in die Luft, einen Dolch.

Einen Herzschlag lang standen die Leute am Becken wie erstarrt. Dann drehten sie sich um, und sämtliche Gesichter wandten sich Marcella zu. Zwischen zwei Männern entstand dabei eine Lücke. Wie magisch wurde Marcellas Blick von einem roten Rinnsal angezogen, das in einer Furche zwischen zwei Steinen zum Stehen gekommen war.

Sie folgte dem Rinnsal mit den Augen, und einer der Männer trat beiseite, um ihr den Blick freizugeben.

Fabrisse lag in ihrem Blut. Ein Schnitt lief quer über ihre Kehle, etwas schief, als hätte einem Metzger die Hand gezittert. Ihre Gesichtszüge waren schlaff und beinahe friedlich. Aber ihr Kopf, der unnatürlich weit nach hinten gebogen war, viel weiter, als der Hals eines lebenden Menschen es zugelassen hätte, bezeugte, dass hier ein Mensch auf grausame Art ermordet worden war.

Marcella führte die Hände zu den Ohren. Jemand schrie. Erst als man ihre Hände wieder herabriss, merkte sie, dass sie selbst es war, die das schreckliche Geräusch verursachte. Sie verstummte. Der Ton hallte in dem hohen Raum nach. Die Leute starrten sie furchtsam an.

»Warum hat Fabrisse nichts von ihr gesagt, wenn sie eine Freundin war. Sie erzählt mir alles«, meinte die Greisin.

»Es scheint eine ... eine Dame zu sein.« Der Mann im Becken stieg über eine schmale Treppe ins Trockene. Von seiner Hose tropfte Wasser und vermischte sich mit dem Rinnsal aus Blut.

»Jedenfalls hat Fabrisse sie mit ins Bad genommen. Sie kannten einander also. Und nun ist Fabrisse tot, und ich finde, das macht das Weib verdächtig«, sagte ein Graubart, dem die Männer Respekt zu zollen schienen. Die Umstehenden nickten.

Der Mann aus dem Wasser trat vor Marcella. Er nahm jemandem die Fackel aus der Hand und leuchtete ihr ins Gesicht. Ein nervöses Zucken glitt über seinen Mundwinkel, und er fuhr sich mit der Zunge über die Lippen. Sie sah ihm an, dass er sich an sie ... nein, an Jeanne erinnerte.

»Mein Name ist Marcella Bonifaz«, erklärte sie hastig. »Ich bin zu Besuch in der Stadt. Ich wollte meine Amme ...« So sachlich und überzeugend, wie sie begonnen hatte, so plötzlich brach sie in Tränen aus.

»Ich denke, wir setzen sie erst einmal fest«, sagte der Graubart.

Fabrisse war ermordet worden.

Wie versteinert saß Marcella in der kleinen Kammer, in die man sie eingesperrt hatte. Es war kein Kerker – offensichtlich war man sich noch nicht einig, wie man die Frau einzuschätzen hatte, die sich während Fabrisses Ermordung verdächtig im Bad herumgetrieben hatte. Aber vor dem kleinen Fenster war ein Gitter eingelassen. Wahrscheinlich handelte es sich bei dem Raum um ein Lager, in dem ein Kaufmann einmal seine kostbarsten Waren aufbewahrt hatte.

Marcella hörte schlurfende Schritte vor der Tür, doch sie gingen vorbei, hielten irgendwo inne und machten sich wieder auf den Rückweg.

Mein Schätzchen ... mein Zuckerengel ... Fabrisse war jemand gewesen, der es immer eilig gehabt hatte. Ein wolleweicher Wirbelsturm. *Keine Zeit, mein Liebes, nimm einen Apfel ...* Nein, manchmal hatte sie Zeit gehabt. Abends zum Beispiel hatte sie Lieder gesungen. Eines davon handelte von einer Ente, die auf Stelzen ging. Marcella summte einige Töne, aber dann fiel ihr ein, dass die Leute, die sie eingesperrt hatten, sie vielleicht hören konnten. Sicher fänden sie es merkwürdig, wenn ihre Gefangene Kinderlieder sang. Das irre Mädchen aus Montaillou. Wer wusste schon, wozu so eine fähig war.

Zwei Menschen haben mich geliebt, als ich ein Kind war, dachte Marcella: Fabrisse und Jeanne. Die beiden haben sich Sorgen um mich gemacht, mir warme Ziegel ins Bett gelegt, mir Honig eingelöffelt, wenn ich erkältet war, mir gut zugeredet, wenn ich das Essen nicht mochte. Ihr war bittersüß zumute, wie einem Menschen, der gerade die Kostbarkeit gefunden hat, die seinem Leben Sinn gibt, nur um sie sofort wieder zu verlieren. Eine Zeit lang schwelgte sie in ausgedachten Erinnerungen, in denen ihre Amme sie umsorgte, dann hielt sie mit schlechtem Gewissen inne. Die arme Fabrisse lag in ihrem Blut, und sie dachte eigensüchtig nur an sich selbst.

Ich werde tatsächlich verrückt, Elsa.
Liebe. Zu lieben war gefährlich, und es war genauso gefährlich, geliebt zu werden. Einen Moment lang glaubte Marcella das Splittern eines Kruges zu hören. Sie legte den Kopf auf die Knie, und das Lied von der Ente auf Stelzen geisterte durch ihren Kopf.

Irgendwann erklangen Stimmen. Marcella hörte die von Théophile heraus und die des Mannes, der im Bad nach dem Messer getaucht war. Ein Schlüssel drehte sich im Schloss.
Théophile betrat den Raum. Obwohl er von der Statur her nicht kräftiger als die beiden Männer in seiner Begleitung war, schien er sie förmlich beiseite zu drücken.
»Ja, das ist die Dame. Lasst sie frei.« Eine unverblümte Forderung. Sein Schwertgehänge blitzte, und sein Gesichtsausdruck war so hochmütig wie der eines Königs.
»Ich muss es wiederholen – diese Frau hat sich verdächtig benommen«, erklärte ein Mann, den Marcella nicht kannte. Er trug ein langes, schwarzes Gewand, das am Saum und am Halsausschnitt mit Wappen besetzt war. Marcella hielt ihn für den Kastellan des Ortes.
»Unfug. Ich sag doch schon: Sie ist auf dem Weg nach Venedig, um einen reichen Händler zu heiraten. Idiotisch anzunehmen, dass sie sich in finstere Machenschaften verwickeln lässt.«
Der dritte Ankömmling – ein breitnackiger Kerl in einem braunen Rehlederwams, in dem Marcella den Mann erkannte, der nach der Waffe getaucht war – machte ein nachdenkliches Gesicht.
Marcella raffte sich auf: »Wie ich schon sagte: Mein Name ist Marcella Bonifaz aus Montaillou. Ich bin ... bestürzt und bekümmert über den Tod von Fabrisse. Habt Ihr etwas herausgefunden, das Licht auf den Mord werfen könnte?«
»Aus Montaillou!«

»Aus dem Ketzernest, jawohl.« Marcella starrte den Kastellan – oder was er auch immer sein mochte – herausfordernd an.

»Es gibt keine Ketzer mehr in Montaillou, Madame«, erklärte der Mann mit einem verdrießlichen Lächeln, das zeigte, wie empfindlich man immer noch war, wenn die Sprache auf die Katharer kam. »Diese Pest wurde glücklicherweise vor vielen Jahren durch die Hand unseres Bischofs ausgerottet. Montaillou ist ein friedliches, gottesfürchtiges Dorf geworden.«

»Und weshalb ist Fabrisse dann tot?«

»Wisst Ihr etwas, mit dem Ihr zur Aufklärung dieser schrecklichen Schandtat beitragen könntet? Dann sagt es bitte.«

Marcella zögerte. Nein, wenn sie ehrlich war: Sie *wusste* gar nichts. Und ihre Vermutungen, die so schwammig waren wie eine Hand voll Matsch, würden die Justiz von Axles-Thermes kaum interessieren.

»Also bitte. Wir lassen Euch frei, Madame. Da Fabrisse Eure Amme war, ist Euer Aufenthalt im Bad hinreichend erklärt.« Der Kastellan machte eine einladende Bewegung zur Tür, und Marcella folgte ihm und den Männern ins Freie.

Es hatte geregnet. Die Luft war nur wenig trockener als in den Badestuben, allerdings sehr viel kälter. Théophile schritt zu seinem Pferd, und Marcella sah, dass er siegesgewiss ihr eigenes bereits mitgebracht hatte. Er wartete. Sein Erfolg hatte ihn so fröhlich gestimmt, dass er ihr in den Sattel helfen wollte. Aber noch war Marcella nicht so weit.

»Monsieur.« Sie packte den Mann aus dem Bad am Ärmel seines Rehwamses und flüsterte: »Stimmt es, was der Kastellan sagt? Sind die Ketzer in Montaillou tatsächlich ausgerottet?«

Er musterte sie prüfend. »Da Ihr aus Montaillou stammt ...«

»Ich bin als Kind fortgeschickt worden. Ich habe keine

Ahnung, was dort oben los ist. Ich weiß nur, dass ich Fabrisse sprechen wollte, und bevor ich das tun konnte, wurde sie ermordet.«

»Kommt Ihr?«, nörgelte Théophile.

Der Mann musterte Marcella. Er zauderte. Dann zuckte er die Achseln. »Wenn Ihr meine Meinung hören wollt: Der Teufel ist wie Unkraut – im Herbst rupft man es aus, im Frühjahr ist es wieder da.«

»Kanntet Ihr Fabrisse?«

»Was heißt kennen?« Er warf einen Seitenblick auf den Kastellan, der gerade einem Bediensteten einige Aufträge erteilte. »Ich weiß, dass Fabrisse die Ketzer gehasst hat. Und das ist auch kein Wunder. Die Teufel haben ihrer Mutter die Zunge rausgeschnitten. Sie selbst hat draus gelernt und das Maul gehalten. Zwölf Jahre hat sie so überlebt. Und nun hat es sie doch erwischt. Gott ist geduldig, aber der Böse auch.«

»Fabrisse hat die Ketzer nicht gehasst. Meine Schwester gehörte zu den Ketzern, und Fabrisse hat sie geliebt.«

»Jeanne Bonifaz, ja?« Der Mann warf erneut einen Blick über die Schulter, als fürchte er, belauscht zu werden, was wirklich absurd war. »Ich kann Euch nur einen Rat geben, und nach dem, was Ihr heute erlebt habt, solltet Ihr ihn befolgen: Macht Euch unverzüglich auf den Weg nach Venedig.«

Matteo und Camille warteten in der Herberge, in der der tüchtige Théophile ihnen Betten verschafft hatte.

Ich bin ungerecht, Elsa. Wer weiß, wie dieser Albtraum geendet hätte, wenn Théophile sich nicht um mich gekümmert hätte, dachte Marcella, als sie hinter dem Ritter die Stube betrat. Wahrscheinlich nicht anders als so auch, spottete eine Stimme in ihrem Kopf, für die sie sich sofort schämte. Um Dankbarkeit bemüht, sah sie zu, wie Camille ihrem Ritter unvermeidlich um den Hals fiel.

Während Théophile erzählte, was sich ereignet hatte, brachte Matteo Reste eines Essens, das er in einer Garküche erstanden hatte. Kaltes, fettes Schweinefleisch, an dem Geleereste hingen. Angeekelt wandte Marcella sich ab.

»Wir reiten morgen zurück nach Montaillou«, verkündete Théophile.

»Ins Ketzernest?«, fragte Marcella.

»Ihr hört doch – es gibt dort keine Ketzer mehr«, knurrte der Ritter. Sie hatte nicht den Eindruck, dass es ihm wichtig war, ob sie zurückgingen oder blieben. Er wollte nach Narbonne zurück. Und war doch an sie geschmiedet. In Montaillou wie in Ax. Alles, was sie sagte, würde ihn reizen.

Marcellas eigene Gefühle waren zwiespältig. Fabrisse hatte nicht gewollt, dass sie Montaillou noch einmal betrat, und ihr Tod und auch die Warnung des Mannes, der nach der Mordwaffe getaucht war, schienen ein Siegel auf diese Warnung gesetzt zu haben. Aber wie sollte sie Antworten auf ihre Fragen bekommen, wenn sie dem Ort fernblieb, in dem man die Antworten kannte?

»Die Leute im Dorf sind seltsam«, sagte Matteo. »Sie beobachten einen. Im Ernst. Ewig hast du ihre Blicke im Rücken. Und wenn du dich umschaust, huschen sie davon wie Asseln, auf die ein Lichtstrahl fällt. Damian hat ihnen nicht getraut. Ich hab zwar selbst keine Angst ...«

»Wer könnte das denken«, lächelte Camille.

Matteo warf ihr einen warmen Blick zu. »Nur muss man eines wissen – Leute, die mit dem Bösen im Bund sind, kämpfen nicht mit offenem Visier.«

»Monsieur Tristand muss durch Ax reiten, wenn er zurückkommt. Wir könnten ihn abfangen und sehen, was er meint«, sagte Théophile.

»Dann müssten wir auch nicht in diesen Turm zurück.« Camille seufzte. »Wir sind dort nicht mehr willkommen, auch wenn Madame de Planissoles nichts sagt. Und ich kann es nicht ausstehen, wie diese Brune rumkeift. Nachdem ich gekocht hatte, war das Geschirr sauberer als zuvor, das brauche ich nicht zu schwören. Sie ist nicht nur fett, sondern halb blind und so boshaft wie ...« Ihr fiel kein Vergleich ein.

»Dann bleiben wir also«, sagte Théophile.

Die Nacht war kurz. Marcella hatte den Eindruck, von den Sonnenstrahlen geweckt zu werden, gleich nachdem sie sich niedergelegt hatte.

Camille stand vor einer Waschschüssel und reinigte ihren üppigen Oberkörper. Offenbar hatte Théophile ihr ein Duftwasser gekauft, mit dem sie sich verschwenderisch einrieb.

Marcella kleidete sich an, sobald die duftende Frau durch die Tür verschwunden war. Dann verließ sie die Herberge. Sie musste ein wenig herumfragen, ehe sie herausbekam, wo der Mann mit dem Rehwams wohnte. Er hieß Jacotte Befayt, und die Frau, die ihr den Namen nannte, erklärte ungefragt, dass er die rechte Hand des Kastellans sei und ein Mann von großem Mut und klarer Entscheidungskraft, der der Stadt seit Jahren von Nutzen war.

Sein Haus lag am südlichen Ende des Ortes. Aber er war nicht daheim, und so schlenderte Marcella durch die Gassen und machte gegen Mittag einen zweiten Versuch, der dieses Mal von Erfolg gekrönt war. Jacotte saß an einigen Schriftstücken, er musste also etwas Ähnliches wie ein Schreiber sein, was Marcella ihm bei seiner zupackenden Art gar nicht zugetraut hätte.

»Ah, Ihr!«, sagte er, als sein Diener sie hereingeführt und die Tür geschlossen hatte. Es klang nicht besonders froh.

»Monsieur, ich will Euch nicht lästig fallen. Aber ich habe nachgedacht, und meine Schwester ...«

»Ich habe ebenfalls nachgedacht, meine Dame«, fiel er ihr ins Wort. Er seufzte. »Ihr wollt wissen, was dieser Fabrisse geschehen ist, das verstehe ich. Aber im Gegensatz zu

Euch weiß ich noch, was es bedeutet, den Inquisitor in der Stadt zu haben. Fragen, Verdächtigungen, neue Fragen ... Ihr habt ja keine Ahnung. Dieses Gift des Misstrauens! Ich liebe meine Stadt. Das Letzte, was ich will, ist, dass alte Geschichten wieder aufgewirbelt werden. Denkt nicht, dass man das Interesse an Ketzereien verloren hat.«

»Aber ich will doch ...«

»Es hat damals nicht nur Montaillou getroffen, obwohl sich dort die meisten Ketzer aufhielten. Aber jeder zweite aus dem Dorf hat hier unten eine Schwester oder Tante oder einen Schwiegersohn, und wenn das nicht, dann geschäftliche Beziehungen. Sie haben auch hier alles von unterst nach oben gekehrt. Nein, Madame, von mir bekommt Ihr nur eines, nämlich den Rat, schleunigst zu verschwinden.«

»Und Fabrisse?«

»Wir werden unsere Ermittlungen führen.«

Jacotte Befayt sah nicht aus wie ein Mann, den man von einer einmal getroffenen Entscheidung abbringen konnte.

»Ihr seid der Schreiber von Ax?«

Jacotte murmelte etwas.

»Führt Ihr auch die Akten für die umliegenden Dörfer?«

»Worauf wollt Ihr hinaus?«

»Mir ging etwas durch den Kopf. Seht Ihr, wir hatten ein Haus in Montaillou. Ich bin dort gewesen. Es ist von Wein überwuchert und offenbar unbewohnt. Ich frage mich, wem es inzwischen gehören mag.«

»Was spielt das für eine Rolle?«

»Mich wundert nur, dass der Besitzer nichts damit anfängt. So ein schönes Haus.«

»Er wird's Euch kaum zurückgeben.«

»Was ich dachte, Monsieur – der Besitz eines Ketzers fällt doch an die Kirche, nicht wahr? Und einen Teil des Lohnes gibt sie weiter an die, die die Ketzer denunziert haben. Und so habe ich mir überlegt: Wie fühlt man sich, wenn man seinen Nachbarn an die Inquisition verrät? Gestern hast du mit ihm gescherzt, heute hörst du seine Schreie aus den Verliesen. Wird da nicht manchen das schlechte Gewissen plagen? Vielleicht so sehr, dass er mit seinem schrecklichen Gewinn nichts mehr beginnen mag?«

Jacotte dachte nach. »Ihr spekuliert, Madame. Alles Annahmen.«

»Sagt es mir einfach. Ich will's nur wissen.«

Der Schreiber starrte an seine Zimmerdecke, deren Balken schwarz vom Rauch unzähliger Feuer waren. Er rang mit sich und seufzte schließlich. »Nach den Prozessen ging ein Teil des Besitzes der Ketzer an den Bayle von Montaillou, an Bernard Belot. Und das ist nicht ungewöhnlich. Belot richtet für den Grafen von Foix, und sein Lohn wird ihm aus dem Besitz der Verurteilten zugeteilt. Ihr seht also, dass er Euer Haus bekam, war fast zwangsläufig und besagt gar nichts.«

»Nein, es besagt gar nichts. Ich verstehe.«

Es regnete wieder, und Marcella war nass bis auf die Haut, als sie die Herberge erreichte. Es waren neue Gäste eingetroffen, französische Pilger, die in Pamiers gewesen waren und sich auf dem Weg nach Spanien befanden. Sie sprachen über die Weihnachtsmesse, die sie in einem kleinen Nest in den spanischen Bergen verbringen wollten, in dem es einen wunderheiligen Marienschrein gab, und darüber, ob das Wetter ihnen einen Strich durch die Rechnung machen würde.

Marcella hatte Magenschmerzen, aber es dauerte eine Weile, bis sie darauf kam, dass sie seit mehr als vierundzwanzig Stunden nichts gegessen hatte. Sie setzte sich in die von Bier-, Schweiß- und Kochgerüchen dampfende Gaststube und ließ sich mit Gemüse gefüllte Teigtaschen bringen. Nachdem sie einmal zu essen begonnen hatte, kam der Appetit. Gierig verschlang sie das fettige Mahl und trank einen Krug Ziegenmilch dazu.

Einer der Pilger machte einen plumpen und unheiligen

Versuch, mit ihr anzubändeln, aber er zog sich bald zurück, als sie nicht reagierte.

Die Wirtin kam, um ihrem Gast Nachschub zu bringen. Beiläufig erzählte sie, dass der freundliche junge Italiener sich nach Marcella erkundigt hatte.

»Matteo? Wann?«, fragte Marcella.

»Oh, es muss …« Sie dachte nach. »Es muss um die Zeit gewesen sein, als sie von Saint Vincent zur Nona geläutet haben. Er kam mir aufgeregt vor, nicht, dass ich Euch jetzt einen Schreck einjagen will. Aber … ja, aufgeregt. Und nicht besonders glücklich. Ich wollt's nur sagen.«

Marcella bedankte sich. Ihr Appetit war schlagartig verschwunden. Sie hatte zu hastig geschlungen, und das Mahl lag ihr wie Blei im Magen. Sie winkte der Wirtin noch einmal und fragte, in welchem Zimmer Matteo und Théophile ihr Lager hatten.

»Im zweiten Stock zur Straße hin. Aber der junge Mann ist nicht wieder heimgekommen, das wüsste ich«, sagte die Wirtin.

So blieb Marcella nichts übrig, als zu warten.

Théophile, Camille und Matteo erschienen gleichzeitig und nur wenig später. Ungeduldig lauschte Marcella den Vorhaltungen des Ritters, der informiert zu werden wünschte, wenn die Dame irgendwohin gehen wollte. »Ihr seht ja, wie Euer letzter Ausflug geendet hat.«

»Und was ist nun geschehen?«

Théophiles Großtuerei wich einer besorgten Miene, als wäre ihm jetzt erst wieder eingefallen, welches Problem sie in Wirklichkeit hatten.

Aber es war Matteo, der berichtete. »Ich dachte, ich gehe mal durch die Herbergen, um herauszufinden, wo Damian auf der Hinreise übernachtet hat. Damit wir ihn nicht verpassen, wenn er zurückkommt. Er würde ja wahrscheinlich wieder dasselbe Haus nehmen. Dachte ich mir.«

»Gute Idee«, lobte Marcella. »Weiter?«

»Ich habe also in jedem anständigen Gasthaus gefragt.«

»Und keine Antwort bekommen?«

»Das waren nur zwei und natürlich unseres hier, aber dass er hier nicht gewesen ist, wusste ich schon. Dann bin ich zu den billigen Kaschemmen, obwohl ich glaube, dass Damian niemals in einem Rattenloch absteigen würde.«

»Ich verstehe«, sagte Marcella und legte die Hand auf den Magen. Die Teigtaschen dehnten sich aus wie Hefeteig. Sie verspürte Würgreiz.

»Ich weiß nicht, ob Ihr das wirklich versteht«, mischte Théophile sich ein. »Er ist gegen Mittag aus Montaillou aufgebrochen. Also hätte er am Abend hier angekommen sein müssen. Nie im Leben wäre er weitergeritten, in die Nacht hinaus. Das wäre viel zu gefährlich gewesen«, erklärte er ihr, als wäre sie ein Kind, das nichts von der Welt wusste. »Wir müssen daraus also schließen, dass er …«, er räusperte sich, »… dass er auf dem Weg von Montaillou hier hinunter ins Tal irgendwie … Madame?«

Marcella sprang auf. Sie lief in den Hinterhof der Herberge und schaffte es noch bis zum Misthaufen, bevor sie sich übergeben musste.

»Damian hat die Berge um Montaillou niemals verlassen«, sagte sie etwa eine Stunde später, als sie in ihrer Kammer am Fenster stand und in die Dunkelheit hinaussah. Die anderen hatten ihre Meinungen kundgetan. Camille ging von einem Unfall aus – sicher wird er irgendwo auf seine Genesung warten –, Herr im Himmel, was für eine idiotische Annahme! Matteo ergötzte sich in schauerlichen Szenerien über Wegelagerer. Théophile hatte sich auf ein *was weiß man schon* zurückgezogen.

»Er schüchtert die Menschen ein«, sagte Marcella. »Er glaubt daran, dass er erreicht, was er sich vornimmt, und er macht, dass alle anderen es auch glauben. Sie hatten Angst, er könnte das schmutzige Geheimnis des Dorfes aufdecken. Deshalb haben sie etwas gegen ihn unternommen, als er allein unterwegs war.«

»Also, wenn das wirklich stimmte – man müsste sich an diesen Bischof ... Bischof Fournier wenden«, sagte Camille. »Der kennt sich doch mit dem Ketzerpack aus. Er würde schon dafür sorgen, dass sie mit der Wahrheit rausrücken.«

Marcella schüttelte den Kopf. Wenn die Leute von Montaillou Damian hatten zum Schweigen bringen wollen, dann war er jetzt nicht mehr am Leben, so einfach war das. Damian Tristand tot? Sie dachte die Worte und fand, dass sie irgendetwas in ihr auslösen müssten. Schmerz ... Verzweiflung ... Hass ... Aber es war, als hätte sie mit den Teigtaschen auch jedes Gefühl aus sich herausgewürgt. Die Aufregung der anderen machte sie vor allem müde.

»Wir werden um die Leiche von Fabrisse bitten und sie nach Montaillou schaffen«, sagte sie. »Fabrisse soll bei ihrer Familie liegen. Na Roqua wird sie besuchen wollen.«

»Ihr redet dummes Zeug«, widersprach Théophile. »Natürlich werden wir *nicht* in das Dorf zurückkehren. Das Weib ist tot, Monsieur Tristand unter verdächtigsten Umständen verschwunden. Damit hat sich alles geändert. Die gehen offenbar zum Angriff über. Auch das beste Schwert hilft nicht gegen eine Brut, die sich mit dem Teufel eingelassen hat.«

»Matteo, sorge dafür, dass Théophile in Narbonne für seine Mühe entlohnt wird«, sagte Marcella und verließ ihre Kammer. Einen Moment wusste sie nicht, wohin. Sie ging in die Stube hinab und dann in den Hof mit dem Misthaufen. An den Hof war ein Pferdestall angegliedert. Sie öffnete den Riegel und trat in das dunkle Gebäude, aus dem ihr die Stallwärme entgegenströmte, tastete sich an den Pferden vorbei und ließ sich auf einem Strohhaufen in einer Ecke nieder.

Ich habe dich umgebracht, Damian. Dein eigenes Schicksal hätte dich niemals nach Montaillou geführt. Du bist gestorben, weil ich Jeanne nicht ruhen lassen konnte. Sie wartete auf den Schmerz wie jemand, der sich geschnitten hat und verwundert die blutende Wunde betrachtet. Der Schmerz blieb aus. Ich bin ein Monstrum, dachte sie und kniff sich in den Oberschenkel, um wenigstens einen Hauch von Schmerz zu spüren. Aber ihr Herz blieb leer.

Der Kastellan gab die Leiche von Fabrisse für den Transport nach Montaillou frei. Er war sichtlich froh, die Tote und damit alles, was an die Ketzer von Montaillou erinnerte, aus der Stadt zu haben. Die alte Frau aus dem Bad hatte Fabrisse in dicke Decken eingeschnürt, und Matteo sorgte für einen Karren.

»Ihr braucht nicht mitzukommen, Théophile«, sagte Marcella. »Das war mein Ernst. Ich entlasse Euch aus meinen Diensten.«

Sie standen im Hinterhof der Herberge. Matteo gab sich Mühe, die tote Frau so sicher an den Streben des Karrens festzubinden, dass sie auch auf den holprigsten Wegstrecken nicht hinunterfallen konnte. Der Ritter hatte ihm geholfen. Bei Marcellas Worten drehte er sich um. Zum ersten Mal, seit sie ihn kannte, wirkte er verlegen.

»Das Dorf ist gefährlich. So weit sind wir uns einig. Wartet.« Er hob die Hand, als sie antworten wollte. »Ich halte es für einen Fehler, wenn Ihr zurückkehrt. Aber ich habe Monsieurs Bitte angenommen, ihn und Euch zu beschützen. Und wenn es für ihn auch zu spät ist, so doch nicht für Euch. Es wäre ehrlos, Euch gerade jetzt im Stich zu lassen.«

Wider Willen war sie gerührt. Und im Grunde heilfroh, dass sie nicht allein oder nur mit Matteo in das Dorf zurückkehren musste.

»Danke«, sagte sie.

Es war Vormittag, als sie aufbrachen. Sie erreichten knapp vor dem Höchststand der Sonne den kleinen Flecken Ascou, hinter dem der steilste Abschnitt des Weges begann. Marcella hatte geschätzt, dass sie weitere fünf Stunden für den Rest des Weges brauchen würden, aber es stellte sich heraus, dass der Karren sie weit mehr aufhielt, als sie gedacht hatten. Sie waren abgesessen, und die beiden Männer stemmten sich gegen die Räder, um Fabrisses Gefährt auf eine Hügelkuppe zu bringen.

»Die arme tote Madame«, sagte Camille und schaute mitleidig zu, wie der Leichnam in den Querstreben des Karrenaufsatzes hing.

Am Nachmittag erreichten sie eine Ebene, die ihnen eine Verschnaufpause gönnte. Marcella blickte zu dem Berggipfel im Osten, den eine weiße Schneemütze zierte. Pic de Serrembarre, der Name war gegenwärtig. Die Erinnerungen kehrten zurück, eine nach der anderen. Jenseits des Pic wartete Na Roqua auf die Rückkehr ihrer Tochter. Oder sie war glücklich darüber, dass Fabrisse die Flucht gelungen war, und hoffte, dass sie niemals wiederkehren würde.

Marcella trat an den Karren, den Matteo und Théophile am Rand des Trampelpfades aufgestellt hatten. Sie schaute auf das längliche Bündel.

»Ach Madame, sie leben in unserem Herzen weiter, unsere Liebe hält sie lebendig«, sagte Camille, die ihr gefolgt war.

Abgesehen davon, dass es ein billiger Trost war – die Liebe hielt durchaus nicht lebendig. Lag Fabrisse nicht hier mit durchschnittener Kehle?

»Wir schaffen es nicht, noch heute bis Montaillou zu kommen«, sagte Marcella.

»Verfluchtes Stück Weg.« Théophile war ebenfalls zu ihnen getreten. Sein Kragen klebte am Hals, er roch nach dem Schweiß, den es ihn gekostet hatte, den Karren über die Hänge und Steine zu bugsieren. »Wenn wir es sowieso nicht schaffen, dann sollten wir unser Nachtlager aufschlagen. Dort drüben …« Er deutete auf eine Bodensenke, die mit

verdorrtem, heuartigem Gras bewachsen war und frei von Dornen schien. »... sind wir zumindest windgeschützt.«
»Und sichtgeschützt«, schloss Matteo sich ihm an.

Der junge Italiener, der großspurig verkündet hatte, dass er die Nacht über wachen würde, war mit der Hand am Schwertgriff eingeschlafen. Aber Marcella blickte hellwach in den Nachthimmel. Der Wettergott schien unentschlossen, ob er ihnen das Leben schwer machen sollte. Am Himmel zogen dunkle Wolken, doch sie wurden immer wieder von Windstößen auseinander getrieben, und in den Zwischenräumen blinkten die Sterne auf.

Wie haben sie erraten, dass ich dich ausfragen wollte, Fabrisse? Aus meinem Besuch bei Na Roqua? Oder hat der redselige Seigneur curé vor den falschen Ohren geplaudert?

Marcella drehte sich auf die Seite. Sie hatte dafür gesorgt, dass Matteo Fabrisses Leiche vom Karren nahm. Der junge Mann hatte sie möglichst weit fort zu einigen Tannen getragen und sie im Moos abgeladen. Einen Moment war ihr, als sähe sie einen Schatten über die Lichtung huschen. Sie verdrehte den Hals, um besser sehen zu können. War dort wirklich etwas? O ja! Ihr Herz setzte einen Moment aus, als sie sah, wie sich ein dunkles Geschöpf an das Leichenbündel heranmachte und daran schnupperte. Zu groß für einen Wolf, zu geschmeidig für einen Bären. Eine Gemse vielleicht. Das Tier machte sich wieder davon, und Marcella entspannte sich.

Was würde Na Roqua tun, wenn ihre Tochter tot ins Dorf zurückkehrte? Verraten, was sie wusste? Oder verängstigt in dem Versteck bleiben, in das sie sich offenbar geflüchtet hatte?

Ich vermisse dich, Damian. Warum kann ich nicht wenigstens weinen? Das ist schlimm.

Eine Wolke zog vor den Mond, riss aber sofort wieder auf. Das Tier kehrte zurück. Für eine Gemse bewegt es sich reichlich unbeholfen, dachte Marcella und war erneut beunruhigt. Sie stützte sich auf den Ellbogen. Matteo, der Held, schlief immer noch und gab zischende Schnarchlaute von sich. Marcella hätte ihn gern wachgerüttelt, aber dafür lag er zu weit entfernt. Sie blickte zur Leiche zurück. Das Tier schnupperte nicht nur. Es machte sich an dem Bündel zu schaffen. Doch ein Wolf, der hungrig nach Aas suchte?

»Matteo!«

Ein Windstoß fuhr über die Senke. Laub raschelte. Und da tauchte ein zweiter Schatten auf, dieses Mal deutlich zu erkennen als der eines ... Nein, dachte Marcella. Nicht eines Wolfes. Es war ein weißer, großer Hund.

Arnaud?

Sie hatte so intensiv auf den Fleck unter den Tannen gestarrt, dass ihr die Augen wehtaten. Nun meinte sie plötzlich deutlich sein langes, helles Haar und den Bart zu erkennen.

Arnaud beugte sich vor. Niemand hätte mit Gewissheit sagen können, was er tat, doch aus Marcellas Blickwinkel sah es so aus, als hätte er die Decke auseinander geschlagen und küsste die Tote. Ihr wurde der Mund trocken.

Geräuschlos erhob sie sich. Doch anscheinend nicht geräuschlos genug. Unter ihren Schuhen raschelten Blätter, und der Hund knurrte leise. Der Mann blickte auf und wandte ihr das Gesicht zu. Arnaud, kein Zweifel.

Marcella blieb stehen. »Was tust du hier?« Sie flüsterte, und Arnaud antwortete ebenso leise.

»Geh weg.«

»Was willst du von ihr?«

Arnaud warf einen kurzen Blick über die Schulter auf die Leiche. Er hatte Fabrisse tatsächlich ausgewickelt, zumindest ihr Gesicht war frei, ein heller Fleck in dem schwarzen Moos.

»Woher wusstest du, dass sie hier ist?«

»Geh weg. Weg aus dem Alion«, wiederholte der Hirte.

»Bist du in Ax gewesen? Und uns vor dort aus gefolgt?« Schüttelte er den Kopf? Oder starrte er sie nur an? »Wie hast du erfahren, dass Fabrisse ...«

»Jeder im Dorf weiß, dass sie tot ist.«

Marcella tat einen weiteren Schritt auf den Hirten zu, blieb aber stehen, als er den Arm hob. Angst durchrieselte sie und zähmte ihre Neugierde. Arnaud war irre, daran gab es keinen Zweifel.

»Was ist denn?«, ertönte Matteos verschlafene Stimme aus der Senke.

»Du wolltest mich zu Jeanne bringen.«

»Jetzt aber nicht mehr.« Arnaud warf einen Blick zu ihrem Schlafplatz. Er war ein starker Mann. Er bückte sich, und bevor Marcella protestieren konnte, hatte er die tote Frau über die Schulter geworfen und war im nächsten Moment zwischen den Tannen verschwunden.

20. Kapitel

Das Haus des Pfarrers lag im nebligen Morgenlicht, und irgendwann musste Marcella es einmal genau um diese Tageszeit von genau dieser Stelle des Weges erblickt haben, denn der Anblick war ihr so vertraut, dass es ihr den Atem verschlug. Die rosenfarbene Morgensonne über dem Schieferdach, deren Glanz durch den Nebel gebrochen wurde, das Wintergemüse, das im Garten rechts vom Eingang wuchs, der kleine Tümpel dahinter, in dem früher – dessen war sich Marcella sicher – Enten geschwommen waren ... Sie blieb stehen, aber wie immer, wenn sie ihr Gedächtnis zwingen wollte, weitere Erinnerungen folgen zu lassen, stellte es seinen Dienst ein.

Théophile und Camille waren zur Burg weitergeritten, denn nach Arnauds Erscheinen hatten sie lange spekuliert, was sein seltsames Tun bedeuten könnte, und danach hatte niemand mehr in den Schlaf gefunden, so dass sie todmüde gewesen waren, als sie Montaillou erreichten. Doch Matteo hatte verkündet, dass er Marcella in diesem von Gott verfluchten Dorf, in dem die Leute Leichen stahlen und Menschen entführten, keinen Augenblick mehr allein lassen würde.

Marcella klopfte und hörte, wie drinnen ein Stuhl beiseite geschoben wurde.

Pfarrer Clergue öffnete und blinzelte ihr mit ungekämmtem Haar entgegen. »Marcella ... ach, du lieber Himmel.« Er zögerte einen Moment, sah an sich hinab und schien froh zu sein, dass er vollständig bekleidet war. Er bat sie und Matteo hinein.

»Seigneur curé, Fabrisse ist tot«, fiel Marcella mit der Tür ins Haus. »Ich habe sie in Ax gesucht und auch gefunden, aber bevor ich mit ihr sprechen konnte, wurde sie ermordet.«

Der Pfarrer blinzelte gegen das Licht. »Wie bitte? Warte, Kindchen. Er ... ermordet?« Er räumte hastig die Überreste seines Frühstücks, das aus einer Schale mit Brei und klein geschnittenen Omelettstückchen bestanden hatte, in einen hinteren Raum. »Aber wer wird denn etwas so Schreckliches behaupten.«

»Sie ist tot, mon père. Ihr wurde die Kehle durchschnitten. Nicht was ich sage, ist schrecklich, sondern was geschehen ist.«

»Die Kehle ...« Der Pfarrer hatte Marcella einen Schemel anbieten wollen, nun sackte er selbst darauf nieder. Er starrte sie an.

»Und dieser Arnaud hat ihre Leiche gestohlen«, begann Matteo. »Heute Nacht. Wir denken nichts Böses ...«

»Geh raus«, unterbrach ihn Marcella. Sie schob den widerstrebenden Italiener zur Tür. »Nun mach schon. Warte auf mich. Sieh dir die Berge an. Tu irgendetwas.«

Der Pfarrer saß immer noch wie ein vom Blitz Gefällter am Tisch.

»Ich habe so viele Fragen, mon père, aber wem soll ich sie stellen? Ich stelle sie Euch. Was für ein Geheimnis gibt es um den Schäfer Arnaud? Wartet. Ich habe ihn schon früher getroffen.« Sie erzählte kurz, wie Arnaud sie und ihre Begleiter gerettet hatte, wie sie ihm vor den Burgmauern begegnet war und wie er in der vergangenen Nacht die Tote gestohlen hatte. »Madame de Planissoles hat mich vor ihm gewarnt, aber mehr wollte sie nicht sagen.«

»Du bist also Arnaud bereits begegnet. Lieber Himmel, wenn ich das ... Wie hat er sich verhalten? Hat er irgendetwas gesagt?«

»Hat er nicht. Aber Ihr werdet es tun.«

»O Kind, ich bin der Pfarrer, der Vertreter der heiligen katholischen Kirche. Ich weiß so wenig. Und damit will ich sagen, es gibt Leute, die vertrauen mir, und andere, die gehen mir aus dem Weg. Und zu diesen Letzteren, die mir ihr Herz versperren ...«

»Arnaud gehörte zu den Ketzern?«, rief sie ungeduldig. »Aber es lässt sich doch nicht alles geheim halten. Was war mit Arnaud und Jeanne?«

Clergue hielt es nicht mehr auf seinem Stuhl aus. Er sprang auf. »Natürlich habe ich Gerüchte gehört. Ja, es hieß damals, Arnaud sei Jeanne zugetan.«

»Also war nicht Guillaume, sondern Arnaud der Mann, der ...«

»... zumindest eine leidenschaftliche Verehrung für deine Schwester hegte.« Er nickte. »So ging das Gerede.«

»Das habe ich mir gedacht. Schön. Und Fabrisse? Mon père, meine Amme wurde umgebracht. Und Arnaud hat sie geküsst. Eine Leiche. Er ist ein Mensch, der eine Leiche küsst.«

Clergue schlug bekümmert ein Kreuz. »Dieser Unglücksvogel? Hat er sich erklärt?«

»Nein. Aber man kann es doch nicht übersehen: Jeannes Leiche ist verschwunden – und nun die von Fabrisse. Jeanne kam durch einen Fenstersturz ums Leben, Fabrisse durch einen Schnitt durch die Kehle. Bitte! Wenn Ihr etwas wisst oder auch nur ahnt, dürft Ihr es nicht für Euch behalten.«

»Arnaud ... Ach, Kind. Er ist ein schwärmerischer Mann. Das bringen die Berge mit sich. Zu viel Einsamkeit. Die Hirten sprechen wochenlang mit niemandem als mit ihren Hunden und Schafen, und sie beginnen, sich eine Welt auszudenken, in der die Dinge besser sein sollen, fabelhafter ... So sind sie anfällig für die Häresien der ...«

Marcella hätte die unruhige Person, die wie ein Vogel durch den Raum flatterte, am liebsten am Rock festgehalten. »Arnaud wusste, dass Fabrisse tot ist. Er wusste, dass wir ihre Leiche bei uns haben. Er sagte, das ganze Dorf weiß es.«

»Das dürfte kaum der Fall sein, denn wenn es so wäre, hätte man es mir erzählt. Nein, mein Kind, ich denke, Arnaud war der Einzige ... Allgütiger im Himmel«, meinte Clergue niedergeschlagen, als ihm aufging, was er gerade gesagt hatte. »Das kann ich mir ... einfach nicht vorstellen.«

»Ich weiß. Er sieht so sanft aus.«

»Ja.« Clergue seufzte so tief, dass er zitterte.

Misstrauisch blickte Marcella ihn an. »Ist da noch etwas?«

Er zögerte erneut. »Nun, dann muss wohl auch das heraus, denn jetzt steht alles in einem neuen Licht. Es gab tatsächlich einen Skandal, damals vor fünfzehn Jahren, der mit Arnaud zusammenhing. Na Roqua schien etwas gehört zu haben über seine vergebliche Leidenschaft für Jeanne. Sie mochte die Katharer nicht, und wie ich fürchte, hatte sie Freude daran, mit ihrem flinken Mundwerk über sie herzuziehen. Sie lästerte über Arnaud – und in der folgenden Nacht schnitt ihr jemand die Zunge ab.«

»Arnaud hat Na Roqua die Zunge abgeschnitten?«

Clergue zuckte hilflos mit den Schultern.

»Das ist ... grausam.«

»Fabrisse gehörte zu Jeanne. Als Jeanne tot war, scheint Arnaud seine Neigung auf Fabrisse übertragen zu haben. Jedenfalls lief er ihr eine Weile hinterher. Natürlich wollte sie davon nichts wissen. Schon wegen der Sache mit Na Roqua. Aber wie es aussieht, hat er seine schreckliche ... Besessenheit auf sie übertragen. Er hat sie ... geküsst? Marcella, in jedem Menschen glimmt ein göttlicher Funke. Wenn Arnaud Euch bat, fortzugehen, so mag er das in einem Augenblick getan haben, als er dem Himmel näher ...«

»Aber gerade das kann ich nicht. Ich kann nicht von hier fort, Seigneur curé. Ich habe Euch die zweite schreckliche Sache ja noch gar nicht erzählt. Die Ketzer haben Damian Tristand entführt.«

Es war Sonntag. Menschen wurden ermordet oder entführt, Pfarrer Clergue war entsetzt, und doch musste zur festgesetzten Stunde der Gottesdienst stattfinden. Der Pfarrer war bereits spät dran. Er hörte, wie auf der anderen Seite des Feldes die Glocken von St. Marie zu läuten begannen, und schob Marcella rasch zur Tür hinaus, um sich für den Gottesdienst umzukleiden.

Er brauchte nur wenige Minuten.

»Ich gehe mit dir zum Bayle, Kind. Sofort nach dem Gottesdienst. Bernard Belot ist ein guter Mann, auf seine Art.«

»Gehörte er ebenfalls zu den Ketzern?«

»Ich bitte dich. Ein gläubiger und verlässlicher Katholik. Er und seine Mutter, die damals noch lebte, hatten dich aufgenommen, als Bischof Fournier nicht mehr erlaubte, dass du bei deiner Schwester wohnst. Weißt du nicht ... Ach, ich vergaß – du kannst dich an nichts mehr erinnern.«

Ich erinnere mich an eine brüchige Holztreppe und einen Keller und dass ich Angst vor dem verlässlichen Katholiken Belot hatte, dachte Marcella. Der Pfarrer schritt schnell aus. Er begann mit Matteo ein Gespräch, in dem er ihn pflichtbewusst ermahnte, wieder einmal zur Beichte zu gehen, aber man merkte ihm an, dass er mit seinen Gedanken woanders war.

Marcella war erstaunt, als sie sah, wie viele Menschen den Gottesdienst aufsuchten. Etwa vierzig Leute bevölkerten den kleinen Kirchenraum, als sie ihn betrat, und es wurden immer noch mehr. Verstohlen musterte Marcella die

Tür. Die Menschen trugen Sonntagsstaat. Sie beugten das Knie und bekreuzigten sich, als sie das Gotteshaus betraten, wie es sich für ordentliche Christenmenschen gehörte.

Die Frau, die gegenüber von Na Roqua wohnte, kam in Begleitung zweier Mädchen, von denen sie eines am Ohr zog. Der Mann, der Marcella verraten hatte, dass Fabrisse in Ax zu finden war, folgte ihr. Er hieß Philippe mit den Äpfeln. *Ich geh zu Philippe mit den Äpfeln.* Hatte sie das früher gesagt? Oder brachte sie etwas durcheinander? *Das verfluchte Gedächtnis! Ich will mich erinnern, Elsa, und ich will mich auch nicht erinnern, ich bin selbst schuld!* Marcella wich etwas zur Seite, um einem Mann Platz zu machen, der weiter vorn stehen wollte.

Als sie erneut zur Tür schaute, begann ihr Herz zu hämmern. Bernard Belot füllte den Türrahmen und sperrte die Sonne aus. Er maß das Kircheninnere wie jemand, der einen großen Auftritt hat und sehen möchte, ob man ihm die gebührende Achtung entgegenbringt. Sein Kniefall war nachlässig, und das Kreuz, das er schlug, glich einem Krakel. Obwohl genügend Platz war, wichen die Leute zur Seite, als er an ihnen vorbei nach vorn drängte.

Ein gläubiger und verlässlicher Mann, dachte Marcella, die sich an Clergues Worte erinnerte, bitter.

Belot gab den Blick frei auf Grazida, die gleich hinter ihm die Kirche betreten hatte. Den Kniefall hatte Marcella verpasst, aber sie sah, wie auch die schafsgesichtige Frau ihr Kreuz nur flüchtig schlug.

Kein Kreuz.

Das war doch kein Kreuz. Diese hingewischte Bewegung … Marcella musste sich beherrschen, nicht loszubrüllen: Ketzerin! Denn so war es doch gewesen: Die Katholiken schlugen ihr Kreuz, die Ketzer, die dieses Sakrileg umgehen, aber keinen Verdacht erregen wollten, schlugen einen Kreis.

Es ist ein Stück Heuchelei, Liebes, aber der Feind hat sei-

ne Augen überall. Schlag einfach einen Kreis, wenn du die Kirche betrittst. Jeannes Stimme. Jeannes nervöses Lachen.

Eine Familie – katholisch – drängte sich durch die Tür, dann kam wieder ein Ketzer, ein alter Mann mit braunem, runzligen Gesicht, das von Lachfalten eingekerbt war. Onkel Prades, der mit Hühnern handelte.

Ich werde langsam wirklich irr, Elsa. Ketzer, keine Ketzer...

Die Tür fiel hinter Onkel Prades ins Schloss. Es wurde allerdings nicht dunkel. Durch die Glasfenster fielen breite, bunte Lichtstreifen. Drei von ihnen trafen sich beim Altar. *Das ist eine Erinnerung, die nicht trügt, Elsa: Beim linken Streifen unter den Steinen liegt die Mutter des Pfarrers begraben. Wir waren bei der Beerdigung.*

Matteo stieß Marcella an. »Dieser Drecks... also dieser unmanierliche Kerl dort drüben starrt Euch an.« Er machte eine leichte Bewegung mit dem Kopf. Marcella blickte in die Richtung, die er meinte – und schaute direkt in die Augen des Bayle. Bernard Belot grinste höhnisch, wandte sich aber sofort mit einer salbungsvollen Bewegung wieder zum Altar.

Die Messe begann.

Erst zerstreut, dann beunruhigt, lauschte Marcella den lateinischen Worten. Sie verstand natürlich nichts, aber sie fühlte sich ...

Es ist so etwas wie ein Versteckspiel, Kleines, doch der Herr, der unsere Herzen kennt, wird ein Einsehen haben. Eine Hostie ist nichts als eine gebackene Waffel. Du magst doch Waffeln gern ...

Aber ich mochte es nicht, mich wie eine Verbrecherin zu verstellen. Ich habe das gehasst, Jeanne. Es hat mir Angst gemacht.

»Was ist denn?«, fragte Matteo sie flüsternd.

»Gar nichts!«

Pfarrer Clergue sang abscheulich, aber er schien es gern zu tun, denn er kürzte die Messgesänge nicht wie viele seiner Amtskollegen in den Dörfern ab. Während seines Gesangs fiel ein weiterer Lichtstrahl in das Kirchenschiff. Die Tür hatte sich geöffnet, und eine verspätete Kirchgängerin schlich in den Raum. Erst erkannte Marcella sie nicht, und sie hätte wahrscheinlich sofort wieder fortgeschaut, wenn sie nicht gespürt hätte, wie ein Ruck durch die Gemeinde ging. Zahlreiche Köpfe wandten sich der Frau zu.

Na Roqua.

War es Zufall, dass die Leute, die dem Eingang am nächsten standen, auseinander wichen? Was ist hier los?, fragte sich Marcella, als sie die alte Frau das Kreuz schlagen sah. Na Roqua, die gläubige Katholikin, geächtet? Der Ketzer Belot hofiert. *Ihr seid blind, Seigneur curé. Euer gutes Herz schließt Euch die Augen. Und du – warst du ebenfalls blind, Jeanne?*

Pfarrer Clergue ließ der Messe noch eine Predigt folgen, in der er über Zacharias, den Vater des Täufers sprach, was niemanden interessierte. Die Leute traten von einem Fuß auf den anderen, froren und ... beobachteten Na Roqua.

Sie wissen, dass Fabrisse ermordet wurde, Elsa. Der Pfarrer irrt sich. Aber sie wissen es nicht von mir. Also müssen sie es von dem Mörder erfahren haben.

Marcella war zutiefst erleichtert, als der Gottesdienst mit dem Schlusssegen und der Johanneslesung ein Ende nahm.

Die Leute verliefen sich rasch, jeder schien es eilig zu haben, nach Hause zu kommen. Nur der Bayle ließ sich Zeit. Er verleugnete Grazida nicht mehr. Sie stand neben ihm, und als sie Marcella erblickte, schien sie danach zu fiebern, eine gemeine Bemerkung von sich zu geben. Aber entweder fiel ihr keine ein, oder sie hatte zu viel Angst vor Belot.

Pfarrer Clergue eilte mit wehendem Messgewand aus der Kirche. Er blickte sich um, winkte Marcella heran und wandte sich gleichzeitig an den Bayle des Dorfes.

»Komm, Marcella, Kind. Hast du dich wieder mit Grazida vertragen? Streit unter Frauen, wo sie doch den Geist der Sanftmut verkörpern ... Du hast es bereits gehört, Bernard?«

»Dass Fabrisse der Hals durchgeschnitten wurde?«

»Er hat es gehört, Seigneur curé. Jeder hier im Dorf. Aber von wem?«, fragte Marcella

»Na von Na Roqua, die jault's doch überall heraus«, spuckte Grazida ihr gehässig entgegen.

»Nun, nun ...« Clergue bedachte Belots Hure mit einem zerstreut vorwurfsvollen Blick. »Aber so schrecklich Fabrisses früher Tod auch ist, das war es nicht, was ich meinte. Ich spreche vom Verschwinden des venezianischen Kaufmanns, Monsieur Tristand. Er war auf dem Weg nach Ax und ist dabei verschwunden.« Kurz berichtete er das Wenige, das Marcella ihm mitgeteilt hatte.

Belot kratzte sich hinter dem Ohr. »Und was geht uns das an?«

»Was uns das ... du ... dickfelliger Ochse! Da du der Bayle bist und außerdem ein guter Christ, wie ich bis jetzt immer hoffte ...« Clergue gab einen ungeduldigen Laut von sich. »Du wirst die Männer zusammenrufen! Ich ziehe mich um und folge euch ins Dorf. Am besten gleich zu dir nach Hause. Man stelle sich vor, der Arme ist vom Pferd gestürzt und liegt irgendwo verletzt ... das Alion ist tückisch. Es ist Eile geboten.« Mit den letzten Worten hastete Clergue in die Kirche zurück.

»Möchte die Dame uns begleiten?«, höhnte Belot, als er außer Reichweite war.

Marcella warf einen Blick den Weg hinab, wo Matteo, den die Messe gelangweilt hatte, mit dem Fuß im Sand scharrte und auf sie wartete. Der junge Mann schien ihren Blick als Aufforderung zu betrachten, denn er schlenderte zu ihnen zurück.

Ich werde dich begleiten, Bernard Belot. Aber nicht heute, sondern an dem Tag, an dem dein Weg dich zu einem geschichteten Haufen Holz führt.

Ein älterer Mann saß in Belots Lehnstuhl, sechs oder sieben verteilten sich auf die Bänke um den Tisch, andere hockten auf der Treppe zum Obergeschoss. In einer Ecke hatten sich die Frauen gesammelt, die miteinander tuschelten. Barb... Barbe... verflixt, wie hieß die Frau mit den strohblonden Haaren? Grazida war davongeeilt, als Marcella in Begleitung von Matteo und Clergue das Haus betreten hatte.

Belot stand vor seinem Schreibpult, die groben Hände auf dem Holz, das hagere Gesicht den Männern zugewandt. Er räusperte sich, damit es still wurde. »Der Venezianer wollte zu Pferd hinab nach Ax«, sagte er laut. »Schon vor fünf Tagen. Ist aber dort nicht angekommen.«

»Mistkerl«, flüsterte Matteo.

»Aber kein Mörder«, gab Marcella genauso leise zurück.

»Was?«

»Er ist nicht der, der Damian etwas angetan hat«, wisperte sie ungeduldig.

Entgeistert starrte Matteo sie an.

»Ich habe ihm ins Gesicht gesehen, als Clergue ihm von Damians Verschwinden berichtete. Er ist ein schrecklicher Mensch. Aber in dem Moment war er ehrlich überrascht. Er hat ...«

»Ihr kennt ihn alle, ja?«, übertönte die Stimme des Pfarrers ihre eigene. »Ein feiner Mann. Natürlich kennt ihr ihn. Der Herr, der zu dieser Dame gehört.«

Bisher hatten die Bauern von Montaillou Marcella ignoriert. Nun drehten sie ihre Köpfe. Philippe mit den Äpfeln nickte ihr kurz zu. Was ihm oder seinen Nachbarn durch den Sinn ging, war unmöglich zu erkennen.

»Man kann unten am Pass suchen ... und ein Stück weiter bei der Lämmerschlucht – das ist gefährliches Gebiet«, schlug Belot vor. Er kratzte sich am Kopf. »Obwohl ich denke, sein Pferd wäre heimgekommen, wenn er gestürzt wär.«

»Wenn es sich nicht auch was gebrochen hat«, knurrte jemand. »Oder es wurde vom Nächstbesten, der's gesehen hat, gestohlen.«

Ein jüngerer Mann erinnerte an einen Labasse, der mitsamt einem Esel zu Tode gekommen war. Das hatte allerdings mit einer Lawine zu tun gehabt. Und war auch oben am Pic de Serrembarre geschehen.

»Wenn dieser Ausländer nach Ax wollte, dann ist die Lämmerschlucht der erste Platz für uns«, meinte Clergue. »Jemand muss runtersteigen und das Gestrüpp absuchen. Strauch für Strauch. Gleichzeitig fragen wir bei Baptiste nach. Der sitzt seit zwei Wochen in seiner Cabana.«

»Außerdem sollten wir an Arnaud denken«, sagte ein Mann mit einer verschnupften Stimme, Marcella konnte auf die Schnelle nicht ausmachen, wer es gewesen war.

»Wieso Arnaud?«, fragte ein anderer begriffsstutzig.

Einen Moment herrschte angespanntes Schweigen.

Der erste Mann, ein hagerer Bursche mit einem tiefschwarzen, ungepflegten Bart, dem das linke Ohr fehlte, spuckte aus. »Schau sie dir doch an. Das Weib sieht Jeanne nicht nur ähnlich. Sie ist ... wie aus derselben Form geschüttet. Würde einen doch nicht wundern, wenn Arnaud, verrückt wie er ist ...«

»Dummes Zeug!«, schnitt Clergue ihm das Wort ab. »Beginnt mit der Suche. Bernard wird Euch einteilen. Und ... Jérôme, du machst dich auf den Weg zu Baptiste. Wenn er selbst nichts gesehen hat, könnte er doch von einem der anderen Hirten etwas erfahren haben.«

»Wenigstens geben sie sich Mühe«, gestand Matteo den Bauern brummelnd zu.

Genau. Das kann doch nicht gespielt sein, Elsa, dieser Eifer. Für eine Komödie – mit so einem Haufen Darsteller – wären sie zu dumm. Die Leute aus Montaillou haben mit Tristands Verschwinden nichts zu tun. Was ist nur los hier?

»Barthèlemy und Raymond – ihr habt Pferde, ihr reitet direkt zur Schlucht. Hier zählt jeder Augenblick ...«

Marcella verließ das Haus des Bayle und ging zur Burg hinauf.

21. Kapitel

Théophile und Camille warteten im Palas von Madame, dieses Mal ohne sich ihre Leidenschaft zu bekunden. Camille saß mit gefalteten Händen auf der Bank im Fenster, Théophile durchmaß wie ein gereizter Tiger das Zimmer.

»Sie suchen nach Damian«, sagte Marcella. »In den Schluchten, an allen gefährlichen Orten, die ihnen eingefallen sind.«

»Sie suchen«, blaffte Camille. »Ich tu jedenfalls keinen Schritt mehr vor die Tür. Und ich will auch nicht, dass Théophile geht.« Sie war sehr bleich. »Übrigens ist Madame fort. Und diese Brune ebenfalls.«

»Wieso fort?«, fragte Matteo verdutzt.

»Weil Ratten das sinkende Schiff verlassen«, schnauzte Théophile.

»Und wenn sie nur jemanden besuchen?«

»Mit allem Schmuck? Mit den Bettdecken? Mit sämtlichen Kleidern und den beiden Broten, die noch im Backhaus lagen?«, fragte Camille.

Es wurde Mittag und Nachmittag. Die Stunden verstrichen. Der Klang der Glocke von St. Marie wehte über die Felder und verkündete die Vesper. Camille fragte, ob jemand essen wolle, was aber nicht der Fall war. Über den Bergen zeigten sich die ersten Boten der Dämmerung.

Plötzlich hämmerte jemand gegen das Tor.

Camille entglitt das Kleid, das sie in einer von Madames Truhen gefunden hatte und gerade auf Löcher und Risse untersuchte. »Mach nicht auf!«

Matteo schnitt ihr gutmütig eine Grimasse, und er und Théophile begaben sich nach unten.

Vom Fenster aus sah Marcella, wie die beiden über den Burghof gingen. Kurz darauf hörte sie Théophiles Stimme und dann die des Bayle, die antwortete.

Sie bringen ihn zurück, und er ist tot. Ich weiß es, Elsa. In diesem Dorf wird die Liebe mit dem Tod bestraft. Marcella kreuzte die Arme über der Brust, ihr war eiskalt. Sie wandte sich vom Fenster ab und stieg die Treppe hinauf. Vielleicht haben Sie nur seine Leiche in den Büschen hängen sehen. Die Abgründe sind tückisch, und vielleicht hatten sie keine Seile dabei. *Warum weine ich nicht? Warum kann ich keine einzige verfluchte Träne vergießen?*

In ihrer Kammer setzte sie sich aufs Bett. Sie lauschte auf Camilles Stimme und das Murmeln der Männer, das zu gedämpft war, um irgendwelche Worte zu unterscheiden. Die Männer kamen die Treppe hinauf. Einige Füße sprangen schneller. Die Tür wurde aufgestoßen, und Matteo stand im Rahmen. Er strahlte über das ganze junge Gesicht.

»Sie haben ihn gefunden, Maria und Joseph, ich könnte heulen vor Erleichterung. He, Marcella?« Sein Lächeln schwand. Er trat zu ihr und rüttelte sie unbeholfen an der Schulter. »Er ist wieder da. Habt Ihr das nicht verstanden? Er ist wieder da und lebt.«

»Raus, bitte«, sagte Damian. Niemand nahm ihm den Befehl übel. Der venezianische Kaufmann sah aus wie jemand, der hundert Tage nicht geschlafen hatte und am Ende seiner Kräfte war. Die Männer aus dem Dorf warfen scheue, neugierige Blicke um sich und verließen die Kammer. Matteo drängte den Letzten von ihnen resolut vor sich her.

»Ich konnte nicht weinen«, sagte Marcella.

»Konntest du nicht?« Damian schloss sie in die Arme, und sie spürte, wie er vom Treppensteigen schnaufte.

»Ich habe sogar aufgehört, an dich zu denken«, sagte sie. »Die meiste Zeit habe ich nur an Fabrisse gedacht. Fabrisse ist tot.«

»Ich weiß. Ich hab's von den Männern gehört.«

»Camille hat um dich geweint. Sie war verzweifelt und traurig. Ich habe sie dafür in die Hölle gewünscht.«

»Ach je«, sagte Damian. Er zog sie zum Bett, nötigte sie, sich zu setzen, und tat es ihr gleich. Dabei sog er scharf die Luft ein.

»Himmel, die Wunde ...«

»Die Wunde, meine Süße, meine Schöne, heilt und wird mir keine Schwierigkeiten mehr machen – gesegnet sei das Johanniskraut. Ich hatte mir etwas ausgerenkt, sonst ...«

»Ich will dich ansehen. Lass mich los, nun ...!«

»Loslassen geht nicht. Dafür musste ich dich zu lange entbehren. Wie bringst du es nur fertig, dass du immer gut riechst?«

»Hast du mir nicht zugehört? Ich habe nicht eine Träne um dich geweint. Ich ... bin eine Missgeburt!«

»Und wenn du etwas Gutes tun willst, Missgeburt, reich mir das Kissen rüber.«

Sie stopfte ihm nicht ein, sondern gleich zwei Kissen ins Kreuz, und er zog sie zu sich, und – ausgerenkt hin oder her – er bestand darauf, dass sie sich neben ihn setzte und den Kopf auf seine Schulter legte. Wie kann es wehtun, wenn man glücklich ist?, dachte Marcella und legte die Hand auf ihre Brust, in der ihr Herz wie wild klopfte. Und warum kann ich jetzt, wo alles gut ist, doch noch heulen und gar nicht mehr aufhören?

»Ich hatte wirklich Angst, dass ich sterbe, ohne dich noch

einmal in den Armen zu halten«, sagte Damian. »Oder schlimmer: dass ich lebendig davonkomme, und dir ist ein Leid geschehen.«

»Was ist denn nun wirklich passiert?«

»Ich bin vom Pferd gestürzt und mit vielen Purzelbäumen einen Hang hinabgeschliddert.«

»Dann hättest du tatsächlich tot sein können.«

»Ein Hirte hat mich gefunden. Baptiste oder so ähnlich, keine Ahnung, wie er hieß, er war erkältet und so heiser wie ein Priester nach der Weihnachtsmesse. Schneuzend und hustend hat er mich auf seinen Esel geladen und in seine Hütte geschleppt, in ein Loch irgendwo in der Einsamkeit, voller Ziegendreck ...«

»Schafsdreck. Er wird dich in seine Cabana gebracht haben. Das ist der Unterschlupf der Hirten, wo sie ihren Käse machen und wo die Schafe im Frühjahr ihre Lämmer gebären.«

»Ja, etwa so hat's gerochen.«

»Du hättest Nachricht schicken sollen.«

»Das wollte ich. Sobald ich meine Sinne wieder beisammen hatte, habe ich den Schäfer gebeten, nach Montaillou zu gehen.«

»Und?« Marcella drehte sich, so dass sie ihn ansehen konnte. Sie fuhr durch Damians Haare und dann über die Bartstoppeln, die so weit gesprossen waren, dass sie sich zu kleinen, borstigen Locken drehten. »Ihr seid verwahrlost, Herr Bräutigam. Noch eine Woche, und Euer Gesicht wäre zugewachsen gewesen wie das eines Bären.«

»Sag auf der Stelle, dass du Bären liebst.«

»Ich ... bin ganz rührselig vor Bärenliebe. Warum wollte Baptiste dir nicht zu Diensten sein?«

»Er freute sich über die Münze und war bereit, bis zu den Türken zu marschieren. Doch als er den Namen Montaillou hörte, erlosch sein Eifer wie ein schlecht gedrehter Docht über schmutzigem Wachs. Offenbar hatte er keine Lust, die Ketzer zu besuchen.«

Kein Wunder, dachte Marcella. Fabrisse wurde ermordet, ihre Mutter steht Todesängste aus. Hier passierte Schlimmeres, als dass man sich um seinen Glauben prügelte. »Wie ging es weiter?«

»Der Hirte hat mir Käse und Wasser hingestellt und sich davongemacht. Und wahrscheinlich gehofft, dass ich bei seiner Rückkehr verschwunden bin. Nur war ihm nicht klar, dass ich mir die Hüfte ausgerenkt hatte. Ich bin kaum von meinem Strohlager hochge...«

»Hast du immer noch Schmerzen?«

»Genau genommen ... bin ich so selig, dass ich schnurren würde, wenn ich eine Katze wäre. Duftet dein Haar nach Zimt, oder bilde ich mir das ein?«

»Du bildest es dir ein.«

»Dann haben mich Feen geküsst, als ich geboren wurde. Immer, wenn ich bei dir bin, rieche ich Gewürze. Was ist?«

»Ich glaube, dass der Bayle zu den Ketzern gehört.«

Damian schüttelte den Kopf. »Belot war's doch, der mich aufgespürt hat.«

»Ja. Er ... er war ehrlich erstaunt, als er von deinem Verschwinden hörte. Er stellte sofort eine Suchmannschaft zusammen, und offenbar haben sich die Leute Mühe gegeben, denn sie haben dich ja gefunden. Ich weiß nicht mehr, was ich denken soll, Damian. Ketzer, Katholiken ... Ich fühle mich wie jemand, der sich zu lange im Kreis gedreht hat. Alles schwankt. Ich kann nicht mehr unterscheiden, was wahr ist und was ich mir nur zusammenphantasiere.«

Damian langte nach der Decke am Fußende des Bettes, zog sie über ihre Körper und steckte den Zipfel unter ihrer Schulter fest. Mit dem Verschwinden der Sonne wurde es empfindlich kühl.

»Hier ist kein guter Ort für die Liebe.«

»Wie meinst du das?«

»Hier wird das Lieben ... bestraft. Hört sich das verrückt an?« Marcella lächelte unglücklich. »Sie haben dir geholfen – aber wir können trotzdem nicht aufatmen. Im Gegenteil. Ich war in Ax, um meine frühere Amme zu sprechen. Fabrisse hätte mir erklären können, was mit Jeanne geschah. Aber bevor sie etwas sagen konnte, wurde sie ermordet. Sie wurde *ermordet*, Damian. Begreifst du, was das bedeutet? Es gibt hier Geheimnisse, die so schrecklich sind, dass sie einander eher töten als zuzulassen, dass jemand davon erfährt.«

»Ja.« Er zögerte, und man konnte ihm anmerken, wie sehr er die Wendung des Gesprächs bedauerte. Widerstrebend löste er sich von ihr und streifte den Rock und das Hemd über die Schulter. »Kannst du etwas erkennen?«

Nein, dafür war es zu dunkel. Aber Marcella ertastete mit den Fingern eine etwa drei Daumen breite und zwei Fuß lange Stelle zwischen Hals und dem linken Schulterblatt, auf der sich eine Blutkruste gebildet hatte.

»Ich bin nicht gefallen, weil ich zu dumm bin, mich auf dem Pferd zu halten. Jemand hat mich von einem Fels aus angesprungen. Ich erinnere mich an den Schatten. Ich erinnere mich an den Schlag. Leider nicht an mehr. Aber ich denke, dass der Ausgang des Abenteuers gewiss gewesen wäre, wenn nicht Baptiste mein aufgescheuchtes Pferd gesehen hätte und hustend und brüllend über den Bergrücken gerannt wäre.«

»Wer hat Euch überfallen?«

»Nicht Bernard – wenn er tatsächlich so überrascht war, wie du meinst.«

»Wer dann?« Marcella bekam keine Antwort. Welche hätte Damian auch geben sollen? Voller Unruhe dachte sie an Arnaud, der Jeanne und Fabrisse geliebt hatte und vielleicht auch sie selbst liebte.

Sie war aus der Burg gegangen, wieder einmal ohne Damian Bescheid zu sagen, und nun war es geschehen – sie hatte sich verlaufen.

Es war Nacht. Unter ihren Füßen krümelten die Blätter, und die Luft roch nach dem Nebel, der zwischen den Bäumen schwebte, als hätten dort Gespenster ihre Kleider zum Trocknen aufgehängt. Der Mond strahlte ein warmes, anheimelndes Licht aus. Verlaufen oder nicht – es war schön hier draußen. Marcella dachte an Damian. Sie liebte ihn, und diese Liebe verlieh ihr Flügel, so dass sie mehr dahinglitt, als dass sie schritt.

Doch dann erreichte sie eine Lichtung, und schlagartig änderte sich ihre Stimmung. Besorgt schaute sie sich um. Sie konnte nichts entdecken, was Anlass zu Angst gegeben hätte. Trotzdem – etwas hatte sich verändert.

Unsicher verharrte Marcella auf ihrem Platz. Sie starrte zwischen die Bäume und Büsche, in denen noch immer der Nebel hing, dann hinauf zum Himmel, und wieder zwischen die Bäume. Sie hatte Recht. Der Wald war aus dem Schlaf erwacht. Die Gespensterkleider begannen, sich zu bewegen, als wäre boshaftes Gelichter hineingeschlüpft und gäbe den Schwaden einen Willen. Die Büsche entließen sie mit einem Rascheln aus ihren Zweigen. Aus der Ferne erklang das Jaulen von Wölfen.

Marcella tat einige Schritte zurück, aber das half ihr nicht. Sie war bereits entdeckt worden. *Die Wälder gehören den Bären und Wölfen.*

Sie begann zu rennen. Doch sosehr sie sich auch beeilte – die Verfolger kamen näher. Ihre Fähigkeit zu fliegen schwand. Stattdessen schienen sich ihre Beine mit Blei zu füllen, so dass jeder Schritt zu einer grausamen Anstrengung wurde. Als ein Berg vor ihr auftauchte, wollte sie schier verzweifeln, aber ihre Angst vor den Verfolgern war größer als ihre Erschöpfung. Sie waren mittlerweile so dicht heran, dass sie einen heißen Atem im Nacken spürte. Und plötzlich tat sich ein Loch auf.

Ohne über mögliche Gefahren nachzudenken, stürzte Marcella sich hinein. Das Loch führte wie eine Röhre abwärts und endete in einer Höhle. Erleichtert blickte sie sich um. Die Wände und die Decke ihres Verstecks waren aus Steinen gemauert – ein seltsamer Anblick, denn sie hatten trotz der Mauerfugen die unregelmäßige Form einer natürlichen Höhle. Der Boden bestand aus Fels. Sie hatte eine Trutzburg gefunden, in der niemand ihr etwas antun konnte.

So glaubte sie jedenfalls, bis sie am Ende der Höhle die Treppe entdeckte. Sie besaß kein Geländer und die Stufen waren abgetreten. Auf der obersten Stufe saß ein Bär. Er brummte, und sein Ruf wurde vom schauerlichen Jaulen der Wölfe erwidert.

»Du kannst nicht hier runter«, rief Marcella.

Das Brummen, das ihr antwortete, hörte sich an wie ein Hohngelächter. Es stimmte, der Bär konnte nicht zu ihr herab – aber sie selbst konnte auch nicht aus der Höhle heraus, und er wusste das. Und er wusste auch, dass sie herauskommen *musste*, denn sie hatte Durst, und irgendwann würde sie ihn stillen müssen.

Marcella hockte sich in eine Ecke. Die Zeit verging. Der Bär äugte und wartete ab.

Irgendwo draußen war Damian. Er suchte sie, aber er ahnte nichts von der Gefahr. Arglos rief er ihren Namen. Auch der Bär hörte es. Seine plustrigen Wangen bliesen sich erst auf, dann spannten sie sich und schließlich fielen sie ein. Als er zu lächeln begann, ähnelte sein Gesicht dem eines Menschen.

Damian kam näher, immer noch ihren Namen rufend. Langsam erhob sich der Bär. Er machte sich bereit, ihn zu töten. Die Klauen in seinen Pranken glänzten wie geschärftes Eisen.

Marcellas hatte immer noch Angst, aber unter der Angst wuchs eine neue Emotion heran: Sie wurde zornig.

Du hättest ihn nicht lieben sollen. Ihr sterbt wegen deiner Liebe, sagte der Bär zu ihr. Er rieb mit einem metallischen Kratzen die Klauen aneinander.

Marcella sprang auf die Füße. Sie raffte einen Stein auf. Ihr Schrei hallte durch die Höhle. Sie sprang zur Treppe und war zu allem entschlossen, aber sie stolperte ...

... und hätte sich wer weiß was getan, wenn sie nicht gehalten worden wäre.

»Ach, du meine Güte. Marcella ...«

Sie blickte in das verschlafene, erschrockene Gesicht ihres Liebsten. Damian war selbst über die Bettkante gerutscht. Er hielt sie fest, und sie merkte, dass er sich albern vorkam.

»Ist dir was passiert?«

Eine blasse Sonne hatte die Nacht verscheucht. Der Morgen dämmerte. Der Bär war verschwunden.

»Ich hätte ihn getötet«, sagte Marcella.

»Wen?«

»Und ich hätte es gern getan. Ich habe es mir mehr gewünscht als irgendetwas in meinem Leben.«

Jemand pochte von außen an der Tür. »Ist alles in Ordnung?«, hörten sie Matteos Stimme. »Wer hat denn geschrien?«

»Alles in Ordnung. Geh wieder ins Bett.« Damian wartete, bis seine Schritte verklungen waren. »Wen wolltest du töten?«

»Den Bayle«, sagte sie.

Sie hätten die Beerdigung fast verpasst. Mit Madame und Brune war auch der Wächter der Burg verschwunden, und aus dem Dorf kam niemand zu ihnen hinauf. So hatten sie keine Ahnung, dass Fabrisses Leiche gefunden worden war. Zum Glück fiel Pfarrer Clergue, der das Begräbnis und gleichzeitig die Feierlichkeiten für das Weihnachtsfest zu organisieren hatte, noch rechtzeitig ein, dass Marcella sicher von ihrer Amme Abschied nehmen wollte. Er kam am Vorabend des Weihnachtstages in den Donjon, überreichte ihnen einen Hirsekuchen als Weihnachtsgruß und berichtete von den Neuigkeiten, die ihm sichtlich missfielen.

»Die Männer aus dem Dorf haben sich nicht damit zufrieden geben wollen, dass Fabrisses Leiche verschwunden war. Sie ist im Dorf beliebt gewesen. So geradeheraus und immer fröhlich. Ein frischer Wind, würde ich es nennen. Belot hat also eine Suche organisiert ... Nun ja, eigentlich war es nicht schwierig. Man kannte Arnauds Cabana und die Höhlen, in denen die Schafhirten bei Unwettern Schutz suchen. Außerdem ist man mit einer Schafherde niemals völlig unsichtbar.«

»Wo haben sie ihn gefunden?«

»Ihn selbst gar nicht. Aber die Überreste der armen Fabrisse und ... nun ja.«

»Und was?«

Pfarrer Clergue blickte sich nach Damian um, aber der zuckte nur fragend die Achseln.

»Er hatte sie in eine Höhle in der Nähe von Prades gebracht. Und sie ... Verzeiht, es ist mir schrecklich. Das ist die Ernte, die die Saat der Ketzer eingebracht hat. Verfall der Sitten, weil sie an nichts mehr glauben, auf das ein wahrer Christenmensch sich stützt. Bitte, versprecht mir, zu niemandem außerhalb des Dorfs ein Wort darüber zu verlieren. Die Inquisition ist immer noch eifrig, nicht der Bischof, aber die Dominikaner aus Carcassonne, und die sind weitaus schrecklicher.«

Ein Schauer ging über Clergues freundliches Gesicht, der mehr als Worte deutlich machte, welche Wunden die Inquisition im Alion und besonders in Montaillou hinterlassen hatte.

»Ich war ein einziges Mal in ihren Kerkern, als ich eine Aussage machen musste zu dem Geständnis eines Blechschmieds aus Ax, und in schlimmen Nächten ... Es ist natürlich zum Guten, und die Seele muss der Kirche mehr am Herzen liegen als der sündige Körper ... Verzeiht.«

Er wandte sich ab. Marcella sah, dass er zitterte und sich über die Augen wischte. »Aber wenn sie *einen* finden, dann suchen sie weiter. Sie stochern und sie fragen und bedrängen jeden im Dorf. Und am Ende ... Hier wohnen gute Menschen.«

Einen Moment lang war es still. Nur der Wind pfiff an den Mauern des Donjons entlang und irgendwo trällerte ein einsamer Vogel.

»Was haben die Männer außer Fabrisses Leiche in der Höhle gefunden?«, fragte Damian.

»Er hat seinen Unterschlupf zurechtgemacht wie einen Gottesraum, woran man erkennen kann, wie tief er in seiner Verwirrung gesunken ist. Bilder von Heiligen und ein ... die Verspottung eines Altars. Vor dem Steinhaufen lag die arme Fabrisse, aber ohne ihre Kleider. Und auf dem Altar Knochen, von denen Bernard meint, es seien ...«

»Die eines Menschen?«

»Das wollen wir nicht hoffen. Aber Bernard – nicht der Bayle, sondern der Schlachter, Bernard Bélibaste – gab ein bedrückendes Urteil über die Form der Knochen und ... Allgütiger, was rede ich. Setz dich, Kindchen, du bist ja bleich wie der Tod.«

»Warum schleppt er Leichen in seine Höhle?«, fragte Marcella.

Clergue errötete und blickte an ihr vorbei.

Ganz Montaillou schien sich eingefunden zu haben, um Fabrisse das letzte Geleit zu geben. Marcella hatte Clergue einige Silberschillinge zugesteckt, und dafür hatte jemand in aller Eile einen Sarg aus Eichenholz gezimmert. So blieb der armen geschändeten Fabrisse wenigstens der Schutz der hölzernen Wände, als ihr Leichnam während des Totenoffiziums und der Messe in der Kirche lag.

Der Pfarrer sang das Dies Irae, aber nicht der Zorn Gottes, sondern seine Barmherzigkeit war Thema der anschließenden Predigt. »Denn der Mensch sieht, was vor Augen ist, aber Gott sieht ins Herz. Und da mag er einiges finden, was dem Menschenauge entgeht.« Wie Recht er doch hatte.

Marcella hatte sich absichtlich zu der einsam stehenden Na Roqua gesellt. Als diese zu zittern und zu weinen anfing, legte sie den Arm um ihre Schulter, und einen Moment schien es, als sähe das ganze Dorf zu ihnen herüber. Selbst der Pfarrer unterbrach kurz seine Predigt.

Fabrisse musste eine gute Katholikin gewesen sein. Clergue erteilte ihr Absolution und besprengte den Sarg mit Weihwasser, und danach vollführte er für sie die Inzensation, um den Nachlass der Sündenstrafen zu erbitten. Anschließend ging es hinaus zum Friedhof. Es war windig, aber sonnig.

Fabrisses Grab lag in einem entfernten Winkel des Friedhofs im Schutz einer immergrünen Hecke. Na Roqua krallte ihre Hand in Marcellas Ärmel und sah mit trockenen Augen zu, wie ihre Tochter von einigen kräftigen jungen Männern ins Grab hinabgelassen wurde. Als der Sarg den Boden berührte, kam ein gezischelter Laut über ihre welken Lippen.

Clergue sang das Laudes. Er segnete das Grab und warf eine Hand voll Erde auf den Sarg. Nach ihm wäre die Mutter an der Reihe gewesen, aber Na Roqua machte keinerlei Anstalten, sich zu rühren. Belot zuckte die Achseln und warf als wichtigster Vertreter der weltlichen Macht ebenfalls Erde in die Grube. Marcella blickte verstohlen zu Damian. Er beobachtete die Menge, und wahrscheinlich fragte er sich ebenso wie Marcella, ob es Zufall war, dass sich die Trauergemeinde in zwei Gruppen spaltete. In die der Ketzer und die der Katholiken? Tränen waren hier wie dort zu sehen. So einfach ist das nicht, dachte Marcella.

Sie spürte, wie Na Roqua an ihrem Ärmel zog. Fragend wandte sie ihr das Gesicht zu. Die alte Frau machte eine Geste, sie wollte, dass Marcella sich zu ihr hinabbückte. Marcella gehorchte, konnte aber die Laute, die Na Roqua sich abquälte, nicht deuten.

»Bitte? Was ist denn?«

Na Roqua schüttelte verzweifelt den Kopf. Sie zitterte und schielte zum Bayle hinüber. Wieder stieß sie mit ihrer verstümmelten Zunge ein Stammeln aus.

»Ihr begleitet mich nach Haus. Dort haben wir Zeit und Ruhe«, sagte Marcella.

Die Alte schüttelte den Kopf. Sie machte einen dritten Versuch, aber da kam der Pfarrer auf sie zu, um ihr sein Beileid auszusprechen. Und als er fertig war, huschte sie davon.

»Das arme, alte Mädchen«, meinte Clergue, der ihr kopfschüttelnd nachblickte.

»Wer hat Jeanne an die Inquisition verraten?«, fragte Marcella.

»Bitte? Oh!« Der Pfarrer blies in die kalten Hände. »Das ist schwer zu sagen. Du stellst dir die Zeit mit der Inquisition im Dorf falsch vor.« Er verstummte, denn einige Leute kamen, um sich von ihm zu verabschieden. Jemand wollte den Termin der nächsten Beichte wissen, ein anderer entschuldigte seine kranke Frau für die Weihnachtsmesse.

»Grüße sie und sag ihr, sie soll das Ausmisten Pierre überlassen«, meinte Clergue und wandte sich wieder an Marcella. »Was deine Frage angeht: Es war wie bei einer Seuche. Einer verriet den anderen, und wer wen zuerst nannte und ins Verderben zog, ließ sich am Ende nicht mehr feststellen. Ich halte es auch für einen Fehler, wenn du dein Gemüt damit beschwerst. Komm, Kindchen. Fort von diesem zugigen Ort, bevor du dir noch eine Erkältung holst.«

Marcella hörte, wie Damian etwas zu Théophile sagte. Camille zog ein Schmollgesicht, als der Ritter ihr seinerseits etwa zuflüsterte. Der hagere Mann machte sich auf den Weg Richtung Friedhofstor.

22. Kapitel

Erstaunlich«, sagte Théophile, als er kurz nach ihnen im Palas eintraf. »Sieht aus, als würde der erste Windstoß sie von den Beinen pusten. Ist aber flink wie eine Maus. Und kennt natürlich die Gegend.«

»Wo habt Ihr sie verloren?«, fragte Damian.

»In einem Wäldchen im Westen. Sie hat bemerkt, dass ich ihr folgte. War argwöhnisch. Verstehe bloß nicht, warum sie vor mir Angst hatte. Sie wollte doch mit der Madame sprechen, oder nicht?«

Marcella war zutiefst enttäuscht. Hatte sie das Verhalten der alten Frau missgedeutet? Nein. Na Roqua hatte ihr etwas mitteilen wollen, aber dann kalte Füße bekommen. Hatte sie nicht gewusst, wer Théophile war? Hatte sie ihn für einen ihrer Feinde gehalten? Fabrisse war ermordet worden. Wahrscheinlich war Na Roqua außer sich vor Furcht. Vielleicht bereute sie es schon, dass sie sich bei der Beerdigung zu Marcella gesellt hatte. Sie würde hier leben müssen, wenn die Fremden längst wieder fort waren. »Au diable!«, fluchte Marcella.

»Ja, genau dorthin«, meinte Damian leise. »Zum Teufel mit ihnen, und dort werden sie auch landen, und wenn es möglich ist, mit meiner Hilfe. Hast du Lust auf einen Spaziergang, Marcella? Diese Burg riecht nach Schimmel, als hätten sie die Wände damit verputzt.«

Sie wandten sich nicht zum Dorf, sondern nahmen die entgegengesetzte Richtung, den Weg, auf dem es nach Prades ging. Lange Zeit liefen sie schweigend. Hinter den Feldern begann der Wald. Durch die Zweige leuchtete die Sonne, aber schwarze Wolken am Horizont kündeten bereits den nächsten Schauer an. Und wenn schon, dachte Marcella. Es tat gut, der Burg und dem Dorf für eine Weile zu entkommen. Damian hatte seinen Arm um ihre Schultern gelegt – eine kameradschaftliche Geste, die ihr wohltat. Einen Moment musste Marcella an Arnaud denken, und sie schaute unwillkürlich zum Unterholz, das einem heimlichen Beobachter dutzende Versteckmöglichkeiten bot.

Ein paar Schritt vor ihnen huschte ein Schatten über den Weg und verschwand sogleich wieder in den Büschen. Ein Hund, aber kein weißer, sondern ein grauschwarzer, der wahrscheinlich aus dem Dorf stammte.

»Was hätte Na Roqua uns verraten können?«, fragte Damian.

»Dass Jeanne eine Ketzerin war, die ihren Irrglauben genug liebte, um dafür in den Tod zu gehen. Dass Bernard Belot sie verriet, um unsere Familie in Verruf zu bringen und an unser Haus zu gelangen. Belot fürchtet uns, weil er Angst hat, dass wir gekommen sind, um Jeanne zu rächen.«

»Präzis zusammengefasst – und doch mit einem Fehler in der Konklusion. Du erinnerst dich: Warum hat er mich suchen lassen, wenn er meinen Tod wollte?«

»Um den Schein zu wahren.«

»Den hätte er auch wahren können, wenn er mich umgebracht hätte. Nein, wenn er meinen Tod gewollt hätte, wäre ich nicht mehr am Leben.«

Ein Karren mit einer gebrochenen Achse versperrte ihren Weg. Damian musste Marcella loslassen, um das Hindernis so weit aus dem Weg zu räumen, dass sie weitergehen konnten. Danach vergaß er, erneut den Arm um sie zu legen.

»Gehen wir durchs Dorf zurück?«, fragte er, als der Wald plötzlich endete und der Weg sich gabelte.

»Wo sind wir?«

Er deutete zum Himmel und sagte etwas von Westen und Süden, was sie nicht verstand und was ihr gleichgültig war.

Sie gingen weiter. Als sie einige hohe Büsche passiert hatten, tauchte der alte Turm vor ihnen auf.

Zögernd hielt Marcella darauf zu.

»Was ist?«

Sie hob die Schultern.

»Der Turm erinnert dich an etwas Unangenehmes«, meinte Damian, der aufmerksam ihr Gesicht studierte.

»Es ist so nah, dass es mich kribbelt. Und doch ... Allgütiger! Immer wenn es mir zu dicht kommt, will ich es plötzlich nicht mehr wissen, diesen verdammten Kram.« Trotzdem stieg Marcella die Stufen hinauf und starrte in das ummauerte Viereck des Turms, in dem die Kuhle wie eine Blatternnarbe saß. »Ich hab mich hier einmal versteckt. Und scheußliche Angst gehabt.«

»Wann ist das gewesen?«

»Als ... nach Jeannes Tod.«

»Das weißt du genau?«

Gereizt blickte sie ihn an.

»Na gut. Kannst du dich erinnern, vor wem du dich versteckt hast?«

»Vor dem Bayle.«

»Den du nicht ausstehen kannst.« Er lächelte, obwohl sie ihm schon wieder einen bösen Blick zuwarf. »Was wollte er von dir?«

»Ich weiß nicht. Nur, dass es ... keinen Ausweg gab. Ich rieche das – die Hoffnungslosigkeit in den Mauern und Blättern. Damian, ich rieche die Angst, die ich damals hatte. Er war mir dicht auf den Fersen, und ich wusste, dass die paar Blätter ... Was ist los?« Sie hatte bemerkt, dass er den

Kopf in den Nacken schob und zum Himmel schaute. »Was ist?«, fragte sie irritiert.

»Siehst du nicht den Rauch?«

Er hatte Recht. Eine grauschwarze, fast durchsichtige Rauchwolke trieb aus Richtung des Dorfes zum Wald. Jetzt, wo Marcella sie sah, meinte sie sogar, einen leichten Brandgeruch wahrzunehmen. Irgendwo musste ein Feuer ausgebrochen sein.

»Wenn es zuginge wie in der Bibel, dann hat der Allmächtige die Geduld verloren und Feuer auf Montaillou geworfen.« Damian eilte los.

Als sie den Rand des Wäldchens erreichten, erblickten sie eine Rauchsäule, die inzwischen tiefschwarz qualmte. Aber es hatte nicht die Häuser von Montaillou getroffen, sondern die Marienkirche. Einsam wie ein Kämpfer, der von seiner Truppe getrennt und von den Feinden gestellt und verwundet worden war, stand sie in den Feldern. Aus den Fenstern der Apsis schlugen goldenrote Flammen.

Sie waren nicht die Ersten, die das Feuer bemerkt hatten, aber die Ersten, die die Kirche erreichten. Damian fasste nach der Türklinke. Ihm entfuhr ein Schmerzenslaut. Er riss die Hand zurück und presste sie gegen die Lippen. Wütend warf er sich mit der Schulter gegen das Holz. Doch die Tür gab keinen Zoll nach. Wie auch, war sie doch gebaut worden, um die Schätze des Kirchleins zu schützen. Damian gab auf und rannte an der Mauer entlang.

»Es gibt einen Eingang bei der Sakristei«, schrie Marcella. »Aber ich weiß nicht, was du ... Nun warte doch.«

Damian hatte das Türchen schon entdeckt. Und hier war es einfach: Jemand hatte es einen Spaltbreit offen stehen lassen.

»Was willst du da drin?«

»Nachsehen!«, brüllte er zurück.

»Es gibt dort nichts, was es lohnt, das Leben zu riskieren.«

»Bleib draußen!«

Als hätte sie irgendeine andere Absicht haben können! Das prasselnde Geräusch des in der Hitze berstenden Holzes jagte ihr eine Heidenangst ein. Die Stimmen der Dörfler waren lauter geworden. Marcella hörte die des Bayle heraus, der im Laufen Anweisungen gab und eine Kette forderte. Was für eine Kette? Gab es in der Nähe einen Bach? Flüchtig dachte Marcella an die Brände, die Trier zerstört hatten. Eine ganze Stadt in Brand, das musste grausam sein.

Auf dem Dach knackte und knisterte es. Sie riss den Kopf hoch und starrte hinauf. Wie lange hielt so etwas, bevor es einstürzte? Und wenn bereits die ersten Schindeln gefallen waren?

Hitze und Rauch schlugen ihr entgegen, als sie sich der Sakristeitür näherte. Sie sah keine Flammen, konnte aber auch sonst kaum etwas erkennen, und als sie rief, bekam sie keine Antwort. Vor Nervosität biss sie in ihren Handballen. Was, wenn Damian schon irgendwo lag? Von einem herabstürzenden Balken eingeklemmt? Von Schindeln erschlagen?

Sie holte Luft, presste den Ärmel ihres Surcots vor die Nase und lief in die verrauchte Sakristei. Auch ohne Flammen war es heiß. Sie hielt mit tränenden Augen auf den Türbogen zu, der die Sakristei mit dem Kirchenschiff verband.

Damian kam ihr entgegen. Er schleppte sich mit einer zweiten Person ab, die an ihm hing und wankte und bei jedem Schritt einknickte. Er hustete und winkte mit dem freien Arm. Eilig hielt Marcella ihm und seinem Begleiter die Tür auf.

Draußen stießen sie mit den ersten Dorfbewohnern zusammen. Es hatte angefangen zu nieseln. Die Menschen standen zwischen den Gräbern, sie hatten offenbar gerade beraten, ob es möglich sei, das brennende Gebäude zu betreten. Eine Frau schlug die Hand vor den Mund, als sie die drei Gestalten ins Freie taumeln sah. Ein junger Kerl fing geistesgegenwärtig den Mann auf, den Damian stützte. »Es ist Pierre Clergue. Es ist der Pfarrer!«

»Ein Tuch. Er blutet«, brüllte Belot.

Damian gab seine Last bereitwillig ab. Er blickte zu Marcella und setzte mehrere Male zum Sprechen an, aber er musste zu stark husten.

»Dass Ihr schon in der Kirche wart! Wir dachten, Ihr seid noch daheim, Seigneur curé«, jammerte eine junge Frau, die eilfertig ihre Schürze abband, um dem Bayle das geforderte Tuch zu reichen.

»Er muss von einem Balken getroffen worden sein, von irgendwas Hartem«, diagnostizierte Belot, während er ungeschickt über das schüttere Haar tupfte, das bis in die Spitzen von Blut durchtränkt war.

Der Pfarrer schob seine Hand fort. Er blickte zur Kirche und dann wieder fassungslos auf die Menschenmenge, die sich um ihn gesammelt hatte. Mit einiger Willensanstrengung erhob er sich. »Lass, Bernard. Wer war mein Retter? Damian! Alles in Ordnung?« Er lächelte schwach und starrte wieder zur Kirche. »Gütiger, er wollte mich dort drinnen verbrennen lassen. Er wollte, dass ich im Hause Gottes elendig ...«

Als würde eine höhere Macht den Worten Nachdruck verleihen, ertönte plötzlich ein ohrenbetäubendes Krachen. Teile des Kirchendachs stürzten ein, und die Menschen, die zu dicht bei der Mauer gestanden hatten, wichen erschreckt in die Mitte des Friedhofs zurück.

Wie ein Tier schien die Kirche zum Leben zu erwachen. Die Wände erzitterten, aus sämtlichen Fenstern züngelten jetzt Flammen. Das Feuer breitete sich rasend schnell aus. Erstaunt fragte sich Marcella, was dieser Gluthölle wohl Nahrung geben mochte.

»Ich liebe dich. Das wollte ich dir sagen«, flüsterte Damian und umschloss sie mit beiden Armen.

»Er hat sie in Brand gesteckt«, sagte der Pfarrer, immer

noch fassungslos. Man hatte die Schürze zerrissen und ihm aus den Fetzen einen turbanartigen Verband gemacht. Unwillig schob er seine Helfer von sich. Marcella hatte ihn noch nie so aufgebracht gesehen. Sein freundliches Gesicht hatte sich zu einer Grimasse verzogen, die sicher zum Teil von Schmerzen herrührte, aber zum Teil auch von purem Zorn.

»Wer?«, fragte Damian. »Wer hat die Kirche in Brand gesteckt?«

Der Pfarrer antwortete nicht.

»Neben Euch lag ein dicker Knüppel, der sicher nicht zur Ausstattung der Kirche gehört. Man hat Euch eins über den Schädel gegeben.«

Wieder krachte es. Dieses Mal hatte es den kleinen Glockenturm erwischt. Wie der Mast eines untergehenden Schiffes versank er in der Gluthölle.

»Ihr wart zu lange nachgiebig mit der Brut, Clergue«, sagte Belot.

»Ich wollte ihr Bestes. Ich habe sie geschützt, wie ein Hirte seine Lämmer schützt. Ich habe übel getan.« Clergues nächste Worte gingen im Lärm einstürzender Mauern unter. Die Fenster der Kirche sahen aus wie die brennenden Augen eines heidnischen Untiers, das Marcella einmal in einer Illumination im Kloster St. Maximin gesehen hatte. Instinktiv drängten die Menschen sich dichter aneinander. Auf dem hinteren Teil des Friedhofs hatte sich eine erschrockene Menge versammelt. Wer Beine hatte, war zur Brandstätte gerannt, sogar Kleinkinder waren von ihren Müttern mitgebracht worden.

Der Pfarrer erhob seine Stimme. »Im Leib unserer Gemeinde wuchert ein Geschwür. Es ist nicht mit Salben oder Kräutern auszuheilen. Es muss ausgebrannt werden!«, erklärte er zornig.

Jemand schluchzte auf, verstummte aber sofort wieder.

»Ich habe die Inquisition fortgeschickt im guten Glauben,

dass das Heilige das Schlechte überwindet, wenn man nur Geduld walten lässt. Ich habe geirrt. Aber das hat nun ein Ende. Ich werde nach Carcassonne schicken.«

»Wenn du nicht zuvor zur Hölle fährst«, ertönte eine Stimme aus der Menge. Der Mann, der die Worte gesprochen hatte, blieb unsichtbar, doch Marcella meinte, die Stimme von Philippe mit den Äpfeln erkannt zu haben. Sie drehte sich suchend um. Es war inzwischen dunkel geworden, aber sie erkannte ihn trotzdem, als er sich durch eine Lücke in der Hecke zwängte und den Friedhof verließ.

Ein Teil des Apsisdachs rutschte über die Kirchenmauern und stürzte in die Sträucher, die davor wuchsen und die sofort Feuer fingen. Doch die Sensation, das brennende Kirchlein, schien niemanden mehr zu interessieren. Einige schauten Philippe nach, andere starrten auf den Pfarrer oder hielten den Blick gesenkt.

Clergue wandte sich an den Vertreter der Obrigkeit. »Bernard, du wirst dem Inquisitor Geoffroy d'Ablis eine Botschaft schicken, die ich gleich aufsetzen werde.«

Belot nickte.

»Und du wirst herausfinden, wo dieser dreimal verfluchte Arnaud sich versteckt hält.«

»Das werde ich.«

Erst als der Pfarrer sich an Damian und Marcella wandte, wurde sein strenges Gesicht wieder weich. »Und ihr, meine Kinder, ihr werdet das Dorf verlassen. Schon morgen früh. Denn hier wird sich eine Hölle auftun.«

Camille und Théophile hatten den Brand vom Fenster des Donjons aus beobachtet.

»Ich tue keinen Schritt mehr vor die Tür, bis wir abreisen«, jammerte Camille. »Sie haben keinen Funken Scham. Sie zünden ihre eigene Kirche an. Sancta Maria, ich halte das nicht mehr aus.«

Damian erklärte ihr mit leiser Stimme, was er zuvor schon

Pfarrer Clergue gesagt hatte: Dass sie nicht gehen konnten, bevor klar war, wie Fabrisse zu Tode gekommen war.

»Als wenn ihr das hülfe, wenn wir's wissen«, sagte Camille trotzig, und wiederholte damit unbewusst Clergues Worte. Sie verließ den Raum, aber Théophile machte keine Anstalten, ihr zu folgen. Stattdessen wandte er sich an Damian.

»Erst hatten sie's auf Euch abgesehen, dann auf Fabrisse, dann auf den Pfarrer. Ist eine Mörderbande. Schätze daher, wir sollten Maßnahmen treffen. Das Tor unten verriegeln. Wache halten. Wäre das Wenigste.«

»Wo steckt Matteo?«

»War er nicht beim Brand? Er ist losgelaufen, als … nein, bevor wir das Feuer gesehen hatten. Ist irgendwann vor ein paar Stunden verschwunden.«

Marcella wollte gerade anfangen, sich Sorgen zu machen, aber da hörte sie seine Stimme. Matteo musste während ihres Gesprächs in den Hof eingeritten sein. Nun rief er herauf: »Sind Marcella und Damian daheim?« Er winkte überschwänglich, als Damian ans Fenster trat und ihm antwortete. Wenige Augenblicke später war er oben im Palas.

»Im Dorf bricht die Hölle los«, erklärte er atemlos. »Sie verbarrikadieren ihre Türen. Sie bewaffnen sich mit Mistgabeln und Sensen und allem, was sich als Waffe eignet.« Seine Augen leuchteten. »Was geht eigentlich vor?«

»Wir verriegeln das Tor«, sagte Damian und machte sich mit ihm und Théophile an die Arbeit. Es wurde eine längere Aktion, denn der alte Riegel war durchrostet und zerbrach bei dem Versuch, ihn gewaltsam in seine Halterung zu zwängen. Sie mussten ihn provisorisch durch einen Balken ersetzten.

Keiner von ihnen schlief in dieser Nacht gut. Als Marcella mit dem ersten Dämmern aufstand und zum Dorf hinabschaute, hätte sie sich nicht gewundert, wenn dort die Häuser ebenfalls in Flammen gestanden hätten. Aber alles war ruhig. Sie konnte aus ihrem eingeschränkten Blickwinkel keinen einzigen Menschen auf den Wegen erkennen.

Das Feuer von St. Marie war erloschen. Die Kirche sah gar nicht so zerstört aus, wie sie erwartet hätte. Die dicken Mauern hatten den Brand fast unbeschädigt überstanden, nur das Dach war bis auf wenige Balken fortgebrannt, und der Turm fehlte natürlich. Wie der Schaden aus der Nähe aussah, ließ sich von oben freilich nicht feststellen.

»Nein«, sagte Damian, als Matteo nach dem Frühstück ankündigte, dass er sich im Dorf umsehen wolle.

»Warum nicht?«

»Weil dort etwas ausgebrütet wird. Das fehlte noch ...« Er lächelte schwach. »... dass ich Caterina bei meiner Heimkehr beichten muss, sie haben ihrem Neffen in einem Nest in den Pyrenäen den Schädel eingeschlagen.«

»Und was dann? Wir gehen nicht fort, wir schauen nicht, was los ist ...«

»Geduld.«

»Pah«, machte Matteo und zog rasch den Kopf ein, aber Damian war mit seinen Gedanken schon wieder woanders.

Gegen Mittag bekamen sie Besuch von Clergue. Der Pfarrer sah übernächtigt aus. Er trug einen dicken, weißen Verband um den Kopf, der zeigte, dass es ihn doch schlimmer erwischt hatte, als sie im ersten Moment gedacht hatten. Mit seinem Anliegen hielt er nicht lange hinterm Berg.

»Ich werde nicht zulassen, dass ihr länger im Dorf bleibt. Hast du hinuntergeschaut, mein Sohn?«

»Alles scheint ruhig«, sagte Damian.

»Das ist die Stille vor dem Blasen des Horns. Ihr kennt euch nicht aus. Ihr wisst nicht ... ihr wisst einfach nicht Bescheid.«

»In Montreal haben die Ketzer die Frauen geschändet und bei lebendigem Leib in einen Brunnen geworfen und sie mit Steinen zugedeckt«, meinte Camille zitternd.

Verdutzt schaute Clergue sie an. Er wandte sich wieder an Damian. »Ich habe Bernard gesagt, dass er Euch nach Ax geleiten soll. Geh, mein Sohn, geh! Wir wissen nicht, wann die Inquisition kommen wird, um für Ordnung zu sorgen. Der ... der Name Bonifaz ist bei der Inquisition bekannt. Allmächtiger ...« Er vergrub das Gesicht in den Händen.

»Ich und Théophile *werden* gehen«, flüsterte Camille. »Das hier ist nicht unsere Sache. Ich lass mich nicht umbringen für was, mit dem ich gar ...«

»Du willst gehen? Jetzt, im Augenblick der Gefahr?«, fragte Théophile. Es war das erste Mal, dass seine Stimme kalt klang, als er mit seiner Frau sprach. Entgeistert starrte Camille ihn an. »Ehre lässt sich offenbar nicht lehren«, sagte er, und sie wurde noch blasser. Mit einem erstickten Schluchzen rannte sie hinaus. »Wir bleiben«, sagte Théophile.

23. Kapitel

Marcella schreckte aus dem Schlaf hoch. Einen Moment wusste sie nicht, wo sie war. Sie hatte von gelben Sternen geträumt, die über eine Wiese schwebten und von blauen Monden attackiert wurden. Der Traum ergab keinen Sinn, aber er hinterließ ein tiefes Gefühl der Bedrohung in ihr, das sie auch nicht loswurde, als sie aufstand. Sie ging zu der Waschschüssel, die Camille trotz Kummer und Zank mit frischem Wasser gefüllt hatte.

Die Sterne waren die Blumen aus dem Garten in Venedig gewesen, von denen Damian gesprochen hatte. Was die Monde bedeuteten, mochte der Teufel wissen. Sie warf sich eine Hand voll kaltes Wasser ins Gesicht und starrte zum Fenster, während ihr die Tropfen in den Halsausschnitt rannen. Sie hatte keine Ahnung, wie lange sie geschlafen hatte. Und der Blick nach draußen brachte auch keine Klarheit über die Tageszeit. Alles war grau. Es regnete. Dieser trübe Niesel, der nichts Furioses hatte, sondern nur die Stimmung verdarb.

Marcella fand kein Handtuch und wischte das Wasser mit dem Ärmel des Unterkleides ab. Dann zog sie ihren Surcot über den Kopf. Sie fröstelte und wäre am liebsten ins Bett zurückgekrochen, aber das würde sie nur noch tiefer in die Schwermut ziehen. Wie hatte Madame de Planissoles es nur in diesen dunklen, feuchten Mauern so lange aushalten können? Vielleicht brannte im Palas ein Feuer.

Gähnend und vor Kälte zitternd, stieg sie die Wendeltreppe herab. Der Palas lag einsam, und sie musste mehrmals hinschauen, ehe sie Damian entdeckte, der es sich auf einer Bank im Fenster bequem gemacht hatte. Er hatte weder den Kamin noch ein Licht entzündet. Marcella setzte sich zu ihm auf und schmiegte sich an seine Seite. »Wohin mag sie gegangen sein?«

»Wer?«

»Na Roqua. Ich bin sicher, sie traut sich nicht mehr in ihr Haus zurück. Und draußen ist es kalt. Das ist nichts für alte Leute. Wir haben mit unserem Kommen nur Unheil angerichtet.«

Er nickte zerstreut. »Ich frage mich, was sie tun werden. Sie bringen eine Frau um. Sie zünden die Kirche an und versuchen, den Pfarrer zu ermorden. Aber sie müssen sich sagen, dass mit der Ankunft der Inquisition alles ans Licht kommt.«

»Der Inquisitor wird hier in die Burg ziehen. Hast du daran gedacht? Wir brauchen ein anderes Quartier.«

»Wir finden schon etwas. Nachdem Clergue sich entschlossen hat, reinen Tisch zu machen, ist ihre Sache verloren. Heiliger Jakob – müssen sie ihn hassen. Nicht wir, der Pfarrer sollte verschwinden.«

»Sie ist im Haus.«

Einen Moment schwieg er. »War ich unaufmerksam?«

»Na Roqua. Sie ist in unserem alten Haus.« Marcella sprang erregt auf. »Warum nicht? Sie hat zu viel Angst, um in ihre eigene Hütte zurückzukehren. Ich glaube auch nicht, dass ihr jemand Unterschlupf gewährt. Jeder weiß ja, was mit ihrer Tochter geschehen ist. Nein, sie wird sich verkriechen. Und das Haus steht leer. Sie hat uns früher dort besucht, sie kennt sich also aus. Was wäre nahe liegender ...«

»Selbst wenn wir sie fänden – sie kann nicht sprechen.«

»Vielleicht ja doch ein wenig. Und wenn nicht, so kann sie zuhören und nicken oder den Kopf schütteln. Und wenn wir uns dabei nichts weiter holen als nasse Kleider ...«
»Dann haben wir es wenigstens versucht?«
»Dann haben wir es wenigstens versucht.«

Sie wollten nicht durchs Dorf gehen und mussten daher wieder den Umweg durch das Wäldchen in Kauf nehmen. Als sie an die Stelle kamen, von der aus man den Turm sah, wurde Marcella langsamer. Damian griff nach ihrer Hand und drängte sie weiterzugehen, aber sie zögerte. Sie starrte die Fensterhöhlen an, die sich oben in der Turmruine befanden, dann die mit Moos besetzten Fugen und den Erdhügel mit den wilden Farnen, der als Fundament diente. Ein vom Alter angefressenes Gebäude, ein wenig unheimlich an diesem düsteren Regentag.
»Was ist?«, fragte Damian.
»Ich weiß nicht, aber ...« Sie zögerte. *Der Wald im Dunkeln ... ich hab Angst ... der Turm ... ich muss rennen ...*
»Was fällt dir ein?«
Rennen ... die Stufen hinauf ...
»Du zitterst ja. Marcella!«
»Weil mein Kleid nass ist.«
»Davon rede ich. Hat uns gerade noch gefehlt, dass du krank wirst.«
Rennen ... ich muss rennen ... und – nichts. Die Erinnerung löste sich auf. Der Turm hatte sein Geheimnis zurückgeholt.
»Ich hatte es fast«, sagte Marcella vorwurfsvoll.
»Was?«
Sie schüttelte resigniert den Kopf.
Damian hatte es plötzlich eilig. Der Turm verschwand hinter ihrem Rücken, und kurz darauf tauchte Marcellas Elternhaus auf. Der Wein, der sich um seine Mauern rankte, hatte den größten Teil seiner Blätter bereits verloren, so dass

ein dichtes Geflecht von Ranken übrig geblieben war, die wie Adern wirkten. Auf den Ranken blinkten silbrig die Regentropfen.

»Wie ein Tier mit durchsichtiger Haut. Das Haus wurde gefressen«, sagte Marcella.

»Oder es war die Menschen im Dorf leid und hat den Vorhang zugezogen. Hier – der Haupteingang ist verriegelt und verrammelt und die Fenster ebenso.« Damian musterte die Stellen, an denen die Latten, die man vor die Fenster genagelt hatte, geborsten waren, und schüttelte den Kopf. »Hier ist niemand reingekommen.«

»Ich würde hinten einsteigen, wenn ich kein Aufsehen erregen wollte. Es gibt dort auch Türen. Mindestens eine, die zum Rosengarten führte. Und eine, in der … keine Ahnung. Hinter der Tür lag eine Steinplatte, unter der die Erde uneben war. Sie wippte, wenn man drauftrat. Und darunter krabbelten Asseln. Ich erinnere mich!«

Nun war sie es, die vorauseilte. Einen Moment stutzte sie, als sie um die Hausecke bog und statt gepflegter Gemüse- und Rosenbeete ein Meer aus Unkraut erblickte. Aber Damian hatte ja gesagt, dass der Garten verwildert war. Die Gartenmauer stand noch. Zwischen Ackersenf, Vogelmiere und Günsel konnte sie die Reste eines gemauerten Brunnens ausmachen, und sie erinnerte sich, wie sie daraus Wasser geschöpft hatte. *Ich kann das schon, Fabrisse.*

»Wo ist die Tür?«

»Hier«, sagte Marcella. Man konnte die Einbuchtung in der Mauer nur erkennen, wenn man genau davor stand. Es war keine richtige Tür, sondern ein nachträglich eingebautes Törchen, ein bequemer Durchschlupf für die Bewohner, wenn sie rasch in den Garten hinauswollten. Bis zur Hälfte verschwand es hinter verblühten Wiesenblumen.

»Entweder hat man vergessen, die Tür zu versperren, oder jemand hat sie geöffnet«, sagte Damian. Er widersprach sich gleich selbst. »Nein, man verrammelt nicht vorn, um hinten zum Betreten einzuladen.« Einen Moment zögerte er. »Wartest du hier?«

»Nie im Leben.«

Es war ein seltsamer Moment, als sie zum ersten Mal nach fünfzehn Jahren ihr Elternhaus betrat. Sie stand in einem dämmrigen quadratischen Raum mit einer so niedrigen Decke, dass Damian den Kopf einziehen musste. Woran erinnerte er sie? An gar nichts. Es roch nach dem abgestandenen Muff eines Raumes, der lange nicht bewohnt worden war. Kahle Wände starrten sie an. Alles, was an das Treiben der Bewohner erinnert hätte, war entfernt worden.

»Das ... erkenne ich *nicht* wieder.«

»Du brauchst dir nicht den Kopf zu zermartern. Wir suchen Na Roqua.«

Damian öffnete die einzige Tür, die weiter ins Haus hineinführte. Sie standen in einem hallenartigen Raum, und hier gab es Möbel. Einen Truhenschrank, der wohl im Haus gezimmert worden und zu groß geraten war, um ihn durch Türen zu bugsieren. In einer Ecke standen Schragen für einen Esstisch. Die Tischplatte lehnte daneben an der Wand. Alles war mit Staubflusen und Spinnweben überzogen. Unter dem Fenster lag ein Schemel, daneben ein zerbrochener Faltstuhl, der aussah, als hätte ihn jemand an der Wand zerschlagen. Nur das Leder hielt die zersplitterten Hölzer noch zusammen.

Ein großer, aus dunkelroten Steinen gemauerter Kamin beherrschte die Schmalseite des Raums. An einer der Längsseiten befanden sich die Fenster und die große Eingangstür. Damian öffnete eine kleinere Tür auf der Gegenseite und murmelte: »Die Küche.« Er blickte Marcella an, aber sie hatte keine Lust, sich dort umzusehen und ein weiteres Mal festzustellen, dass sie eine Fremde in ihrem eigenen Haus war.

Eine steile Treppe strebte ins Obergeschoss. Marcella fasste nach dem Treppenlauf, ließ ihn aber gleich wieder los und wischte die staubigen Hände am Surcot ab. Einige der Stufen wackelten – die Jahre hatten ihr Zerstörungswerk begonnen.

Und dann sah sie Fußspuren.

»Hier ist jemand gegangen, Damian ... nun komm doch!«

Er kehrte eilig aus der Küche zurück, kauerte sich neben sie und begutachtete die Abdrücke in der Staubschicht. Leider drang durch die Ritzen der Bretter vor den Fenstern nur wenig Licht. Trotzdem: Hier war eindeutig jemand die Treppe emporgestiegen. Aber ob kürzlich oder vor Tagen oder Wochen konnte man nur raten.

Marcella nahm die Stufen mit neuer Unternehmungslust. Sie erreichte einen langen, schmalen Durchgang, der nicht als Zimmer gedient haben konnte, sondern nur ...

»Ja!«, sagte sie. Es war der Durchgangsflur gewesen. An der Längswand hatte früher ein Spinnrahmen gestanden, auseinander gebaut und in Einzelteile zerlegt. *Was soll denn das, Jeanne? Du spinnst einen Abend, und den Rest der Woche tut dir das Handgelenk weh.*

»Dort drüben hat mein Vater geschlafen.«

Der Raum war heller als die anderen, denn er besaß ein rundes, kopfgroßes Fenster, das zu verbrettern man für überflüssig gehalten hatte. Marcella starrte auf das ehemals feine Bett mit dem hölzernen Baldachin und dem Samtvorhang, dessen Farbe rötlich wie die Weinblätter im Herbst leuchtete. Ein Teil des Vorhangs war herausgeschnitten worden. Nun ist jedenfalls klar, dachte Marcella ärgerlich, woher Grazida den Stoff für ihr Kleid genommen hat. Aasfresser! Sie trat näher, bewegte den Vorhang und musste husten, weil ihr eine Staubwolke ins Gesicht stieg.

»Warum haben sie die Möbel nicht mitgenommen? Warum hat der *Bayle* es nicht getan? Ihm wurde das Haus doch überschrieben, als mein Vater ...« Marcella brach mitten im Satz ab. Irritiert horchte sie. »Hast du das gehört?«

»Was?«

Sie schüttelte den Kopf. In alten Häusern knarrte das Gebälk. »Jeannes und meine Kammer liegen neben dieser. Schauen wir nach.«

Sie wollte sich umdrehen und stieß mit dem Fuß gegen eine Fußbank, die halb unter dem Bett hervorlugte. Sofort erstarrte sie.

Damian trat neben sie. Er bückte sich und zog das kleine Möbel vollends unter dem Bett hervor. Es gab nichts Ungewöhnliches daran. Vier gedrechselte Beine mit einem Brett darauf. Die meisten Baldachinbetten besaßen so eine Bank, um das Besteigen der hochliegenden Matratzen zu erleichtern.

»Was ist damit?«

»Nichts«, sagte Marcella.

»Sicher?«

Stell dich gerade, Marcella. Runter mit den Lumpen. Meine Tochter trägt bunte Kleider. – Ich will nicht fort. – Runter mit den Lumpen.

»Er hat mich weggeschickt.«

»Wer?« Damian packte sie an den Schultern und schüttelte sie sacht. »Marcella. Komm zurück. Das alles ist Vergangenheit.«

»Mein Vater. Er hat mich weggeschickt, als Jeanne tot war.«

»Das hätte jeder Mann mit Verstand getan.«

»Keine Ketzer mehr in seinem Haus.« Sie musste lachen, weil ihre Zähne klapperten, es klang ziemlich hysterisch. »Er war so wütend. Ich konnte ihn nicht leiden. Erst geht er fort und lässt uns allein hier in den Bergen, und als er zurückkommt, schlägt er Jeanne. Das war ungerecht. Hab ich ihm auch gesagt.«

»Wollen wir an die frische Luft gehen?«

»Ohne dir die Kiste mit meinen Puppen gezeigt zu haben?« Sie machte sich los. Die Tür zum Flur stand offen.

Die Rahmenteile des Webstuhls waren mit Stoffen bedeckt gewesen. Sie reichten bis zum Boden. Genug Platz, um sich dahinter zu verstecken. Gelbe Blumen auf blauem Seidenstoff. *Eitler Pomp, mein Liebes. Wenn die Schäfchen weiße Wolle tragen, warum sollte uns das nicht reichen?* Aber ihr Vater hatte sie gezwungen, das weiße Kleid gegen ein buntes zu tauschen. Und er hatte Jeanne geschlagen. *Keine Ketzer in meinem Haus.*

»Ich schaue durch die Räume, ob ich sie finde, und dann ist es gut.«

»Ob du was findest?«, fragte Marcella.

»Na Roqua. Mädchen ...« Damian schaute sie an und schüttelte halb verzweifelt den Kopf. »Bleib hier, ich bin sofort zurück.«

Sie nickte, schlang die Arme um die Schultern und wartete, aber nicht lange, dazu war sie viel zu unruhig. Sie ging zur Tür. Kein Webstuhl, keine Seidenstoffe. Nur der Staub von fünfzehn Jahren. Und eine steile Treppe am Ende des Gangs, die ins Dachgeschoss führte.

Damian blickte flüchtig in den Raum, der ihr und Jeanne als Schlafkammer gedient hatte, und ging weiter. Er nahm mehrere Stufen auf einmal, als er die Treppe hinaufeilte. Sie hörte, wie er über ihr die Zimmer abschritt. Dienstbotenräume. Ein Trockenraum für die Wäsche. Fabrisses Zimmer, in dem es wie in einem Wunderland roch, weil sie im Dachgebälk Lavendel und wilde Rosen zum Trocknen aufhängte.

Eine Tür klappte. Wenn Na Roqua ihr Eindringen bemerkt und sich verkrochen hatte, dann würde sie mit einiger Sicherheit im letzten Winkel des Dachbodens stecken. Damian tat gut daran, gründlich zu suchen. Hoffentlich jagte er ihr keine Todesangst ein, während er sie aufspürte.

Marcella löste sich von der Wand. Die Tür zu ihrem und Jeannes Zimmer war nur angelehnt. Zögernd erweiterte sie den Spalt. Sie sah den Schemel, auf dem immer die Waschschüssel gestanden hatte. *Hör auf zu kreischen, mein kleiner Schatz. Du bist schwarz wie ein Mohr.*

Außerdem eine Kiste, gefüllt mit wolleweißen Kleidern. Die Kleider sah sie natürlich nicht. Der Deckel der Kiste war hinuntergeklappt. Aber sie wusste, dass welche darin gewesen waren. Marcella stieß die Tür vollends auf. Das Fenster, an dem die oberen Latten fehlten, befand sich der Tür gegenüber. Darunter stand das Bett, breit genug für zwei schlanke Mädchen.

Auf dem Boden lagen Scherben. Braun mit blauen Kringeln. Einige große, viele kleine. Sie sah den Krug vor sich, sie sah die Scherben. Und von einem Moment zum anderen wurde ihr so übel, dass ihr Galle in den Mund schoss. Schrittweise ging sie rückwärts. Die Scherben begannen vor ihren Augen zu tanzen. Sie presste die Hand vor den Mund.

Du stirbst wegen deiner Liebe.

Liiiiebe. Der Klang des Wortes dröhnte in ihrem Kopf, wurde schriller und schriller ...

Bis auf einmal alles in einem kräftigen Schmerz verging. Marcella hob die Hand an ihre brennende Wange und starrte Damian an, der aussah, als wolle er sie ein weiteres Mal schlagen. Sichtlich erleichtert ließ er den Arm sinken. »Raus hier. Mir reicht's«, sagte er leise.

»Es war nicht der Bayle.«

»Wovon redest du?«

»Jeanne ist wegen ihrer Liebe gestorben. Nicht wegen ihres Glaubens. Begreifst du? Dieser Mann hat es gesagt. Ich habe es mit eigenen Ohren gehört. Ich war *dabei.* Ich stand hier im Flur. Ich habe gehört, wie sie stritten und wie der Krug zerschellte. Und dann seine Worte: *Du stirbst wegen deiner Liebe.*«

»Welcher Mann?«

Ratlos starrte sie ihn an. »Das weiß ich nicht. Aber nicht der Bayle.« Sie hieb die flache Hand gegen die Stirn. Angestrengt horchte sie der Stimme nach, die ihr eben noch in den Ohren gegellt hatte. Aber genau wie bei dem Turm – es war vorbei.

»Wir gehen!«

»Ich glaube, dass sie danach starb. Sonst hätte doch jemand die Scherben zusammengefegt. Erst durch ihren Tod war es egal, wie es in dem Zimmer aussah. Damian – sie wurde umgebracht. Während ich mich hier im Flur versteckte.«

Damian nickte. Sie sah ihr eigenes Elend in seinen Augen gespiegelt und versuchte, sich zusammenzureißen. Es wäre falsch, gerade jetzt zu gehen. Sie war so dicht davor, sich zu erinnern. Unsicher blickte sie sich um. Sie hob den Saum ihres Surcots an und stieg über die Scherben hinweg. Die Truhe enthielt keine wollweißen Kleider mehr. Sie war bis auf den Boden leer geräumt worden. Auf dem Bett lag nur noch eine schimmelnde Strohmatratze. Wie ekelhaft, dass der Bayle die Federkissen und -decken an sich gerafft hatte. Wahrscheinlich hielten sie jetzt Grazida warm.

»Wir verschwinden«, sagte Damian.

Aber das war nicht mehr möglich.

Arnaud füllte den Türrahmen. Seine langen, weißen Haare und sein Bart sahen so struppig aus, als hätten sie seit Wochen keinen Kamm mehr gesehen. Er stand hinter Damian, war einen Kopf größer und viel breiter in den Schultern, und wenn er gewollt hätte, hätte er ihn mit einem Schlag seiner Faust niederstrecken können. Doch trotz des riesenhaften Aussehens hatte der Schäfer einen leichten Tritt. Damian drehte sich erst auf Marcellas Starren nach ihm um.

Er atmete ein und langsam wieder aus. »Guten Tag, Arnaud. Das ist ... eine Weile her.«

Der Schäfer nickte.

»Du hast dich ... du wohnst hier im Moment?«

Wieder nickte Arnaud. Aber er sah nicht den Kaufmann an, sondern Marcella. In seinen Augen schimmerte Schwermut.

»Wir hatten gedacht, dass wir Na Roqua hier finden würden.«

»Das stimmt auch.« Das Licht der Fackel, die Arnaud trug, strich einmal über sämtliche Zimmerwände, als er sich zum Flur umdrehte.

»Na Roqua ist ebenfalls hier?«, vergewisserte sich Damian.

»Unten.«

»Da haben wir sie gar nicht gesehen.«

»Noch weiter unten. Im Keller.«

Marcella erinnerte sich an keinen Keller. Besaßen die Häuser hier, wo man überall schnell auf Fels stieß, überhaupt Keller? Doch, das von Belot schon. Aber in ihrem eigenen Haus? Sie hatte vorhin nirgends eine Kellerstiege bemerkt.

Damian nahm ihren Ellbogen und bugsierte sie zur Tür. Sie sah, wie er dem ellenlangen Dolch am Gürtel des Schäfers einen misstrauischen Blick zuwarf.

»Ich leuchte«, sagte Arnaud und hielt die Fackel so, dass sie auf die Stufen schien. Unten angekommen, blieb er unschlüssig stehen.

»Wir sind gekommen, weil wir uns mit Na Roqua unterhalten wollten«, erinnerte Damian. »Wir haben sie bei der Beerdigung von Fabrisse getroffen. Sie schien etwas auf dem Herzen zu haben.«

Arnaud nickte. »Das geht nicht.« Er sah, wie sie beide einen Blick miteinander wechselten. »Ich meine, es … geht nicht«, wiederholte er.

»Warte draußen auf uns, Marcella.« Damian lächelte sein Kaufmannslächeln, das verkünden sollte, wie normal die Situation war und wie ungezwungen sie miteinander umgingen. »Ich steige mit Arnaud in den Keller …«

»Nein!« Plötzlich nervös, stieß der Schäfer ihn beiseite und packte Marcellas Arm. Seine Blicke glitten zu den Fenstern. »Sie soll … es ist besser, sie bleibt im Haus. Ich sage doch: Sie sind überall.«

»Nur mit der Ruhe, Arnaud. Lass uns ...«

»Ist schon in Ordnung, ich bleibe hier«, sagte Marcella.

Sie folgte den Männern in die Küche und sah zu, wie Arnaud eine kleine Brettertür öffnete, die sich zwischen dem Ende eines Regals und dem Fenster befand.

»Da unten ist sie.«

Marcella bückte sich unter dem niedrigen Querbalken hindurch. Aus den Augenwinkeln sah sie, dass ein verrosteter Kessel an einem Haken neben dem Fenster baumelte. Alles andere hatte Grazida offenbar mitgenommen.

Im Kellergeschoss herrschte Finsternis. Keine Fenster mehr, durch die ein Funken Licht hätte fallen können. Arnauds Fackel war die einzige Lichtquelle. Der Keller hatte eine erstaunlich hohe Decke. Es war ein quadratischer Raum, in dem Krüge, Fässer und ein riesiger Stapel Feuerholz für den Winter lagerten. Naserümpfend ließ Marcella ihren Blick über einige Körbe schweifen, deren Flechtwerk mit den verwesten Resten von Obst oder Gemüse gefüllt war.

Eine Tür ging von dem Raum ab. Arnaud öffnete sie.

»Sie ist nämlich tot«, sagte er.

Damian warf Marcella einen Blick zu und rollte die Augen. Er schaute vielsagend zur Treppe. Aber Marcella schüttelte den Kopf.

»Sie ist einfach gestorben. Ich denk, aus lauter Traurigkeit. Als sie gehört hat, dass Fabrisse tot ist, wollte sie auch nicht mehr leben. Hier ist sie.« Das Licht von Arnauds Fackel zitterte über einige Fässer, die an der Wand standen, dann über einen unordentlich auf dem Boden liegenden Mantel, der ihm selbst gehören mochte, einen Wanderstab und einigen Kram bis zu einer kauernden Gestalt. Na Roquas Arme hingen herab, der Kopf war zur Seite gesackt, die Augen geöffnet und starr. Sie schien damit auf ihre abgespreizten Beine zu starren.

»Ich hätt sie ihr schließen müssen, ja? Aber ich ... kann

sie nicht anfassen.« Der Schäfer zog die Nase hoch und wischte mit dem Ärmel darüber.

Damian nahm ihm die Fackel ab. Wieder fiel das Licht auf das Gesicht der Toten. Er bückte sich und tat, was Arnaud nicht fertig gebracht hatte: Er schob die Lider über die Augäpfel. Danach wollte er sich erheben, doch er hielt mitten in der Bewegung inne. Marcella sah, wie seine Schultern steif wurden.

»Vielleicht war sie froh, hier zu sterben«, sagte Arnaud. »Dies ist ein freundliches Haus. Nicht der Garten, aber hier drinnen.«

»Vielleicht.« Damian erhob sich und trat ein wenig zur Seite. Er wies mit dem Kinn auf das Gesicht der Alten. Marcella starrte darauf, hatte aber keine Ahnung, auf was er hinauswollte – bis ihr Blick auf Na Roquas Hals fiel. Fabrisses Mutter war eine magere Person gewesen. Entsprechend faltig war ihre Haut. Der Hals sah aus, als hätte man einen Stock mit einem viel zu großen Lappen umwickelt. Nur der voluminöse Kehlkopf wölbte sich vor. Oder hatte sich vorgewölbt.

Marcella bückte sich.

»Lasst uns wieder hochgehen«, schlug Damian vor.

Der Kehlkopf der alten Frau war eingedrückt. Man musste kein Medicus sein, um zu erkennen, dass er mit Gewalt zerstört worden war. *Du lügst, Arnaud, Na Roqua ist keines glücklichen Todes gestorben. Sie wurde erdrosselt.*

Marcella blickte dem Schäfer in die Augen. »Na Roqua wurde ermordet«, sagte sie.

Er starrte zurück. Seine Blicke wanderten zu der kauernden Gestalt. Im nächsten Moment riss er das Messer aus dem Gürtel. Damian bückte sich nach dem Wanderstock ... und hätte doch keine Chance gehabt gegen den flinken Mann.

Aber Arnaud wandte sich gar nicht gegen ihn. Er fuhr herum und stierte zur Kellerstiege. Einen Moment hielten sie alle den Atem an. Dann legte Marcella ihm behutsam die Hand auf den Oberarm. Er hat Angst, sonst nichts. Misstrauisch ließ Damian den Stock sinken.

»Sie sind überall, ich weiß«, flüsterte Marcella. »Und es ist an der Zeit, dass jemand ausspricht, was im Dorf verborgen gehalten wird. Arnaud – du hast Jeanne lieb gehabt.«

Die Bank im Rosengarten. Lächeln, verschämte Blicke, Jeannes schuldig gesenkter Kopf. *Es ist nur Freundschaft, mein Kleines. Das ist nichts Falsches.*

Aber es war mehr als Freundschaft gewesen. »Du hast sie geküsst, Arnaud.«

Der Schäfer fing an zu weinen. Er hielt sich an Marcella fest, während er sich zu Boden sinken ließ. Das Messer fiel ihm aus der Hand. Er verbarg sein Gesicht hinter den schwieligen Fäusten und begann, seinen Oberkörper zu wiegen.

Damian stieß mit dem Fuß unauffällig das Messer beiseite und warf Marcella einen Blick zu, der sie warnen sollte.

Marcella ging in die Hocke. »Du hast sie lieb gehabt, und als sie tot war, hast du sie fortgebracht.«

»Sie sollte nicht brennen.«

»Nein, das sollte sie nicht.«

»Wir wollten zu den Weiden im Süden, wo die Bäume wie Zauberer aussehen.«

»Du und Jeanne.«

»Da gibt's Wiesen voller Mauerpfeffer ... Wir wollten heiraten.«

Niemals werde ich dich verlassen, Häschen, ich versprech's dir. Es wäre schrecklich und eine große Sünde zugleich.

»Aber Jeanne hat es sich anders überlegt? Sie wollte nicht mehr mitgehen?«

Arnaud hörte auf, sich zu schaukeln. Er ließ die Hände sinken und starrte darauf, so wie Na Roqua auf ihre Füße.

»Was hast du getan, als sie nicht mit dir gehen wollte?«

»Sie wollte. Ich hab auf sie gewartet. Bei der Eberesche. Den ganzen Abend.«

»Aber sie ist nicht gekommen.«

Arnaud schwieg.

»Und dann bist du zu ihr gegangen?«

»Konnte ich ja nicht. Guillaume war tot. Überall waren Leute.«

»Hatte Jeanne Guillaume auch gern?«, fragte Marcella aus einer Eingebung heraus. Mit hämmerndem Herzen wartete sie auf die Antwort, obwohl ihr selbst nicht klar war, worauf sie hinauswollte.

»Er hat aus dem Mund gestunken.«

»Grazida mochte ihn trotzdem.«

Der Schäfer schüttelte den Kopf. »Dann hätte sie ihn doch nicht umgebracht«, meinte er. Es klang äußerst vernünftig. Nicht, was er sagte, sondern, wie er es sagte. *Was* er sagte, war …

Marcella holte tief Luft. »Grazida hat Guillaume getötet? Es war Grazida? Sie hat ihren eigenen Mann getötet?«

»Und jetzt«, sagte Damian leise und beugte sich zu ihnen herab, »würde ich auch gern mehr hören.«

»Und ich ebenfalls«, meinte eine Stimme in ihrem Rücken.

Clergue trug eine bauchige Windlampe, und sein Gesicht, das davon angeleuchtet wurde, sah aus wie ein freundlicher Vollmond. Er kam die letzten Kellerstufen herab und trat in den Raum. Als er die Tote erblickte, schüttelte er den Kopf.

»Arnaud. Wir haben dich gesucht. Aber wir waren nicht schnell genug, wie ich sehe. Nicht für die arme Na Roqua. Du warst also dabei, als der arme Guillaume starb? Hab ich das eben richtig verstanden?« Er hielt seine Lampe so, dass Arnauds Gesicht mit Helligkeit übergossen wurde. Der Schäfer kniff die Augen zusammen. »Nun?«

Arnaud schüttelte den Kopf.

»Du warst also *nicht* dabei? Er war nicht dabei, Bernard, weiß aber trotzdem über alles Bescheid. Das sind die Zeugen, die die Inquisition liebt.« Clergue machte Platz für den Bayle, der den Türrahmen besetzte.

»Ich hab dich bei der Messe vermisst – das nur nebenbei, mein Lieber. Aber dafür hast du mich ja später allein aufgesucht, nicht wahr? Keine schöne Sache, wenn das Schaf seinen Hirten braten will. Ich habe eine ordentliche Beule.« Der Pfarrer lächelte, und zum ersten Mal mochte Marcella sein Lächeln nicht leiden. Na Roqua hockte tot zu ihren Füßen, und Arnaud war ... ein armseliges Häuflein Unglück.

Auch Clergues Blick wanderte zu der Leiche. Bedauernd meinte er: »Die Arme. In einem Kellerloch zu sterben. Welche Sünden sie auch begangen haben mag, das hat sie nicht verdient. Marcella, Damian – geht hinauf. In der Küche warten ein paar Jungen. Sagt ihnen, sie sollen eine Trage ...«

»Ich hab's nicht gesehen, dafür aber andere. Grazida und Bernard ...« Arnaud verstummte, als der Bayle ihn ins Visier nahm. Nervös leckte er sich über die Lippen.

»Geht rauf, Kinder«, sagte Clergue. »Es sieht so aus, als gäbe es hier etwas zu beichten.«

Weder Damian noch Marcella rührten sich.

»Na Roqua ist katholisch«, murmelte Arnaud. »Aber sie hat gesagt, was wir uns nicht trauten – dass ein Mann seine Nachbarn nicht an die Inquisition verrät.« Er blinzelte, als Clergue näher trat. »Ich bin nicht dumm. Na Roqua hat böse über dich gesprochen, und kurz drauf hat ihr jemand die Zunge abgeschnitten. Als Guillaume das sieht, will er zum Inquisitor. Und dann ist er auch tot. Und nun wurde Fabrisse ermordet. Und Fabrisse hatte ich gern.«

»Arnaud ... Arnaud! Du redest irre.« Clergue hatte die Blüte seiner Jahre hinter sich. Sein Kreuz schmerzte, seine Augen machten ihm zu schaffen ... Er sah aus wie ein gütiger alter Mann, dem man zu viel zumutet, als er sich zu dem Schäfer hinabbeugte.

»Ich wollt sie begraben, bei mir oben, aber nicht mal das hast du zugelassen. Du bist kein guter Mann, Clergue. Du bist ein hundsgemeiner ...« Arnaud sackte mit einem Klagelaut zusammen.

Damian stieß einen Schrei aus. Er hob Arnauds Wanderstab und wollte vorspringen, aber er blieb erschrocken stehen, als er sah, wie Belot sein Schwert zückte. Belot schien es fast zu bedauern. Er grinste ihn an. »Runter damit.«

Widerstrebend ließ Damian die provisorische Waffe fallen.

»Ich habe das nicht gern getan«, meinte Clergue und wischte das blutige Messer an Arnauds Kittel trocken. Der Hirte war noch nicht tot. Blutblasen sickerten aus seinem Mund und färbten den weißen Bart rosa. Seine Augen waren aufgerissen. Angeekelt wandte Clergue sich ab. »Ich möchte, dass ihr es begreift. Na Roqua war auf dem Weg, mich an die Inquisitoren zu verraten. Und wie hätte das geendet? Für das Dorf, meine ich?«

»Ihr gehört zu den Ketzern.«

Er nickte. »Ja, Marcella. Sie nennen mich ihren kleinen Bischof. Ich bin ihr Hirte – wie eh und je. Sie verlassen sich auf mich. Ich musste also reagieren, als die Alte zur Verräterin wurde. Und war es nicht barmherzig von mir, dass ich ihr nur die Zunge nahm?«

»Und mit derselben Barmherzigkeit habt Ihr Guillaume ...«

»Guillaume!«, unterbrach Clergue sie hitzig. »Er wusste, was er tat. Er war gewarnt und wollte uns trotzdem an die Inquisition ausliefern. Marcella! Du hast doch gesehen, wie es ist, wenn die Scheiterhaufen brennen. Er war wie von Sinnen. Er wollte jeden Namen nennen, den er wusste. Was hatte ich für eine Wahl. Er hat mich förmlich gezwungen ...«

Ein schreckliches Geräusch, ein Ringen nach Atem, als wenn jemand erstickt würde, kam aus Arnauds Mund.

Dann fiel der Schäfer vornüber und hauchte endgültig sein Leben aus.

»Und Fabrisse?«

»Ein Hirte schützt seine Herde. Sie kann den Mund nicht halten. Sie hätte geredet.«

»Warum Jeanne?«

»Ach. Jeanne war ein braves katharisches Mädchen. Ich mochte sie. Ihr Unglück hatte sie sich selbst zuzuschreiben. Vom Feuer in den Lenden getrieben, hinaus zum Schäferstündchen mit dem Schäfer.« Er zuckte die Schultern über den seichten Witz. »Sie wollte sich mit ihm treffen – und dabei hat sie zu viel gesehen. Pech für sie. Ich habe versucht, ihr die Sache mit Guillaume zu erklären. Genau genommen, hatte sein Tod doch auch *ihr* Leben gerettet. Sie gehörte schließlich auch zu uns. Guillaume hätte sie wie jeden auf den Scheiterhaufen gebracht. Ich habe ihr das mit Engelszungen auseinander gesetzt. Wenn sie den Mund gehalten hätte ...«

»Aber das wollte sie nicht.« Trotz der beiden Toten im Raum, trotz des schrecklichen Mannes, der im gleichmütigen Tonfall von seinen Morden berichtete, fühlte Marcella eine Welle des Triumphs.

»Sie wollte wohl – als sie begriff, dass ihre Schwester unter der Obhut des Bayle stand. Das haben wir ihr schon klar gemacht. Heiliger Petrus, wir mussten dich in Bernards Keller sperren, weil du immerzu ausbüchsen wolltest, weißt du das noch?« Clergue lachte.

Die Treppe. Es hatte sie also doch gegeben.

»Kein Grund, so ein Gesicht zu ziehen. Im Grunde ist deiner Schwester nichts Schreckliches widerfahren. Die Endura, das Fasten bis zum Tod, ist eine Gnade für einen wie uns. Keine Strafe. Sie empfing ein wenig früher, wonach sie sich sehnte. Du begreifst das nicht, denn du hast die reine Lehre vergessen, die uns erklärt, dass die Körperlichkeit eine abscheuliche ...«

Marcella sah, wie Damians Blicke zwischen Clergue und Belot hin und her irrten. Aber der Stock lag zu seinen Füßen und Arnauds Messer außer Reichweite in der Ecke, in die er es selbst gestoßen hatte.

»... und lebt nun in einer Welt, in der liebliche Freuden...«

»Sie ist nicht verdurstet. Und sie starb auch nicht wegen ... wegen irgendeiner Liebe. Was für eine schreckliche Behauptung. Ihr habt sie aus dem Fenster gestoßen, weil sie Euch nicht länger decken wollte. Sie hat sich gewehrt. Der Krug ist zu Bruch gegangen. Sie hat ... o Gott ...« Marcella merkte, wie Damian nach ihr griff. »Sie hat gesagt, dass sie zu Fournier wollte. *Ich höre es wieder.* Sie wollte den Mord bezeugen, den sie beobachtet hat, als sie auf dem Weg zu Arnaud war. Sie hat Euch einen Schweinepriester genannt. Und Ihr habt sie umgebracht!«

Es war hassenswert, dieses sanfte Geistlichengesicht, von dem die Maske der Anteilnahme nicht weichen wollte.

»Ich dachte, es wäre der Bayle gewesen, der sie ermordet hat, aber es war Eure Stimme, die ich in Jeannes Zimmer gehört habe. Ich hatte mich versteckt, erst hinter dem Webstuhl, dann bin ich rausgelaufen und zum Turm gerannt. Ich hatte die Blätter über mich geworfen, aber Ihr habt mich ...«

»Nicht er. Das war wirklich ich«, sagte Belot. »Du hast mich gebissen.« Er zeigte seine Hand, aber in dem schlechten Licht war nichts zu erkennen.

»Bernard brachte dich in sein Haus und sperrte dich in den Keller, und dort ... wir wussten nicht recht. Wer bringt es übers Herz, einem Kind etwas anzutun?«

»Aber wer kann sich andererseits auf das Schweigen eines Kindes verlassen?«, sagte Marcella.

»Und wer kann sich auf das Schweigen einer rachsüchtigen Schwester verlassen? Es wäre besser gewesen, du hättest weiter an Arnauds Schuld geglaubt. Gott, ist mir das schrecklich.«

Damian räusperte sich. »Es ist nicht mehr wie vor fünfzehn Jahren. Man wird uns vermissen, es wird Untersuchungen geben ... Ihr könnt das nicht wollen.«

Clergue nickte.

»Und die Inquisition ist gründlich.«

»Aber sie ...« Clergue lachte. »Natürlich hole ich uns *nicht* die Inquisition ins Dorf. Es ist nur nützlich, gelegentlich damit zu drohen. Und man wird euch *selbstverständlich* vermissen, und man wird euch finden – im Keller dieses Hauses, mit den Überresten von Arnaud und Na Roqua, falls man das noch identifizieren kann, nach dem Feuer. Euer wackerer Ritter wird den verdammten letzten Katharer verfluchen, der euch ums Leben brachte. Und dann ist es vorüber.«

Belot sah nicht erstaunt aus. Offenbar hatten er und Clergue alles fein säuberlich besprochen, bevor sie sich aufmachten, ihr Mordgeschäft zu erledigen.

»Die Leute im Dorf kennen die Wahrheit«, sagte Damian.

»Sie werden schweigen wie immer. Denn sie wissen, was ... *wer* ihnen gut tut.« Clergue schüttelte den Kopf. »Du verstehst das nicht, mein Sohn. Hier gehen keine Gespenster um. Wir sind erleuchtet. Wir haben erkannt, dass aus der Beichte und dem Brimborium der Taufe und der Totensakramente kein Heil entstehen kann. Eine Hostie ist ...«

... nichts als eine gebackene Waffel ...

»... ein Stück Brot. Wir sind von den Irrtümern der römischen Metze befreit.« Clergues Gesicht verlor die Härte, als er weitersprach: »Zuerst ist es schrecklich. Aber dann ... wunderbar, wenn man den wahren Weg des Heils erkannt hat. Der Leib ist die Sünde. Einmal befreit von seiner Last ...«

»Lass uns ein Ende machen. Die andern warten«, sagte Belot.

Clergue nickte. Er nahm Arnauds Fackel auf und löschte

sie in den Kleidern des Toten. Dann verließ er rückwärts den Kellerraum, wobei er Damian und den Stock misstrauisch im Auge behielt. Belot folgte ihm, und im nächsten Moment flog die Tür zu. Es wurde stockdunkel. Sie hörten, wie etwas Schweres vor die Tür gerollt wurde – vermutlich eines der Fässer, die im Vorkeller standen.

»Ich hab euch von Anfang an gesagt, ihr sollt aus Montaillou verschwinden«, rief Clergue gedämpft.

»Und du wirst in der Hölle schmoren, in der es heißer sein wird als in diesem Keller«, brüllte Marcella zurück.

Sei nicht so wild, Mädchen. O doch, Fabrisse!

»Ich werde sterben im Kreis der Vollkommenen mit dem Consolamentum, das die wahre Vergebung bringt. Und werde mit reinem Herzen und weißen Händen vor dem Richter ...«

»Mein Fluch wird dein Jammern übertönen. Und wer immer dich richtet, Engel oder Teufel ...«

»Halte den Mund, Hexe!«

»... wird deine scheinheilige Seele braten lassen, bis der letzte Funken Feuer im Universum erloschen ist!« Marcella trat so heftig gegen die Tür, dass sie mit einem Klagelaut zu Boden stürzte.

Damian tastete nach ihr. »Gut gesprochen, Mädchen«, sagte er, zog sie auf die Füße und nahm sie in die Arme. »Draußen liegt das Holz für einen ganzen Winter gestapelt. Sie werden's anzünden. Die Außenmauern sind aus Stein, aber hier drinnen – Zwischenwände, Böden, Dach –, alles Holz.«

Marcella musste an die Gluthölle in der Kirche denken, und ihre Wut schwand und machte nackter Furcht Platz. Sie krallte die Hände in Damians Surcot.

»Was ist in den Fässern, die an der Wand lagern?«, fragte er.

»Welche ... Oh! Ich weiß nicht. Bestimmt Wein. Hilft uns das? Können wir damit löschen?«

Marcella fühlte, wie Damian den Kopf schüttelte. »Im Gegenteil, wenn es richtig heiß wird ... Immer mit der Ruhe, wir müssen nachdenken.«

Draußen vor der Tür erhob sich ein Freudengejohl. Die beiden Mörder oder ihre Kumpane aus der Küche schienen den Holzstoß entzündet zu haben.

»Wenn es hier heiß genug ist, wird der Wein das Feuer zu einem Spektakel machen. Aber ... wie ist er hier heruntergekommen?«

»Was?«

»Der Wein. Wie habt ihr die Fässer in den Keller geschafft?«

Marcella versuchte, sich zu erinnern. Nur schienen sich achtjährige Mädchen nicht für Transportprobleme zu interessieren. Durch die Küche, die Stiege hinunter? Nein. Das wäre umständlich gewesen, und die Gefahr, dass ein Fass über die Stufen polterte und zu Bruch ging ...

Damian ließ sie los, und sie hörte, wie er sich an der Wand entlangtastete. Natürlich wäre es vernünftig gewesen, die Fässer direkt von außen durch ein Fenster über eine Rutsche in den Keller zu rollen. Hatte ihr Vater das getan? Schemenhaft meinte Marcella eine dickliche Gestalt zu sehen, eher betrübt als böse. *Was spielt es für eine Rolle, jetzt, wo Maman tot ist?* Nichts hatte eine Rolle gespielt, seit Maman gestorben war. Wenn ihr Vater jemals Wein in den Keller hatte schaffen lassen, dann musste es vor ihrer Geburt gewesen sein.

Vielleicht keinen Wein, schoss es Marcella durch den Kopf. Aber Fabrisse hatte körbeweise Obst eingelagert. Vage erinnerte sie sich an eine Schräge, durch die die Körbe an einem Seil herabgelassen wurden. Direkt vom Garten in den Keller.

»In der Ecke«, sagte Marcella. »In einer der Ecken. Ich bin durch ein Fenster gerutscht und habe mir beim Fallen ordentlich wehgetan. Und es war ...«

Stimmte es, dass durch die Tür Brandgeruch drang. Oder bildete sie sich das ein?

Sie orientierte sich an den Geräuschen, die Damian machte, und tastete sich in seine Richtung vor. Ihr entfuhr ein Schrei, als sie über ein Bein stolperte, wahrscheinlich das des armen Arnaud.

Es war tatsächlich wärmer geworden, aber es wurde auch heller. Durch die Ritzen in der Brettertür drang Licht. Sie konnte Damian jetzt als schwarzen Schemen vor der etwas helleren Wand ausmachen. Er war auf ein Fass geklettert und wollte auf ein zweites hinauf, das mit anderen eine Pyramide bildete. Sie stellte sich so hin, dass er mit dem Fuß auf ihre Schulter treten konnte.

»Es müsste ... verflucht, es müsste doch hier irgendwo ...«

»Es war in einer Ecke.«

Damian nahm sich die Zeit, dennoch den obersten Teil der Wand abzutasten. Er hatte Recht. Ihre Erinnerungen hatten sie oft genug getrogen.

Es wurde beängstigend schnell wärmer. Marcella horchte und meinte das Prasseln von Flammen zu hören. Sie schrak zusammen, als Damian zu Boden sprang. »Dort drüben«, sagte sie und vergaß, dass er nicht sehen konnte, wohin sie zeigte. Sie zog ihn mit sich. »Lass das Fass. Du hältst mich, ich klettere. Das geht schneller.«

Damian nickte und bot ihr seine verschränkten Hände, und mit seiner Unterstützung und der Hilfe der Mauer gelangte sie bis fast zur Decke. Als sie mit dem Ellbogen an die Wand stieß, die den Keller vom Vorkeller trennte, zuckte sie zurück, so warm war das Lehmgeflecht. Einen Moment überfiel sie Panik, und sie begriff nicht, was Damian über die Aufteilung der Räume sagte. Aufgeregt fingerte sie über Fugen und abgeblättertem Putz.

»Hier. Hier! Unter dem Dreck und den Spinnweben ist eine Fuge. Und das ist ... Holz! Ich hab's Damian. Dahinter liegt die Schräge.« Ihre Stimme war hell vor Triumph.

»Bekommst du's auf?«

»Nein, ich kann sie nicht einmal anheben. O Himmel, und wenn sie etwas darüber gefüllt haben?«

Ihr Teil war getan. Damian beeilte sich, ein Fass zu verrücken, denn die Wärme, die von der Lehmwand ausstrahlte, wandelte sich beunruhigend schnell zu wirklicher Hitze. Er stieg mit ihrer Hilfe auf das Fass und stemmte sich gegen die Tür. Nichts. Sie bewegte sich keinen Zoll. Nach mehreren von Flüchen begleiteten Versuchen sprang er zu Boden.

»Ein Hebel.«

»Was?«

»Ein ...« Er unterbrach sich. »Arnaud, verflixter Kerl, ich liebe dich. Wo ist sein Stab?«

Marcella musste trotz ihrer Angst lächeln, als sie Damian mit Arnauds Wanderstab einen neuen Versuch machen sah. Über das Ende des runden Holzes war eine angespitzte Eisenkappe gestülpt worden – vermutlich hatte der Stab als Waffe im Kampf gegen Wölfe, Bären oder menschliche Feinde gedient. Damian schob die Spitze in eine der Ritzen zwischen den Brettern, die er mehr fühlte als sah. Sie hatte erwartet, dass er ihre Hilfe bräuchte, um die Klappe zu sprengen, aber plötzlich schien alles ein Kinderspiel zu sein. Die Bretter brachen – und schwarzer Sand rutschte in den Keller.

Damian sprang zur Seite. Er grinste Marcella triumphierend an, als Licht und ein leichter Luftzug in ihr finsteres Gelass drangen. Eilig riss er die letzten Bretter aus der Öffnung. Als er den Stock sinken ließ, gab es ein gewaltiges Krachen, und er musste einen Satz machen, sonst hätte ihn die in sich zusammenstürzende Wand des Vorkellers unter sich begraben.

Ohne ein Wort riss er Marcella an sich und bot ihr erneut seine Hände. Es war schwierig, sich durch den Schacht zu zwängen, und es gelang Marcella nur, weil Damian mit dem

Wanderstock nachschob. Flüchtig dachte sie, dass sie einen blauen Fleck am Hintern haben würde.

Als sie den Kopf ins Freie streckte, schnappte sie nach Luft. Aber sie gönnte sich keine Pause. Sie arbeitete sich heraus, ergriff das Ende des Stabes und hielt ihn mit beiden Fäusten. »Nun mach schon!«

Keine Antwort. Keine Reaktion. Einen Augenblick wurde Marcella schwach vor Angst, als sie den beißenden Qualm roch, der aus dem Loch stieg.

Dann fühlte sie einen Ruck, und kurz darauf erschienen Damians Hände in der Öffnung. Sie packte sie und zog, und gemeinsam fielen sie auf die weiche, nasse Erde.

Damian sprang sofort wieder auf. »Weg von hier.«

Es schien, als habe die fallende Wand ein Inferno ausgelöst. Flammen loderten durch den Schacht, aber bald auch aus den verbretterten Fenstern des Erdgeschosses. Sie zogen sich in den hinteren Teil des verwilderten Gartens zurück und setzten sich neben den Brunnen. Damian hatte sich die Handkante verbrannt und hielt sie still an die Lippen, während er das Feuer beobachtete. Es war inzwischen Nacht geworden.

»Warum ging das so leicht mit dem Hebel?«, fragte Marcella.

Er lächelte sie an und wandte den Kopf wieder zum Haus zurück, wo das Feuer rasend schnell auf das Dach übergriff.

»Und nun?«, fragte er.

24. Kapitel

Die Entscheidung wurde ihnen abgenommen. Die Bewohner von Montaillou hatten sich aufgemacht und strömten zum Brandherd. Damian und Marcella sahen aus dem Schatten der Bäume heraus zu, wie ihre Fackeln durch das nächtliche Wäldchen tanzten und wie sie sich der Vorderfront des Hauses näherten. Die Neugierde musste beträchtlich sein. Marcella schätzte, dass sich mindestens hundert Leute auf den Weg gemacht hatten, jeder in Montaillou, der Beine hatte. Sie erkannte Philippe mit den Äpfeln. Und ... Matteo.

Pfarrer Clergue führte den Zug an, und der Bayle schritt gewichtig neben ihm. »Nicht zu dicht heran«, dröhnte Clergues Stimme. »Das Haus könnte jeden Moment ... Was hast du vor, mein Sohn?«

Matteo trennte sich von der Menge und streifte an der brennenden Wand entlang.

»Es geht ihm nahe«, sagte Damian leise.

»Das hätte ich dir sagen können.«

»Komm zurück!«, rief Clergue dem Jungen zu. »Niemand kann ihnen mehr helfen. Sie waren bereits tot, als Arnaud das Haus in Brand steckte. Heiliger Joseph, dieser Verrückte.« Er drehte sich zur Menge um und hob die Arme, als wolle er predigen. »Arnaud hat Na Roqua erschlagen, weil sie ihm den Mord an Fabrisse vorgeworfen hat, und ich nehme an, dass Marcella und ihr bedauernswerter Monsieur zu den beiden stießen, und als sie begriffen, was es mit Arnaud auf sich hatte ... Wir kamen leider zu spät.«

»So ein Mistkerl«, ärgerte sich Damian. »Er erklärt den Leuten, was sie zu sagen haben, wenn die Behörden Nachforschungen anstellen. Prägt sich auch wunderbar ein beim Anblick eines brennenden Hauses. So geht es den Verrätern. Was ist? Nein, Marcella, warte.«

Er hatte sie von dem zu überzeugen versucht, was vernünftig war: das Dorf still und heimlich zu verlassen, den Bayle von Ax aufzusuchen und den Mord an Arnaud und Na Roqua und den Mordanschlag, der ihnen beiden galt, zu melden. Danach würden die Mühlen der Justiz zu mahlen beginnen. Er hat gut reden, dachte Marcella. *Dem Mädchen ist ja auch nichts Schlechtes widerfahren.* Ein Schauer aus Hass rieselte ihren Rücken hinab.

Clergues Stimme übertönte die prasselnden Flammen. »Unser Kirchlein ist niedergebrannt, aber, liebe Freunde, wir sollten dennoch für die armen Opfer dieses verwirrten Ketzers ...«

Dem Mädchen ist ja auch nichts Schlechtes widerfahren. Erstick an deiner Falschheit!

»Sie sind tatsächlich tot?«, fragte jemand aus der Menge.

»Das sind sie, und wir sollten ihnen eine Totenmesse ...«

»Zu früh, Clergue!« Marcella streifte Damians Arm ab und trat unter den Bäumen hervor. Es hätte ihr Genugtuung bereiten sollen, zu sehen, wie der Pfarrer für einen Moment die Fassung verlor. Stattdessen packte sie Nervosität. Als sie zu dem Halbkreis trat, den die Leute bildeten, kam sie sich vor wie die Hauptdarstellerin eines Marktspektakels mit schlechten Schauspielern und hämischen Zuschauern, die nur darauf warteten, ihre faulen Tomaten und Kohlköpfe loszuwerden.

»Euer Pfarrer lügt. Arnaud liegt erstochen im Keller dieses Hauses. Und es war Clergue, der ihn umgebracht hat. Ihn und Na Roqua. Und Fabrisse.«

Niemand erschrak. Niemand stellte eine Frage. Die Leute starrten sie an, als hätte sie in einer fremden Sprache gesprochen. Nur Matteo grinste selig. Er trat zur ihr, aber sie schob ihn beiseite.

»Guillaumes Blut klebt ebenfalls an seinen Händen. Und seit heute weiß ich, dass er meine Schwester Jeanne ermordet hat.«

Na und? Marcella Bonifaz – du enthüllst hier kein Geheimnis. Jeder im Dorf weiß Bescheid, genau wie damals alle Bescheid gewusst hatten. Sie versuchte, in die braunen Gesichter unter den glatten und geringelten schwarzen Haaren zu sehen, irgendjemandes Blick festzuhalten, aber alle wichen ihr aus.

»Soso«, sagte Clergue. Er rieb nervös die Hände. »Soso … das … sind natürlich … Hirngespinste. Und … sie versteht nichts davon. Erst war sie ein Kind, und dann lebte sie in diesem … Deutschland. Marcella Bonifaz ist eine feine Dame. Glaubt ihr, dass sie jemals die Kerker von Carcassonne gesehen hat? Den gelben Turm, in dem die Anhänger der wahren Lehre von den Mönchen …« Ihm brach die Stimme, als würde ihn eine Erinnerung schmerzen, und diese Regung schien echt zu sein. »Sie binden euch Hände und Füße zusammen und zwingen euch, stundenlang so auszuharren. Sie entzünden Feuer unter euren Fußsohlen …«

»Feuer unter den Füßen von Vital Piquier«, sagte Philippe mit den Äpfeln.

Hitzig drehte Clergue sich zu ihm um. »Feuer für den Mann, der nicht wusste, wann man den Mund zu halten hat.«

»Feuer für den Mann, der dir sechs Ferkel verkaufte und nie sein Geld dafür bekam. Feuer für Pierre Azéma, der sich beklagte, dass du seine Tochter und seine Schwester geschwängert hast …«

Ein Raunen setzte in der Menge ein. Marcella spürte, wie Damian neben sie trat. Sie fasste nach seiner Hand.

»Ah, Philippe, so ist das also! Du wünschst sie dir ins Dorf, die Männer mit den Kutten? Du willst, dass sie durch die Häuser schleichen? In Rixendes Haus, wo die kleine Ava von der Geisttaufe brabbelt? In Onkel Prades' Haus, in dem sie einen Kalender des heiligen Glaubens und das rote Buch finden? Ins Haus ...?« Clergue brach ab, als er Philippes dünnes Lächeln sah. »Ins Haus deiner Schwester?«

»Es ist bereits vorbei, Clergue, père.« Höhnisch betonte Philippe das letzte Wort.

»Wovon redest du?«

Philippe schwieg, sein Lächeln wurde breiter, wenn auch nicht fröhlich.

»Wovon redest du?«, wiederholte der Bayle sehr viel unbeherrschter als der Pfarrer und packte Philippe am Arm.

Der Angegriffene riss sich los und spuckte ihm auf den Stiefel. »Béatrice de Planissoles. Hat niemand sie vermisst? Hat sich keiner gewundert, warum Brune nicht mehr zum Fluss geht und Madames Laken wäscht? Dann will ich euch sagen, was los ist. Sie sind fortgeritten. Auf Madames weißem Pferd. Erst nach Ax und von dort den Fluss hinab Richtung Mirepoix. Das eine hab ich gesehen, und das andere hat mir Jean von der Schmiede bezeugt. Und warum haben sie niemandem Bescheid gesagt, als sie gingen? Weil sie uns besser kennen als wir uns selbst.«

»Madame verrät uns nicht«, sagte eine Frau, die Marcella nicht kannte, mit zittriger Stimme. Niemand antwortete ihr. Das Feuer prasselte, es stank nach Rauch und brennendem Holz.

»Béatrice ist zum Bischof geritten?«, fragte Clergue wie betäubt. »Dann ... soll er doch kommen.« Er bemühte sich, seiner Erschütterung Herr zu werden. »Vielleicht ist sie wirklich nach Mirepoix. Aber wenn dieses Dorf zusammensteht ... Niemand wird einer alten Frau ... Wer sollte ihr denn glauben? Wenn wir zusammenhalten, Freunde, wenn wir uns einig sind wie immer ... Béatrices Vater war ein verurteilter Ketzer.«

Sein Blick fiel auf Marcella, und es schien fast zwangsläufig, dass auch die anderen sich den drei Personen vor dem Feuer zuwandten, die das ganze Unglück mit ihrer Ankunft und ihren Fragen ins Rollen gebracht hatten. Marcella sah, wie Matteo nach dem Gürtel tastete, aber ausnahmsweise hatte er kein Schwert dabei.

Jemand in den hinteren Reihen begann zu weinen.

»Grinse nicht, Philippe«, flüsterte Clergue. »Denkst du, es wird dich retten, dass du uns hasst? Es spielt keine Rolle mehr, wer Katholik oder Katharer ist. In den Augen der Inquisition gibt es nur das Dorf. Das Dorf, das schwieg und dafür brennen soll. Das Dorf – und die Fremden.«

Und damit standen sie wieder im Licht der Aufmerksamkeit. War es Einbildung oder hatte sich die Haltung der Menschen geändert? Blickten sie düsterer? Entschlossener? Marcella fühlte Damians Händedruck. Er wies mit dem Kopf fast unmerklich zum Garten.

»Paul, Jérôme ... Baptiste«, flüsterte Clergue.

Drei Männer traten zögernd aus der Menge. Einer von ihnen war der hagere Bursche von der Suchaktion, dem das Ohr fehlte. Er trug einen Prügel in der Hand, ein bäuerliches Handwerkszeug, das aussah wie der vergrößerte Schlegel eines Trommlers. Die anderen beiden umklammerten lange Messer, mit denen sie sonst ihre Schweine zerlegen mochten.

Matteo ballte tapfer die Fäuste.

»Tut das nicht«, sagte Damian.

Der Mann mit dem Schlegel war der mutigste. Er kam näher und gesellte sich zu Belot und Clergue. Auch der Bayle hatte inzwischen seine Waffe gezogen. Er trug als Einziger ein richtiges Schwert.

»Tut das nicht«, wiederholte Damian und drängte Marcella hinter sich. Er verdrehte ihr Handgelenk und wies damit erneut zum Garten. Als wenn sie entkommen könnten.

Der Mann tat einen Schritt voran und hob den Schlegel ...
Und ließ ihn ins Gesicht des Bayle krachen.
Es war totenstill.

Das Knistern der Flammen, das Marcella kaum noch wahrgenommen hatte, erschien plötzlich überlaut, das Knallen und Prasseln wie Explosionen. Der Bayle sackte zu Boden, ohne auch nur einen Wehlaut von sich zu geben. Der Schlag musste ihn auf der Stelle umgebracht haben. Er kippte in das Weinlaub.

»Gott steh uns bei«, flüsterte jemand.

Als wäre das ein Signal gewesen, erhob der Mann seinen Schlegel ein zweites Mal. Er drehte sich um zu Clergue.

»Du Idiot«, flüsterte der Pfarrer. Er bewegte sich langsam rückwärts, hatte aber genug Nerven, um Belots Mörder fest im Auge zu halten. Tatsächlich zögerte der Mann. Er starrte auf das blutige Ende seines Schlegels.

»Geht und gießt sieben Schalen mit dem Zorn Gottes über die Erde«, kreischte plötzlich eine Frau.

Der Mann zuckte zusammen und blickte zu ihr hinüber. Dann machte er zwei schnelle Schritte – und der Schlegel fuhr ein zweites Mal nieder.

Davon werde ich träumen bis ans Ende meiner Tage, dachte Marcella. *Sieben Schalen mit dem Zorn Gottes.*

»An Dornen also«, sagte Bischof Fournier und strich sich mit einer ungeduldigen Bewegung über das glatt rasierte Kinn. Er hatte beschlossen, sein Verhör noch in der Nacht seiner Ankunft zu führen, in dieser schrecklichen Nacht, die gar kein Ende zu nehmen schien. Hätte ich auch getan, dachte Marcella. Müde Leute verplappern sich. Sie gähnte, obwohl sie vor Aufregung immer noch zitterte.

»Und du hast keine Ahnung, wo der Pfarrer und der Bayle des Dorfes geblieben sein könnten?«

»Wirklich nicht«, wiederholte Marcella, was sie seit ihrer Ankunft im Donjon gesagt hatte. »Das Haus brannte, ich rannte hinzu, und ... meine Lippen werden wund. Ich weiß nicht, was passiert ist, das habe ich doch schon hundertmal gesagt.«

Es stimmte. Sie vermutete, dass Philippe mit den Äpfeln die beiden Toten in die Flammen des Hauses geworfen hatte, aber wissen konnte sie das nicht, denn Damian hatte sie fortgebracht, als sich die Dorfbewohner auf ihren Pfarrer stürzten.

Madame de Planissoles, die auf dem Stuhl beim Kamin saß, lächelte.

»Béatrice de Planissoles, du bist keinesfalls zu alt für eine strengere Befragung«, grollte Fournier. »Marcella Bonifaz ist in Gefahr. Das waren deine Worte. Das waren deine eigenen ... sehr eindringlichen ...«

Madame lächelte weiter. Ihr Blick ging ins Leere. Sie war eine alte Frau, der Ritt nach Mirepoix und zurück hatte sie über die Maßen angestrengt, sie sah so durchsichtig aus wie jemand, der schon fast aus der Welt geschieden ist.

»Marcella Bonifaz, glaubst du, ich weiß nicht, dass du einen Haufen von Gott verdammter Katharer zu schützen suchst?«

Und genau da hat er Unrecht, dachte Marcella. Es ging nicht darum, wer Katharer und wer Katholik war in Montaillou. Die reine Lehre – ob der Körper eine Schöpfung Satans oder Gottes war und ob es dem Himmel gefiel, wenn Menschen sich zu Tode dürsteten –, das hatte in Montaillou niemals die Rolle gespielt, die Fournier vermutete. Die Menschen hatten geglaubt, was sie glaubten, und sich gelegentlich darum gestritten und dann wieder versöhnt und Eier getauscht und einander auf den Feldern ausgeholfen. Bis ihr Pfarrer, der gleichzeitig der Einflussreichste und Gerissenste der Katharer war, bemerkt hatte, welche Macht ihm die Inquisition in Verbindung mit seinem Amt bescherte. Du willst das Geld für deine Ferkelchen? Findest du es klug, mir zu drohen? Der Inquisitor sitzt täglich bei mir zu Tisch.

Schmore in der Hölle, Clergue, dachte Marcella mit Leidenschaft.

Sie wusste, dass Bor de Tignac unten im Haus des Bayles die Bauern verhörte, aber sie war sicher, dass Philippes Botschaft bis in die letzte Hütte gedrungen war: Das Haus der Bonifaz' war aus unerklärlichen Gründen in Flammen aufgegangen, und niemand wusste, wo der Bayle und der Pfarrer abgeblieben waren. Und der Kirchenbrand ging offenbar auf das Konto eines schwachsinnigen Schäfers, der ebenfalls verschwunden war.

»Es scheint«, sagte Damian, der neben dem Kamin lehnte und seinen Rock an dem Ruß auf der Umrandung verdarb, »dass dieser Clergue und der Bayle nicht die Ehrenmänner waren, für die sie allseits gehalten wurden. Wie sonst sollte man ihre Flucht im Angesicht der Inquisition deuten? Und es würde mich nicht wundern, wenn sie vor dem Davonlaufen noch das Haus in Brand gesteckt haben. Vielleicht, um irgendwelche alten Beweise zu vernichten. Leuchtet das nicht ein?«

»Nein«, sagte Fournier und ärgerte sich.

Madame de Planissoles stand auf. Sie küsste Marcella auf den Scheitel, bevor sie zur Tür schlurfte. Ahnte sie, dass Clergue tot war? Trauerte sie ihm nach? Was hatte sie überhaupt an ihm gefunden? Die Liebe macht uns zu Idioten, dachte Marcella. »Bitte?«, fragte sie. Sie hatte die letzten Worte des Bischofs nicht mitbekommen.

»Verschwindet, sagte ich. Mir ist schlecht von diesem Lügenpampf.«

Die Befragung der Bewohner von Montaillou dauerte zwei Tage. Man hatte Knochen im niedergebrannten Haus gefunden, aber niemand konnte erklären, um wessen Knochen es sich handelte. Grazida war aus dem Dorf verschwunden.

Die Männer, die mit Clergue das Haus angesteckt hatten, ebenfalls. Und auch etliche Kinder und Leute wie Onkel Prades, denen das Herz zu offen auf der Zunge lag. Die anderen wussten von nichts.

Fourniers Männer fanden im Heu auf Rixendes Dachboden das rote Buch, in dem über den Segen der Endura geschrieben und darüber spekuliert wurde, ob eine Rezeption durch Gottes gute Geister möglich wäre, wenn beim Sterben eines Gläubigen keiner der *boni christiani* zur Verfügung stände. Wer mochte es dort vergessen haben? Rixende, Philippe und andere wurden befragt. Philippe gab zu Protokoll, dass Rixende manchmal aus Mitleid Wanderer bei sich übernachten ließ. Hatte nicht erst vor kurzem ein Kerl aus Saverdun dort Halt gemacht? Ja, daran erinnerten sich viele.

Jacques Fournier war geduldig. Er hielt nichts von der Folter, weil niemand beurteilen konnte, ob die anschließenden Aussagen der Wahrheit entsprachen oder nur aus Angst vor neuen Schmerzen gegeben wurden. Stattdessen befragte und notierte er, er dachte nach, er befragte von neuem, und kein Widerspruch entging ihm. Marcella war sicher, er hätte am Ende die Wahrheit herausgefunden, aber dann ereilte ihn ein Ruf aus Avignon.

Ein Ruck der Erleichterung ging durch das Dorf, als die Männer mit den weißen Kreuzen auf den roten Umhängen abzogen. Camille lief jubilierend durchs Haus. Sie bereitete mit Brune, die ihnen ungewohnte Herzlichkeit entgegenbrachte, ein Festmahl zu, und Madame ließ ausrichten, dass sie sich dafür aus dem Bett begeben würde.

»Und?«, fragte Marcella ihre Gastgeberin. »Wenn Seigneur curé, wie es nun aussieht, nicht zurückkehren wird nach Montaillou?«

»Ich weiß, dass er nicht zurückkehrt. Aber ...«, sagte Madame und seufzte, »... kein Mensch ist nur schlecht, wie auch kein Mensch nur gut ist.« Sie hing Gedanken nach, die sich vermutlich weit in die Vergangenheit zurückbewegten, und lächelte wehmütig.

Idioten, genau, dachte Marcella. »Wisst Ihr, wohin Arnaud Jeannes Leichnam verschleppt hat?«

»Er hat sie in der Nähe seiner Cabana unter einer Eibe begraben. Jedenfalls behauptete Fabrisse das, der er den Ort gezeigt haben soll. Herr im Himmel, waren die beiden verliebt – ich meine Jeanne und Arnaud.«

»Aber sie wollte nicht mit ihm gehen«, sagte Marcella.

»Um deinetwegen, Mädchen. Und ich denke – nimm mir das bitte nicht übel –, da hat sie falsch entschieden. Wir sehen ja, dass du auch ohne sie groß geworden bist. Aber die Liebe …« Madame schaute in ihr Glas, seufzte und trank es bis auf den Grund leer.

25. Kapitel

Damian wies auf die steilen Buchstaben am Bug des Schiffs. »*L'Aigle, Adler* – hört sich das nicht an, als würden wir schon morgen den Fuß in den Fondaco dei Tedeschi setzen?«

»Was ist das?«

»Das Haus der deutschen Kaufleute. Ein Palast am Canalazzo.«

»Die Kaufleute, die *deutschen* Kaufleute haben einen eigenen Palast?«

Damian lachte. Sie standen am Schiffsanleger im Narbonner Hafen und schauten sich die prächtige Galeere an, die am übernächsten Tag nach Venedig ablegen sollte. Natürlich wieder im Konvoi. *Piraten* war für Marcella bisher nur ein Wort gewesen, mit dem sie vage schnelle Schiffe, verrohte Gestalten, Kämpfe auf blutigen Planken und Sklavenhandel in Heidenstädten wie Tunis oder Bidschaja verband. Einen Moment lang hatte sie ein dumpfes Gefühl im Magen, aber sie verscheuchte die Regung.

»Es muss unbedingt das Haus mit den gelben Sternenblumen sein«, sagte sie, als sie Damian am Arm nahm und sie den windigen Anlegeplatz verließen. »Ich habe in der Ecke neben der Steinbank bereits einen Kräutergarten angelegt. Ich werde Süßholz anbauen und … Ich werde gar nicht dazu kommen. Wenn Caterina erfährt, dass ich Matteo ermutigt habe, sein Glück bei der Flotte zu suchen, wird sie mir den Hals umdrehen. Wohnt sie in der Nähe des Sternenhauses?« Sie schlug die Kapuze ihres Mantels hoch, als ein Windschauer ihr in den Kragen fuhr.

»Sie wird dich ins Herz schließen und dich wunderbar finden, weil du dem Nichtsnutz dein Wohlwollen schenkst«, sagte er und bewies damit, dass er keine Ahnung von Müttern und Tanten hatte. Er steuerte das unförmig wirkende Haus an, in dem die Hafenkanzlei arbeitete. Er hatte die beiden Tage, die sie bereits in Narbonne waren, dazu genutzt, Bleizinnober aus Bagdad zu erstehen, das er an einen seiner Stofflieferanten in der Nähe von Florenz weiterverkaufen wollte.

Damians Geschäftspartner erwartete sie bereits vor der Tür. Gemeinsam betraten sie das Kontor, in dem ein junger Schreiber dem Notar gerade die Reinschrift des Vertrages zur Kontrolle vorlegte. Das Geschäft ging schnell über die Bühne. Damian wünschte einen Usowechsel, der Franzose war einverstanden, beide siegelten und schüttelten einander die Hände – fertig. Man muss sich das merken, dachte Marcella. Geschäfte über hohe Beträge benötigen nicht mehr Aufwand, als wenn man um Pfennige feilscht. Es ist eine Frage des Überblicks und der guten Nerven.

Damian wandte sich wieder an den Notar. »Habt Ihr in letzter Zeit etwas von Henri Lagrasse gehört?«

Der Mann schaute von seiner Kladde auf, in die er einen Eintrag über den Verkauf notierte. Er suchte kurzsichtig nach Damians Geschäftspartner, aber der hatte das Zimmer bereits verlassen.

»Henri Lagrasse. Ich wüsste gern, ob man hier in Narbonne etwas über seinen Verbleib weiß.«

»Ich dachte, er arbeitet für Euch«, sagte der Notar.

Damian zuckte die Achseln. Er hatte bereits am Tag ihrer Rückkehr mehrmals bei seinem ehemaligen Faktor geklopft, aber niemand hatte geöffnet. Auch Espelette, der Mann, der während seiner Abwesenheit die Interessen des Kontors wahrgenommen hatte, konnte keine Auskünfte geben. Lagrasse war hier und da gesehen worden, aber er hatte ihn nie selbst erwischen können und es schließlich aufgegeben. Vielleicht war Lagrasse fortgezogen, in der Annahme, dass seine Dienste nicht mehr gewünscht würden.

»Er sitzt im Roseraie und säuft«, sagte der Schreiber. »Schon seit Wochen. Manchmal holt ihn die Hexe, die bei ihm sauber…« Er verstummte unter dem Blick seines Vorgesetzten und blinzelte Marcella zu.

Damian schickte Matteo zu der Taverne, die der Schreiber genannt hatte, und tatsächlich fand der Venezianer dort einen ziemlich verstörten und derangierten Lagrasse, der kaum glauben mochte, dass man ihn nach seinem Verschwinden nicht einfach hinausgeworfen hatte. Mit Tränen in den Augen nahm der Faktor die Einladung zu einem Mittagessen für den nächsten Tag an, die Matteo ihm überbrachte.

»Ich weiß, ich hätte mich vergewissern müssen, aber ich bekam die Nachricht aus dem Kloster und war völlig bestürzt, und der Bote war so rasch wieder fort – ich konnte kaum denken. Ich griff meinen Mantel und etwas Geld und war unterwegs.«

»Verständlich«, sagte Camille. »Das arme Mädchen.«

»Und ich war wie vom Donner gerührt – in glücklichster Weise, in allerglücklichster Weise natürlich –, als ich Sibille im Garten nach den Hühnern jagen sah. Ich bin immer noch beschämt, dass ich auf einen so üblen Betrug hereinfiel. Und Euch wirklich dankbar, Monsieur, dass Ihr so viel Verständnis habt für einen Vater …«

Damian nickte freundlich, obwohl ihm sicher unbegreiflich war, wie ein Mensch sich Hals über Kopf auf eine Reise begeben konnte, ohne jemanden zu benachrichtigen, ohne auch nur einen Fetzen Papier zu hinterlegen. Nun ja, Noël hatte es vorausgesehen, weil er Lagrasse und seine Liebe zur kranken Tochter kannte.

»Und welch ein Segen, dass es ein Irrtum ...«, begann Camille.

»Kein Irrtum«, unterbrach Lagrasse die Frau. »Begreift Ihr nicht? Es war ein absichtliches Verwirrspiel.« Er schob das Geleeschnittchen, an dem er gerade säbelte, beiseite. »Das Kloster hatte doch niemanden auf die Reise geschickt. Warum auch, wo mit Sibille alles in Ordnung war? Ich verstehe noch immer nicht, wie Noël ...« Er zuckte die Achseln. »Ohne darauf herumreiten zu wollen, aber der Mann hatte mir einiges ... er hatte mir sein gesichertes Leben zu verdanken. Und dann das!«

Sie saßen in einer seltsamen Runde zusammen, sicher nicht passend für die Tafel eines reichen Geschäftsmanns, aber an diesem letzten Tag in Narbonne trotzdem richtig, fand Marcella. Sie hatte Camille und Théophile gebeten, ihnen Gesellschaft zu leisten. *Ich habe sie eingeladen, ich habe gehandelt wie eine richtige Hausfrau, ich habe sogar das Essen selbst bestellt, Elsa,* dachte sie nicht ohne Stolz.

Matteo hätte ebenfalls bei ihnen am Tisch sitzen sollen, aber er hatte sich auf eine Bank in der Ecke verzogen, wo er verliebt mit einem Paar ledergefütterter Panzerhandschuhe hantierte, die Damian ihm in einem Anfall von Reue wegen seines falschen Verdachts geschenkt hatte. Aus einer Gravur an der Krempe des rechten Handschuhs ging hervor, dass sie von einem Plattner namens Benedetto in Brescia gefertigt worden waren, was offenbar etwas Großartiges war. Matteo wog sein Schwert in den kostbar geschmückten Händen und war für ihre Runde rettungslos verloren.

»Es war ein böser Streich, und trotzdem kann ich nicht anders – Noël tut mir Leid. Die Damen mit den weichen Herzen werden das verstehen«, murmelte Lagrasse. »Er hat für das Kontor viel Gutes bewirkt und mich mit seinen Späßen und drolligen Einfällen ...«

»Er täte Euch nicht leid, wenn Ihr Robert Lac gesehen hättet, wie er mit zerschmetterten Gliedern in seinem Innenhof lag, oder den toten Goldschürfer. Seid froh, dass er Euch nur fortschickte«, sagte Marcella, und Lagrasse bekam eine Gänsehaut.

Er legte sein Messer beiseite und wusch sich die Hände in der Wasserschale, die Camille ihm reichte. »Es ist schon so, wie das Sprichwort sagt: Gold blendet schlimmer als Feuer. Und der Weg zur Hölle ist mit Edelsteinen gepflastert.«

»Auch Robert Lac starb am Ende wegen seiner Geldgier, nicht wahr?«, meinte Camille und reichte ihm ein Handtuch. »Wäre er nicht so gierig gewesen, dann hätte er nicht alle Welt betrogen, und wenn er nicht betrogen hätte, dann wäre er nicht gestorben. Wenn man es genau nimmt, trug er an seinem Tod selbst Schuld.«

»Ich hätte das gern gesehen«, meldete sich Matteo. »Ob er nun gestoßen wurde oder nicht – dass er in seiner letzten Stunde dem Teufel ins rote Auge geschaut hat, glaub ich. Man stelle sich vor ...«

»Halte den Mund«, sagte Damian.

»Sogar der arme Monsieur Vidal«, meinte Camille, während sie trübsinnig das Gelee wendete. »Warum konnte er nicht bei seinem Geschäft bleiben und wie seine Kameraden in den Gruben arbeiten? Stattdessen trägt er Goldklumpen nach Narbonne und beschwört sein Unglück herauf.«

»*Ihm* Schuld zu geben finde ich verkehrt«, widersprach Lagrasse. »Etwas verdienen zu wollen, in aller Ehrbarkeit, versteht sich, ist nur recht und billig. Es war Noëls Raffgier, die zu dem Verbrechen führte. Man macht ja auch nicht dem Kaufmann Vorwürfe, der überfallen wird, sondern dem Räuber.«

Damian blickte auf. Er sah aus, als wolle er etwas sagen, aber dann schwieg er. Monsieur Lagrasse machte eine missbilligende Bemerkung über die Zollstationen, die er auf seinem Ritt zum Kloster passiert hatte und in denen Reisende –

besonders, wenn sie aus Frankreich kamen und die Sprache schlecht beherrschten – nach Strich und Faden ausgenommen wurden. Matteo unterbrach sein Lamento, indem er zu ihnen an den Tisch kam und einem nicht besonders geneigten Publikum die Vorzüge des geschlossenen Plattenharnischs pries.

Sie brachten dieses Essen, von dem Marcella sich erhofft hatte, dass es ihren Aufenthalt in Frankreich versöhnlich ausklingen lassen könnte, einigermaßen mühsam hinter sich, und am Ende war sie froh, als Lagrasse sich auf den Heimweg machte und Théophile und Camille in ihren Räumen verschwanden.

»Weckt mich nicht zu früh«, bat Matteo.

»Mit dem ersten Sonnenstrahl«, gab Damian zurück. »Und was immer du heute Nacht vorhast – es wird in diesem Haus stattfinden. Nein, bitte bleib«, sagte er, als Marcella ebenfalls aufstand. »Oder vielmehr, komm mit mir in den Garten. Ich brauche etwas frische Luft.«

Es begann gerade zu dämmern, als sie den Innenhof betraten. Die Sonne schien mit goldenem Licht auf die sauber geharkte Erde der Gemüsebeete und die festgetretenen Wege dazwischen. Es roch nach Kälte. Der Schnee kündete sich an.

»Ich muss dich festhalten, du weißt, man heiratet nur, damit man sich an Tagen wie diesen gegenseitig wärmen kann«, sagte er, trat mit dem Hacken die Tür ins Schloss und nahm sie in die Arme.

Sie lachte leise, und einen Moment genoss sie seine Nähe und die Zärtlichkeit, mit der er seine Wange an ihrem Haar rieb. »Was bekümmert dich, mein Herz? Du bist so still geworden. Irgendetwas hat dir heute die Laune verdorben.«

»Vidal hat Goldklümpchen ins Kontor gebracht.«

»Aber ja, das weiß ...« Das weiß ich doch, hatte sie sagen wollen. Sie hielt inne. Dann seufzte sie. »Goldklümpchen.«

»Ich habe weder mit Théophile noch mit Camille über

Gold gesprochen. Auch nicht mit Noël. Und gegenüber Lagrasse habe ich es erst kurz vor dem Essen erwähnt, und da waren wir allein im Kontor«, sagte Damian.

»Das muss nichts bedeuten. Théophile ist in Varilhes gewesen. Er hat Emiles Frau getroffen. Vielleicht hat *sie* ihm erzählt, warum Vidal immer nach Narbonne geritten ist. Vielleicht wurde im Wirtshaus darüber geredet. Und Théophile hat es Camille weitergesagt.«

»Alles ist möglich.«

»Nicht Camille, Damian. Sie hat zu uns gehalten, in allen Gefahren. Hätte Emile einer fremden Frau sein kostbares Tauschgut überlassen?«

»Einer Frau, die sich durchs Kontor bewegt, als sei es ihr ureigenes Reich? Einer Frau, die wichtig aussehende Bücher anschleppt und schreiben kann und es auch tut, als wäre es das Natürlichste der Welt? Emile kam aus einem kleinen Nest in den Bergen. Ich bin *sicher*, dass ihr Auftreten ihn beeindruckt hätte.«

»Aber Camille ...«

»... hat schon früher bei Abrechnungen betrogen. Immer nur ein klein wenig. Kein Grund, sich aufzuregen. Das war meine Meinung, aber ich fürchte, noch mehr die ihre. Die reichen Leute haben so viel Geld, denen fällt gar nicht auf, wenn etwas fehlt. Ihre Moral ist biegsam.«

»Ich will nicht, dass es so ist.«

»Man müsste Lagrasse fragen, ob Noël die Möglichkeit hatte, an den Büchern zu manipulieren. Dieser Punkt hat mich immer gestört. Camille konnte es. Ihr gehört das Haus. Sie kommt in jedes Zimmer. Sie hätte nicht einmal befürchten müssen, überrascht zu werden.«

»Théophile war in Montaillou, als du dich auf den Weg nach Varilhes gemacht hast.« Wenn wirklich alles so war, wie Damian befürchtete – wenn tatsächlich Camille betrogen und Théophile für sie getötet hatte –, dann wurde auch klar, warum Clergue und Belot so überrascht von dem Überfall auf Damian gewesen waren. Weil die Ketzer tatsächlich nichts damit zu tun gehabt hatten. Théophile musste entsetzt gewesen sein, als er hörte, dass Damian doch noch selbst nach Varilhes wollte. Die Gefahr, dass er dort von Emiles Frau erfahren würde, wer das Gold in Narbonne in Empfang genommen hatte, war riesig. Also hatte er beschlossen, Damian aufzulauern und ihn zu töten.»Er hat versucht, dich umzubringen. Das verzeih ich ihm nicht«, sagte Marcella.

In der Ferne spielte eine Fiedel. Es war so still in dem kleinen Hof, dass man sogar bruchstückhaft die Frauenstimme hören konnte, die dazu sang. Die Fiedel verstummte. Gelächter brandete auf und verebbte wieder. Plötzlich seufzte Damian. Er schob Marcella von sich und drehte sich langsam um.

»Meine Ohren taugen nichts mehr. Théophile! Und ich war so sicher, dass Camille Euch heute Abend beschäftigen würde. Ihr habt beim Essen zu genau gelauscht und beobachtet, nicht wahr?« Als wolle er sich die eigenen Worte bestätigen, nickte er. »Den Stillen entgeht nicht viel.«

Der Ritter schloss sorgfältig die Tür hinter sich, bevor er in den kleinen Innenhof trat.

»Ihr müsst sie sehr lieben«, sagte Damian.

Théophile kniff die Augen zusammen, weil die tief stehende Sonne ihn blendete. »So ist es.«

»Wann hat sie Euch erzählt, dass sie die Konten fälschte?«

»Als Ihr gesagt habt, dass Ihr nach Montpellier reitet. Sie wollte den Verdacht auf Lagrasse lenken. Sie hoffte, wenn Lagrasse plötzlich auf und davon wäre, würdet Ihr ihn für den Kontenfälscher halten und auf den Besuch bei Robert Lac verzichten.«

»Aber irgendwann wäre Lagrasse zurückgekehrt.«

»Dann wärt Ihr längst wieder fort gewesen. Man hätte ihm sagen können, Ihr hättet ihn rausgeworfen, weil er ohne Erlaubnis fort ist. Und dann hätte sich alles gerichtet.«

»Ihr habt also Lagrasse fortgelockt. Aber ich wollte trotzdem reiten, und ... Robert Lac musste sterben ... und dann Emile und Noël.«

»Was hätte ich tun sollen?«, fragte Théophile. Er schaute zur Seite und sah dabei so elend aus, dass Marcella ihm seine Gewissensbisse auf der Stelle abnahm.

»Nur aus Neugierde: Wie habt Ihr Lac dazu gebracht, sich aus dem Fenster zu stürzen?«

»Er hat sich nicht gestürzt. Ich hab ihn rausgedrückt. War ein Stück Arbeit.« Dieses Mal schien Théophile nichts zu bedauern.

»Aber es gab nur *ein* Paar Fußspuren. Von nackten Füßen. Wie ...«

»Ich sah das Fässchen mit der Drusenasche. Hatte plötzlich die Idee, ich könnte Verwirrung stiften. Haben doch alle immer geredet, dass Lac ein Sünder ist, den der Leibhaftige im Visier hat. Habe also die Asche verstreut, rasch die Schuhe ausgezogen ...«

»Natürlich.« Damian sah an Théophile vorbei zur Tür. In seinem Gesicht stand eine Mischung aus Ekel und Sorge.

»Musste sein. Hab mir von Anfang an in dieser Sache nichts ausgesucht. Such mir auch jetzt nicht aus, was ich tun muss. Hoffe, Ihr versteht das.«

Théophile trug kein Schwert bei sich – wahrscheinlich war er nicht mehr dazu gekommen, seines aus dem Zimmer zu holen. Aber er hatte das Messer dabei, mit dem er bei Tisch das Fleisch aufgespießt hatte, und das zog er nun aus der Scheide und warf einen wehmütigen Blick darauf.

»Nur interessehalber. Wie wollt Ihr Matteo und Lagrasse unseren Tod erklären?«, fragte Damian. Marcella spürte, wie er den Körper anspannte. Sie hatte gedacht, dass er die Antwort abwarten würde, und wahrscheinlich hatte Théophile dasselbe erwartet. Stattdessen sprang er plötzlich zur Seite und stieß Marcella gleichzeitig in die andere Richtung.

Verblüfft rang sie mit dem Gleichgewicht. Einen Augenblick war sie völlig mit sich selbst beschäftigt. Als sie sich gefangen hatte, sah sie die Sonne in Théophiles hagerem Gesicht. Er hatte den Kopf drehen müssen, um Damian ins Visier zu nehmen. Seine Stirn glänzte rot, das Haar flammte golden wie ein Heiligenschein. Sie sah, wie Damian der Waffe des Geblendeten mühelos auswich.

Entsetzt starrte Marcella ihren Bräutigam an. Sie hatte ihn noch nie so traurig, so wütend, so entschlossen und verdrossen zugleich gesehen. Auch er hatte sein Tischmesser gepackt. Aber er wartete nicht ab, wie Théophile es vielleicht getan hätte. Kein ehrlicher Kampf. Er stach zu, und Théophiles Körper sackte in den Schatten.

26. Kapitel

Camille war keine Mörderin, liebe Elsa, sie war nicht einmal ein wirklich schlechter Mensch. Etwas töricht, viel zu gierig, worüber sie sich am Ende selbst am meisten grämte. Was also sollten wir tun? Sie an die Justiz ausliefern, die ihr einen schauerlichen Tod bereitet hätte?

Marcella ließ die Finger über die feinen Spitzen der Feder gleiten. Sie wusste nicht, ob sie Camille tatsächlich einen Dienst erwiesen hatten, als sie sie laufen ließen. Das Kontor hatte zusammengestanden. Damian, Lagrasse, Matteo – sie lieferten einem mäßig interessierten Büttel eine Geschichte, in der Théophile das Opfer eines Raubmörders geworden war, der es eigentlich auf das Kontor abgesehen hatte. Alles vage, keine Anhaltspunkte … Was soll ich da denn tun?, hatte der Büttel gefragt.

Camille hatte sich für das makabre Theater nicht interessiert. Sie saß an Théophiles Leichenbett und umschloss seine weiße Wachshand mit ihren Händen und antwortete auf keine Frage.

Sie hat all das Unglück angerichtet und ist doch selbst nun das allerunglücklichste Wesen. Ich weiß, dass du jetzt protestierst, Elsa, und dennoch ist es so, denn weiterleben zu müssen ohne den Menschen, den man am meisten liebt …

Das Letzte hätte sie am liebsten wieder gestrichen, sie ahnte, dass Elsa sich darüber ärgern und den Kopf schütteln würde. Aber wenn sie irgendwann noch einen Brief an ihre brave Freundin schicken wollte, dann mussten auch einmal Dinge stehen bleiben.

Damian hat diesen Espelette aufgesucht und ihn überredet, die Leitung des Kontors zu übernehmen. Lagrasse wird nur noch die Bücher führen, und das ist für alle das Beste, meint Damian, obwohl er selbst von seinem neuen Faktor nicht ganz überzeugt zu sein scheint. Aber er hat keine Lust mehr, sich über Narbonne zu ärgern. Frankreich gehört Donato. Soll Donato sich kümmern. Damian will nach Haus. Und tatsächlich nähern wir uns dieser Stadt, die eigentlich eine Insel ist oder eine Ansammlung von Inseln, ganz verstanden habe ich das immer noch nicht ...

Marcella ließ die Feder sinken, als es an ihrer Tür klopfte.

Damian wartete ihre Antwort nicht ab. Er stürmte in die Kajüte des Capitano, die man der reichen Braut des Signore Tristand – *Hilfe, Elsa, hier werden seltsame Dinge Wirklichkeit* – während der Überfahrt überlassen hatte.

»Bist du bereit für ein Abenteuer?« Er lachte sie an und fasste ihre Hände.

»Ein Abenteuer!«

»Neben der Galeere liegt ein Boot bereit. Sag ja und ich zeige dir den herrlichsten Platz auf Erden. Das Paradies blühte nicht zwischen Euphrat und Tigris, sondern auf einer Insel namens San Francesco. Und sie liegt direkt vor unserer Nase.«

Er zog sie stürmisch mit sich. Über ihnen streckte sich derselbe wolkenlose Himmel, der sie die letzten Tage ihrer Reise begleitet hatte, aber der Blick auf den Horizont hatte sich geändert. Nicht mehr die lange Küste Ostitaliens prägte das Bild, sondern eine Vielzahl von größeren und kleineren Inseln, einige mit Hängen voller Wein, Obstplantagen und Gemüsegärten, andere von Wäldern bewachsen. Zwischen den Bäumen standen kleine Häuschen, und auf einer der Inseln auch eine Kirche und ein großes, längliches Gebäude, das an eine Lagerhalle erinnerte.

»Wo sind die anderen Galeeren?«, fragte Marcella.

»Fort, und wahrscheinlich schon in Venedig. Komm, Marcella, dieses Mal musst du mir vertrauen, denn ich werde dich mit eigenen Händen an Land rudern.«

Der Capitano der Galeere, der an der Reling lehnte, hüstelte diskret.

Lachend und mit dem merkwürdigen Gefühl, Kopf und Kragen zu riskieren, aber das mit Lust, stieg Marcella über eine Strickleiter in ein kleines, nicht besonders solide aussehendes Boot.

Damian besaß Geschick im Rudern. *Ich entdecke jeden Tag neue Fähigkeiten an ihm, Elsa.* In erstaunlich schneller Zeit hatten sie einen der kleinen Strände erreicht.

»San Francesco del Deserto«, sagte Damian und wies mit einer großartigen Geste den Strand hinauf zu den fremd aussehenden Bäumen, die wie schlanke Vasen wirkten und die ganze Insel säumten. So viel Grün! Man hätte meinen können, es wäre Sommer, wenn nicht die frische Brise an ihren Kleidern gezerrt hätte.

»Und nun, Monsieur?«

»*Signore*, Marcella. Wir sind daheim. Als der heilige Franziskus von Assisi in diese Gewässer einfuhr, tobte ein schrecklicher Sturm. Aber als er dieses Eiland erreichte, verstummte der Wind, das Meer wurde ruhig wie Seide, und Vögel zwitscherten ihm einen Willkommensgruß. Kein Wunder also, dass er beschloss, an dieser Stelle ein Kloster zu errichten. Komm weiter.« Sie rannten und stolperten durch den Sand und dann einen schmalen Weg entlang. Die Vögel gab es immer noch. Im Geäst der fremdländischen Bäume mussten sich ganze Schwärme verbergen, der Krakeelerei nach zu urteilen.

»Was hast du vor?«

»Komm.« Er zog sie übermütig weiter, und sie streifte im Laufen die Schuhe von den Füßen, um besser mithalten zu können.

»Was?«

Vergnügt schüttelte er den Kopf.

Kurz darauf tauchte ein Gebäude auf. Ein Kloster, bestehend aus einer wahrhaft winzigen Kirche und einem geduckten, ebenso kleinen Wohntrakt.

»Du willst die Kutte nehmen? Das erlaube ich nicht.«

»Schau es dir an.« So unverfroren wie jemand, der sein eigenes Haus betritt, stieß er die kleine Kirchentür auf. Ihre Augen mussten sich erst an das Dämmerlicht gewöhnen, aber dann stieß sie einen Laut des Entzückens aus. Die geweißten Wände des Kirchleins waren mit einer Unzahl rotbunter Vögel bemalt.

»Das ist ... herrlich.«

Er nickte.

»Das ist schöner als alles, was ich je gesehen habe. Man meint, mitten im Wald zu stehen. Wie hast du diesen Ort gefunden?«

»Durch Fra Gerhardino. Den Mönch, der in Donatos Familie die Beichte abnimmt. Ein fröhlicher und herzensguter Mann, und ein begnadeter Maler, auch wenn er das abstreitet.«

»Es ist eine Franziskanerkirche?«

»Willst du mich heiraten, Madonna? Gleich hier? Gleich jetzt?«

»Ob ich das will?« Marcella trat einige Schritte tiefer in das Gotteshaus und drehte staunend den Kopf. »Man möchte meinen, hier leben wahrhaft glückliche Menschen.«

»Warte auf mich.«

Ehe Marcella protestieren konnte, war Damian verschwunden.

Willst du mich heiraten? Elsa, er fragt, als wäre es immer noch nicht sicher.

Einer der Vögel, die Fra Gerhardino mit viel Liebe zum Detail an die Wand gemalt hatte, war ein Kranich. Eine staksende grauweiße Gestalt, nicht ganz so bunt wie seine Gefährten, aber so täuschend echt, als flöge er beim ersten Geräusch auf. Marcella trat näher und fuhr mit den Fingerspitzen über den Putz. Die Farbe war von guter Qualität. Nichts bröckelte.

Durch die glaslosen Fenster drang ein Scharren, als würde jemand mit einer Harke über Stein fegen, irgendwo gackerte ein Huhn. Dann flog die Tür auf.

Der Mönch, der Damian begleitete, lächelte über das Ungestüm seines Besuchers. Er war grandios fett, dabei von verschmitzter Gutmütigkeit, und er begrüßte Marcella mit einem Schwall italienischer Wörter.

»Komm.« Damian nahm ihren Arm und antwortete dem Mönch in demselben Kauderwelsch, das sie niemals – *niemals, Elsa!* – lernen würde.

»Er will von dir bestätigt haben, dass du weder entführt noch unter ruchlosen Versprechungen von Mutter und Vater fortgelockt wurdest. Sag: no.«

Fra Gerhardino lächelte breit. »Questa donna è unita in matrimonio con ...?«

»Und er will wissen, ob du bereits verheiratet bist. Sag: no.«

Marcella musste lachen. Der dicke Frater schüttelte temperamentvoll ihre Hände und sprudelte weiter.

Damian übersetzte: »Er sagt, die wirklich schrecklichen Dinge werden nicht aus einer Regung des Augenblicks, sondern aus kalter Überlegung begangen. Er beglückwünscht uns. Er sagt ... Was ist, Marcella?«

»Meine Kranichdose. Ich habe meine Dose mit dem Safran auf dem Schiff vergessen.«

Der Mönch fragte etwas.

»Es ist ein kleines Vermögen, Damian. Es ist alles, was ich besitze.«

Damian nickte und schwieg. Er sah plötzlich so vorsichtig aus, dass es ihr wehtat.

»Wenn es gestohlen würde ... Ich weiß nicht, warum ich gerade jetzt daran denke. Ich habe den Safran die ganze Zeit behütet und geschützt. Er ist meine Sicherheit. Er ... Es ist nicht wichtig, oder?«

»Das weißt nur du. Marcella, ich wollte nicht, dass wir in der größten Kirche Venedigs heiraten, unter den Augen von Menschen, die ... uns nichts angehen. Ich fand, dies ist ein guter Platz. Nur du und ich und Fra Gerhardino. Er wird dich fragen, ob du mich heiraten willst, und du kannst mit Ja oder Nein antworten. Hier ist beides möglich. Nur antworten wirst du müssen.«

»Figlia mia?«, fragte der Mönch. Seine Hände, die er erwartungsvoll gefaltet hatte, waren mit einem blauen Pulver bedeckt, mit Lazur. Eine herrliche Farbe. Hundert Lot zu zwölf Pfund Heller ...

»Ich sage ja, und dann wäre es geschehen.«

Damian nickte.

»Und dann?«

»Dann würden wir Fra Gerhardino aus dem Gartenhäuschen vertreiben, in dem er seine Farben mischt, und mit dem Nachtgesang der Vögel von San Francesco del Deserto auf Stroh und Decken schlafen. Oder, wenn dir dieses Lager zu hart wäre, würde ich dich nach Burano rudern, ganz, wie du willst.«

»Und dann?«

»Würde ich mich erkundigen, wie weit Venedig mit seinem Schuldfonds gekommen ist, und du würdest über die Märkte gehen und versuchen, die Preise für Gewürze umzurechnen ...«

»Er würde uns in sein Gartenhäuschen lassen? Tatsächlich?«

»Das Wort, das du dir merken müsstest, hieße: si.«

Fra Gerhardino schneuzte in den Ärmel seiner Kutte und

beäugte einen Platz hinter der Kanzeltreppe, an der ein noch weißer Fleck zum Malen einlud.

»Si? Einfach nur si?«, fragte Marcella. Das hörte sich wirklich nicht schwierig an.

Epilog

Vieles von dem, was in diesem Roman geschildert wurde, kann der neugierige Besucher auch heute noch besichtigen: den farbenfrohen Marktplatz von Mirepoix mit seinen Arkadengängen und der Kirche, die Schwefelquellen und das Badebassin von Ax-les-Thermes, die Ruine des Donjon von Montaillou ...

Erheblich spannender aber als die Relikte dieser Bauten sind einige Akten, die zu Beginn des vierzehnten Jahrhunderts angefertigt wurden und heute in der Bibliothek des Vatikan lagern. Sie stammen von Jacques Fournier, dem Bischof von Pamiers und späteren Papst Benedikt XII, der sich zwischen 1318 und 1325 mit dem in Ketzereiverdacht geratenen Pyrenäendorf Montaillou beschäftigte.

Fournier war kein Freund der Folter, dafür aber ein Anhänger penibler Befragung. In 578 Vernehmungen mussten sich 114 Angeklagte vor ihm verantworten. Aus ihren Aussagen formte sich ein detailreiches Bild vom Glauben der Katharer, aber auch vom Alltagsleben eines Bergbauern, wie es in dieser Art einmalig ist.

Wir erfahren beispielsweise, dass die Menschen sich nicht rasierten und nur selten wuschen, dafür liebte man es, sich nach Läusen abzusuchen. Die jungen Leute amüsierten sich bei Tanz und Spiel auf dem Dorfplatz, die älteren Männer würfelten und spielten Schach. Diskussionen über Politik und Religion wurden mit Leidenschaft geführt, und es gab erstaunlicherweise auch in dem Dorf Menschen, die lesen konnten. Man arbeitete, aber man schuftete sich nicht tot, und für ein Pläuschchen mit dem Nachbarn blieb immer Zeit. Auch Gäste waren gern gesehen.

Dass Frauen von ihren Männern verprügelt wurden, schien gang und gäbe zu sein, als Mütter oder Schwiegermütter besaßen sie jedoch eine erhebliche Macht. Untereinander halfen die Frauen sich aus, und ihr Gesellschaftsleben war interessant genug, dass selbst die Kastellanin Béatrice de Planissoles im Dorf Freundschaften schloss.

Vor allem aber erzählen die Protokolle über den Glauben der Bauern. Da wird von einem Arnaud Gélis berichtet, der als Seelenbote das Reich der Toten besuchte und Botschaften zwischen Lebenden und den Toten transportierte. Wir erfahren, wie eine Endura vonstatten ging, und hören, dass Gauzia Clergue sich weigerte, ihre todkranke Tochter verhungern zu lassen, dass aber die alte Na Roqua die Kiefer aufeinander presste, als die nichtgläubige Brune Purcel ihr eine Brühe von gepökeltem Schweinefleisch einflößen wollte. Da nicht das gesamte Dorf katharisch war, herrschte eine Atmosphäre des Misstrauens, die sich in Spitzeldiensten und Heimlichkeiten, aber auch in Erpressungen und handfesten Prügeleien zeigte.

Was ist nun in diesem Roman authentisch, was wurde erfunden?

Die wichtigste Person von Montaillou, den Pfarrer Pierre Clergue, hat es wirklich gegeben, und seine Doppelrolle als Katharerführer und katholischer Seelsorger stand im Zentrum der Anklage des Ketzerprozesses. Clergues Charakter habe ich als faszinierenden Kern der Geschichte so genau wie möglich nachgezeichnet. Seine Liebschaft mit Béatrice de Planissoles ist belegt und scheint zumindest eine Zeit lang auf Zuneigung beruht zu haben. Er scheute sich aber nicht, andere Mädchen und Frauen des Dorfes mit Hinweis auf die Inquisition zum Geschlechtsverkehr zu nötigen. Sein häretischer Glaube, dass mit der Endura jegliche Sünde getilgt sei, nahm ihm offenbar alle Skrupel.

Auch der Bayle existierte. Er war ein Bruder des Pfarrers und hieß mit richtigem Namen Bernard Clergue. Seine Zuneigung zu Pierre grenzte an Hörigkeit. Als Bernard erfuhr, dass Pierre im Kerker gestorben war, soll er ausgerufen haben: Mein Gott und Lenker ist tot.

Die Zunge wurde nicht Na Roqua herausgeschnitten, sondern einer anderen Frau aus dem Dorf namens Mengardis Maurs, deren Sippe von Clergue an die Inquisition verraten worden war.

Pierre Clergue und der Bayle endeten nicht im Feuer des – erdachten – Hauses Bonifaz, sondern in den Kerkern der Inquisition, nachdem Jacques Fournier ihren Anteil an den Ereignissen in Montaillou aufgedeckt hatte.

Marcella Bonifaz, Damian Tristand und all die anderen Personen, die nicht in Montaillou zu Hause waren, sind frei erfunden.

Noch ein letzter Hinweis: Die besonderen Gesetze des Romans machten es nötig, einige Ereignisse umzudatieren. Pierre Clergue starb bereits 1321, sein Bruder Bernard 1324.

H. G. im März 2004

Die große Familiensaga von der Autorin der Totenwäscherin

Die Geschichte einer Schiffbauer-Dynastie in Hamburg: Serena ist bildschön, stammt aus Wien und ist angeblich eine Tochter von Gustav Klimt. Die Hochzeit mit Rudolf Magnussen führt sie in die steife Welt der hanseatischen Industriellen ...

»Helga Hegewisch erzählt von Liebe, Leidenschaft, Freundschaft, Enttäuschung, Eitelkeit.«
Berliner Morgenpost

Helga Hegewisch
Die Windsbraut
Roman
ISBN-13: 978-3-548-60540-1
ISBN-10: 3-548-60540-0

List Taschenbuch

*Ein Blick zwischen Unschuld
und Verführung und das Schimmern
einer Perle ...*

Wer war die geheimnisvolle
Unbekannte, die Vermeer so
unvergesslich auf die
Leinwand gebannt hat?
Ein bezaubernder Roman –
Liebesgeschichte und hollän-
disches Genrebild zugleich.

»Sinnlich gemalte Sprache –
ein barocker Hochgenuss.«
Berliner Morgenpost

»Eine reizvolle
Kunst-Geschichte«
Stern

Tracy Chevalier

**Das Mädchen
mit dem Perlenohrring**

Roman

List Taschenbuch

Nach* Das Blutgericht *und* Donars Rache *der Abschluß der spannenden »Sachsen-Saga«

Auf wundersame Weise wurde die junge Tierärztin Gunhild in die Zeit Karls des Großen zurückversetzt und lebt dort an der Seite ihrer großen Liebe Gerowulf. Als die gewaltsame Einverleibung der Sachsen in das fränkische Reich droht und durch Verrat und Intrigen auch ihre Ehe mit Gerowulf in Gefahr gerät, muß Gunhild sich entscheiden: Soll sie mit ihrem Sohn in die heutige Zeit zurückkehren?

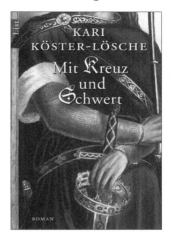

Kari Köster-Lösche

Mit Kreuz und Schwert

Roman
Originalausgabe

ISBN-13: 978-3-548-60567-8
ISBN-10: 3-548-60567-2

List Taschenbuch

»Das weibliche Gegenstück zu Ken Follett«
Chicago Tribune

Frankreich in der ersten Hälfte des 14. Jahrhunderts: Sybille verfügt schon als Kind über seherische Fähigkeiten und übersinnliche Heilkräfte. Von Geburt an ist sie zur Priesterin eines geheimen Kultes erkoren, den die Kirche erbarmungslos verfolgt. Um den alten Glauben vor der Vernichtung zu bewahren, und den ihr bestimmten Geliebten zu finden, muss die junge Frau jedoch durch die Feuer der grausamen Inquisition gehen.

Jeanne Kalogridis
Die Seherin von Avignon
Roman
ISBN-13: 978-3-548-60517-3
ISBN-10: 3-548-60517-6

List Taschenbuch

*Ein bewegender Roman aus dem
Nordfriesland des 17. Jahrhunderts*

Etwas Lebendes muß in den Deich eingemauert werden, damit er hält. Dieser Aberglaube bringt den jungen Deichbauern Bahne Andresen in tödliche Gefahr, als ein Unbekannter den Deich durchsticht und ihm die Schuld dafür zugewiesen wird. Einzig Gotje, die schöne Tochter des Deichgrafen, hält zu ihm ...

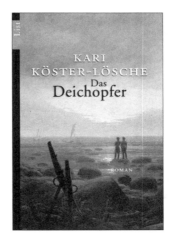

Kari Köster-Lösche
Das Deichopfer
Roman
ISBN-13: 978-3-548-60553-1
ISBN-10: 3-548-60553-2

List Taschenbuch

»Eine von Deutschlands First Ladies des historischen Romans«
Bild am Sonntag

Württemberg im Jahre 1850: Auf der Suche nach dem Mann, der sie geschwängert hat, kommt die junge Hannah Brettschneider in ein Dorf am Fuß der Schwäbischen Alb: Gönningen ist die Heimat der Samenhändler, die seit fast zwei Jahrhunderten vom Geschäft mit Tulpenzwiebeln, mit Blumen- und Gemüsesamen leben. Doch Hannahs Begeisterung für den ungewöhnlichen Ort währt nicht lange: Helmut, dessen Kind sie erwartet, ist mit Seraphine, dem schönsten Mädchen im Dorf, verlobt …

Die Samenhändlerin
Roman
ISBN-13: 978-3-548-26424-0
ISBN-10: 3-548-26424-7

»Petra Durst-Benning versteht es wunderbar, zu unterhalten und vergessene Orte mit Leben zu füllen.«
SWR

»Ein wahrer Schmöker: gefühl-, humor- und phantasievoll«
B.Z.

In der wildromantischen Landschaft des südlichen Schwarzwalds erfüllt sich auf dramatische Weise das Schicksal zweier ungewöhnlicher Frauen. Die junge Julie erhält von einer entfernten Verwandten einen wunderschönen alten Berghof geschenkt. Doch es gibt eine Bedingung: Julie soll herausfinden, warum das Haus – einstmals das einzige Hotel weit und breit – seinen Zauber verlor und in einen Dornröschenschlaf fiel. Julie, die sich auf den ersten Blick in den Berghof verliebt hat, beginnt in alten Tagebüchern zu stöbern und taucht ein in eine Welt aus Leidenschaft, Eifersucht und tödlicher Liebe.

»Petra Durst-Benning, eine von Deutschlands First Ladies des historischen Romans, schickt den Leser in eine Story aus Vergangenheit und Gegenwart.«
Bild am Sonntag

Antonias Wille
Roman
ISBN-13: 978-3-548-25989-5
ISBN-10: 3-548-25989-8